中國文化遺産研究院藏

清代名人書札

上

中國文化遺産研究院 編

赫俊紅 主編

中華書局

圖書在版編目（CIP）數據

中國文化遺産研究院藏清代名人書札 / 中國文化遺産研究院編.
赫俊紅主編 -- 北京 : 中華書局，2015.6
ISBN 978-7-101-09765-8

Ⅰ. 中… Ⅱ. 中… Ⅲ. 書信集－中國－清代 Ⅳ. I264.9

中國版本圖書館CIP數據核字(2013)第249694號

中國文化遺産研究院藏清代名人書札

編　　者：中國文化遺産研究院
主　　編：赫俊紅
編　　著：赫俊紅　林　鋭
審　　訂：薛永年
封面題簽：徐　俊
責任編輯：朱振華　許旭虹
裝幀設計：許麗娟
出版發行：中華書局
（北京市豐臺區太平橋西里38號　100073）
http://www.zhbc.com.cn
E-mail:zhbc@zhbc.com.cn
印　　刷：北京雅昌藝術印刷有限公司
版　　次：2015年6月北京第1版
2015年6月北京第1次印刷
規　　格：開本787×1092毫米　1/16
印張48　字數150千字
國際書號：ISBN 978-7-101-09765-8
定　　價：980.00元（全二册）

序言

書札，即舊時人們用於溝通、傳遞訊息的書信，或稱尺牘、信札、手札等，是一種具有私密性的應用寫作文體。作爲一種文獻類型，書札在明代之前多被編入總集和别集之中，而明清時期文人名士書札專集或合集的輯録刊刻大有風行之勢，專集如明代張居正的《張文忠公書牘》、歸有光的《震川尺牘》、陳繼儒的《陳眉公尺牘》、祝允明的《祝枝山尺牘》、唐寅的《唐伯虎尺牘》，清代袁枚的《小倉山房尺牘》、姚鼐的《惜抱軒尺牘》、鄭燮的《板橋家書》等；合集如清代吴修編纂的《昭代名人尺牘》等。清末、民國時期亦承續其風，並以珂羅版或石版影印書札原迹，如翁同龢的《松禪手札》、吴大澂的《吴愙齋尺牘》、潘承厚輯其所藏的《明清畫苑尺牘》和《明清藏書家尺牘》、陶湘所輯《昭代名人尺牘續集》等。

近年來隨着對古籍整理的重視，國内各公藏機構逐漸開始對原納入四部中集部的書札類藏品進行分類整理。我院的善本古籍中有書札類藏品三百五十多通，這些手迹無疑具有原真性和唯一性。據統計，這批書札的具書者有一百三十多位，涵蓋了清代各時期的名儒或仕宦，如曹溶、王澍、孔繼涑、盧文弨、王文治、姚鼐、翁方綱、伊秉綬、姚文田、王引之、陳用光、吴榮光、陳壽祺、程恩澤、陳慶鏞、何紹基、倭仁、張之萬、李鴻章、鹿傳霖等。他們多爲進士出身，曾供奉清廷或爲官地方，在詩文、書法等方面頗有造詣。而受書者中也不乏文士名宦，如桂馥、鮑桂星、吴修、祁寯藻、胡仁頤、李棠階、武汝清、李承霖、曾國藩、徐用儀、張曾敭、黄誥等。

書札互動的雙方有的係親朋，有的係同年友人，有的係共事同僚，内容涉及親友間的關愛體恤、子女教育以及同道間的禮尚往來、見聞互通、學術探討、時政評議等等。他們通過私密性的信札所傳遞出的親歷見聞和感悟，不僅能豐富我們對歷史瞬間時事人物的生動認知，甚或可補正史記載之闕。所以，書札作爲史料之一種，其價值正愈來愈爲研究者所重視。

這批書札在形式上也令人稱道，文辭典雅，講究禮規，書法精到，體現着文人士夫自謙而敬人的個人修養和文化氣質。從藝術價值來看，具書者中不乏以工書善畫而名世者如王澍、王文治、何紹基、伊秉綬、張之萬等，其信札書法較之刻意書寫而言，更是本真性情的流露和呈現。因而，這批書札對於研習書法的方家來講，也是非常珍貴的。

有鑒於此，我院傾心組織整理和研究，將這批院藏書札以圖文並舉的形式精印出版。這是我院古籍整理工作進一步深入的體現，也是我院作爲公益性科研機構服務社會和公衆的新的成果。

劉曙光

中國文化遺産研究院　院長

二〇一三年十二月二十日

編例

一、本書收録中國文化遺産研究院藏清人書札三百二十五通，有近三十通水泅色污或缺損嚴重的未編入。

二、這些書札在進入院藏時已被藏家匯集裝幀成册，故以往登入財産賬的登録號是以册而非每通書札爲單位進行入賬登記和入庫排架。此次爲方便整理和日後查閲，采取在不變動原登録號和索書號的前提下，給定每通書札一個分類編號，暫稱之爲「書札編號」。該編號由兩部分組成：前部分是始於sz001的流水號；後部分是各書札所在册子的原登録號，再加該札在原册中的次序號，其間用「.」隔開；前後部分中間用「–」連接，例如書札編號sz002–1151.02。並在編輯本圖録時，將該編號附於每通書札題名之後，以便查檢。

三、書札題名的擬定主要以具書者和受書者這兩個核心要素構成。因書札中多以字號相稱，若能確證其實名的，則題名中采用實名。若目前尚未能考證出來的，在題名中暫保留其字號，置於[]中。而書札集册的題名即書名，亦是據其主要具書者和受書者來擬定。

四、本書的編排，首先以原書册爲單位，各書册的前後順序則主要依書名中涉及的具書者的生卒年來排序。而每書册中各通書札間的順序，原則上按原書的裝訂次序來編排；但爲便於觀覽，有的會略有調整，以使册内同一具書者或同一受書者的各札相對集中。

五、本書編録内容包括圖版、文字著録兩部分，采取圖文對照形式，方便閲讀。

六、文字著録有：書札的客觀信息、具書者或受書者的簡要人物小傳、釋文、附録。書札客觀信息的記録項有：題名、書札編號、頁數、縱橫尺寸、作者鈐印、收藏印、破損狀況等。人物小傳的主要參閲文獻有：《昭代名人尺牘小傳》（[清]吴修輯，清道光六年[一八二六]刻本）、《中國人名大辭典》（方賓觀等編，上海商務印書館，民國十年初版）、《歷代名人年里碑傳總表》（姜亮夫撰，上海商務印書館，民國二十六年）《明清進士録》（潘榮勝主編，中華書局，二〇〇六年）、《中國美術家人名詞典》（俞劍華編，上海人民美術出版社，一九八一年）等。書札釋文一般采用現行繁體字，某些體現書札特點的字詞則照録原文；所標示的句讀僅供參考。

七、釋文中所用特殊符號的説明：書札中缺損的單字用「□」標示，缺損的多字用「□…□」標示；若據上下文意可推定補充的文字外加框如「佃」標示；若暫未能確認的字加「[?]」如「[添?]」標示；個別錯別字，予以改正，用〔〕標示。

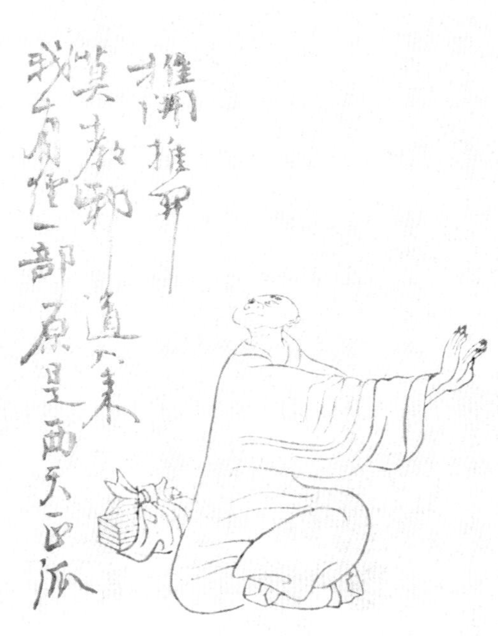

目録

十、程恩澤書札

十一、何紹基等書札

十三、倭仁書札

一、曹溶書札

【曹溶（一六一三—一六八五），字秋岳，一字潔躬，號倦圃，晚號鉏菜翁，浙江嘉興人。明崇禎十年（一六三七）進士，官御史。入清歷官副都御史、户部侍郎、廣東布政使。工詩，亦能書，兼長尺牘，富藏書，精鑒别。有《崇禎五十輔臣傳》、《金石表》、《静惕堂詩集》等。】

曹溶致某公[五老爺]書札

一頁，26.9×11.8cm

sz001-1151.01

今日小酌，何固辭也。明日務祈過我小飲。本該優酒相祝，此日兄弟不得時，尚自能原諒。愚嫂於八味地黄丸宜服，恐市中不真，不知初仰兄處曾製否？告索一兩救急，再容自製，何如？

五老爺

溶字

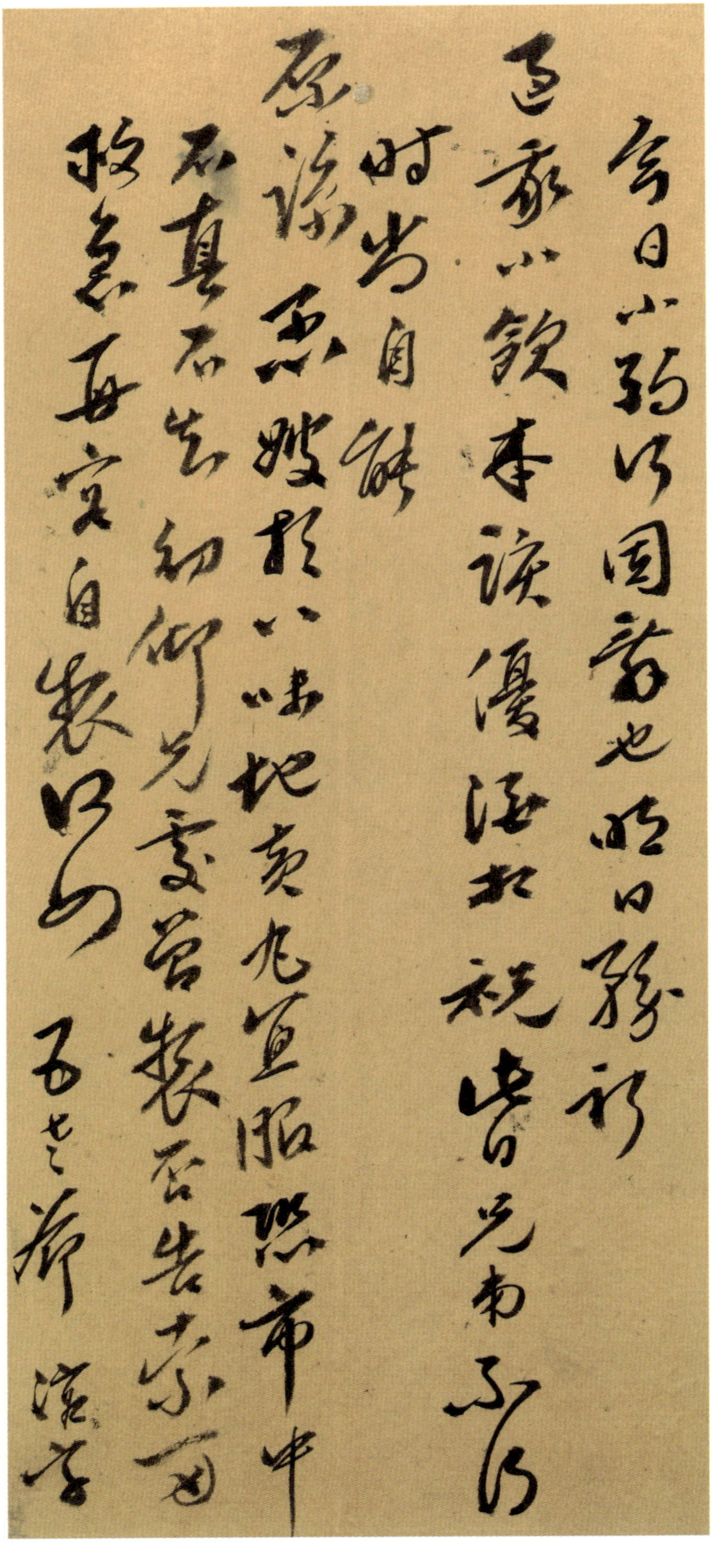

曹溶致某公[五老爺]書札

sz007–1151.07

一頁，28.3×13.6cm，鈐印「咏歸居士」

明日吴尚翁五十大壽，皆有往復之禮，不能免也。吾弟處有金扇告假一把，若無，或問二甥女處有白綾要一尺與我。

五老爺

恕具

曹溶致某公[五老爺]書札

sz010–1151.10

一頁，28×25cm，鈐印「晉夫氏」

余今乏用，友人借一鬼子厨，乃廣南所産，其人物、樹木、魚蝦等皆蜜蠟、金銀所作，在本地買成八十金，今售二十四兩。余言明在内挪一半用。其價還可少減，故托吾弟廣交内或有好者，代爲一問，庶可得濟目前之急，或當亦可。送

五老爺。

溶頓首

曹溶致某公[元五]書札

sz003-1151.03

一頁，23×24cm，鈐印「晉夫」

來札與褌領到。吾弟不使余無裩，情篤可懷，謝謝！秦八哥自吾弟來後未得一面，朝出暮歸，聲聲皆言爲我設處，然日復一日，恐其心口不相應也。若秦八哥上緊，仍望吾弟或尚人携字與之，想彼方不克不完全吾弟之意也。否則余非昔日，竟可置弟於不問也。家客兩不相安，奈何奈何！吾弟何以教我也！

溶頓首

元五弟啓

充兄、衣弟致意。仍未渡江。

曹溶致某公[元五]書札　sz004-1151.04

一頁，27.7×12.5cm，鈐印「咏歸居士」

知行旌在即，八女之期諒不得藉光矣。來鎖則托置白銅鎖一把，再托與秦八爺説紅氈代[?]二條，并接八爺十六日光降，不知可乎？乞吾弟代囑，何如？

元五弟

溶頓首

曹溶致某公[元五]書札

一頁，24×12.5cm，鈐印「晉夫」 sz005–1151.05

今歲多爲瘧鬼所病。前承吾弟又爲請醫看視，容鬼遁跡再來面謝。前有一字，存鄭三哥門上，不知收到？秦札不知寄揚否？病中用陳細茶數壺，松子數十立，糖玫瑰花、梅子數枚，爲余代索更妙。

元五弟

溶手札

來信已收秦公老至今只說處出銀可借仍只銀二

余眺閒不知何日得遂此事余世守揚州

年也家中諸家雖來家亦係塞用錢

掛否所甚關人也

吾弟倩抄兄稿函與稱賓謝信如三姑丈之

前因出門看去何號吳呈右是帶備而回

令愛綠婚已回揚矣亦因閒脈未嘗來我

手闻 兄 子才 頓首

曹溶致某公[元五]書札

一頁，27.4×13.5cm，鈐印「晉夫」 sz008-1151.08

來信已收。秦公老至今只設處出銀兩成，仍欠銀兩成，又要令余耽閣，不知何日得遂此事？余坐守揚州，真度日如年也。家中望我，雖來家亦係無用，然而不歸心掛兩頭，甚悶人也。

吾弟倘拂冗或爲照拂，容謝何如？三姑太太囑筆致候。前因出門看花，偶然失足，右足帶傷而回，至今尚未全愈。練嫣已回揚矣，亦因閃脚未曾來我家。特此奉聞。

元五弟

溶頓首

曹溶致某公[元五]書札

二頁，28.4×13.2cm，鈐印「詠歸居士」、「出洛詩留丞相府 歸齋書滿老僧房」；圖版已拼接

sz012–1151.12

天晦欲雨，其勢不晴，六老爺行期自然不果。先先生有程使奉迎，想先行矣。吾弟腹中今日定全愈，致候。玆者，余房價五金，前承預付二金，内中存兩成找朱姓，馬宅應找余兩成。朱姓明日准遷去，馬宅亦擇明日發石。余欲往揚一行，恐兩相交代，又誤日期矣。仍煩吾弟向蒼兄一言，其應找余兩成，付余將約，竟會存老。惟余在彼面上許多用情處，而彼皆付之流水，殊爲不合於情理二字。本即自來與之較量，奈無舟資，再字奉托。倘彼執見，告假吾弟一星，星夜著長子前來，余赴揚與之面質，何如？此一星務必還也。不爽。

元五弟啓　　溶頓首

榆老一字煩致之。

一別慈顏承札安佳又懶日前承示仍煩
吾弟問　蒼兄一言其應執余所為付余將約虞公
所老惟余在彼面上許多周旋處而但皆
付之陳新張兩不合挽情理二字耳即
自有公之較量　吾不妄爭資再字手挽
倚賴挽兄告假
吾弟一星星於吾長子前有所赴勤
5之而賀以如退一星雜如意也不要
元宰和南　楊之一字慎
澄老

曹溶致某公[五弟]書札

一頁，22.5×14.2cm，鈐印「晉帖」　sz006–1151.06

昨有一字，奉懇代索三件。因病中清遣，無一亦可。今日瘧鬼遠遁，可用糜粥，愧無一味。廟後豆飯，奉乞

吾弟四兩，不知可乎？如不便，以午期相候，又不必乞諸其鄰矣。前延醫，謝謝！

五弟

溶頓首

曹溶致某公[五弟]書札

一頁，28×12.6cm，鈐印「晉帖」 sz009-1151.09

九兒一信奉覆，照到可也。與方榆思親翁一字，乞即嵩人代爲送去，索一回音更妙，此托。

五弟啓

六兄拜掃有日乎？

功溶頓首 二月十六日

曹溶致某公[元餐]書札

二頁，27.5×11.6cm，鈐印「出洛詩留丞相府　歸齋書滿老僧房」；圖版已拼接　sz011-1151.11

孟秋之日，已是季秋。葛衣單衾，殊非良策。且旱遠食珠，與飽温者不可同日而語也。思下河仍有宿逋二三十金，務欲親身一往方能可得。若得此，庶可禦冬寒之苦。然舟車而行，裹糧而往，不無有束裝之費。且從者一人亦備衣衾計算，必得五六金，庶幾可行。雖然行者有裹糧，而居者豈可無宿食？故望十金方能如願。今特著長子前來，向存之叔告乞十金。耑字奉煩吾弟念手足之誼，當此流離困苦之時，且老拙無爲之日，爲我鼎言。然余亦非無因而前也。向存叔亦借余十金，至今多年。余不急用，亦置之不問。今在危急之秋，回思向應急於彼，彼亦應急於我。然其中曲全，俱在老弟之一言九鼎耳。

存叔券附上一閲，查收。公選叔爲我叱名致候。

吴六太爺、六太太叱名多謝！

元餐五弟　　溶頓首

日内即欲前往，遲恐不及乃事。

弟六金應錢弟行雖然行者有裹糧而居者只可充宿食故
必十金方能如願今特著長子前來向　存之村告乞十金尚字
奉煩
吾弟念手足之誼當此流離困苦之時且老母垂危爲之日爲我
是言然余亦非無困而前也向　存村亦借余十金至今多年
余不急用亦置之不問今在危急之秋回思向應急於彼
彼亦應急於我然其中曲全俱在
老弟之一言九鼎耳
存叔春附上一閱查收　亦選叔爲我叱名致候
吳六太爺　六太太叱名多謝
元發吾弟
浣拙字
日內即行前往匆匆不及下筆

曹溶致某公[連哥]書札

一頁，27.7×12.5cm，鈐印「咏歸居士」 sz002–1151.02

連哥見字。其小使原説要與不要與五老爺帶來寫紙。我因我家太太病，無心料理此事。而五老爺忽而駕行，今又無的實人帶來，如之奈何？遲一二日訪得，使人帶來寫紙，何如？此覆，致意令堂。

詠歸居士寄

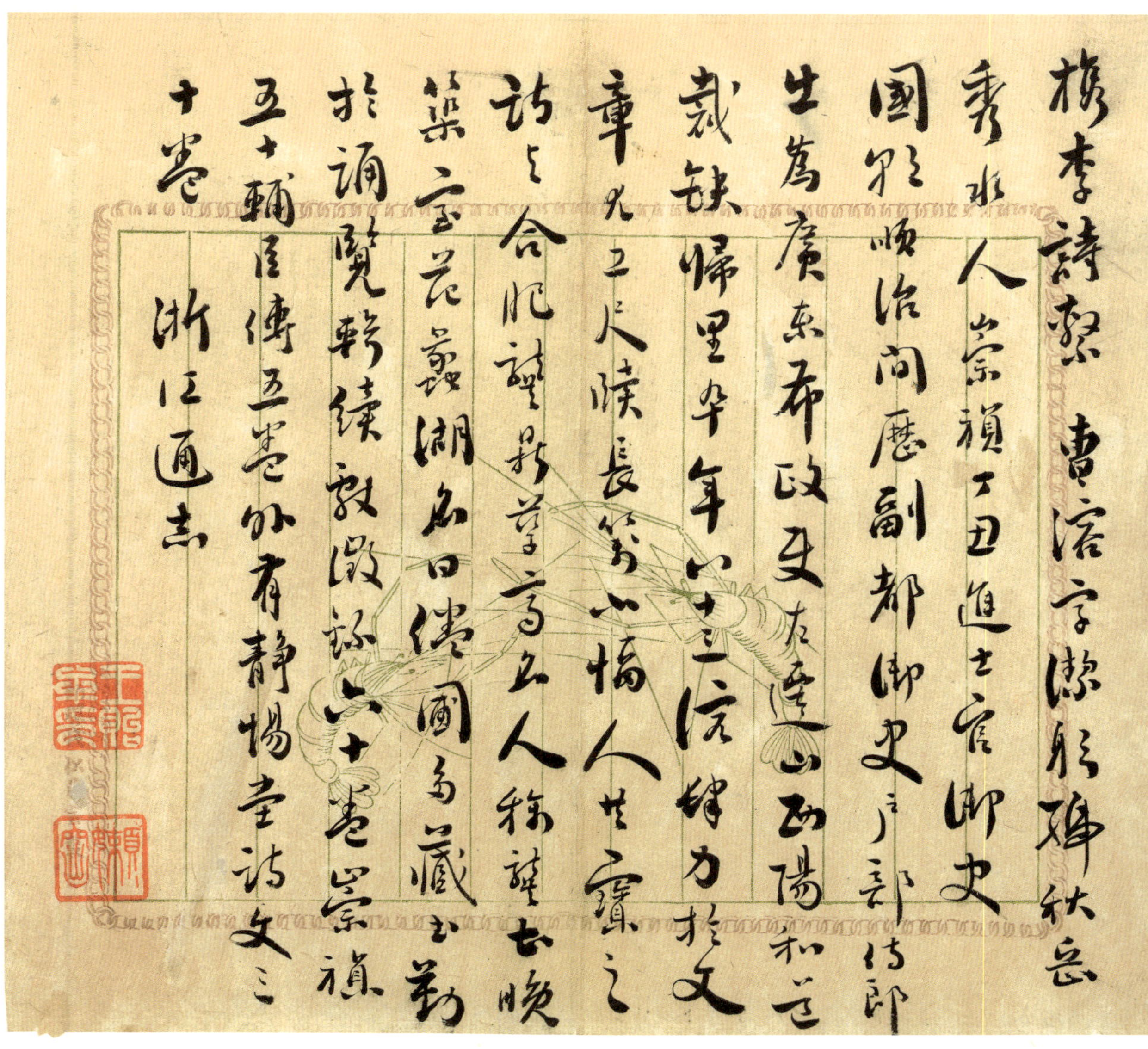
槜李詩繫　曹溶字潔躬號秋岳
秀水人崇禎丁丑進士官御史
國朝順治間歷副都御史户部侍郎
出爲廣東布政使左遷山西陽和道
裁缺歸里卒年八十三溶肆力於文
章尤工尺牘長箋小幅人皆寶之
詩與合肥龔鼎孶齊名人稱龔曹晚
筑室范蠡湖名曰倦圃多藏書勤
於誦覽輯續獻徵録六十卷崇禎
五十輔臣傳五卷外有静惕堂詩文三
十卷　浙江通志

[附] 王貽牟題記

一頁，23.1×25.2cm，鈐印「王貽牟印」、「嬾窋」

《槜李詩繫》：曹溶，字潔躬，號秋岳，秀水人，崇禎丁丑進士，官御史。國朝順治間歷副都御史、户部侍郎，出爲廣東布政使，左遷山西陽和道。裁缺歸里，卒年八十三。溶肆力於文章，尤工尺牘，長箋小幅人皆寶之。詩與合肥龔鼎孶齊名，人稱「龔曹」。晚筑室范蠡湖，名曰倦圃。多藏書，勤於誦覽，輯《續獻徵録》六十卷、《崇禎五十輔臣傳》五卷，外有《静惕堂詩文》三十卷。

《浙江通志》

山木道人摹原題

二　王澍書札

【王澍（一六六八—一七四三，卒年一説一七三九），字若霖，一字若林、篛林，號虚舟，别號竹雲、二泉、恭壽老人、良常山人，江蘇金壇人。康熙五十一年（一七一二）進士，官吏部員外郎。工書，亦工刻印，晚歲鑒定古碑最精。有《淳化閣帖考正》、《竹雲題跋》、《虚舟題跋》等。】

王澍書札

sz013-碑帖063.1

二頁，24.4×15.7cm，有朱、墨筆圈改，有霉漬、輕微蟲蛀損壞，原爲整頁被前人割裱；圖版已拼接

客冬在靈皋兄處快聚，倏忽之間，裘葛已更。每有南人來，無不極口老先生清正和平，冠絕天下。此匪直江南士人之福，亦吾曹同譜之光，真可喜可賀者也！侍別來面目如舊滿意。秋冬之間請假南還，已定於四月二十日發遣眷口先行，不謂於十五日非意之間忽改一官，從此去清閑而就冗雜，不獲優游館閣，追隨先輩後塵，深可歎息。想老先生知之，亦爲哂然一笑也。啓者，敝鄉先達何諱應瑞，丹徒人，由恩貢生於順治壬辰廷試第一，授浙江温州府永嘉縣知縣，居官清慎，久已崇祀名宦。今本郡紳士耆老呈請崇祀鄉賢，各衙門俱已批行，萬荷老先生推分會允，准入賢祠爲望。何先生係侍同府至戚，又爲同科，喬都諫貴太老師。都諫師門誼重，懇求之意肫切逾涯。果能俯賜允從，不特喬都諫之光，即侍亦感如身受。伏毒熱惟倍，萬爲道自重。不復一一。

侍名正肅

老先生尚未了承而遺近一段如其表教卿之達何論應
瑞州從人回具悉惠手帙深至意　廷試第一按浙江
温州府永嘉縣知縣居官清慎久已崇祀名宦今
本郡紳士耆老等請崇祀鄉賢文鄉門得已批
行等事
老先生推分念先淮入賢祠而望何先生俯侍同府
威文因稱鄉郡諫貴太老師都諫師門
垂照求了意挑切達維
係鄉之情不深將鄉諫了先而侍之至以身更深
委垂難能償萬
而並自言不復一一
侍久正再

老夫子大人鈞座前奉來示李武芝來君鑒

簡慕諾

老夫子暑

師未以安頭武南來京見之

傳奉清音課士之餘不廢吟詠是庭

遠懷頃明之

陳老老柳日詞

老夫子起居詞頌之詞將見不悉之意

王澍書札　sz014-碑帖063.2

三頁，縱24.5cm，橫分別爲16.2、16.4、13.8cm，有朱、墨筆圈改，有霉漬、輕微蟲蛀損壞，圖版已拼接

王某謹啓

老夫子大人鈞座：前者李式南來，曾繕簡恭請老夫子並師母萬安。頃式南來京，具道侍奉清適，課士之餘不廢嘯詠，甚慰遠懷。頃晤陳太老師，具問老夫子起居，詞語之間頗有不快之意。門下婉轉譬説，終以音問闊疏，未能釋然。風便萬希時時作書問候爲望。又外間所聞一二語，於老夫子聲名頗有關係，不敢不言。然不便形之筆墨，悉之家虞章兄口中。家兄寥落無會，適緣總憲先生西來之便，意欲就彼捐一先用，而素手無策，不能不厚望於老夫子。知老夫子故人情切，不俟瑣屑，聊復一發其端，爲其先導，萬希委屈周旋是荷。秋風薦涼，伏惟爲道自重。不宣。

生名正肅　餘慶

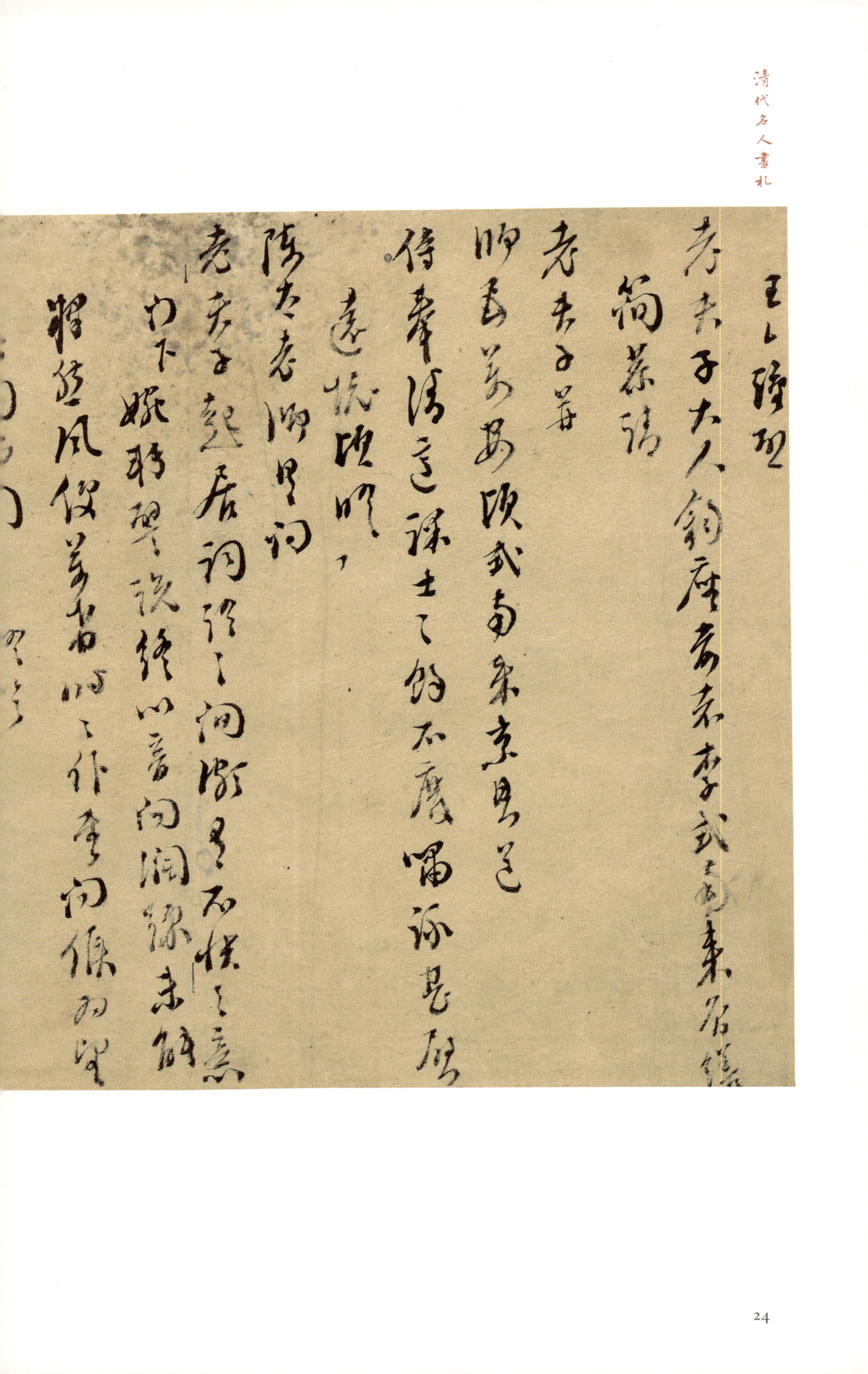

老夫子大人[illegible]

收到之草墨惠之寄云台一幅兑口[illegible]

康寄先察存否會之緣說兹党

生西來之便意欲踐搭一先圖為

未了事策不能不屈望耳

老夫子知

老夫子故人情切不似權唐聊效一曲

其緣即為其先導萬幸

秦曲周旋草蒼秋風蒼凉伏惟

為道自重不宣

生 名 心 肅

張廷平

去歲 旌節南指，辰以數日間乘舟入

道心緒如麻不復可領 教益前饒道都

也至今悵悵別來 起居清勝，日夕了暇不

廣陶寫業已來矣，恨不能甚了了，想者數也

之序孝廉，俟得葉少司農事于扶啟

字下張張自守否？敢招呈綸趣而聞中人情

王澍書札

sz015–碑帖063.3

三頁；縱24.5cm，橫分別爲16.2、16.5、15.7cm；有朱、墨筆圈改；有霉漬、輕微蟲蛀損壞；圖版已拼接

葛臬臺：適有簡付家姪，奉候興居，兼悉種種，想已達矣。玆者，敝世兄廖孝廉下第南歸，道經南省，夙仰明德，欲一瞻韓，囑弟作書爲介。敝世兄係將樂少司農季子，希推愛禮接之。其與江寧府爲鄉親，亦欲一往見，更希爲之先[囑？]。吾兄清操，其傾仰最深，不敢他有所望。但求不吝齒芬，即感荷多多矣。率此申意，不復不復。

張延平：去歲旌節南指，屬以敝同門乘萬兄之變心緒如麻，不獲時領教益，並餞送都門，至今悵悵。別來起居清勝，政事之暇，不廢陶寫，樂正未央，恨不能共之也。啓者，敝世兄廖孝廉係將樂少司農季子，托庇宇下，兢兢自守，不敢稍有踰越。而閩中人情涼薄，往往反行侮慢。伏希推愛，加意護持，俾先師門户不致陵替，即感荷如身受賜矣。臨紙不任瞻企之至。不宣。

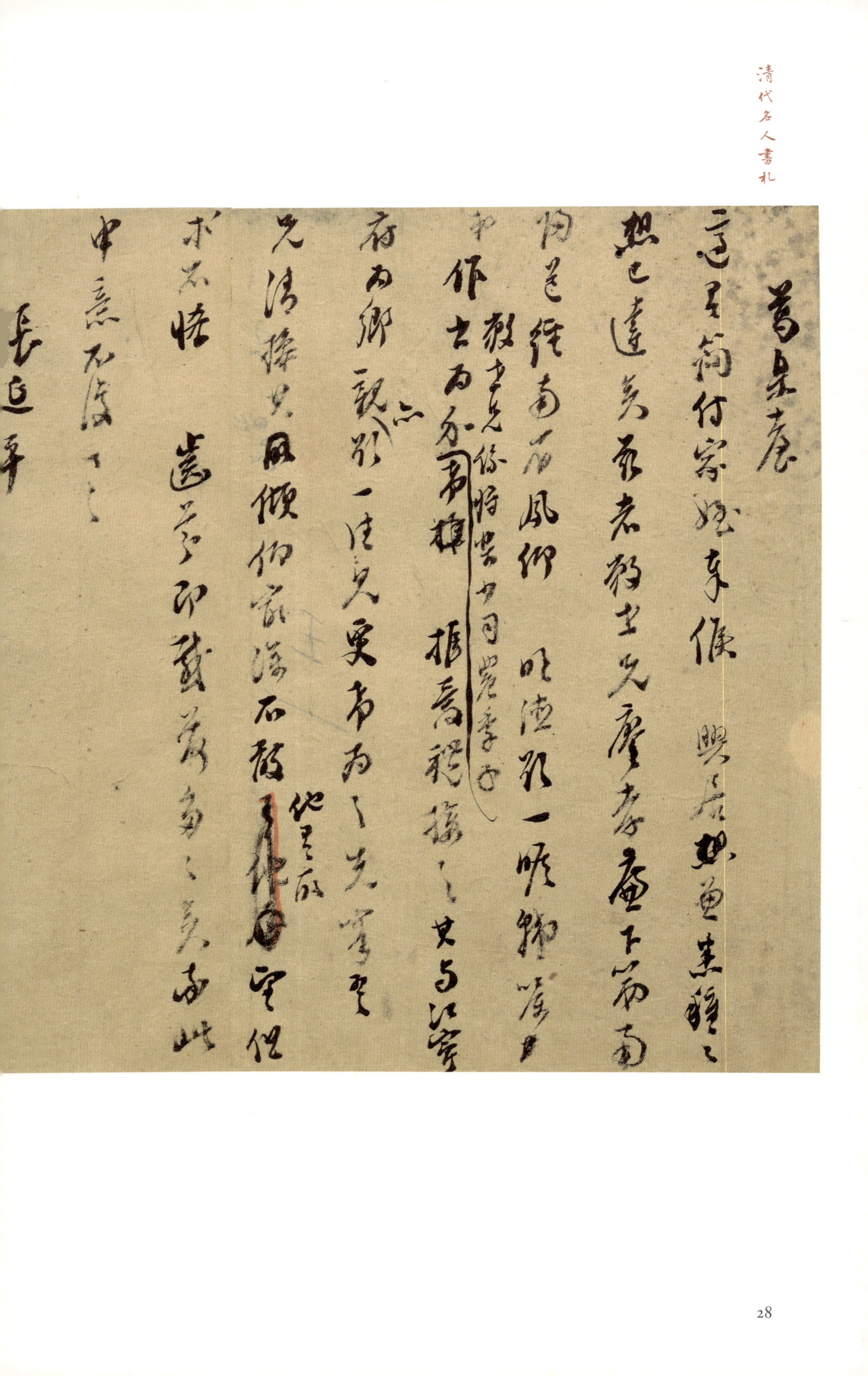

之心緒如麻，不獲叩領教益，并饒道鄰

何日令忙忙到來，趨府請謄，因多了晚不

廣陶齋業未見，恨不能共了此，恐老叔也

大庵孝庵係將來，方可思孝子於府

字下頓頓自字，不能稍具論趣，而閣中人情

論序法上，不肆德得，自處中禁未數，因

伏乞推愛，毋加意護持，保兄鄉門下不

致請福印雙，感如弟交。婦兄頓首

佳晴在下，再不一

王澍書札

三頁，縱24.5cm，横分别爲16.2、16.3、7.1cm，有朱、墨筆圈改，有霉漬、輕微蟲蛀損壞，圖版已拼接　sz016–碑帖063.4

別來日有思想，未審途次侍奉何似？痛楚之餘，得無恙否？念切未已。知已抵家，郎君一路平安，想今解語耶。獨恨正月八日小以痘殤，不獲竟此姻好也。聞二兄山左事皆得脱然，三兄錫山亦復楚楚，今皆抵家否？不得消耗，故不作簡，爲悉此區區也。侍以四月十五日忽改一官，實出非意。本擬以二十日發遣眷口南歸，以輕俗累，不圖中道見阻。事不如志，必有物焉以敗之，大率如此。知關注，聊復奉聞，以博一哂，置之不足道也。比來西北荒旱異常，不知貴鄉何似？想俱安堵如故耶。一葉老人已歸故鄉。惜其別，然喜其去，得脱然長往，亦是一適也。二兄書久不見，不足復道。風便草草，遣此，言不盡意，心照爲幸。不復不復。

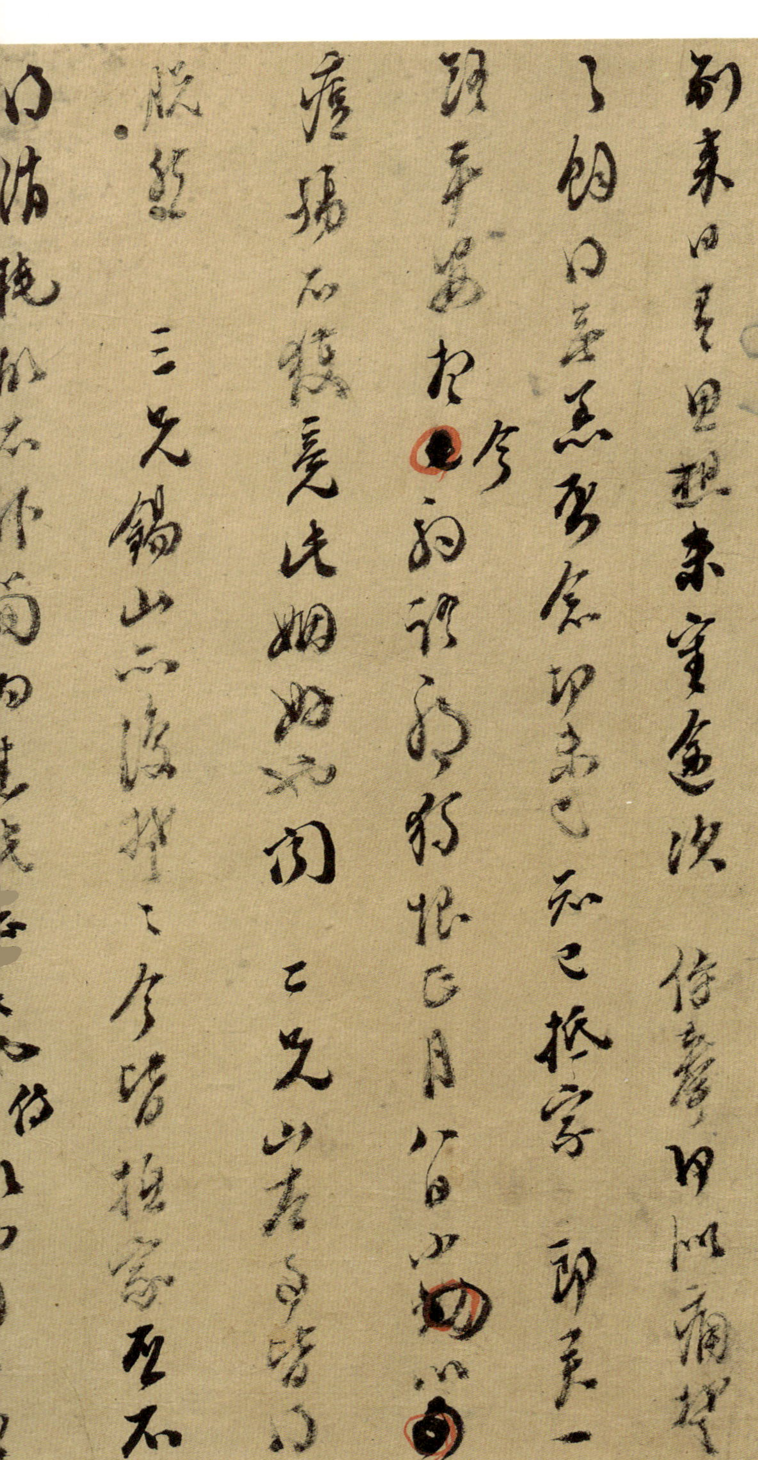

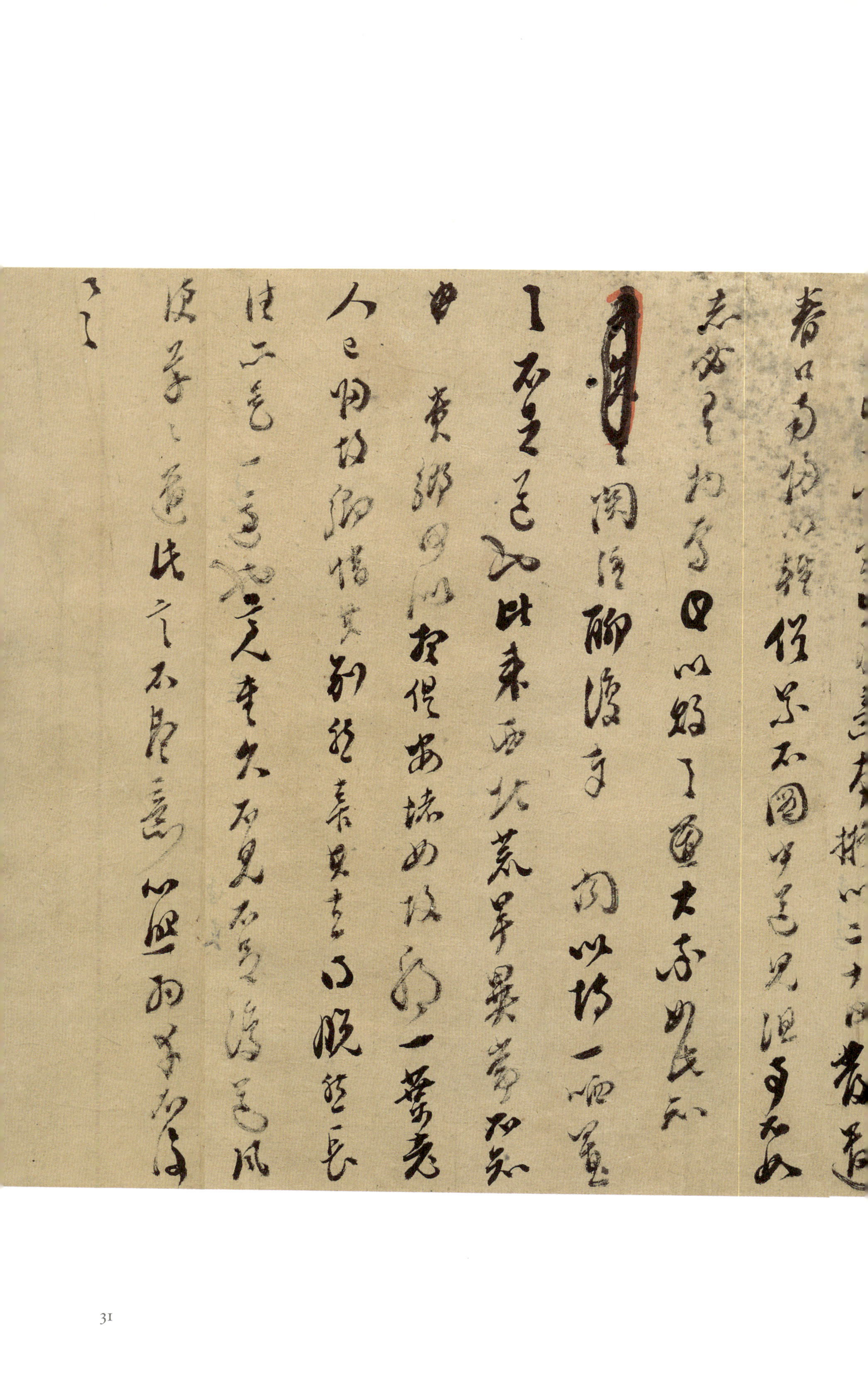

四川雅備歷艱難然筆力氣意以爲甚健指掌程
時不能自休但至蜀何時可得還京耶今下謂問李
撫者遂春日南還袁已來行旦夕更不圖此書
了向想改一官去後倒而默覆渴日見陳舊耳
先生閑入不值一晤也從縣令知縣除傳德公下鄉識
年來知前塗悵問旨開白黄任秦極爲
先生捐禮意弔孤毎已識切近淺尺大計在改
尊望
先生

王澍書札

sz017－碑帖063.5

三頁；縱24.5cm，橫分别爲15.2、15.3、13cm；有朱、墨筆圈改；有霉漬、輕微蟲蛀損壞；圖版已拼接

王某謹啓

老夫子大人鈞席：數月以來，曾未修尺素恭請萬安，祇緣改官後塵事紛糾，每日率以半日料理公務，稍得片刻之暇，輒復懶廢，以致疏慵之罪，不可勝數。惟希老夫子格外鑒原爲荷。入秋以來，伏想侍奉萬福，師母暨各位世兄均荷殊祉，足慰遠懷。去歲一載有餘，不得大世兄音耗，心甚懸之。夏初始聞已達四川，雖備歷艱難，然幸得無恙，以爲甚慰，拊掌狂叫，不能自休。但未審何時可得還京耳？門下四月間本擬發遣眷口南還，裝已束，行且有日矣，不圖非意之間忽改一官，去清閑而就塵濁，日有墮落耳。知老夫子聞之，不值一笑也。攸縣知縣陳傳，係門下鄉試同年，相知最深，情同骨肉。自到任來，極荷老夫子格外垂青，有加無已，感切匪淺。今大計在即，萬望老夫子始終玉成。渠履任數年，並無過舉，久在老夫子洞鑒中。倘能破格提携，俾有成就，即其成之德，非獨陳兄世世以之，門下亦如身受矣。秋風薦涼，惟爲國倍萬自愛，以時保攝，慰此馳仰。臨啓不任瞻切之至。

門下名正肅　　慎餘

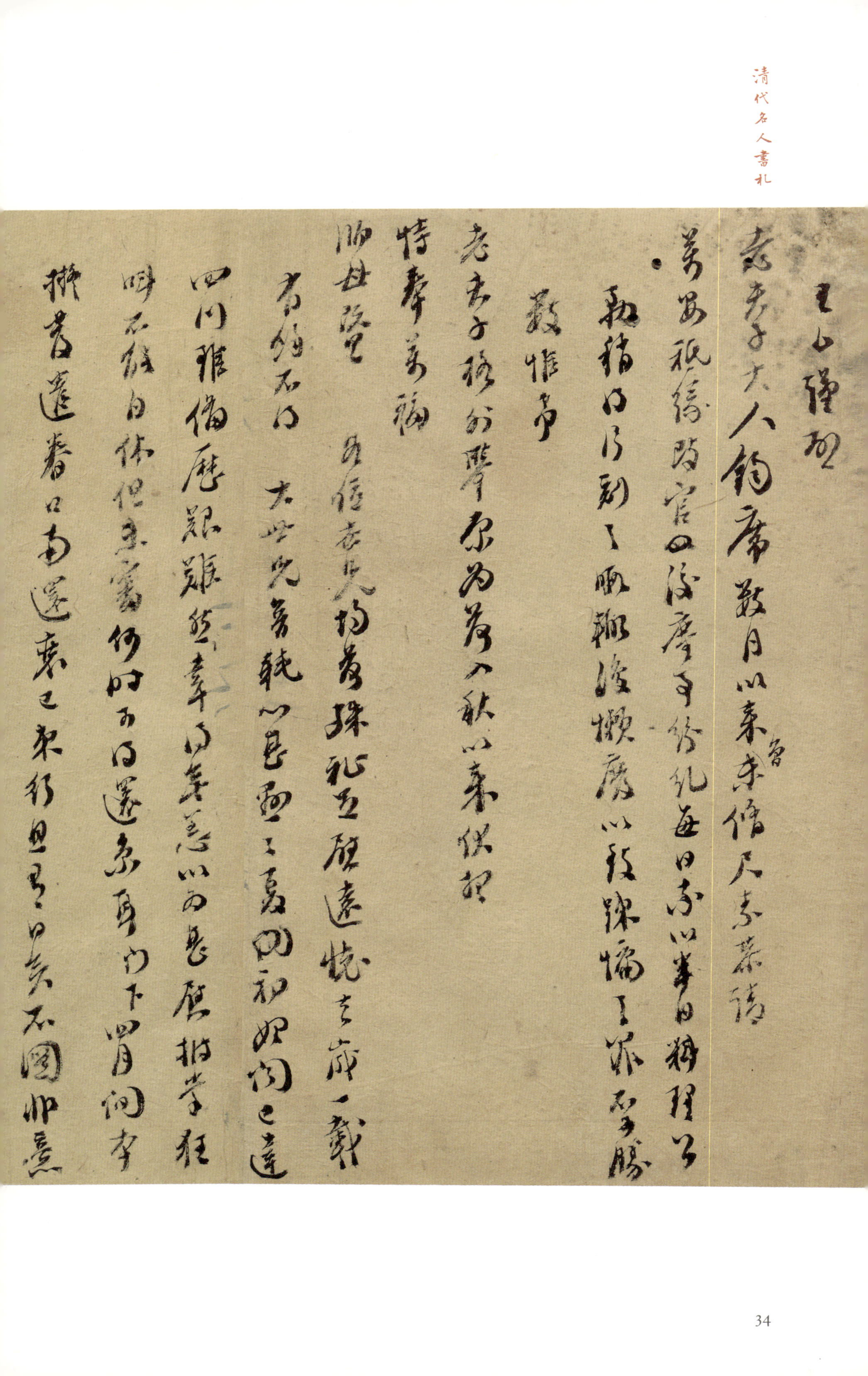

交承之行又不能一安任郭知縣陳傳俸之下 卿識因
年都知前路轄內昔聞自黄(勳)住來極為
老夫子極為垂青如是也哉切近得久大計在邇
寄望
老夫子明德盛集履任後年益之靈光在
老夫子同鑒甲傍儀
祈極托携仍乞成就即
時賜了後此將陳之意以〇門下心以身受莫報[illegible]
萬冀維
西國[illegible]寄自慶以時[illegible]稱[illegible]御[illegible]不住[illegible]
切々至
門下名
[illegible]
頓[illegible]

王澍書札

sz018-碑帖063.6

二頁；縱27.3cm，横分别爲16.3、14.9cm；有朱、墨筆圈改；有霉漬、輕微蟲蛀損壞；圖版已拼接

侍以非才，忝厠館末。秪以未聆麈誨，中心歉然。比歲以來，老先生功業文章，光並日月，雖伊、吕生今日，何以過之？指日之間，自當入調鼎鼐，以覆幬四海生靈，非直爲西土干城已也。侍與令郎世兄相知頗切，兩年前曾見老先生手録李義山詩，竊歎書法之美不讓古人。意特好之，親爲鈎摹上石，並係數語於後，以附不朽。侍於書道茫無解悟，忝竊時名，深用爲愧。比以匠門先生所製《閱武銘》擘窠大書奉呈悊匠。目昏手戰，力不能工。布鼓雷門，良深慚悚。伏希老先生政事之暇，指其闕失，導其謬迷，即感切不勝矣。天寒，惟冀爲國自重，以時保練，慰此馳仰。不宣。

侍名正肅　餘慶

告西去千歲之

六郎去冬相見瞬忽兩年不得見

老先生手書李義山詩當歎書法之美不讓古人意

猶好之親內翰蔡上石并圖系對詩於後以財不行侍於

書豈能免鄙翰時在家時求除用內嫂比以□近以先生

既於閒武錄集案六十本奉呈

想近日昏手鈍力不能工而請留意深謝伏希

老先生政事之暇指其闕失冀其深速即感切不勝矣

天寒惟冀

爲國自重以副僕僚所以馳仰而望

何名正肅

啓

王澍書札　sz019-碑帖063.7

三頁；縱26cm，橫分别爲16.2、15、9.2cm；有朱、墨筆圈改；文末「王澍印」係另紙鈐蓋後的剪貼；有水漬、霉漬、輕微蟲蛀損壞；圖版已拼接

頃者溆浦令南還，曾繕簡恭請老夫子萬安，想已達記曹矣，即日伏惟老夫子近履亨嘉，師母暨各位世兄皆荷殊祉爲慰。頃晤二世叔，云與肅州觀察將有婚姻之約。以問汝舟，尚未之知。汝舟已作書西去問信矣，不日必有好音，到時即當奉聞也。匠門先生自蜀中來，道經西安，晤鄂總制，具道大世兄才略之佳，並其相待委曲周至處，匠門先生已深爲道謝，兼復切切相托。今匠門先生視學南晤時必當備述，不煩生之瑣瑣也。但匠門先生貴州之行，雖名督學，不異寒氈，兼以道里迢遥，薪芻不給，萬希老夫子垂念故人，委曲周恤，即感如身受矣。天寒，伏希爲國自重。臨啓不任依切之至。

生名正肅　餘左

即日啓奉

問道門先生自蜀中回識來，遂從西蜀晤鄂

從容是道

右此先生才略之奇，英英相符，每思因至寄，直道門先

生已。須為道謝，再須切切相托，今直道門先生親

學南賢，以道學倚述不煩先生之論，但直道門先

生貴州之行，雖不習學，不異寡鍾，無以益見道

道莫留不絕筆者

老夫子雅念故人，曷曲周惺，即感此其義之至矣

伏希

西國自重，順頌不任依切之至

生 名 正肅

頓 首

紹青寫

三　孔繼涑書札

【孔繼涑（一七二七—一七九一，一作一七二六—一七九〇），字信夫，一字體實，號谷園，又號東山、葭谷，山東曲阜人，六十八代衍聖公傳鐸第五子。清乾隆三十三年（一七六八）舉人，候補中書。工書，精碑版鑒別。摹刻《玉虹樓法帖》。】

大人謙光下逮素蒙
關注心泐有年昨日晉謁之間仰見
德意深憐其困而思濟其阨茲特寄上阿膠一百
觔鑑真王缸帖各廿部倘能設法分銷俾得高
價則明年餬口有資舉家啣戢如以為事太纖
未便於行是亦體統攸關之處不妨暫留
尊署俟涑處有南下之便再作他圖金蘭契好
正不在形跡間也專函肅佈敬請

孔繼涑致某公[竹溪]書札　sz020-0925.01

四頁，縱25.9cm，橫分别爲12.2、11.8、11.4、11.4cm，圖版已拼接

嘉平届節，獻歲將新。伏惟世老大人德履綏和，順時增勝，定符心頌。前於韓莊呈上聯額等件，方以荒疏爲歉。迺承翰諭，過與褒嘉，捧誦之餘，益滋顔汗。敬啓者，敝處年荒，田無售主，而捐項限期緊急，乏術點金。即將通歲所入者盡數以用，尚未能敷三五之數。至於家口，長年饔飧，更無所恃以舉火。再三籌畫，只得自造阿膠，加以拓帖，托親友代爲銷散。事屬瑣屑，安敢煩瀆清嚴。竊惟大人謙光下逮，素蒙關注，心泐有年。昨日晉謁之間，仰見德意，深憐其困，而思濟其阨。兹特寄上阿膠一百觔，鑒真、玉虹帖各廿部。倘能設法分銷，俾得高價，則明年糊口有資，舉家銜戢。如以爲事太纖，未便於行，是亦體統攸關之處，不妨暫留尊署，俟涑處有南下之便，再作他圖。金蘭契好，正不在形跡間也。專函肅布，敬請鈞安，臨緘依切。不宣。

竹溪世老大人閣下　　世愚小弟制　繼涑頓首　十二月初九日敬沖

嘉平屆節獻歲將新伏惟
世老大人德履綏和順時增勝定符心頌前於韓
莊呈上聯額等件方以荒疎為歉迺承
翰諭過與褒嘉捧誦之餘益滋顏汗敬啓
者敝處年荒田無售主而捐項限期緊急
之術點金即將通歲所入者盡數以用尚未
能敷三五之數至於家口長年饔飧更無所恃
以舉火再三籌畫只得自造阿膠加以拓帖託
親友代為銷散事屬瑣屑安敢煩瀆
清嚴竊惟

[illegible]年日日晉謁之間仰見

德意深憐其困而思濟其阨茲特寄上阿膠一百觔鑑真玉虹帖各廿部倘能設法分銷俾得高價則明年餬口有資舉家啣戢如以為事太纖未便於行是亦體統攸關之處不妨璧留尊署俟涑處有南下之便再作他圖金蘭契好正不在形跡間也專函肅佈敬請

鈞安臨緘依切不宣

竹溪世老大人閣下

世愚小弟制繼涑頓首

十二月初九日敬冲

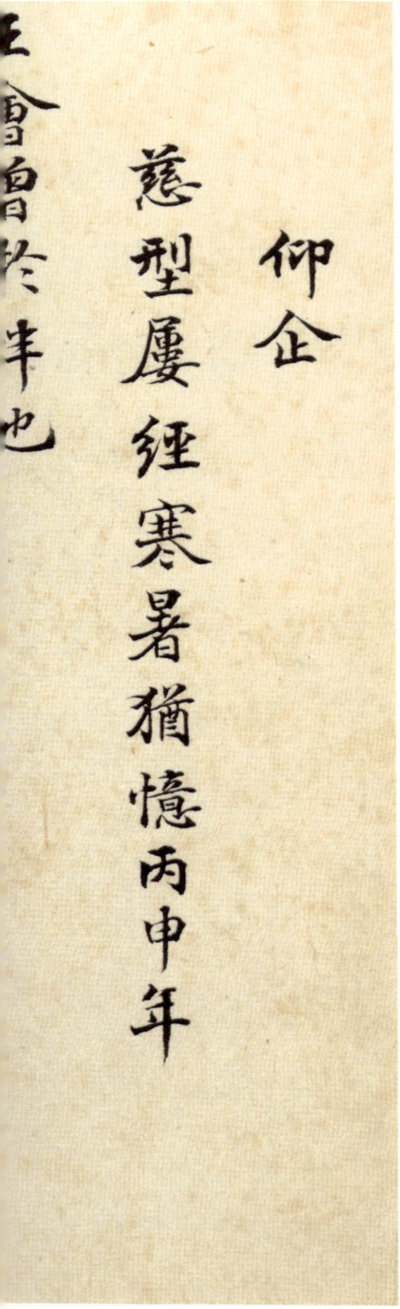

孔繼涑書札 sz021-0925.02

四頁，縱25.9cm，橫分別爲19.5、19.5、19.5、9.8cm，圖版已拼接

仰企慈型，屢經寒暑。猶憶丙申年王會，曾於泮池行宮前得望光儀。時因差務殷繁，未遑摳謁。邇惟大中丞世老大人旬宣嵩甸，既憑熊軾以開藩，節鉞中州，更荷龍章，而分陝物望，協允升之，願帝心隆，簡在之恩。涑以邱壑凡庸，頻年守拙，未敢輒修蕪啓，上瀆起居，叨庇餘輝，每深依切。家兄捐輸豫工一項，適當東省積歉之後，百方措設，綿力難支。窘迫情形，久邀洞鑒。從前節次完納三萬餘兩，並蒙世老大人俯垂青睞，盛德栽培，枯朽回春，舉家銘勒。不意家兄既卒於杭郡，而舍姪廣森積勞兩載，又於仲冬八日病歿。幽明永隔，銜結徒殷，竟不獲親叩崇墀，恭申謝悃。涑情聯骨肉，心篆鴻慈，悲悼之餘更深感荷。舍姪廣林現在苫次，遣家奴續交工項到豫。特肅，蕪函鳴謝！順請福安，伏祈丙照。不宣。

晚名正具

光儀時因差務殷繇未遑摳謁迩惟
大中丞世老大人旬宣嵩甸既憑熊軾以
開藩
節鉞中州更荷
龍章而分陝物望協允升之頋
帝心隆簡在之恩涑以邱壑凡庸頻年守拙未
敢輙修蕪啓上凟

起居叨庇
餘輝每深依切家兄捐輸豫工一項適當東
省積歉之後百方措設綿力難支窘迫
情形久邀
洞鑒從前節次完納三萬餘兩並蒙
壺老大人俯垂青睞
盛德栽培枯朽回春舉家銘勒不意家兄既
卒於杭郡而舍姪廣森積勞兩載又於仲
冬八日病歿幽明永隔卻者迭歿竟不獲

親叩

崇墀恭申謝悃涑情聯骨月心篆

鴻慈悲悼之餘更深感荷舍姪賡林現在苦

次遣家奴續交工項到豫特肅蕪函鳴謝

順請

福安伏祈

丙照不宣

晚名正具

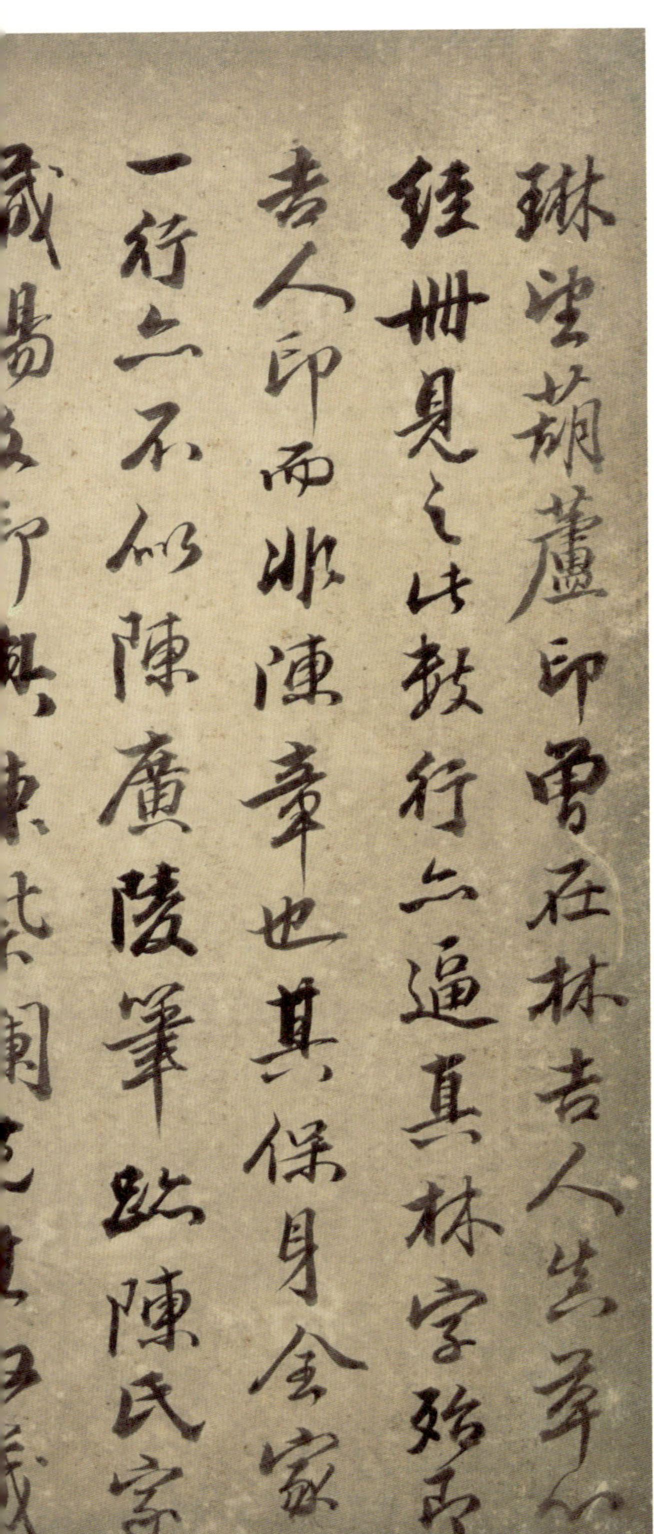

孔繼涑書札

二頁；縱20.6cm，横分别爲12.7、13cm，鈐印「玉虹樓」；圖版已拼接

sz022-0925.03

「琳望」葫蘆印，曾在林吉人《真草心經册》見之。此數行亦逼真林字，殆即吉人印而非陳章也。其「保身全家」一行，亦不似陳廣陵筆迹。「陳氏家藏」陽文印與陳紫瀾先生收藏印篆文、大小皆符，豈本伊家物耶？以理揆之，大概歸尊府未久，多不過廿年間事耳。勒成後細加審定，尚未是京兆上乘。蓋結體全是趙法，無晉人瀟灑淡古之氣，較之信手作怪草自遠勝之。鄙見如此，敢以質之，高明以爲然耶否？

涑又白

已[illegible]之大小皆作草本使字若耶以理揆之大槩歸于前來久留不過廿年間乃耳難滅後細加審定當來是京地上乘蓋結體全是趙法世晉人瀟灑淡古之氣較之倍手作恬筆自遠勝之竊見如此敢以質之高明以為然耶 居[illegible]白

孔繼涑致某公[夢髯]書札

二頁，縱20.6cm，橫分別爲12.7、13cm，圖版已拼接　sz023-0925.04

復夢髯師書：受業繼涑百拜稟。朱肖野表甥持手諭至，敬悉夫子福履綏嘉，稍慰依切。《憶園圖》尊命題卷額，附以跋，并聯幅二、家帖四以贈。肖野爲人直而雅，能安貧，吐屬不俗，宜我夫子相賞於傾蓋間、托以重大也。雖然信近於義，言可復也。親疏之理不容到置，任重道遠，豈能憑以意氣，收效於稀奇，僥幸萬一哉！肖野心固善，而術則疏，事之難成，於正初侍坐時已決之矣。我夫子豐厚之體，六旬之年，頤養爲要。夫事不可不知，知之而反，不必怒。怒而無益，不如勿怒。人孰無情，須於「無益」二字看得透。透則豁然心胸，自釋凝滯。人生成敗利鈍，造物主之，豈人所能持其權者哉！

繼涑拜書

可復也氣跡之理不容到置任重道遠豈能偶以意
氣收斂於稀奇傀偉萬一或肯野心固善而術
則踈事事難成於正而付望時已決之矣我夫子
豐厚厚之體亦自自之年瀕纂為要夫事不可不
知知之而反不必然然而無益不如勿然人孰無
情須于無益二字看得透透則豁然心胷
自釋澄滯人生成敗利鈍造物主之豈人
所能持其權者哉 從諫拜書

孔繼涑書札

二頁，25.7×14.8cm，圖版已拼接　sz024-0925.05

守拙里門，久疏啓候。去歲聞簡任外臺，搴帷晉鄙，鱗鴻充使，又未獲一函申賀，疏節廢禮，甚抱悚慚。乃蒙不弃鯫生，遠賜存問，獎借逾分，眷注殷拳，雒誦之餘，且感且愧。弱歲操觚，率爾塗抹，不自分量，灾禍楮藤。近來年益壯，而書不加進，冀得就正方家，稍獲南車之指，因思海内大匠無過老先生者，是以妄以舊紙求教，今許以撥冗書就擲示，從此益得所楷範矣。從前所用湖款，皆托世澤代辦。而舍親所委非人，近時馳寄者頗不適用，以所存下，又寥寥無幾。今悉索敝簏，僅得七矢，外副以二十枝，即新購不堪之物。恐不足供大家揮灑，故不敢多寄。容覓得佳者，再當貢硯北，玉前用泥金，亦係南中之物，山左金既不净，且無好泥手，現即差人往南製辦，得時同筆一併呈上可耳。舊時所鎸碑版，皆歷下楊盛基所刻。此人頗識此中甘苦，尚不致脱却「神明矩獲」。日來正在舍下摹勒，俟完竣當即令其束裝赴轅，聽候役使。兹因使旋，率泐布復，並請候安。統惟丙照。不宣。

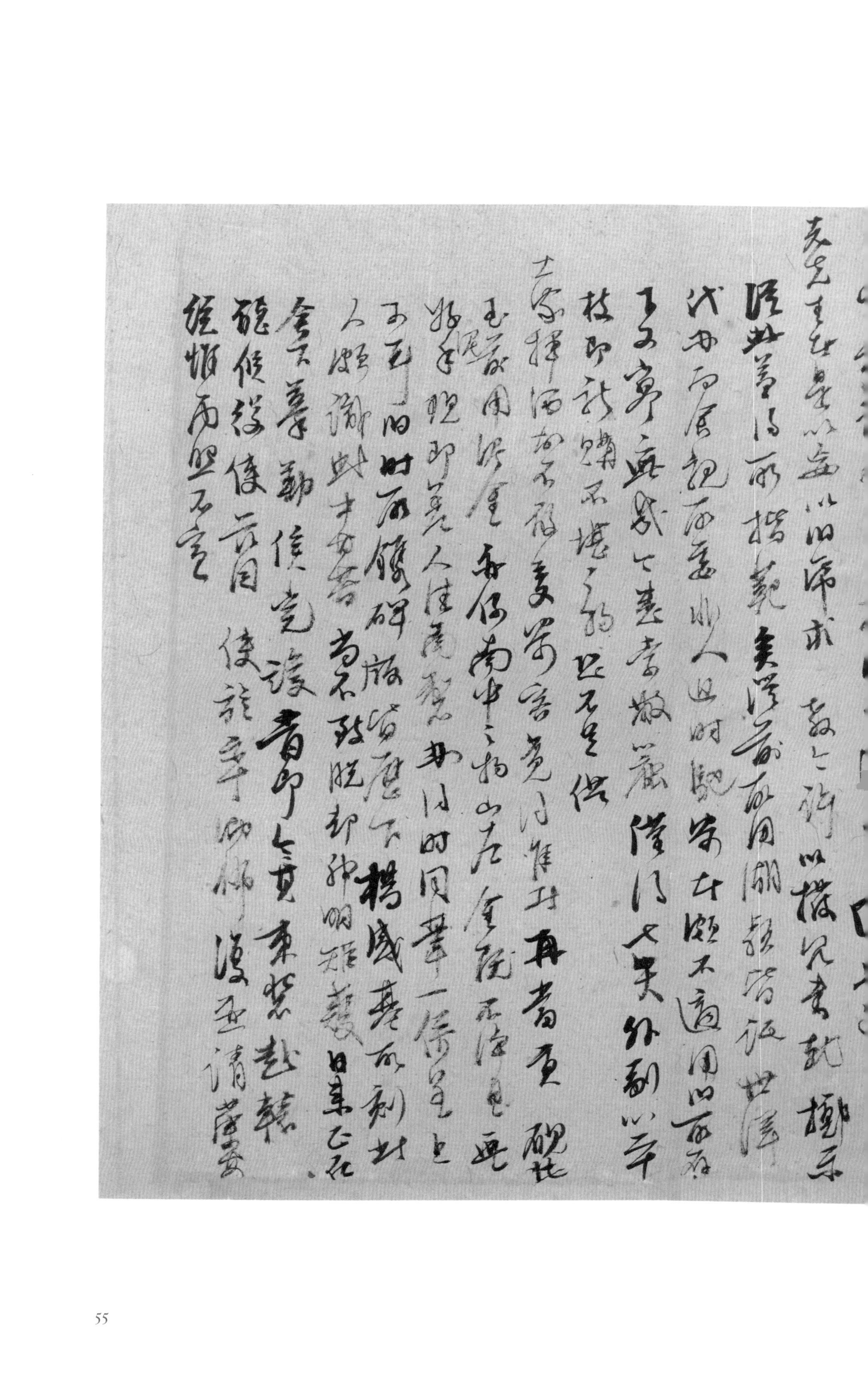

孔繼涑書札

sz025-0925.06

二頁，25.6×11.2cm，圖版已拼接

今舅來東，一行申賀，諒登記室。近想老親家稱觴介壽，賓客滿堂，清興知復不淺也。松兄來京，赴去年刻書之約，不特弟鹿鹿簿書，久已忘此一語，即老親家亦忘之矣。今歸途造府稱祝，附此申候起居，餘容續布。

姻弟名正肅

内碑文九首，已蒙王面諭，今將原本繳上。謹啓。

弟意意勝者久已忘此語耶

老親家之忌辰矣七旬逢造

府拜祝附此申候

起居餘容續佈　姻弟名正肅

內解文九首已蒙

王面諭今將原本繳

上謹

啓

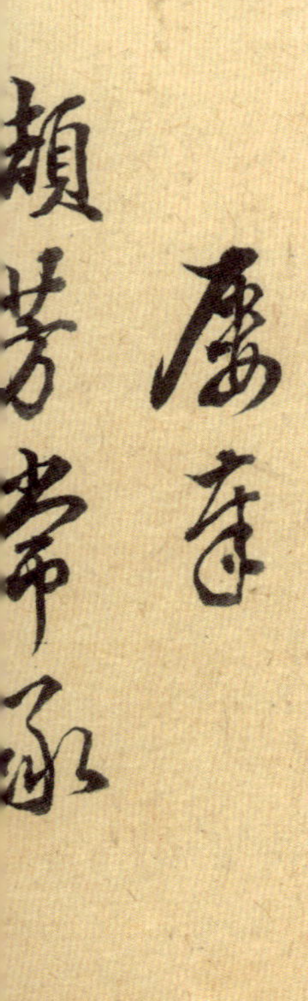

孔繼涑書札 sz026-0925.07

二頁，縱25.2×11.7cm，圖版已拼接

屢奉頫芳，常承渥注。仰瞻棨戟，遥溯蓼思。鈐下復傳尺素，發函伸紙，如對芝顔，良深懷想。肅此，恭候近祉，並謝。不宣。

泣弟名正具 敬沖

孩次伯照

榮戟急溯夢思銘下渡傳尺

素發函神經如對

芝叙良深悵想一函比茶儀

近和益冱不宣

陳孝名正具

某中

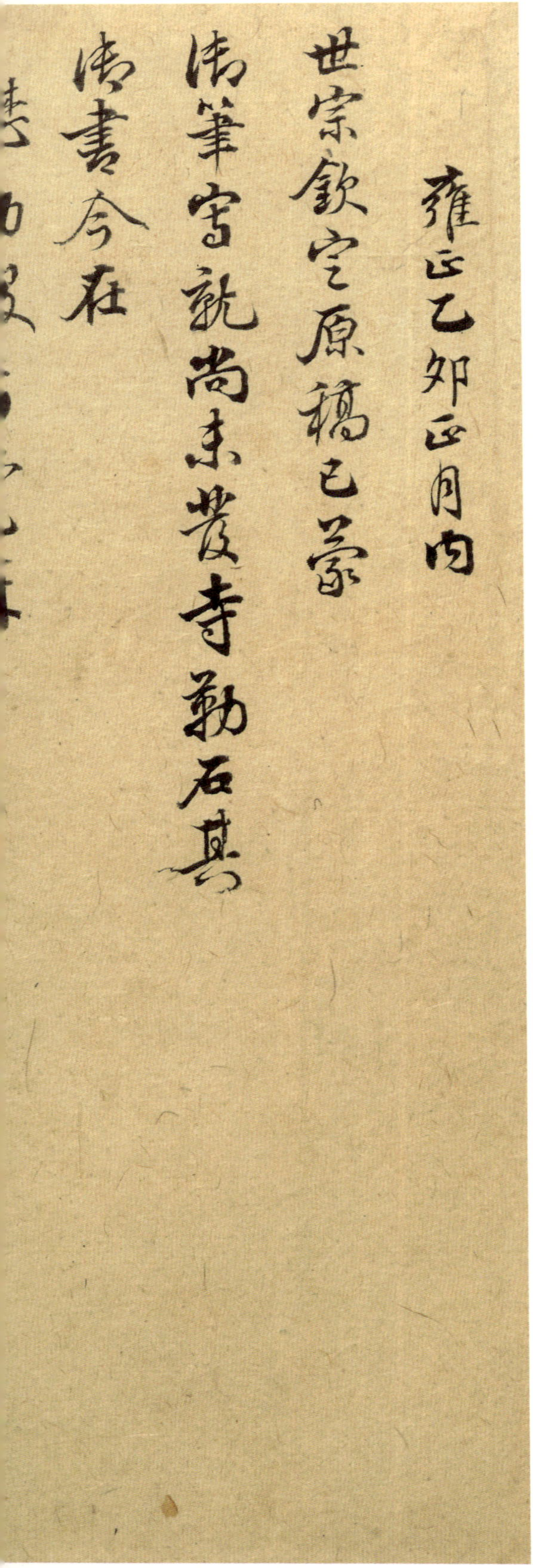

孔繼涑書札 sz027-0925.08

二頁，第一頁25.7×17.1cm，第二頁24.9×13cm，圖版已拼接

雍正乙卯正月內世宗欽定原稿，已蒙御筆寫就，尚未發寺勒石，其御書今在懋勤殿。前亦已奉面諭，此碑仍應刊刻在案。但「如何盛竟未曾往主席則工既竣至法席」十六字，似應去。如所言可采，當奏明將御書交下，雙勾排准發出可。

昨者學使管家回粵，曾以一函侯候，諒塵記室。僕既以軍務碎其家，又不得即歸田里，旅食京師，已有索米之勢，而所辦筆墨差使，又日一埤益，皆非可爲無米炊。是以迫窘語屈，有前札名世之請。想老長兄見札，無不爲之地者。茲因聞君來粵，肅候台安。儻前信所懇尚乏便，未即見覆，幸必留神。餘未一一。

承諭此石[illegible]

席則工既竣，至法席十六字，似應書如所云

可采，當奏明將

御書交下，從勾排准發出可

昨者學史以家田粤差以一函修候諒塵

記室。僕既以軍務碑其家，又不得即恤田里，旅食京師，已有崇

米之勢，而所籍筆墨差使，又日一拜益增，非可為要來歟

是以迫窘請歷有者札名無之請想

老長兄見札念不當之地者，茲因閱奕來粤屬候

台安，儻前信所留為之便，來即見覆，幸必留神，餘末一一

孔繼涑書札

sz028-0925.09

二頁，25.6×11.2cm，圖版已拼接

政聲日著，德望日隆。曾協寅恭，能無躍喜。伻來具稔，興居多福，良慰遐思。捧讀瑶緘，想簿書堆案，必無暇妃青媲白，豈尚有捉筆時耶？否則蓮幕中人爲此書者，學問近古，良不可忽。謹復。

弟名正具

[illegible]來良[illegible]

興居多福，良慰遐思。捧讀

琬緘，想

簿書堆案，必無暇妃青媲白，豈尚有

提筆時耶？否則

蓮幕中人為此書者，學問近古，

良不可忽。謹復。

弟名正具

孔繼涑書札

sz029-0925.10

二頁，25.5×13.3cm，圖版已拼接

昨台旌出都，過蒙枉玉，適在公，不獲一接鈞誨。罪戾餘生，食息俱在恐懼之中。欲一謁謝，展轉遲回。及奮然出詣行邸，則老先生已出國門一日矣。罪歉之懷，所爲臣猶知之者也。道履定復勝常，雙鱗難得，不敢通愫。兹聞老先生來粤，肅此，恭候台安。一伸積悃，臨啓無任馳溯。

侍名正肅

行取則
老先生已出國門一日矣眾郵之懷而臣猶
知之者也
道履定之後勝書遴鮮難得頭正尾正者
不敢通懷茲聞 老先生來粵甫此恭
候
台安一伸積悃臨函無任馳溯
侍名正肅

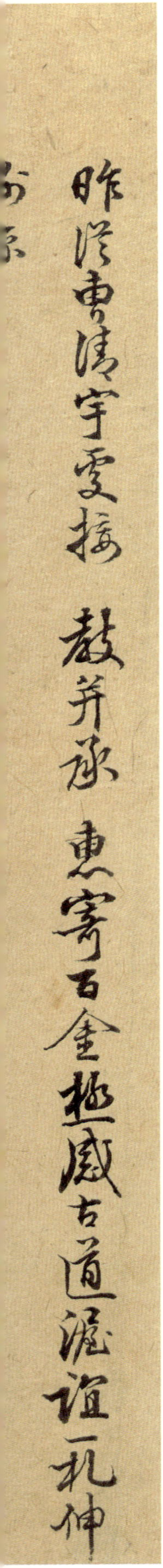
昨從曹清宇處接教并承惠寄百金極感古道渥誼一札伸

孔繼涑書札　sz030-0925.11

二頁；第一頁24.9×11.5cm，第二頁24.9×8.9cm；圖版已拼接

昨從曹清宇處接教，並承惠寄百金，極感古道渥誼。一札伸謝，諒塵記室矣。僕在此所辦筆墨差使日益以多，皆非可爲無米炊者。在聖意，即以此爲念舊加恩。而在僕，則有索米長安之勢，四五月間竟至炊烟欲斷。老年兄厚情重疊，無相累不休之理。而僕亦寧不恥於屢受。今有懇者，祈草札付曹清宇。儻僕處有緩急，在毛詩以下者，應之兩三月間按期清還無誤。則後有請者，復應如此。則所沐雅愛已復不貲，不必定往而不返，方爲叨惠也。本不應復有此請，奈現在家中不能接濟，而他處挪移又在遥遠之地，只得又有此懇。幸高明照察，勿以無猒見疑。是所深望。專此，恭候近安。餘嗣布。不一。

吏部文想久到矣。往南近在何處？若見幸，致意。

在　聖意即以遣西念舊加　恩而在僕則有宗來未安之勢

四五月間竟至炊烟幾斷

去年兄厚情重疊無相累不休之理而僕亦寧不恥于屢屢有懇於執事札付曹使寄僕僕更有緩急在毛詩以下者應之兩三月間接踵請益無候則復有請於後應如此則所沐雖愛已深不覺不必定往而不返方為叨惠也亦不應復有此請奈現在家中不能接濟而他處挪移又在遙遠之地只得又有此懇幸

高明照察勿以為屢見棄是所深望專此恭候

近安餘詞佈不一

吏部文札久到矣往南近在此處寄見章致意

八月睽違，輒聚信宿，重別黯然。接
手書，得悉
玉體安善，藉慰遠懷。此間亦有雨雹，
旱後必然之理。昨日甲子夜，即大雨竟
乾爲水溢，亦一定之理。計此時江南當已
儘仍無之，則鎮江已不能行焉。得去
板船雖小，不至難放。大艄若河下得

孔繼涑書札　sz031-0925.12

六頁；第一至二頁28.9×12.4cm，第三至四頁28.9×12.7cm，第五頁26.9×12.8cm，第六頁25.5×12.8cm；圖版已拼接

八月睽違，暫聚信宿，重别黯然。接讀手書，得悉玉體安善，藉慰遠懷。此間亦有雨雹處，幸未廣耳。蓋旱後必然之理。昨日甲子，夜即大雨，竟日方止，轉旱乾爲水溢，亦一定理。計此時江南當已有水通舟矣。儻仍無之，則鎮江已不能行焉，得達常州耶。湯板船雖小，不至難放大箱。若河下得水，計此日將到武林，與姪女處素相聚，亦客中好事也。頃聞葉爾羌故王之子燕喜有蠢動意，其心懷復讎久矣。近以招集能人爲事，其地近在伊犁之西，幸已捐軀，不履危險驚惶之域。昨因明將軍西行，有向撫軍道賀者，答云：「賀甚麽？焉知非禍？」而渠亦於月底陞見，惟祝其升爲妙耳。義壑於八月廿三去世，家中雖未大鬧，已頗不静。璽相却無説，倒是六與三作炒，不過爲做綿衣細事之類，四則但知保守其病妻耳。當初終時在床不能哭臨，而分例之飯必索，諸公中頗有不孝聲。葬事以亥、子兩月不合，大約定在臘月間。無力置椁，遷就用鮮楊木，尚需五十千。弟以上年湖廣所辦之新楠木做好油成贈之。物雖平常，似比楊木較勝。若渠家諸事難辦，久在意中，弟無從置喙。梅庵札今日交心泉，從吳門轉遞可達也。文木咨追銀八百金，絶不在意。日前胡公有書與弟及文若，將欲監追其子。昨拏押，家人費廿千，方保出。乃相商進地與如川，尚未成也。兹乘戚鶴泉家人之便，肅此，請十兄安。

弟涑頓首　古重陽日

心泉館仍舊百金之脩，則弟自出王老五，不附矣。戚公欲辭，慎修太太特來弟家求致詞，亦再住一年，初五卒。哭日，慎修請弟往議分家，繼而諸子又求不分，乃改爲明年四月，小三既娶後再辦。琭者兩腿生黑瘡甚劇，云是陰瘡，蓋其妓妾淫毒所致。若止因此而死，則太便宜矣。天道止此已乎！

癸卯嚴世兄寄書索帖，恐爲人乾没，至今未寄。兹有書一封，《玉虹帖》一部，並益以《鑒真摹今法帖》各一部。訪渠住吴州何處，妥與之。渠聞兄在杭，或自來見，未可知也。

八月睽違輶聚行宿重別黯然捧讀
手書得悉
玉體安善藉慰遠懷此間亦有雨雹處幸未廣耳蓋
旱後必然之理昨日甲子夜即大雨竟日方止轉旱
乾為水溢亦一定之理計此時江南當已有水通舟矣
儻仍無之則鎮江已不能行焉得達常州耶湯
板船雖小不至難放大箱若河下得水計皆將
到武林與姪女屢素相聚亦客中好事也須問
葉爾菴故玉之子並喜有蠢動意其丁衰復誰之美

上以其真前人各事甚此近在伊犁之西幸已捐
贖不履危險驚惶之域昨回明將軍西行有向撫
軍道賀者答云賀甚麼焉知非禍而渠亦于月
底　陛見惟祝其陞為妙耳義寧于八月廿三去
世家中雖未大鬧已頗不靜壐相卻無說倒是
亦與三作妙不過為做綿衣細事之類四則但知
保守其病妻耳當初終時在牀不能哭泣而令倒之
飯必索諸之中斷有不孝聲董事以亥子兩月不
合大約定在臘月間無力置櫬還就用鮮楊木尚

需五十千，弟以上年湖廣所辦之新楠木做好油成贈之物，雖平常，似比楊木較勝。兄渠家諸事，雖辦久在意中，弟無從置喙。梅菴札今日交以泉從吳門轉遞，可達也。文木洛追銀一百金，絕不在意。日前胡之有書與弟及文兄，將那監追其子，昨被押，家人費廿千方保出，乃相商進地與如川，尚未成也。茲乘戚鶴泉家人之便，肅此請

十兄安

弟淶頓首

戚戚形辭憔悴之至特來寺家求改調亦再住一年

初五來哭曰憔悴請寺住議令家繼其諸子又求

不令乃改為明年四月小三既要後再出孫者兩腿

生黑瘡甚劇云是陰瘡蓋其好宴淫毒所致

者止因此而死照古便宜矣天道如此已乎

癸卯嚴世兄寄書索帖恐為人乾沒至今來寄並有書一封玉虹帖一部蘭亭以

鑑先摹今法帖各一部訪渠住吳州以處安與之渠同兄在杭或自來見來否也

孔繼涑書札

二頁，28.2×12.7cm，圖版已拼接 sz032-0925.13

望日接奉手書，得悉十兄近體清健、兩姪均佳爲慰。杭州年荒物貴，猶賴上八郡豐收，否則過江人擾亂更難矣。戚家人及筠坡處兩次俱托有寄信，具述近況，未識已達到否？日來糧價又復加增，紅糧已到四千二百，穀三千二百，莜麥二千六至三千不等。十四集雖偶爾遲減，將來總有日昂之勢。人情正恐不穩。又據方次耘云，直隸旱不能種麥，入山東境乃有苗。此間苗本甚妥，日前一次微雨，後又得微雪，現在地氣仍潮潤，皆好景象。但太暖，時令殊不正。弟麻木亦時覺減，惟下唇不能脱。然大約要緊縈心之事全畢，自然盡愈矣。承念謹及之。敬問起居，臨楮瞻溯。　弟涑頓首　望日午牕

查厚之以龍涎州引見記名，旋即升廣西知府，忘其地名，但知缺分平常。聞渠出月尚過曲也。

復加增紅糧已到四千二百穀三千二百菽麥二千六至三千不等
出集雖偶尔遲滅將來總有日昂之勢人情正恐不
穩又擾方次耘云直隸旱不能種麥入山東境乃有苗
此間苗亦甚妥日前一次微雨後又得微雪現在地氣
仍潮潤皆好景象但太暖時令殊不正弟麻木亦時
覺減惟下唇不能脫然大約要緊營心之事全畢自
然盡愈矣承 念謹及之敬問
起居臨楮瞻溯 弟涑頓首
望日午牕

查厚之以龍泉州引
見記名旋即陞廣西知府忘其地名但知缺分平常聞其出月尚至曲也

孔繼涑書札

sz033-0925.14

四頁，第一至三頁27.5×11.4cm，第四頁27.5×2.2cm，圖版已拼接

趙法敏持手書回，具悉種種。閏月八日三姪回，敬詢兄大人起居，知安善，爲慰。官項謀之邗上，此早知其無濟。三姪赴南，徒然一番辛苦耳。家中竭力棄産，益以本年所餘，似亦可辦十分之七。再圖轉限，以寬其時，此踏實地之法也。但四外頗有豐收之處，所以糧價日賤，將來糶賣所得無多。弟今年所獲，乃數年來第一薄者，因高吴始終旱荒，有甚於前兩年，其餘零星間有好者，總不濟事。現在日用已經告乏，而麥賤，即全賣亦所得無幾，無可如何。服闋後欲南遊散心，以圖良晤，而苦無盤費。設措得出，則可遂願。人生歲月幾何，何必老於牖下，一無所見耶！羽便，肅問近安，臨楮馳企。

弟繼涑頓首

此件四紙皆古畫米二寫而以春傅且只米

来難賣所得無多更七年所獲乃數年来

第一薦者自當莫此條呈覽有甚于前

兩年其餘零星間有好者總不濟事現

在日用之絀告乏而索錢即全賣亦所得

無幾無可如何所欲後南游散心以圖

良晤可否無暨費設措得出則可遂願

人生歲月幾何一一不老于蒲下一世所見耶

順候素問

近安并候椿馳佑

弟徐康頓首

孔繼涑書札

sz034-0925.15

二頁，25.1×12.1cm，有水漬，圖版已拼接

別來想孺人安善爲慰。行程廿里後即遇雨，在中山店久坐，飯罷强走，然只七十里，宿二夏。廿六行一百四十餘里，住臨城。晚間因差朱文英往見，王姑奶奶差人來看，送路菜四樣。吾爲難帶，只收鵝蛋。後又送薏米一包，收之，付家中聽用。方姑奶奶不知幾時起身，臨行必須送物六色，豶猪可以算一色。廿七日本可早到臺莊，因吾家大車實在不合轍，以致過橋壞了車轄。現尋鐵匠做轄，只好住馬連屯。廿八早行廿里，卯時到臺，即付船行。雇船尖頭一隻，到揚州尚須大錢二十五千。巳時黄道上船，避過午時，未時黄道開船，一路通漕。本可四日到揚，然淮安不能不見管漕臺，必須住一日，大約初三日可以到揚州。至於在揚州住幾時，却不能預定，只好相機而行。吾自初出門，咳嗽即少減，今日竟不咳嗽，此乃向日登程之舊例，自然如此者。車回，書此問好。七兒夫婦仝此致問。

孺人覽之。

昨日挪「伯夷頌」小字石二塊在大廳後軒。此石向藏後園，此番改收在内東樓下。信到即收，斷不可遲延。切切。

曰吾家大車實在不合轍以致過橋壞了車轄現尋鐵匠
做轄只好住馬連屯廿八早行廿里卯時到基即付船行雇船
尖頭一隻到揚州者須大錢二十五千巳時黃道上船過
午時未時黃道開船一路過漕東可四日到揚然淮安不能不
見管漕臺必須住一日大約初三日可以到揚州至于在揚
州住幾時亦不能預定只好相機而行吾自初出門
咳嗽即少減々日竟不咳嗽此乃向日登程之舊
例自然如此者車回書此問好七兒來歸令此致向
孫人覽之
昨日挪伯美頌公小字在二堤在大廳後軒此石向藏後園此
書段收在東内樓下信到即收起不可遲延切々

孔繼涑書札

sz035–0925.16

二頁，27.1×12.7cm，圖版已拼接

月之七日一函，道念此時入覽矣。日來想已到任，遥惟賢伉儷迪吉、幼輩均佳爲慰。吾兩老人閑居，惟悶悶，一則借臨書消遣，一則偶集少長清話，劫劫度日，善狀難言，遇物興懷，相思備切耳。周本帶來之項三，布包及小匙鞋、葡萄乾俱收到。餘托梁處者，未定幾時乃到濟也。陸續贖出之件得此妥便，帶付原單在內，檢收之。其錢俟糶糧時扣留，不須在意。此次有便車，寄醬瓜一小簍，核桃卅觔，紅棗卅觔。莊上所收，取其家園風味耳。寄此問好。外舊城驗豆一紙，閑中覽之，收秋賬薛繼坤自遞，不另書。

八月十九日　玉虹老人寄

之項三布包及小匙鞋葡萄乾俱收到餘託梁靄

者未定幾時乃到濟也陸績贖生之件得此妥便

帶付原單在內撿收之其錢候糶糧時扣留

不須在意此次有便車寄醬瓜一小簍核桃卅

觔紅棗卅觔莊上所收取其家園風味耳寄

此同好外舊城驗豆一紙閒中覽之收秋賬薛

繼坤自遞不另書八月十九日玉虹老人寄

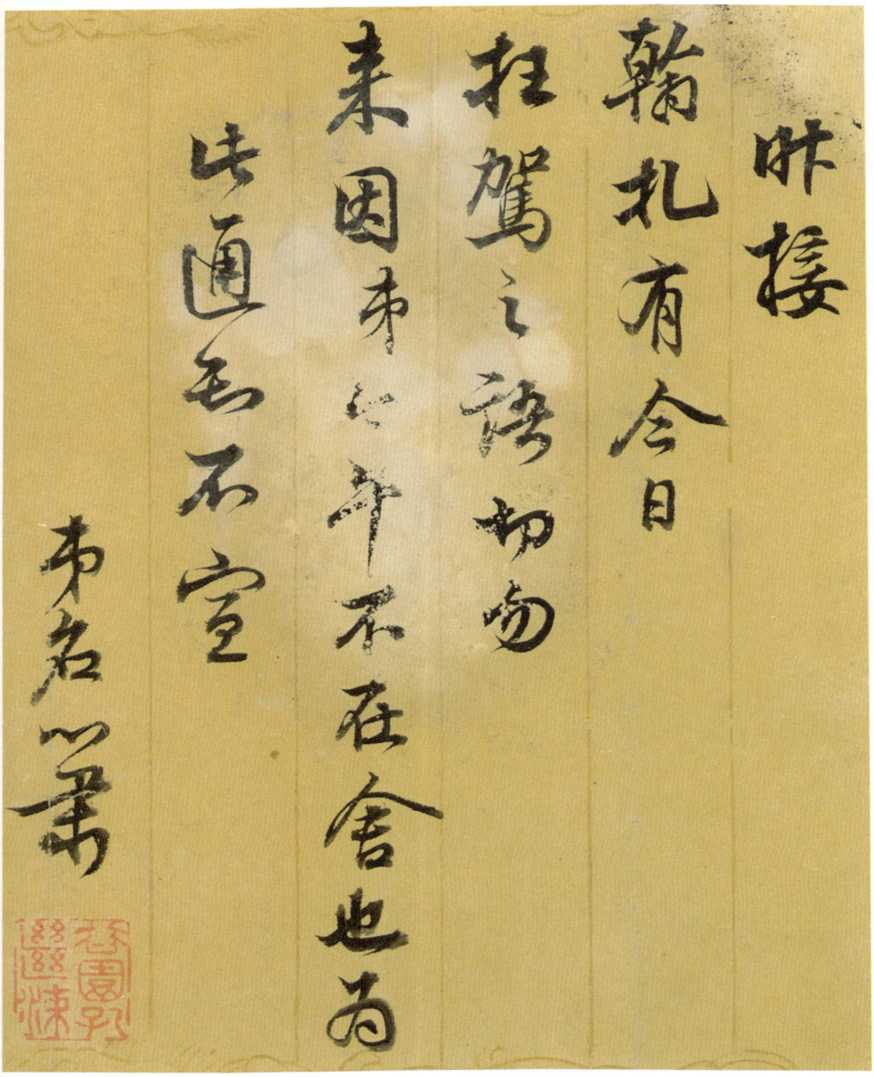

孔繼涑書札

sz036–0925.17

一頁，14.4×11.3cm，鈐印「谷園孔繼涑」，有水浵、污漬

昨接翰札，有今日枉駕之語。切勿來，因弟今午不在舍也。爲此通知。不宣。

弟名心肅

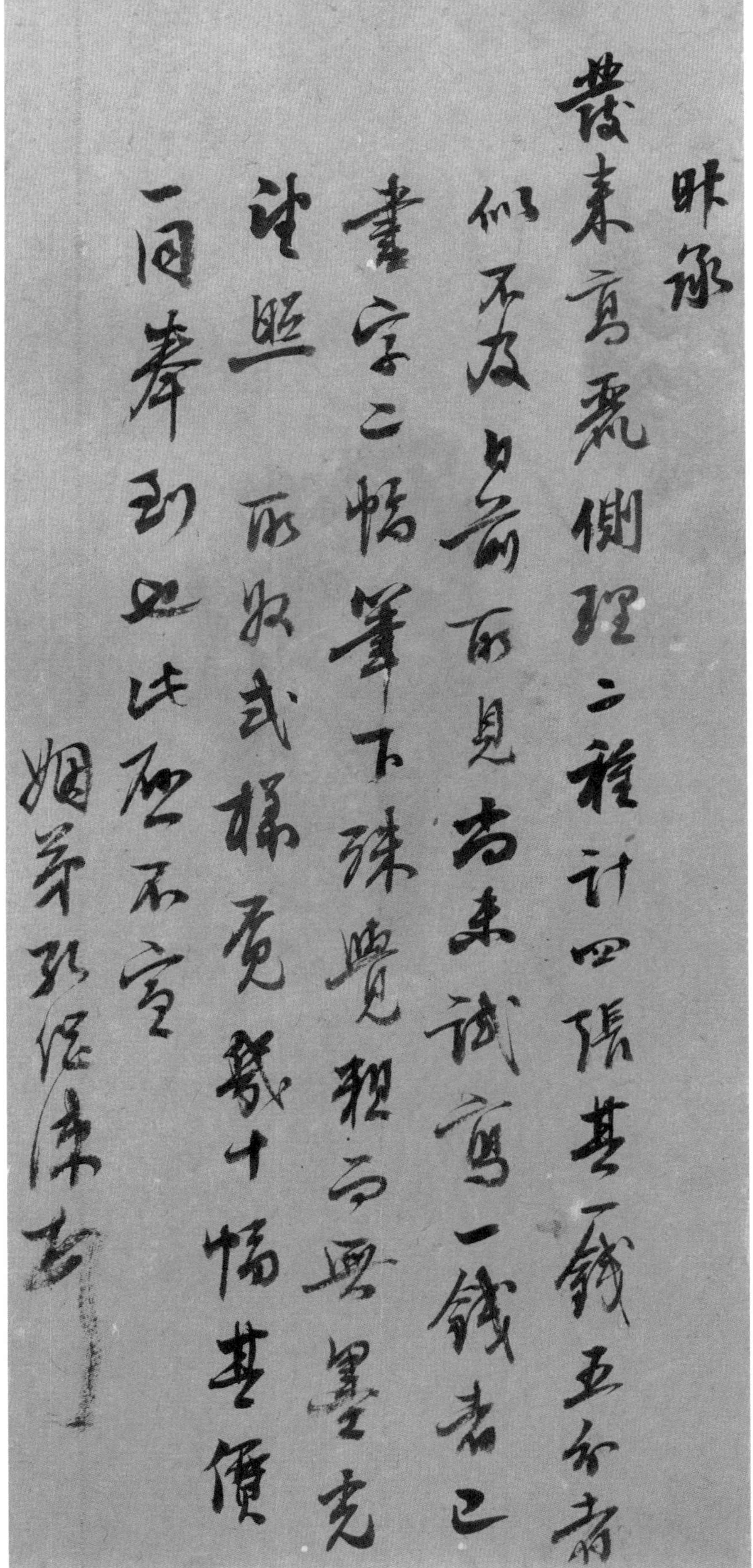

孔繼涑書札 sz037-0925.19

一頁，26.5×12cm，有水漬、底紙色變

昨承發來高麗、側理二種，計四張。其一錢五分者，似不及日前所見，尚未試寫。一錢者，已書字二幅，筆下殊覺粗而無墨光。望照所收式樣覓幾十幅，其價一同奉到也。此啓。不宣。

姻弟孔繼涑頓首

孔繼涑書札 sz038–0925.20

一頁，26.2×9.4cm，有水漬、底紙色變

諭史琪，胡其先刻字多少有便稟來，並打一樣子來。刻《金剛經》還得一塊細石可即辦就，以便不停工。初諭有來接的車，四月十五日定於到京。現在路上甚荒，車且不必來，再候吾信到，方定。此諭。

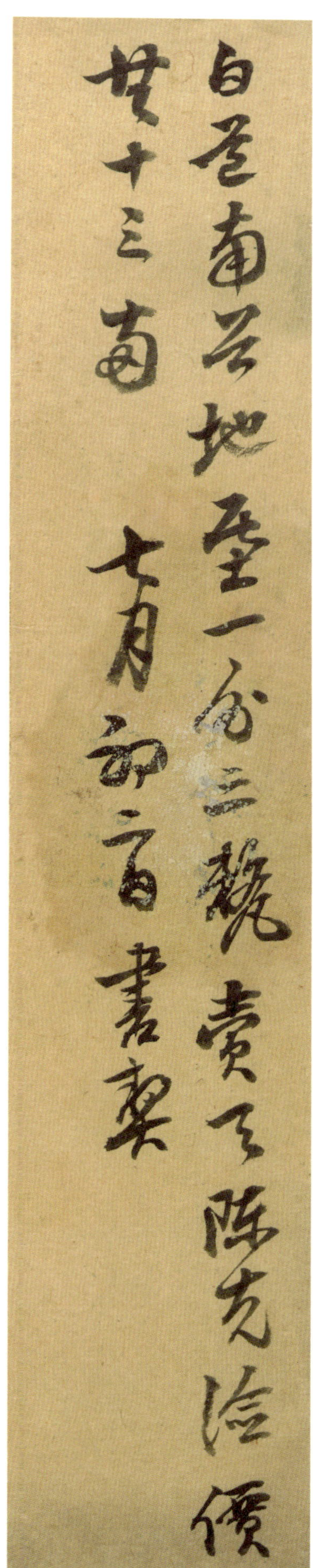

[附] 孔繼涑書契 0925.18

一頁，27.6×5.2cm，有水漬、霉斑

白道南谷地基一分三釐，賣與陳光儉，價共十三兩。七月初二日書契。

壬寅春月
華亭李伯
霖氏寫生
懿文主人
製箋

四　虞文弨、姚鼐等書札

【盧文弨（一七一七—一七九五），字召弓，一作紹弓，號磯漁，又號抱經，浙江餘姚人。清乾隆十七年（一七五二）進士，官至侍讀學士。富藏書，精校勘。著《鍾山札記》、《抱經堂文集》等，輯《抱經堂叢書》。】

【姚鼐（一七三一—一八一五），字姬傳，一字夢穀，世稱惜抱先生，安徽桐城人。清乾隆二十八年（一七六三）進士，官禮部郎中。工書，長於古文。有《惜抱軒全集》。】

別後不覺已踰月矣想吾

兄近履定繇吉　梁公聞尚未回署　昭近

作往安慶書即來緝銷畫可帶往

尊處軟畫可售即售之本欲去聽念

久急急欲歸且待異日再謁

尊教廣雅望即見借為荷　石一

蒲月日達　師府

盧文弨致某公[端翁]書札

sz039–碑帖312.1

一頁，25.5×12.3cm，本幅收藏印「九丹鑒藏」、裱邊收藏印「小濂浪齋經眼」，有水漬

別後不覺已踰月矣，想吾兄近履定綏吉。梁公聞尚未回署，弨將來，尚須遣价往安慶。書即未能銷盡，可帶往上江，此時且尊處暫留，可售即售之。本欲走晤，念學徒曠功已久，急急欲歸，且待異日再謁。尊校《廣雅》，望即見借爲禱。不一。

端翁先生師席

盧文弨頓首　舟中恕草草

姚鼐致某公[端凝]書札 sz040—碑帖312.2

二頁，第一頁17.6×26.9cm、第二頁17.8×25.8cm，鈐印「得五樓」、「姬傳」，收藏印「九丹鑒藏」，有水漬、色污；圖版已拼接

奉别累年，日有企想。春間得賜書，欣慰無量。漸熱，惟起居萬福。淺學陋識，乃承褒許過當，愧悚！愧悚！所諭爲學之病及古今轉移事理，論偉且確矣。第以鼐承障川迴瀾之責，非所任也。從來學者自負所有，以視他人，謂吾之異於彼也。然而人之視我也亦然。交友學徒居相近，習者各爲其黨，其同異相軋也，亦若是已矣！夫惡知其孰賢，事非死後要不能定。若同時有相忌求名之心，既鄙甚矣，而究何裨哉？鼐材庸下，本無所有，又以是常自懲戒，不敢與天下學士較長短。先生之教，敬佩於衷而已。所命非所任也。前年江西陳用光以所抄鼐《古文春秋説》、《春秋傳》、《春秋補注》刻板，板尚在其家，古文送來數十本，爲人取盡，更往求得，乃當奉寄。謹以《春秋説》及《補注》寄呈教。其所刻不全，雕手又極劣，要須他日另刻耳。今秋録遺時當可對談。兹略報，不具。

端凝先生几下

弟姚鼐謹白　五月初十日

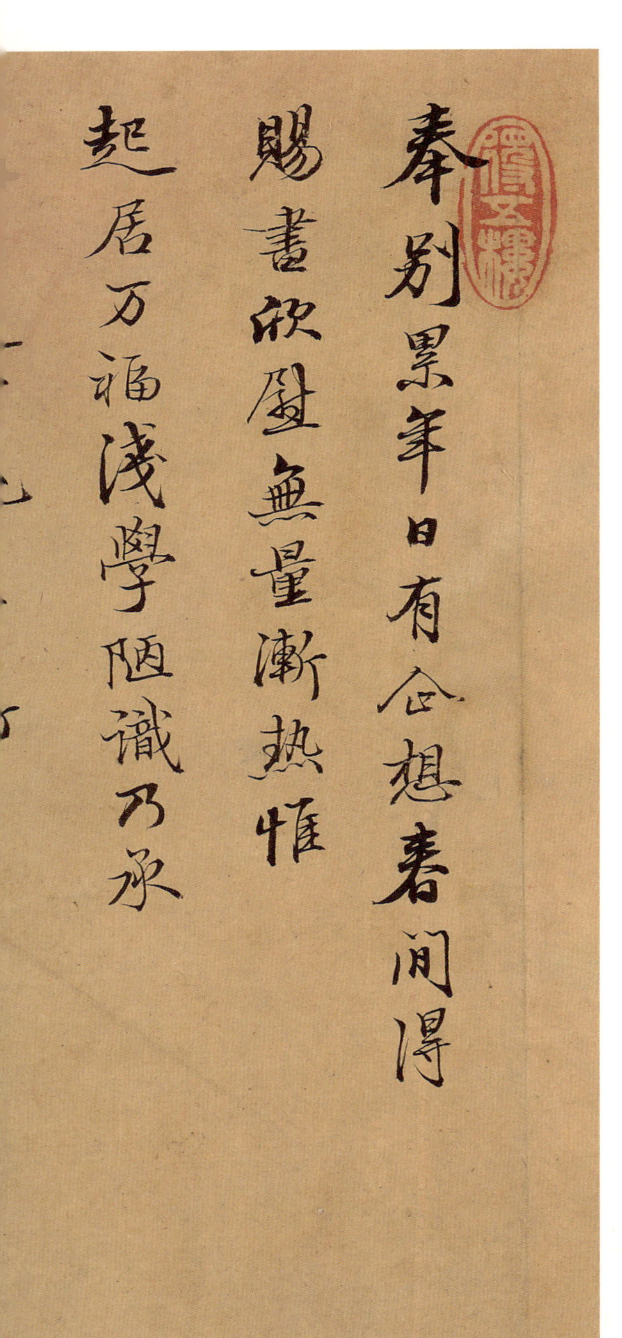

諭為學之病及古今轉移事理論偉且確矣第以鼐承障川迴瀾之責非所任也從來學者自負所有以視他人謂吾之異於彼也然而人之視我也亦然交友學徒居相近習者各為其黨其同異相軋也亦若是已矣夫惡知其孰賢事非死後要不能定若同時有相忌求名之心既鄙甚矣而究何裨哉鼐材庸下本無所有又以是常自

懲戒不敢與天下學士較長短

先生之教敬佩於衆而已所命非所任也

前年江西陳用光以所抄顧古文春秋說〻

傳補注刻板〻尚在其家古文送來數本

爲人取盡更往求得乃當年寄謹以春

刻耳今秋録遺時當可對談兹略報不

具

弟姚鼐謹白

端凝先生几下

五月初十日

王文治致某公[子階]書札

sz041-碑帖312.3

二頁，18.6×12.2cm，收藏印「九丹鑒藏」，有色污；圖版已拼接

【王文治（一七三〇-一八〇二），字禹卿，號夢樓，江蘇丹徒（今鎮江）人。清乾隆二十五年（一七六〇）探花，官翰林侍讀、雲南知府。工書。有《夢樓詩集》。】

弟不善作古文，偶成一篇，不自知其工拙，謹就正有道，務望大作家大加繩削，感且不朽。附請日安。餘容面頌。不一。

子階先生座下

弟王文治頓首　廿八日清晨

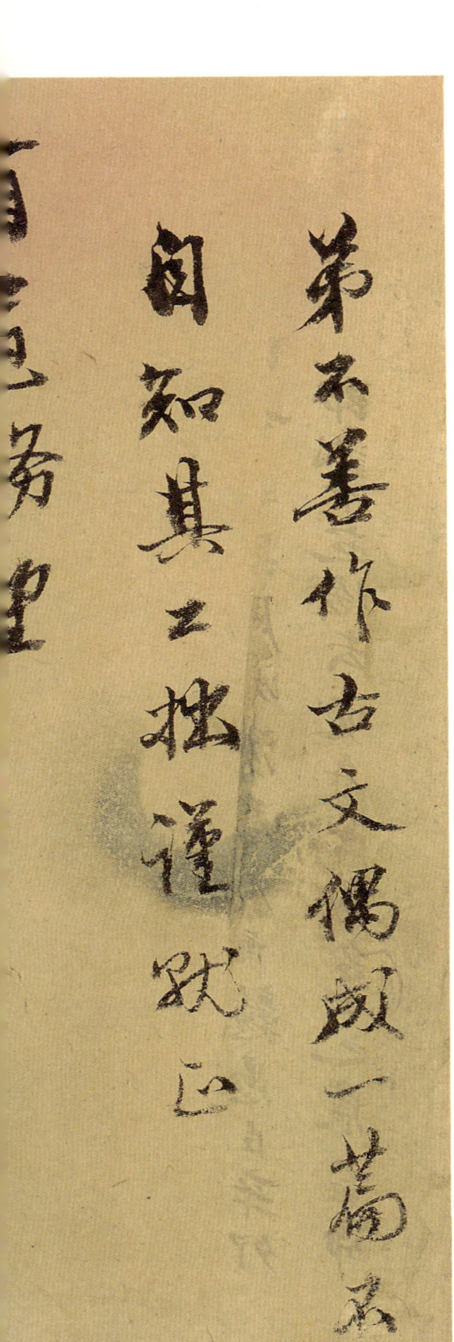

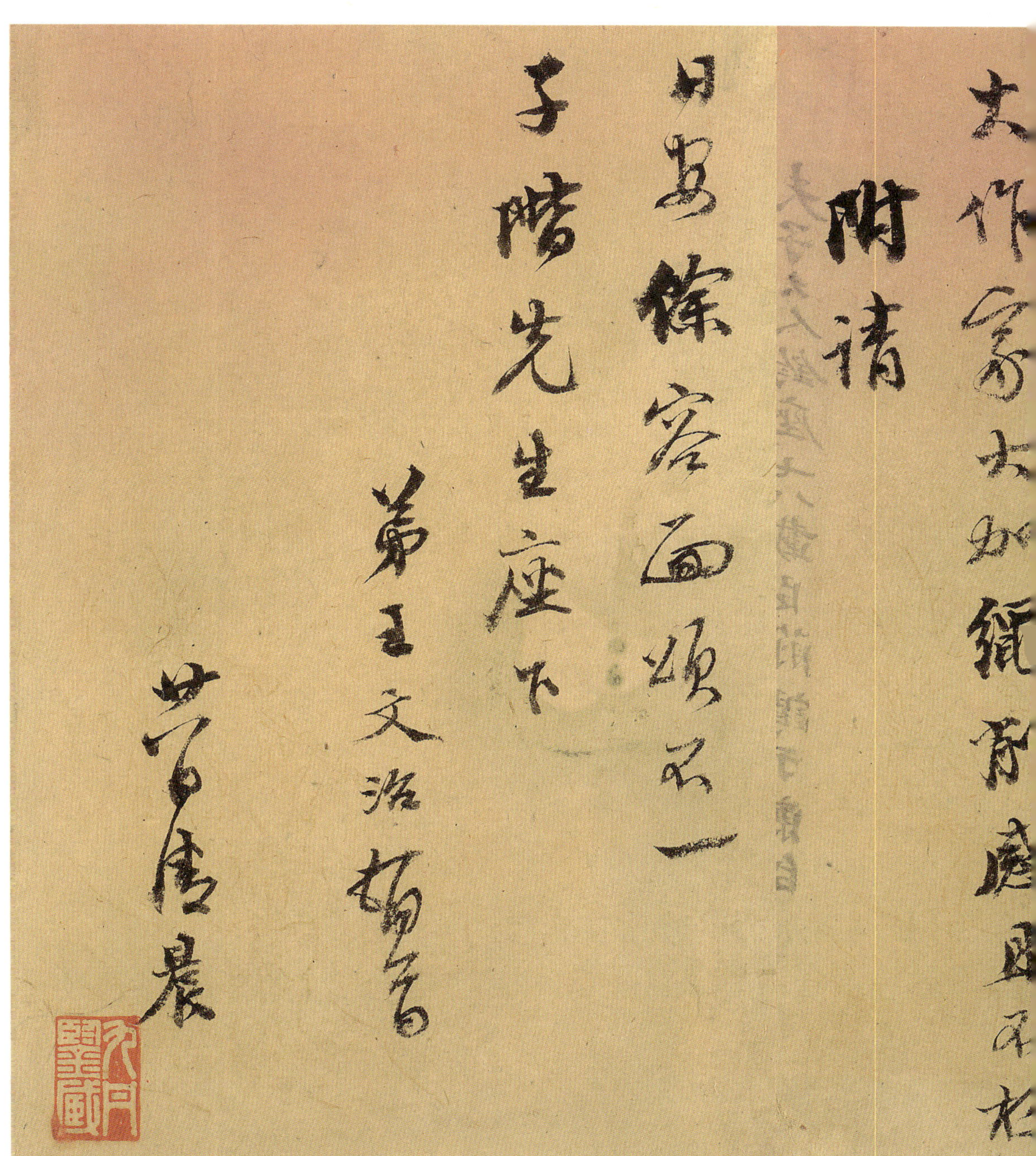
大作寄去如紙背處且不
附請
日安　餘容面頌不一
子階先生座下
弟王文治頓首
廿日侵晨

先
生鬱林之刻繼蹟崔祖雖斯相
秦東如在今日良士各利是水不
試樓船而嚮往之心亦曾三登碣
石而泛蓬萊此游以必見秦碑為
祝想　神靈效珍能助馬遷之
興撫各處銘題數語就政

王曇致某公[楳兄]書札　sz042-碑帖312.4

二頁，縱26cm，橫分別23.9、25.3cm，收藏印「李玉棻韻湖甫藏弆」、「九丹鑒藏」；圖版已拼接

【王曇（一七六〇—一八一七），後更名良士，字仲瞿，浙江嘉興人。清乾隆五十九年（一七九四）舉人。好游歷，工詩，善畫山水。有《烟霞萬古樓文集》、《烟霞萬古樓詩集》。】

遥望蒼梧，高瞻鼇島，携斧鑿鎸青山，知先生鬱林之刻，繼蹟崔祖，雖斯相、秦東，如在今日。良士谷利畏水，不試樓船，而嚮往之心，亦曾三登碣石，兩泛蓬萊。此遊以必見秦碑爲祝。想神靈效珍，能助馬遷之興。擬各處銘題數語，就政雅裁，另箋呈上。

磊道人張燮兄今日還山，囑致尊前。良士作《白虎山銘》百六十餘字，俟刻回，同訪圓林，再與斟酌。賤恙略愈，苦秋風無足慮也。《釣魚臺銘》務須搨歸，此金石中第一文字。渡海波濤，伏惟珍重，起居卍福。不宣。

弟仲瞿頓上

楳兄行省參軍閣下

遥望蒼梧高瞻鼇島携斧鑿
鐫青山知
先生欝林之刻繼蹟崔祖雖斯相
秦東如在今日良士各利畏水不
試樓船而嚮往之心亦曾三登碣
石而泛蓬萊此遊以必見秦碑爲
祝想　神靈效珍能助馬遷之
興攜各處銘題數語就政

尊前良士作白虎山銘百六十餘

字俟刻回因訪園林再與

斟酌賤恙略愈苦秋風無足慮也

釣魚臺銘務須搨歸此金石中

第一文字渡海波濤伏惟

珍重

起居萬福不宣

弟仲瞿頓上

棋兄行省參軍閣下

彭紹升致錢泳書札

一頁，21.3×14.8cm，收藏印「九丹鑒藏」　sz043-碑帖312.5

【彭紹升（一七四〇—一七九六），字允初，號尺木居士，又號知歸子，江蘇長洲（今蘇州）人。清乾隆二十六年（一七六一）進士，授官不就。工古文，喜佛學。有《二林居集》。】

【錢泳（一七五九—一八四四），字梅溪，一字立群，號梅華溪居士，江蘇金匱（今無錫）人。嘗客遊畢沅幕中。工篆、隸，精鎸碑版，兼長詩畫、刻印。有《履園叢話》等。】

梅溪學長兄

《偕隱圖》中，兩先生倘有行述、志銘，得付一觀，方好著筆。石齋先生卷如未完結，再停三四日奉領。不一。如無志述，但質書大略亦可。

棘人紹升白

偕隱圖中
雨先生偶有行述志銘得
付一觀方好著筆石齋先生墨如未完
結再停三四日奉領不一
如無志述但質書大略亦可　淑人紹升叩
極溪學長兄

錢維喬致錢泳書札

三頁，22.7×11.9cm，鈐印「喬」，收藏印「九丹鑒藏」　sz044-碑帖312.6

【錢維喬（一七三九—一八〇六），字樹參，一字季木，號曙川，又號竹初、半園逸叟，江蘇武進人。清乾隆二十七年（一七六二）舉人，官鄞縣知縣。善詩文，工畫山水。有《竹初詩文鈔》等。】

七月初旬曾草一緘，由錢塘蔣明府處轉寄，杳無報章。頃接手書，知文旌早已旋里，則此札尚存錢署耳。闔族公事，乃賢再姪獨任其勞，洵爲至孝。愚以病朽退居，不克少助一臂，惟有慚汗而已。先兄入祠一事，木主既已製就，諒可舉行。惟是愚當賠累之餘，諸事竭蹶，兩姪孫又孤寒無力，今特措備元銀二十金，聊爲製主進祠之費，即交紀綱携回，不能於公事有補，實爲愧仄也。玉演方伯雖現罣誤，而文端公處近得兩太守，宦途較易爲力，定能厚助以勷一切耳。鐵券金塗二考，典核可傳，欣佩之至。所囑《養竹山房》小卷前字，布問尊大人别號，便中示知，即當寫寄。草草裁復，不盡欲言。

梅溪賢再姪

維喬頓首　十三日

七月初旬曾草一緘由錢塘蔣明府處
轉寄杳無報章頃接
手書知　文旌早已旋里則此札尚存
錢署耶　闔族之事乃
賢再姪獨任其勞洵為至孝愚以病移
退居不克少助一臂惟有慚汗而已

先兄入祠一事本主既已擬就諒可畢
行惟是遇當賠累之餘諸事竭蹶而
嫂孫又孤寒無力今特措備元銀二十金
聊為幫主進祠之費即交紀綱携回不
能于公事有補寔為愧歉也　玉濱方伯
陞現署誤而　文誥已妥近得兩大守

宦途較為為力，定能厚助，以勵一切年

鐵券、金塗二卷典核，于傳欣佩之至。何

痛養竹山房小卷前字佛同、

尊大人別歸，便中示知，即當寄奉

草、裁復不盡所言

梅溪賢弟如

維嘉手 十二日

錢樾書札 sz045-碑帖312.7

二頁，21.7×11cm，鈐印「虛恬室」，鑒藏印「九丹鑒藏」

【錢樾（一七四三—一八一五），字黼堂，一作撫堂，浙江嘉善人。清乾隆三十七年（一七七二）進士，累官吏部左侍郎。精文學，喜作擘窠大字。】

《孝經》詩箋，前已承惠，友人所索觀者，貽晉齋別種，如《秋興八首》、《峴山亭記》之類在四卷之外者。未裝之帖，此間尚有，均可無須至詒晉。近書小者絕少，一卷已爲秦觀察借去，容撿得再送上。未裱帖四分，交來手帶回。此復，即候近佳。不具。

樾頓首

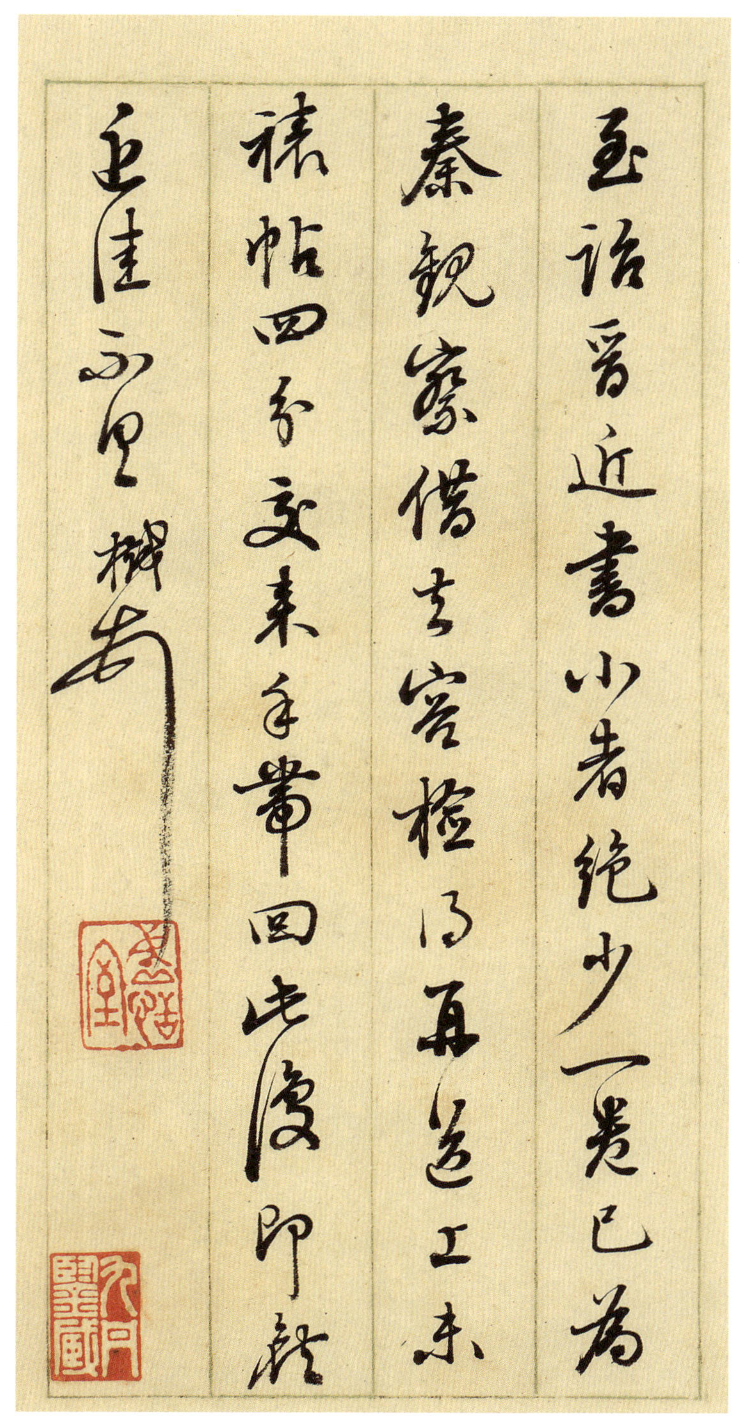
承諭晉近書小者絕少，一卷已爲
秦觀察借去，容撿得再送上。未
裱帖四分交來手帶回，此後即能

前杜陵張鮑杜孝康南陽曾撫甯者嘗
淸覽乃今知人才士真負期許嗟多爲謾
殭存艷文字以爲浮靚亦於其人頗孔博聲譽
見蒙蒙褒褒寵獎長談坐之利於舉科的
然遂標上之名鄉僕孝識無狀遂玷濺級
辱鵷鷺之盟而摽有子可接須臾之明庭迴
自負老朽擢挂而翱翔中外卒不免於排

秦瀛致某公[仲騫]書札

二頁，26.3×13.2cm，收藏印「九丹鑒藏」　sz046-碑帖312.8

【秦瀛（一七四三—一八二一），字淩滄，一字小峴，號遂庵，江蘇無錫人。清乾隆三十九年（一七七四）舉人，官至刑部右侍郎。善詩文，工書。有《小峴山人詩文集》。】

前松陵張鱸邨孝廉南歸，曾托寄音，當塵清覽。方今文人才士，高自期許，哆口而談漢學，又習爲一種浮艷文字，以爲漢魏六朝其人類能博聲譽、掇科第。吾兄落落寞寞，蕭寥古淡，恐不利於舉科，何不降心趨時，以邀榜上之名耶？僕奉職無狀，遂致鐫級，急欲乞骸，重尋鷗鷺之盟，而勢有不可，總須竢之明冬。迴思少年時，骯髒自負，老未摧挫而翱翔中外，卒不免於排擠，將著書以老，而羈縻塵土中，又復未能專意名山之業。陳幾亭水部，君子人也。常往還貞白，頻次進京晤及，渠裒集尹河南古文，僕爲之序，將梓行矣。淮陽水患，當事乏策，但知開例捐辦土方，而吳下暑雨過多，米價騰貴，金閶門外聞有搶掠之事，此又桑梓之憂也。言長紙短，擲筆惘然。順候文履。不宣。閱過付丙。

仲騫仁兄吾友　　弟期秦瀛頓首

惕甫，才甚高，詩文如其人，雄厲兀奡，勝處在此，病處亦在此。稼門制府居心行政，多做作，欠自然，極其歸，亦不免於趨時也。附及。

前托張鏡軒孝廉南陽曾抵寓書當達
清覽。方今知人才士，真自期許，修爲讀漢學五經兩之
鍾浮艷文字以爲漢觀，亦輕其人，顯張博聲譽攫科第者
足豪之豪。蒿棄者漢經之利，推舉科以示，降心趨時以
邀榜上之名耶。僕奉職無狀，遂致鐫級，急欲包袱垂
錦鷗鷺之盟而攜有子而搖，須俟之明春迴里，少年時散疏
自負老朽，擢挂而翱翔中外，辛予免於排擠，將養壽以
終而羈縻羞去，中又復未張青立爲山之業　陳常亭頓首

君子人也常悵遷負白頗次魯魚時及澤亮集尹河南古文傳

秀秀序將擇川矣淮陰所患者事全業但知鬭術指麾士

芳而吳下暑雨已多米價騰貴每聞門外閒有搶攘之事

此又桑梓之憂也吾長命筵擲筆惆悵悵憾

閱竟付丙

文啟承宣

仲蔚仁兄吾友

弟菁臺頓首

惕甫才甚高詩文如其人離羣尤甚勝處在此病處亦在此

稼門制府居心行政多倣作只自往拒其偏亦可免於趨時也附及

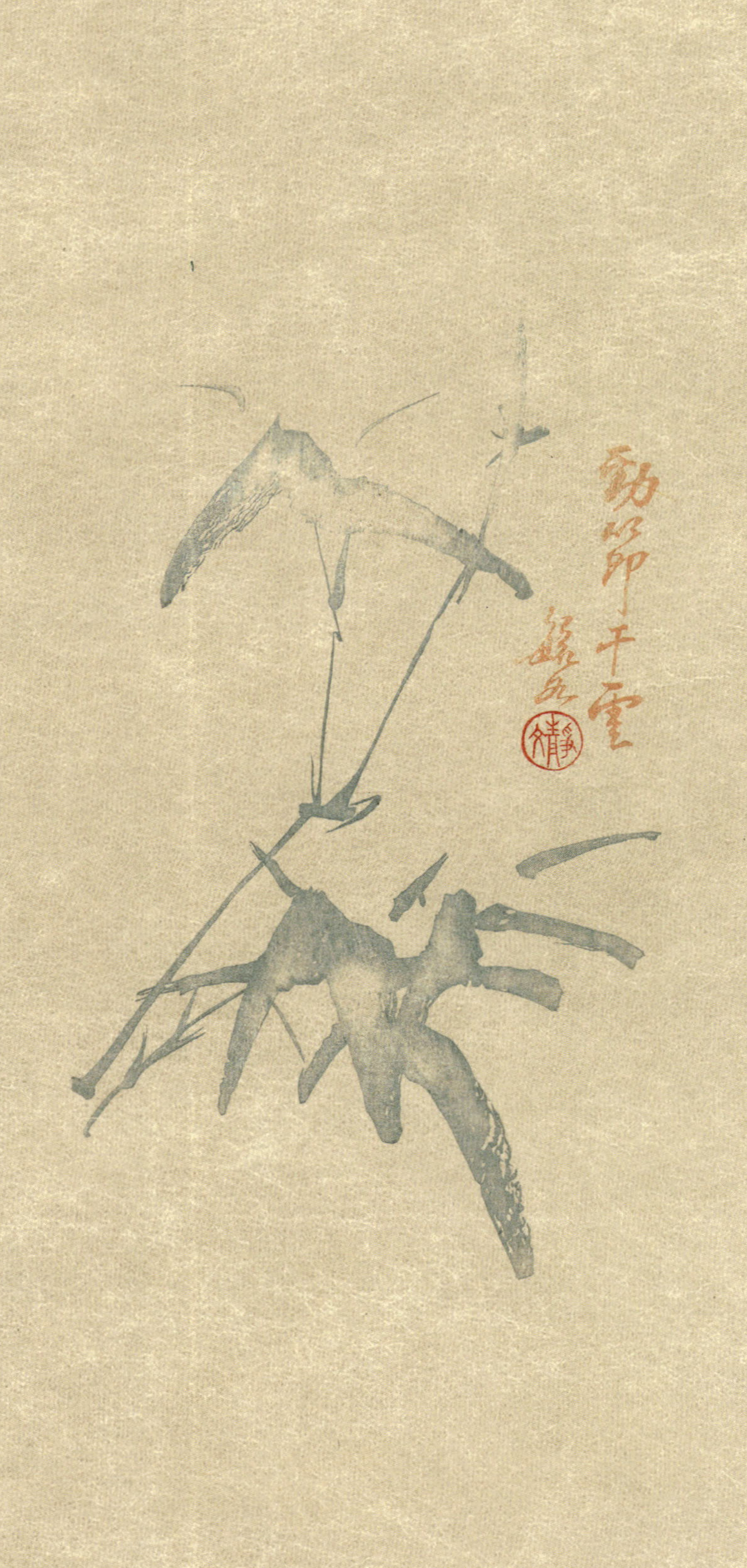
勁節干雲

五　翁方綱致桂馥書札

【翁方綱（一七三三—一八一八），字正三，號覃溪，又號蘇齋，直隸大興（今屬北京）人。清乾隆十七年（一七五二）進士，官至内閣學士。工書，長於金石考證。有《復初齋文集》、《復初齋詩集》、《兩漢金石記》等。】

【桂馥（一七三六—一八〇五），字未谷，一字冬卉，號雩門，晚稱老苔，一號瀆井，山東曲阜人。清乾隆五十五年（一七九〇）進士，官雲南永平縣知縣。善篆刻、漢隸，小學家，精於訓詁、碑版考證。有《説文義證》、《繆篆分韻》、《晚學集》等。】

承示古文四聲韻寫本，輙用諸書校勘
二日，不得其緒，今所以奉
告者，此書欲重雕行世，其事蓋不易，豈
特十日不能訖功哉。原編之體，固不暇
論，今即以重雕論之，重雕則必校正其
字畫，歸於一是，而字所出非一書，其
書今皆不存，即今行世汗簡諸本，偶舉
一字，諸本輙無有同者，又無從決某本

翁方綱致桂馥書札　sz047－碑帖008.8

八頁；第一、三至八頁24×14.7cm，第二頁24×15.3；本幅鈐印「秘閣校理」、「蘇米齋」、「小蓬萊閣」、「長毋相忘」，裱邊收藏印「怡雲精舍珍藏書畫印」；圖版已拼接

承示《古文四聲韻》寫本，輒用諸書校勘二日，不得其緒。今所以奉告者，此書欲重雕行世，其事蓋不易，豈特十日不能訖功哉！原編之體固不暇論，今即以重雕論之。重雕則必校正其字畫，歸於一是。而字所出非一書，其書今皆不存。即今行世《汗簡》諸本，偶舉一字，諸本輒無有同者，又無敢決某本爲是者，則將何所從乎？無所從，將姑以寫本爲正乎？將隨舉《汗簡》諸書以正之乎？若隨舉以正之，誠亦有一二足信者，然遂將據他本直改此本，其事又宜慎。況彼諸本既行於世久矣，何不存以互證，而必畫定某字爲是？果見原碑、原書耶，斷之可也。今所謂隨舉以正者，亦是吾意以爲如是云爾，安見吾意之必無誤乎？今惟一許氏《説文》宋刻本已不能無誤，近人之刻又加甚焉。然所以敢於校正者止一小篆耳，尚必字字沿流討源，一畫之俯仰信縮，必其慎之至而後改之。若古文，則即一鐘鼎，而吕與薛已不同矣；一石鼓也，其器至今存，而薛尚功本幾至字字差謬。朱檢討信之，其貽誤至不可枚舉。若使此書所據諸書至今皆尚在，一一撿尋而覆核之，其訛謬可笑，豈止於薛本《石鼓》哉！閉目而摘埴，掩耳而盜鈴者，吾誰欺？將自欺耶！不特不敢自爲之，亦欲勸吾友必不可爲之也。嘗恨海虞毛氏刻《漢隸字原》之謬，而爲發其凡例曰：今之學者欲尋古隸遺字，必別其類而出之：曰據碑，曰據洪，曰據婁，無所據者，一切删之。如是，乃可以存古而信於後也。今之爲古文者，更難於隸，隸近而古遠也。故言小學者，但精求小篆足矣。雖大篆，尚無可據之完書，況古文乎？必欲考索古文，則或專就一器之文證之於經，以求其合，文不多而義有徵也。然尚不能一器之中字字皆識，或信焉，或疑焉。若必胥古昔文字而一一見之，無是理也。豈特精小學者不必如此，抑恐纂叙日繁，反啓傅會滋蔓之習，如章續五十六體、夢英十八體，以及草篆之屬，紛紜放恣，怪誕百出，其有害於小學者。防微杜漸之道，好古之君子必知所以自處矣。故今日爲小學者，莫若專精二徐之書，以上尋許氏之緒。則欲重雕舊本者，莫如繫傳之爲急矣。蓋有六書之義可求，而不患其失據也。若《古文四聲韻》之書，惟影寫精善，存其副以備考，斯善之善者矣。金湜之寫杜氏書，則更謬誤不足道者也。學者奈何費日力於此哉！謹仍封還寫本《古文四聲韻》五册並尊跋一册，又抄序一紙（此内訛誤亦多，如既見石經，又見蔡邕石經。不思蔡邕所書石經豈有古篆哉！），引用書名一紙、紅格一紙，又《廣金石韻府》六册、《玉篇》二册。其可否重雕，尚望詳酌，慎之又慎。至要！至要！

未谷先生大兄

㕧方綱頓首　文侍　十一月朔

承示古文四聲韻寫本，輙用諸書校勘

二日，不得其緒，今所以奉

告。前此書欲重雕行世，其事蓋不易，望

特十日不能訖功哉。原編之體固不暇

論，今即以重雕論之，重雕則必校正其

字畫，歸於一是。而字所出非一書，其

書今皆不存，即今行世汗簡諸本，偶舉

寫本為正乎將隨舉汗簡諸書以正之乎若隨舉以正之誠亦有一二足信者然遂將據他本直改此本其事又宜慎況彼諸本既行于世久矣何不存以互證而必盡定某字為是果見原碑原書耶斷之可也今所謂隨舉以正者亦是吾意以為如是云爾安是吾意之必無誤乎今惟一許氏說文宗刻本已不能無誤近人之刻又加甚焉然而以敢於

按正者止一小篆耳，尚必字字沿流討源，一畫之俯仰信縮，必其慎之至而後改之。若古文則即一鐘鼎而呂與薛已不同矣。一石鼓也，其器至今存，而薛尚功、東髮至字字之差謬，朱指討信之，其貽誤至不可枚舉。若使此書所據諸書至今皆尚在，一一捡尋而覆核之，其訛謬可笑豈止於薛、東石鼓哉？閉目而擿埴掩耳古必不可為之也嘗恨海虞毛氏刻漢隸字原之謬而為叢其凡例曰今之學者欲尋古隸遺字必別其類而出之曰據碑曰據洪曰據婁無所據者一切刪之如是乃可以存古而信於後也今之為古文者更難於隸隸近而古遠也故言小學者但精求小篆足矣雖大篆尚無可據之完書況古文乎必欲考索古文則

成專就一器之文證之於經以求其合
文不多而義有限也然尚不能一一盡之
中字字皆識或信焉或疑焉若又
有古昔文字而一一見之無是理也然
特精小學者不必如此抑恐篆敘曰繇
及啓傳會滋蔓之弊如章續五十六
體夢英十八體以及竹葉之屬紛紜

自審矣。故今日爲小學者，莫若專精二徐之書，以上溯許氏之緒，則然重雕舊本者，莫如繫傳之爲急矣。蓋有六書之義可求宗，不患其失據也。若古文四聲韻之書，雖影寫精善，存其副以備考，斯善之善者矣。余提

之寫杜氏書則更謬誤不足道者也

學者李氏費日力於此耳謹仍封

還寫本古文四聲韻五冊并

華跋一冊又

尚記誤亦多如阮吳石經又見篆箋石

抄序一紙引用書名一紙紅格一紙又

經不見篆箋所書石經當存古篆耳

廣金石韻府六冊玉篇二冊共計

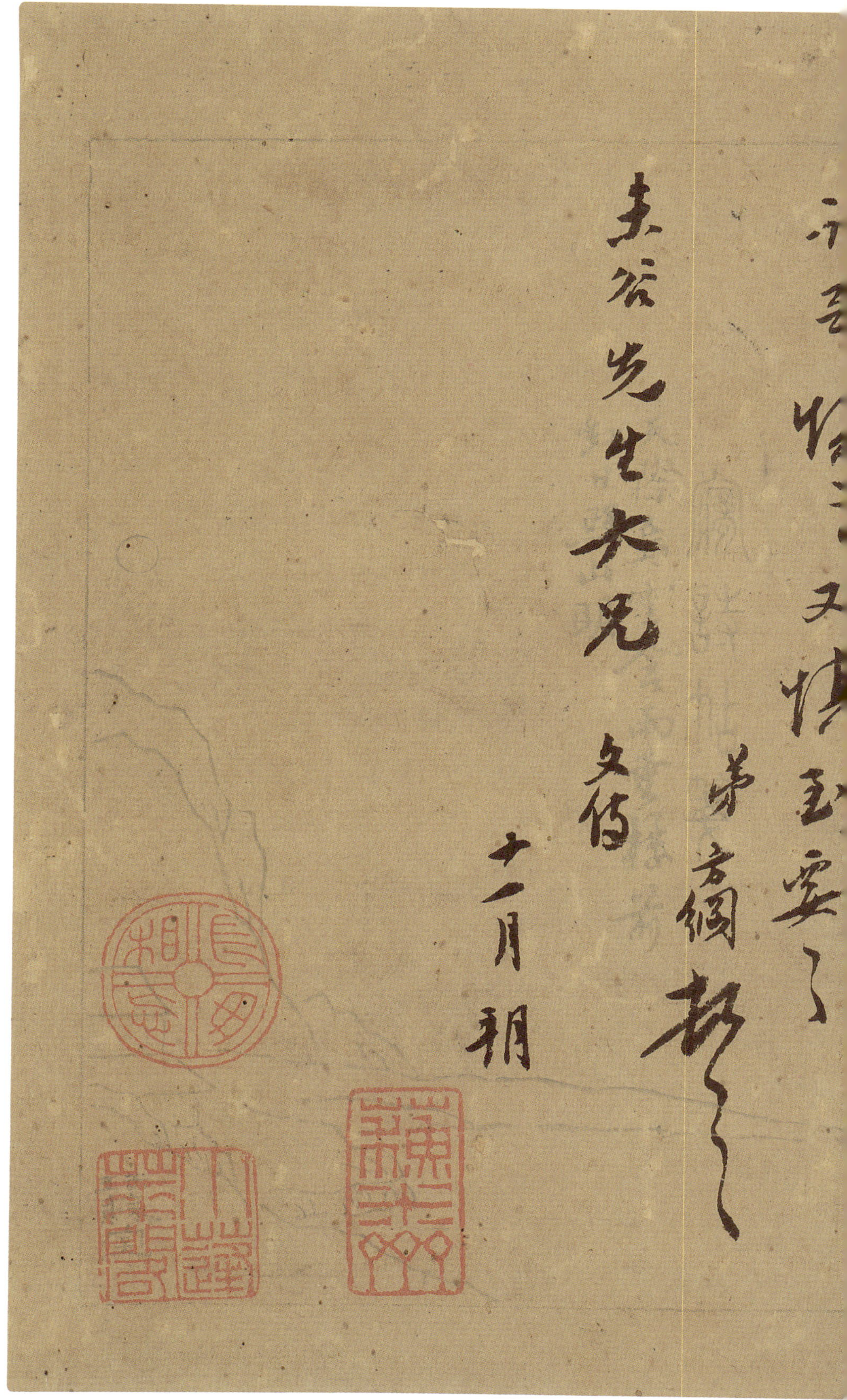
弟方綱頓首

未谷先生大兄文侍

十一月朔

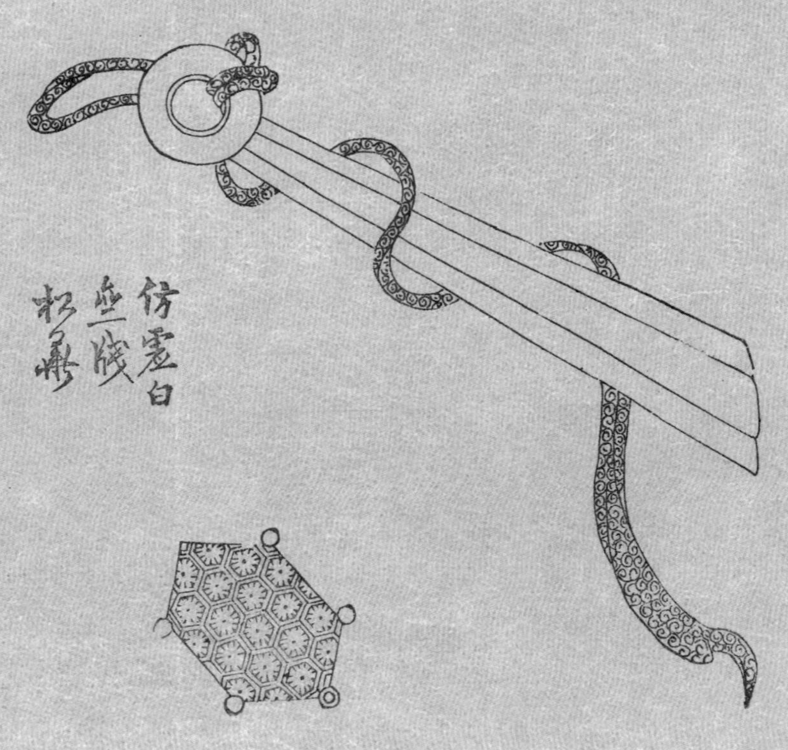
仿虛白
齋牋

六　伊秉綬致吳修書札

【伊秉綬（一七五四—一八一五），字組似，號墨卿，福建寧化人。清乾隆五十四年（一七八九）進士，官惠州、揚州知府。工詩，善篆隸。有《留春草堂詩集》等。】

【吳修（一七六四—一八二七），字子修，號思亭。清浙江海鹽人，寓嘉興。貢生，官布政使司經歷。好古精鑒，兼善寫生。編刻《昭代名人尺牘》，有《青霞館論畫絕句一百首》等。】

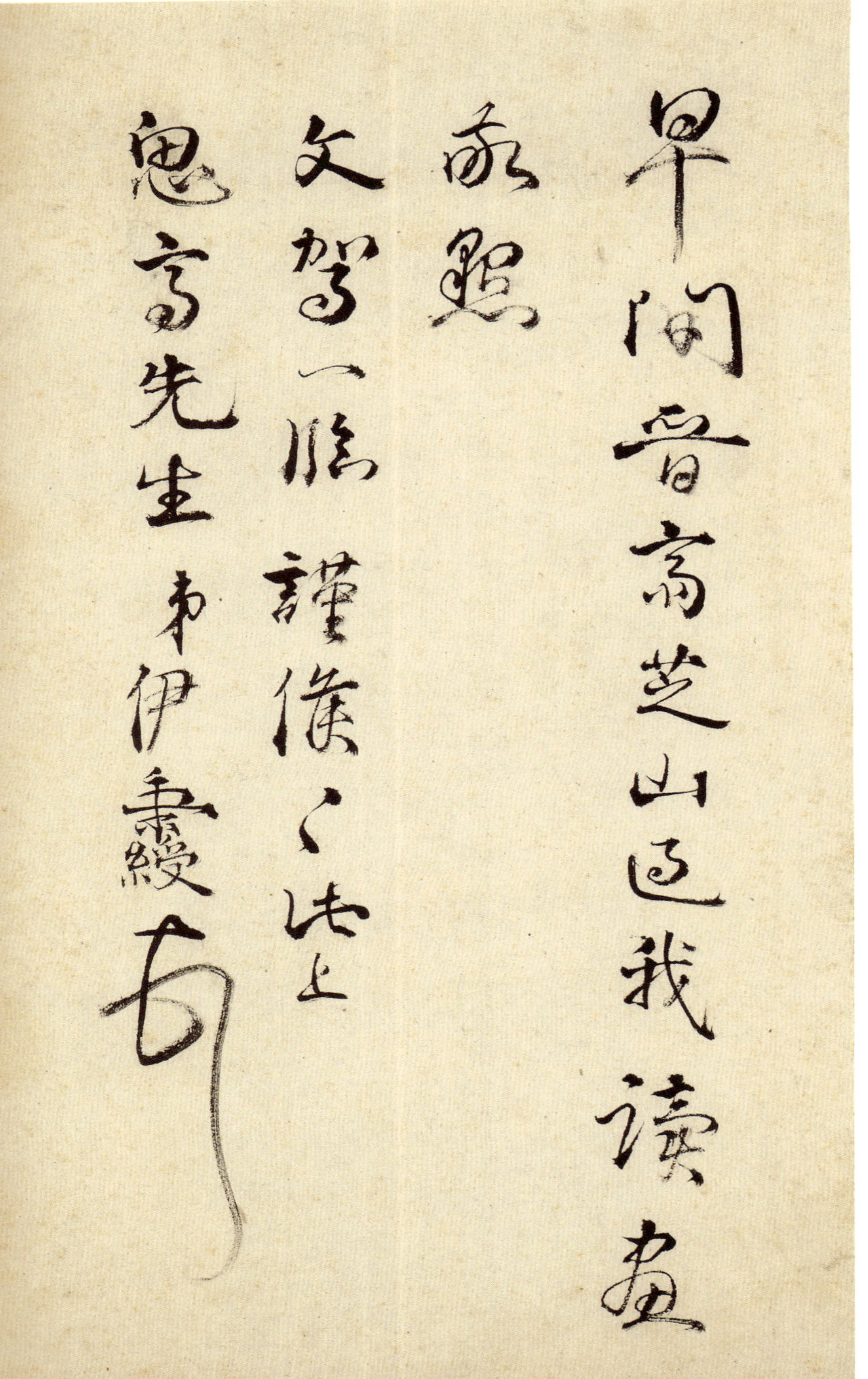

伊秉綬致吴修書札 sz048–碑帖074.2

一頁，30×17.8cm

早間晉齋、芝山過我讀畫，敬懇文駕一臨。謹候！謹候！此上思亭先生。

弟伊秉綬頓首

伊秉綬致吴修書札 sz049-碑帖074.4

一頁，30×17.7cm

周忠介一册、蔡忠烈二卷借最久，奉趙。謝謝！雨中計欣暢。

思亭先生几下

弟伊秉綬頓首

伊秉綬致吳修書札

一頁，30×17.7cm　sz050－碑帖074.5

乾隆年間畫推南華學士、籜石侍郎，餘子難並論也。侍郎晚年純任天機，進乎道矣。

嘉慶十二年四月初五日

汀州伊秉綬

思亭先生

[附] 伊秉綬詩頁 碑帖074.3

一頁，30×17.8cm

已曾作畫復題詩，古誼宏農足繫思；十二名家風雨共，百餘年物子孫宜。正當北闕陳書罷，況是西風落木時；我亦潞河掛帆返，圖中楊柳認絲絲。

嘉慶十二年七月朔 伊秉綬題

[附] 伊秉綬詩頁 碑帖074.6

一頁，30×17.7cm

紅橋諸老落成詩，此地今人或不知；惟有白頭梁侍講，操觚曾記少年時。

丁卯花朝 丹陽舟中 汀州伊秉綬書

[邊跋]

吾鄉鄭氏藏書甚富。丁巳之秋，陳淮生爲予作緣，得其百六餘卷。一日開卷，獲墨卿先賢五紙，不勝欣快云。林長民識。

孤根自與陽和合
只與霜雪宜一任
高樓吹鐵笛此香
原不受風欺

七　王引之書札

【王引之（一七六六—一八三四），字伯申，號曼卿，江蘇高郵人。清嘉慶四年（一七九九）進士，歷官侍讀學士、山東學政、禮部侍郎、工部尚書、武英殿大學士等，謚文簡。精於文字訓詁。有《字典考證》、《經義述聞》、《周秦名字解詁》等。】

【陳壽祺（一七七一—一八三四），字恭甫，號左海，晚號隱屏山人，福建閩縣人。清嘉慶四年（一七九九）進士，官翰林院編修，晚年主講於鼇峰書院。工詩，富藏書。有《左海全集》。】

曩承手引之教，奉書

茅甫仁兄同年閣下：趙雄來詢悉

兄抵都後，福履綏熙，乃陞閣職，遷居

不知

新宅在何所，祈示知，以便投書。讀

來書垂愛殷拳，至難言喻，自維淺陋

復承垂愛，友

王引之致陳壽祺書札　sz085-碑帖092.01

四頁，22.1×14.8cm，鈐印「王引之」；圖版已拼接

愚弟王引之頓首奉書

恭甫仁兄同年閣下：趙雄來汴，詢悉吾兄抵都後福履邕楙爲慰。聞欲遷居，不知新宅在何所？祈示知，以便致書。讀來書，垂愛殷然，感難言喻。自涇陽晤後，弟患喘嗽疾，頗狼狽。幸抵汴後病愈。此時體中平善，飲食日增，足慰吾兄惓惓之意。豫州士子近日漸知讀書，覺生振作之功也。辱承獎勵再三，弟雖不敏，敢不盡心乎！竊思文章以經訓爲本，士能講求根柢，則醞釀深厚，吐屬自然不凡。到汴後即遍告生童，研究注疏。又與撫軍酌議，於各府學宫及書院存貯注疏各一部，使士之貧者得以就近借讀，但不知行之有效否。呈上告示底稿及咨巡撫文稿，檮昧之見，恐未得教士之法，伏祈吾兄有以教之也。復問起居，天寒，惟珍重。不宣。

十一月廿三日　引之再拜

册頁承爲代作，感感！進時當用奏摺否？祈爲一問，示知是荷。

［邊跋］

一、此時河南撫臺爲阮芸臺先生。

二、伯申先生於嘉慶十二年以庶子任河南學政。鮑覺生於嘉慶十年以中允任河南學政，爲其前任。故書中云「豫州士子，近日漸知讀書，覺生振作之功也」。是書作於河南學政時，當約在嘉慶十二三年之間冬。因玩書中語氣，彼到汴尚不甚久耳。

愚弟王引之頓首書
荼甫仁兄同年閣下：趙雄來，沐詢悉一一。
兄抵都後福履[illegible][illegible]，[illegible][illegible][illegible][illegible]遷居，
不知
新宅在何所耶？弟新以假[illegible]書讀
來書垂愛殷摯，[illegible]難言喻，自注[illegible][illegible]
後而[illegible][illegible][illegible][illegible][illegible][illegible][illegible]章[illegible]計後[illegible]

益此時體中舉善，飲食日增，遠慰不已。

兄情〻〻甚慰。豫州士子近日漸知讀書，

覺生振作之功也。學政

獎勵再三，弟雖不敏，敢不盡心竭思。

文章以經訓為本，士能講求根柢，則醞

釀深厚，吐屬自然不凡。到汴後即遍告

生童研究注疏，又與撫軍商議於各府

此時河南撫台為阮芸臺先生

學宫及書院存貯經疏各一部，使士之貧者得以就近借讀，但不知行之有效否。呈上告示底稿及答巡撫文稿，檮昧之見，想未得養士之法，伏祈吾兄有以教之也。復問起居，天寒惟珍重不宣。十月廿三日　引之再拜

册頁承為
我作畫之
進付書用奏摺套封方一同寄去是扇

伯申先生於嘉慶十二年以庶子任河南學政鮑覺生於嘉慶十年以中允任河南學政
為其前後政書中云豫州士子近日漸知讀書皆覺生振作之功也 是書作於河南
學政時當約在嘉慶十二三年之間冬因玩書中語氣彼到汴尚不甚久耳

瓦常之水人皆以為故奇然從此歲月寬閒得以從容

著述亦復與素志相宜雖貽頃黑之譏將來之甚此時亦姑

以度外置之謹以告

先之語益相亦於時運之左也弟謹中平善舊蓋莘來

大發六年典試中州者有教通宗羅太史新貴人遂者亦門生

之德積此視學三年之小效也嘆之頃接家嚴來信知邑

秋農　姚文田浙江歸安人嘉慶己未進士授修撰官至禮部尚書謚文僖

鶴樵　程國仁河南商城人嘉慶己未進士由編修官至貴州巡撫

曉生　鮑桂星安徽歙縣人嘉慶己未進士由編修官至工部侍郎落職歸

王引之致陳壽祺書札 sz086-碑帖092.02

三頁，縱26.2cm，橫分别爲11.5、11.5、9.5cm，有蟲蛀損壞，圖版已拼接

恭甫先生同年大人閣下：兩奉手書，備承垂注。比惟吾兄動履安吉，著述日富，爲慰爲羡。同年放學政者，秋農、鶴樵而外，以考試得者唯覺生一人，微覺寥寥。但願將來有接辦科考如陸平泉者耳。家嚴兩遇非常之水，人皆以爲數奇。然從此歲月寬閒，得以從容著述，亦復與素志相宜。雖賠項累累，將來之患，此時亦姑以度外置之。證以吾兄之語，益相忘於時運之左也。弟體中平善，舊恙幸未大發。今年典試中州者，有敝通家羅太史新貴人，遂有小門生之謙稱，此視學三年之小效也。咲咲。頃接家嚴來信，知已卜居於棠村宅第之西，去尊寓不甚遠，過從當自易易，此亦一快事。羽便布問升祺。餘容抵都後面頌一切。惟鑒不宣。

愚弟王引之頓首　重九日謹狀

【邊跋】

秋農，姚文田，浙江歸安人，嘉慶己未進士，授修撰，官至禮部尚書，謚文僖。

鶴樵，程國仁，河南商城人，嘉慶己未進士，由編修官至貴州巡撫。

覺生，鮑桂星，安徽歙縣人，嘉慶己未進士，由編修官至工部侍郎，落職後賞編修，官至詹事府正詹。

陸平泉，名以莊，浙江蕭山人，嘉慶丙辰進士，由編修官至工部尚書，謚文恭。

【跋】

按：嘉慶十五年永定河水異漲，南北岸同時漫溢。懷祖先生爲河道，因具奏自請治罪。得旨以六品休致。堵築漫口，例應賠帑十之四，乃分賠二萬七千兩有奇。書中所云雖賠項累累，即指此事。又，懷祖先生曾於嘉慶四年十二月授永定河道，明年抵任，又明年五月以後淫雨帀月，晝夜不休，水長至二丈有餘，越堤而過，南北岸同時漫溢，遂於六月革職逮問。是前後兩任河道，皆以河水泛濫而免官。故書中云「家嚴兩遇非常之水，人皆以爲數奇也」。

【邊跋】

是書作於河南學政任滿之時，當在嘉慶十五年。

恭甫先生同年大人閣下兩奉

手書備承

垂注比維吾

兄動履安吉著述日富為慰為羨同年放學政者

秋農鶴樵而外以考試得者唯吳先生一人微覺寥寥

但願將來有接辦科考如陸平泉者耳

家嚴兩遇

死帝之水人皆以為數奇然從此歲月寬閒得以從容
著述亦復與素志相宜雖賠項累累將來之患此時亦姑
以度外置之謂以吾
兄之語益相忘於時運之左也 弟謂中平善舊恙幸來
大發六年典試中州者有叔通京羅太史新貴人遂者亦同生
之德積此視學三年又又小數也嘆嘆頃接 家嚴來信知道

秋農 姚文田浙江歸安人嘉慶己未進士授修撰官至禮部尚書謚文僖
鶴樵 程國仁河南商城人嘉慶己未進士由編修官至貴州巡撫
覺生 鮑桂星安徽歙縣人嘉慶己未進士由編修官至工部侍郎落職後賞編修官至詹事府詹事
陸平泉名以莊浙江蕭山人嘉慶丙辰進士由編修官至工部尚書謚文恭

下居於崇村宅第，第西去尊

尊寓不甚遠，過從當自易了，此亦一快事。扣便布問

升祺，餘容抵部後面談一切，惟

鑒不宣。愚弟王引之頓首

重九日謹狀

按嘉慶十五年永定河水異漲，南北岸同時漫溢，懷祖先生爲河道，因具奏自請治罪，得旨以六品休致。堵築漫口，例應賠帑十之四，乃分賠二萬七千兩有奇。書中所云難賠項累累，即指此事。又懷祖先生嘗於嘉慶四年十二月授永定河道，明年補任，至明年五月以後淫雨兩月，晝夜不休，水長至二丈有餘，越堤而過，南北岸同時漫溢，遂於六月革職逮問。是前後兩任河道，皆以河水泛溢而官免罷，故書中云家嚴兩遇非常之水，人皆以爲駭奇也。

是書作於河南學政任滿之時，當在嘉慶十五年。

王引之致陳壽祺書札

四頁，縱19.2cm，橫分別爲24.7’24.9’24.1’24.7cm，圖版已拼接　sz087-碑帖092.03

年愚弟王引之再拜

恭甫大兄大人閣下：前接去冬手書及大著《五經異議疏證》續改三葉，後又奉孟春惠札，敬悉年伯母大人壽體康强，閣下又添弄璋之喜，欣慰！欣慰！尊體近日想益佳。心氣不足，似須静坐頤神。蘇子瞻《養生頌》可用也。每日少分一二刻静養，久之或當有效。伏惟閣下留意拙撰《太陰考》，過承獎許，且感且愧。前説限於《淮南子》，故言之不詳。兹復取諸史志及緯書考之，爲《太歲考》廿餘篇，謹寄求教政。錢辛楣宫詹謂太陰與太歲不同者，專據《漢志》攝提格之歲太歲在子之文，弟於拙著第四篇辨之，竊以爲當作在寅，未知是否？漢元年甲午、乙未，太初元年丙子、丁丑之不同，乃夏正、秦正之相錯，宫詹未之詳考，而動以太歲超辰説之。超辰之説出於劉子駿，前此所未有也。太初元年凡十五月，前後兩冬至，殷曆則甲寅兼乙卯，太初曆則丙子兼丁丑，後人不知，則於曆書太初元年第二冬至改乙卯之號爲甲寅之號矣。顓頊、殷曆皆有應歲星晨見之法，後人不知，則於《淮南·天文篇》歲星晨出之正月改爲十一月矣。祖冲之則不知顓頊乙卯、甲寅之二法並用，唐一行則不知太初元年甲寅之爲殷曆。當東漢時，班固、霍融、鄭康成已不能辨析，況後人乎！輒思證明古法，而心力甚短，舛誤必多，務祈閣下糾正其失，俾得及時更易。幸甚！幸甚！萬虞臣舍人《歲星辨》持論通達，非讀書有識者不能。如歲之爲歲，非從歲星得名，歲星超辰百四十四年非定法，以北極出地斷地有上游、下游之非，皆確不可易，佩服之至。弟自七月出省，按試東萊，業已蕆事，將之登州矣。文風士習，自愧無所裨補，而於防弊之法頗覺熟諳。一切頂名連號、换卷傳遞之弊，皆設法杜絶，旁人竟無下手處，爲學政則不足，當巡捕則有餘。告之閣下，當爲一粲也。家嚴眠食平善，弟亦粗安。五月朔日，兒子得一孫，氣體頗壯，實差堪藉慰懃惓。耑此，復問動履，臨書款款，言不盡意。

八月十四日　引之謹狀

萬虞臣先生祈爲謝教。

孔顨軒所著書，容覓取寄上。前托公豐寄都之札，竟未送到也。

［邊跋］

一、由是書可知作《太歲考》之前先作《太陰考》也。王氏著述中未道及。《太歲考》二十八篇，刊於《經義述聞》中。

二、此段文字可與《太歲考·序》互相參照。《太歲考·序》見《高郵王氏遺書》。

三、伯申先生於嘉慶十九年以大理寺卿任山東學政。試事之暇，作《太歲考》二十八篇，見行狀。兹書所云「爲《太歲考》廿餘篇」，又謂「舛誤必多，務祈糾正其失，俾得及時更易」，則知此時尚未定稿。書中復云「自七月出省，按試東萊，業已蕆事」，此書之作似在校士第二年，即嘉慶二十年。

年愚弟王引之再拜

恭甫大兄大人閣下前接去冬

手書及　大箸五經異義疏證續改

三葉後又奉孟春

惠札敬悉

年伯母大人壽豐康強

尊體近日想益佳心氣不足必須靜坐
凝神蘇子瞻養生頌可用也每日少分
一二刻靜養久之減當有效伏惟
閣下留意拙撰太陰考遲承
奬許且感且愧前說限於淮南子所言
亦不詳茲復取諸史志及緯書考之請太

由是書可知作太歲考之前先作太陰考也王氏著述中未道及
太歲考二十八篇刊於經義述聞中

歲攷廿篇謹寄求
教政錢辛楣宫詹謂太陰與太歲不同
者專據漢志攝提格之歲太歲在子之
文弟於拙著第四篇辨之竊以爲當作在
寅未知是否漢元年甲午乙未太初元年
丙子丁丑[illegible]

[illegible]重以太歲超辰說之超辰之
說生於劉子駿前此所未有也太初元年
凡十五月前後兩冬至殷術則甲寅盡
乙卯太初術則丙子盡丁丑後人不知則
於術書太初元年有二冬至改乙卯之
號為甲寅之號矣顓頊殷術皆有應
歲星晨見之法後人不知則於淮南天

此段文字可與太歲考序互相參照 太歲考序見高郵
王氏遺書

文蒲歲星晨出之正月改為十二月矣祖沖之則不知顓頊乙卯甲寅之二法並用唐一行則不知太初元年甲寅之為殷厤者東漢時班固霍融鄭康成亦不能辨析況後人乎概思證以古法而心力已逕件吳丙多謗行

萬虞臣舍人歲星辨持論通達非讀
書有識者不能如歲之爲歲非從歲星
得名歲星超辰百四十四年非定法以杜
極出地斷地有上游下游之非精確不
可易佩服之至弟自七月出省按試東萊

業已蔵事將之瀘州矣文風士習日愧

無所裨補而於防禦之法頗覺熟諳

一切頂名連號換卷傳遞之弊皆設法

杜絕蜀人竟無不年更爲學政則不足當

述補則有餘焉之

閣下壽高一[illegible]

實差堪藉慰
勤惓耑此復問
動履賠書欵〻之言不盡意八月十四
日引之謹狀

萬虞臣先生祈爲謝教

孔顨軒所著書宜覓取寄上前　託
廿本宝家卿之札竟未送到也

伯申先生於嘉慶十九年以大理寺卿任山東學政試事之暇作太歲攷二〻
二十八篇見行狀茲書所云爲太歲攷廿餘篇文謂所疑必多務祈併正其
失俾得及時更易則知此時尚未定稿書中復云自七月出省按試登萊
業已蕆事此書之作似在按試第二年即嘉慶二十年

足慰

懃惓。謹乘杜生南之便布候

起居，諸維

珍重，不盡欲言。筆墨未能引之赧之。

蔡甫大兄大人閣下

鍇微

尊諭奈在至好，幸勿再涉周旋也。

[illegible]日 月 日

王引之致陳壽祺書札 sz088–碑帖092.04

四頁，23×13.4cm

春間接誦賜札，如奉蘭言。以俗務倥偬，致遲裁答，歉然之至。次又得惠書，欣悉大兄大人動履安泰，著述日增，以慰以慕。曩讀大著《五經異義考證》，詳而有要。今新刊經義，定能羽翼傳注，折衷至當也。南風有便，幸寄示以袪茅塞。整頓書院條規，必有英才輩出。譬如子産爲政，終來誰嗣之歌。目前之毀譽，不足論也。設誠致行，尤堪欽佩。家刻《淮南雜志》已刷者爲人持去，容俟刷出再爲郵達。兹先寄上《管子雜志》十二卷。拙刻《經義述聞》，板在江西，案頭無有存者。新增者及已刻而復改者，尚未付梓。兹先寄上《爾雅述聞》五卷，伏祈教政。弟碌碌終日，部務、館務紛至沓來，開卷之日特偶然耳，愧悚無似。差幸家君眠食安泰，弟亦粗適，足慰懃惓。謹乘杜生南還之便，布候起居，諸惟珍重。不盡欲言。

年愚弟王引之頓首上　九月朔日

恭甫大兄大人閣下

鎸繳尊謙。忝在至好，幸勿再涉周旋也。

[邊跋]

此書最難考其年歲。然自「部務、館務紛至沓來」一語觀之，可推斷其作於道光二年。蓋伯申先生於道光二年八月以吏部左侍郎兼署刑部左侍郎，而又充任《仁宗實録》總裁官及國史館副總裁（見行狀），其事務之繁忙可想，宜其作是語也。

春間接誦

賜札，如奉蘭言，以緩務紛，總致遲裁

荅覆甚之至緩又得

惠書所來

大兄大人動履安泰，著書日增，以欣以慕

晨讀

大著五經異義疏證，詳而有要，令

菁莪百朋

金粟齋

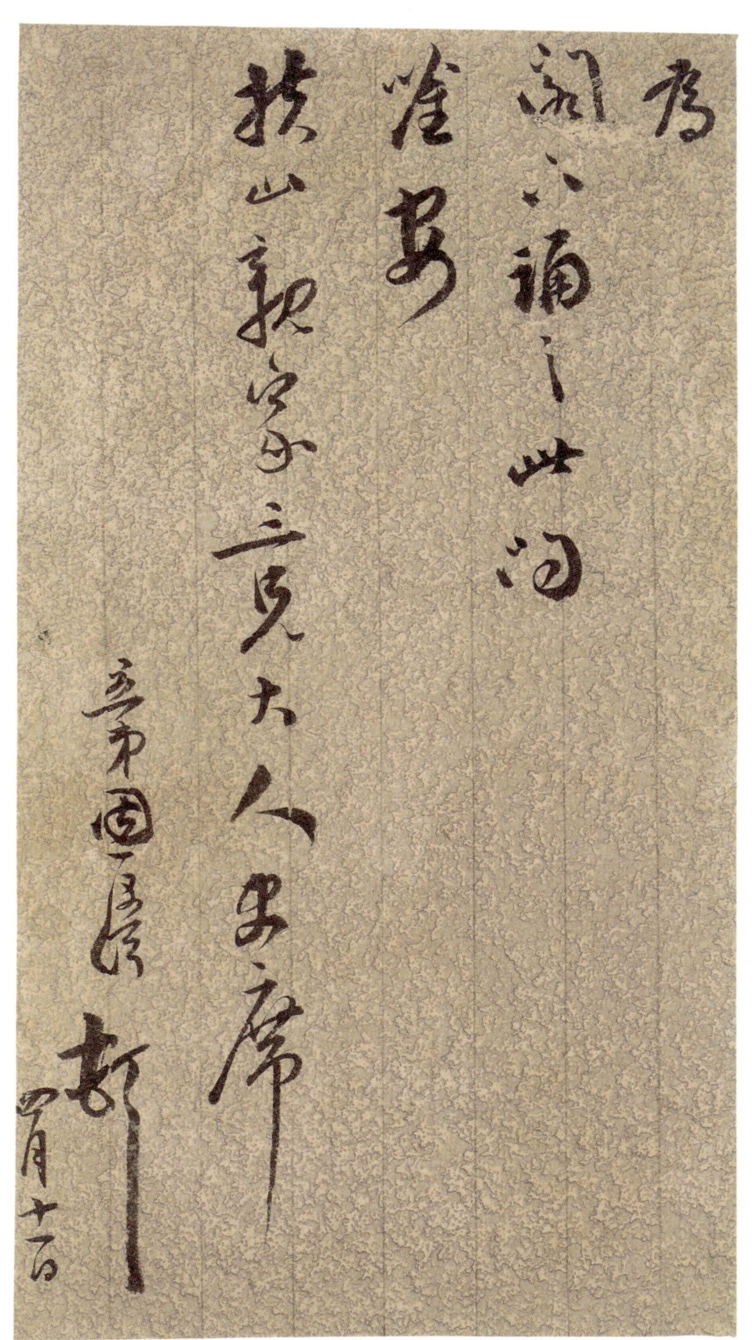

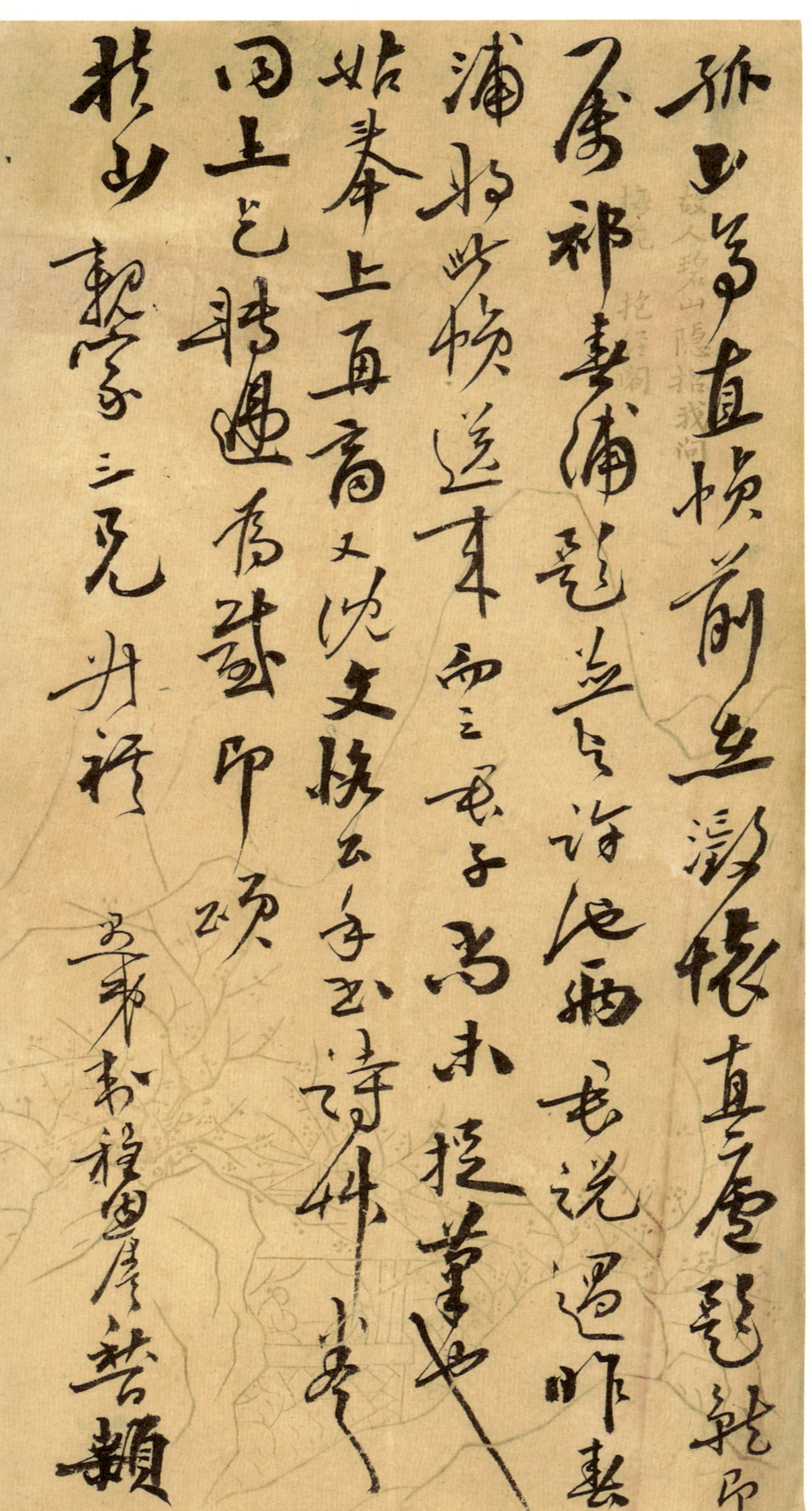

程恩澤致胡仁頤書札

一頁，23×12.1cm　sz104–碑帖071.03

《孤山亭》直幀，前在澂懷直廬題就，即屬祁春浦題，並與許、池兩君説過。昨春浦將此幀送來，而三君子尚未捉筆也。姑奉上再商。又沈文恪公手書詩草卷同上，乞轉遞爲感。即頌扶山親家三兄升祺。

愚弟制程恩澤稽顙

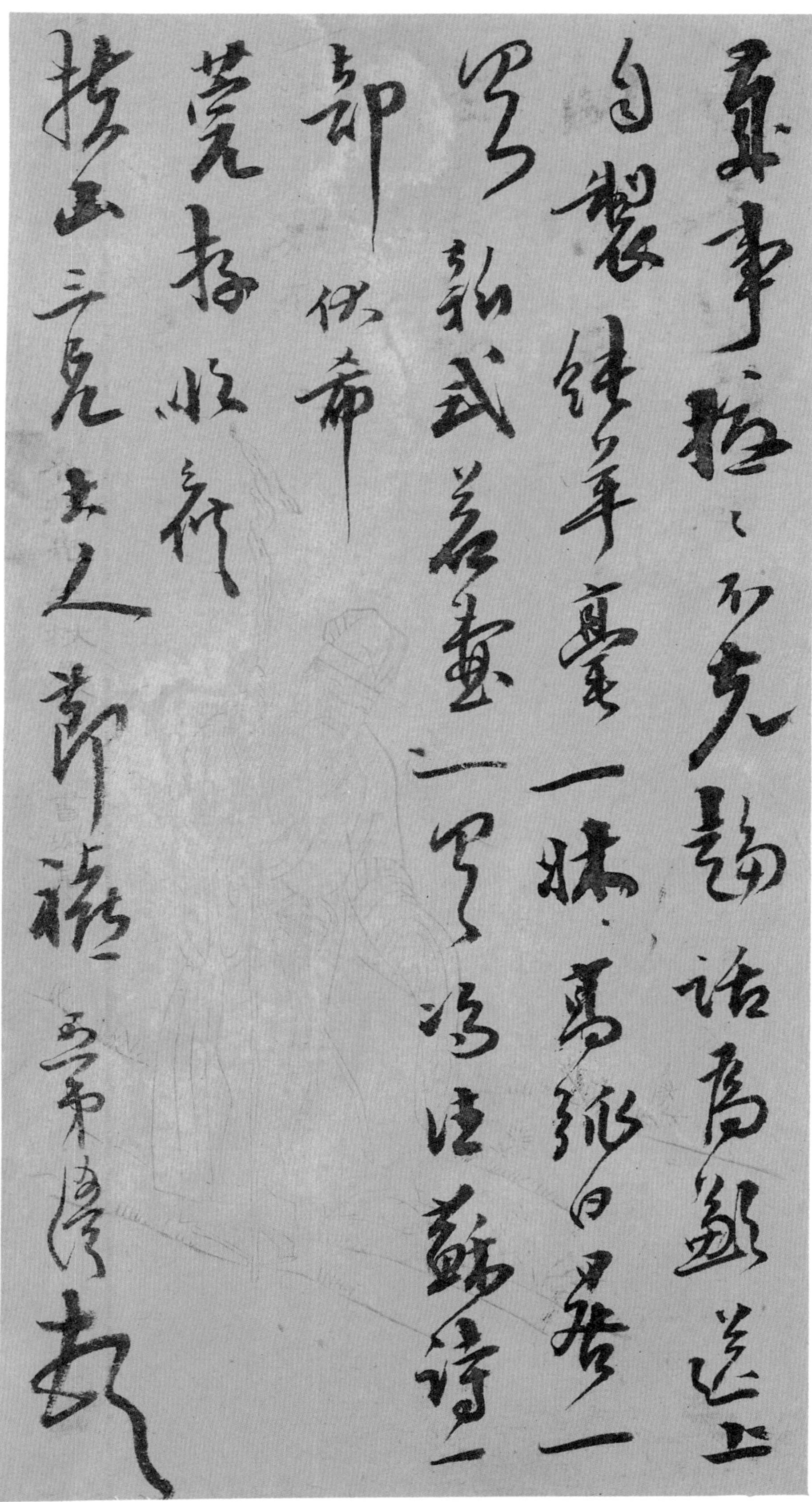

程恩澤致胡仁頤書札 sz105-碑帖071.04

一頁，22.6×12.1cm

歲事擾擾，不克趨話爲歉。送上自製純羊毫一牀、高弧日晷一具、新式茗壺一具、馮注蘇詩一部，伏希莞存。順候扶山三兄大人節禧。

愚弟澤頓首

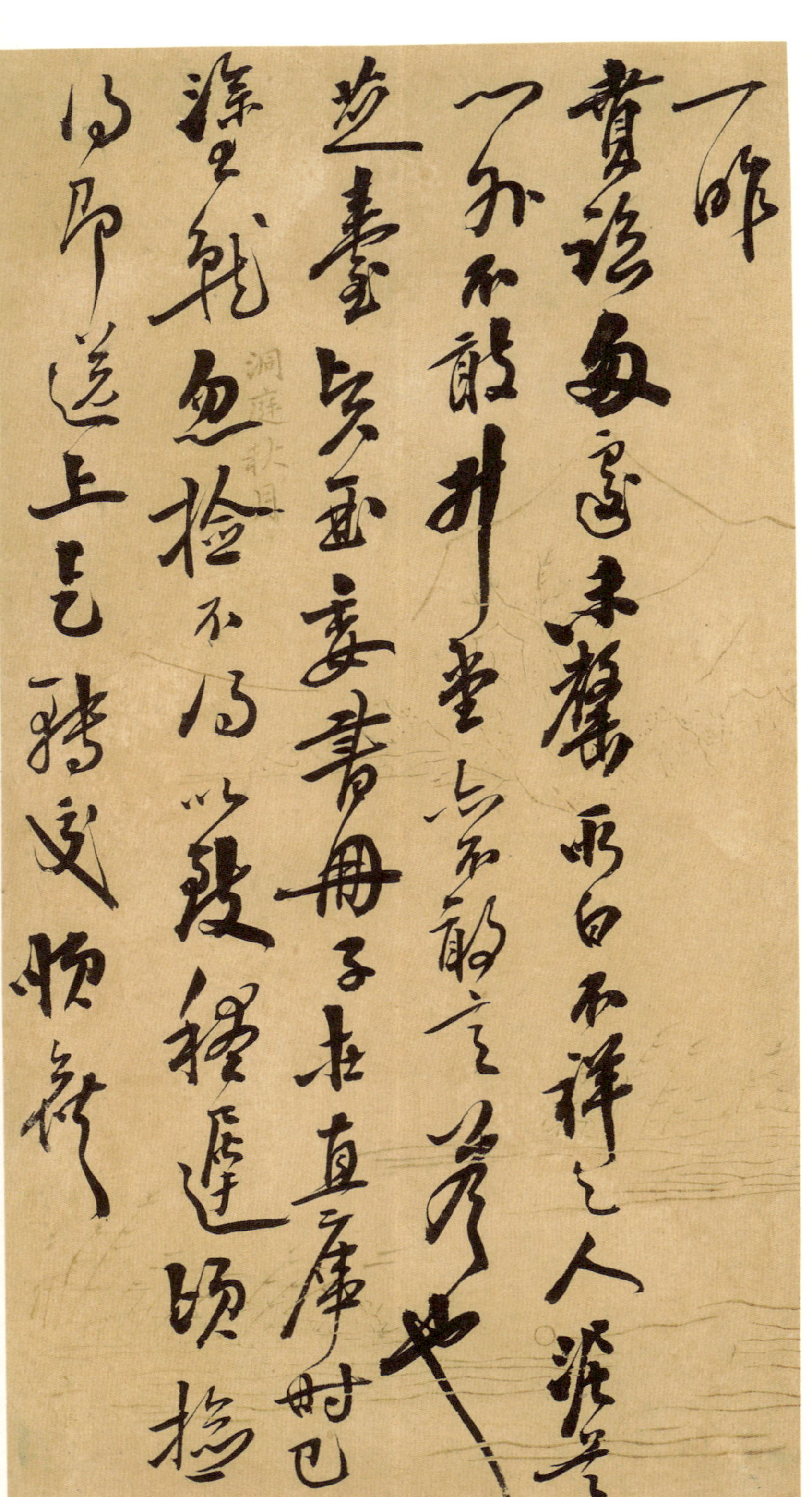

程恩澤致胡仁頤書札

sz106-碑帖071.05

二頁，22.8×12.1cm

一昨賁臨，匆遽未罄所白。不祥之人，泥首門外，不敢升堂，亦不敢言答也。芝臺頃至委書册子，在直廬時已塗就，忽撿不得，以致稽遲。頃撿得，即送上，乞轉交。順候扶山仁兄親家大人安。越禮作書，無任主丞。

姻愚弟制澤稽顙

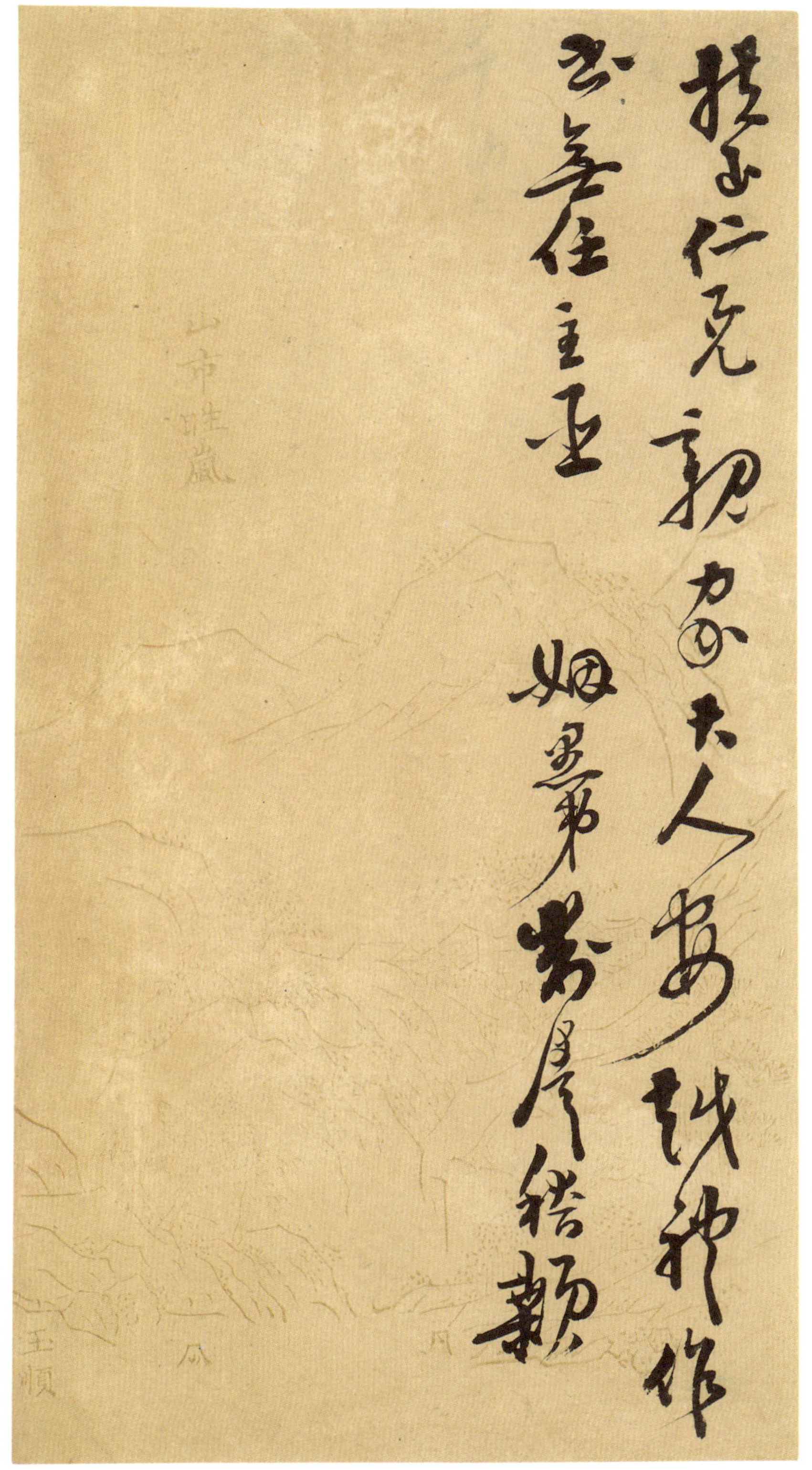

程恩澤致胡仁頤書札

一頁，22.7×12.3cm　sz108–碑帖071.07

扶山三兄大雅台啓：三場試畢，想佳文傳遍輦下矣。掄元奪雋，拭目俟之。弟東扈匆匆，未能趨候，種種欠禮欠情之處，伏祈曲宥。此頌元安，不一。

姻世愚弟恩澤再拜　三月廿二日

程恩澤致胡仁頤書札

一頁，22.6×12.1cm　sz111－碑帖071.10

送上絹對十副、絹條廿張、蠟箋對一副、蠟箋條一張，拜求法書，感荷無已！《憫忠寺重藏舍利記》，金石家已著録，非始近人。倘有佳拓，乞惠一紙。即候扶山親家三兄安，並托。

弟澤頓首

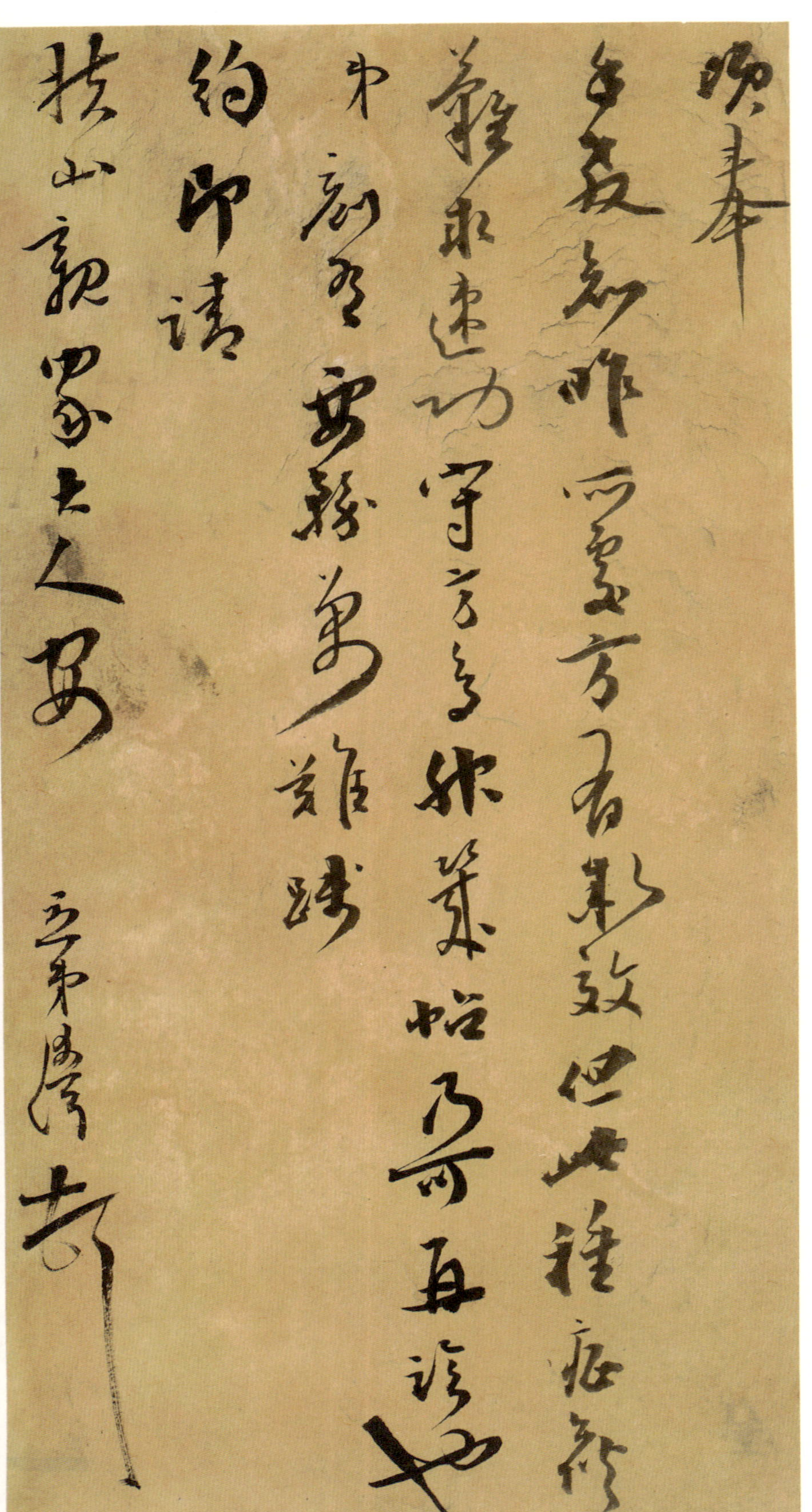

程恩澤致胡仁頤書札 sz113–碑帖071.12

一頁，22.9×11.9cm

頃奉手教，知昨所處方有微效，但此種症候難求速功。守方多服幾帖，乃可再診也。弟刻有要務，萬難踐約，即請扶山親家大人安。

愚弟澤頓首

程恩澤致胡仁頤書札　sz114-碑帖071.13

一頁，24.6×12.4cm

日前失於倒屣，歉仄！歉仄！昨晤錢塘君，知進單時大阮已褎然舉首，惜未放耳。容面罄種種。即頌扶山三兄大人吟安。

姻愚弟程恩澤頓首　十月廿四日

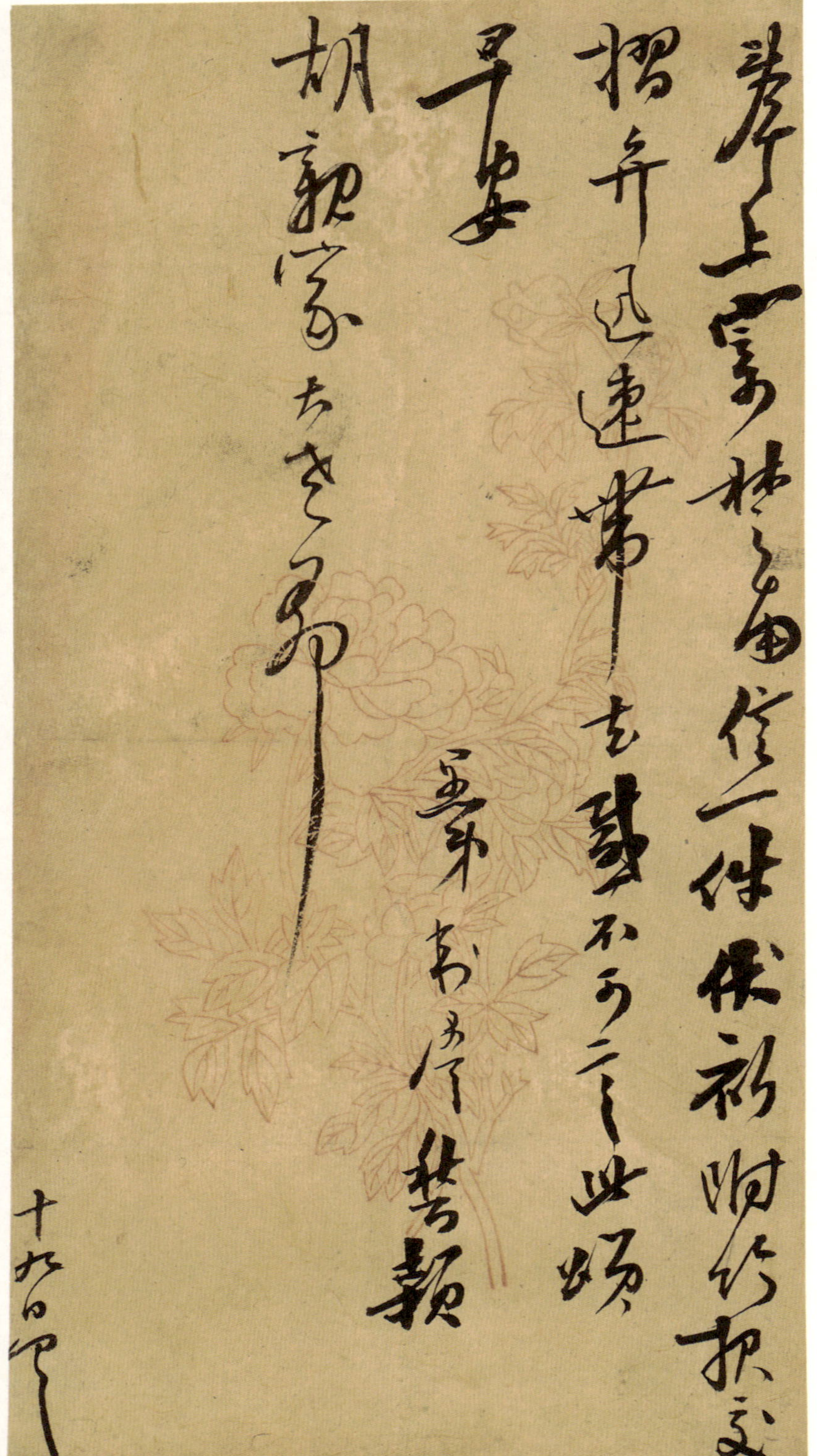

程恩澤致胡仁頤書札 sz115-碑帖071.14

一頁，23.2×12.3cm

胡親家大老爺

奉上寄楚南信一件，伏祈附竹報交摺弁迅速帶去，感不可言。此頌早安。

愚弟制澤稽顙　十九日具

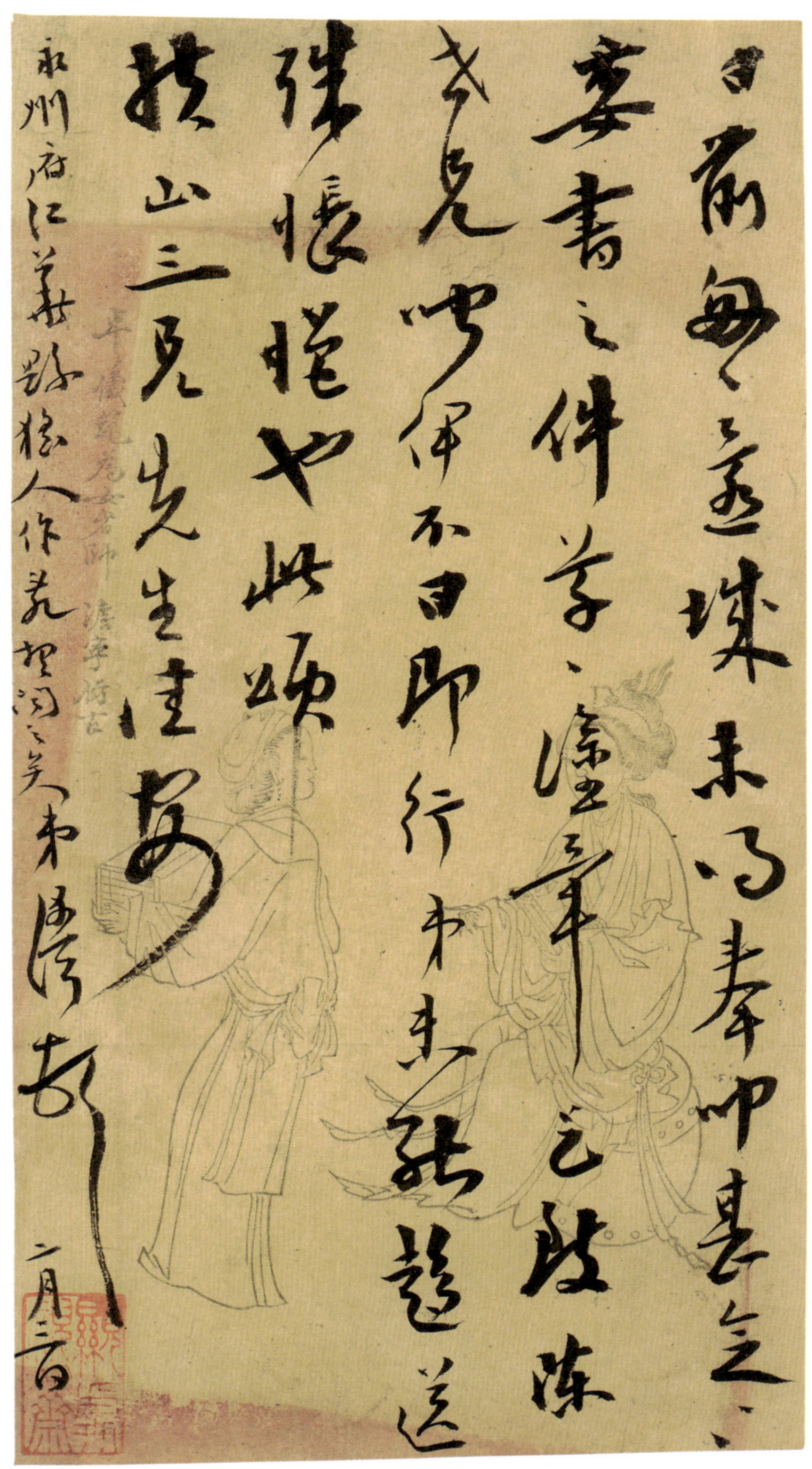

程恩澤致胡仁頤書札　sz116-碑帖071.15

一頁，22.8×12.2cm，收藏印「顯處視月齋」

日前匆匆還城，未得奉叩。甚念！甚念！委書之件，草草塗畢，乞致陳世兄。聞伊不日即行，弟未能趍送，殊悵悒也。此頌扶山三兄先生佳安。

永州府江華縣猺人作亂，想聞之矣。

弟澤頓首　二月三日

程恩澤致胡仁頤書札

sz120–碑帖071.19

二頁，22.9×12cm

拙札致污尊箑，乃荷獎詡，至不敢承。然閣下固是知己，弟每有塗抹，輒思奉方家印可，以驗功候之進退。昨偶撰廿六字，篆爲楹帖，自謂不惡，特呈大教。委作横幀，稍遲即交卷也。此候升安。

姻世愚弟制程恩澤叩頭上

扶山三兄光禄大人閣下

楹帖款書以前者，以現當廢業，且不便用私鈐也。

大教

委作横幀稽遲，即交來也。此頌升安

振之三兄光祿大人閣下

姻世愚弟秦緗業叩頓上

横幀款書以前此以現當廣業，且不便用私銜也。

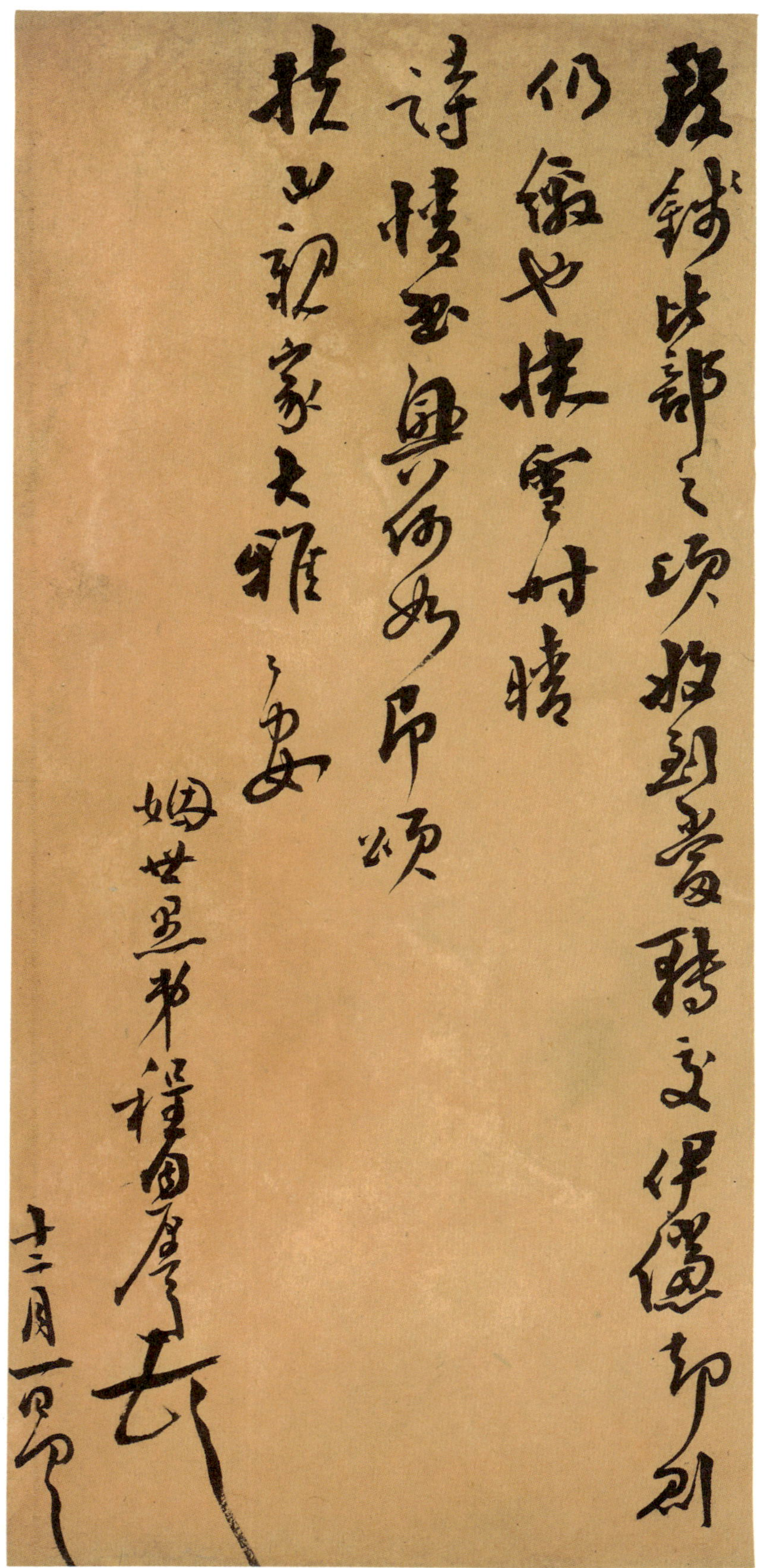

程恩澤致胡仁頤書札 sz122-碑帖071.21

一頁，25.2×11.9cm，有水漬

致錢比部之項，收到當轉交。伊儻却，則仍繳也。《快雪時晴》，詩情書興何如？即頌扶山親家大雅之安。

姻世愚弟程恩澤頓首　十二月一日具

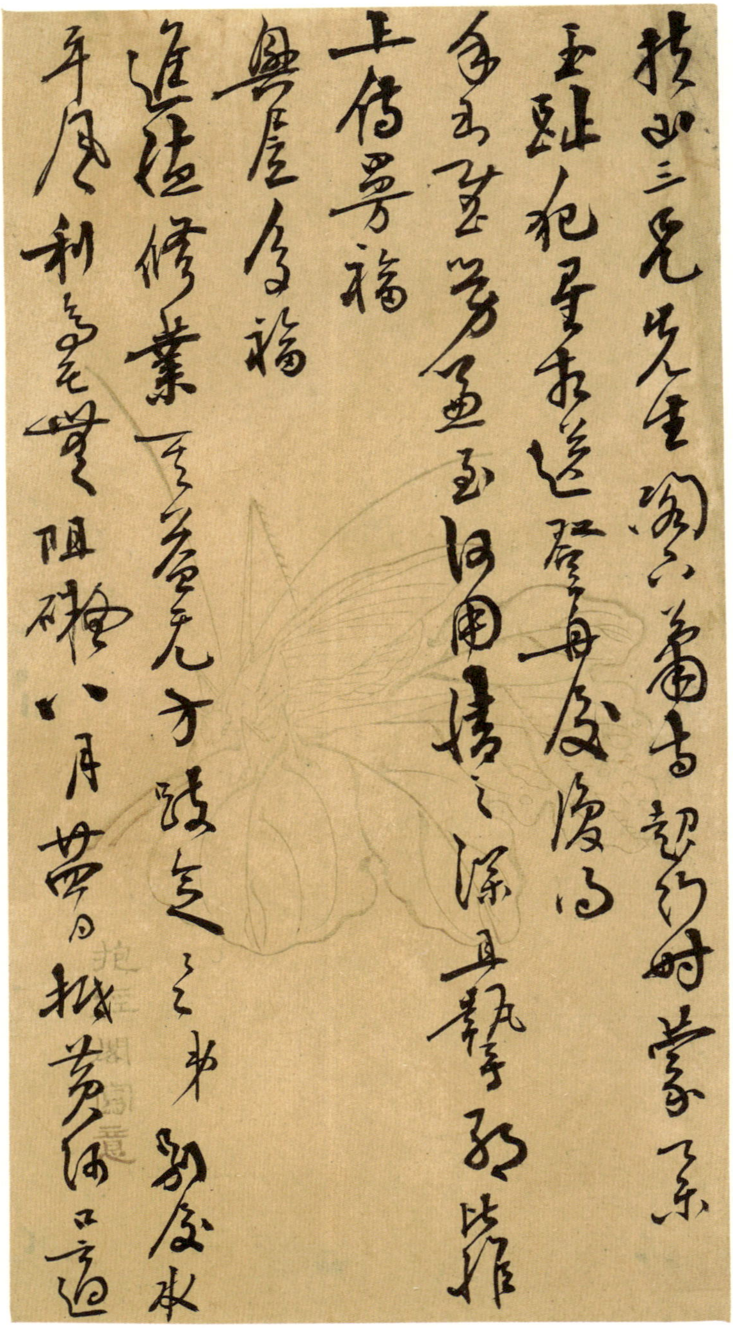

程恩澤致胡仁頤書札

二頁，第一頁22.9×12.3cm、第二頁22.8×12.1cm　sz124–碑帖071.23

扶山三兄先生閣下：蕭寺起行時，蒙舉玉趾，犯星相送，登舟後復得手書，慰勞兼至，何用情之深且摯耶？比惟上侍曼福，興居多福，進德修業，其益無方。跂念！跂念！弟別後水平風利，毫無阻礙，八月廿四日抵黃河口，適酷暑，在舟次如坐炊甑中，惟冀閣陰細雨耳。一昨靈輀下通，極貼妥，且迅速。眷口亦平善，乞放懷。此後湘漢有信件，尚祈瑣瑣費神。感甚！幸甚！弟又及。

新刊經義定能羽翼傳注折衷至當也

封書 金聚齋

南風有使章

案示以桂萬塞整飭重院條規共有

美才半生雅之如子產為政終來誰

明之歌目前之毀譽不足論也

設識致行尤堪欽佩家刻淮南雜志已啟

者為人持去容俟啟上再為郵達兹

先家　上管子雜志十二卷　袖刻經義
述聞板在江西粟臣無有存者新增若
干已刻而復改者尚未付梓若先家
上爾雅述聞五卷伏祈
教政　弟孫之經白部務殷繁務緣五省來
開卷之日持偶然耳惧棟無似差
家君眠食安泰足以粗適
幸

足啟

勅卷謹求杜生南還之便布候

起居諸惟

珍重不盡欲言　年愚弟王引之頓首

藔甫大兄大人閣下

諸徽

尊語奈在玉牒幸勿再涉周旋也

九月朔日

漢口進魚　錦鱗　金粟齋

此書最難考其年歲，然自「部務館務紛至沓來」一語觀之，可推斷其作於道光二年。蓋伯申先生於道光二年八月以吏部左侍郎兼署刑部左侍郎，而又充任仁宗實錄總裁官及國史館副總裁，見行狀，其事務之繁，於此可想，宜其作是語也。

年愚弟王引之頓首

恭甫大兄大人閣下書問牽阻數行由望坡
先生處寄呈
左右想已邀
清覽矣頃又連奉
手書知以高堰潰決遠承
垂注感荷匪可言擬敬卿張運河微危皇無
擾幸南去數十里外順閘壩塌下隊支河入

王引之致陳壽祺書札 sz089-碑帖092.05

四頁，22.6×17.2cm，圖版已拼接

年愚弟王引之頓首

恭甫大兄大人閣下：春間率泐數行，由望坡先生處寄呈左右，想已邀清覽矣。嗣又連奉手書，知以高堰潰決，遠承垂注，感荷匪可言罄。敝鄉驟遇水儆，倉皇無措，幸南去數十里外昭關壩塌百餘丈，水入下河，城内獲安，然四鄉没溺無算矣。家中惟舍弟及舍姪輩已先期避水於揚州府城，幸免驚恐。現今淮水雖漸長，然不過數尺，不能令黄濟運，不得已而引用黄水，然流弊甚大。運河既受黄水淤墊，疏濬維艱。黄河下流又以力分勢弱，水緩而沙停，釀成壅塞之患。海運之説又屢議不成，未知今秋明春作何部署也。朱泳齋摺頗見采於當事，而經費不敷，尚未修完，淮揚水患尚未艾也。入夏以來，伏惟尊候勝常，著作日盛，羨何如之。大著經辨，博洽精審，足爲來學津梁。《史記》采古文《尚書》條注中「思曰容」，應劭曰：容，通也。古文作「睿」，正文「容」字及注「通」字，似皆出後人所改。蓋應氏既云「古文作睿」，則正文從今文作「容」，可知：容，通也，當作：容，寬也。《五行志》説，思心之不容，曰容，寬也。應氏本之以爲注也。志又曰：容作聖。張晏曰：容，通達以至於聖。七字文不成義，亦出後人所改。蓋既改應注，又並張注改之，遂删去容字本訓，而以通達易之耳。檢《説文》、《玉篇》、《廣韻》「睿」之别體，但有「叡」、「壡」二形，無作「容」者。其非漢志原文明甚。《集韻》「睿」字重又始列「容」字，蓋當時《漢書》已僞作「容」，丁度等不能釐正而誤收之也。家君《漢書雜志》曾辨之，謹節録大略，以備采擇，並呈《淮南雜志》全部。家君命求是正。弟碌碌終日，無善可陳。差幸家君眠食如常，弟亦無恙，幼子壽同應試海陵，得與拔貢之選。年踰弱冠，正當勉學，而館師難得其人，惟綏以圖之而已。兹乘敝通家陳太史典試閩中之便，順問福安。諸惟珍重，不盡欲言。　　引之頓首　五月十九日狀

敬繳尊謙　侍

【邊跋】

一、望坡姓陳，名若霖，福建閩縣人，乾隆五十二年丁未科翰林，官至刑部尚書。

二、王壽同考取選拔貢生，在道光五年乙酉，此書可斷定作於是年矣。

望坡姓陳名若霖福建閩縣人乾隆五十二年丁未科翰林官至刑部尚書

年愚弟王引之頓首

恭甫大兄大人閣下去閏率叨數行由望坡

先生處寄呈

左右想已邀

清覽矣頃文達來

手書知以高堰潰決未承

垂注感荷匪可言罄敬卿漲運水繳高寶無

擇幸南去數十里外田園墟場下鄉支水入

下河城內樓房能如卿汲溺無實矣未平惟

舍弟及舍姪輩已先期避水於揚州府城幸一

免留堤現今淮水雖漲長非不通暢大不流
並黃濟運不得已而引用黃水非深築長大
運河既受黃水於挽路潛維艱黃河下流
又以力分勢弱水緩而河停釀成壅塞之
患海運之說又屢議不成去年今秋所主佈何
事者也未承高擬足羈於當事而往賀
不敷者未能完淮揚水患者未艾也入夏以來
伏維
尊候勝常著作日盛藉以如之
大著經辨精洽精審足為來學津梁史記宋
古文尚書傳注中黑白睿雍動日睿通也古文作

蝶戲　虛白齋造

睿古文容字及古通字俱出後人所改書段氏跋云古文作睿則古文從今文作容可知亦通也書作容寬也五行志說思心之不容曰容寬也段氏本之以爲注也志又曰容作聖恐畧迴容通達以至於重七字文不成義亦出後人所改書段改注文並從注改之函冊古文字本訓而以通達爲之再檢說文玉篇廣韻睿之別體但有叡壡二形嘉作睿者見於漢志厚文所甚集韻睿字本文雅刻睿字蓋書時漢書已譌作容丁度等異於據古而誤收之也　家君漢書雜志蒐羅之謹節錄大略以備

採擇。並呈淮南雜志全部。家君命求
是正。弟亦碌碌終日，無善可陳，差幸家君
眠食如常，弟亦無恙。幼子壽同應試海陵，得
典拔貢之選，年踰弱冠，正當勉學，而擇師難得
其人，惟緩以圖之而已。茲乘敝通家陳太史典試
閩中之便，順問
福安，諸惟
珍重不盡欲言。引之頓首。五月廿日狀。
叔徵
尊[illegible]侍

王壽同考取選拔貢生在道光五年乙酉，此書可斷定作於是年矣。

王引之致陳壽祺書札　sz090-碑帖092.06

三頁，23.1×12.6cm

年愚弟王引之頓首

恭甫大兄大人閣下：春間連奉賜函，並晤令郎世兄，藉悉大兄大人福祉茂膺，榮問休暢，一慰鄙忱。令郎學富品清，不愧名父之子，洵屬後起之秀。春闈暫屈，不足介意，行當脱穎而出、名噪一時耳。孫又學經解，極爲明辨，康成弟子因得不凡。弟碌碌步趨，無所表見，差幸照例之事得免舛錯。家嚴眠食如常，弟亦無恙，而賤内卧病，數月不瘳，醫藥相尋，頗添一番膠擾。家刻《漢書雜志》寫樣已竟，而剞劂未完，約夏杪可成，容再寄呈左右。郝蘭皋同年《爾雅義疏》雖不及二雲先生，而詳贍處亦可觀。家嚴代爲删節疵累，又加純潔，蒙芸臺夫子允爲付梓，端午節後可寄去矣。鮑覺生大兄患肝氣病，竟致不起，已於前月去世。少一直諒多聞之友矣，可傷！可傷！率泐數行，布候動履。伏惟珍重。不盡欲言。

四月十二日引之頓首

[邊跋]

一、是年恭甫之子樸園應丙戌科春闈下第，書中備致安慰之意。

二、鮑覺生卒於道光六年丙戌三月十九，年六十三（見陳用光撰墓志銘）。此書可斷定作於道光六年。書尾署「四月十二日」，書中云「鮑覺生大兄患肝氣病，竟致不起，已於前月去世」，是與墓志所載卒月相合。

是年恭甫三子樸園應丙戌科春闈下第書中備致安慰之意

年愚弟王引之頓首

恭甫大兄大人閣下春闈連奉

賜函並晤 令郎喜兄藉悉

大兄大人福祉茂膺榮問休暢一慰鄙忱

令郎學富品清不愧名父之子洵屬後起

之秀春闈雖屈不足爲意行書脫穎

發文步經緯擬乃以辭 康成西京同自不凡

而出名噪一時耳 弟碌〻步趨無所表

見惠章與例之事，得免舛錯。

家嚴眠食如常，弟亦無恙，而賤内臥病

數月不瘳，醫藥相尋，頗添一番膠擾。家

刻漢書襍志寫樣已竟，而剞劂未竟，

約夏杪方成，容再寄呈

左右。郝蘭皋同年爾雅義疏雖不及二雲

先生，而詳贍要亦可觀。家嚴代爲删節

鮑覺生卒於道光六年丙戌三月十九年六十三見陳用光撰墓誌銘此書可斷定作於道光六年書尾署四月十二日書中云鮑覺生夫子竟以肝氣病竟致不起已於前月去世足與墓誌所載卒月相合

疏畧又加純潔蒙

吾臺夫子亢爲討

梓端午節後可寫定矣鮑覺生夫子竟

以肝氣病竟致不起已於前月去世亦一

直諒多聞之友矣可傷傷寄別數行布

候

動履伏惟

珍重不盡欲言四月十二日引之頓首

王引之致陳壽祺書札　sz091-碑帖092.07

五頁，22.8×11.8cm

恭甫大兄大人執事：夏間率泐一函，奉候動履，托望坡前輩轉致，想已入覽。數月以來，敬惟大兄大人眠食安和，德門清吉爲慰。大著經辨及文集如多，近日增多之篇，幸賜一讀，以爲稽式。阮儀徵師移節滇黔，政事較簡，頗可節勞。但刻書不及粵東之便，未知經解能否告成也。吳荷屋兄抵閩，添一過從之友。史望之兄試竣旋省，亦可不時相見。德星聚於一方，何樂如之！弟碌碌終日，政事、文學兩無裨補。仲夏悼亡，乞假兼旬，旋遣兒輩扶櫬南歸，心緒雜亂。秋來喘嗽屢作，孱弱之至。差幸老父氣體如常，可以告慰勤惓。《漢書雜志》付梓人者幾及一載，剞劂甫竟。今手緘一部，奉求閎覽，希檢入。玆因人便，布問起居，統惟垂照。不盡欲言。

年愚弟期王引之頓首　十月朔日

今嗣世兄何日抵里？想一路安吉，均此切候！

家君命筆候安！

【邊跋】

一、阮文達於道光六年丙戌五月由兩廣總督調雲貴（見《總督表》）。

二、吳荷屋，名榮光，廣東南海人，嘉慶四年己未進士，散館，授編修，歷官福建布政使、湖南巡撫。

三、史望之，名致儼，江蘇江都人，嘉慶四年己未會元，散館，授編修，官至刑部尚書。

四、吳荷屋於道光六年開藩福建，史望之於道光五年任福建學政，此時試竣旋省，故有「德星聚於一方」之語，「史望之試竣旋省」云云，當指其校士第二年。

五、伯申先生繼配范夫人先先生八年卒（見行狀）。先生卒於道光十四年甲午十一月，由此逆推，即知范夫人卒於道光六年丙戌。書中云「仲夏悼亡」，藉悉范夫人卒於五月。此足補行狀之闕。

六、是書作於道光六年。

恭甫大兄大人執事夏間泐一函奉
候
動履託望坡前輩轉致想已入
覽數月以來敬維
大兄大人眠食安和

六文皆吉　抱經閣摹牋

德門清吉爲慰

大箸經辨及文集如有近日增多之篇幸

賜一讀以爲楷式　阮儀徵師移節滇

黔政事較簡頗可節勞但刻書不

及粵東之便未知經解能否告成也

六文皆吉　抱經閣摹牋

阮文達於道光六年丙戌五月由兩廣總督調雲貴　見總督表

史望之名致儼，江蘇江都人，嘉慶四年己未會元，散館授編修，官至刑部尚書。

吴荷屋先生極閱深一過，謂之友史望之先生試竣携眷寄府相見，德星聚於一方，何樂如之。弟殊之踐日頌本文學，而無補。仲夏悼亡，兄病無向程道兄年，扶櫬南歸，心緒雜亂，秋末始敢屬作

六爻皆吉　抱經閣摹牋

吴荷屋於道光六年開藩福建，史望之於道光五年任福建學政，此時試竣旋省，故有德星聚於一方之語。史望之試竣旋省云云，當指其發去第二年。

伯申先生繼配范夫人，先先生八年卒，見行狀。先生卒於道光十四年甲午十月，由此逆推，即知范夫人卒於道光六年丙戌。書中云仲夏悼亡，藉悉范夫人卒於五月，此足補行狀之闕。

屢荷注念，甚幸。老父氣體如常，可以

告慰。

魏塘經重雜志付梓人者幾及一載，剞

劂甫竟，今手緘一部奉求

閱覽爲希。

六爻皆吉　抱經閣摹牋

是書作於道光六年

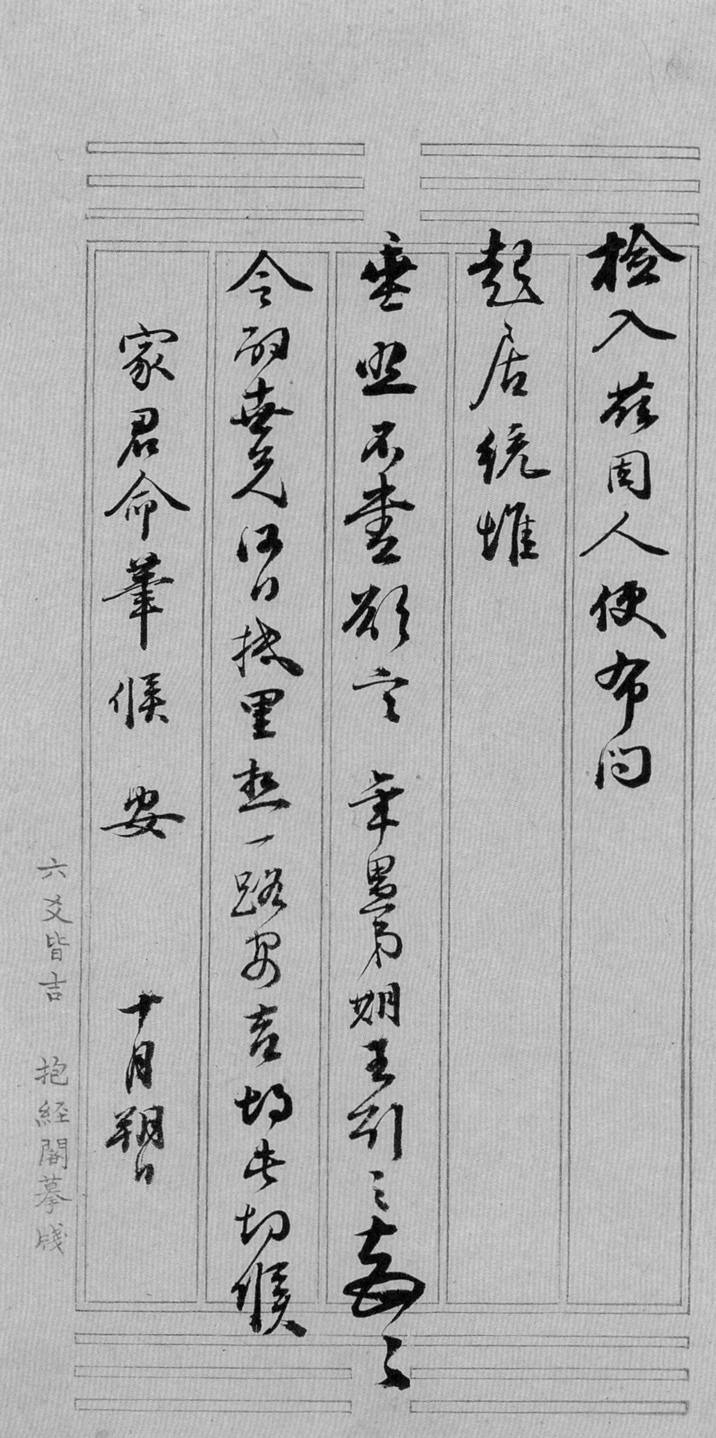
捡入兹因人便布问
起居统惟
垂照不尽欲言　年愚弟姻王引之顿首
令郎壹之旧日揔里画一路安吉切切候
家君命笔候安　十月朔日

六爻皆吉　抱經閣摹箋

王引之致陳壽祺書札 sz092-碑帖092.08

四頁，22.5×12.2cm

恭甫大兄大人閣下：久未奉書左右，天末涼風，時深苑結，頃讀來翰，知以弟倖進一階，遠承賜賀，感與愧俱。書中勖以古人，示之楷式，惟有慎修治行，以副期望之深耳。入冬以來，伏惟大兄大人動履勝常，定如私祝。改建貢院，爲振興文教之一助，得大君子玉成其事，裨益後來者當非淺鮮，欣羡奚如！敦甫讞獄西行，心蘭作藩豫省，皆足勝任而無愧。厚山前放山左，後移山右，而時届凱徹，籌餉未畢，尚未能莅任也。弟部務寡效，著述又荒，文學、政事鮮所樹立。差幸家君眠食如常，賤體亦叨芘平善，可以告慰勤惓。率泐數行布謝，兼候福安。附呈家刻《逸周書雜志》二册，仰祈法鑒，統希亮詧。不盡欲言。

敬繳尊謙　侍　　年愚弟王引之頓首　十月朔日狀

[邊跋]

一、道光七年丁亥，伯申先生由侍郎擢授工部尚書（見行狀），故有倖進一階之語。

二、敦甫，湯金釗，浙江錢塘人，嘉慶己未進士，散館，授編修，歷官吏部尚書、協辦大學士，左遷光禄寺卿，謚文端。

三、心蘭，陸言，浙江錢塘人，嘉慶己未進士，散館，授編修，官至河南布政使。

四、厚山，盧坤，順天涿州人，嘉慶己未進士，散館，改兵部主事，官至兩廣總督，謚文肅。

五、湯敦甫於道光七年九月以左都御史偕鍾少司寇昌往山西審案（見《敦甫自訂義年譜》）。

六、陸心蘭於道光七年九月由左副都御史爲河南布政使（見《清宣宗實録》）。

七、盧厚山在甘肅辦理轉餉事宜，於道光七年補山東巡撫，調山西（見《先正事略及督撫表》）

八、是書作於道光七年。

[附]湯中題記（一九四〇年）

右王伯申先生與陳恭甫書札八通，余於戊寅年仲春得於海上。伯申先生爲清代經學大師。恭甫著述亦閎富，其流傳於世者有《左海全集》十一種。兩公爲嘉慶四年己未科進士同年，交誼頗深。此册書札亦與尋常尺牘不同。其有關教化者則第一通，謂於河南各府學宫及書院存貯《十三經注疏》各一部，使士之貧者得以就近借讀。其有關學術者則第三通，論太歲、太陰應合爲一，不能分而爲二。又第五通釋「容」字非漢志原文。其有關書評者則第六通，述「郝蘭皋《爾雅義疏》雖不及二雲先生，而詳贍處亦可觀，家父代爲删節」。其有關刻書者則第七通，謂「阮儀徵師移節滇黔，政事較簡，但刻書不及粵東之便，未知經解能否告成」。以上各端，皆足爲文史資料。惜其中失群之札太多，上下不能銜接耳。原裝者不辨作書之年歲，遂先後倒置，竟以嘉慶年間之書札列於道光年間者之後。蓋古人書札僅記月日，欲知其作於何年，原非易易。但如能審度内容，亦不難得知其厓略也。余先鈎稽各簡中所言之事迹，而旁取《實録》、《碑傳集》、《清秘述聞補》及《總督表》、《高郵王氏六葉傳狀碑志集》諸書，一一考訂之，乃推得每通書札之年分，分别詳注於邊欄，並重爲排次，庶幾後之讀者不致茫無端緒云。庚辰仲冬，武進湯中寫記。

鈐印「快理翰墨」

[附] 林志鈞題記（一九四九年）

有清一代，師儒家學如高郵王氏、長洲惠氏尚尔。他若張臯文之有彦維，焦里堂之有虎玉，汪容甫之有孟慈，堂構紹隆，允稱盛業。吾鄉則陳左海、樸園二先生，經師人師，良弓良冶，世濟其美，光耀海濱。左海著作中，如《尚書大傳定本》、《伏氏大傳》殘闕千年（《伏傳》北宋即無完書），賴以復顯。其校釋考訂之功，世多知之。樸園先生之《尚書經説考》，網羅宏富，今文家説多賴以存。而世第稱其《四家詩異文考》、《詩緯集證》諸作，他著則傳者蓋寡。仕宦不進，委頓以終。視伯申先生承懷祖先生之學，名位兼崇，瞠乎後矣。吾友武進湯愛理兄近出視舊藏「伯申先生與左海先生書札八通」，中有「拙撰《太陰考》，過承獎許」之語。王氏《太歲考》見《經義述聞》，而《太陰考》初未傳布，端藉此札以章。又札中「晤令郎世兄」，指樸園。道光丙戌科禮部會試，樸園下第，與伯申相見。愛理所考良確。先曾祖鑑堂公，與左海先生同以翰林鄉居，主書院講席。左海治經，鑑堂公治古史。譚復堂《讀竹柏山房叢書·日記》云：「林鑑堂勤恁著書，陳恭甫而後閩之學者未之或先也」。觀伯申此札，聯想所及，緬懷祖德，有愧承先。補白率題，彌增永喟。己丑九月，閩縣林志鈞七十一歲書。

鈐印「林志鈞印」、「則平」

道光七年丁亥伯申先生由侍郎擢授工部尚書見行狀故有偉進一階之語

恭甫大兄大人閣下久未奉書
左右天末涼風時深苑結頌讀
來翰知以弟偉進一階遠承
賜賀感與愧俱
書中勗以古人之精式惟有慎修
謹行以副

期望之深耳。入冬以來，伏惟
大兄大人動履勝常，定如私祝。改建貢院
爲振興文教之一助，得
大君子玉成其事，裨益後來者豈非淺鮮，
欣羨奚如。敬甫讞獄西行，心蘭作
藩豫省，清足勝任而無愧。厚山前

敬甫　湯金釗，浙江錢塘人，嘉慶己未進士，散館授編修，歷官吏部尚書、協辦大學士，左遷光祿寺卿，謚文端。

心蘭　陸言，浙江錢塘人，嘉慶己未進士，散館授編修，官至河南布政使。

厚山　盧坤，順天涿州人，嘉慶己未進士，散館改兵部主事，官至兩廣總督，謚文肅。

放山左後移山右而時屆凱撤籌餉未畢，尚未能淮往也。戶部務實致著述，又兼文學政事，鮮所樹立，差幸家君眠食如常，賤體亦叨芘平善，可以告慰。

勳謹密叨，敬行布謝並候

湯敦甫於道光七年九月以左都御史偕鍾少司寇昌往山西審案，見敦甫自訂年譜。

陸心蘭於道光七年九月由左副都御史為河南布政使，見清宣宗實錄。

盧厚山在甘肅辦理轉餉事宜，於道光七年補山東巡撫，調山西，見先正事略及督撫表。

福安附呈家刻逸周書雜志二冊仰祈

法鑒統希

亮詧不盡欲言

年愚弟王引之頓首

敬繳

尊逸侍

十月朔日狀

是書作於道光七年

右王伯申先生與陳恭甫書札八通，余於戊寅年仲春得於海上。伯申先生為清代經學大師，恭甫著述亦閎富，其流傳於世者有左海全集十一種。兩公為嘉慶四年己未科進士同年，交誼頗深。此册書札亦與尋常尺牘不同，其有關教化者，則第一通謂於河南各府縣學宮及書院存貯十三經注疏各一部，使士之貧者得以就近借讀；其有關學術者，則第三通論大藏大陰應合為一，不能分而為二，又第五通釋容字非漢志原文；其有關書評者，則第六通述郝蘭皋爾雅義疏難及二雲先生，而詳贍處亦可觀，家父代為刪節；其有關刻書者，則第七通謂阮儀徵師移節滇黔，政事較簡，但刻書不及粵東之便，未知經解能否告成。以上各端，皆足為文史資料，惜其中失摹之札太多，上下不能銜接耳。原裝者不辨作書之年歲，遂先後倒置，竟以嘉慶年間之書札列於道光年間者之後。蓋古人書札僅記月日，欲知其作於何年，原非易易，但如能審度內容，亦不難知其崖略也余先鈞稽各簡中所言之事蹟而旁取實録碑傳集清秘述聞補及從背表高郵王氏六葉傳狀碑誌集諸書一一攷訂之乃推得每通書札之年分分别詳注於邊欄並重為排次庶幾後之讀者不致茫無端緒云庚辰仲冬武進湯中寫記

有清一代師儒家學如高郵王氏長洲惠氏尚矣他若張皋文之有彥惟焦里堂之有虎玉汪容甫之有孟慈皆稱紹隆允稱盛業吾鄉則陳左海樸園二先生經師人師良弓良冶世濟其美光耀海濱左海著作中如尚書大傳定本伏氏大傳殘闕千年（伏傳北宋即無完書）賴以復顯其校釋考訂之功世多知之樸園先生之尚書經説考綱羅宏富今文家説多賴以存而世第稱其四家詩異文攷詩緯集證諸作他著則傳者蓋寡仕宦不進委頓以歿視伯申先生承懷祖先生之學名位兼崇瞠乎後矣吾友武進湯愛理兄近出眎舊藏伯申先生與左海先生書札八通中為拙撰太陰考亟承奬許之語王氏太歲考見經義述聞而太陰考初未傳布端藉此札以章又札中賢令郎世兄指樸園道光丙戌科禮部會試樸園下第與伯申相見愛理所考良確 先曾祖鑑堂公與左海先生同以翰林鄉居主書院講席左海治經鑑堂公治古史譚復堂讀竹柏山房叢書日記云林鑑堂勤集著書陳恭甫而後閩之學者未之或先也觀伯申此札所及緬懷祖德有愧承先補白率題弥增永喟 己丑九月閩縣林志鈞七十一歲書

王引之致某公[雲伯]書札

sz093-碑帖092.09

一頁，26.3×10.3cm

前蒙枉顧，失訝爲罪。周公昨已晤談，欽佩之至，即煩致意延請是幸。弟明晨再往拜訂館金，一切諒蒙轉達。其入館之期，俟移居後再爲擇定。耑此布瀆，順候雲伯先生日佳。

弟王引之頓首　廿八

王引之致某公[雲伯]書札

sz094–碑帖092.10

一頁，25.6×12cm

呈上書子二封，祈附便寄浙爲感。昨見中丞師，面求《經籍纂詁補遺》，蒙師允，謹望吾兄再爲一提，并望代爲領下，明早弟遣价來取，是幸。專此奉懇，順候日安。不一。

愚弟王引之頓首上

雲伯大兄先生執事

簪花酌酒
缦卿画

八　陳用光、陳壽祺等書札

【陳用光（一七六八—一八三五），字碩士，一字實思，江西新城人。清嘉慶六年（一八〇一）進士，官至禮部左侍郎，嘗督福建、浙江學政。有《太乙舟文集》等。】

【陳壽祺（一七七一—一八三四），字恭甫，號左海，晚號隱屏山人，福建閩縣人。清嘉慶四年（一七九九）進士，官翰林院編修，晚年主講於鼇峰書院。工詩，富藏書。有《左海全集》。】

陳用光致鮑桂星書札　sz051-碑帖053.01

一頁，23.3×12cm

【鮑桂星（一七六四—一八二六），字雙五，一字覺生，安徽歙縣人。清嘉慶四年（一七九九）進士，官至工部右侍郎。邃於文學，師吴定、姚鼐。著《覺生古文》、《覺生詩鈔》等，輯《唐詩品》。】

頃承許以《朱子大全集》借讀，乞付來手，以兩月爲期，當奉璧也。芸潭札附去一覽。此請雙五老前輩大人午安。不備。

門侍陳用光頓首

陳用光致鮑桂星書札 sz052–碑帖053.02

一頁，24×13.8cm，鈐印「石士啟事」

昨讀手札，知皋文前輩世兄來京，亟欲一見。想必尊齋下榻矣。其書法如何？用光明後日當往一晤。皋文先生令弟翰風兄亦與用光交契，今復得與其世兄聚對，藉得窺皋文先生諸著作，真佳事也。此復，並請日安。不一。

覺生老前輩親家大人閣下

門姻侍陳用光頓首

陳用光致鮑桂星書札 sz053－碑帖053.03

一頁，22.5×16.1cm

昨得意園前輩札，欣聞老前輩大人有添外孫之慶，不勝快慰，翌日當趨賀也。異之兄定何日行？其札附上。姚師改生徒文論題數則，侍尚欲録存，乞借一録。此候老前輩大人喜安。不備。

用光頓首

昨得意園前輩札，欣聞
老前輩大人有添外孫之慶，不勝
快慰，望日當趨
賀也。異之兄定以日行，此札附上。
姚師改生徒文論題數篇，侍者
能錄存，乞借一錄。此候
老前輩大人吉安，不備。周士之拜

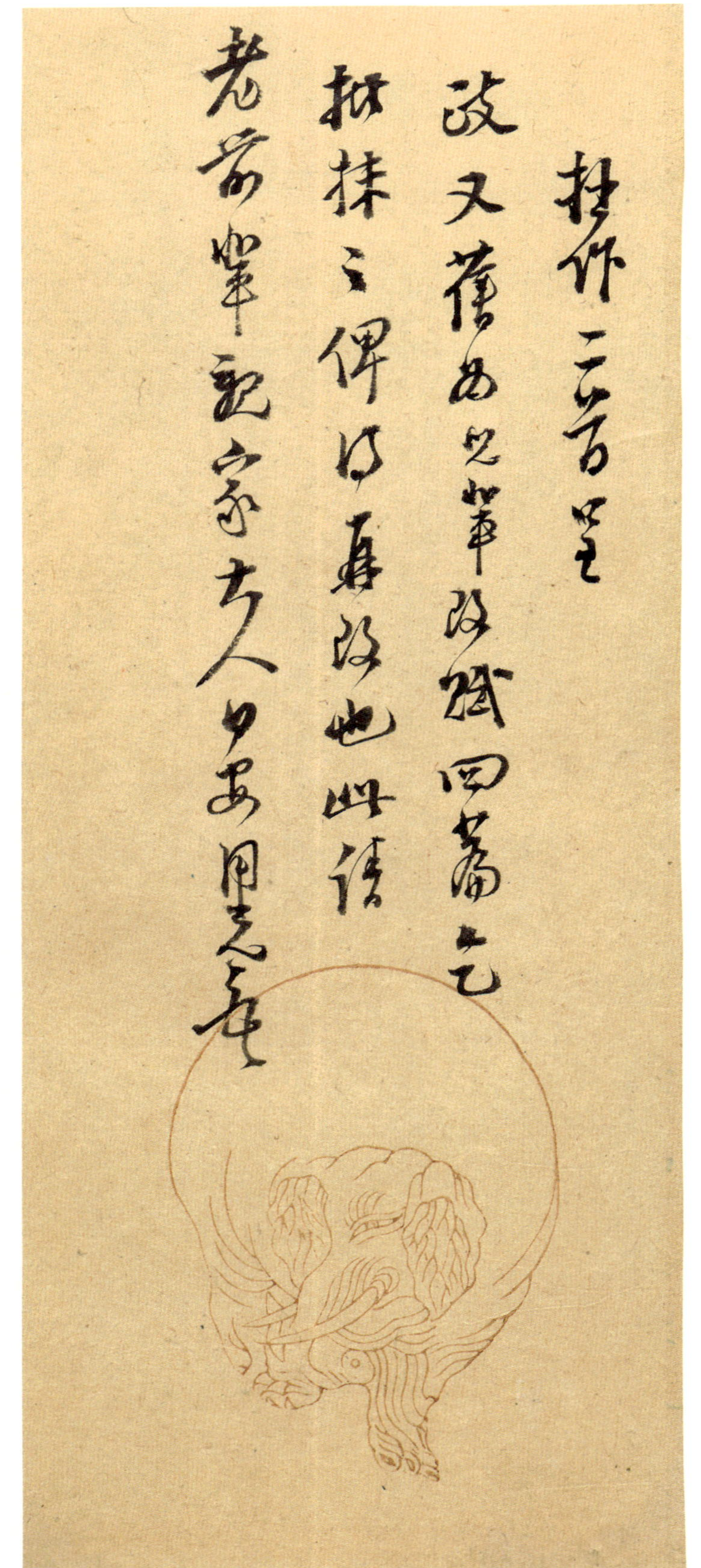

陳用光致鮑桂星書札

sz054–碑帖053.04

一頁，22.5×9.3cm

拙作二首呈政。又舊爲兒輩改賦四篇，乞批抹之，俾得再改也。此請老前輩親家大人日安。

用光頓首

陳用光致鮑桂星書札　sz055-碑帖053.05

一頁，22.5×13.4cm

魏默深文送覽。外二卷俱係録舊。老前輩覽之，以爲何如？此請時安。不備。

侍陳用光頓首

雙五老前輩大人閣下

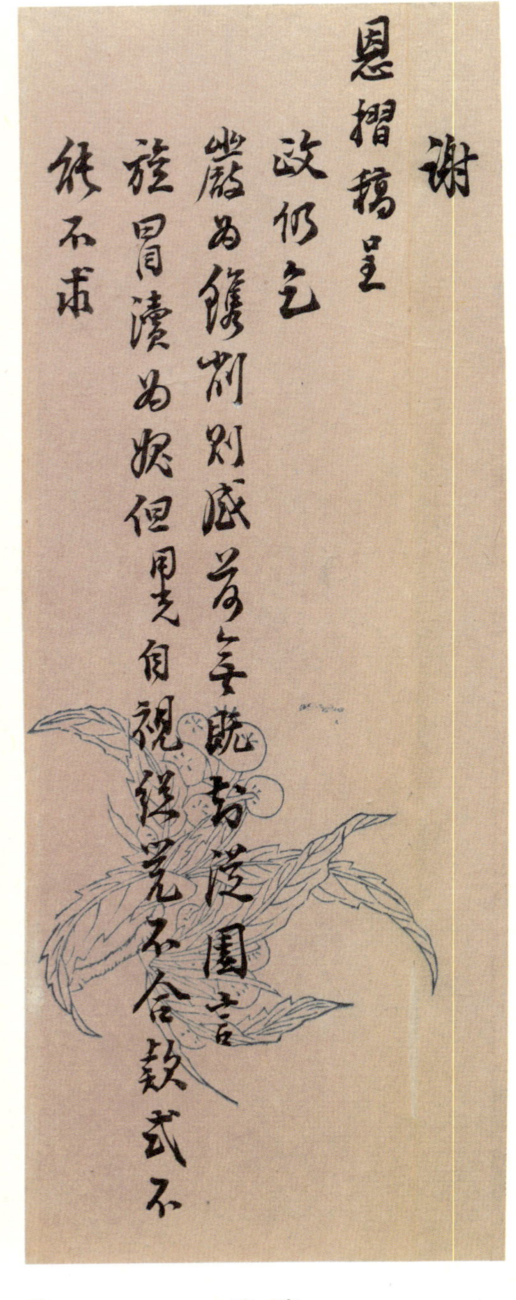

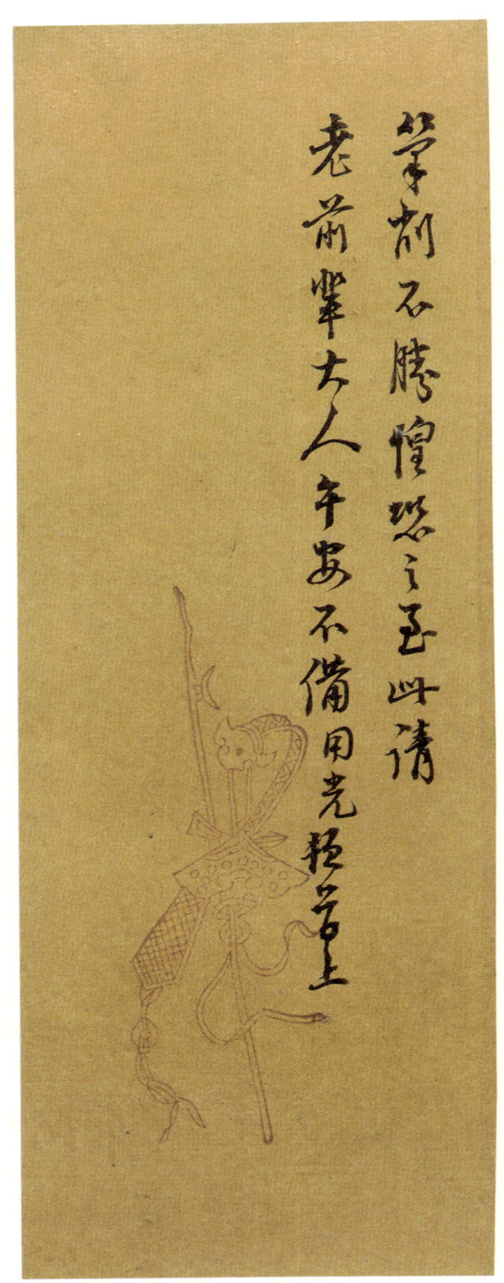

陳用光致鮑桂星書札 sz056–

碑帖053.06

二頁，22.5×8.2cm

謝恩摺稿呈政，仍乞嚴爲鐫削，則感荷無既。知從園言，旋冒瀆爲愧。但用光自視，總覺不合款式，不能不求筆削，不勝惶恐之至。此請老前輩大人午安。不備。

用光頓首上

陳用光致鮑桂星書札　sz057–碑帖053.07

一頁，23×11.6cm

昨日進内，無所聞見。頃得手札並芸潭書，茲已作復奉上，乞閲後緘封轉致之。芸潭原札奉繳。此候日祉。不備。

侍用光頓首

覺生老前輩大人閣下

陳用光致鮑桂星書札

sz058－碑帖053.08

一頁，23.1×9.3cm

前高麗人以狼豪筆見贈，用光覺其不順手，而龍子嘉則云可作小楷。可見用光不善書，孤負筆墨多矣。今以二枝奉上，試之以爲如何？子堅曾出房否？係在何房？祈示知。懷璞今日定行否？用光上館後，下午當往晤也。昨承賜饌，何以克當？謝謝！此請覺生老前輩早安。不具。

用光頓首

陳用光致鮑桂星書札

sz059-碑帖053.09

一頁，23.2×12.1cm

昨奉手札，本欲詣坐侍誨，爲客所𪖐而止。玆作葉、及兩札呈覽，乞爲轉致。試詩附上一笑，希直筆抹之，即以擲下。望勿示人，以藏其陋也。此請雙五老前輩大人日安。不備。門侍陳用光頓首

御製詩二集六套奉璧，乞查收。

殳君之字忘却，乞示知。

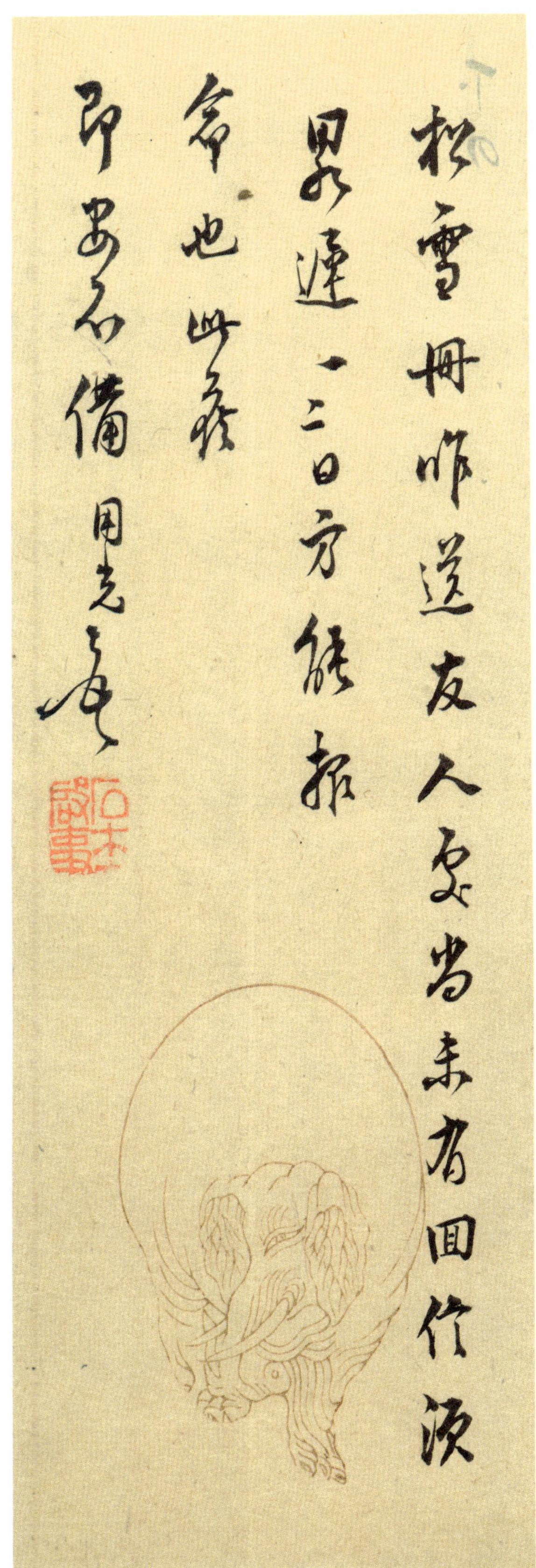

陳用光致鮑桂星書札 sz060–碑帖053.10

一頁，23×9.4cm，鈐印「石士啟事」

松雪册，昨送友人處，尚未有回信，須略遲一二日，方能報命也。此候即安。不備。

用光頓首

陳壽祺致鮑桂星書札

四頁，22.1×12.4cm，有墨筆圈改　sz061-碑帖053.11

孟陬接奉唁札，兼蒙賜奠先靈，敬薦几筵，彌增哀感。二月既望，又得來教，慰勉殷拳，銘諸肺腑。所托及門劉選君轉郵之件并大集俱尚未至，度亦旦夕不遠矣。伏維閣下東山再起，俯慰蒼生，聖明優眷，當即處以台輔。頃知擢晉頭廳，乃掌領蓬瀛之兆，爲之額慶。閣下甫届耆年，天心簡在，正宜翼爲宣力，建樹不朽之功，未可遽效前人，蚤圖獨樂也。祺一紀以前已堅誓墓，重遭大慽，生理日消，自此黿頭蓬蓽，苟活猶慚，豈有它時復萌焚芰裂荷之想。頃聞葉中丞言槐棘間有爲我揚得意者，深荷堯聰下詢衰朽迂愚之夫，聞之不勝惶汗。此殆朝廷誤采虛名，而不知罷駑之不堪鞭策也。鄙人敢不自審乎？鄉黨教授照料，無能裨益。但桑梓人心風俗之憂，頗與漆室同歎，妄冀挽回什一，或不至狂瀾日倒，然亦無異於河濱之人捧土以塞孟津。姑盡吾心，終當引退，詎肯與鄉里小兒較短長哉？承誨，極感知愛，愧悚交并。肅此，復謝。諸惟荃察，不莊不備。

二月中旬　年愚弟制陳壽祺稽首

子虞世講附此問好！懷樸信件收到，并聞外致。張棠邨同年、曹瀛方通家熊、曹懷樸縣尹、劉屺南吏部、曾雲槎舍人資見共五函，統祈飭投是感。曾舍人札即交劉吏部可。

祺再泐

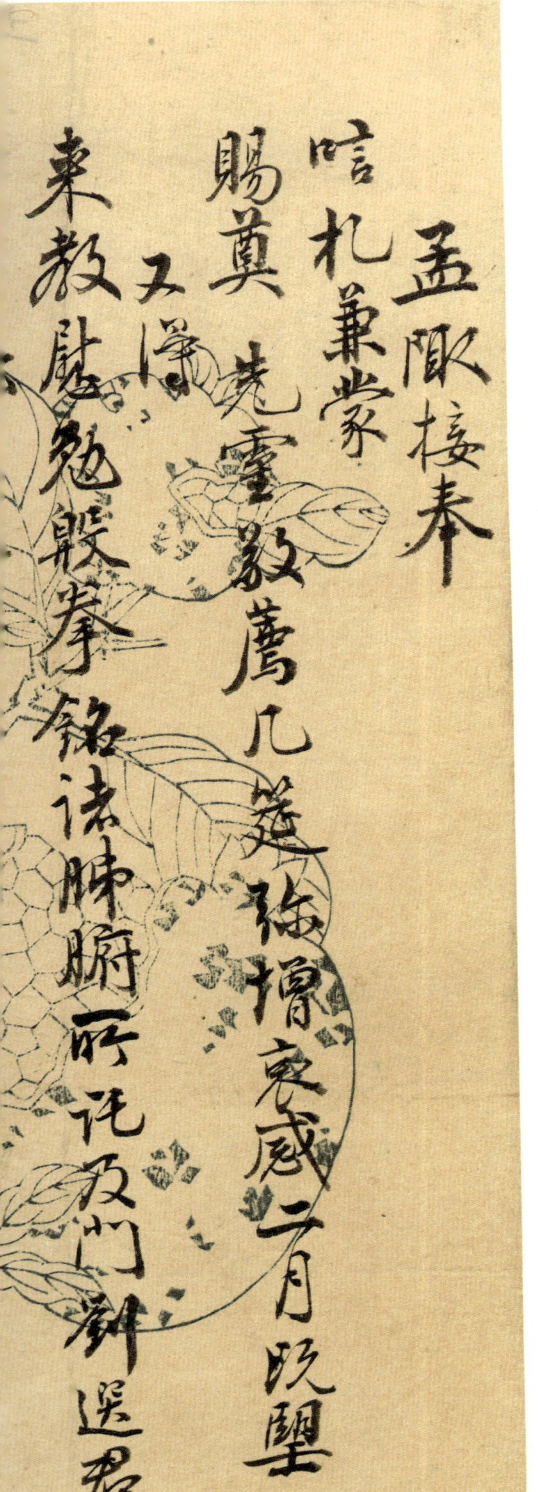

閣下東山再起俯慰蒼生
聖明優眷尋即晉以台輔頃知

擢晉頭廳乃嘗傾蓬瀛之兆為之額慶
閣下甫屆耆年
天心簡在正宜翼為宣力建樹不朽之功未可遽
效前人蠶園獨樂之樂移一紀以前已壁擯
墓香遷大感生理日消自此雲羅頭蓬華
萬活猶懸豈有它時復萌芙蔓累荷
之想頃聞葉中丞言猥辣閣下為我揚
得意者深荷
堯聰下詢衰朽迂愚之夫閑閑不勝惶汗此殆

安石榴
靈白齋

安石榴
靈白齋

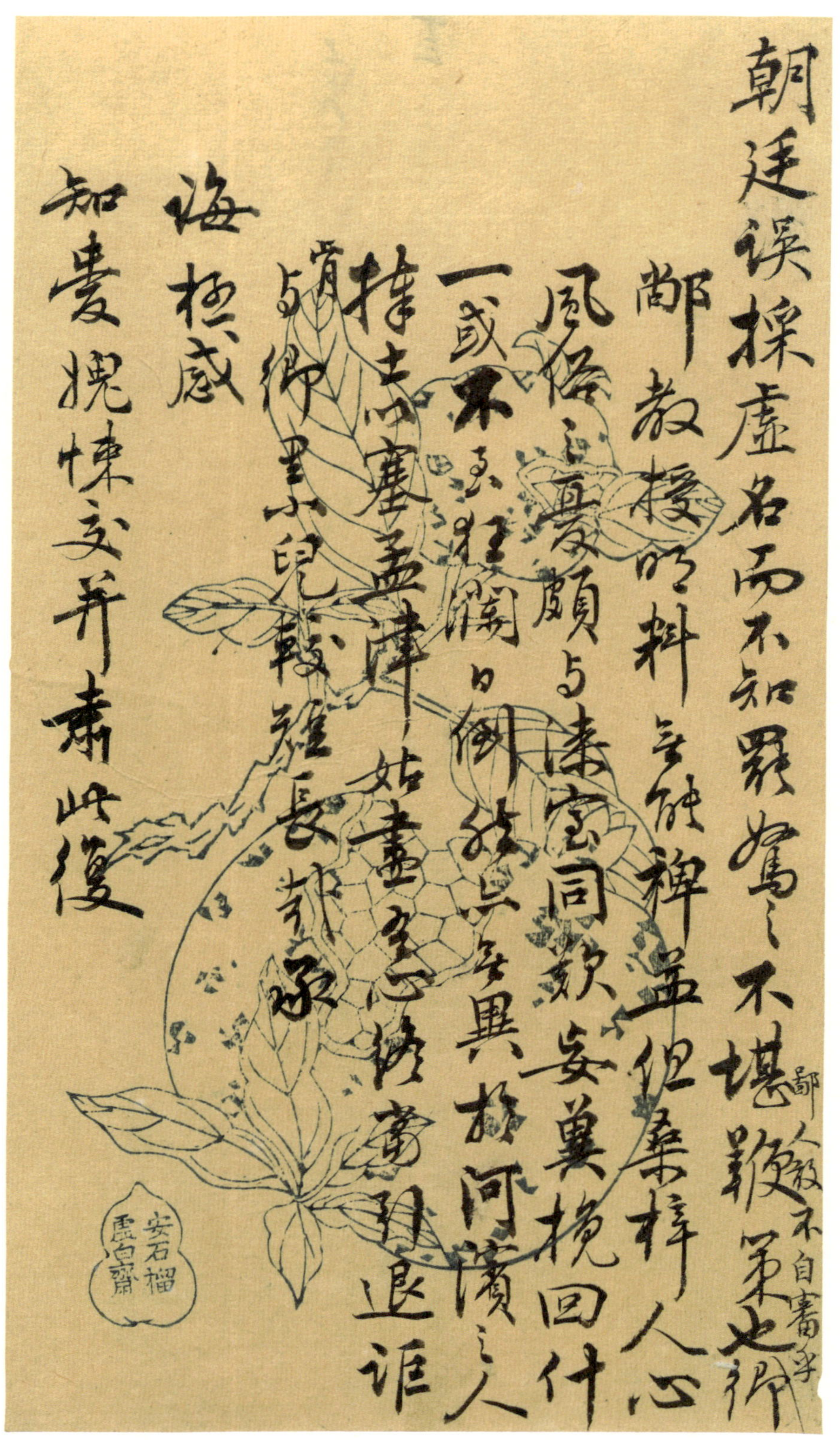

朝廷誤採虛名而不知羈馽之不堪鞭策也御（鄙人殊不自審字）

鄙教授明料無能稗益但桑梓人心

風俗之憂頗與漆室同款妄冀挽回什

一或不至狂瀾日倒然亦無異於河濱之人

捧土以塞孟津姑盡其心俟當引退詎

肯與御史小兒較短長耶承

海極感

知愛愧悚交并肅此復

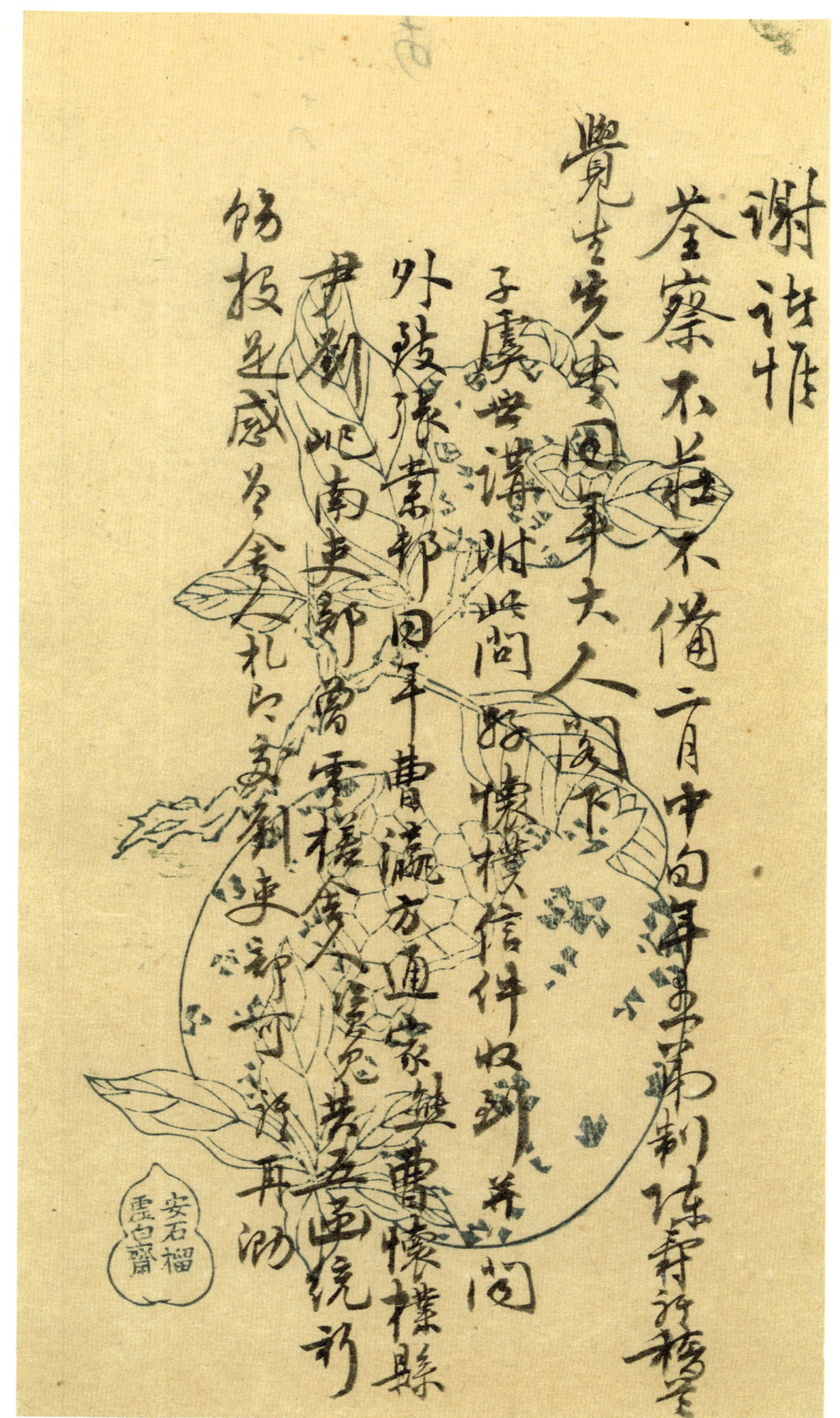

謝謝非

荃察不莊不備 六月中旬年愚弟制陳壽祺頓首

覺生先生同年大人閣下

子虞世講附此問好 懷樸信件收到 并問

外孫張棠都同年曹瀛方通家與曹懷樸縣

尹劉屺南吏部曾雪樵舍人澄先共五通統祈

飭投是感為念 舍人札已交劉吏部 可詳再叩

肅此復

謝，祇請

台安，統祈

鑒察。不莊不備。

覺生先生同年大人閣下

年愚弟制陳壽祺稽首

安石榴
盧白齋

陳壽祺致鮑桂星書札　sz062-碑帖053.12

三頁，22.5×12.8cm

前奉唁札，并賜奠函，感泣難勝，謹已布謝。劉顯亭、曾中翰、曹懷樸之項，及望之侍郎轉交一函，均已領訖。諸費綺懷，銘之肌骨。惟大集六册迄今未到，信皮亦未寫有字樣。豈六丁雷電所揖取耶？仍乞便中一查爲望。子堅郎君所學必益富且邃，此次禮闈定見飛黄騰達，翔步木天也。鼇峰講院章程略定，祺勉竭駑駘，正躬率物，開館匝月，殊覺禮法彬彬，大更舊習，心竊喜之。但虞德薄學荒，精力衰茶，未免竭蹶爲虞耳。武陵尚書公忠誠慤、開心見誠、好善撝謙，洵有大臣之德量。竊爲桑梓私慶。肅此，復謝。祇請台安，統祈鑒察。不莊不備。

覺生先生同年大人閣下　　年愚弟制陳壽祺稽首

[附] 趙之謙書札

一頁，22.3×11cm

璞園名喬樅，恭甫先生子也。《書目答問》以《杜詩遺説考》并歸恭甫，即一誤。明日公局，請九點鐘到江南會館。弟過門必招呼也。

撝叔手奏

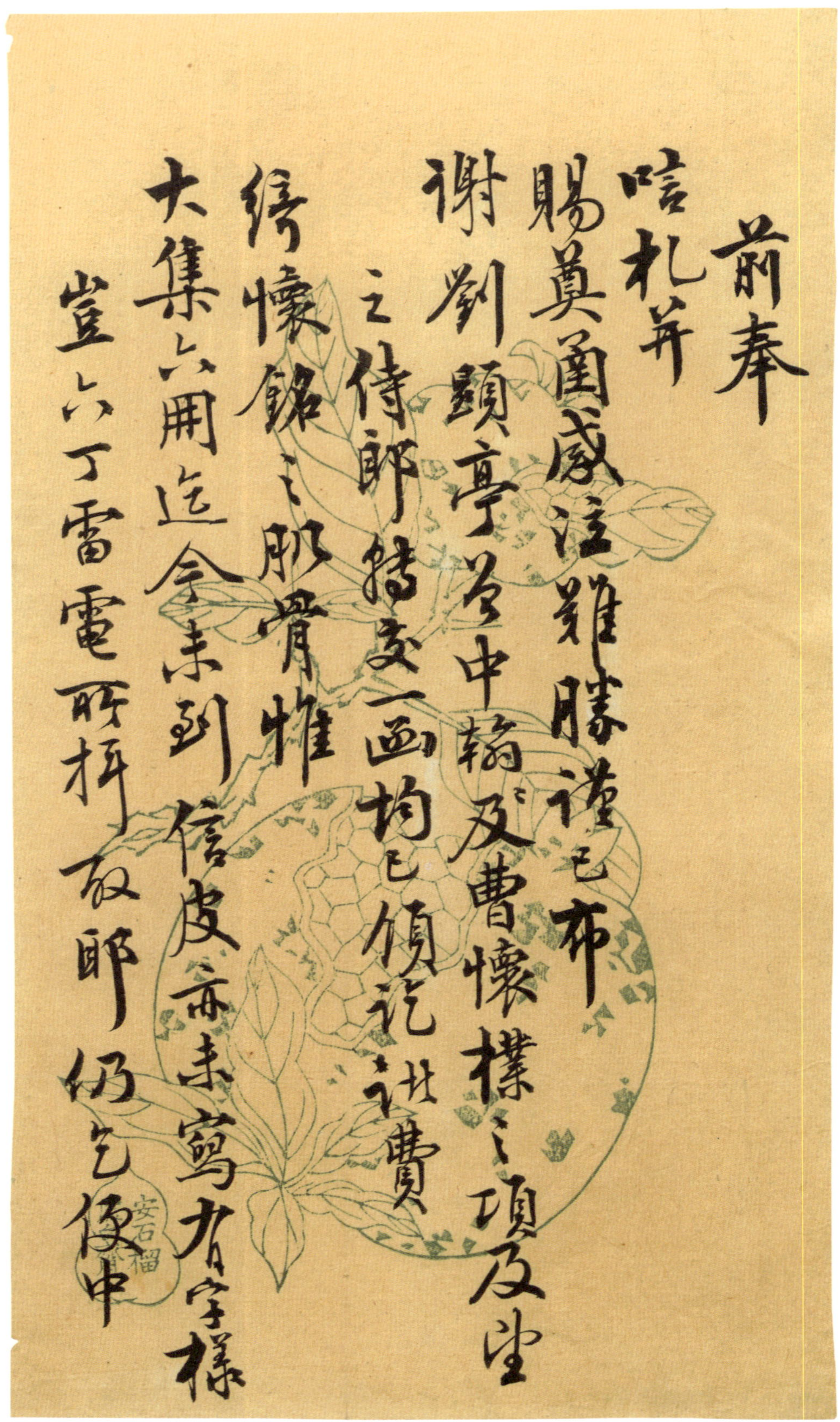

前奉
咭札并
賜奠圅咸注雜膳謹已布
謝劉頴亭孝中翰及曹懷樸之項及坐
之侍郎轉交一函均已領訖詳讚
紓懷銘之肌骨惟
大集之用迄今未到信皮亦未寫有字樣
豈之丁雷電所拜敢郎仍乞便中

一者爲堂 子理郎君所學必益富且邃此
次禮闈定見飛黃騰達翔步木天也
鼇峯講院章程略定 祇勉竭駑
駘正駘幸物開館匝月殊覺禮法
彬彬大變舊習心竊喜喜但虞德薄學
淺精力衰苶未免竭蹶爲虞耳 武
陵尚書公忠誠懇開心見誠好善樹
譙洵有大臣之德量竊爲桑梓松慶

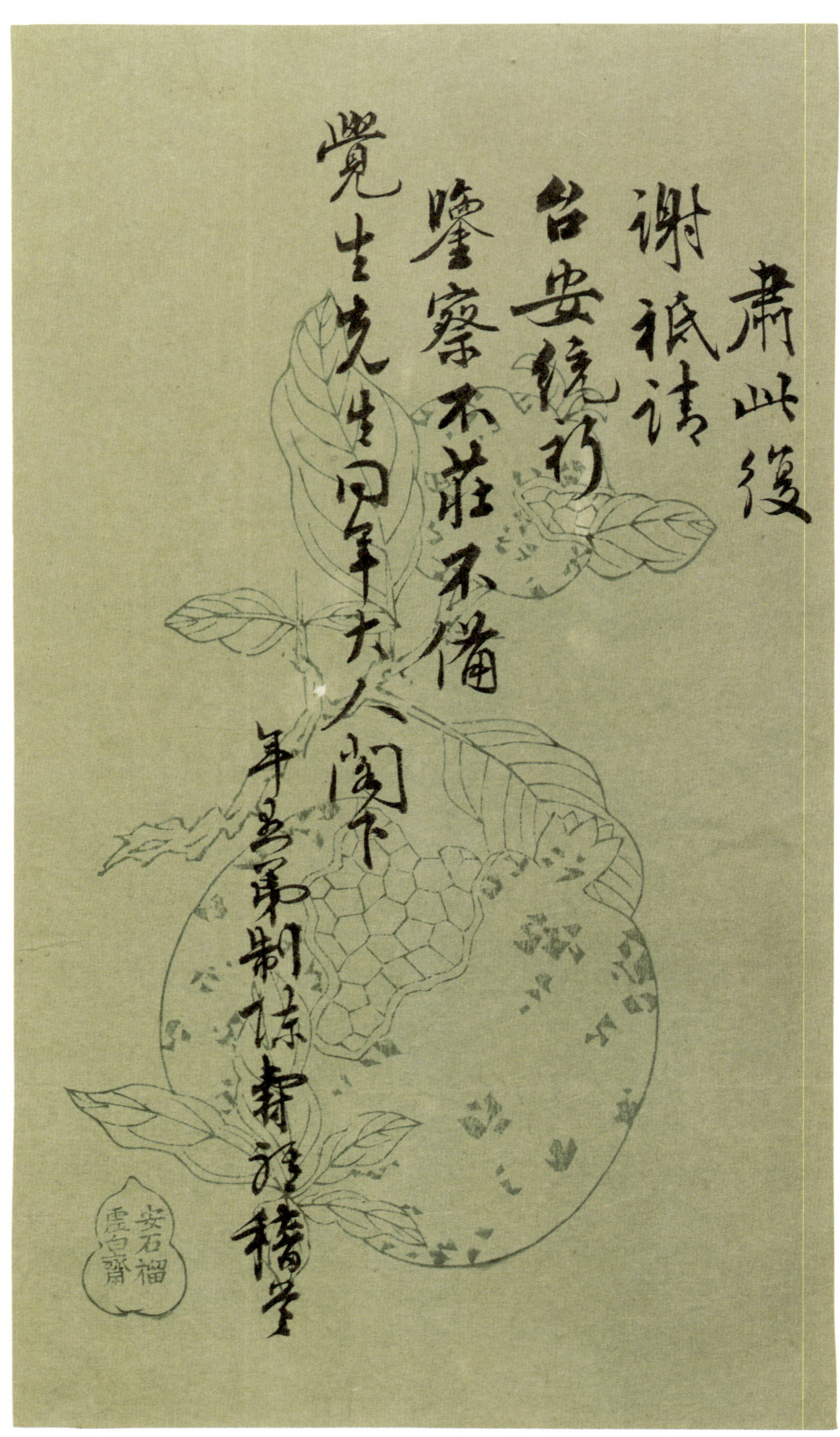
肅此復
謝祇請
台安統祈
鑒察不莊不備
覺生先生同年大人閣下
年愚弟制陳壽祺稽首

璞園左[illegible]縱 恭甫先生子
也素自奮闖以杜請遍於考并
歸恭甫即一誤
明日公爲請九點鐘到江南會館相遇
亦必招呼也 楊峴手肃

吴榮光致鮑桂星書札　sz063-碑帖053.13

四頁，23×9.4cm

【吴榮光（一七七三—一八四三），字殿垣，一字伯榮，號荷屋，一號石雲山人，廣東南海（今廣州）人。清嘉慶四年（一七九九）進士，官至湖廣總督。精鑒金石，工書，能畫。有《歷代名人年譜》、《辛丑消夏記》等。】

覺生先生年大人閣下：弁回得奉手誨，就諗年大人鼎祉日隆，簡契日篤，旦夕當總衡部務矣。頌切！望切！弟碌碌如昨，作當家婦，無事亦覺其忙，深念鶴翁之豁達大度也。咸畬亦歸道山，尤增感悼。佳夢足徵故人情重，二著之説，當延二紀。尊以卞殆八十二耶？弟近檢存廿餘年所作詩，得四卷，春海爲作弁言，而未荷删訂。他日有緣，當面呈删存也。春海考事已畢，只待録科，現回省垣，日夕相見。此人學問甚博，而能講求吏治，他日可作封疆老手也。秋農、望之處匆匆不及作信，祈道請安。專此奉復，虔頌鈞安。諸乞愛照。不具。

年弟期吴榮光頓首　四月廿八日

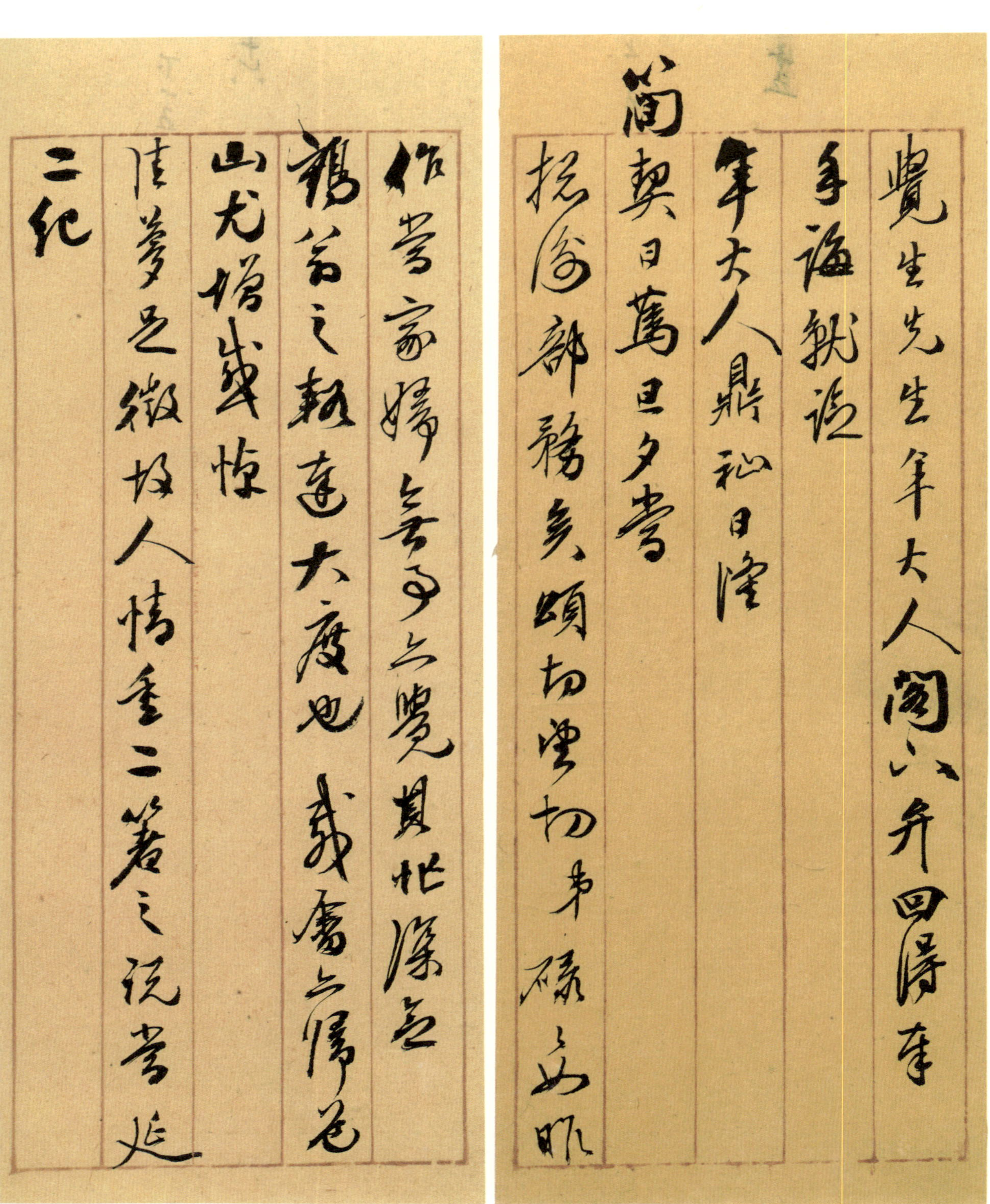
覺生先生年大人閣下：前日得奉
手誨，敬諗
年大人鼎祉日隆，
簡契日篤，旦夕書
撰，僚部務，劇頌切望切弟祿之如眠
作當家婦無子之覺，其忙深矣。
穠翁之勤，達大度也。我翁之歸老
山，尤增歎悵。
佳夢足徵故人情重。二箸之說當延
二紀

尊以不治八十二郎 弟迪稽存廿餘年

所作詩四卷 春海房作弁言而未

為冊訂他日有編書函呈

冊存也 春海孝廉筆只於科

現回省垣日夕相見此人學問甚博而

能循吏治他日可作封疆大手也

秋農 理之實多不及作答

並請 安 專此奉復慶頌

鈞安 請乞

一覆 迪不具 年弟期吳榮光 頓首

四月廿六日

吴榮光致鮑桂星書札　sz075-碑帖053.25

三頁，24.8×11.8cm，圖版已拼接

敬禀者，去歲恭讀萬壽恩旨，欣悉年大人仰承恩眷，首列仙班，正擬肅箋上賀，家丁回漢，奉到手書，伏稔年大人道履安和，吉升暢豫，聖恩深重，明農之志，請俟異時。願以續霞客紀行之筆，爲堯舜之典、廟堂之詩也。榮光一官所歷，已逾一年，建樹毫無，殊深悚愧。都中見聞較廣，如榮光居官行事，或有遺言，無論虚實，總期至愛關垂，切爲示及。俾得有則改之，無則加勉也。匆匆奉復，虔頌升祺。謹遵來諭，不敢再用銜板。諸乞亮察。

榮光敬禀

之筆為

堯舜之典廟堂之詩也榮光一官所歷已逾一年建樹

毫無殊深慚愧

都中見聞較廣如榮光居官行事或有遺言無

論寄實指明

至感因垂切為

亦足俾得有則改之無則加勉也匆匆肅

復慶頌

升祺謹達

來諭不敢再用銜板請免

亮〻家榮光敬禀

文寧致鮑桂星書札 sz064–碑帖053.014

一頁，20.1×11.8cm

頃誦手書，藉悉老友興居佳勝爲慰。安兒尚未補箭，爲期已迫，恐不及録科矣。尊意臨時隨衆，極是。此復，並候年世講即佳。

友人文寧頓首

姚廷訓致鮑桂星書札　sz065-碑帖053.15

五頁，22.7×12.4cm

【姚廷訓，清嘉慶四年（一七九九）進士。】

年愚弟姚廷訓頓啓

雙五年大人閣下：都門小駐，藉聆蘭言，積久深思，聊爲少慰。迺承垂顧，倍勝當年。既備叨夫指示，復厚擾夫郇香，頂戴而南，總覺沿路斜陽，無非霽照，臨風洄溯，感念交縈。遥惟撫序延釐，因時懋績，殊恩即來於日下，芳聲遠著於人寰。誼屬苔岑，良殷忻頌。揖別後，於五月十五日叨芘順抵粤東，隨班聽鼓，趁事如前。第愧歷碌風塵，飽嘗辛苦，且值僨轅之後，倍凛馭朽之虞。所幸儀徵夫子眷懷薄植，不我瑕疵，小草藉以向榮，藉得欣承浥露，想邀知愛，聞之當亦爲我色喜也。儀徵夫子於前月奏請入覲，秋風丹桂，想可款段而上長安矣。汪筆山同年莅任以來，甫經三月，鋭意整頓地方，遂致因勞成疾，竟至不起。含殮之際，並無至親眷屬望靈奠醊，殊爲潸然。至於弟之宦轍偶合，頓失遵循，尤不勝其神痛。同關譜誼，故並及之。好風有便，並祈惠我南鍼，奉爲圭臬，以匡不逮，且慰遐思。幸甚！幸甚！專此布悃，順請台安。伏惟荃照。不具。

五月廿一日

年愚弟姚廷訓頓啓

燮五年大人閣下都门小駐藉聆

蘭言積久深思聊為少慰迺承

垂顧倍勝當年流備叨夫

指示後厚援矣

郇香頂戴而南總覺沿路斜陽無冰

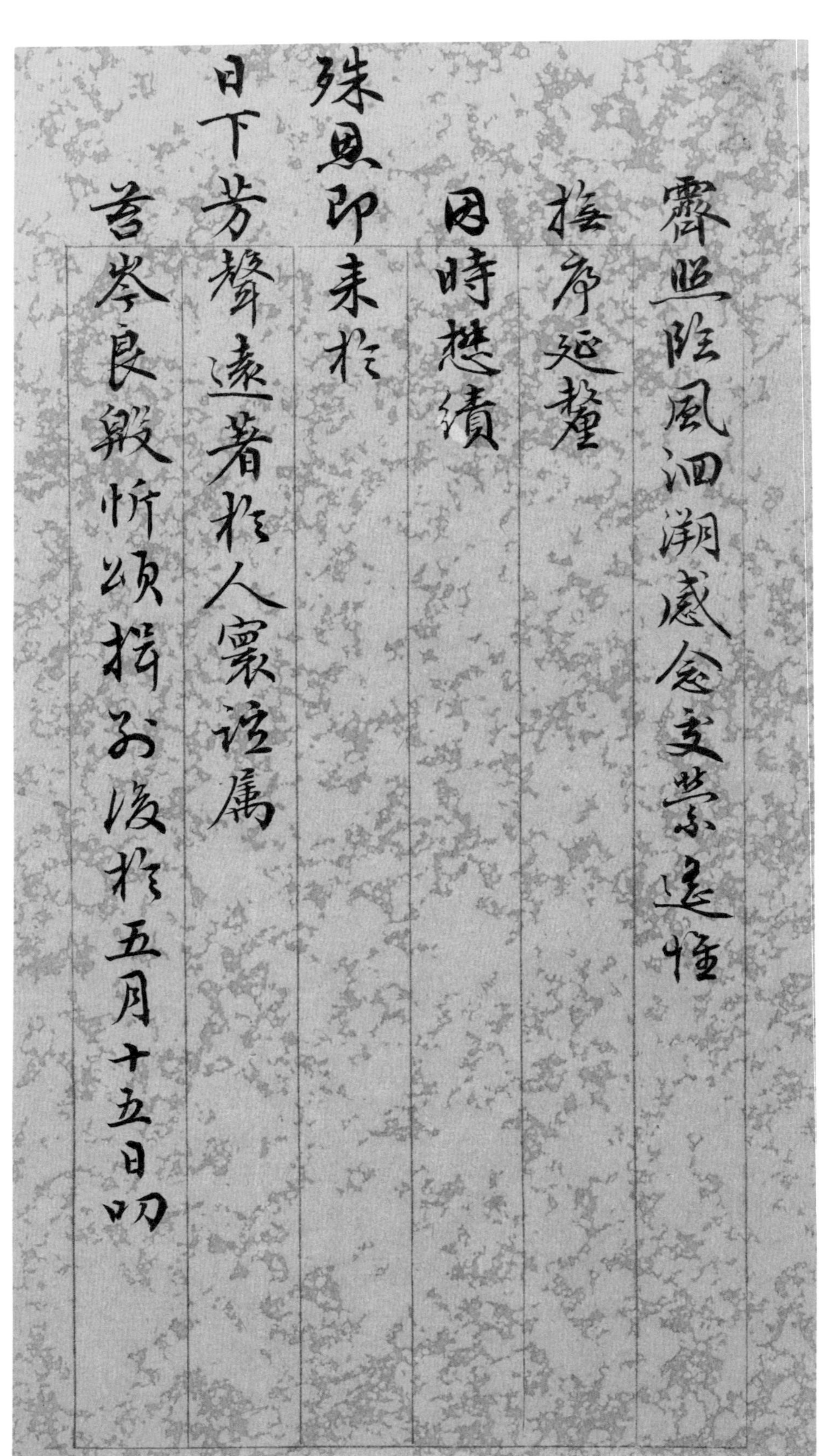

霽嵓臨風洄溯感念交縈遥悵
揆序延釐
因時懋績
殊恩即來於
日下芳聲遠著於人寰誼屬
苔岑良殷忻頌握別後於五月十五日叨

芘順抵粵東隨班聽鼓趨事如前第愧歷碌風
塵饒嘗辛苦且值債積之後借凛敢朽之
虞所幸　儀徵夫子眷懷舊植不我瑕疵
小草藉以向榮藉得承湛露想邀
知愛閱之當亦為我色喜也　儀徵夫子於前月
奏請入

覲秋風丹桂想可款段而上長安矣　汪茅山同年涖任以
來甫經三月銳意整頓地方遂致日勞成疾
竟至不起含殮之際並無至親眷屬坐靈奠
醊殊為潛然至於弟之宦轍偶合頓失遵循
尤不勝其神痛同閣
譜誼敬並及之好風有便並祈

直我南鍼，幸為圭臬，以匡不逮，且慰遐思，幸甚幸甚。

專此布悃，順請

台安，統惟

荃照不具。

五月廿一日

姚祖同致鮑桂星書札　sz066-碑帖053.16

三頁，23×12cm

【姚祖同（一七六一—一八四二），字秉璋，又字亮甫，浙江錢塘（今屬杭州）人。清乾隆四十九年（一七八四）南巡召試，賜舉人，授内閣中書，歷官安徽巡撫、左副都御史等。】

雙五先生年大兄大人閣下：昨接重九前二日手書，知在蒹葭閣中遥遥相憶，寒雲渭水，别緒紛來。正在肅箋磬悃間，三兄處又交到示函。旬日之間，瑶芳載接，何意關中俗吏，惓惓於大君子之懷若此耶？問訊殷諄，勗勉交至，其爲感刻，所不待言。惟誘掖之辭多，而納誨之意少。友直則聞其過。開緘之頃，密有望焉。自朝至晚，晉接不暇，出一語則人人首肯，談一事則人人饜心，欽服之忱見於顔色，唯諾之應發於中誠，使人始而自疑，繼而自信，久益自負，驕矜之念，不自覺其潛滋暗長矣。静言思之，我真無一處不是耶？我真無一人可及耶！趨憂患而蹈危亡，如醉者之不自覺。外官之可危，恒在於此。我兄愛我，其有惻然不忍於中耶！近況極相念。天之福人，恒非人之所望。尋常之際遇，不足爲閣下頌也。三兄之才，關中罕有其匹。不知者又以爲阿私所好矣。肅申下忱，恭請鈞安。諸希藹照。不莊不備。

年愚弟姚祖同頓首　九月二十九日

便西先生年大兄大人閣下昨接重九前二日
手書知
在蒹葭閣中逢〻相憶寒雲渭水別緒紛來
正在肅牋聲悃間　三兄寄又文到
示函旬日〻間
瑤芳栽接何意闈中俗吏惓〻于
大君子〻懷若此耶
問訊敘諄勗勉交至世好感刻所不待言惟

誘掖之辭多而納誨之言少
友直則聞其過聞譏之頃察有望焉自朝至
晚晉接不暇出一語則人人首肯談一事則
人人饜心欽服之忱見于顏色唯諾之應發于
中誠使人始而自疑繼而自信久益自負驕矜之
念不自覺其潛滋暗長矣静言思之我
真無一處不是耶我真無一人可及耶趨
憂患而蹈危亡如醉者之不自覺外官之

可見恒在乎此哉
兄愛我其有惻然不忍於中耶
近況極相念
天之福人恒非人之所望尋常之際遇不足爲
閣下頌也　三兄之才閣中罕有其匹不知者又以爲阿
私所好矣素中下忱恭請
鈞安諸希
藹照不莊不備
年愚弟姚祖同頓首
九月廿九日

吴賡枚致鮑桂星書札　sz067-碑帖053.17

三頁，23.5×12.1cm，收藏印「風流儒雅是吾師」

【吴賡枚（？—一八二五），字登虞，號春麓，安徽桐城人。清嘉慶四年(一七九九)進士，官至御史，晚年主講於安慶書院。有奏稿及詩文集。】

覺生大兄年大人閣下：月前胡山東郵到手書，并讀大作，雒誦循環，欣悉興居安善，雖憂樂無端，而興會飆舉，此壽徵也。昨閲邸抄，知各省試差、學差均已簡放有人。以弟度之，滿城桃李，定屬春官。第未來之事，亦無煩預計耳。來函與芝亭譚夢，伊係長篇，曾以示弟。兹以數語答之，意已包括。弟前亦有説夢一函，與芝亭意不同，而篇幅與之相近，稍遲當録以就正也。八月間正當定館，張中丞有見留之説。弟以敝鄉修志，議論不一，引嫌自避。來歲適汪艾堂定席廬陽，請與互易。頃已收到廬州關聘，此地修膳雖減，而應酬甚少。聞書院地頗幽僻，似與山人爲宜。知關記注，并以奉聞。大世兄恙已全愈否？諸郎讀書何如？小孫聞見稍開，但誦記太少耳。專肅，布請升安。統希澄照。不宣。

年愚弟吴賡枚頓首　九月二日

近與湖南鄧湘皋、同里姚石甫唱酬，兹刊一箋奉呈，祈笑而政之。又及。

覽先生大兄年大人閣下月前胡山東鄭到

手書并讀大作雒誦循環欣忠

興居安善雖憂樂無端而興會飈舉此

壽徵也昨閱鄉柯知各省試學（差）差均已

簡放有人以第度之滿城桃李定屬

春官第未來之事亦無煩預計耳

來函與芝亭譚夢伊條長篇曾以示第茲

以數語答之意已括來前亦有詩夢一函與芸亭意不同而篇幅與之相近補摩壽錄以就正也月間正當館陳中丞有見嘱之詩來以教鄉議餘志稿之到漳月□素蔵通注史臺室席廣陽請與五易須已取到廣州圖聽此地紙膳雜藏而應酬甚少同書院地頗幽僻似與山人為宜知圖記注萬以來

閣大世兄恙已全愈否諸郎讀書何如少荊閑見
稍南但論記太守可專函請
升安統希
澄照不宣

年愚弟吳廣枚頓首
九月六日

近與湖南鄧湘皋同里姚石甫嘐翩荅刻一箋奉
覽并
笑而政之又及

吴賡枚致鮑桂星書札 sz068-碑帖053.18

五頁，第一頁22.7×16.3cm、第二頁22.8×17cm、第三頁22.6×16.8cm、第四頁22.4×16.8cm、第五頁22.7×17cm

覺生大兄大人閣下：弟於廬江水退之後，前往灊川書院，晤章瑄香世兄，携示手書，慰問周摯，言與泪俱。懷舊一詩，迴腸九折。又蒙遠賜奠金，此情此誼，不敢却，亦不敢遽受，惟有携交小孫輩，令其告於亡兒靈前，然後北向再拜，敬謹收存，以爲他時歸窆之助。一杯可奠，存殁均霑，此豈尋常投贈所可例耶！中心藏之。敬賦隰桑之什，向平願畢，又復添丁，晉九列之班，荷三接之寵，國恩家慶，與日俱新，可喜之至。子庚世台去官之秦，主講宜久，捐復宜遲，想先生自有定見。安心讀書，藉可歷鍊以歸謹飭。弟早知處身涉世宜歸簡重，而興之所至輒復踰閑。日來心緒棼如，夢魂顛倒，清夜自省覺，尤悔所以叢集者，總緣性直氣浮，樞機不慎。比年戢影蓬廬，冀免罪戾，而不如意之事紛至沓來，不知受病又在何處。人苦不自知，其信然歟。吾兄勇於爲義，厚以敦倫，猶復爲芻蕘之詢。弟材質庸下，遠不能逮，竟未克咨訪就正。昨奉台函下問，先自檢點一番，不覺通身汗下，不見叔度久矣。未審先生何以教之？灊川一席，汪芝亭太守書述中丞意，令仍舊，而本地紳士尚未聞知。弟正以到館之遲爲歉。俟大尹歸來，當屬其禀詢上游，以昭慎重也。瑄香善氣盈人，英年績學，又出大匠之門，自當藝圃蜚聲。共學一堂，弟所深願。頃間蘭臺大兄亦爲言及，惟是弟非昌黎，何敢抗顔？仍祈南車指示爲禱。今年安徽沿江一帶皆被水灾，賑糶兼施。其中盡心竭力、捐貸撫恤者，在官則爲華湘屏大尹，在紳則爲章蘭臺觀察，最爲稱首，廬邑士民歌頌不衰。「能與貧人共年穀，必有明月生蚌胎」，山谷先生不余欺也。入冬以來，雨賜應時，想畿輔水潦既平，種植方興，聖慮抒而民情亦愜矣。專此，復謝，并請台安。附去近作呈政。晤諸相好，均乞轉致。臨潁神依。不盡。

年愚弟期吴賡枚頓首　十月十九日敬沖

覺生大先大人閣下：弟於廬江水退之後前往
潛山書院時，章琯香世兄携示
手書慰問，周摯言與淚俱，情舊一詩迴腸
九折。又蒙
遠賜真金，此情此誼不敢卻，亦不敢還
受，惟有携交小孫輩，令其告於亡兒靈
前，然後拜而存於敬謹收存，以為他时
歸窆之助，一坏可奠，存殁均霑，此豈
尋常投贈所可例耶！中心藏之，敬賦
隱衷之什。向平願畢，又復添丁

晉九列〻班荷

三接〻寵

國恩家慶與日俱新可喜〻至子庚世台去

官〻秦要心讀書藉可歷練以歸謹（主講宜又指復宜遷想先生自有定見）

飭弟早知處身涉世宜歸簡重而

興〻所至輒復踰閑日來心緒棼如夢

魂顛倒清夜自省覺尤悔所以叢集者

總緣性直氣浮樞機不慎比年戢影

蓬廬冀免罪戾而不如意之事絡至

沓來不知受病又在何處人苦不自知

三

其信然歟云

先勇於爲義厚以敦倫猶復而翁莞之論

市村賀盧下逮不敢逮竟未克詣訪就

正時幸

台函下問先自檢點一番不覺通身汗

下不見

姝度之矣未審

先生何以教之潘川一席汪芝亭太守書

述中丞意令仍舊而本地紳士尚未

聞知弟正以到館之遲爲歉僕太尹帰

桃核杯

盧白爲仿古

來當屬其稟詢上游以昭慎重也琯
香善氣盈人矣年續學文出
大匠之門自當藝圃蜚聲共學一堂
而所深願頃間蘭墅大兄亦爲言及
惟是弟亦爲緣何敢抗顏似於
南車指示爲禱七年安徽潛江一帶
皆被水災賑糶兼施其中盡心竭
力稍貸撫卹者在官則爲之華湘
虛屏大尹在紳則爲之華蘭墅觀察
最爲稱首廬邑士民歌頌不衰

能與貧人共年穀，必有明月生蚌

胎，山谷先生不余欺也。入冬以來雨暘

應時，想畿輔秋潦既平，種植方興，

聖慮紓而民情亦愈矣。專此復

謝，并請

台安。附去近作呈

政，照諸相好均乞

轉致。臨穎神依，不盡。

年愚弟期吳慶頓首

十月十九日敬泐

虛白齋仿古

姚文田致鮑桂星書札

sz069–碑帖053.19

一頁，22.7×12.4cm

【姚文田（一七五八—一八二七），字秋農，號梅漪，浙江歸安（今吴興）人。清嘉慶四年（一七九九）一甲一名進士，官至禮部尚書。有《易原》、《説文考異》、《邃雅堂文集》等。】

來方亦甚穩當，似嫌太和平耳。弟意就此一方，煎湯吞左金禾，以觀其有動静與否，再商進步也。此復，即請夕安。

文田呵凍手泐

曹江致鮑桂星書札　sz070-碑帖053.20

一頁，22.7×12.5cm

【曹江，字玉水，江蘇青浦（今屬上海）人。其父錫寶直言彈劾和珅追贈副都御史，曹江恩給七品蔭生，奉母寓京，姻族多名流。性沉静。——參見（朝鮮）柳得恭《燕臺再遊録》（遼海叢書）】

早間承示之作，即爲琴涵携去，未及送介侯所也。琴涵云：公此作參宋人意，會家自當道着。侯其和來，并送介翁，何如？重九月亭見招，先生去否？或須略致醵分否？二聯附上，一月後走領，不欲速也。謹請晡安，並謝大教。

江頓首

曹江致鮑桂星書札

一頁，22.9×12.5cm　sz071－碑帖053.21

前日失迓爲罪。先生與江心同古井，且同居僻巷（竟無賣題名録者），固應不復知有世上事。然聞春榜已揭，一二親知，亦不能不繫念，此如蓮池大師之聞鑼聲而心動者同。先生有所聞否？又近日肯作字否？並祈示知。即請午安。不一一。

江叩首

曹江致鮑桂星書札　sz072-碑帖053.22

一頁，22.9×12.6cm

清奉明日來矣。得讀高詠，則轉以遲遲爲快也。悔多一聯，謹當鑄金奉之。二十日襄平處開筵，先生或一光臨耶？可不必送禮也。復請即祉，路上稍乾，即走謁。不一一。

覺叟先生仁丈

江謹復

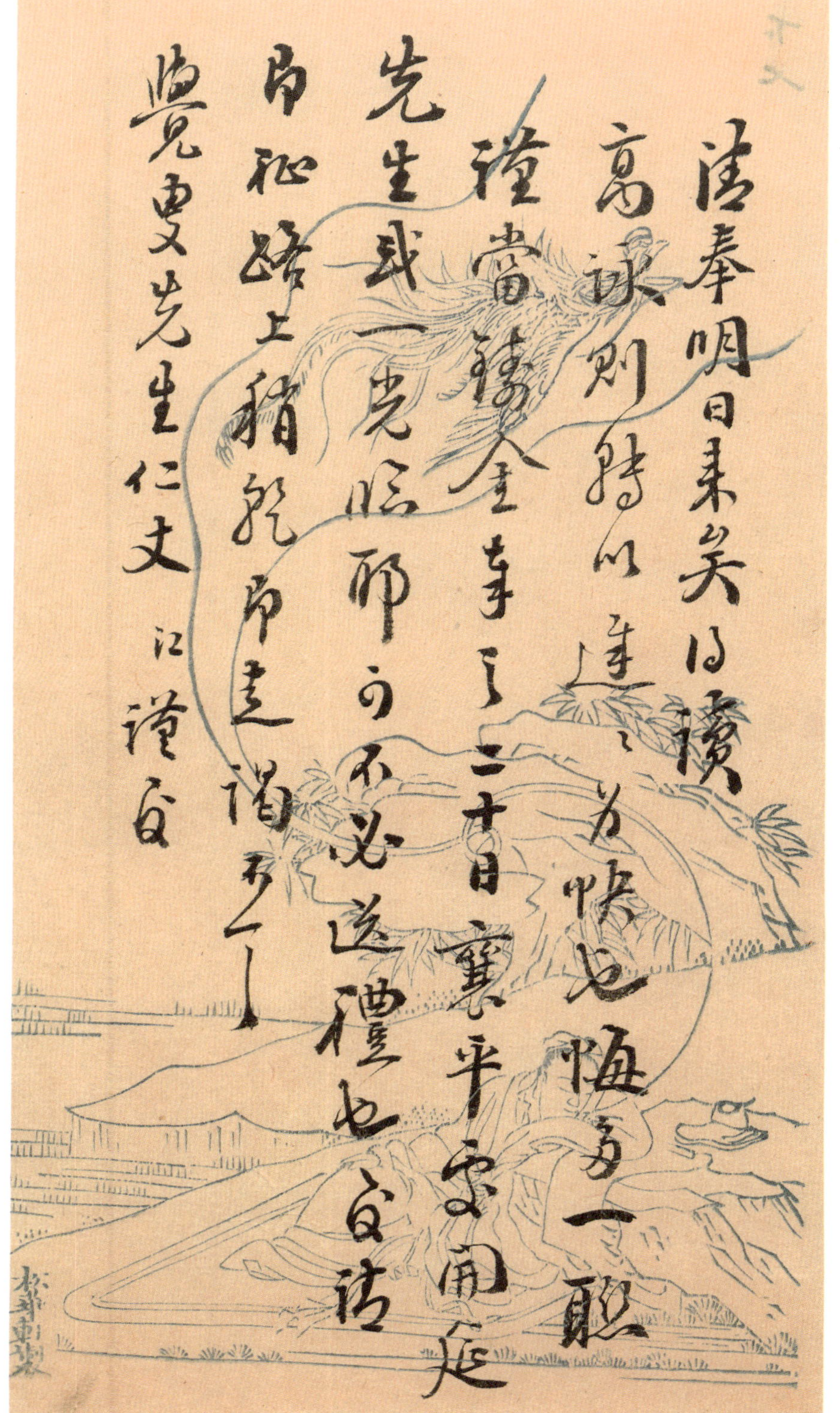

董國華致鮑桂星書札

sz073-碑帖053.23

一頁，21.6×12.1cm

【董國華（一七七三—一八五〇），字琴南，號榮若、清閑居士，江蘇吴縣人。清嘉慶十三年（一八〇八）進士，官至廣東雷瓊道，後歷主雲間書院、紫陽書院講習。工詞賦。有《雲壽堂詩文集》、《香影庵詞》等。】

《蒹葭閣圖》草草續貂，希粲正。頃過寒碧齋，談悉高誼，欽挹之至。早晚趍頌一切，即請吟安。不盡。

覺生老前輩大人

國華頓首

吴雲致鮑桂星書札　sz074–碑帖053.24

一頁，22.5×12.1cm

【吴雲（一七四七－一八三七），字玉松，號潤之，江蘇吴縣人。清乾隆五十八年（一七九三）進士，歷官御史、彰德知府。有《醉石山房詩文鈔》等。】

十六日蠲誠踵候，值台從公出，未及望見顔色爲耿。連日爲俗事所羈，俟稍暇當奉教也。昨晚成七言長句一首，録呈正定，萬勿客氣爲禱。耑此，敬請覺生先生日安。

愚弟吴雲頓首　廿二日

白鎔致鮑桂星書札 sz076-碑帖053.26

一頁，22.6×8.1cm

【白鎔（一七六六—一八三九），字小山，通州（今屬北京）人。清嘉慶四年（一七九九）進士。歷官廣東、江蘇學政，工部尚書。】

來示並方公原信已悉。已成之局，易於推挽。弟擬今日往賀，當爲提及也。特此奉覆，並候早安。　鎔頓首

原信並繳。

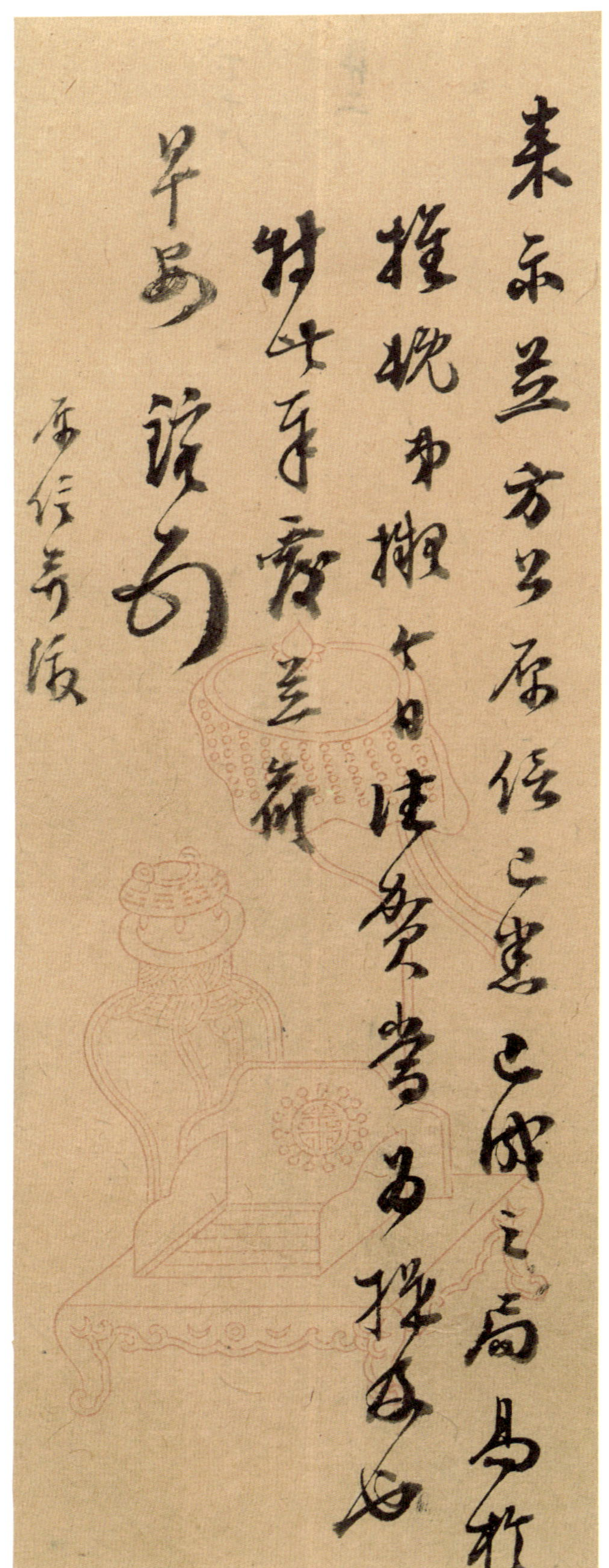

白鎔致鮑桂星書札

sz077-碑帖053.27

一頁，22.4×16.7cm

承札屬爲萬紀脱殼之計。此人極老成可靠，弟所稔知。惟弟與萸坪太守雖係鄰舍，而蹤跡太疏。伊放三日，尚未往賀，驟以此事啓齒，恐非所宜。或打聽有與渠至好者，浼其介紹，或不嫌唐突耳。侍妾身子尚不大病，可抒錦注。惟造府謝步，尚容稍緩。祈鑒之。即請覺生大兄大人親家晚安。　弟鎔頓首

白鎔致鮑桂星書札

sz078–碑帖053.28

一頁，22×16.7cm

前日歸寓，見手示，具悉一切。當在家候邀也。《醫宗金鑑》一本，仍送上。雖不必盡知用藥之法（後既列方，亦可意揣），然看其辨部位、分宜忌，可以知其大概。即延醫時亦可印證，不至茫無主見也。似宜細看，不必急急擲還也。特此奉致，再問日安。不一。

覺生大兄親家大人　弟鎔頓首

又《信驗方》一本，內醒消丸治瘰方，亦可參看。

白鎔致鮑桂星書札 sz079–碑帖053.29

一頁，22.4×8.2cm

日昨世兄到門，何竟因有客不入？殊覺歉仄。佳文既未得看，靜俟閱魁墨耳。侍妾昨來謝步已遲，望鑒原，何尚齒及耶？梁二兄信已閱，仍璧。

覺生親家同年安

姻愚弟白鎔頓首

張祥河致鮑桂星書札

一頁，22.5×12.1cm　sz080–碑帖053.30

【張祥河（一七八五–一八六二），原名公璠，字元卿，號詩舲，一號鶴在、法華山人，婁縣（今上海松江）人。清嘉慶二十五年（一八二〇）進士，官至工部尚書，謚温和。工詩詞，善山水花卉。有《小重山房集》、《詩舲詩録》等。】

前者一再修謁，總因道從它出，未坐春風，深爲志歉。茲有「湖堤策騎」便面，略綴小詩，仰求長者垂勖數語，至感至幸。子堅兄近體諒就平復，念甚。謹頌覺翁老伯大人尊安。

愚姪祥河頓首拜上

那彥成致鮑子堅書札

sz081－碑帖053.31

二頁，第一頁22.4×11.9cm、第二頁22.4×10cm，圖版已拼接

【那彥成（一七六四－一八三三），滿洲正白旗人，姓章佳氏，字韶九，一字東甫，號繹堂。清乾隆五十四年（一七八九）進士，歷官內閣學士、陝甘總督，謚文毅。工書。】

頃披手翰，具荷綺存。藉悉世兄近履增綏，贊襄節署。想見嘉賓賢主，相得益彰，不勝欣忭。此間公事平順，近體亦托㸦綏。泐此，復候文祺。不一。

愚那彥成拜泐

【鮑康題記】

此文毅公寄子堅兄札。子年注。

程國仁致鮑子堅書札　sz082-碑帖053.32

二頁，22.3×12.4cm

【程國仁（一七六四—一八二四，一説一八二五年卒），字濟棠，號鶴樵，河南商城人。清嘉慶四年（一七九九）進士，歷官刑部侍郎、貴州巡撫等。】

昨聞尊大人啓行之信，亟扶病出城，而旆旌已發，一别無緣，僅領大教而歸，殊增悵溯。頃聞使來賫，奉到新店後所發翰札，并拜名畫、大刻之賜，行色倥偬間，猶復垂念故人，拳拳不置，高誼何可忘耶？謹先對使拜登，以志嘉德。容竢竹報之便，再當附椷覆謝也。先泐奉布，即請世大兄大人文安。不具。　愚弟國仁頓首

昨閱
尊大人啓行之信，亟扶病出城，而旆旌已
發，一别無緣，僅領

外包併隨同遞後，垂念故人，拳拳不置。
高誼何可忘耶。謹先對使拜答以謝

嘉蔭亥談
竹根之硯再當附繳，處謝也。先此奉布，
即請
世兄大人文安不具　愚弟國仁頓首

方溥致鮑子堅書札　sz083-碑帖053.33

二頁，22.9×12.8cm，有污漬、略有破損

【方溥，字湛崖，安徽歙縣人。能文，工小楷。】

子堅賢館甥足下：八月三十日附李青墅姻丈處一函，諒到日即達左右矣。比惟起居迪吉、侍奉增綏爲頌。小女及外孫男女想俱安好。大外孫女手上風氣愈否？念甚。愚近日右手時覺筋脉抽搐，大有血氣衰意，故亦不能多應酬作字。河間李宅姻事，大約改期。正月過門，尚未定有吉日。寓中雖極窘迫，而眷口尚屬平安。文寶瘦有精神，行走如飛，已學説話。含飴聊以解憂。小女處正在籌寄南産，適接手書，梳篦花線，知在所需，即購寄去，總望照收。履歷前信已寄，今再録一紙附閲，總乞留意。專此布達，即問文祺。惟希珍重。不宣。

愚外舅制方溥拜字　九月初三日泐

應酬作字。河間李宅姻事大約改期正月過
門，為生（？）有吉日。宅中雖極窘迫，而眷口尚
屬平安。文寶瘦有精神，行走如常，已學說
話。含飴聊以娛憂。小女處正在籌策南屋
達撫
手書枇杷花條，是在所需，即賜寄去，從速
照收。履歷前信已寫，今再錄一紙附
閱。統乞
留意。專此布達，即問
文祺，惟希
珍重不宣
愚外舅制方溥揖字
九月初三日泐

某公[汝笙]致鮑子堅書札

sz084–碑帖053.34

一頁，17.2×20.2cm，裱邊鈐收藏印「蔭庭珍藏」

奉上年伯詩賦稿，弟已手録一過，當奉作枕中秘耳。素册一開，家藏，紙質甚舊，數十年物也。敢求年伯書近作數首，未識允否？不敢冒昧，望吾兄善爲説辭。倘肯一揮，十朋不啻矣。服色不便，未克躬詣。即頌日佳。不一一。

汝笙再拜

九　陳用光致祁寯藻書札

【陳用光（一七六八—一八三五），字碩士，一字實思，江西新城人。清嘉慶六年（一八〇一）進士，官至禮部左侍郎，嘗督福建、浙江學政。有《太乙舟文集》等。】

【祁寯藻（一七九三—一八六六），字穎叔，又字淳浦，後改實甫，號春浦，一作春圃，晚號觀齋，山西壽陽人。清嘉慶十九年（一八一四）進士，歷官體仁閣大學士、禮部尚書，謚文端。善詩書。有《馬首農言》、《勤學齋筆記》等。】

陳用光致祁寯藻書札　sz095-碑帖094.1

一頁，24×33cm

春浦吾婿、玉儀吾女同覽：新年想各平善。長甥想更長成，讀書何如？春浦自課工夫，自當上緊，但不可過於督責求效，總以養其天趣，使之自悟。自己要好，則易於見效，吾舅氏山木先生教用光，是如此教法也。吾等各平安。惟聞七兒之婦委化，使人懸念上思，夜不成寐。今欲聘汪勵軒總戎之長女爲繼室，尚未定議也。吾勾留於此，恐須二月中旬方成行至京，時當遣人迎吾女見面，兼爲春浦定補官時居宅。春浦以爲何如？餘不具。

新正初十日　石士手書

令弟、令姪輩均此問好！

附近文一篇寄覽。

便中望常寄書言近狀，總寄京爲安。

偀中堂常客壺言近状緣寄京属安

之自性自己要好則易於見
效吾嵩氏山木先生教用先生
如此教法也吾等多平安惟閔
七兒之婦秀化使人懸念壺里
夜不成寐今冬聘汪勵軒館我
之長女属繼室尚未定議也吾
句留於此恐須二月中旬方能行
返京時尚遠人匝望女見面甚
女妻浦定補女時居宅妻浦以為
何如併不具敬臣初十日石士手書

觀象居詩牋

令弟令姪輩均此問好

陳用光致祁寯藻書札 sz096–碑帖094.2

一頁，24.5×32.8cm，鈐印「勤思克己」

春浦近好：吾於二月十二自浙起身，今日至羊流店，此月内當可抵京。吾甚念春浦，未知此兩年中如何支持家計？令弟、令姪俱得館，尚能接濟家用否？春浦定何時進京？所住房子吾當先爲留意，大約卅餘間足住否？春浦自必挈眷來京。吾女身子及長兒身子俱好否？吾甚念吾女，欲得其先來相見，未知可否？吾兩年在浙，骨肉之摧傷頗甚。望七之年，雖精神意興俱好，而不能無兒女之念。如春浦可使吾女及長兒先來，長兒之師吾當爲留意。今遣家人至平舒省視，望詳示我一復信也。餘惟春浦、吾女保重。不具。

石士手書　羊流店發

家用否妻浦寄何时进京所住之房
子要嘗先爲留意大約卅餘间足
住否妻浦負必挈眷來京要女
身子及長兒身子俱好否並在念之
女孩如其先來相見未知可否之兩
年來身體胃月之摧傷頗甚當七之年
雖精神意氣與俱好而不能无兒
女之念如妻浦可使要女及長兒
先來長兒之師要嘗爲留意今歲
家人平安節有祝望詳示我一復
作也餘悵 妻浦要女保重不具 吾并書

羊源啓發

觀象居詩牋

陳用光致祁寯藻書札

sz097–碑帖094.3

二頁，24.5×32.8cm，鈐印「勤思克己」

春浦、玉儀再覽：前於山左途次寫就前信。本欲俟至京後遣人探視，後過泰安聞趙城之事，更十分懸念平舒。及來德州，見服齋舅之舊家人崔升，人甚老成妥當，因帶之進京，使其由涿州即作山右之行，迎取春浦、玉儀、長甥。今日至河間，崔升云有路往保定更近，遂使其明日分路走保定往壽陽。春浦能同來更妙，否則吾女、長甥先來，即留崔升護行可也。如吾女起身尚遲，在十餘日之外，則先遣崔升來京，以慰我念。如不過五六日，則留崔升同照應更好。一切聽春浦、玉儀斟酌之可也。外寄阿膠壹包、吾像拓本一分以伴函。又宋湘帆寄銀信一包，并寄，望查收。又李蘭卿亦有寄項數十金，吾亦欲寄數十金接濟春浦，因恐崔升隻身難帶，所以未寄。餘俟面罄。惟春浦、玉儀各各保重。

三月廿四日　石士書於河間廿鋪

蘭弟侍筆，問各各安好！去秋酉兒婦之變，想妹丈暨吾妹處酉兒必有信奉聞。五兒於十月委化，七嫂則先於九月去世，未知酉兒亦曾寄知否？弟去冬未得作札，今春在浙，日日爲束裝北行計，又忘及此。兹遣崔升奉迎，相見不遠，一切統俟面悉，故不多及。崔升已付盤費紋艮十兩矣。并聞。

視後過泰安聞趙城之事更十
分無念平舒及來涖於見脈無二
舅之舊家人崔玕人甚老成安
當因第之達京使其由涿於卽
作山右之行迎取
姜浦玉儀長甥今日至河間崔玕
云有路往保定更近遂使其明白
分路走保定往壽陽
姜浦能同來更妙至別處如長甥完
來卽留崔玕護行可也如至如起
身尚遲在十餘日之外則先遣崔玕
來京以斟裁奈如不過五六日則留
崔玕同照料更好一切勝

觀象居詩牋

仿漢蔡中郎竹册

惠甫玉儀賢昀之兩也外寄阿滕
彙包至像拓本一分以備函文宗湘
帆寄銀信一包並寄呈查收又
李蘭卿亦有寄項數十金至吾代
寄數十金接濟惠甫因悠崔奸變
身雖帶所以未寄錢俟面罄種

蘭弟修華閣兄之安好去妹丕兒歸之安想

妹丈暨老妹及丕兒必有信奉聞五兒于

十月委化　七嫂則先于九月去世未知丕兒

亦曾寄知否弟十五未得復札今春在滬日

日為奉紫比川科文出及此燕遣崔丹奉迓

相見不遠一切俟候面罄故不多及崔丹已

付盤費紋銀十兩矣弟閏

觀象居詩箋

陳用光致祁寯藻書札 sz098-碑帖094.4

二頁，22.8×9.3cm

淳甫、玉儀覽：昨遣崔升往迎吾女來京，未知其於何時到平舒？未知吾女能來否？吾於廿八日到京，廿九日復命，一切平善。今日見淳甫三令姪，其文字甚可望中，惟詩略欠工，然亦無礙也。詢知六令弟在洪洞驚惶之際，能助縣尹辦退賊之策，甚敬而慰！因知今日發平舒信，草此附寄，以慰遠念。吾女能來，則已在途，吾當籌往迎之。人即未來，亦迎至平舒也。

三月卅日　石士手書

詢知六合弟在洪洞驚惶之際，修
函致尹籌退賊之策，並散而至，因知
今日發平舒，作此函，附寄以至遠之
吾女偕來，別已在途，望當籌注迎之
人即來來生迎至平舒也。二月廿日石士手書

陳用光致祁寯藻書札 sz099-碑帖094.5

三頁，32.5×24.5cm，鈐印「勤思克己」

過東住佛、西住佛，不見桃花

難逢白足訪三車，空向村名認佛家。一笑無緣參悟處，我來不許見桃花。

望雨

行旅畏泥淖，田家望霑足。乍可使行人愁，不可使居民哭。沂州以北春不雨，麥苗强半未入土。官人祈雨但得風，霧合雲連去何所？幕吾馬兮蒙吾車，綢繆未雨須勤劬。但使一雨農事起，緑疇芃芃波瀰瀰，若濡有愠亦可喜。

過羊流店感憶亡孫大慶

偶憶探環事，癡心念我孫。不知粤西夢，可見故鄉魂。勳業前賢遠，家聲舊德存。但能守儒素，亦可大吾門。

羊流店有羊太傅三世墓碑，明萬歷間立

峴山吾未到，東魯過吾曾。碑自前朝立，塋從三世徵。脩名公自愛，淳德敵猶稱。

望徂徠山，懷孫明復

士勵固窮節，先生道在斯。明經志青紫，後學亦奚爲？譁世矜章句，藏身任滑稽。欲回衰敝俗，仰止有餘思。

靳莊途中

兩岸高崖十里賒，中通一徑走谽谺。此於兵法堪藏伏，若遇陰霖恐没車。望遠略能辨林木，趨塗暫可避風沙。從知氣象分寬狹，處世全身悟等差。

沂州諸葛武侯故里

三代而還望孰如，殘編世尚寶心書。論才自貴成周士，故里猶傳近聖居。抱膝吟懷原異撰，浴沂佳日恰停車。隆中氣象今何似，倘有奇才起草廬。

途次寫望

秣馬膏車事夙興，翔陽空外已東升。壞橋卧石仍歌澗，荒冢棲田半近塍。村畔好花初漠漠，沙邊軟路共兢兢。郡侯邑宰勞迎送，自愧材非擅八能。

途次雜詩三紙，寄長甥覽。詩尚有未改妥者，吾無副本，可囑長甥謄一清本帶來。

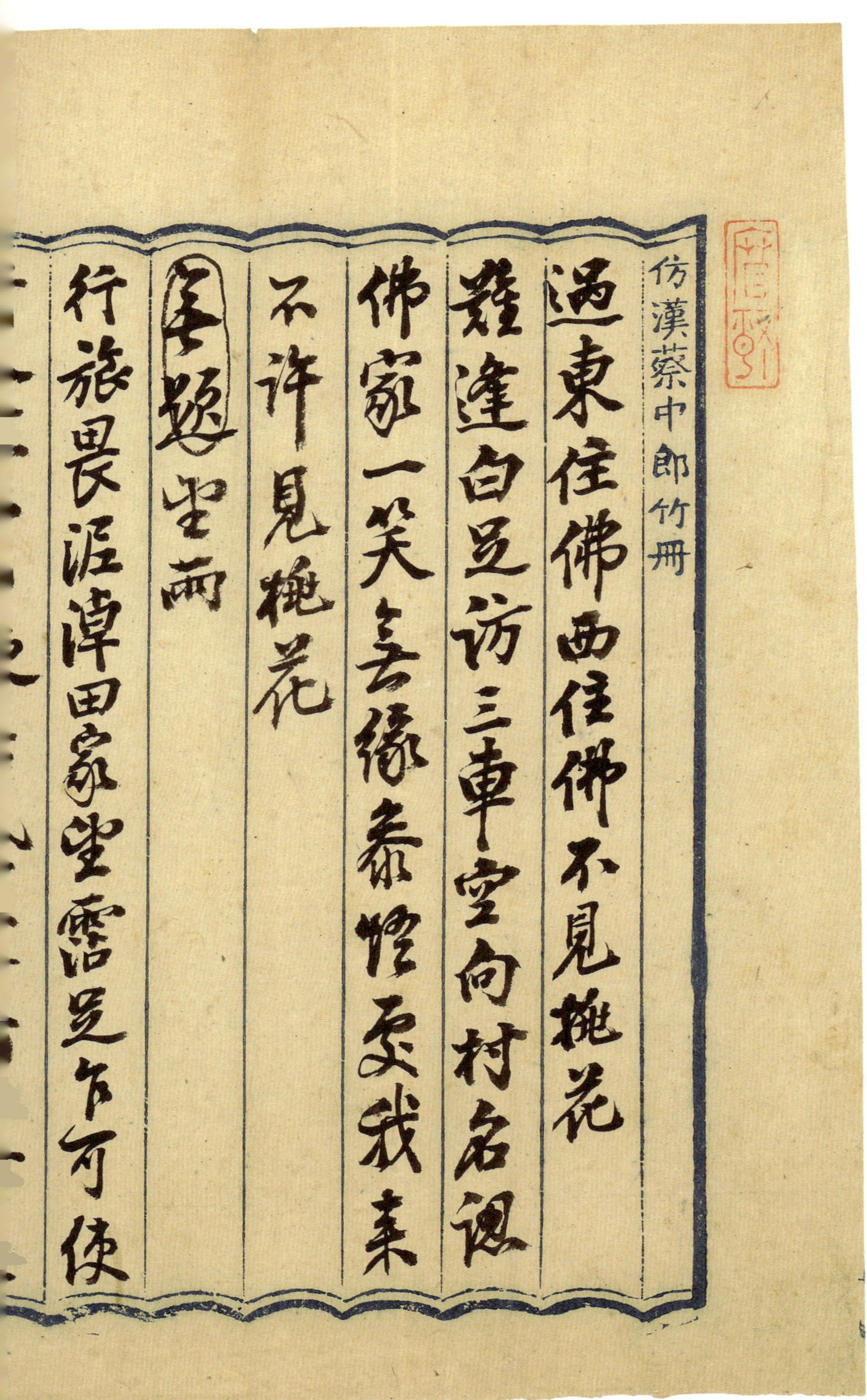

仿漢蔡中郎竹冊

過東住佛西住佛不見梅花

雖逢白足訪三車空向村名認

佛家一笑善緣參懺要我來

不許見梅花

又題 望雨

行旅畏泥濘田家望霑足乍可使

以風霧合雲連去何所幕雲馬
今蒙雲車綢繆未雨須勤劬但
使一雨曲農事起綠疇芃芃波瀾瀾
美濡有慍尔可喜

過羊流居感懷比孫大慶
偶懷探環事癡心念我孫不知
粵西夢可見故鄉魂動熱業前

觀象居詩牋

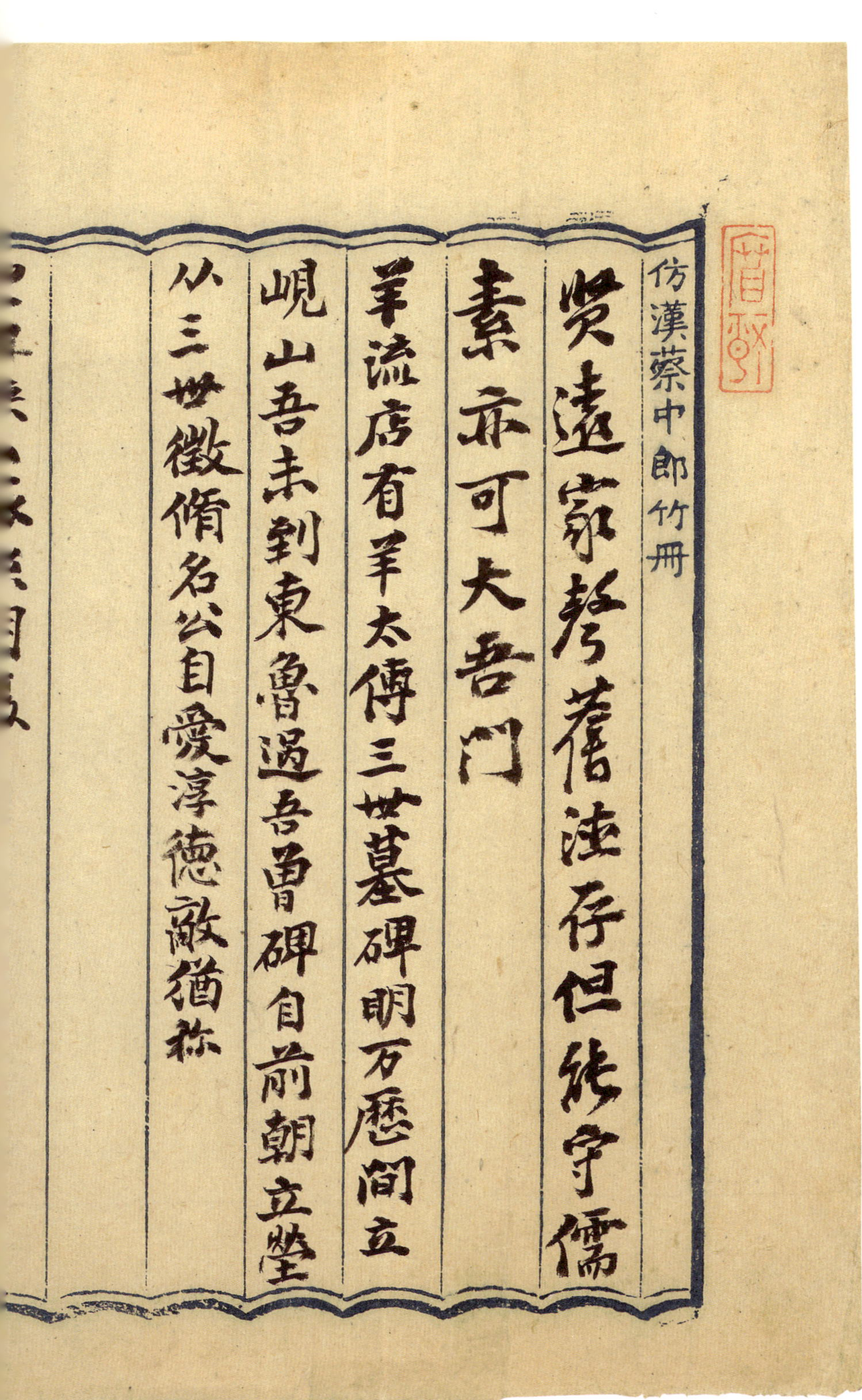
仿漢蔡中郎竹册

贤遠家聲舊德存但能守儒

素亦可大吾门

羊流店有羊太傅三世墓碑明万歷間立

峴山吾未到東魯過吾曽碑自前朝立塋

从三世徵循名公自愛淳德敵猶称

淺學知吳爲諢世矜章句藏身任滑稽

欲回裹敝俗仰止有餘思

靳庄途中

兩峤高崕十里餘中通一徑走谽谺凹於

兵法堪藏伏若遇陰霖恐後車望遠

略能辨林木趨塗塹可避風沙从知氣

象分寬狭變世全身悟等差

觀象居詩箋

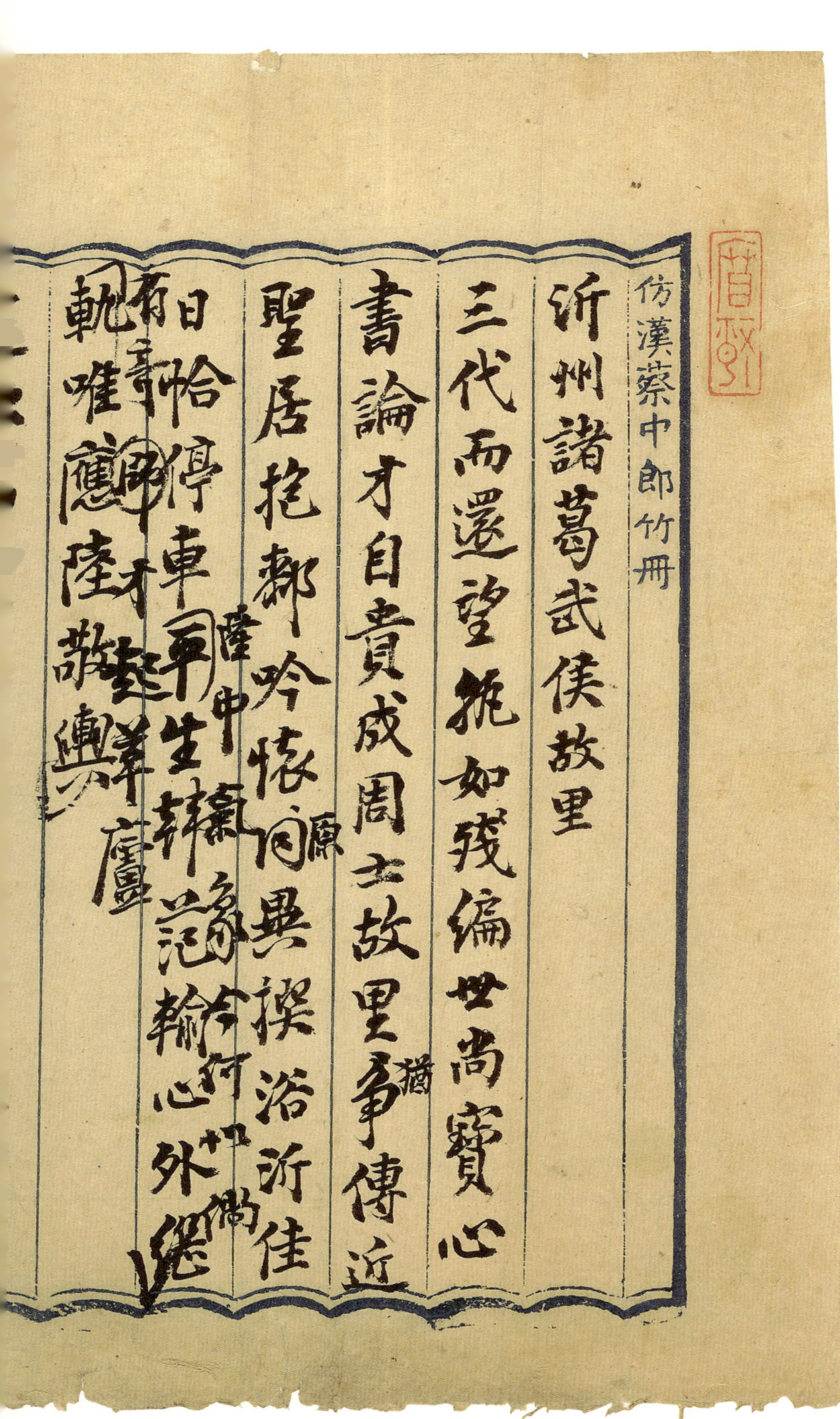

仿漢蔡中郎竹册

沂州諸葛武侯故里

三代而還望䘵如殘編世尚寶心

書論才自責成周士故里爭傳近

聖居抱鄰吟懷同異猍浴沂佳

日恰停車平生韓范輸心外

有軌唯應陸敬輿

已東井城搗外石仍歌澗茫塚
棲田半近滕村畔好花和漢工
沙邊軟跡共饒工郡侯邑宰
勞迎送自媿材非擅八能
途次雖訪三第寄長錫覽詩
尚有未改舊春五言兩韋可屬
長場賸一清本帶來

觀象居詩箋

澄弟均覽：八月廿四日接澄自家中遣張升之弟加封寄沅甫一信，諭收閱矣。廿六日即由家啓行赴君石署，九月一日至署，俄擢嵩雲辭館事，不敢生奢望。三塘雖平暢，而究欠出色，不意揭曉後竟爲長沙縣劉蔭園房師賞識，主司亦賞識，用作備卷，並擬額滿見遺等語，此不僅書房中課讀之力，然一笑置之，何敢妄生怨尤。惟有自己仍讀文做文，竟不意有做文之思篇，即寓與相攻文墨。我于病服藥至六劑，雖少愈，而飲食總不思進，調養事不敢用功，此即寧之命也，奈之何哉！若不用功，與病必愈。然留此無用之身，何益？真言及此，不禁淚下滿襟矣。劉有阮老師之子名此科，舊年兵者，頗能看課事，不能（自洋落之後已作烏有）辭職，爲身力不支，難期歲試，而家中寔恩精神以經天

〔附〕**祁宷藻致五弟、六弟書札**　sz100—碑帖094.6

四頁，27×11.8cm，圖版已拼接

【祁宷藻，祁韵士之子，祁寯藻之兄。】

五弟、六弟均覽：八月廿四日場後，自家中遣張升之縣，加封寄江南一信，諒收閱矣。廿六日即由家啓行赴靈石署。九月一日之署，仍舊坐辦館事，不敢生奢望。三場雖平暢，而究欠出色。不意掛榜後竟爲長治縣劉我圃房師賞識，主司亦賞識，用作備卷，並批「額滿見遺」等語。此尚係書房中課讀之力，然一笑置之，何敢妄生怨尤，惟有自己仍讀文、做文而已。不意甫做文三四篇，即寒火相攻，又置我於病。服藥五六劑，雖小愈，而飲食總不思進。嗣後再不敢用功，此即宷之命也，奈之何哉！若不用功，此病必愈，然留此無用之身何益？興言及此，不禁泪下滿襟矣。嗣有阮老師之子，亦此科薦而未售者。願就看課事不能辭而身力不支，擬明歲伏處家中（皋落之局已化烏有），養息精神，以係天年，不敢言游矣。明歲郭瑞甫先生斷不願就咱家中館，聞四月中已有信寄江南，刻下又寄靈石署信，言及早別延師等語。希速示知，將如何挽留，或別延師，看來館金太少之故。兄遇事則心亂如麻，不耐煩矣。近接黄父台信，知奉恩旨復調任銓部事爲慰。

五弟、六弟均日有生色處，而兄則老病如此。嗣接家信，知敦兒近於九月十八日申時得一男子，取名丙南，以八字中缺火也，擬官名友晉，未知可否？此亦聊可自慰之事。對月即做滿月，不必俟兄到家也。務命多升將何首烏成形者代兄買些，明歲到京時寄來爲要。

張石州何數之奇耶？近聞有罰停鄉試二科之信，稍慰。九月中已寄京慰函，聞十月中有續弦趙贊善之女，未知確否？北闈題名録中第十名乃湖南武陵胡焯，或即胡焯所改名耶？幕中諸友人有中者，爲我致賀，並各候安；未中者爲我致慰。此問近佳，並賀。

六弟已赴京否？五太太福祉。長姪好文詩，想俱有進。署中人俱一一問好，道勞苦。

宷藻手啓

六五弟均覽：八月廿四日塒後自家中遣張升之賫加封寄江甯一信，諒收閱矣。廿六日即由家啟行赴君石署，九月一日之署，仍舊應辦館事，不敢生廢墜之端，雖平暢，而究欠出色，不免抱擯，後覺為長沙縣劉莪園房師賞識，主司不識，用作備卷，並批“頗備見遺”等語，此為僥倖書房中課讀之力。然一笑置之，何敢妄生怨尤，惟有自己仍讀文做文，毫不荒怠，做文之四篇即寄來相攻文，置我于病，服藥五六劑，雖小愈而飲食總不思進，劉處再不敢用功，此即命之命也，奈之何哉！若不用功，則病必愈，然留此無用之身何益？真言及此，不禁淚下滿襟矣。劉有阮老師之子在此辦舊業者，願就看課事，不能辭，而身力不支，擬明歲自半茂之局已作爲有仍蠶家中，寧息精神，以保天年，不敢言遊矣。明歲郭端甫先生斷不願就咱家中館，聞四月中已有信寄江甯，刻下又寄君石署信言及弟別延師等語，希達弟知，將如何擇聘，或別延師，看弟館金太少之故，兄遇事

紘弟均日有出色處而兄則老病如此頃接家信知敦兒近于
九月十六日申時得一男子取名丙南以八字中缺火也擬官
名友晉未知可否此亦聊可自慰之事對月即做滿月
否則俟兄到家也務令多升將作肖鳥成形者代兄買
些附友到之時寄來為要
張石州何數數寄耶近聞有劉傳卿域二种之信稍慰九月中
已寄書慰唁聞十月中有續弦趙楚碧之女未知確否
北闈題名錄中第十名乃湖南武陵胡煒武即胡焯所
改名耶幕中諸友人有中者為我致賀未中者為我致並各候安
慰此問
近佳並賀
六弟已赴京否
五太太福祉　長姪好好讀詩想俱有進
署中人俱下問好道勞苦
宗燾手啟

[附] 祁寯藻致五弟書札　sz101-碑帖094.7

二頁，27×11.8cm；圖版已拼接

五弟知：冬月靈石署中連寄江陰信，想漸次可收閱。十一月廿六日自靈石歸家，冰雪滿地，卧病數日而愈。臘月二日庚午子送大光姪上京歸來，知六弟病體漸愈，少慰。六弟寄家書言，明年正月底命世齡姪送家眷上京，家中地畝著伴種出去；命國光兩甥歸家奉母，就近讀書，不必遠遊；並言每年幫其讀書之資四十千文，如此則家中先生恐不能請。而家中應酬日煩難支。兄此次歸來算賬，自正月到今用了三百五十餘千文，而靈石館中用項又百一十千文，所餘數十金，加以五弟寄項，竟不敷用。此家中、鋪中人所共算見者，似此奈何？明年靈石館如不獲赴，家中日用恐不能支，希五弟多爲酌寄爲望。田五兄寄來信一包，即寄閱。五弟公務之暇，須節勞養心。兄弟年皆近老，努力共愛爲幸。此問年佳，世長姪近好。

兄寯藻頓啓　臘八後一日械

五弟[?]人年祉。邱春畦兄處希爲吹噓。

幕中諸友人年喜近吉。

吴景韓、蔡綉莽尤所戀戀者。

石歸家冰雪滿地，臥病數日而愈。臘月二日庚午，子遣大光往
上京，歸來知六弟病體漸愈，忠少慰。六弟寄家書言明年正
月底命世齡隨還家，春上京家中地敞，可備作種出吉命國光
兩甥歸家奉母，就近讀書，不必遠遊，並言每年幫其讀書
之資四十千文。如此則家中先生聘不能請，而家中應酬日愈艱
支。兄此次歸來算賬，自正月到今用了三百五十餘千文，而貴
石館中田坡又百一十千文，所餘數十金加

五弟處項竟不敷用，此家中鋪中人所共見者，似此奈何。
明年君石館，如石館難起，家中日用恐不能支矣。
五弟多為酌寄，為望田五兄寄來信，可與郎官閱。
五弟公務之暇，須節勞養心，兄弟年皆近老，均力共策為幸。
此問　年佳　世兄姪近好
郎春睦兄處希為致意
五弟夫人年祉
其幕中諸友人年喜近吉
吳景韓、蔡儒卿、蔡大人所念者　兄寧齋頓啟
臘八後一日燈下

十　程恩澤書札

【程恩澤（一七八五—一八三七），字雲芬，一字梅春，號春海，安徽歙縣人。清嘉慶十六年（一八一一）進士，官至户部右侍郎。工書，善詩文，精於金石、書畫考訂。有《國策地名考》、《程侍郎遺集》等。】

程恩澤致胡仁頤書札

sz103–碑帖071.02

二頁，22.6×12.2cm

【胡仁頤，號扶山，河南光山人。清道光十六年（一八三六）進士，官給事中。工小篆，楷隸亦佳，與何紹基友善。】

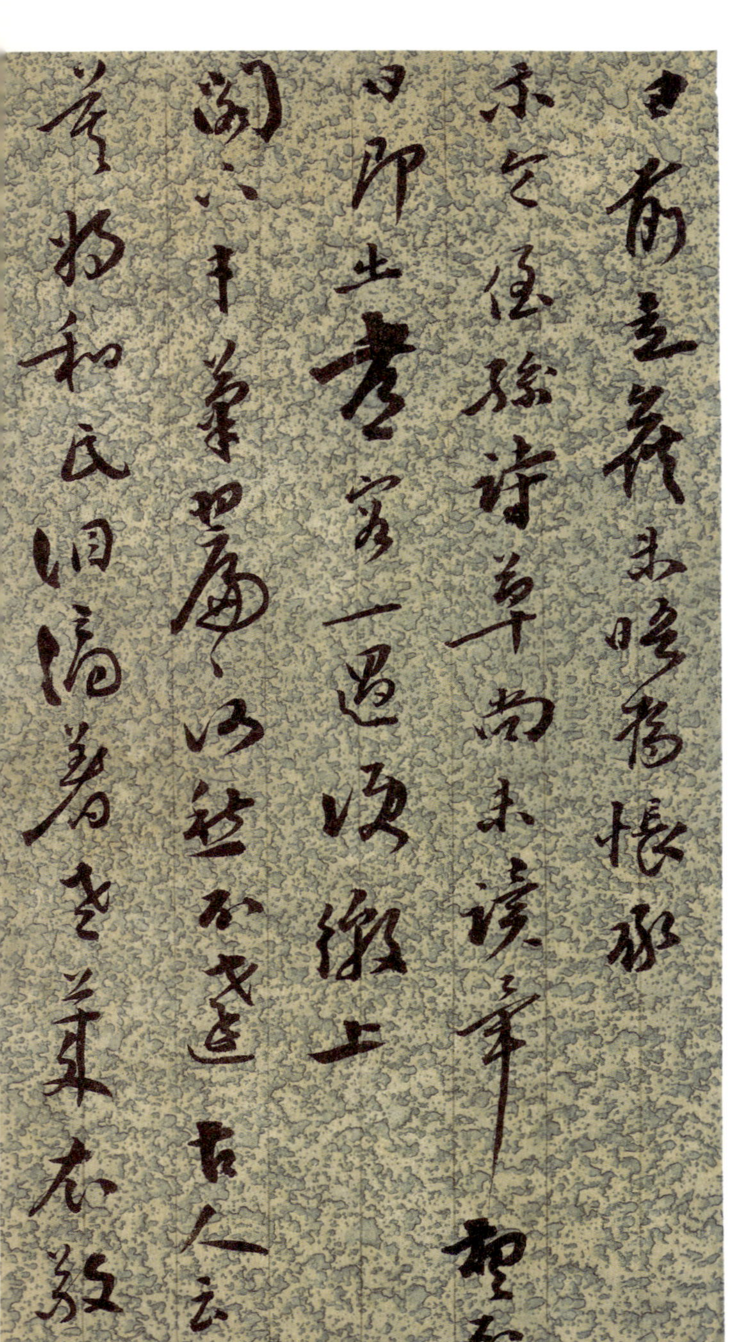

日前走候，未晤爲悵。承示令姪孫詩草，尚未讀畢。想不日即出都，容一過便繳上。閣下才氣翩翩，何愁不達？古人云：「莫將和氏泪，滴著老萊衣。」敬爲閣下誦之。此問唫安。

扶山親家三兄大人史席

愚弟恩澤頓首　四月十一日

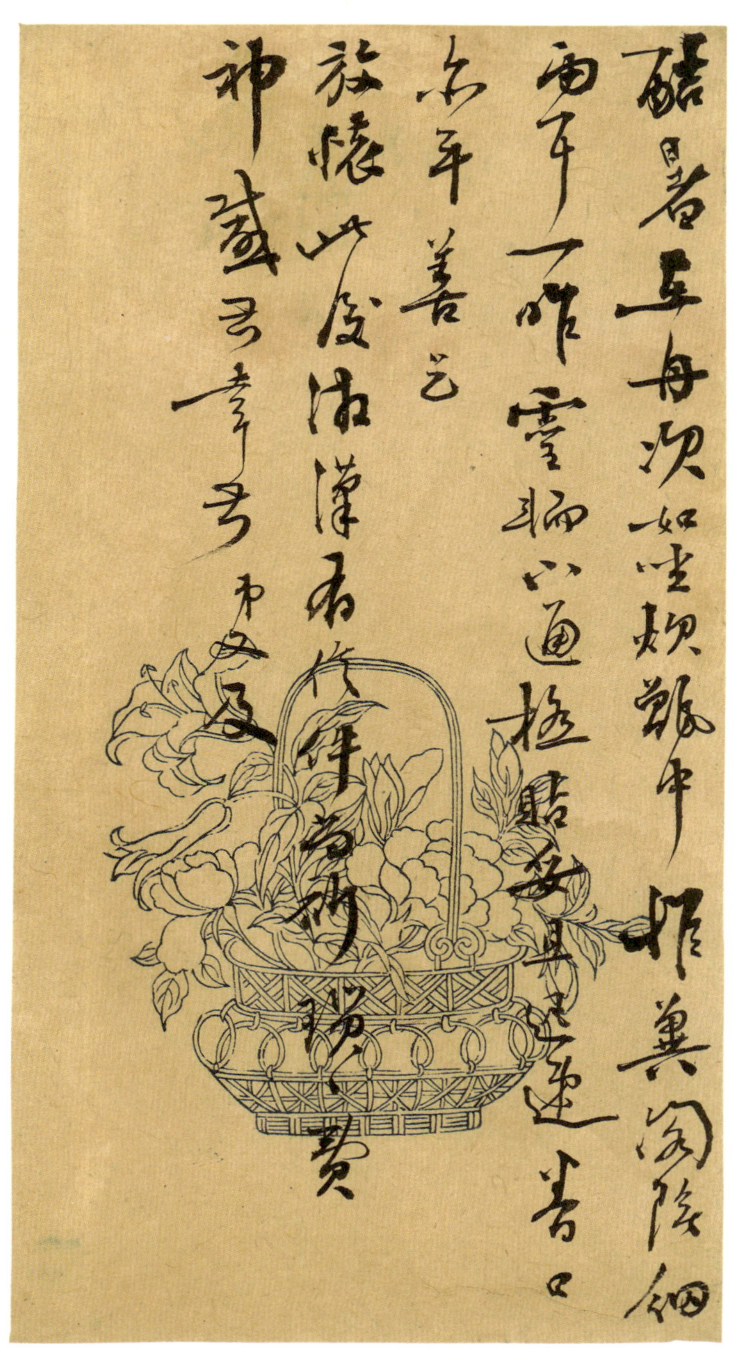

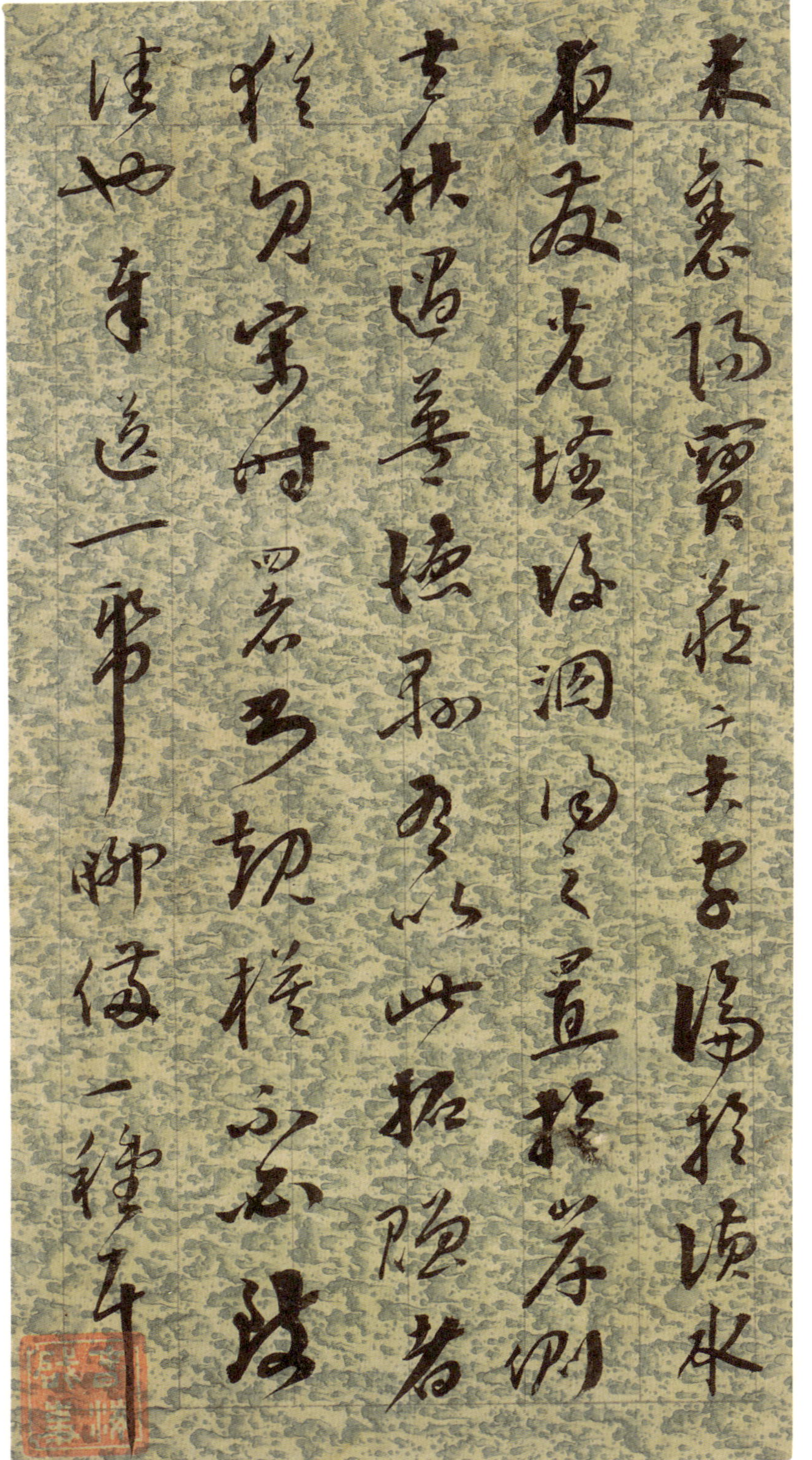

程恩澤致胡仁頤書札

二頁，22.7×11.9cm，鈐印「春海啓事」　sz125-碑帖071.24

米襄陽「寶藏」二大字，淪於湞水，夜發光怪，後泅得之，置於岸側。去秋過英德縣，有以此拓贈者，猶見宋時署書規模，不必致佳也。奉送一紙，聊備一種耳。承示石刻三册，以《重藏舍利記》爲最。已跋後，並題簽呈教。《景福殿賦》恐是明人僞作。此候扶山三兄大雅素履。

愚弟恩澤頓首

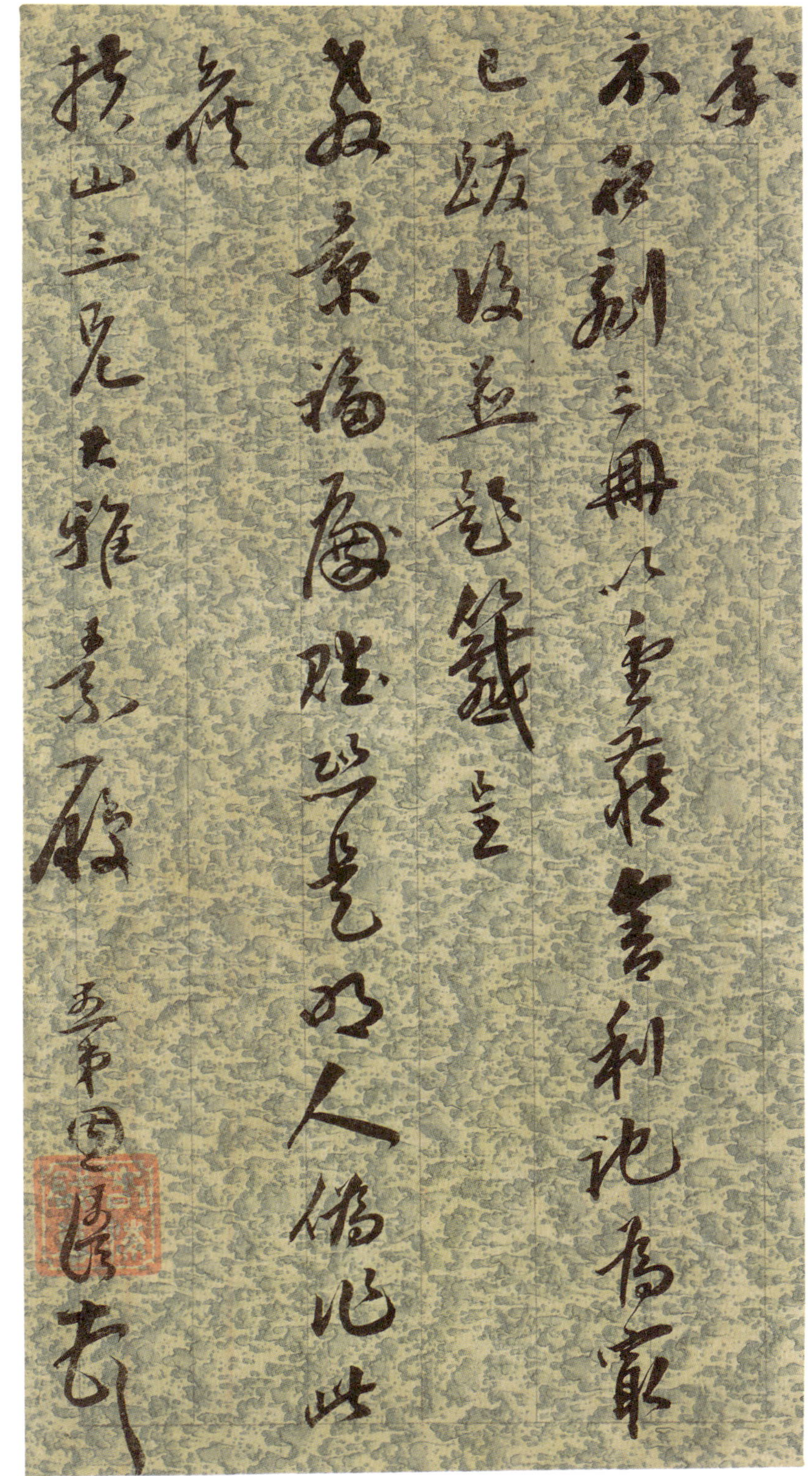

程恩澤致某公[嵩樵]書札

sz102–碑帖071.01

二頁，22.8×11.9cm，鑒藏印「放情邱壑」

奉到手書並法聿六十件。大字縱橫變化，小字清朗和潤，真妙筆也。不特鄙人增光，抑且不脛而走，名洋洋於漢皋矣。惟盛暑揮汗，殊覺不情。容叩謝，即頌吟安。

姻世愚弟程恩澤頓首上

嵩樵親家尊兄大人閣下

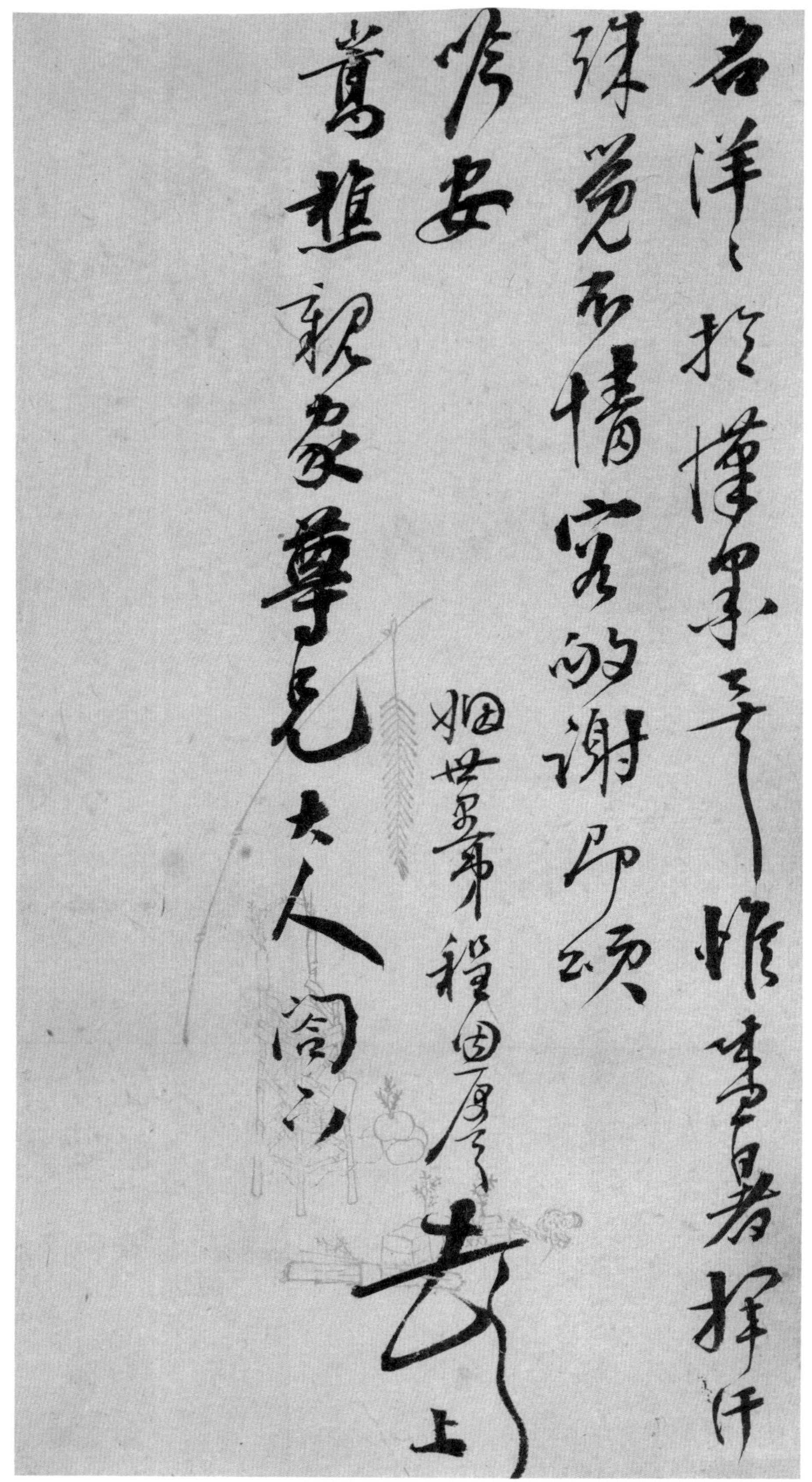
名洋洋於撲果矣非書者拜仟
珠覺不情實敢謝即頌
時安
嵩推親家尊兄大人閣下
姻世弟程國屏頓首
上

承

叢殘香薦聯箋遠寄，承之

封册副箋册握去月著拜付到

賢者少暇，謝不盡，即頌

萬鴻仁兄親家大人安

諸無款、署款、款式、

姻世愚弟程頓首

寺未自落、

程恩澤致某公[嵩嶠]書札　sz112–碑帖071.11

一頁，22.6×12.1cm

承蘭諾，爲寫聯箋，感何可言。送上箋對卅副、箋卅握。大暑揮汗，致勞賢者，容泥謝不盡。即頌嵩嶠仁兄親家大人安。

姻世愚弟程恩澤頓首　六月十一日

皆無款。空落款處，得弟自填。

程恩澤致某公[果亭]書札

二頁，23.1×11.9cm，有色污　sz123-碑帖071.22

果亭姻伯大人台啓：姪於十月三日自秣陵起行，至十一月十一日甫抵都門。私計臘月十七日旌節入覲，可以晤談。知以辦考，暫留未果，深憶！深憶！姪卜居米市和同，與令姪光禄君相隔止數武，甚不寂寞。眷屬等由陸路北行，叨芘平善，尚無風塵困頓之苦。匆匆，此頌起居康泰，雲路超遷，不盡，不盡！

姻愚侄恩澤頓首　冬至前一日

姻伯母大人安。

親家大人暨太太安。

北行叩

新年善為冬除慶團頓之善多、此頌

起居康泰

雲路超遷不遠之

姻伯母大人安

親家大人暨太太安

姻愚姪周慶雲頓

冬至前日

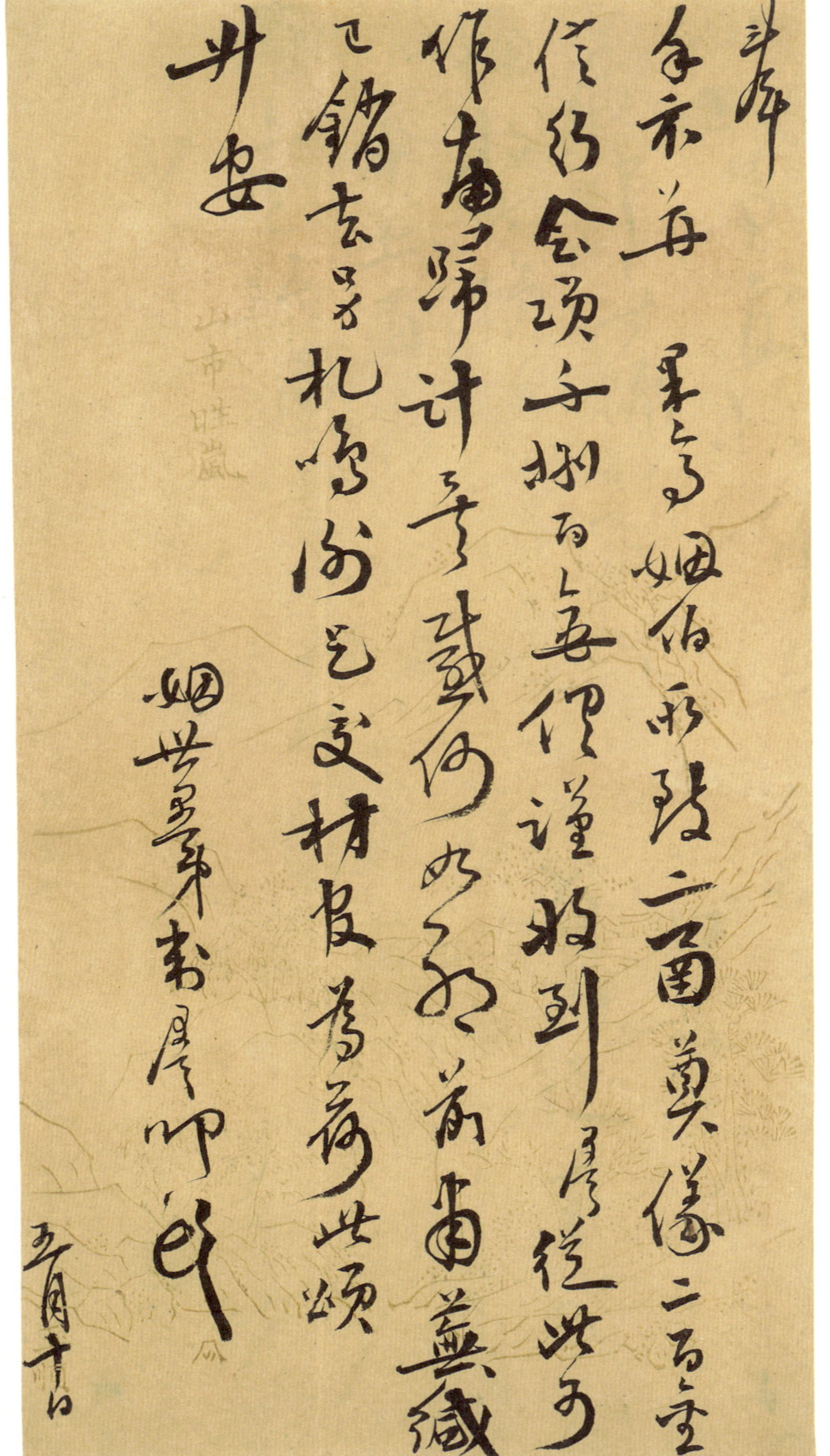

程恩澤書札

sz107–碑帖071.06

一頁，22.9×12.1cm

奉手示，並果亭姻伯所致二函、奠儀二百金、信行會項千捌百金，俱謹收到。澤從此可作南歸計矣，感何如耶！前肅蕪緘，已銷去。另札鳴謝，乞交材官爲荷。此頌升安。

姻世愚弟制澤叩頭　五月十日

程恩澤書札 sz109–碑帖071.08

一頁，22.5×12cm

來示並銀件如數收到，已交春海舍弟矣。家伯母靈馭，擬於本月廿五日卯刻發軔，午時在龍泉寺安座。承詢，不敢不敬告，亦不敢勞尊也。此至，並頌日安。

愚弟程川佑頓首

春海不便作札，故代裁答。

［邊跋］

按此通仍是春海先生書，以制故假其從兄川佑名耳。玖聃。

程恩澤書札 sz110–碑帖071.09

一頁，23.1×13cm

頃自園歸，得奉手示。伏承素履無恙，深慰！深慰！委書之件塗就即當繳上。爲方家捉筆，愈矜持，恐愈不佳也。信件俱收到，即問起居。不一。

姻愚弟程恩澤頓首

程恩澤書札　sz117-碑帖071.16

一頁，23.3×12cm

聞文旆不日東南行，不勝會切，容走送面寫也。委書件奉上（楷六頁，行十頁）求教。順頌起居。不一。

媚世愚弟恩澤頓首　初十日

委書扇已托友作繪，緣兩面書犯複也。

春浦書送來不？如未繳，當代促也。

節筆當年未致屈盤逆盤而得
六合機長門豪興弟自伯代傳一屋固實
竟而能自持引旋運謀筆空中
存不書張羅書成帶業未竟
振千此頌
明者每而不及之
姻世弟程從去
內於

程恩澤書札

一頁，22.7×12.1cm　sz118-碑帖071.17

節氣尚早，未能啓壩，遂盤而過，九月初六日抵吴門。承梁方伯代僦一屋，因寄帑於是，而躬自扶引旋里，謀窀穸事。敝性狷介，不喜張羅，故所獲無幾，未免舉動拮据耳。此頌吟安。匆匆，百不及一。

姻世愚弟從吉程恩澤叩具　九月十八日胥門内俟其巷寓具

程恩澤書札

一頁，19.5×23.2cm，有水漬　sz119–碑帖071.18

昨過尊門，適有瑣事，不克奉詣，歉仄之至。錢比部處已問訊，據云僅用白金八兩，還不還俱可也。援例納帑，想已就緒。念念。弟近況極窘，望南中之信如望歲，不卜何日可到。冬裘皆禦寒物，如何能付質庫耶？諉諈塗雅，當勉力徇知己。此頌升安。

姻世愚弟程恩澤頓首　十一月廿五日具

聞有兩粗敝書架，存在馬號，擬暫假一用，何如？

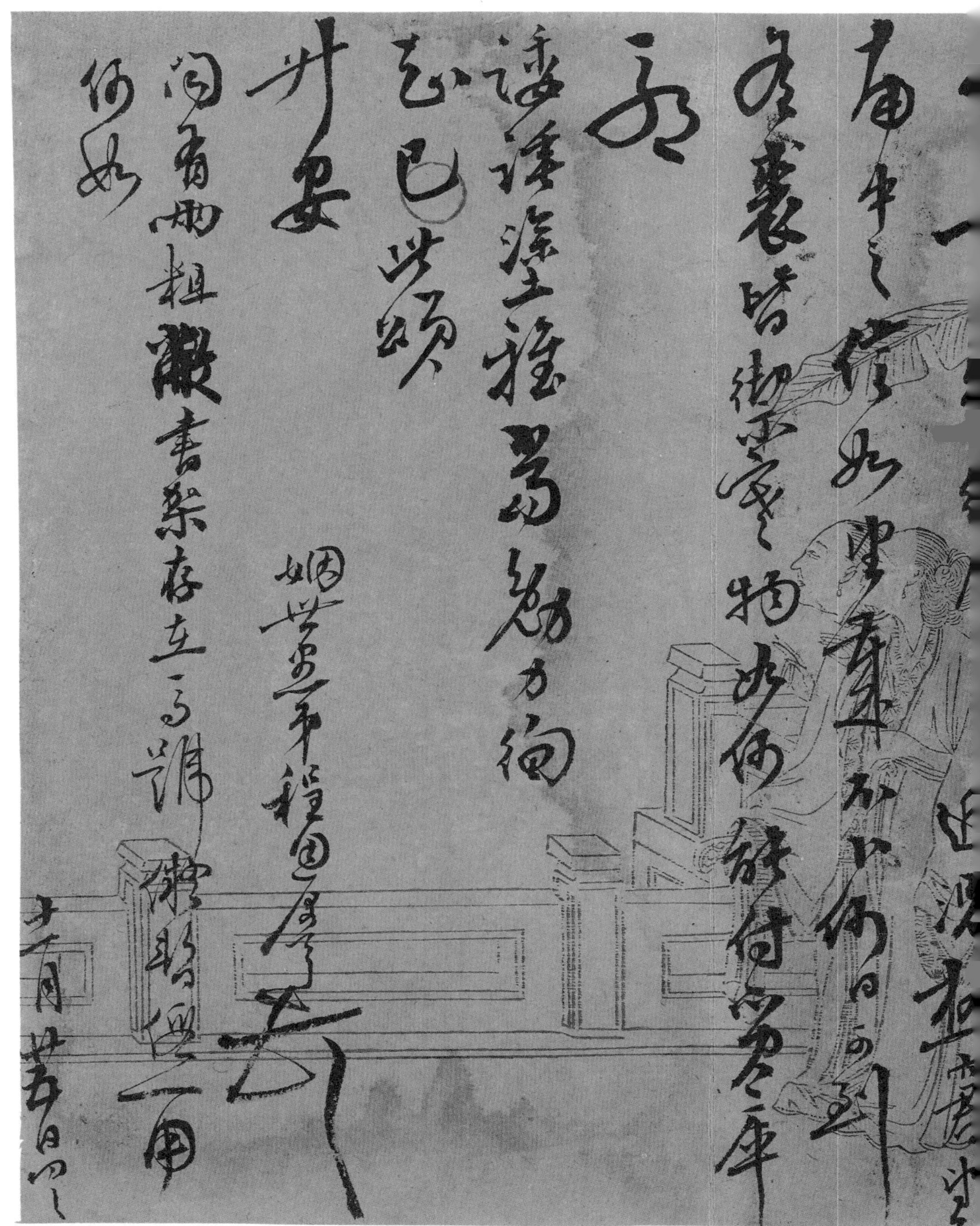

程恩澤書札

sz121-碑帖071.20

三頁，22.6×11.9cm，有水漬

親家仁兄大人閣下：世誼五十年矣，又得蒹葭倚玉，想望丰采，如饑如渴。不日可領教言，何幸如之！果亭姻伯爲弟籌一暫時息足之地，以爲可假尊齋之半，云有竹報詳及矣。茲弟遄行赴都，即詣徵懷園。家慈之來稍遲數日，約中秋前後可到。到時直叩尊齋，叨蔭無量，無量。但弟羈於職守，既不能面懇高賢，又不能侍慈左右，歉何如耶！專此奉求，並頌元安。

姻世愚弟程恩澤頓首　八月初八日未刻

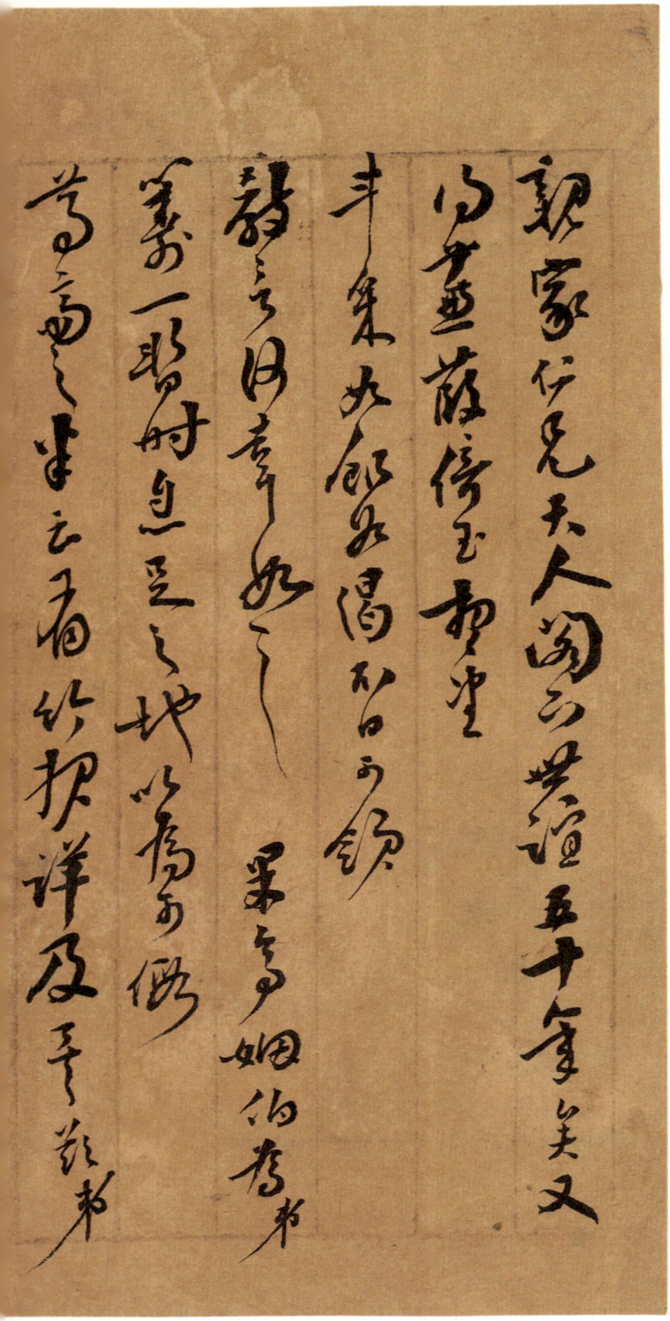

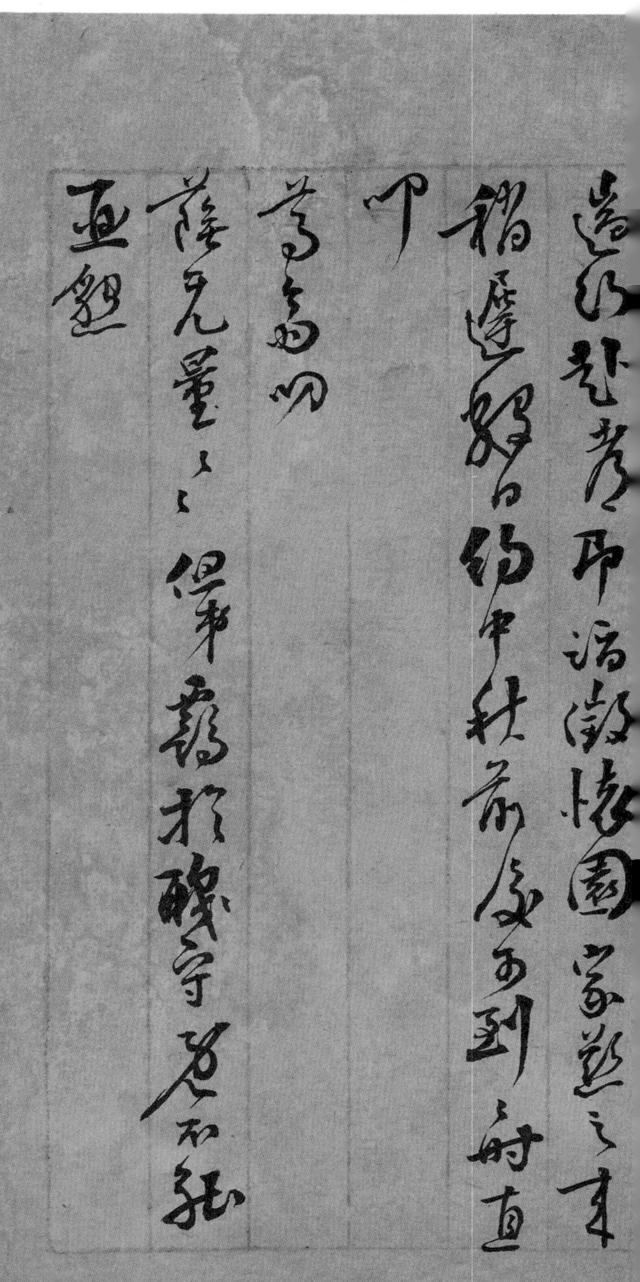

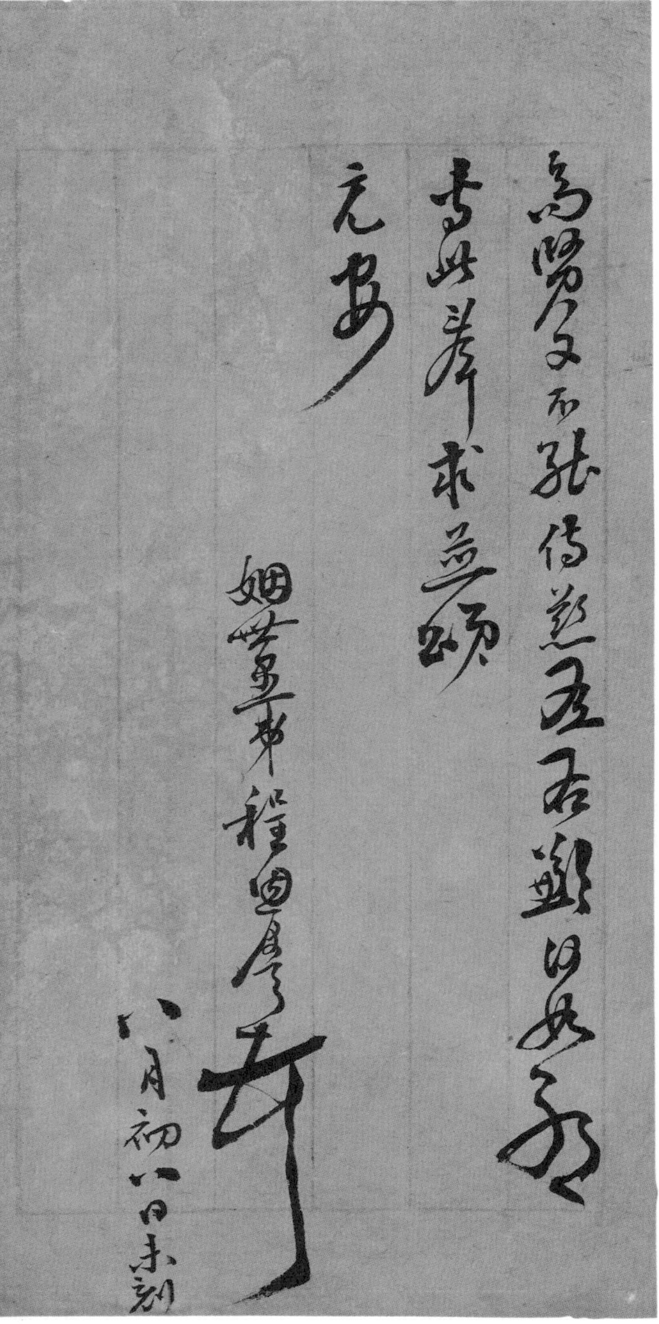

冷艷寒香
白石山翁為
榮寶齋主上
製于京師

十一　何紹基等書札

【何紹基（一七九九—一八七三），字子貞，號東洲居士，晚號蝯叟，一作猨叟，湖南道州(今道縣)人。清道光十六年（一八三六）進士，官至四川學政，後歷主山東濼源、長沙城南書院。工書，尤長草書，通經史，精小學、金石碑版。有《東洲草堂詩鈔》、《東洲草堂文鈔》、《惜道味齋經說》等。】

何紹基致陳金城書札 sz126–善127.01

三頁，23×12.9cm，書於清道光二十二年（一八四二），有蟲蛀損壞

念庭先生大人閣下：去歲在京獲聆清誨，談大作《撼龍疑龍經序》，知閣下精通地理。後同到西山，又知眼力、脚力皆天授，非人力也。弟奉諱還里，無處覓地。先文安公欲停柩，心又不忍，而敝處地師皆靠不住，懇請大駕撥冗肯到楚南，一爲諦視，爲先人擇一吉地，當謝以千金。雖閣下至交，何敢瀆陳。但閣下本係寒素，教讀爲生，故必竭力稍伸微意，比教讀束金倍之。庶閣下不吝一行，闔家感戴。敝居在道州，自宋周濂溪先生開理學之先，至先文安公乃以科名事業繼前賢而特起，其地氣鬱，久乃發，未悉於堪輿家何如，俟晤時一爲審之。伏惟爲道珍重□千。

世愚弟制何紹基頓首　壬寅春二日在道州發

念庭先生大人閣下去歲在京获聆
清誨讀
大作撼龍疑龍經序知
閣下精通地理得同到西山又去
眼力脚力皆天授非人力也弟本年請
還里多處覓地先考安厝將俟
推心不忍而教當地師皆庸不佳

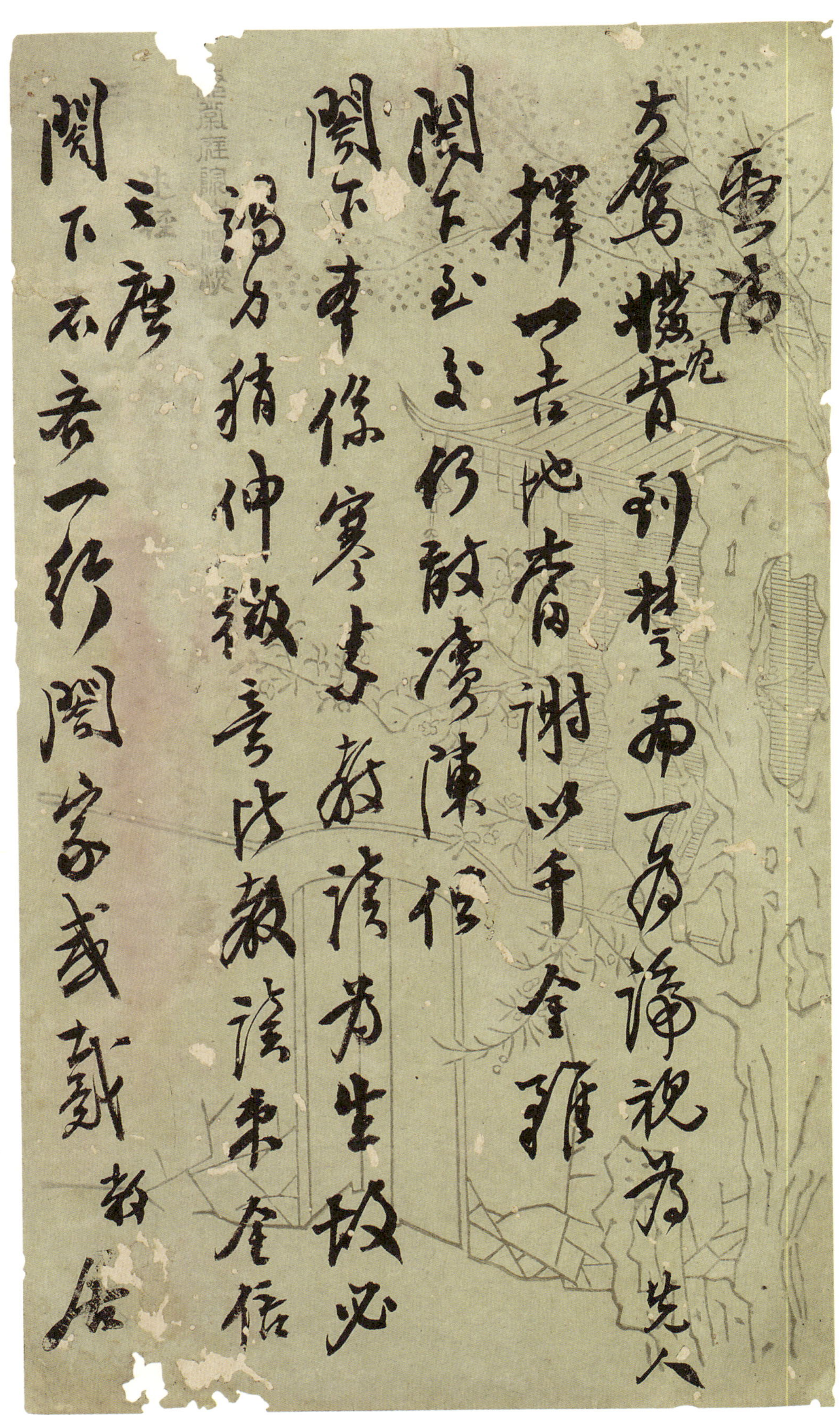

在道州自宋周濂溪先生闡理學
之先，至先文安公以科名事業
繼前賢而特起，是地氣鬱久而
發，未來者耶？抑傳家僅如綫縷
一為審之。祇悟
為道珍重至千
世愚弟制何紹基頓首
壬寅年二月在道州寄

何紹基致陳金城書札　sz127-善127.02

一頁，17.8×7.4cm，有蟲蛀損壞

今日準午刻，許印林在報國寺（張義門□街路北）祭顧祠，就□請了數客，囑弟轉邀閣下，千萬往彼一叙。同坐者石州、默深諸君也。此□念亭仁兄撰佳。

弟基頓首　廿一

陳景亮致陳金城書札　sz128–善127.03

三頁，23.1×12.1cm，鈐印「弼夫啟事」，有蟲蛀損壞

【陳景亮（一八一〇—一八八四），字弼雲，福建閩縣人。清道光二十年(一八四〇)舉人，任坐糧廳，擢陝西糧道，署臬司、三藩司。咸豐間任山東運使、雲南藩司。】

文園抱疾，牧亭、晴皋輩來通問候。弟處得信稍遲，嗣聞閣下已赴津門，咫尺城闉，無緣把晤，悵惘何如！比維念亭宗丈大人道履凝綏，禔祺懋介，臨風引企，定協頌私。兼稔今歲會館事宜，仍仗高才爲之經理，足見老成幹濟，欽佩良深。弟供職春明，如恒粟陸。昨奉旨管理坐糧廳事，即日前赴通州。比聞閣下晌將入京，弟擬懸榻以待，務祈於過通日惠臨敝署，一罄積悰，不勝跂望。玆有懇者，此番天津船來時，雁汀、翊雲、九丹三君家中俱寄有食物、書籍等件，在復利行內，囑弟代爲覓運至都。玆特遣役將原信皮賫呈，務乞飭記到行照單點交。去役即煩代雇車輛，令其包送入京。車價若干，望即先爲墊撥，一面開示，弟當作信布知諸君，俟閣下晉都時如數奉繳。瑣瀆清神，餘容晤謝。專此敬懇，即頌道安。唯希宏納。不備。　宗教弟景亮頓首　冬至後二日

原信寄閱，照件乞仍交去役帶回。

文園花痕猶可睛皋擎来通問者，未云得行猶遲

閣閣

閣下已赴津門，咫尺垣圍，無緣把晤，悵惘倍於昔時。

念弓宗丈大人道履懶綏

禔祉迎介福，鳳引仓室，總頌彩毫，結今歲會

館弓宜仍任

高才薦之，掠理呈見

玉成，幹濟欽佩良深。弟供職春明如恒，栗碌

昧奉

臺
管程生糧廳子卯日前赴通州比閔
閣下晌收入京 弟擬總撥以付孫秋於
過通日盡臨敝署一罄積悰不勝跂望並有懇
共此番天津新來時存行詢雲九丹三兄寄如
但寓有食物書籍等件在復和行內瑤弟
代為覓置函郝若對遣役將原行皮費
呈孫乞
飭紀到行鹽單點交去役即煩
代雇車輛令其包送入京車價若干望即

先為撰擬一函

開示弟嘗作行而結果僅

閣下晉都時為數本俟擴讀

請計餘宜晤屬寺此郵題即頌

道安唯希

宥納不備

宗七叔弟日景亮啟

冬至後二日

原信寄

閱照件乞仍交去役帶回

何冠英致陳金城書札 sz132-善127.07

三頁，23.8×14.8cm，有蟲蛀損壞

念庭先生仁兄大人閣下：昨郭西官來，捧到還雲。□詢道履靖和，實深忭慰。牧亭一信經弟面交，據云□守雖係同年，而彼此從未通一字，礙難徑達。弟想閣下文章經濟，迴越時流，會館管事，所謂枳棘栖鸞，但以信義久厚，雅俗共賞，故客幫無不推戴。而閣下居此，較稽田所穫稍優，折節爲之，豈得已乎？此後去留，牧亭當能代計，非鄙人之所敢知也。西官事前經奏案，鐵立不移，此刻出頭，恐後無窮受累。蓋當時自首，罪名本輕，自廿一年新例加重，故不破案則已，一破□□即執法者亦不能違例遷就，非辰下文網□寬可□□試也。但各家僥負，伊僉實可憤可惡。查舊案並無充公之事，當時不過將金廣興之船估值充賞，不及其私，即據元昌號以八百充公，其餘尚多，應亦歸結。順成號曾否充公，有何證據？此明係昧良吞噬，何以甘心？據西官甘當舊罪，與伊等拼箇生死，究思禽鳥亦有報恩之義，豈市儈獨無人心？吴咎官藉伊貲本起家，如不一歸償，洋面往來，不遭風波，定受劫掠。此理之不可易者。彼固能安然已乎？刻仍懇閣下從中代爲排解，元昌如何歸結，吴咎官、順成號如何能□認頭，無令逼虎上山，致涉兩敗，則閣下彌縫之力也。弟鞭長莫及，實難爲西官定主意，亦閣下所知者。書不盡言，草草布候升禔。諸惟涵察。不具。

愚弟何冠英頓首

謹璧尊謙。

会庭先生仁兄大人閣下：昨郭酉官來，接到

還雲　詢

道履〻和，實深忭慰。牧亭一信經弟面交，據云織字雖

係同年，而彼此從未通一字，礙難徑達弟處。

閣〻文章經濟迴越時流，會館管子所謂樑棟樓臺，但

以仁義久孚，雅俗共賞，故各郡無不推戴，而

閣下居此較著，田所獲稍優於節，而〻豈得已乎。此後去

嗣牧亭考錄代計，非鄙人之所敢知也。酉官于前經

奏案，鐵立不移，此刻出頭，恐後無窮，要累蓋當

时自首罪名本應自廿六年新例加重故不破案則已一
破即執法者亦不能違例遷就此后下文須找寬可
恤之誠也但在家侵負伊錢實可恨可惡查舊案並
無元公之事當時不過將金廣興之船估值元貴不及
其數即援元昌號以八百元公共賒尚多應亦歸結惟成
號與元公有何牽扯援此明係昧良吞噬何以甘心援
而官甘者舊罪與伊等拚個生死究思禽鳥亦知報
恩之義豈亦僧獨無人心吳碧官藉伊資本起家亦
不一體償還而往來不通風波寧要刻操此理之不

可易其役固能安於己手刻仍想

閣下從中代爲撫解元另外月歸結是所甘願成爲外月

俾之題頭單令遍帶上山較時兩照則

閣下玉成之力也弟鞭長莫及實難兩面兼顧主意亦

閣下所知其事不要之字字希候

外示諸惟

涵察不具　愚弟何冠英頓首

謹覆

[illegible]

蘇廷玉致陳金城書札

三頁，23×12.2cm，有蟲蛀損壞，鈐印「鼇石」　sz133–善127.08

【蘇廷玉（一七八三—一八五二），字韞山，號鼇石，福建同安人。清嘉慶十九年（一八一四）進士，官至四川布政使，降大理寺少卿。能詩文。有《亦佳室詩文鈔》。】

六月半赴省，鼓山小住。萬山中鐘亭月色，萬念皆空，令人有超曠之思，始信人中爲名利熙攘往來，真不值深山老衲一笑也。惜近來僧亦俗不可耐，居其地而不能知其味，與木石鹿豕同爲可嘆也。李懷庭選南安□，竟引疾不去，此大可惜，此公於宦途尚隔壁障耳。尊恙定已霍然，念甚。總因前日崎嶇登涉，風日高燥所致。弟今日亦疲乏，不耐坐卧。桃花山之行，遲數日有暇再往一相也。附去陳忠愍事實二本，祈暇時大筆代構一稿，此好題目也。鄙意以英夷内寇後，以提督死事者二人，一虎門，一吴淞。關提軍以兵潰自刎，究不若忠愍公，破夷艘六船，殲夷匪千餘，後以牛督、王鎮右師先潰，身經百創之功敗垂成，忠烈尤著云云，入手較爲勳勞赫奕。尊意以爲如何？或另有鴻議更妙。此題總以兄議後叙爲合。草草。奉候起居，不勝依溯。

念庭先生文席

弟玉頓首上　八月十一日申時

有年趁省故山，山水佳景，山中鐘聲，月色

茶香，皆空念人。有趣暖，又累奴，代人中

爲名利牽擾住，未真亦值浪山老衲

了受也。惜也未經六借，不可謝居，其如之何。

能知其味，惟木石鹿豕同爲可嘆也。李

懷庵溪南，於此莫引疾不去，世大可惜。

洪綬於寓逸爲張陽壁障耳。

昔慈尊已霽從容去探因前日崎嶇坐涉

風日爲燥所殘弟今日亦疲乏不耐坐臥桃

花山之約遂改期日有暇再作一相見附去陳

洪題奉寄實二本祈鑒附

大筆代擬一稿此好觀目也能委以英威内

跪後以提携承筆者之人一體門下吳林閩

操年以兵潰身到究有美忠態可殷贅

艘六艘燬焚西子悔後以軍裝走鎮古帥

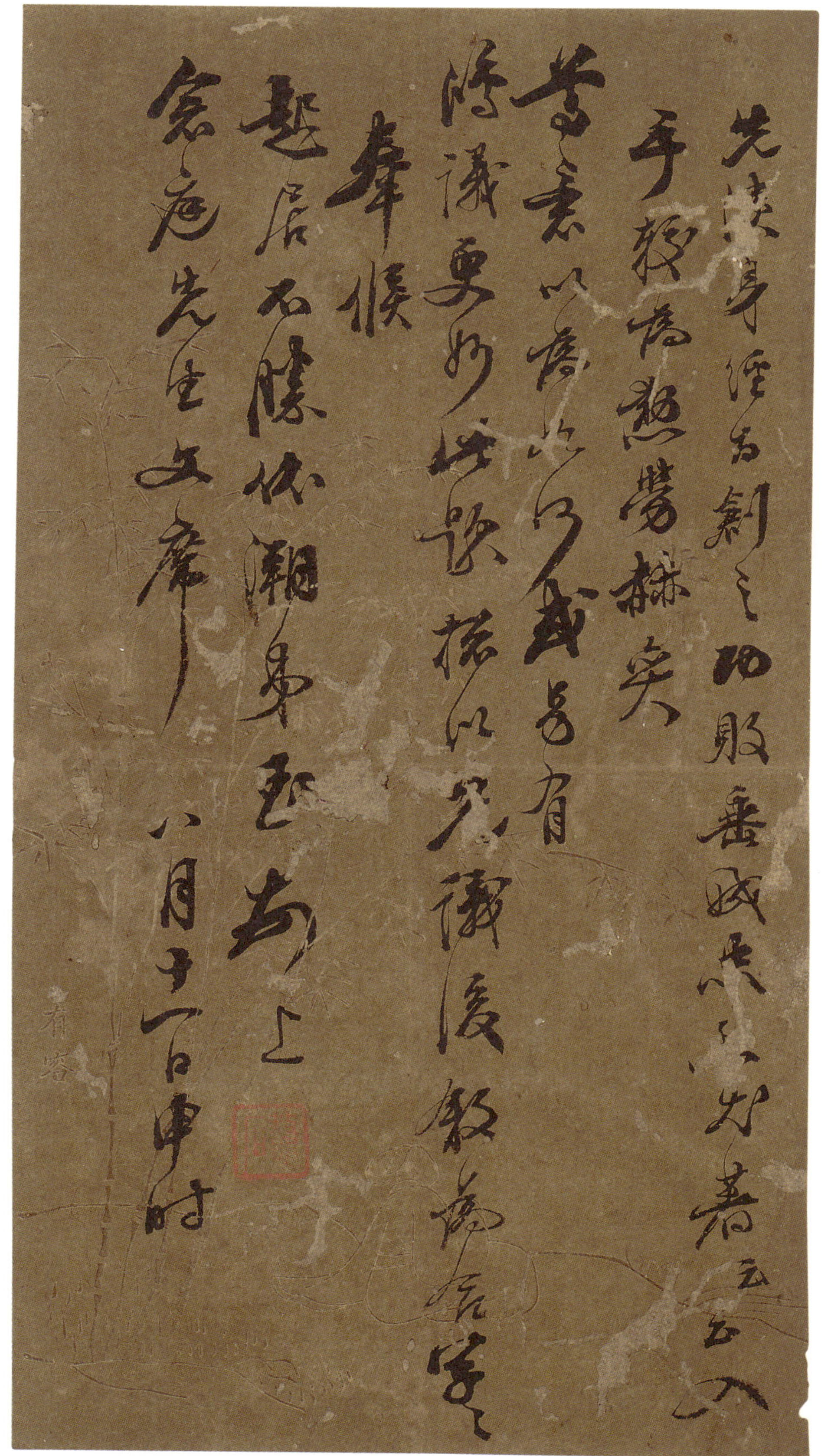

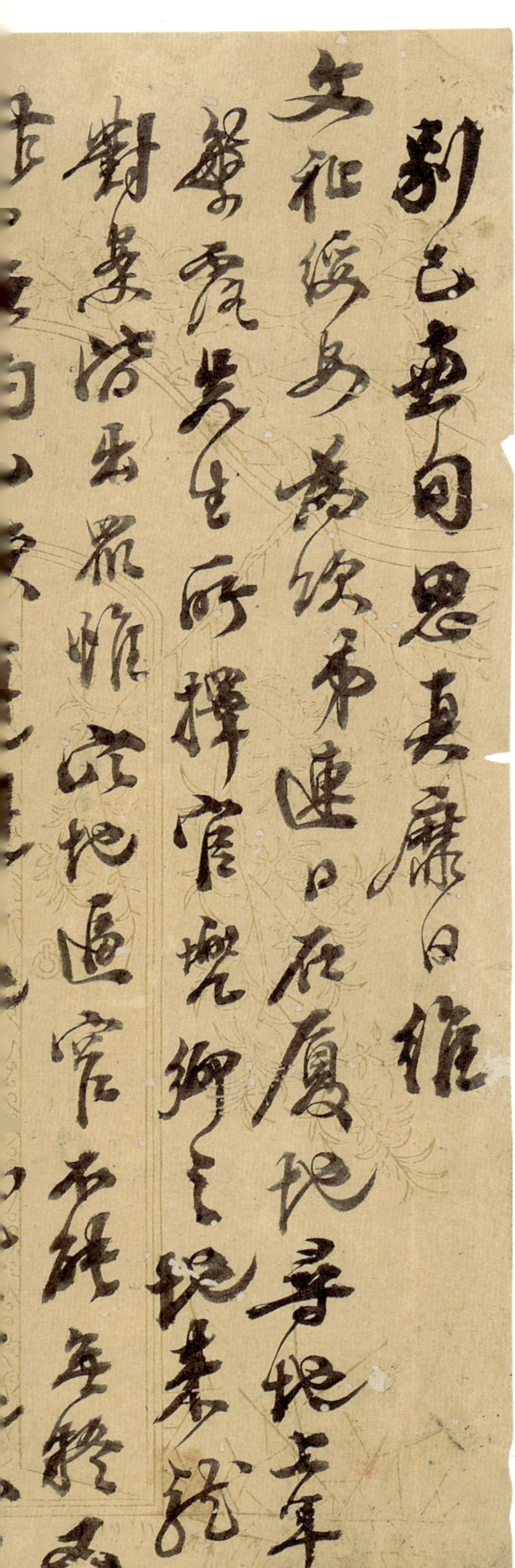

蘇廷玉致陳金城書札

二頁，23×12.3cm，鈐印「西川節度」，有蟲蛀損壞　sz134–善127.09

別已兼旬，思真靡日，維文祉綏安爲頌。弟連日在厦地尋地，上年繁露先生所擇官兜鄉之地，來龍、對案皆出衆。惟穴地逼窄，不能無疑。又昨日在内山頭覓視一地，來龍、穴地幾於尺寸不移，已向地主議價。然皆不敢自信，用特專差奉請法眼來茆一定之。已飭家人雇備夫脚伺應，祈撥冗一行，當連袂回泉也。專維念庭大兄大人文佳。

弟玉手頓首　又七月廿六日　在金鷄亭僧寺布

此信專差赴泉，當廿八午乃到，廿九日即祈命駕，三十日早飯後可到澳頭也。掃榻以待，無任延佇。

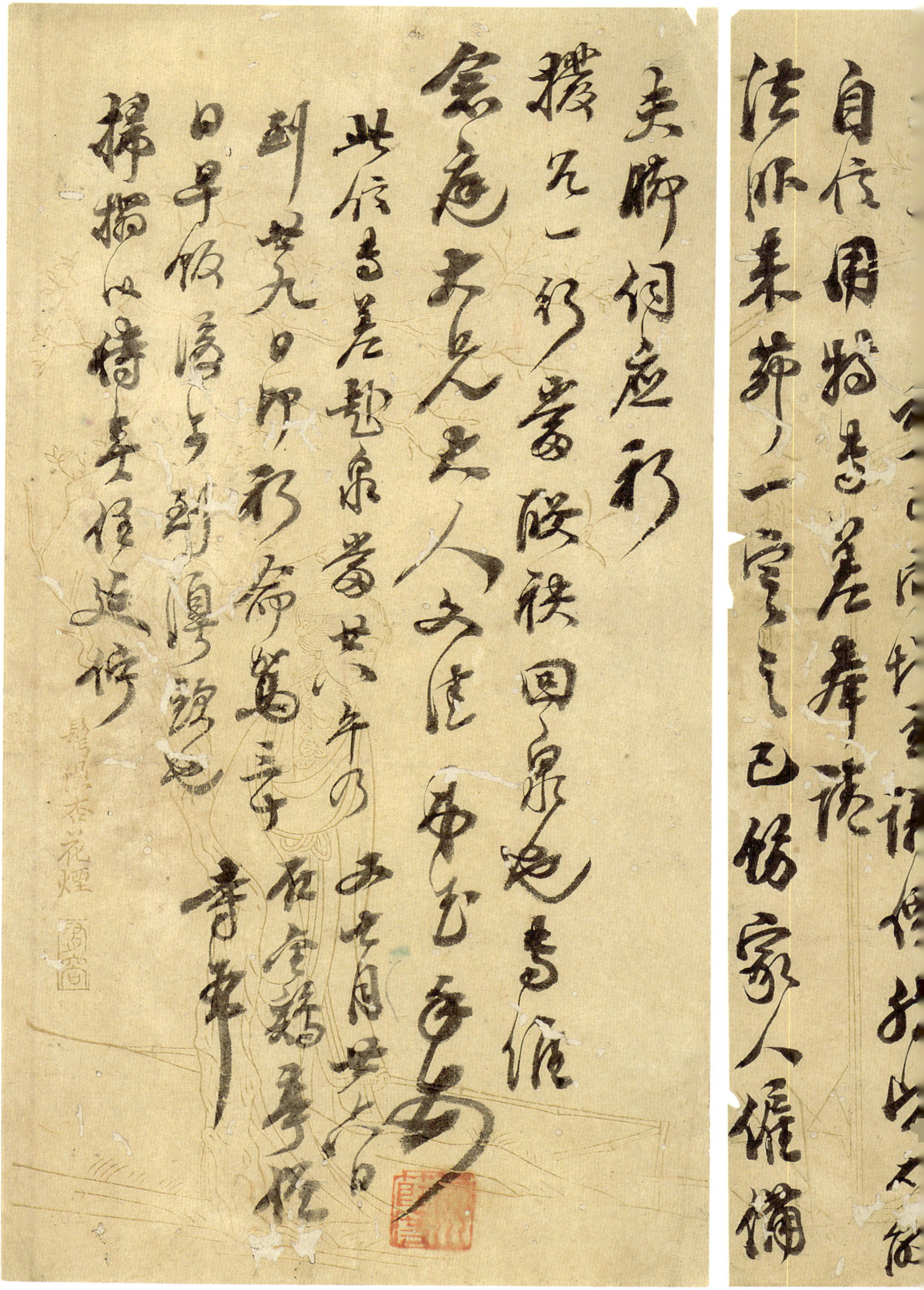

陳子謂孫鬲談其四弟
峻閱先以奉
覽如有所聲敢云文彩甚
視之以着眼力如何即候
詹庵作是文佳 弟至尚

蘇廷玉致陳金城書札　sz135–善127.10

一頁，22.8×12.3cm，收藏印「無事小神仙」，有蟲蛀損壞

陳爾縉《防夷説》共四本，弟尚未暇閲，先以奉覽。如有可節取處，祈折角記之，以省眼力，如何？即候念

庭仁兄文佳。

弟玉頓首　十一日

蘇廷玉致陳金城書札

二頁，22.5×15.3cm，鈐印「甲戌翰林」，有蟲蛀損壞　sz136–善127.11

重九日自省來函，備悉種種。弟因内子有疾，即日返舍。所有陳忠愍墓志如已揮就，即速寄下。如因冗未暇，亦即將其履歷二本交通政巷敝寓速寄。緣伊係九月杪即料理墓域，當早令勒石納幽也。東山之地非千金不可，俟回時即與商定也。文旆何日返里？望寄示爲感。此布，即候念庭先生文安。

弟玉頓首　十七燈下

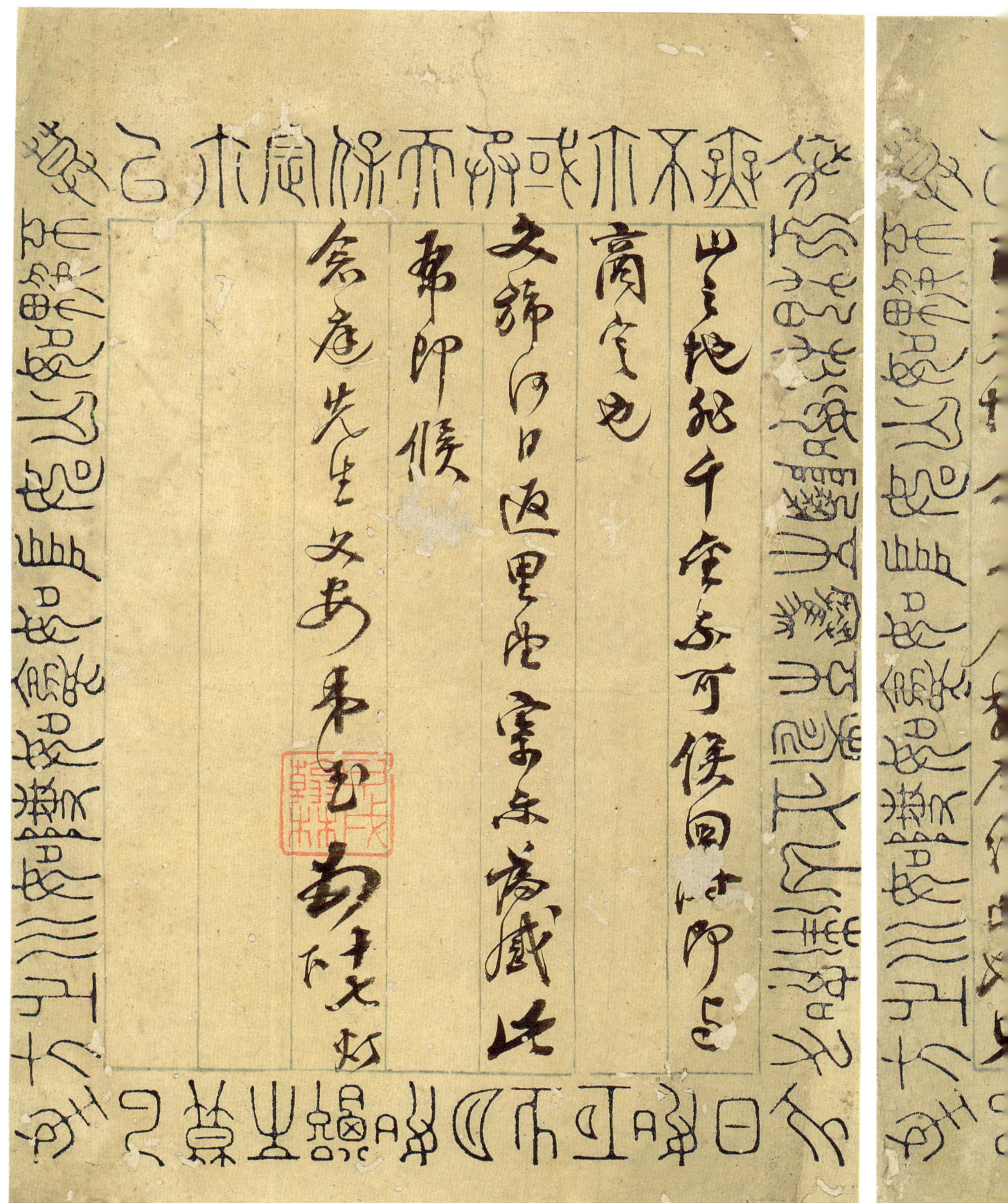

此之地紀千金不可侯回信即与
商定也
文錦初日返里容來為感此
布即候
念庭先生文安 弟[illegible]頓首 十七燈下

九月間奉到自滇

來書併四

汪念維朋春南宮報捷為頌弗於合

夫健兒心情吾勞大人難扶春

累卷林中在於六月借於武夷

承胝佳婚役 情福之雖於農

弟之復讀教請

龕庭大先生文安 弟□□頓首 十一月

竹几蒲團茗椀

蘇廷玉致陳金城書札

一頁，22.9×12.2cm，鈐印「餘事作詩人」，有蟲蛀損壞　sz137－善127.12

九月間奉到自津院來書，深叨注念，維明春南官戰捷爲頌。弟於今夏忽夭健兒，心情惡劣，大難言狀。春間本約梁茝林中丞於八月偕游武彝、西湖，竟不能往，始信清福之難於濃福如是。草草復謝，敬請念庭大兄先生文安。

弟玉手頓首　十一月十九日

陳壽祺致某公[維翰]書札　sz129–善127.04

二頁，22.5×12.5cm，有蟲蛀損壞

前接手札，具悉一切。貴邑書院城工分辦一節，早經言之大府司，詳已到院，亦不便更改。但緣首出銀最夥，自應分別特叙。惟近日工程陳奏稍多，兼有奸吏訐告之獄，欲遲俟來正入告也。拙集有一二處更改，又增入十一篇。兹彙寄兩分，其一乞轉交蘭陔，另一紙轉致濟侯是荷。志局總纂之任，兩府再三延聘，僕亦再四力辭，緣鼇峰課事尚繁，比又多病，精力不能兼顧。然桑梓文獻，究難置之度外。鄙意欲邀足下相助，亦當俟明春定議耳。樅兒近作經解，實能貫穿注疏，發前人所未發。[比作]《毛詩鄭箋改字説》，考訂精審，約得兩卷。暮年睹此，差强人意。惟時藝工夫太淺，必應研求。然傳家傳世之學，終不以彼易此也。惠安張襄惠舊志何以未經寄來？前携去拙擬通志□[例]及議一册，幸於年内或正月統爲寄省。賴子瑩歸德[州]，明年二月復來。雨農亦歸里，將挈眷晉省。懷佩、嘯漁皆將於年内還里，新正仍來。專□，復候文祉，餘不多具。

嘉平十有四日　生陳壽祺頓首

蘭陔、濟侯並乞道意。

維翰年兄足下

精段濟翁是當老居……

僕亦再四力辭，緣龍峰孫子尚繇，又多病，精力不能

專顧。然來信文獻究難置之度外，鄙意頗欲遍

足下相助，亦當俟明春定議耳。推既近作經解

實能貫穿注疏，發前人所未發，亦仿毛詩鄭箋段

字說段訂精審，仍得兩卷，茲年睹此著，殊強人意。惟於

藏工夫太淺，必應研求，然依家傳世之學，終不以彼易此。

悉懷襄惠，藉悉日以未經寫來，當檢書拙撥遍

志以小冊及議一冊，幸於年內或正月抄寄，寄者賴子堂歸

德此明年二月復來，兩襲亦歸里，將挈眷者懷卿嘯

漢請由於年內還里，新正仍來齋。復候

文祉，不多具。嘉平十九日四鼓，生陳壽祺頓首

雅翰年兄足下 蘭陔、濟翁並乞道意

陳壽祺致某公[維翰]書札 sz130-善127.05

三頁，22.5×12.5cm，有蟲蛀損壞

維翰年兄足下：久未得消息，殊切晤思。頃接手札，具悉足下假館文峰，學業日進爲慰。許秀才捐貲一節，大府欲俟再得好義者一二人彙叙，以便入告。現尚有省中湖工及通省志局兩項勸捐公舉，若各分枝節，未免煩瀆耳。所云許生覬將七千餘金先請賞給副車，理似可行，但僕嘗詢之方伯作何詳辦？答云：貴邑紳衿，爭訟未定，許生之項亦未交清，且俟縣詳覆到，再爲料理。恐與許生之意頗覺參差。聞張紫垣明府曾諾强觀察，秋間一往貴邑張羅，或有同志可望合成。至正榜一層，查舊例，止有嘉慶十八年直隸薊州辦賑，僕有弟子齊秀才如驤捐銀二萬兩，賞給舉人一案，此外並無成例，故當事爲此躊躇不發耳。然必欲批准明據，即副車亦似難行，蓋此事固無有所挾□相要之道，上下均屬不便也。僕近日於此等亦憚干涉矣。劉上舍以虛賬而圖義舉之名，世間無此便宜，有司亦斷不以公事而枉爲返債。足下始爲所欺，繼又爲所使，誤而再誤，嗚官何益？只有將原契擲還劉家爲是，不宜終入迷塗也。賴子瑩《杜詩箋》見假經年，敦囑務即寄還勿遲。孫濟侯稍稍揚眉，亦足風厲庸俗。蘭陔明府晤時，乞爲道意。志局僕僅下七日一至，然分纂者勤惰不齊，所謂汗青無日，深足憂矣。樅兒經解付鋟未竣，賤軀今年雖無劇病，亦不能常健。專此，復候文祉。惟察。不具。

中秋後一日　生壽祺頓首

維翰年兄足下久未得消息殊切瞻思頃接
手札具悉
足下依舊文峯學業日進兩懸許秀才措貲
一節 大爺欲仿再將前義者一二人彙叙後入
告現在省中湖上及過省者甚爲兩項勸捐業
等年分枝節即來更煩續再所云許生觀將七千
餘雙先請貴縉副車理如可行但煤嘗詢之
方伯作何詳辦答云貴邑係地紳争論未定許
生之項亦未交清且俟將詳覆再爲料理恐

與許生之袁頗覺參差閱張紫垣明府並該
張觀察秋帆一往 貴邑張羅或有同志之望
合成之正榜一層查積例只止於嘉慶十八年直
隸薊州飛賑 僕有弟子齊秀才如讓捐銀
二萬兩 賞給舉人一案 此外並無成例 捐官之
爲此躊躇不發 再此必須推明據呈副車亦
恐難行 善此事固無有所挾 相要之道上下
均屬不便也 僕近日於此等亦憚于涉矣 劉
上舍以虛賬而圖義舉之名 世間無此便宜 有

同心斷不些子而枉為返債
足下始為所欺繼又為所使譔而再譔嗚呼以蓬
長者由原契擲還劉家已是不覺結入迷塗也
賴子嘗杜詩箋又經年數嘱稍印實累為
逢抑滴葆稽稽揚眉以見風度庸俗蘭陵所為
睽時已為道衰甚而僕僅以身一笑然紛紛多事
勤情不齊所謂汗青無日深足憂矣催兒經解付
錢未逢賤軀今年雖無劇疾亦不能常健奇險疾
文祉惟察不具中秋後日生梓拜首

王捷南致某公[維翰]書札　sz131－善127.06

三頁，23.1×13cm，有蟲蛀損壞

【王捷南，福建仙游人。清嘉慶九年（一八〇四）舉人。有《閩中沿革表》等。】

維翰一兄大人閣下：頃接手書，並所寄孫蘭陔先生行實，甚愜鄙懷，當呈諸恭甫師編入志傳。惟是去年大府所定志局事例，凡新增列傳，必由縣采訪送上。閣下當集同人數輩開具事略，稟縣載入采訪册中送局，方可編纂，不宜緩也。□□府事舉行甚佳，使俗吏聞之可以廉頑立懦。其事例須由學移縣，通詳各憲，便可奏聞，請祀名宦。且乘此時編入通志，以垂不朽。非諸君子任之而誰任乎？蘭陔先生實不忝鄉賢，但作事常有次序。弟意先將采訪事略送局，俟省志成稿後，然後僉呈，請祀鄉賢，便有依據，可杜吏胥批駁之弊。惟高明裁之。貴邑前明《駱光禄文集》聞已刻成，望惠一部，寄來局中爲幸。來人匆匆，不能久待。恭甫師及賴茂才覆函，俟便中寄去。孫子京世講不及覆札，晤時爲弟致意。專此，順候文安。惟察。不備。

愚弟王捷南頓首

繼翰兄大人閣下頃接
手書並所寄 孫蘭陔先生行實甚愜鄙懷當
呈請 蕭甫師編入志傳惟是去年 大府所
定志局事例凡新增列傳必由縣采訪送上
閣下當集同人數輩開具事略稟彰載入採訪冊中
送局方可編纂不宜緩也諸公府事舉濟
甚佳俾俗吏閱之可以廉頑立懦其事例

須由學移縣通詳各

憲便有案矣

聞請祀名宦且乘此時編入通志豈不朽非

諸君子任之而誰任乎　蘭陵先生實不忝鄉賢但

作事當有次序　弟意先將未訪事略送局　俟省志

成稿後繕後呈請祀鄉賢　便有依據可杜

吏胥挑剔駁之弊　惟

高明裁之　貴邑有明駱先生　文集聞已刻成

謹

惠々部寄来圖冊中為章来人匆々不以久待

莘甫師及賴茂才處函俟便中寄去

孫子京世講不及覆札晤時為弟致意焉

此順頌

文安惟

察不備

愚弟王捷南頓首

中國文化遺產研究院藏

清代名人書札

下

中國文化遺產研究院 編

赫俊紅 主編

中華書局

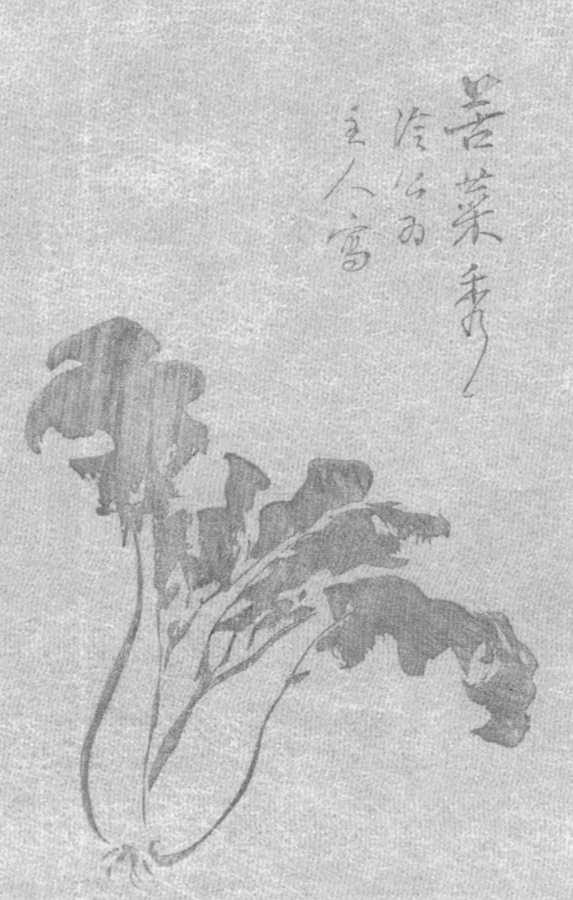
苦菜秀

十二　陳金城往來書札

【陳金城（一八〇二—一八五二），字念庭，號殿臣，福建惠安人。清道光二年（一八二二）舉人，道光十八年（一八三八）大挑二等選署古田教諭，旋授連城訓導，後官至内閣中書、刑部雲南司主事。有《怡怡堂文集》等】

中許凡諒多猥瑣且見兒姪輩都來京足以慰念

兄以本家而兼同譜更少見晤為恧也弟碌碌京邸

毫無善狀意欲回籍得封典在即兼以補缺

為難是以從無定據四月考軍機因疎慵為

甚並未赴考葉林前輩有送而不敢同鄉林

岵瞻記名第一數今年又補之胡典高及濤鐸

陳本欽共四人書記名李瑗兄考差文字甚佳

今年想必得差再此處請旌孝一節於今當

陳慶鏞致陳金城書札　sz139–善221.01

四頁，24.2×14.9cm，有水漬、蟲蛀損壞，鈐印「詁經堂」、「慶」、「鏞」

【陳慶鏞（一七九五－一八五八），字乾翔，一字頌南，福建晉江（今泉州）人。清道光十二年（一八三二）進士，官至御史。有《籀經堂集》等。】

弟慶鏞頓首

意緘一兄大人閣下：同住京華，久挹瓊芬。自舊歲分袂以來，寥寥寡處，每覺賞析無從。玆得家信，悉吾兄於二月初開學，不弃菲薄，欣慰奚如。小兒銜資質魯鈍爲極，望吾兄多方訓誨，庶或能開其心竅。次兒所讀經書，未稔有熟否？能得授以經解，更爲喜甚。館中諸凡諒多猥瑣，且兒姪輩都未諳悉，吾兄以本家而兼同譜，萬勿見哂爲也。弟碌碌京邸，毫無善狀，意欲回第，礙封典在即，兼以補缺爲難，是以茫無定據。四月考軍機，弟因疏慵爲甚，並未赴考。蕉林前輩有送而不取，同鄉林岵瞻記名第一，敝仝年吴補之、胡典高及潘鐸、陳本欽共四人皆記名。春溪兄考差，文字甚佳，今年想必得差。再者，所請旌孝一着，於今尚未覆文來京，未知到縣否？三月聞恭甫師棄世，不覺爲之泪下，竊歎斯道之不作如斯也。沈老師道孫先生所著書，皖人甚不解漢學，付棗爲艱。弟於正月間得《皇清經解》一付，知經師相承，實事求是。但自公退食，慵懶益甚，苦無爲知己之贈也。吾兄以許、鄭之學兼虞、褚之書，必出而爲蒼生霖雨之望無疑也。居閒有暇，鄉試經文懇爲一揮，幸甚！幸甚！弟兩地心懸，主張莫定，望乞見教。伏祈荃照，弗備。乞代請年伯母夫人金安！

令弟契世讀書諒加進境，元芳、季芳自可爲項也。再者，蔡四哥來信已經收到，未及另札詢安，如有見面，祈爲代申。并及。

五月十一日　都門泉郡館沖

弟蔓謙頓首

意緘一兄大人閣下：因任京華，久抱瓊芬，自舊歲分袂以來，寥寥寡處，每覺黯然。新年從弟得家信，悉吾兄於二月初開學，不棄菲薄，欣慰奚如。小兒衛資質魯鈍，爲極望吾兄多方訓誨，庶或能開其心竅。次兒所讀經書，未稔有熟否，能得授以經解，更爲喜甚。餘

中許凡諒多猥瑣且兒姪輩都未〻以悉其
兄以本家而兼同譜諒必見哂爲也弟碌碌京邸
毫無善狀意欲回籍礙 封典在即兼以補缺
爲難是以茫無定據四月考軍機 因疎懶爲
甚並未赴考葉井前輩有送而不取同鄉林
岵瞻記名第一敏 今年吳補〻胡典高及濤鐸
陳本欽共四人皆記名 書溪兄考差文字甚佳
今年想必得差再如所請 旌孝一節於今爲

来覆文来京未知到彼否 三月間 恭甫師
棄世不覺為之淚下竊歎斯道之不振如斯也
沈老師道 孫先生所著書曉人甚不解漢
學付棗為艱中於胥向隅 皇清經解一
付知經師相承實事求是但自己退食慵懶
益甚苦無為知己之贈也云
兄以許鄭之學兼虞褚之書必出而為蒼生
霖雨之望無疑也居間有暇卿試經文題

為之釋幸甚〻〻弟兩地心懸主張莫定望

乞見教伏祈

荃照弗備乞代請

年伯母夫人金安

令弟契世讀書諒加進境元芳季芳自不為

頃也再者蔡四哥來信已經收到未及另札

詢安如有見面祈為代申并及

五月十日都門泉卿頓首

念庭老弟年大人左右前由铜湘山书

知尊君在沪海来舒雅之近问之适

识帮助铺摊难当世兄先生藉自

才能而今弟子素承好以存局广德

时已会来过南诚南安现在长沙

来有宝已道叶东乡先生湖一国

太岸王有八十多万以燃三万金

陳慶鏞致陳金城書札　sz141-善221.03

二頁，24×12.8cm，有蟲蛀損壞

念庭老弟年大人左右：前由何湘山奉來書，知悉尚在葛沽，來往頻頻。近聞之淮芳，言諸幫盛飾娓娓，尚其勉之。唯得泉州秀才録，而令弟又名落孫山，磨厲晚成，俟其時也。襄廷聞補南安，現在告假，行止尚未有定也。近葉東卿先生得一周鼎，甚大，舉之有八十多斤，以三百金購得，即置之金山寺，可與焦山之無專鼎、定陶鼎相爲匹□。其器蓋周宣王時物，其文爲籀文，其人爲遂啓諆，蓋與尹吉甫同時人也。文人好事，足以爲芸翁之繼矣。近又奉派巡[情？]差事，學聞消磨，如何教我？耑復，即候近佳。不具。　兄慶鏞頓首　七月廿一日

昨游金山寺可與焦山之無專寶鼎所
相為□其美善圓瓊時祝其更面擇之又
今為遺存堪嘉與尹吉甫同時人也文人好
事者以為其共之傑矣近文章
流與僑寄□何清磨□何寄我者
傳印綴
近佳不盡
先生□□
七月廿七日

舍庭同年仁弟閣下：前奉華緘，藉悉履祉佳

勝，南發覆綏，負尊幼安，美爲題擢，別具文學，念積深研，家政訊况

諒已要適堂地，未知下去否？天氣炎熱，起居務宜珍重。讀記

之暇，得以潛心宦途，惟未得共相研校爲歉耳。衡兒依文案來，清順希

多方教誨鍼砭，其愚爲不棄其頑。衡兒經解頗增力量，唯得其師方不説

所相閱。衡兒於上頗弱，讀書尚力，而進誦壽爲要，代爲督之而

已。現今年來，素有意西席否，如在家要取否，以趣隨時照料其

書法，尤宜督率以正。姚禄禄無似，兼以去年拖累，即從此去年一

舊契寔庵所謂出無車，の無妹，其自是之謂矣。下直

陳慶鏞致陳金城書札　sz142–善221.04

三頁；第一頁22.5×13.1cm，第二頁22.7×11.6cm，第三頁22.7×4.7cm；原紙被割裱；有蟲蛀損壞；圖版已拼接

念庭同年仁弟閣下：前奉蕪椷，約皆登記。比維仁弟孝履綏貞，尊幼安美，爲慰。握别日久，縈念猶深。到家後諸凡諒已妥適，塋兆未知卜吉否？天氣炎熱，起居務宜珍重。讀禮之暇，得以潛心著述，唯未得共相研校爲歉耳。銜兒作文尚未清順，希多方教誨，鍼其愚而砭其頑。衢兒經解頗增力量，唯得其師，方不誤所從聞。衢兒身上頗弱，讀書量力而進，調養爲要，代爲看之可也。現今年未悉有應西席否？如在家更妙，否則懇隨時照料，其書法尤宜督率以正。賤碌碌無似，兼以上年拖累，印結比去年又差。龔定庵所謂「出無車，入無妹」，其是之謂矣。下直後，每欲看書，但心事太多，開卷即倦，不知將何教之？舊年托陳世兄購恭甫師書，未悉有人可以寄否？此處要者甚多，其歐陽大小夏侯《尚書》及各曾《韓詩》，未知可以代鈔否？再爲寫信詢之可也。朱刻《説文》頭一本，有找出否？蕉林前輩此科得提調，好甚。其世兄亦漸日好，可喜。團聚後尚無多言。藹士伯得京察，以道府用，早晚必放矣。并及。伏祈此請著安，伏祈荃照。弗具。

四月初七日書　愚兄慶鏞頓首

牧亭、石甫、契舍乞代爲問好！

外附藍郭誥軸各一，即督收。外送今科吾鄉中七人，而留京中四人。唯蔡四哥文章甚好，竟落孫山，但亦有命存焉，不可强也。

初九再

含庭同年仁弟閣下：前奉蕪緘，諒登簽記。比維
仁弟孝履綏貞，尊紡安善，為慰。握別日久，學念猶深，離家後想几
諒已安適。其地來訊，下去吾兄會矣。熟起居，務宜珍重。讀禮
之暇，得以潛心著述，惟未得共相研校為歉耳。衡兒作文尚未清順，希
多為誨誡。其愚為在其頑。衡兒經鮮頗增力量，唯得其師方不誤
所祖。閣衡兒身上頗弱，讀書尚無力，而過補壽為要。代見看之，而
已。現今年來甚有庶而席吾亦在宗史館，吾以超隨附此料。其
書法尤宜留拿以正。姚祿祿無似，兼以去年抱累，即補此去年又
叢集寓庵，所謂出無車，入無妹，其是之謂矣。下直

茶壺多其歐陽大山處信畫未知可以代銷否再為焉 及舍前寄鐲襪

信詢之可也弟刻說文頭序有我當云 茶葉前秘

此碑得程桐好甚其世兄之館帳日好可喜園窗收為無多之言

藕士伯得 京寓道府用早晚必放亦并及伏祈上請

著安伏祈

鑒照不具 四月初七日弟某足篆譯頓

牧齋 石武之代為同好 典舍

外附簠齋拓軸二一匣查收為送

今科弟鄉中七人而壽帝中四人惟弟四寄文卷

甚好竟落孫山但亦有命存焉不可強也 弟又頓

陳慶鏞致陳金城書札

sz143–善221.05

一頁，23.2×12.8cm，有蟲蛀損壞

殿臣仁弟同年閣下：兹付瑞老信一封，想皆收入。此次覆□□□《詩》云，「畏天之威，于時保之」，詩題「以賢爲寶」，得賢字。克明□□甚好，名單尚未出，可以望一等也。兒姪讀書，希祈多方教誨。經解切教他多閱多做爲好。朱刻《說文》及吴廷鈖賜稿，如有找出，即覓妥寄京。有見牧亭，即爲道克明在京挪扯甚多，伊家中有要寄來俵可爲代托，天津船尚可以趕及。又再吩咐任姪，切與伊大哥臨舍措備來項可也。榜後賴子縈雖□十四日起程，卓人說要到河南伊老師處。此請著安，統希荃照。弗具。

四月十五日　愚兄慶鏞頓首

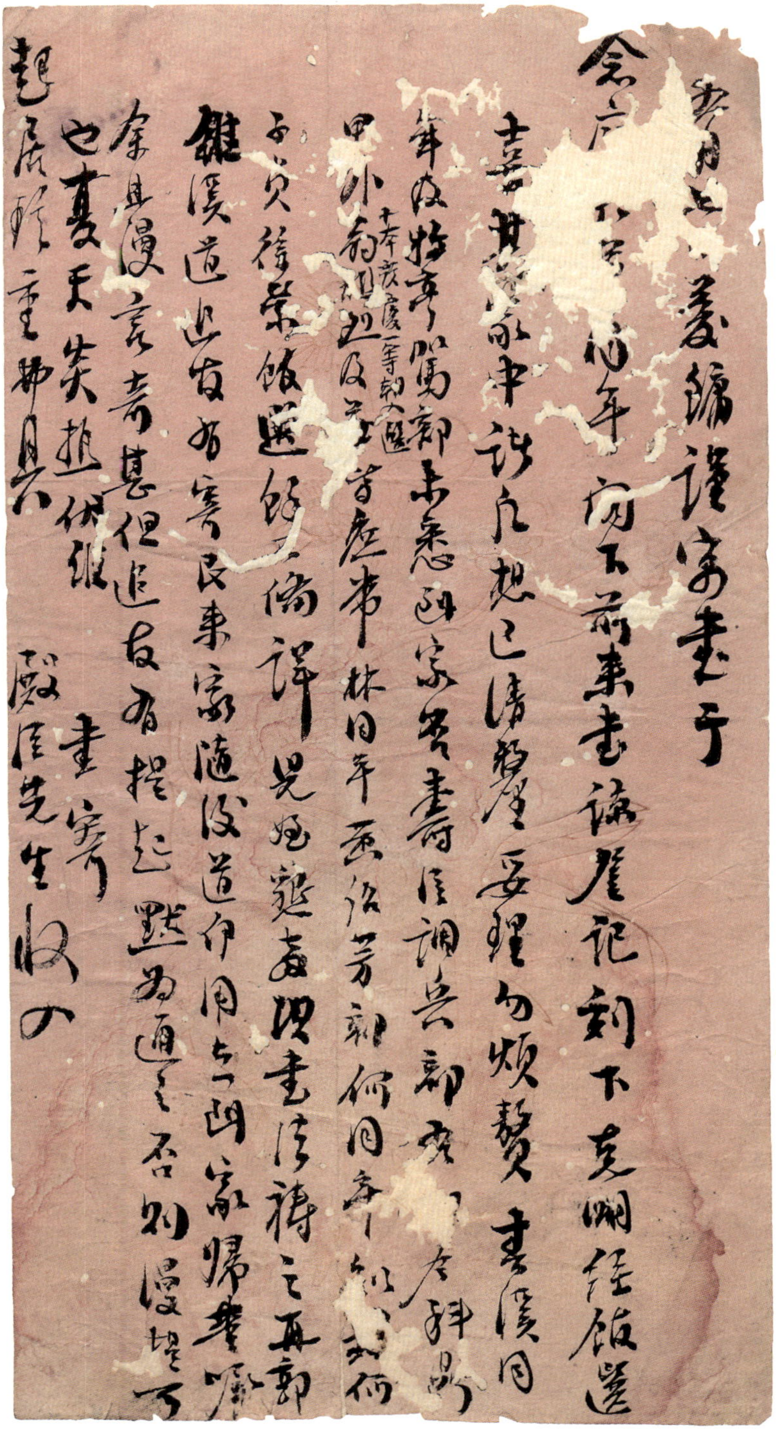

陳慶鏞致陳金城書札　sz144–善221.06

一頁，23×12cm，有蟲蛀損壞

五月七日慶鏞謹寄書於念庭仁弟同年閣下：前來書，諒登記。刻下克明經館選，喜甚。家中諸凡想已清釐妥理，勿煩贅。春溪同年及牧亭駕部，未悉到家否?·壽臣調兵部，吾鄉今科鼎甲。外翁□烈及□（十本發覆一等朝入選）皆庶常，林同年、黄詔芳部、何同年□□、何子貞、徐縈館選，餘不備詳。兒姪懇教以書法禱之。再，郭[?·]溪道近官有寄艮來家，隨後道伊用去，到家歸楚，囑余且漫言，奇甚。但近官有提起，默爲通之，否則漫提可也。夏天炎熱，伏維起居珍重。弗具。

書寄殿臣先生收入。

陳慶鏞致陳金城書札 sz145–善221.07

一頁，22.6×14.6cm，有蟲蛀損壞

念庭同年大人閣下：前奉書三函，諒登記室。正月底接悉杭州江口信一封，知閣下沿途安吉爲慰。到家後，兒姪乞爲照料、教訓用功爲禱。衢兒來信，身體恧弱，可教他調養爲上。高麗參未知可以吃否？再者，朱刻《說文》頭一本，雖未知閣下起身後收在何處？乞賜知。但此書尚多，亦非甚要緊，惟不全討人嫌耳。春溪同年此次未悉回家，或來京，實爲意外之事也。蕉林前輩那人經已找着，伊却不收，各位朋友已勸他收矣。兹因仝鄉邱男爺回家，鴻便，草此達知，並請著綏。不具。 愚兄慶鏞頓首 二月廿三日沖

那事經已打兩次，共五十。但欲追，終屬烏有。

凌庭同年大人閣下：前奉書二函，諒登記室。上月底接
來緘卅日信一封，知
閣下已達家，喜為慰。到家後見媳之為照料，尚祈周旋為禱。
微吳來信，身體愈弱，可也因他調赴省為上。高陞秀來知何
以定。茲再此朱刻選文頌一本，能來知。
但此書尚多，亦非甚要，望將拙不全討人擱耳。
閣下起見後，收在何處，乞賜知。去冬同年政後來惡因富
我素言實為慈不云事已。萬林前輩那人往還找着
伊，卻不收其住。朋友已勸他收矣。茲因令郎即男齋
那年往還打兩次者五十，但欲追保居已有
回家，鴻便草此達。
知蒔青安，餘不具。
愚兄姜錦為
十月廿三日冲

陳慶鏞致陳金城書札

二頁，23×12.1cm，有蟲蛀損壞　sz146－善221.08

念亭仁弟同年執事：久未奉筆翰，依馳奚似。比維著述富全，道與官進，心祝歡忭。温明翁何以乞假？現在新學政爲李鐵梅前輩。出棚尚在秋間，而君泉或冬月可以到也。昨於二月間考試御史，蒙記名發缺，七月間或可以補。但汲深綆短，且又長安居不易，打算得後不能不回一盪耳。現在海疆聞報日警，寧郡僥收，而台浦又失守。杞人之憂，其如之何？王中堂已作古人，而外間摇言實甚。瑞如同年聞在蘇州，事之成不成，尚未可知也。吾弟所署之缺，聞尚可以過得去，亦爲官亦讀書，喜如之何？令弟府縣考，想得高列采芹，可預賀也。吾省大捐，殊屬寥寥。李懷庭同年近已捐升知府，爲之欣喜羨慕。沈老師在京精神皆好，而禹門在津投效，將來或可得議叙也。肅此，順請台安。伏惟起居曼福，統希荃照。弗具。

愚兄慶鏞頓首　五月十六日書

何子貞有一信將延吾弟看地，并爲付去。

知之兄 弟兩罢之餘 向尚可以過得去之為
台端德著 喜如之何 令弟府界考 想得高剞
弟前可預賀也 兄者大捐殊属 家庭二李懷庭
同年近已捐升知府 為之欣喜 並慕 沈先
師在京精神甚好 向要门 在津殺勤 將書
我何以識叙也 承此賜請
近安 伏惟
起居 萬福 使弟
愛崖 顯頌 弟 覺 曼鏞 叔

仍子貞有一信於延 交鏞弟看地 并為付去

五月 十六日 申

李書燦致陳金城書札

sz140—善221.02

二頁，22.9×13.1cm，鈐印「書」、「燦」，有蟲蛀損壞

念庭先生大兄大人閣下：郡垣會晤，叨教良多。院試既竣，匆匆回舍，未及令小兒叩謁台墀，殊屬疏慢。頃荷惠賜聯對，獎飾過甚，祇領之下，感愧交并，復以執照二副，重費清神，銘泐彌深。晨維先生大人文祺丕介，絳帳凝禧，曷勝額頌。舍弟於正月間稟假卸篆，大約三月起程，夏杪可抵里門。知關綺注，謹以附聞。肅此鳴謝，即請近安。伏惟荃照。不一。

世愚弟李書燦頓首　五月初十日

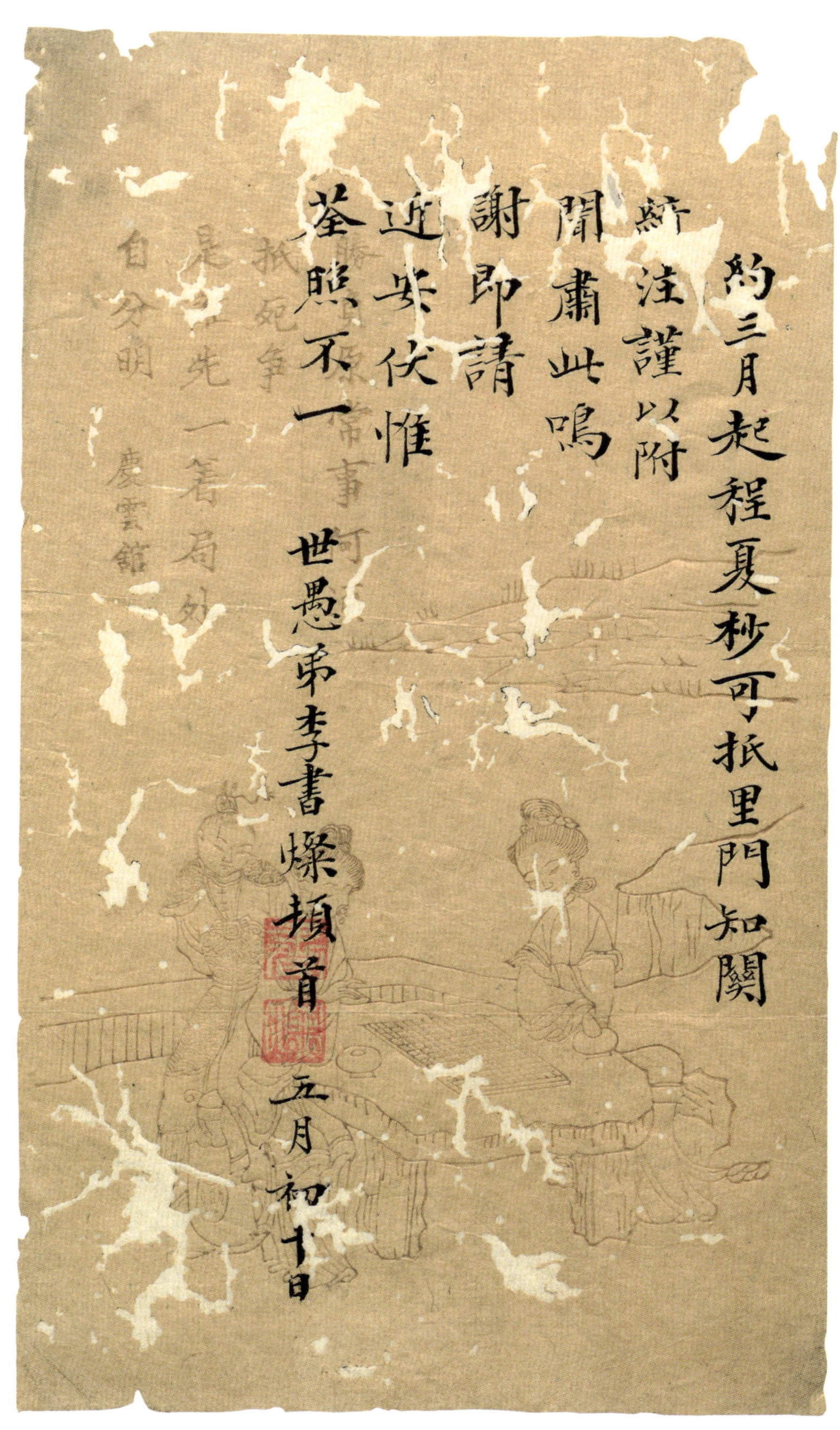
約三月起程夏杪可抵里門知關
紓注謹以附
聞肅此鳴
謝即請
近安伏惟
荃照不一
世愚弟李書燦頓首
五月初十日

王經綸致陳金城書札

二頁，22.6×10.7cm，有蟲蛀損壞　sz147－善221.09

二舍姻叔大人閣下：臨別多荷厚惠，銘感之私，時切五中。本擬趨府面叙，緣征鞍調速，道不自由，知我者必不加罪。別後抵甬，江山如故，邑屋時非，兵燹之後今古同然。惟遊子悲絲，終非了局，恐不能污而不染，蟬退塵穢之外，振翮太清之表。明如足下，何以教我也？聞令兄五月便可旋里，不知仍由四明得再聚首否？江六哥之信，候托令兄帶奉，晤時爲弟致意是托。別後不知故地風光，近又何況？深陰濃交，承榻下風清，必與時增，福祉佇見，學業日上，潭第步吉，杖履清泰爲頌。因柱哥回里，專此布奉，諸希朗照。不宣。

姻家弟王經綸頓首　六月廿六日

謙厚兄故此致意。

沚亭吾兄侍御　令兄節來晤時爲久敬悉廷

別後不知彼地風光近又何況徐陰渠之雨搖飛風

清興當時增

福祉行見

鼎業日上

澤第安吉

敝居清泰如故因往來田里寄此佈達並請

即頌不宣

謹承兄好安敬意

姻愚弟王清穆拜

六月廿一日

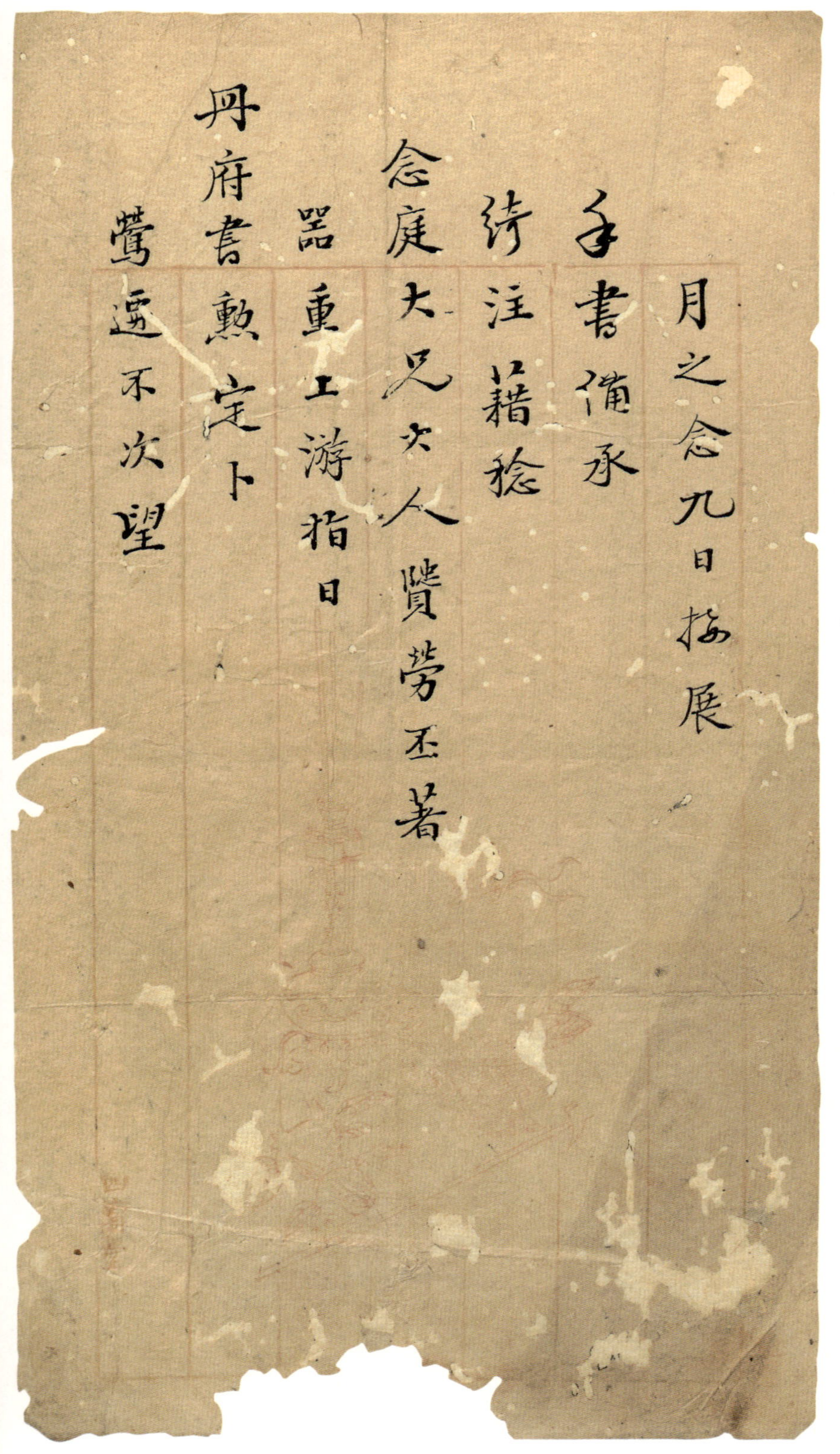
月之念九日接展
手書備承
綺注藉稔
念庭大兄大人賢勞丕著
器重上游指日
册府書勳定卜
鶯遷不次望

胡國榮致陳金城書札

sz148–善221.10

二頁，23.4×12.8cm，有蟲蛀損壞

月之念九日，接展手書，備承綺注。藉稔念庭大兄大人，賢勞丕著，器重上游，指日册府書勳，定卜鶯遷不次，望雲引領，額頌良殷。承囑陳孔之事，弟商之寅好，俱云首府躊躇之詞，未便遽回制憲。此事必須吾兄面陳，或可有濟也。泐此奉復，即請升安唯照。不一。

愚弟胡國榮頓首　十二月初一日泐

雲引頃額頌言敬承
囑陳札之否中商之寅好俱之首府躊躇之詞
未便遷回
尚憲此事必須至
足面陳或可有濟也順此事後即請
升安唯
照不一

愚弟胡國榮頓

十二月廿一日卯

吴建勳致陳金城書札　sz149–善221.11

三頁，23.4×12.7cm

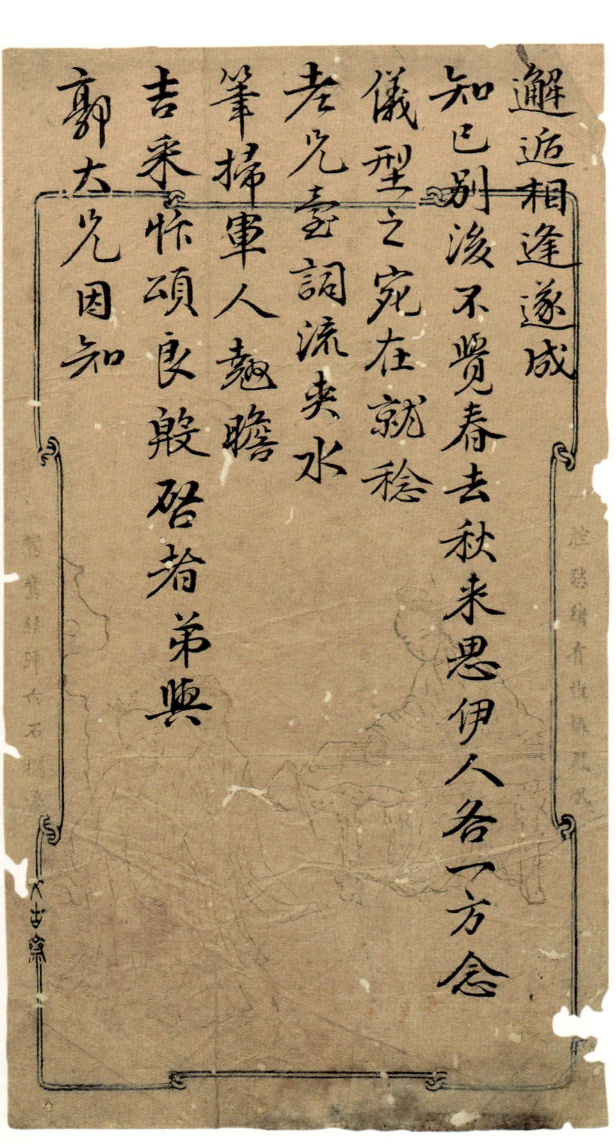

邂逅相逢，遂成知己。别後不覺春去秋來，思伊人各一方，念儀型之宛在。就稔老兄臺詞流夾水，筆掃軍人，翹瞻吉采，忭頌良殷。啓者，弟與郭大兄因知閣下揮毫如龍飛鳳舞，願欲承教，恭求大筆一揮。兹值洪總爺道經貴處之便，特托飭紀，造府承領，赴省裱褙，以爲千秋異寶。希祈擲交，有費清神。泐此鳴謝，並請文安，惟照不既。

愚弟吴建勳頓首

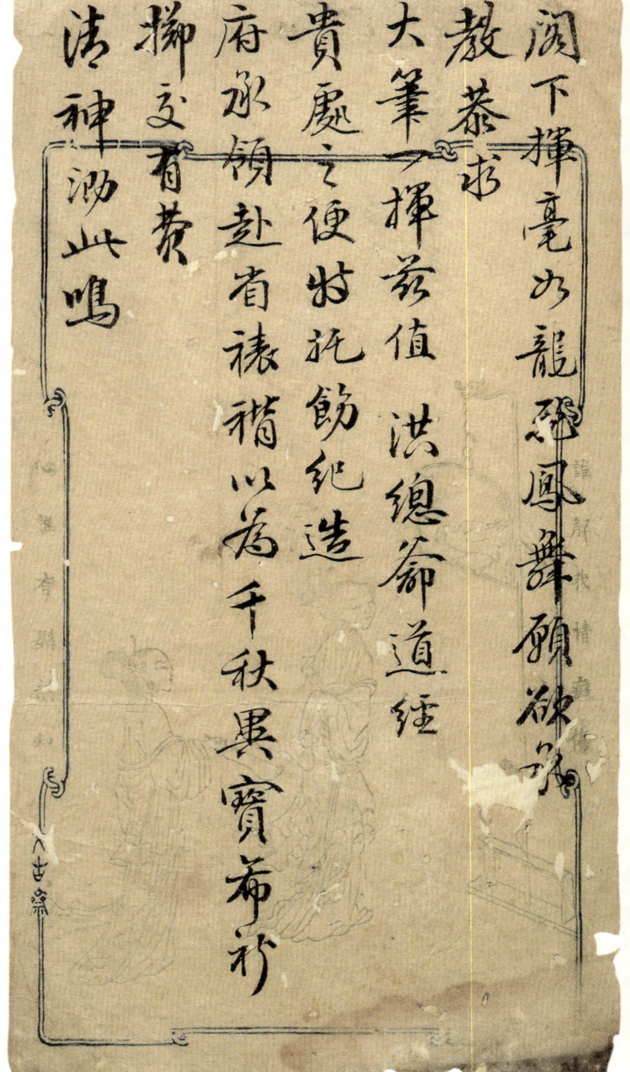
閣下揮毫如龍飛鳳舞頗欲求
教恭求
大筆一揮藉值 洪憲爺道經
貴處之便將挽飾紀造
府承領赴省裱褙以為千秋異寶希祈
擲交有費
清神沕此鳴

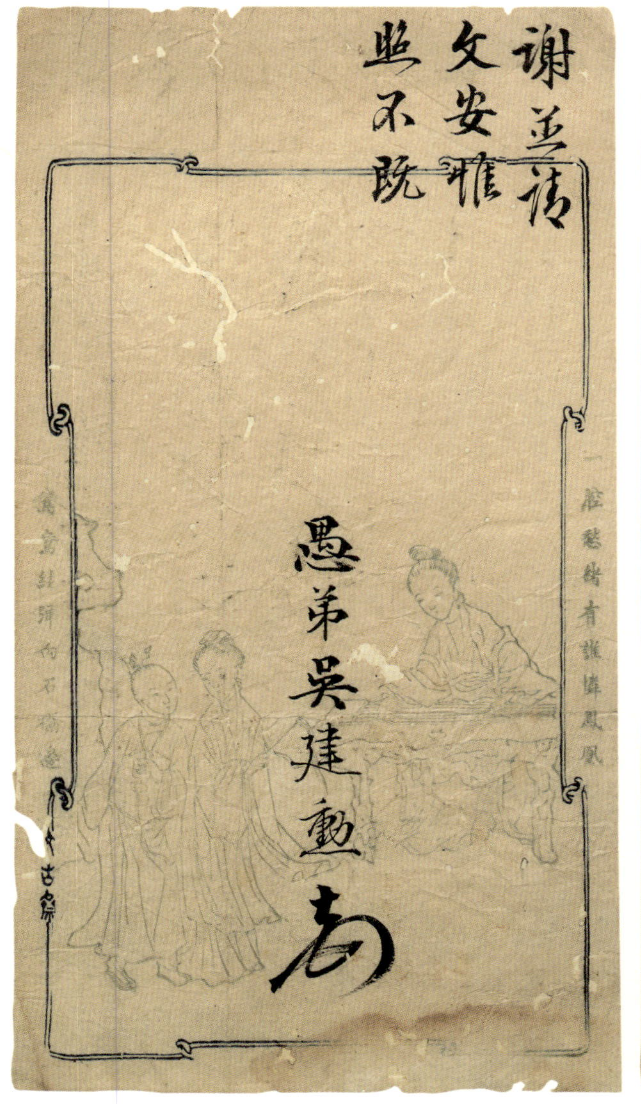
謝並請
文安惟
照不既
愚弟吳建勳啟

某公致陳金城書札　sz156–善221.18

二頁，23×12.8cm，有污漬、蟲蛀損壞

念庭老先生大人閣下：月前接奉遥函，併由西園老師處出示寄來，由家屬具呈請咨及聲覆之稿，查實任捐升人員領咨赴部，例應備具親供，經申藩司轉詳給咨發領，親賫赴部。今由家屬請給咨文，與例案不符，礙難准行。又實任升調人員聲覆事，理事者呈明藩司，核轉巡撫，核咨是可，無庸由籍轉，覺遲，歸當熟商西園師暨令弟。緬姑官援案，擬就領咨、聲覆二稿，録呈學憲察鑒，由省借印校繳，妥速趕辦，均已蕆事。録稿兩紙附呈。肅此，布請升安。諸望丙照。不宣。

名另莊具

掃鼠皮大帽，乞購一頂，即付來差帶回是禱。

並肩由籍然後進佛肯熟商兩闈所登

令弟細姑官指事擬就領咨磨覆二種

録呈

學憲察鑒由省借印投遞要速趕出均已藏

事録稿兩紙附呈求此佈請

升安諸惟

兩照不宣　名另肅

掃鼠皮大帽乞購一頂即付來差帶回是禱

度事理事者呈明藩司核轉巡撫核咨是可

某公致陳金城書札 sz157-善221.19

五頁，23×12.8cm，有蟲蛀損壞

日前泐函奉布，知邀青照。緣鄭闈京控陳點等一案，因拖延已久，上憲又委員到縣坐催，甚爲急切，難以再延，總須速爲設法了結。曾再三諄諭該被告人等出來共商，不肯遽爲躋趾，特懇閣下到處，力爲調劑妥當，免其受累，是弟一片愛民真心。茲聞有林麟官兄、黄愛舍兄、陳五兄，並祈轉托三兄，到時即趕爲調處定妥。定於此十八日，懇各位公親同到縣中進署，見弟回覆，並懇將被告人證帶數名來縣，以便答覆委員，免其催促，不勝竚望。茲特命家人林和賫諭來陳國泰家中，與三兄及各位面叙，將諭交與二令兄。陳五兄已經共爲料理，於十五日專人馳信到省，通知原告鄭闈，只要伊甘願，被告人等俱到縣中了結。此二十四五當有回信，然竟究未知如何商議。且此案必須閣下在場妥辦方爲結實。昨日敝家丁林和到府面叙一切，知閣下甚爲關注。俟二令兄回來，即要赴該處理處。第案關京控，且年近歲逼，委員在縣未知鄉中實在情形，時刻在弟署催促，甚爲懸念。想此事委員以弟爲實，弟以閣下諸公爲實。尚祈即日挪駕到縣，面晤詳叙。弟得悉實情，好與委員相商辦理，以了此案，免弟日受催促，無言與説。如能速了，則妙。若尚須耽延數日，弟亦好請委員暫退，未免在縣多駐一日，即多一日之費用。是不但民受其累，即官亦受累不少。弟既真心愛民，民未有不共體此心者。還祈高明見諒，即到縣晤叙，當掃榻以待。臨楮不勝佇望之至。專此泐布，即候日安，不具。

名另泐

日前泐函奉布，亦達

青逕緣鄭閬京控陳點等一案，因拖延已久，

上憲又委員到紛坐催，甚爲急切，難以再延，

總須速爲設法了結，萬有三諄諭誤被告人

等出來共商，不肯處遠爲躊躇，特懇

閣下到處力爲調劑妥當，免其受累，是弟一片

愛民真心。茲聞有　林麟官兄　黃宗舍兄

陳五兄並祈轉托
三兄到時即赴爲調處安定於此十八日親
各位公親同到知中進署見弟回覆並究將
被告人証帶數名來知以便質審委員免其催
促不勝跂望茲特命家人林和賫諭來陳國泰
家中與
三兄及各位面叙將諭交與

二令兄　陳五兄已經共爲料理於十五日專人
馳信到省通知原告鄭潤只要伊甘願被告
人等俱到知中了結此二十四五當有回信能
允究未知如何商議且此案必須
閣下在場妥水方爲結實昨日敝家丁林和到
府面叙一切知
閣下甚爲関注俟　二令兄回來即要赴該處

理處第某向來捏且年近歲逼委員在縣
未知鄉中實在情形時刻在弟署催促甚為
懸念想此事委員以弟為實而弟以
閣下諸公為實務祈即日
擲駕到縣面晤詳叙弟得悉實情好與委
員相商妥理以了此案免弟日受催促之苦
與說如能速了則妙若尚須稍延數日弟

亦好請委員暫退未免在縣多騷一日即多
一日之費用是不但民受其累即官亦受累
不少弟既真心愛民民未有不共體此心者
還祈
高明兄諒即到縣晤叙當掃榻以待臨穎不
勝佇望之至專此俯布即頌
日安不具　名另泐

王紹燕致陳金城書札　sz158–善221.20

九頁，17.1×11.3cm，原紙被前人割裱，有蟲蛀損壞；圖版已拼接

念庭先生閣下：去春出山，輾轉萬緒，風塵歷碌，舊業就荒，屢擬修函奉候文祉，自慚踰放，楮墨難宣。比惟絳帳多祜，著集增華，定爲名山生色。紹燕初入仕途，無可自信。今年夏首，權篆三衢。此地爲浙東十一郡，淳樸之俗，民猶近古，作長吏者不可不稍留意也。紹燕學術謭陋，何能裨益於地方？惟此將勤補拙，隨事警惕，決剔積牘，日與黎民相見，署内一切晨夕檢防。至於興賢勸能，激勵文教，尤不敢自負。讀書面目，山川百靈，巧於湊合。秋榜揭曉，此郡竟有發解者，爲二百年未有之盛事。以先生有心獎掖後進，特此附及。貴徒莊牧亭大兄聞訃旋籍，道經賤地，藉叙鄙情，謬荷愛納。緣泐布聞，並望及早計偕，豫符人鏡之兆，賀賀。

紹燕到浙以來，負累山積，此地清苦，入不償出。紹燕去歲出都，並未捐靖加級，業已署事，公罪處分，恐或不免，竭力摒擋，又無暇及。素荷摯愛，倘有同鄉在甯郡一帶貿易者，可以通好，便於挪貸一兩竿，以濟目前急需。將來補缺，即可歸款。或代請鰲石先生處，夙抱愛才，稍可推惠，感泐無既。舍親楊懋嘉年輕膽怯，前事已多蒙掀助，未便再有敷情，亦不再向渠説去。幸蒙鑒諒！望即回賜指示，或北行時即由浙中徑往甯郡，此地遣一舍親同行到甯會晤，爲後來牽合[地]步，則鮑子成我終不敢作[負]心人也。老人家朝夕煩慮，[家]信中本不欲貽高堂之憂，切勿使知之爲便。外附拙稿，奉呈鈞誨，乞請弁言。順候近安。不宣。

愚姪王紹燕頓首　九月三十日

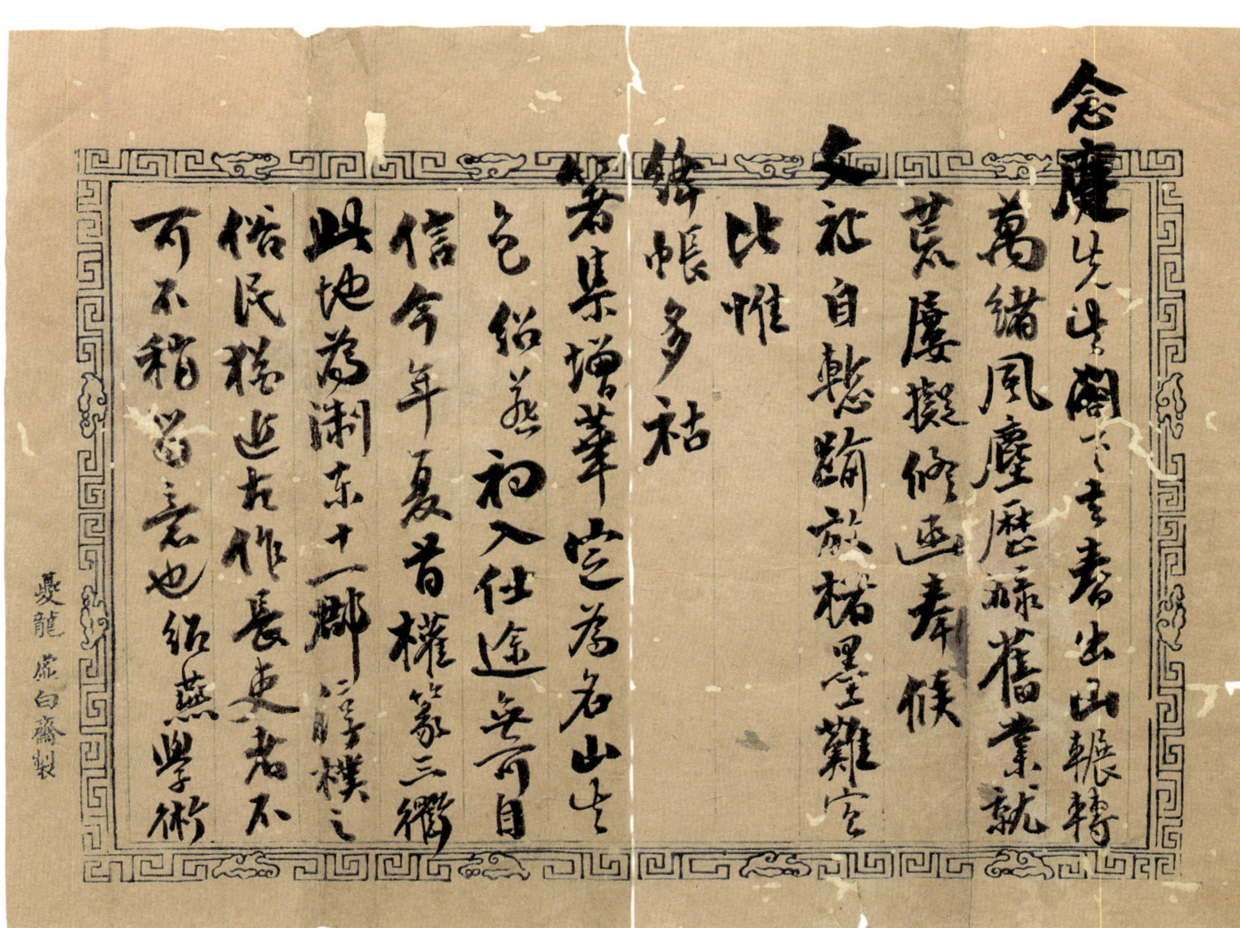

念庭先生閣下：去春出山，輾轉萬緒，風塵歷碌，舊業就荒。屢擬修函奉候文祉，自慚蹤跡放棹，筆墨難定。比維鉾帳多祜，著集增華，定為名山生色。鉉慈初入仕途，無可自信。今年夏首權篆三衢，此地為浙東十一郡□□□□之俗。民情近古，作長吏者不可不稍留意也。鉉燕學術

夔龍 箖白齋製

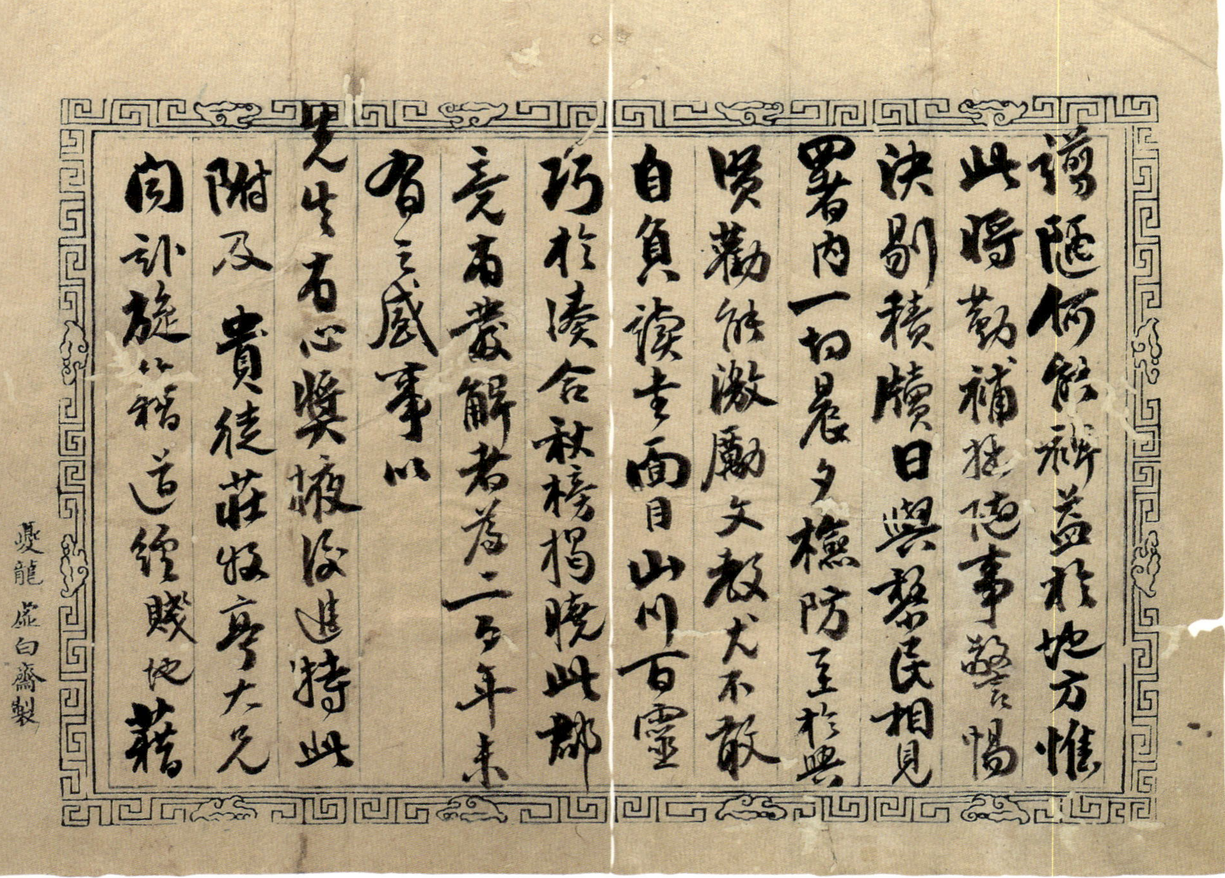

謫隨何能稍益於地方惟
此時勸補捐德事整暢
決剔積牘日與黎民相見
署內一切晨夕稽防至於興
賢勸能激勵文教尤不敢
自負讀書面目山川百靈
巧於湊合秋榜揭曉此郡
竟有發解者爲一二百年未
有之盛事以
先生有心獎掖後進特此
附及 貴徒莊牧亭大兄
同訓旋以精道經賊地藉

夔龍 虛白齋製

敘離情誼荷愛納緣
助布
聞並望及早計借豫籌
人鏡之光照之銘燕到浙
以來負累山積此地清
苦入不償出銘燕去歲出
都並未捐請加級業已署
事公罷處分恐或不免
竭力據措又無暇及素荷
教受借有同鄉在甯郡
一帶貿易者可以道好便
於挪借一兩竿以濟目前

夔龍 嵗白齋製

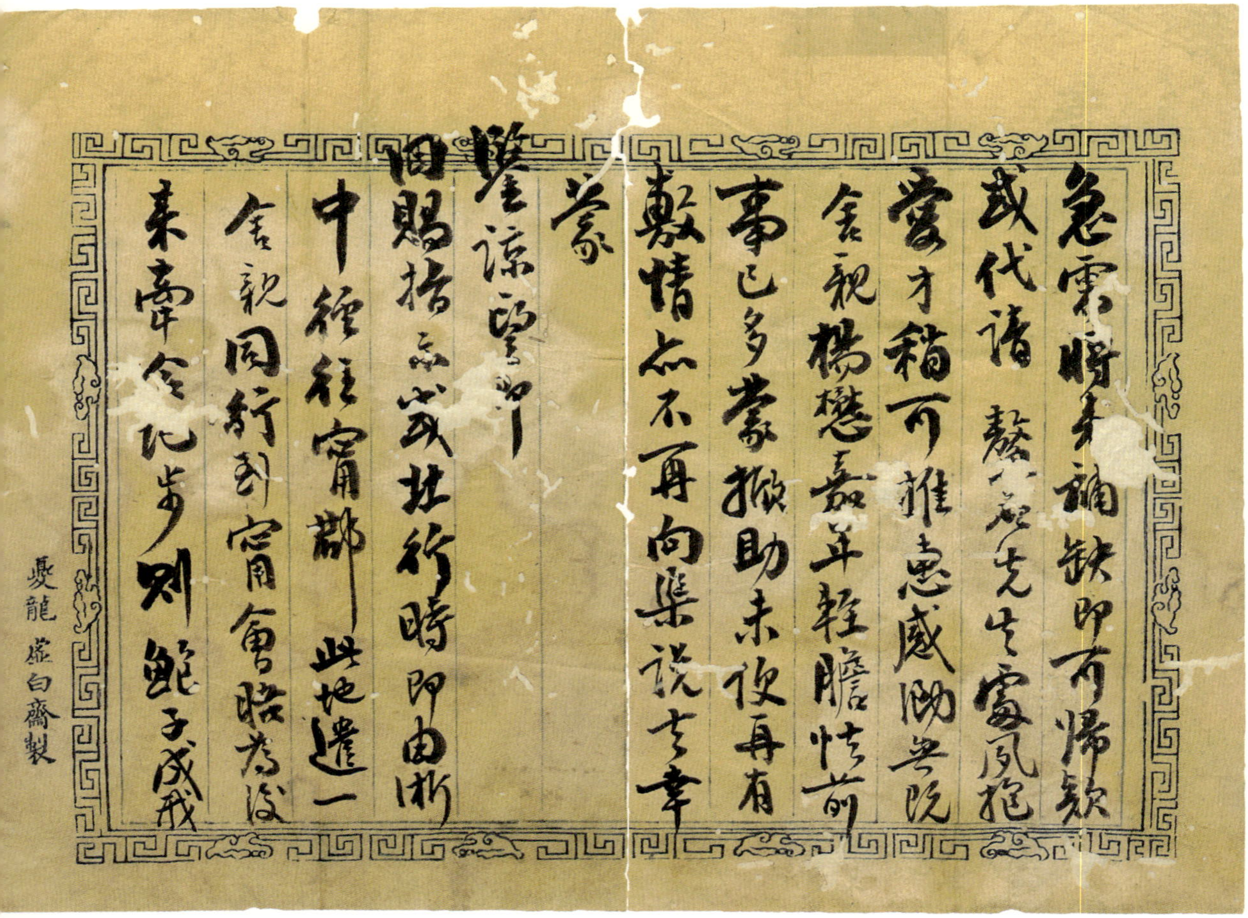

急需時未補缺即有歸款
或代請 馨[illegible]先生寓處夙抱
愛才藉可推恩感激無既
舍親楊懋嘉年輕膽怯前
事已多蒙撥助未便再有
瀆情亦不再向渠説幸
蒙
鑒諒望即
俯賜指示或壯行時即由浙
中經往甯都 此地遣一
舍親同行到甯會晤爲後
來乎今化步則 鮑子成戒

夔龍 虛白齋製

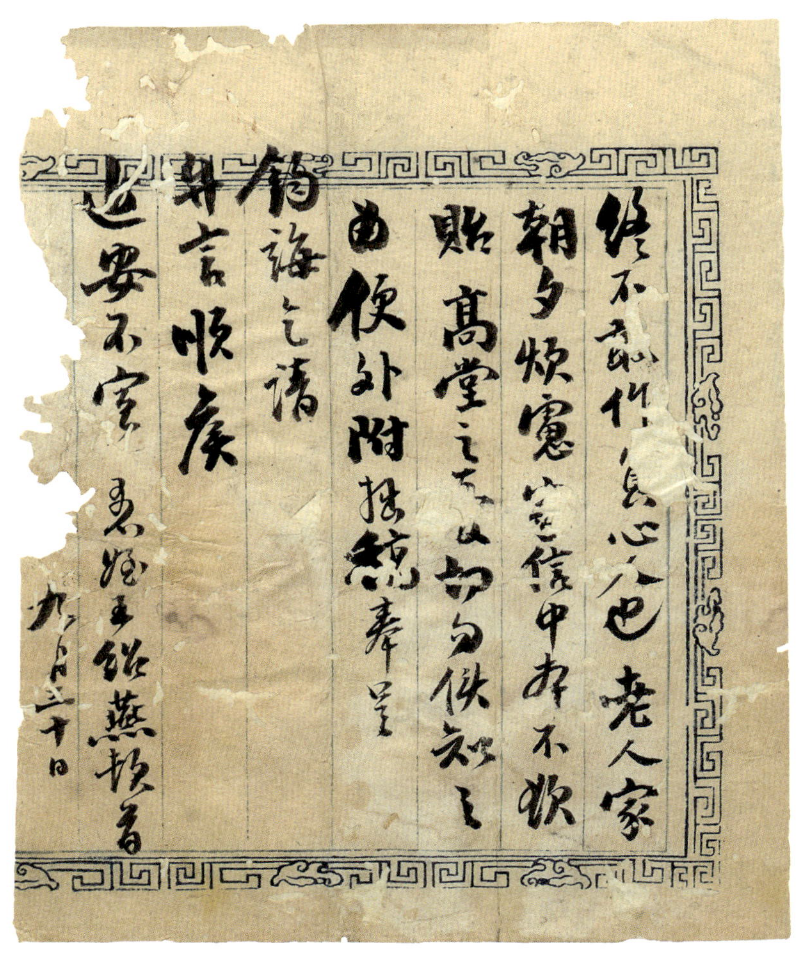
終不敢作長心也。老人家
朝夕煩慮，家信中并不歎
貽高堂之憂也，切勿使知之。
由便外附拙聯奉呈
鈞誨。乞請
專言順候
近安不宣。愚姪王繼燕頓首
九月二十日

林文蔚致陳金城書札　sz165–善221.27

四頁；縱23.6cm，橫分別爲13.2、3.6、9.5、6.3cm，原紙二頁被割裱爲四頁；有破損、蟲蛀損壞；圖版已拼接

一别以來，定□…□夙興夜寐，未嘗不神馳左右也。遥憶吾世叔大人德日以進，業日以修。今年科試定與二世兄共采芹香，而大世兄之必列高篤，又可不卜而知。一門盛事佟爲美談，恨不得於萬里外奮飛趨賀，何悵如之。姪今年於津門會館事，實無能爲役。本擬於十一初決意回家，而府道慮於吾師，決不相容。經海防府高候補縣劉再三勸解，終不許其出名董事。又以洋船明年抵郡城貿易，辦理捐輸紋銀一萬兩，是姪交手，必不令姪回家。是以客幫相議，留姪再出名董事，而留吾師在津幫辦，已具奉送關。今年事已辦竣，即擬於此月初到京，在牧亭先生處教讀。而吾師於加捐分發事，似亦可勉强湊成，亦欲於此初問一并到京言也。兹先寄去復利蔡四哥紋銀貳百兩，經囑其於到福州時買換佛番。如已到時，膽懇尊處特遣妥人或紋銀、或佛番賫到舍下，交四舍弟收入。抑或通信舍下，令彼差妥人來取，亦無不可。瑣瀆清神，萬宜見諒。即請文安，并三世叔及諸位世兄文安。不備。

世姪林文蔚頓具　十月廿七日在津門沖

外另紋銀一包卅十兩，係舍妹丈魏烈舍所寄，亦祈一并交舍弟收入。再及。

茎事又以洋船明年抵郡城貿易办理捐輸銀一

萬两呈經手者不令姪回家是以幫相識留

姪再出名茎事而留去

师在津幫办已具字送

阅今年事已办竣即擬於此月初到京去 收拾完久

至要在後而去 师于加捐事似亦可勉强

凑成亦顯於此初間一并到京又托蘇寄去復利

萬四哥紋銀貳百兩經除其於福州時買換佛番如已

到時照點

并票特遣妥人攜紋銀與佛番費到舍下交四舍弟收入抑

或通信舍下令彼差妥人来取亦甚不可瑣瀆

清神 并宜见諒 即請

文安 并

三哥 及

列位世兄 文安 不備

另有紋銀一包卅十兩係舍妹丈魏紹舍旅寄上

祈一并交舍弟收入為感

世姪林文蔚拜具

十月廿七日在津門冲

林文蔚致陳金城書札

sz167–善221.29

三頁；縱23.6cm，橫分別爲12.6、3.9、9.8cm；原頁被前人割裱；有蟲蛀損壞

念庭陳老夫子大人座右：暹船之事，於初二日潮幫諸人又具衣冠，同出海到會館央求，經蔡四兄、柯二兄與潮幫諸人議定入呈，不許他明年進口，算作明白矣。惟潮幫控廣幫之事，火長延未到案。前幾天蘇關官只說他要自己出來，至今日始查其無到案之意。昨日縣中經有諭帖到會館交人，現查火長在蘇關官船上。經與關官商議，他即差人到船約束水手，不得妄動。而放泰、長泰兩船，今日已差多人到葛。如在關官船上，即便下手。不然，也要查明捉獲，方不致他遠揚。晚間又與禹門先生商議，教縣差同館丁到葛，設法拿交。而縣中吩咐在下，要求李大老妥酌捭辦，勿致滋事，方爲穩當。設若正身拿獲，自不必說。若未拿獲，他現有子姪及胞弟四五人，亦當令啓泰、長泰兩船之人，指出拿獲，跟着亦是要法。看來此人不到，案定做不得。而此時亦一定在葛沽，未有他適。惟祈吾師在葛，請李大老商量隨時設法，不能預度也。肅此布聞，即奉鈞安。不備。

受業林文蔚頓首　初四晚在津衛沖

便下手不往也要查明捉獲方不致他遠揚晚間又與　宋大
兄生商議頭縣差同館丁到葛設法拿獲而縣中吩咐
左下要求　李大老要酌捕辦勿致滋事方爲穩當設若
正犯拿獲自不必說若未拿獲他現有子侄及胞弟四五人
亦當令啟秦啟長秦而啟之人指出拿獲跟着亦是要
法秀來此人不到案字繳不得而此時亦一字左葛法未
有他適雖新吾
師左葛請　李大老商量隨時設法不能預發也未得
錦
內印寄
鈞安不備受業林文蔚頓首
初四晚左埠衛冲

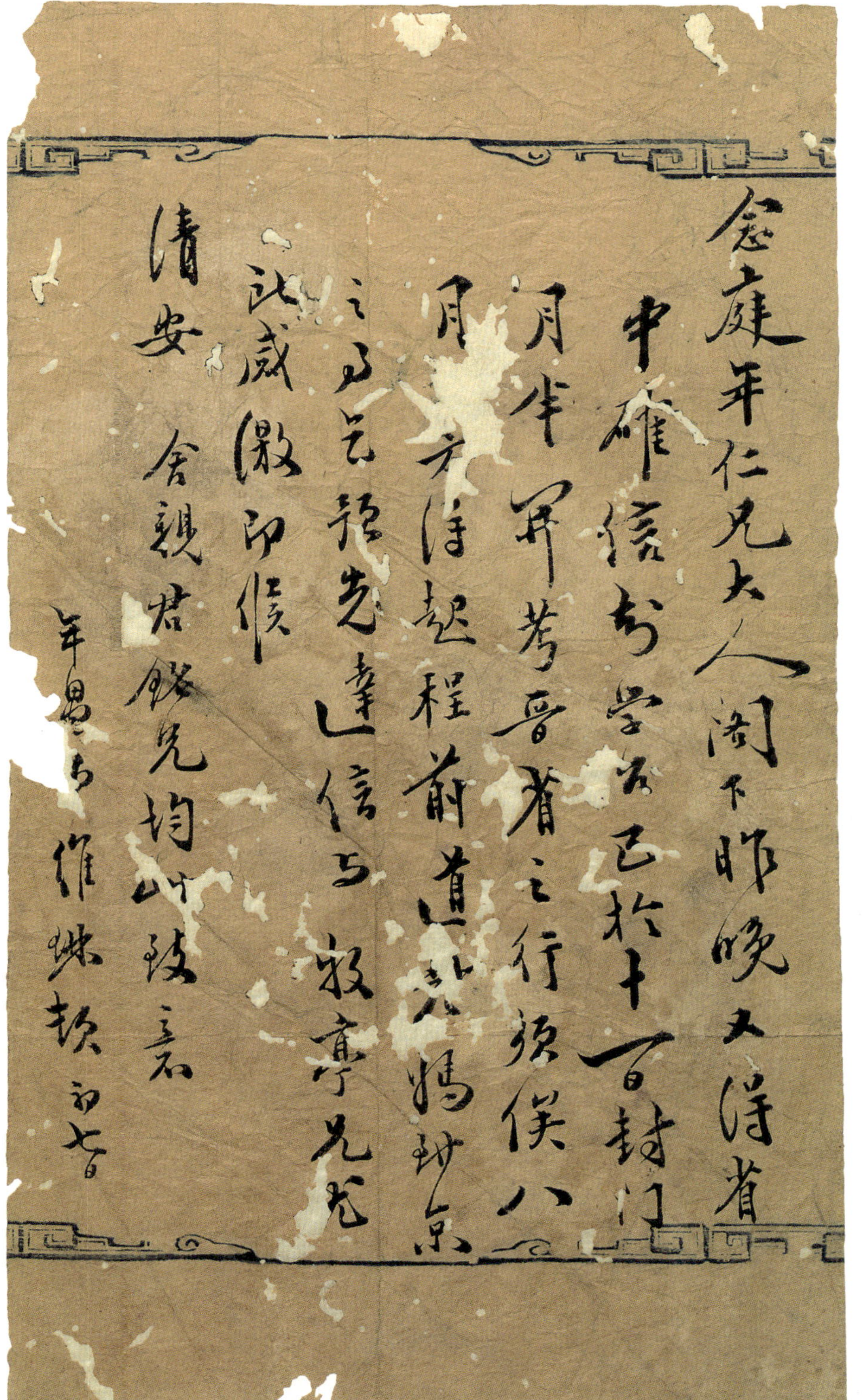

龔維琳致陳金城書札 sz166–善221.28

一頁，22.3×13cm，有蟲蛀損壞

【龔維琳，字承研，號春溪，福建晉江人。清道光六年(一八二六)進士，授翰林編修，道光十二年任河南副考官。後任清秘堂辦事，督學湖南。歸鄉後，主講清源書院。有《芳草堂詩》、《芳草堂賦鈔》。】

念庭年仁兄大人閣下：昨晚又得省中確信，知學台已於十一日封門，月半開考。晉省之行，須俟八月□方得起程。前道□嫣到京之事，乞預先達信與牧亭兄，尤所感激。即候清安。舍親君銘兄均此致意。

年愚弟維琳頓　初七日

王涇經致陳金城書札

二頁，22.6×10.2cm，有蟲蛀損壞　sz168–善221.30

念庭親家大人閣下：十五日到家，道上遇石甫兄於坊口，未晤，不知閣下何日回府？連城之事如何辦理？念念。鰲石先生已同王君往同安，蘇二少君亦偕往，諒此月初可回，勿郵。山長未能拜辭爲歉，晤時祈爲請罪。倘其未行，年杪北上，又可再晤也。則萬一[?]，祈爲擲交。倘其欲需買紙之用，在於三千文止矣，祈爲付發，回時付楚。府中大小清安毋介。專此泐奉，即請升安。惟希朗照。不宣。

姻弟王涇經頓首　九月廿五日

伯重来行，年杪北上，大可再晤也。则笔之信
款为挪交伯重，启需买绳之用，至于三千文止矣。
款为付讫，回时付楚。
府中大小清安，毋庸念。专此即布，即请
升安，惟希
朗照不宣。
姻□侄□□顿首
九月廿五日

某公[玄]致陳金城書札 sz175–善221.37

一頁，23.1×12.8cm，有蟲蛀損壞

念亭先生閣下：違教朞半矣，聞有來京之耗，未知確否？比惟近祉增佳，著祺茂集爲頌。弟逐隊秋曹，無善可述。前接孟詹夫子來信，有童氏所刻律例，此例一書係托尊駕之便携來。如吾兄進京尚需時日，乞先將此書托人寄來是荷。此請大安。

宗小弟玄頓首

何焕緒致陳金城書札 sz176–善221.38

一頁，23.1×13cm，有蟲蛀損壞

【何焕緒，字瑞庭，號少華，湖北江夏人，監生。清道光二十三年（一八四三）任葛沽海防同知，駐葛沽。】

飛啓者，頃據海口各委員稟報到，有福建金捷順洋船一隻，業已進口。惟台駕及館丁行户等均不在口，無人照料。用特耑差飛布，希大兄大人信到即連夜[帶]同館丁行户趕赴[大]沽爲要，萬勿刻遲是囑。即請刻安。不一。

愚弟何焕緒頓首

飛啓者頃據海口各委員稟報到有福建金捷順洋船一隻業
已進口惟
台駕及館丁行户等均不在口無人照料用特耑差飛佈希
大兄大人信到即連夜帶同館丁行户赶赴大沽為要萬勿刻遲
是囑即請
刻安不一
愚弟何焕緒頓首

蔡永豪致陳金城書札 sz177–善221.39

一頁，23.1×12.5cm，鈐印「復利付訖」，有蟲蛀損壞

拜禀者，弟是早仝連瑚兄、謙益兄到衛。弟本欲到葛沽請安，蓋因賤軀自蘇州染病，延至德州稍安，至今尚未全妥，伏望原宥。至若李景山一事，但未知老先生大人作何設法？倘外面諸□稍暇，煩至指教，仰或賜悉示知。順候近禱。不既。

內附府上信一封。

上念庭先生大人青鑒

八月初六日 愚弟蔡永豪頓

拜禀者弟昰早公連翔兄謹差兄到衛弟率於到

葛沽請安叅因賤軀自蘊州梁府延至德州請安

至今尚未全妥伏望

原宥至嵩李景山一事但未知

老先生大人作何設法倘外面諸事稍暇煩至擋

教抑或賜恙示知順請

近禧不既　回附府上信一封

上

兔庭先生大人台鑒

乙八月廿八日愚弟蔡秉豪頓

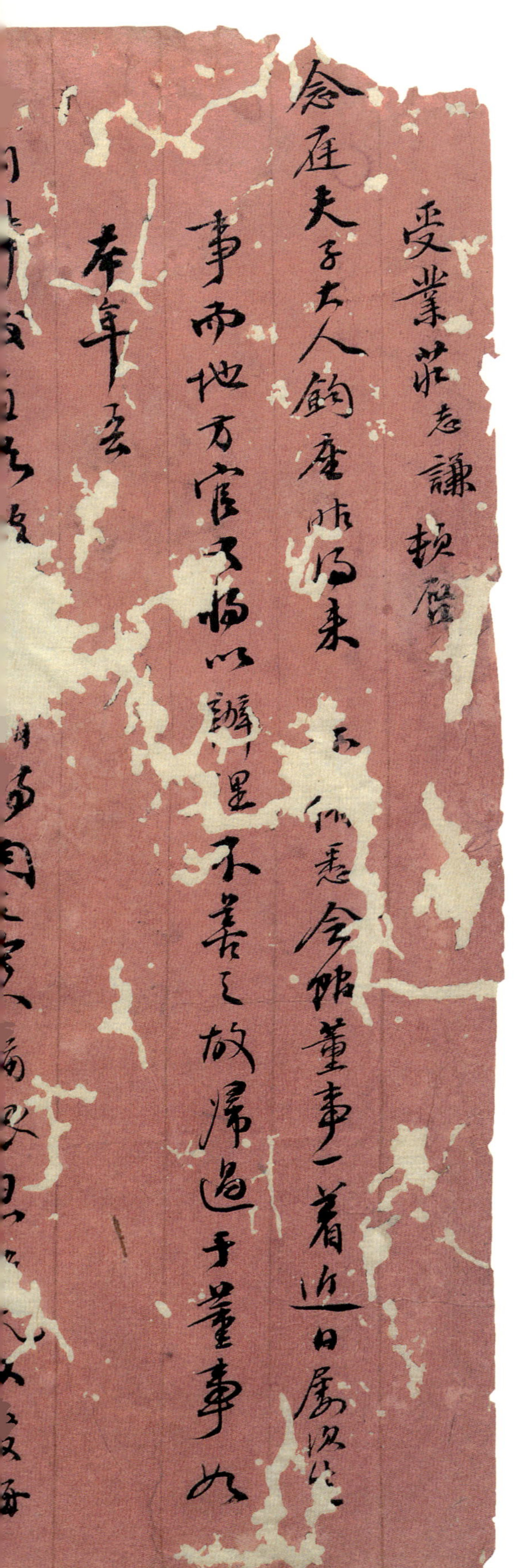

莊志謙致陳金城書札

sz179–善221.41

二頁，第一頁23.4×11.3cm、第二頁23.4×12.7cm，被割裱，有蟲蛀損壞，圖版已拼接

【莊志謙，字兼六，號牧亭，福建惠安人，清道光十五年（一八三五）進士，官兵部侍郎。】

受業莊志謙頓啓

念庭夫子大人鈞座：昨得來[示]，[備]悉。會館董事一着，近日屢次[生]事，而地方官又將以辦理不善之故，歸過於董事。如本年吾師到津後，直如彼[□□]相待，聞之令人痛恨，思[貽兄]又受侮於水手，皆不平之事也。今各幫款留吾師，自出真情。惟謙與錢[□□]不通音聞，未便言及此事。且錢公早知吾師與謙誼屬師生，前次[即]不宜如此相待。[此]次[欲]謙向渠道情，[□]所不願，且恐其受讒已久，一時將以許多不便之言來相抵塞，則此舉[實]屬無謂。惟有兩幫[商]人合詞具稟，彼知人情如此，或者尚可挽回也。肅此布覆，即請福安。

志謙頓首

師自出真情惟諭与錢[illegible]不通者因循未便言及此爲

且錢公早知矣

師与道祖居師生前次前不宜如此相待出此語道向告前清容

所不願且恐其受誣已久一時恐以許多不便之言來

相抵塞則兵爭之處無謂雖有兩邦同人合詞

具稟投知人[illegible]如此蓋未可挽回也肅此佈懇

即請

福安 孝謹頓首

莊志謙致陳金城書札

二頁，縱23.3cm，横分别爲9.5、11.1cm，原紙一頁被割裱，有蟲蛀損壞，圖版已拼接　sz181-善221.43

昨葉乞官回津，草草奉啓，諒達左右。頃晤王雁汀諸人，俱云吾師既可回任，則作速回爲是，不必留戀。天津此處書吏略略安頓，事在可行。此時打算回任，或可趕上送考也。即不得送考，亦以回任爲是。再林岵瞻世兄欲携眷歸里，急覓同行。如吾師月末起身，或下月初速□□來京，渠當往津同走，此時由旱路爲是。如師急於回南州，渠或趕不及，到時祈即賜示，以便達諸岵瞻也。聞江南水程不甚好走，有同幫如林岵瞻世兄亦自得力。惟師裁之，盡此數日内回息爲望。此請念庭夫子大人鈞安。

受業莊志謙頓首

師月來起身或下月初東已□來多甚當法律因走此時由旱路

為是也

師意於回家川漢或提前交出時我即賜示以便遵照此晚

也内江南水程不甚難走南回鄂如林此路此又六月

何如雅

師裁之 居此對白向泉為也此後

愛廬夫子大人鈞安

受業英志偉頓首

莊志謙致陳金城書札 sz183–善221.45

二頁，縱23.3cm，橫分別爲11、9.5cm，原紙一頁被割裱，有蟲蛀損壞，圖版已拼接

受業莊志謙謹啓

老夫子大人鈞座：前承教諭□覆矣。所命致書與彭學使處，細思之似屬未便。惟有一函與李竹朋太守，祈閲後□□轉遞。調缺之事，亦非甚緊要者，宦[跡]亦是素[定]，則夫子自能達觀。此時地方□□紳衿爲難。凡有涉請托者，不可不慎，□…□，其無益而有[損]也。在京所挪之□□，有信與思貽兄，先爲歸款。思貽在津，稍遲尚可也。山東、河南年情甚歉。河南有捐□辦賑之摺來矣，浙江亦請捐輸，爲疑海塘[故]也。吾閩省城米每挑[賣]至五千餘大文矣。此啓，即請近安。

志謙頓首

夫子尚能遵循此府地方之[illegible]紳衿為難凡有此請託甚多不

真[illegible]之[illegible]而[illegible]之[illegible]其[illegible]瑞微[illegible]無[illegible]而者

擬[illegible]查乘兩柳之[illegible]右信与　里炤兄先為歸款

吳賑在津稽遲焉可也山東河南年情甚歉河南有捐

西賑之捐來矣浙江各情捐輸為修海塘故也至閩

省城米為挪去五千餘大文矣此回歸謹

近數[illegible]之滬款之

華定祁致陳金城書札　sz182-善221.44

二頁，22.8×12cm，有蟲蛀損壞

【華定祁（約一八二〇-約一八八三），字叔宋，福建連城人。清道光二十五年(一八四五)進士，歷官農部郎中、廣東韶州知府、福建惠州知府。】

念庭老師台大人閣下：□□抵通，會晤芝宇，藉叙闊悰，慰甚。貴恙想就安平，倘仍未收功，的須加服涼血解毒之藥，內攻外治，方可速效。若衹用膏藥外敷，而裏未托清，終無濟也。閣下其細審之至，名途通塞，實有數存。以君之學問深沉，吾輩中罕有其匹。頃雖少抑，終當遠聞。既玉體違和，近未傷元，尤望寬懷，甚勿鬱結，轉盼春風文陣，閣下再摩厲，以須行□□□□，以爲吾閩生色。區區部曹，何屑爲哉？弟隨班□□，碌碌無狀，但歸老林下，實無安身之策，老馬服鹽車，只可隨途湊去耳。交深別急，寸衷依戀，莫知所言。率泐布臆□□，珍重自玉。世間事可概付諸浮雲也。在津何日啓行？若有羽便，並望示之。率請旅安。示候思貽大兄大人，均此問好。

愚弟華定祁頓首　廿七日燈下忙草

前函托代買桂員肉及大吉餅等物，弟已得有，無庸再買。又及。再，旋梓日晤頌南先生的懇代致，忙中不及另札。

君之学问深沉，无算中算，有变通须难少抑，……劳远同矣

玉體康和，迎来凉亢应陛

寬懷甚为贊，……轉勝竟亂，文降

閱并屡属以須行之，承以为至阅，生色臣之郡曹何肩为武中

陛班洪，祗碌碌無状，但歸老林下，實無益君之策，老馬能途，半亡可随

途凑去年，交深别急，寸衷依恋，莫可所言，耳耳佈底，才人

珍重自玉，岀向了可挽付諸浮雲也，去辞何日陟行，若有羽便，希也

示之幸請

旅安不莊

愚弟益之郝再 廿七日燈下非

恩貽太兄大人均此問好

前函託代買桂圓肉及大吉祥等物，中已得否，無庸再買。又及。再從祥日

頌南先生的想代陳，忙中之，不另札

徐永致陳金城書札　sz185–善221.47

二頁，24×11.3cm，有蟲蛀損壞，圖版已拼接

叩請二位老爺福安。敬禀者，小的於十四日到大沽，仍照舊辦理。惟有上武關不收甘保結紙，伊令洋船自己蓋印空紙，代添結文，並囑各洋船不付結費。而衆船聞之，甚趁□願，不但不來交錢，亦不來取結，而竟各自長行，並據交錢船隻「俟出口之時仍將此項討回」等語。伏思此事，不得不先請訓示若何辦理，以免後責。況下武關、□海關仍取甘保結紙出詳。

徐永叩禀

外，收錢、未收錢單一紙呈閱。

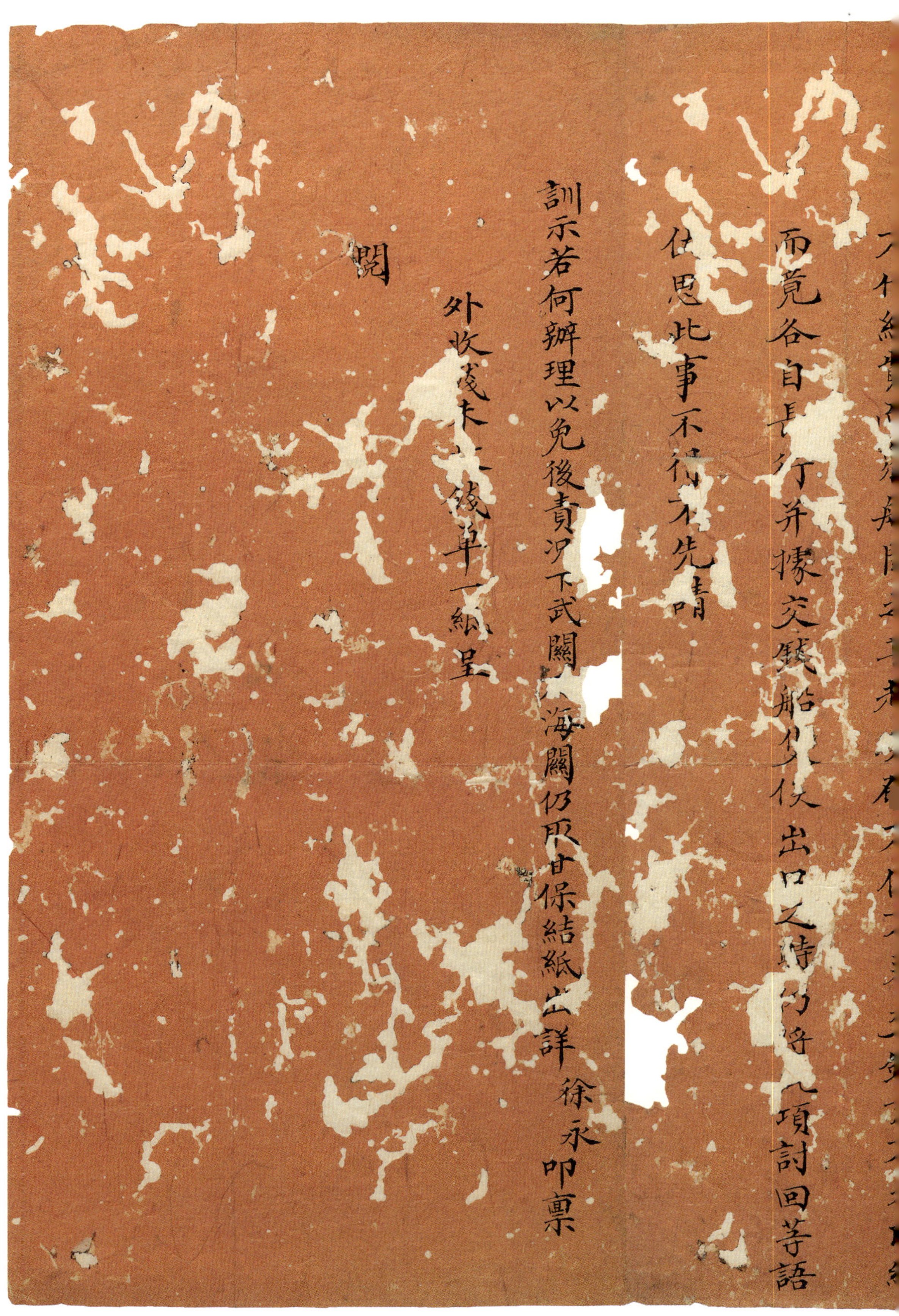

而覔各自長行并據交錢船隻俟出口之時仍將此項討回等語

伏思此事不得不先請

訓示若何辦理以免後責況下武關[illegible]海關仍取甘保結紙出詳 徐永叩稟

閲

外收茂木[illegible]錢单一紙呈

林鴻年致陳金城書札 sz188-善221.50

二頁，23.7×12.7cm，有蟲蛀損壞

【林鴻年（一八〇四—一八八六），字勿村，福建侯官（今屬福州市）人。清道光十六年（一八三六）進士，累官至雲南巡撫。罷官後掌鼇峰書院二十餘年。有《松風仙館詩草》。】

念庭先生著席：前承枉顧，方喜暢聚有期，適因舍間病者多人，致稽走候。比趨叩台祺，又值從者先出，以歉實深。又聞拙峰兄業經他往，未知回南耶？抑赴寧郡耶？良晤在前，忽復雲流星散，如何不令人悵悵。幸即示我，後會尚有時乎？鼇石先生聞將來省信否？若然，則小鼇不來矣。閣下考驗否？接任否？尚有幾時盤桓之期？殊爲懸念。先此布達，再容晤談。順頌時釐。不戬。

弟林鴻年頓首具　九秋杪日

悵悵半即

示我，後會為當時乎？龍石先生聞將來

省，但恐若我門山龍，已不來矣。

閣下未諳，恐接任恐當我時照拂之

期，殊為恨念。先此布達，再容晤談。

順頌

時釐不戩　東林鴻年頓首　八月廿日

晤在昔無復雲泥呈報如何不令人

奉和

念庭先長我師大人　賜和俚句仍疊前

之作乞　筆削是幸

秋香雜護藥栽成云治塘慚愧不

周程心自斂欣賭韓李顧才平深

憐歧路簿官氣慨半生淡武詩

士他年留此證心盟

愚弟匯之拜

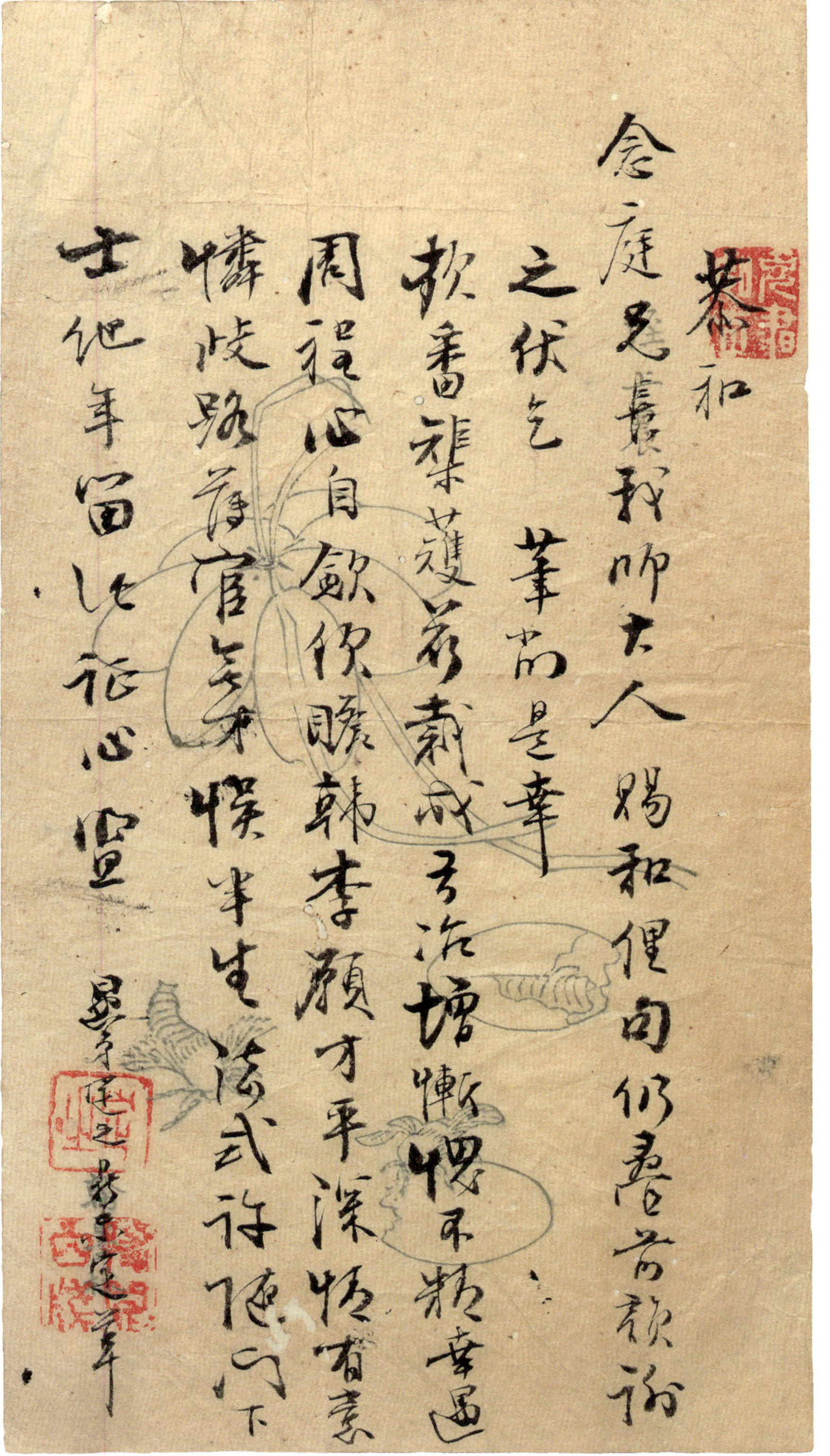

某公[定之]致陳金城書札　sz193–善221.55

一頁，22.6×12.2cm，鈐印「定之」、「□鼎四㠄」，有蟲蛀損壞

恭和念庭兄長我師大人：賜和俚句，仍疊前韻謝之。伏乞筆削是幸。頓番桀籆茲裁成，弓冶增慚愧不精。幸遇周程心自斂，領瞻韓李願才平。深情有意憐歧路，薄宦無才誤半生。法式許隨門下士，他年留此證心盟。

愚弟定之　鼎未定草

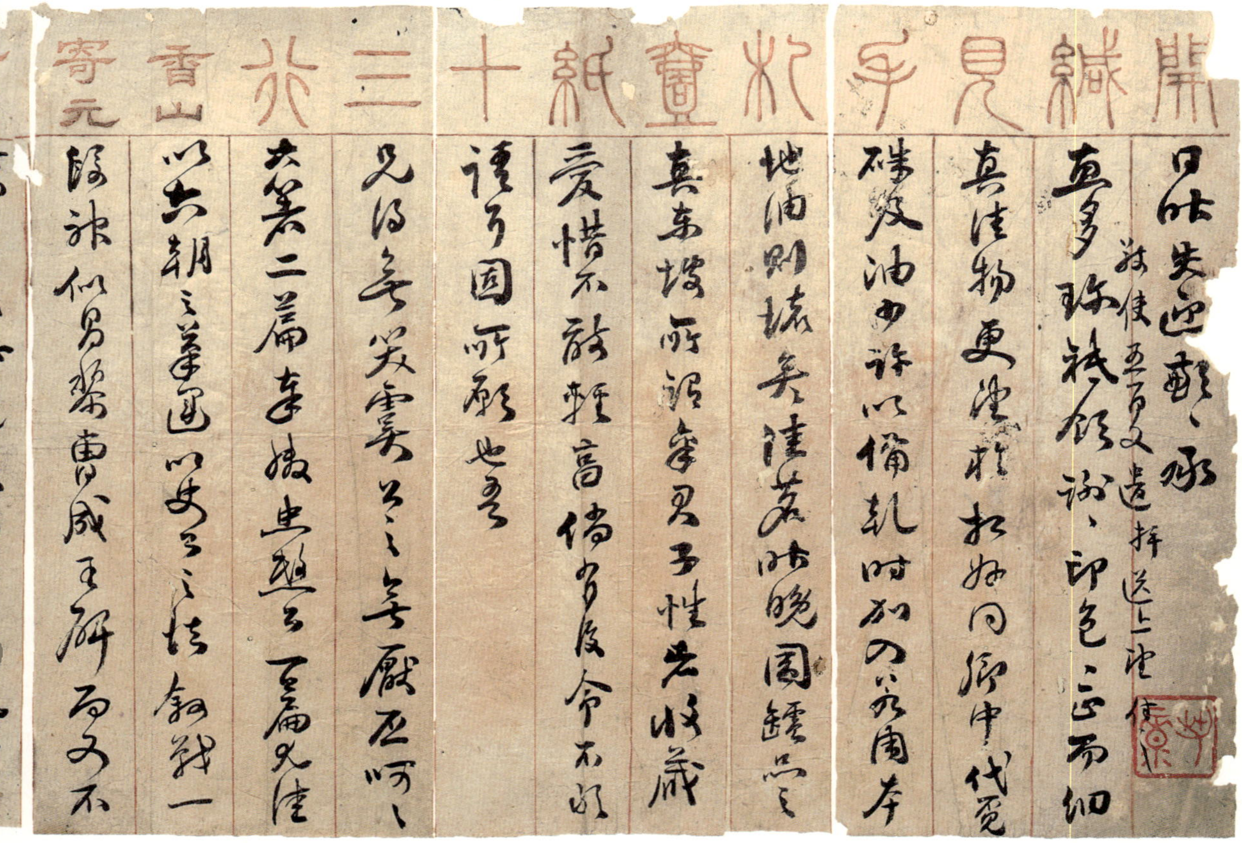

楊夫渠致陳金城書札　sz197—善221.59

七頁，縱24.5cm，橫分別爲11.6、11.2、11.3、11.7、10.9、11.3、5.7cm；原紙被前人割裱；鈐印「士安得獨自高」；有破損，圖版已拼接

日昨失迎，歉歉。承惠多珍，敬使五百文遣拜送上，望付之祗領，謝謝！印色色正而細，真佳物，更望於相好同鄉中代覓硃及油少許，以備乾時加入。若用本地油則壞矣。佳茗昨晚圍鑪品之，真東坡所謂禀君子性者，收藏愛惜，不敢輕享。倘有復命，不敢請耳，固所願也。吾兄得無笑虞公之無厭否？呵呵。大著二篇奉繳。忠愍公一篇尤佳，以六朝之筆運、以史公之法叙戰一段，神似昌黎《曹成王碑》而又不襲其貌，此境談何容易，佩服！佩服！□…□，乞到後分致，内有墓志一篇，日來新作，即以呈政，並望與頌南閱後再交仲遠叔處也。命書屏幅，格界行太扁，於分篆皆不宜。吾兄到京後可另覓紙，屬店中界行，務以長方爲主，切不可扁。原紙當橫寫，足下裁開裱作册頁可也。弟今日晚飯後趨談，望屬閽人勿早閉關。拙作時文三首，交小价帶回是感。此上，即頌著安。

愚弟楊夫渠呵凍　十六

□…□並奉上。

緘見手札畫紙十三本 香山 寄元

到後乞校內有墓志一篇目錄

他印出 何并便乞一煩尚閣後

再交仲遠轉交也 命書屏幅

格界行太扁于今寫皆不宜是

只剩多段可另覓寫扁居中界

行務以長方為宜 切不可扁原

行學樣耳 是以裁開請他用其可

也前今日晚飯後趁談便

屬閣人多早閑閑 拙作時文三首

可少存留同量感 此上即頌

著安 弟 柳文集 何德 十六

弟年上

某公致陳金城書札　sz205–善221.67

一頁，22.3×9.7cm，有蟲蛀損壞

敬稟者，現日在縣稟此案，而縣主稟帖不收，如此實是難辦。特此奉請師台來館主裁，至切至切！駕原車前抵館中，再作面陳詳細。此稟，並請金安。

七月廿六夜　同興號頓首

陳金城致陳仲同、陳季繹書札 sz150-善221.12

二頁，22.4×12.1cm，有墨筆圈點，有污漬、蟲蛀損壞，鈐印「臣金城」、「念庭」

仲同二弟、季繹三弟知照：月之十七日，實甫尚未到京。新舉人覆試題目，爲我叩其兩端而竭焉。詩賦得王道平平，得平字。現時風氣不欲太空。教爻兒讀文，須揣摩高唱、深入兩路。高唱，則議論題、典實題也。典題須看古人無中生有處，尤爲活相。深入，則理題、虚題也。截搭題亦間讀之，不必多也。截搭題於吊渡挽處，總以有書卷得勢爲妙。吾弟近日用功當日進，學然後知不足而自勉，教然後知困而自强。想及之而後知，履之而後難。此中惟過來人可與道也。

家中長幼各平安。

兄念庭手字 二月十七日沖

兄在杜宅，飲食起居俱安好。

功奋日進。學然後知不足而自勉。教然後知困而自強。想及之而後知。復之而後踐。此中惟過來人乃為道也。家中長幼無不平安

兄在杜宅。飲食起居俱安好。

先金庭兄字

首十七日冲

損處。總以有素養成勢為妙。吾弟近日用

陳金城致陳仲同、陳季繹書札 sz151–善221.13

一頁，22.2×12cm，有蟲蛀損壞

仲同二弟、季繹三弟仝照：兄於年內□寄平安家信，並□銀項寄有三百餘兩，當已陸續收到。兄在京居住蕉林親家宅中，飲食起居俱平安妥適。聞實甫內弟年內拾貳月起程，至今尚未到京，想二月初十邊可到。本年京都天氣不冷，豈地氣自南而北乎？家中長幼當各安好。此達。

乙卯二月初一日　兄念庭在都中書

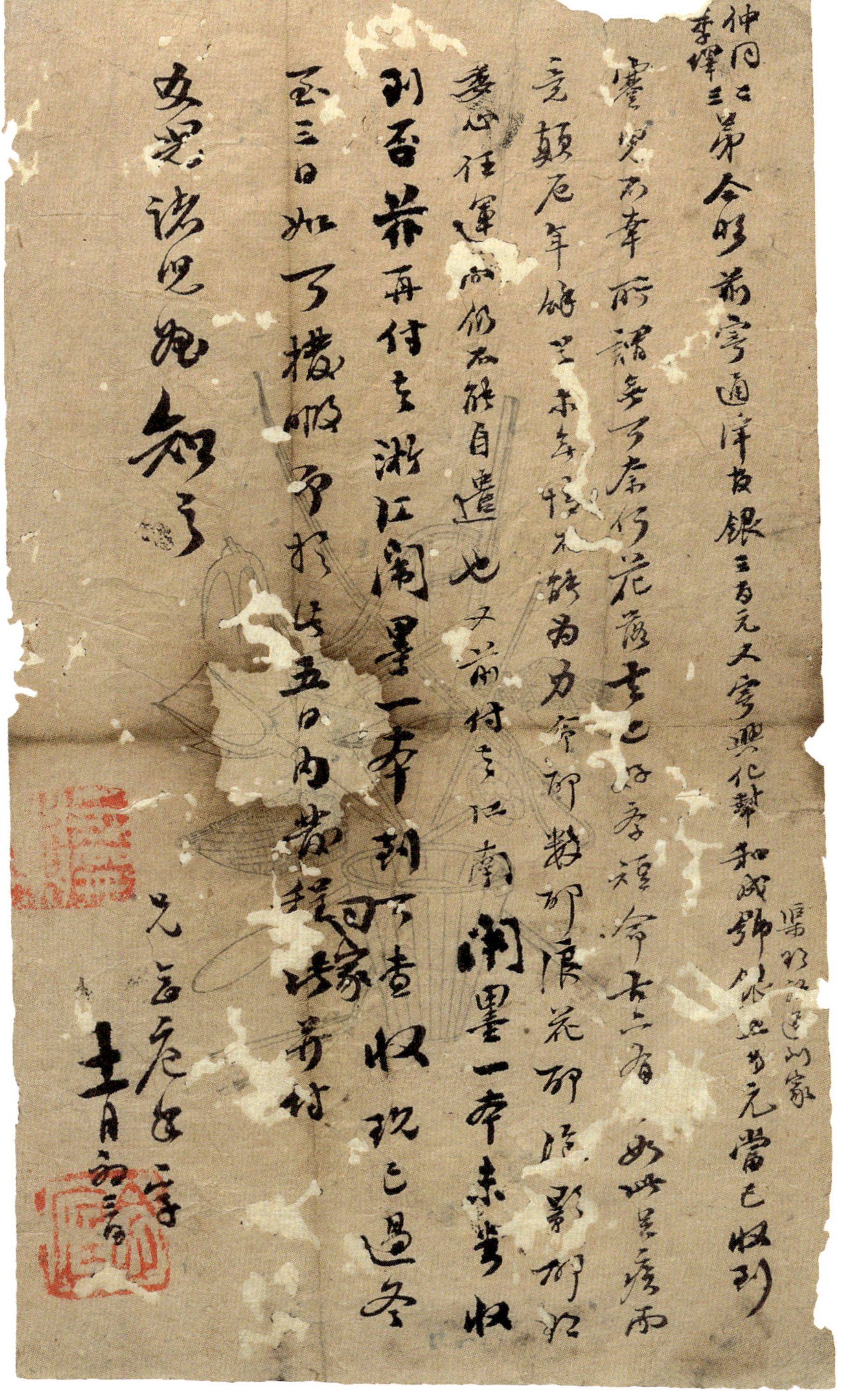

陳金城致陳仲同、陳季繹書札　sz152－善221.14

一頁，22×12.5cm，有蟲蛀損壞，鈐印「念庭」，收藏印模糊不清

仲同二弟、季繹三弟仝照：前寄通洋官銀三百元，又寄興化幫和成號銀[五]百元，渠欲□□到家，當已收到。蹇兒不幸，所謂無可奈何花落去也。好學短命，古亦有□，如此足疾而竟顛厄年餘。草木無情，不能爲力。命耶？數耶？浪花耶？泡影耶？欲委心任運，而仍不能自遣也。又前付去江南闈墨一本，未悉收到否？玆再付去浙江闈墨一本，到可查收。現已過冬至三日，如可撥暇，即於此五日内發程回家。此并付爻兒、諸兒姪知之。

兄念庭手字　十一月初三日

陳金城致陳仲同、陳季繹書札 sz153-善221.15

一頁，22.5×13cm，有墨筆圈點，有蟲蛀損壞

二弟、三弟仝照：四月十六日實甫、霞若、孫老二、老四先行，即寄信并高麗參廿二枝，小人參四枝，并鎮驚錠廿五錠，紫金錠一兩，如意丹二錢，當即收到。前洋坑爲東吴王家請節孝旌表事，已經辦妥，即由禮部行查福建。杜蕉林親家爲晉江蘆田王家與惠安東吴王家在部呈請，行文則共一文，到福建省必分開行知各縣。其覆文須道其阨窮堪憫，不必照余所作傳覆，其歿之故亦不必言。此并行查文先寄去，可寄與東吴王爾登觀之。如天津未定，即於秋間起行。

四月十九日　兄念庭手字

廿九日即交季勉老帶交

二弟
三弟仝阅

四月十六日寅甫、云君及老二、老四先行，即寄信并高丽参廿二枝（又参四枝），并镇惊锭廿五锭，紫金锭一两，如意丹二钱，当即收到。前谭抗为东吴王家请节孝旌表事，已经妥，即由礼部行查福建。杜甚林亲家为晋江芦田王家与惠安东吴王家在部呈请，行文则共一文到福建，省必分开行知各县。其覆文须速，其他家据详，不必照会。所作传覆其致之，姑亦不必言。此并行查文先寄去，可寄与东吴王家登观之。

如天津来字，即於秋间趣乃。

四月十九日兄立庭手字

廿九日即发，交魁老带下。

陳金城致陳仲同、陳季繹書札　sz154–善221.16

一頁，22.7×12.9cm，有墨筆圈點，有蟲蛀損壞

仲同二弟、季繹三弟仝照：兄自去年十二月初六日到京捐足，正月欲請分發。因吏部欲行查福建不回任繳照之故，特遣冰哥帶信面繳學憲，并托侯官學陳西園老師辦理覆文。現在京師莊副郎牧亭同學處，飲食起居，俱甚安適。看福建覆文來京，即可分部。其覆文中總要道不回任之故，實因心急趨公，折回來京報捐。不繳照給咨之故，實因未諳定例。如此覆來，即可無事，照例分部。前共寄三信去，當俱收到。霞若同學已於三月十六日未刻，在京師晉江會館身故。正月末得脚氣疾，大概皆酒濕所致。冰哥起身時，病尚未重，後醫藥罔效，日甚一日，至三月十六日未刻即棄世。現在附身附棺，必誠必信。其靈柩必俟十月底方能到杭州，至天津船到時，再爲鳩集運費。才不偶命若此，其病與埔塘孫先生相似，而皆客死於外，殊堪悲悼。二弟如泮否？爻兒得一等否？念念。自去年至今，祇得八月一信。想家中大小俱安好。此并付爻兒諸兒仝知之。

實甫内弟均此致意。外林四舍一信，即送去，勸其節哀抑痛。　　兄金城手字　四月初五日在京發

仲同二弟
季鐸三弟　合照：兄自去年十二月初六日到京，捐芸正月，欲请分发，因吏部以
行查福建不同任缴照之故，特遣冰亭带信面缴学院，并託候官学陈宗室园老师
办理。霞文现在京师，在刷订收亭同学处饮食起居，俱甚安适。看福
建霞文来京即可分部，其霞文中选要道不同任之故，实因心急趋公，于同
来京报捐，不缴照给咨之故，实因未谙定例，如此霞来，即可无事。照例分
部。前共寄三信，书俱收到。云若同学已于三月十六日未刻在京师晋江会馆身故。四月末得肺气疮大
根皆酒湿所致。冰亭起身时，病尚未重，及闻棠园故，日甚一日，至三月十六日未刻即
弃世。现在附身附棺，必诚必信，其灵柩必候十月底方能到杭州，由天津船到时再
为妈集运费，才不误命。若此其病与浦埙孙先生相似，而皆客死于外，殊堪悲悼。
二弟可得否？文儿得一等否？今六月去年至今，祇得八月一信，想家中大小俱安好，此
并付　文儿、瑞儿仝看之。
吴献内兄均请致意。
外梅心禽一信，即送
去妙其宗名柳碗。
兄金城手字
四月初四晋在京城

陳金城致陳仲同、陳季繹書札　sz155–善221.17

一頁，22.3×12.5cm，有墨筆圈點，有蟲蛀損壞

昨得信聞謇兒（蹇，《説文》云跛也，今改爲「謇」，嗣後書信俱改作謇。）有鶴膝風，未知症候起於何時？因何得疾？深爲憂念。所用醫師何人？沈綿至今，未能全愈。又聞從下消起，此皆不能慎之於先，又不能保之於後，恐致成足疾，奈何？兹在上海聞有患此疾，食人參再造丸立愈者，用桂枝湯炮服。再造丸原方則用無灰酒空心泡服。附去再造丸六丸，服之可也。又附去鎮江瘋骨八塊，據膏藥原方鶴膝風貼三里穴。三里穴在膝下三寸大筋内腕之中，即早晚將膏藥靠滚水烟至熱軟，貼之。又請教淩子均先生，開有藥方十二味，内有金石斛、虎脛骨二味。如依地服三十帖，當用金石斛九兩，虎脛骨六兩。附去金石斛共十兩，虎脛骨六兩，到可查收。又請教陳在田先生，開有藥方七味，内有肉桂一味，恐近猛烈，亦須在家再請教醫師斟酌須服何方。又寄去冷風及下消共六方，亦可參看，與醫師商之。時已三月半後，未得起程，再看四月初如何，再行寄信達知。前月寄邑内亮哥銀單三百廿元一紙，當已收到，未見回信。此達，二弟、三弟仝照，并付爻、謇諸兒知之。　三月廿日　念庭手書

吾弟考試之名可改作金塝。

又有灸法，鶴膝風灸膝眼廿七壯，穴在膝頭骨兩旁陷中。此三陽不足，非灸及大防風湯火龍膏不愈。

昨得信，聞謇兒（謇說文云跛也，今改為謇，嗣後書信俱改作謇）有鶴膝風，未知症候起於何時，因何得病，深為憂念。所用醫師何人。沈雜至今未能全愈，又聞從下消起，此諸不能慎之於先，又不能保之於後，遂致滋其病，奈何。（茅在上海）聞有患此疾、食人參再造丸立愈者，用桂枝湯送服。再造丸原方用無灰酒空心送服。附去再造丸六丸，服之可也。又附去鎮江瘋膏八罐，授膏藥原方鶴膝風貼三里穴（三里穴在膝下三寸大筋內腕之中。即早晚將膏藥蒸濕化烟或熱軟貼之）。又請教凌子均先生，聞有藥方十二味，內有金石斛、虎脛骨二味，如依此服三十帖，當用金石斛九兩，虎脛骨六兩。附去金石斛共十兩，虎脛骨六兩，到可查收。又請教陳在田先生，聞有藥方七味，內有肉桂一味。照近植到，亦須在家再請教醫師斟酌須服何方。又寄去洽風及下消共六方，亦可參看，與醫師商之。時已三月半後，未得起程，再看四月初如何，再行寄信達知。前月寄邑內慶餘銀單三百廿元一紙，當已收到。來兒回信此達。吾弟考試之名可改作金墉。

三月廿日 庭字

二、三弟令將前改謇，諸兒知之。

又有灸法。鶴膝風灸膝眼廿七壯，穴在膝頭骨兩旁陷中。此三陽不足，非灸及大防風湯、火龍膏不愈。

陳金城致陳仲同、陳季繹書札

sz159–善221.21

二頁，22.3×12.2cm，有墨筆圈點，有蟲蛀損壞

仲同二弟、季繹三弟仝照：前維芳兄去，寄銀清白番頭貳佰壹拾員，監照二紙；後謙益舍去，寄銀清白番頭肆拾員，當陸續收到。茲因蔡傑珠官令弟清沺官回南，再寄紋銀（小元寶様）五錠，共津平四十九兩，到可查收。兄於十一月初即入京，明年會試後決決回家。現在身體康强，諸凡尚多如意，唯是逐隊進場，能及人否，則未敢知也。爻兒、研兒讀書作文有進益否？實心念念，亟欲回家自己教訓，又爲名心所纏，故如此耽延也。久未得家信，如有會試入都者，切須寄來不誤。

家中大小長幼各平安。

兄念庭手字　十月十八日發

道益否。实心念之。而欲回家自己教训，又为名心所缠。故如此耽延。久未得家信，如有会试入都者，切须寄来不误。家中大小长幼各平安。

先念庭手字

十月十八日灯

能及人否。则未敢知也。

研究读书作文有

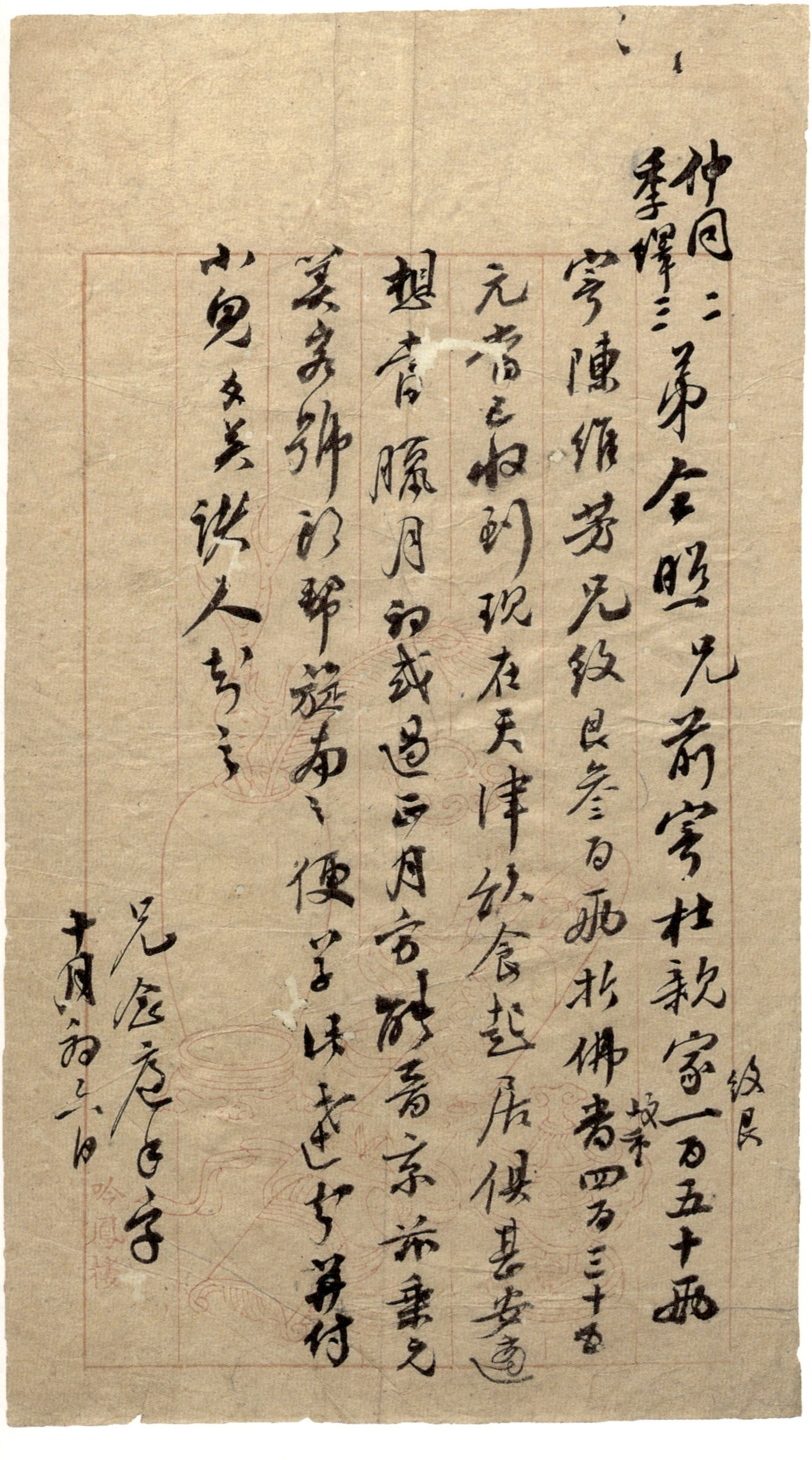

陳金城致陳仲同、陳季繹書札

sz160－善221.22

一頁，23×12.6cm，有蟲蛀損壞

仲同二弟、季繹三弟仝照：兄前寄杜親家紋艮一百五十兩，寄陳維芳兄紋艮叁百兩，折佛番（紋重）四百三十五元，當已收到。現在天津，飲食起居，俱甚安適。想當臘月初或過正月方能晉京。玆乘元美客號頭幫旋南之便，草此達知，并付小兒爻美諸人知之。

兄念庭手字　十月初六日

陳金城致陳仲同、陳季繹書札　sz161-善221.23

一頁，22.3×12.4cm，鈐印模糊不清，有蟲蛀損壞

仲同二弟、季繹三弟仝照：去歲寄阿嗶銀單四百元一紙，來信已向興記支取明白。又寄天津復利號蔡永豪老佛番叁百元，亦當收到。本年又寄邑内千里馬黄亮哥銀單三百二十元一紙，亦係人票兩認，向泉州興記號親自支取。如已收到，即當寄信來知。兹附去鏡箱兩個、錫水爐一個、天官賜福財子壽一幅、山東粉三十斤、豆籸十四片、雞母一隻，付大樜家灶舵本船，亦有信隨船，到時當能將物件并信面致家中。此處尚未能遽行，如可推諉，即當急流勇退，斷不留戀此土也。并付撰、德諸兒仝知之。

聞縣試在六月，大約趕不到鄉試矣。

二月廿二日　念庭手字

陳金城致陳仲同、陳季繹書札　sz162-善221.24

二頁，23×12.6cm，有墨筆圈點，有蟲蛀損壞

仲同二弟、季繹三弟仝照：前寄陳維芳兄紋銀叁百兩，折六九重佛番肆百叁拾伍元。後寄蔡永豪兄紋銀貳百兩。陳長舍元寶一錠，重五十一兩四錢陸分，俱托爲代换佛番。又兵哥寄貳拾兩在永豪兄處，俱可先後查收。如寄信來京，可爲道明。又前寄杜親家紋艮壹百伍拾兩，亦當早已收到。兄在津飲食起居，皆甚安適。近日作楷書，比從前尤爲敏捷，或者明歲進場，即能如意，亦未可知也。《墨卷質言》、《墨卷觀止》、《墨卷標準》、《春霆集》俱可擇其明白易曉者誦習之，看其用意用筆，尤看其用經。文到妙來無過熟，總須多讀多作，讀到極熟，作到極熟，便可入勝。餘容後再聞。此達，并付小兒知之。

兄念庭字　十月十六日沖

家中大小各平安。

前尤為敏捷。或者明歲進場即能如意。亦未

可知也。墨卷贖言、墨卷觀止、墨卷標準、春暉延集、俱可擇其明白易曉者誦習之。看其用意用筆。尤看其用經。文到妙來無過熟。總須多讀多作。讀到極熟。作到極熟。便可入勝。餘容後再諭。兵達。并付小兒知之。

元亮庭字

十月十六日申刻

家書大小兒手收

賓甫來。始知寺館已搬在府口。交兒
文。吾節斷續。常多來舍。吾弟可
篇讀時藝。把三五篇為度。以便
記。寶兒品英讀書。多來請高郎講。
讀少不必讀多。便讀如數。每日
（如多寫楷矣。）
作大字兩千字。便擬他題目。詩每篇（如讀唐詩以熟）
兄於十月初便可到家。此書

陳金城致陳仲同、陳季繹書札　sz163–善221.25

一頁，22.7×12.7cm，有墨筆圈點，有蟲蛀損壞

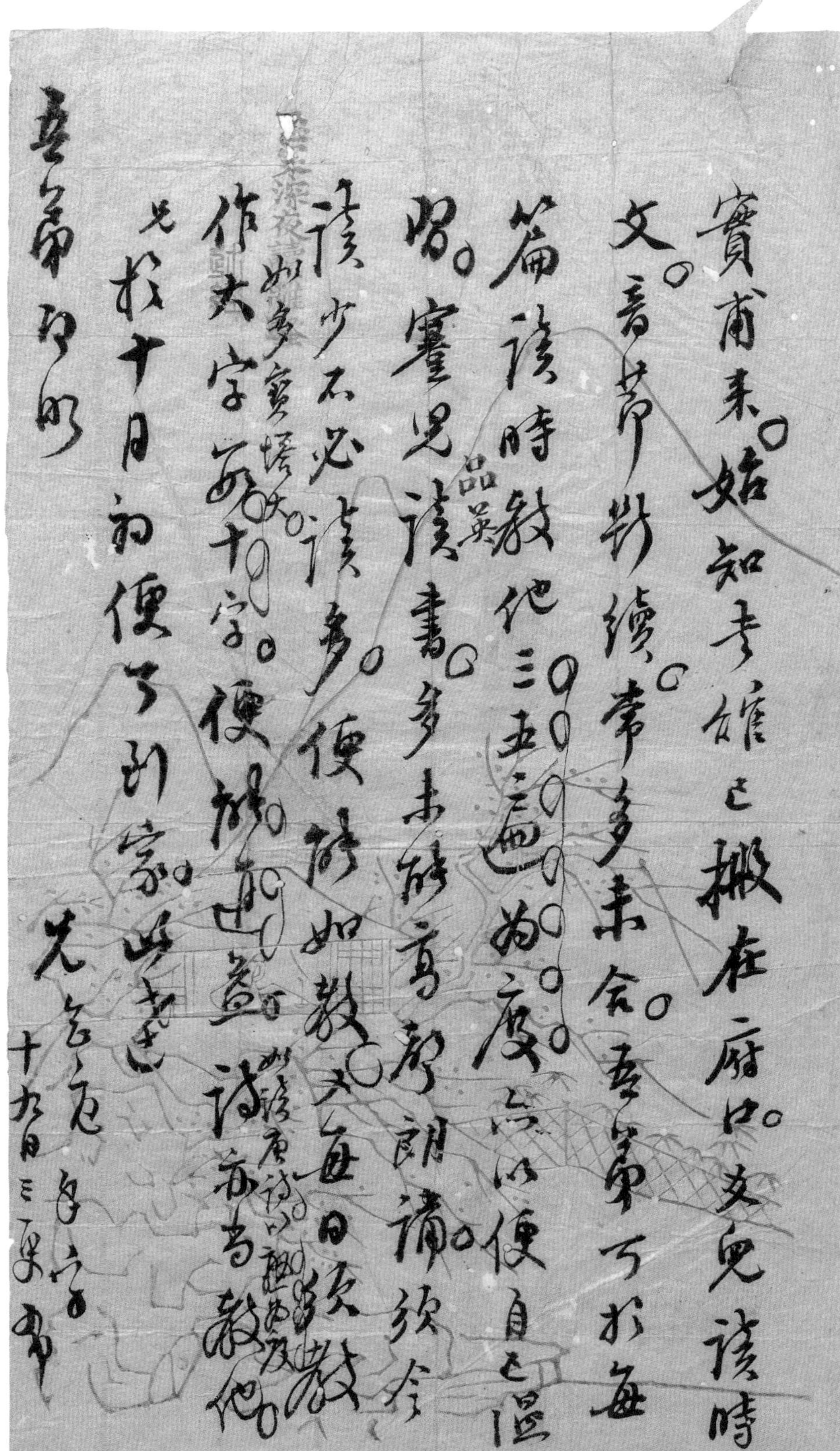

實甫來，始知書館已搬在府口。爻兒讀時文，音節斷續，常多未合，吾弟可於每篇讀時教他三五遍爲度，亦以便自己温習。蹇兒品英讀書，多未能高聲朗誦，須令讀少，不必讀多，便能如教。又每日須教作大字（如《多寶塔》大）數十字，便能進益。詩亦當教他，如讀唐詩，以熟爲度。兄於十月初便可到家。此達，吾弟即照。

兄念庭手字　十九日三更布

陳金城致陳仲同、陳季繹書札　sz164—善221.26

四頁，22.5×12.6cm，鈐印「求是堂」、「金」、「城」、「陳金城印」，有墨筆圈點，有破損、蟲蛀損壞

平安信第拾貳號　十一月廿四日在京書

字到即稟母親大人福安膝下。金城於閏九月廿五日（是第拾號）寄許萊山公信壹封，諒正月間必到。十月初九日（是第拾壹號）寄（在）家頌南太史（附摺差去）家信中，諒摺差較快，年底必先到。聞臺匪滋事，此處看《京報》，僅知大略。欽差大人若遇諸公，即將此息先陳之可也。實甫處不及另札。前拾號、拾壹號信中，已具道岳父孫先生運柩事，當已收照。即於晤時道意道好。莊誠老會試，諒必再來，即當在此冬起程。其一切咨議叙官銜，許山頭景炎議從五品，鋪上王太老議正七品，居仁家選老叔，及山紫邊，及敬臣兄，俱議正八品，郭錫官議建坊。部議已定，諒不能移易。如奉旨依議之日，即寄信達知書院諸同道。岳父在家實行所不及知者，即爲補述可也。金城在京飲食起居甚爲安適，試期亦近，此處因自然妥貼，無庸介意也。字到即稟母親大人金安膝下。

金城字　十二月□□□

此達，二弟、三弟仝照。

族中諸伯叔、家中諸伯叔均此致意。

人。若遇諸公。即將此息先陳言
也。寶甫處不及另札。前拾歸
拾歸信中。已具道岳父孫先
生運柩事。尚已收照。即於臨時道
言道好。莊識老會試。諒必再
來。即尚在此各赴程。其一切洛

此處看京報。僅知大畧。欽差大

議敘官銜。許山頭景奕議從五品。鋪上王太史議正七品。居仁家選知縣。及山學易選郭錫古議建坊。及翁居光俱議正八品。部議已定。諒不能移易。如奉旨依議之日。即寄信達知書院諸同

道英文在家實行所不及知也。即為
補述可也。至於在京飲食起居。甚
為安適。試期二近。此處固自勝
安貼。無庸介意也。字到即稟
母親大人金安膝下此達
二弟全照
三弟
族中諸伯叔 家中諸伯姊均此致意
重城字
十六

陳金城致陳仲同、陳季繹書札 sz170-善221.32

一頁，22.7×12.8cm，有蟲蛀損壞

仲同二弟、季繹三弟仝照：兄於五月廿四日由連城發程，至七月廿八日到天津。因腿上生一腫毒，沈綿月余，現已平復如常。惟本年會館俱歸霞若姻翁管理，所分脩金、壽金不過三百餘金，於捐數未能敷用，此時進退尚未能決。聞吾二弟縣結第三名，府結在何處？學使按臨泉州，想在明年正月。如得喜信，即作速寄來京爲望。霞若姻翁本年意欲回家，兄亦有回家之念，容後再聞。牧亭賢友與實甫内弟締姻一事，據牧亭來信道，秋初以挺未到京，已許厦門林樞北觀察。如有便，即達知之可也。

家中大小各安好，并付爻、蹇諸兒仝知。

兄金城手書　十月十二日沖

陳金城致陳仲同、陳季繹書札　sz171–善221.33

一頁，22.4×12.1cm，有墨筆圈點，有破損

二月十七日實甫内弟到京，一路俱平安，現在住泉州會館。兄住在杜親翁宅，飲食起居俱甚安適。實甫來，道鄉中時有不肖滋事，字到切須與□正叔并諸位叔臺嚴立鄉約，不準搶剥械門。倘□藉端生事者，立即送官究治。切不可與鄉鄰不睦。此達，仲同二弟、季繹三弟仝照。

兄金城手字　二月廿三日發

實甫兩信，可代收啓致送。

長正叔并鄉中諸叔臺仝啓，并致安好。

陳金城致陳仲同、陳季繹書札　sz172–善221.34

二頁，縱23.5cm，橫分別爲10.9、7.1cm；有墨筆圈點；原紙一頁；有蟲蛀損壞；圖版已拼接

二月廿五日專差冰哥回家辦理覆文到部。緣兄此會捐足，正欲分發驗看，而吏部必定行查福建巡撫學院，俟覆文到時，方准分部。兹特先擬一呈稿寄去，如部文到省不到縣，即在省遞呈；如部文由省到縣，即在縣遞呈。省中托侯官學陳老師爺（官名）榮登代爲辦理。惠安縣官科是林注舍經管，連城縣官科爲龔相公（官名）以鏞經管。如冰哥到家，可問他是誰辦理。如該用多少錢項，即由家中辦理。學院藩憲處，牧亭賢友已有信與他道明此事。學院處，兄亦有專信稟明也。明年會試咨文，切須由縣給來。托會試帶來，不可有誤。本年學院科試，吾弟能入泮否？爻兒得一等否？時常系念。鄉試入場款式，其添注塗改等事，須問實甫先生詳細爲要。此達，二弟、三弟仝照，并付爻兒諸兒仝知。

兄金城手字　三月初三日發

實甫内弟均此致意。

二月廿五日專差冰哥回家辦理霞文到部。緣先此會捐者正欲分發驗看，而
吏部必定行查福建巡撫學院，俟霞文到時，方准分部。茲特先擬一呈稿寄
去。如部文到省不到縣，即在省遞呈；如部文到縣（由省），即在縣遞呈。省中託侯
官學陳英師爺（官名榮登）代為辦理。惠安縣官科查是林注金經管。連城縣官科為譬相
公（官名以錦，住管）。如冰哥到家，可問他是誰辦理，此議用多少錢，須即由家中辦理。學院藩署處
牧厚賢友已有信與他道明此事。學院處兄亦有專信稟明也。明年會試諮文，切須由
縣給來，託會試筆來，不可有誤。本年學院科試，吾弟能入泮否？又兒須一
等否？附第榮會鄉試入場穀式，其除該全改等子，須問賓甫先生詳細
為要。此達
二弟、三弟仝照，並付文兒、瑞兒仝知
兄金振白字
三月初三日發
賓甫內弟均此致意

陳金城致陳仲同、陳季繹書札 sz173-善221.35

一頁，22.4×12.1cm，鈐印「臣金城」、「念庭」，其他印章模糊不清，有蟲蛀損壞

仲同二弟、季繹三弟仝照：兄自八月寄杜親家壹百伍拾兩，寄陳維芳兄叁百兩，寄蔡永豪兄及陳長舍□銀貳百五拾兩，寄柯連瑚官貳百兩，合玖百餘兩，當陸續收到。兄在津飲食起居俱甚安適。惟年内因咨文未到，未能入京，總須來春正月燈節後方得晉京。北邊護厝可蓋，如能内面出步方好，以便明年爻兒婚娶，搬入大厝居住。爻、蹇二兒可令讀《天崇桑蒺甫選》二十六篇，及《八銘存真》，擇其易曉者及用經用意者，令其讀熟。至於讀法，前信詳之，餘俟再聞。

兄念庭手頓首 十二月廿七日發

家中長幼各平安。

兵哥亦平安。

仲岡二
季鐸三 弟仝照 兄自八月寄杜親家書百伍拾兩寄陳維芳兄叁百兩寄蔡永

豪家兄及陳長全各銀弍百五拾兩寄杉連瑚官弍百兩叄孫母娘兩當陸

續收到兄之信飲食起居俱甚安適惟年內因諸事未了未

能入京總須來春正月燈節後方得晉京北邊護眉下益 內旋內角出弟方好

以便明年五兒婚娶搬入大房居住寶文二兄可仝讀天崇案巖甫選十

六篇及八股存真擇其易曉者及用經用文者令其讀熟至於讀法

前信詳之餘俟再閱

家中長幼各平安

其言亦平安

兄念庭手泐

十二月廿六日發

陳金城致陳仲同、陳季繹書札　sz174-善221.36

一頁，22.6×12.1cm，有破損、蟲蛀損壞

□…□：兄於十月十五日在衢州修信一封，交林呵灼（係杜親家管家）去。内有山柄陳□□□銀信一單，并道邑内王爾輔老兄銀七十二員事，當已□入。後因黄佐卿兄道經吾鄉，又寄一片，道往連城赴任，亦應收到。兄於十五日由衢州雇船，至玉山起旱；由玉山雇船，至江西建昌府又起旱。至十一月十一日始至連城，十二日到任視事。年内如可告假，即因公晉省，順便回家。倘若不能，即專遣兵哥來家。現在身體如常，諸凡尚皆安順。餘俟另日再聞。連城光景不比從前，看明年送考如何，再爲取決去留。實甫内弟到家否？念念。

此字，并付爻、騫諸兒知之。

兄念庭手字　十一月二十日

係杜就家管家

八於十月十五在衢州樓住一封交林所灼書內有山柄陳
八人八銀住一單并道邑內王介輔契兄銀七十二兩事當已收入後因
與佑卿兄並經吾卿文寄一片道往連城赴任六夜歸到先
六十五日由衢州僱船至玉山起旱由玉山僱船至江西建昌府又起旱
至十一夜十一日將至連城十二日到任視事年內如下告假所因不肯省
順便回家借者亦難即專遣兵丁來家現在身體如常諸凡
尚請安順舒徐另日再從連城光景不比從前恐明年遠去如
何再爲取決之留　賓甫內弟到家啓之
此字等付交寄之諸兄查之

兄急庵手字

十月二十日

陳金城致陳仲同、陳季繹書札 sz178–善221.40

二頁，23.1×12.9cm，有墨筆圈點，有蟲蛀損壞

館賦題爲夫子之墻賦，以題爲韵，詩賦得松柏有心（得時字，五言八韵）。考差題爲其未得之也六句。經題爲謙也者，致恭以存其位者也。詩題賦得君臣一氣中（得公字，五言八韻）。新進士朝考論題爲不可無耻論、存誠去僞疏。詩賦得吁謨定命（得儀字，五言八韻）。題目皆有所指。東吴王爾登兄處可與通知其請旌表節孝事，已代辦明白，係蕉林姻翁出名爲其惠安表叔王國楨妻趙氏請旌節孝，印結則户部主事陳尚馨也。與晉邑王遵官祖母同請。如行文到晉江，亦必到惠安。覆文則王爾登兄可自辦理。道光二十三年定例，節孝須阨窮可憫，方給坊銀。覆文則又當道其實係阨窮也。此達，二弟、三弟仝照。

兄念庭手字 五月初一日

外有萬應膏一百塊，卧龍丹六罐，交誠老兄去，到可查收。

蓮林姻翁出名為其惠安表姪王國楨妻趙氏請旌節孝。仰結則戶部主事陳尚馨如。與晉邑王遵官祖母同請。如行文到晉江，亦必到惠安。霞文則王朱登兄可自辦理。道光二十三年定例，節孝須貧窮可憫。方給坊銀。霞文則文前道其實係貧窮也。

外有蒜石膏一百塊。以龍舟六礁。求誠老兄查。到可查收

此達

二弟
三弟 全照

兄金庭手字

五月初一日

屬可與通判其請旌表節孝。可已代辦明白。信

陳金城致陳仲同、陳季繹書札　sz184–善221.46

一頁，23.4×12.8cm，有破損、蟲蛀損壞

十一日起程，住驛坂，十二日住沙溪，十三日住□□，本日十四住漁溪。路上所收程儀何解元（現住縣內）景□黃朴舍（邑內瑞春藥店）山富貳元，塗嶺淮官二元，楓亭何□二元，沙溪貳拾元，至漁溪遇漳州家黯官送紋艮伍拾兩。此時路費諒可敷用，漳州家黯官回府之便，草此數字達知。

仲同二弟、季繹三弟仝照

兄金城手字　十四日燈下漁溪具

陳金城致陳仲同、陳季繹書札

sz199–善221.61

一頁，23.6×12.7cm，有蟲蛀損壞

十四日漁溪寄漳州黯官一信，十七日寄東湖篙叔一信，并佛番貳拾員，當已收到。玆再付去舊靴一雙、毡條一領，到可登收。夫脚已换裝。弟去兵哥家中，可撥一千文付他過年。新厝大門可即修理，書橱可俱關鎖。

仲同二弟、季繹三弟仝照。

兄金城手書

玉、鶴、夢三人可再發三百文。

陳金城致陳仲同、陳季繹書札

sz186—善221.48

一頁，22.8×12.6cm，鈐印模糊不清，有墨筆圈點，有蟲蛀損壞

二十日在省起程，至正月十二日方到寧波大橋，明早可到立成行，一路平安。唯爲日較迫，不得紆道石浦耳。明日到寧波行中，當再發信。爻兒讀書，《四書》須令讀熟，場中出題，方不錯記。作賦須令講求次序爲先，作文須醒豁犀利爲先。

付去眼藥二十罐。

二弟、三弟仝照。

兄念庭手字

衡、遷、鶴三人到家各發錢一千文（每人一千共三千文）。

陳金城致陳仲同、陳季繹書札 sz187-善221.49

一頁，23.4×12cm，有蟲蛀損壞

日昨廈門摺差（陳姓，係浙江人）去，寄一安信，當可收到。頃又有金門摺差（王姓，係同邑人）來，據他道曾見吾二弟一面，道起咨文事。但現在兄已於正月卅日，在朝内驗看明白。二月初五日掣簽分部，即由部行文到禮部，即可會試，無庸在本省給咨，所有諸凡尚見順適。至於處分一着，又蒙新天子恩准開復，將來補官之日可省□□□，尤足喜也。此達，二弟、三弟仝照，并付爻、蹇諸兒姪仝知。

兄金城手書　二月初一日

二月初一日，吾縣會試諸人尚未到京。

陳金城致陳仲同、陳季繹書札　sz190–善221.52

二頁，23.4×12.7cm，有蟲蛀損壞

仲同二弟、季繹三弟仝照：昨附信一封、銀叁元交玉舊帶去，當[已]收到。學臺要從興化考起，諒到泉州即在三月。昨面見時道：文到妙來無過熟。吾弟可多讀多作，方能圓熟，不可自弃。文可三日作一篇，詩可一日作一首。又須考經解，經解須用漢學。如遇實甫先生，可道歲考，可以報優。爾後用功須當加勤。晤時可并達之。此達，家中大小各平安。

兄金城手字　十二月廿四日泐

外付兵哥銀叁元，到時可送交兵嫂收入。

道歲老下以权優

本信用助須肯加

勤勝時下再述之此意

家中大小各平安

元重娘手字

十二月廿八

外付英番銀壹元到時可送與岳母收之

陳金城致陳仲同、陳季繹書札

sz191–善221.53

二頁，22.4×12.1cm，有墨筆圈點，有蟲蛀損壞

二弟、三弟仝照：本年復迴避，不入場。本擬場後即同諸公回籍，因天津會館官商延請再四，故在京給假三月，即於八月初起程，想當十月間即可到家。但連城到任，本有限期，故將下半八月以後之事，議交實甫内弟辦理，其束脩各得一半。吾弟在埔塘，可無庸散館，即一直教去，總俟實甫回時再商。去年所寄之銀收到否？何以至今未得回信？茲再付去紋銀叁拾兩（京平共三大錠），到可查收。外有會試闈墨一本、《塔影樓詩》一本，到可與爻兒閲之。會元首篇不見佳，魁卷中則有佳者，擇其善者而從之可也。《塔影樓》一本，詩尚佳，俱可參閲。另有鎮驚錠貳拾錠，紫金錠叁拾貳錠，驚錠子五錠，如意丹一錢，俱可收入。

四月廿日　兄念庭字

兵哥寄佛番貳拾元，可命兵嫂來取。渠道要還賬，問之便知。

在埔塘。下年厚敬館。即一直敬事。復信
賓甫回時再商。去年所寄之銀收到否。何

以至今未得回信。茲再付去紋銀叁拾兩（京平共三大錠）。到了
查收。外有會試闈墨一本。塔影樓詩一本。
到可與文光閱之。會元首篇不見佳。雖卷中
則有佳句。擇其善者而從之可也。塔影樓一本
詩尚佳。鎮下条閱。另有鎮鵞錠式拾錠。其
全錠叁拾式錠。鵞錠子五錠。如交其一錠。很
可收入。
兵交穿拼書式拾元。可命兵渡來取。渠道
要還賬。閱之便知。
四月廿日 兄年庵字

陳金城致陳仲同、陳季繹書札 sz192–善221.54

二頁，縱23.4cm，横分别爲10.5、11.7cm，有墨筆圈點，原紙一頁被割裱，有破損、蟲蛀損壞，圖版已拼接

仲同二弟、季繹三弟仝照：兄於去年十二月捐足主事，正月十九日奉旨「陳金城着以主事，不論單雙月歸原班選用，並分部行走。欽此」，即於廿八日要驗看分部，後經吏部問前次會試後有領回任執照，報捐後回省有無繳照領咨等項。咨查到福建，因此延擱在京，未能分部，特遣冰哥於二月廿五日出京，帶有呈稿，并學臺、藩臺信到省，交侯官學陳老師（名）榮登處辦理。後於三月初又寄摺差一信。兹復寄一信并呈稿（在縣）一紙。如到時可即到縣查明，冰哥到家時能知消息。如在省不發縣，即在省辦理。在省司房、院房均須托爲照應。如發縣，即在縣辦理。緣素日不諳定例，故未繳照領咨來京，以致駁查。兄一生功名蹭蹬，即此次以貲報捐，尚如□曲折，無怪會試之屢科不第也。本年已許天津幫仍任館事，□未能親自到家辦理。明年會試咨文，切須在縣起□…□應用（覆文），或十元，或九元，或八元，均應托人辦理帶來。□…□。爻兒諸兒仝照。

實甫内弟均此致意。

兄□□□

此次辦覆查文一，領咨在京赴選一，另明年會試咨文□…□。

於三月初又寄攤差一信。許復寄一信并呈稿一本，如到時可即到縣查（在部）（冰弟到家時能知消息。）
明。如在省不赍縣印，在省辦理；（在省同房同房均須註明。）如赍縣印，即在縣辦理。緣素日不諳定例故
未經（保結）咨來京，以致駮查。兄一生功名蹭蹬，即此次以貲報捐，尚
曲折。無怪會試之屢科不第也。本年已許天津館，仍任館去。
未能親自到家辦理。明年會試諳文，切須在縣起（覆文。）
應用或十元或九元或八元，均應託人辦理帶來
文，以便諸兄定奪。
寄省內由恒興致意。
此次辦覆查文一，領咨在京赴選一，另明年會試諳文

陳金城致陳仲同、陳季繹書札　sz194–善221.56

一頁，23.6×12.6cm，有蟲蛀損壞

仲同二弟、季繹三弟仝照：前寄長合號九十員，寄鶴寶二十員，又藥材一包，諒當登收。兹再付去佛番貳拾員，鎮驚錠二百錠，紫金錠壹百陸拾塊，萬應膏肆佰塊，狗皮膏肆拾塊，到可查收。本年所有束金、壽金對分之數，俱留爲捐足之項。現在身中飲食起居，俱甚康健。明年仍與霞若同辦。此付爻、蹇諸兒仝知。

念庭字

陳金城致陳仲同、陳季繹書札　sz195–善221.57

一頁，22.7×12.2cm，有蟲蛀損壞

仲同二弟、季繹三弟仝照：十月半閲題名録，知爻兒不獲雋。總須用功精勤，於天崇國初讀得酣熟。又須兼閲時墨，方合風氣。前寄柯璋官紋艮壹百兩，當已收到。兹再寄去紋艮七十五兩四介一分，如到時可撥一十五兩付獺窟林四舍收。林四舍處，前寄魏烈舍帶去二十兩，又寄璋官於壹百兩内分出二十兩，合共四十兩。兹再交十五兩，共得五十五兩，餘當陸續再聞也。兄於上海之行現又暫停，俟會試後再決行止。此達，家中尊幼仝安好，并付爻兒諸兒知之。

兄念庭手字　十月十九日沖

陳金城致陳仲同、陳季繹書札 sz196–善221.58

一頁，22.9×12.8cm，鈐印「求是堂」、「念庭氏」、「金」、「城」、「陳金城印」，有朱筆圈點，有蟲蛀損壞

字到即稟母親大人金安。

正月廿三日接家中八月廿六日一信，廿四日接家中九月十五一信，二月十八日接家中十月廿二日一信，廿三日接家中十一月十五日一信，俱道家中大小各平安，爲慰。去年十二月以前所寄平安信共十三封，來信道收有八封，則是尚有五封未到也，諒必陸續再到。二月廿四日寄去安信[一]封，内有實甫信一封（此處收實甫兩信，此信所以復也），具道岳父大人運柩之事。居仁鋪上兩信，具道書院議叙已定之事。如寄到，即可查發也。金城此處飲食起居俱甚安適，現已届試期，固不及縷叙閒事也。實甫家中各平安，如晤時可爲致意。此達，二弟、三弟仝照。

金城字 二月廿九日在京都沖

家中、族中諸伯叔均此致安。

岳父孫先生靈柩已到杭州，實甫信中備言之矣。

外有實甫信一封，可即送去。

母親大人金安字到即稟

正月廿三日接家中八月廿六日一信，廿四日接家中九月十五一信，二月十八日接家中十月廿二日一信，廿三日接家中十一月十五日一信，俱道家中大小各平安為慰。去年十二月以前所寄平安信共十三封，來信道收有八封，則是尚有五封未到也，諒必陸續再到。二月廿四日寄去安信一封，內有賓甫信一封，具（此處收賓甫兩信，此信所以前發也）岳父大人望柩之事。居仁舖上兩信，具道書院議叙已定之事，如寒到需，未見接也。今媳此處飲食起居備告安適，現已屆試期，固不及縷縷閒事也。賓甫家中亦平安，如晤時可為致意。此函遞

岳父孫先生畫梅已到杭州，賓甫信中備言之矣。

外有賓甫信一封可即送去。

二弟
三弟 全盼

家中
族中 諸伯叔均此致安

玉堂字

二月廿九日在京發

賽洛陽

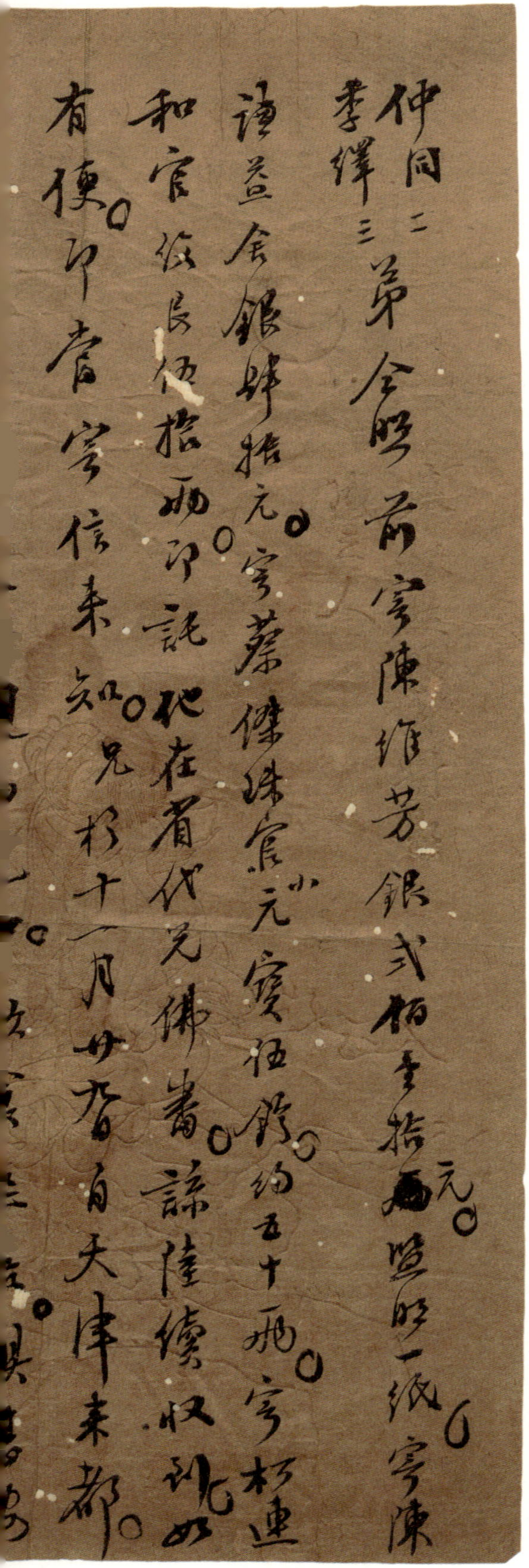

陳金城致陳仲同、陳季繹書札　sz198–善221.60

二頁，22.5×12.1cm，有墨筆圈劃，有蟲蛀損壞

仲同二弟、季繹三弟仝照：前寄陳維芳銀貳佰壹拾元，監照一紙；寄陳謙益舍銀肆拾元；寄蔡傑珠官小元寶伍錠，約五十兩；寄柯連和官紋艮伍拾兩，即托他在省代兄佛番，諒陸續收到。如有便，即當寄信來知。兄於十一月廿九日自天津來都，至十二月初二日到蕉林親翁宅中，飲食起居俱甚安適。在京衹接着三月廿五日家中一信，餘俱未接到。想是寄來未到，抑家中未曾寄來，深爲系念。爻兒讀書作文，未知有進益否？如讀名家文，須令讀到極熟方好，不可能背誦即歇，此最是無益。蹇兒讀書近來似放心，須防閑不可放鬆。又每日讀書，只令讀到極熟，不必求多。渠所讀之書，如能記的，多多益善，衹看將來能用不能用耳。《周禮》一書，可與爻兒、蹇兒讀完。《周禮》一部，作時文可用者甚多，不可不讀也。刻下已在十二月初十日，再過來春，會試在即。未悉實甫已來否？念念。此達，家中大小均安好。

兄念庭手字　十二月初十日

想是寄來未到。柳家中未曾寄來。深為系念。文兒

讀書作文。未有道益否。如讀家文。經今讀到極熟。熟方好。不可能背誦即歇。此最是無益。宜見讀書近來似放心。須防閑。不可放縱。又每日讀書。六令讀到極熟。不必求多。渠所讀之書。如能記多之益矣。祇看將來能用不能用耳。周禮一書。可與文兒塞見讀完。周禮一部。作時文可用者甚多。不可不讀也。新下之在十二月初十日。再過來春。會試在即。來生竇甫已來否

念初此達

家中大小均安好

兄念庭手今

十二月初十日

陳金城致陳仲同、陳季繹書札　sz200–善221.62

二頁，23.1×12.6cm，有墨筆圈點，有破損、蟲蛀損壞

字到即禀母親膝下。金城自衢州登舟，至初八日到杭州，俱平安妥適。在杭州暫住三天，至明早可以下船。想與學臺同行，在蘇在揚，必多耽擱，年底祇可到清江浦耳。在衢州初二日寄安信第三封，并孫先生安信在内，托省中盤龍吴抛□轉寄，當已收入。玆仍附省中學差帶去。信到之日，可即令人通知埔塘實甫處，道孫先生與金城一路俱平安也。時孫先生以衢州信已道明白，不復作書，命金城代一筆寄安。此達，附二弟、三弟知之。

兄金城字　十二月十一日在杭州具

信到給□員陸拾紋。

信到之日，即可令人通知埔垣黄甫處。道
孫先生與金城一路俱平安也。叫孫先生
以徽州信之道明虞不復作書。命金城代
一筆寄去。此達。附

二弟
三弟 同知。

先金咏 字

十月十一日在杭州具

信到給以賞資拾文

思君空山

外齋次風水傳有之心情又作文

樓閣所謂仙中凌空起步也在中二小此最宜故布局

取為合樓尤合時尚看多少墨卷便知揣摩香對必約略

坐卷須言此比比共用典用華神韻氣味繹以天宗國初

為時趨近三科風氣亦宜揣摩看近來風氣從錄

稿之說方今制勝不可蹈空而尤在能活用典為妙

家也須日取名文及墨卷之活用典者熟玩悟入而

之諺言丑先生以寫不失時之思文思近日文藝如

陳金城致陳仲同、陳季繹書札　sz201-善221.63

四頁，22.8×12.3cm，有墨筆圈點，有墨漬、破損、蟲蛀損壞；圖版已拼接

□…□月廿六日家□一封，知所兑興記號四百元已經收到。□□□□天津客蔡復利永豪老佛番三百元，當亦收到，未見回信。本擬此三月□□起身，因上海諸同鄉款留，未能遽行。兹先寄匯票三百廿元一紙，到時仍當同兒撰德親到城中，與陳（塔後）二老爺文炳舍至興記號陳登舍處親爲支取，不誤。蹇兒完婚，的在二月否？用度只以一百元爲準。吾家素以勤儉傳世，不可誤同世俗浮誇之尚。付去《蒲編堂訓蒙草》一本。此本用典最有生活（於二弟尤當熟玩），可細觀之。大凡用典最宜活用，活用便無呆板，活用方能層出不竭。至於無中生有，尤見心思空靈□。如齊次風於傳有之，可以悟入。又作文最宜空中樓閣，所謂從中凌空起步也。在中二小比最宜，故布局以前二比、中二小比、後二大比最爲合格，尤合時尚。看多少墨卷便知揣摩。看《制義約選》、《文琳初二集》、《墨卷質言觀止》，觀其用典、用筆、神韻氣味，總以天崇國初爲根幹，以墨卷爲時趨。近三科風氣，亦宜揣摩。看近來風氣，須能典贍，有經籍之光，方可制勝，不可蹈空，而尤在能活用典爲妙。此不可不知其竅也。須日取名文及墨卷之活用典者熟玩悟入，而於造句時用切響堅光出之，斷無不決勝之理。爻兒近日文藝頗有進境，付去文二篇，可收入。惟用典之題目，尚未寄來，嗣後每月可寄文三篇并詩來，或蹇兒、良兒、思兒有作詩文，俱一同寄來。又每月每日須用潛研堂答問之法，先寫一故事題目作問，即高二格作答。此法最便於記憶。如《困學紀聞五箋集證》及《養新録》諸書，可撿出用此法記之，將來自能精博。如《易堂問目》一書亦是一法，能一日記十條，十日可得百條。二弟、爻兒及諸兒姪知之，即當行之，或經或史，皆用此法記習，斷無不能精熟者。作字須每早取法帖臨寫，大字（徑寸大）數十字（不用多），便易進境。此法郭蘭石先生所傳，余曾學而試之，果然。爻兒近來寫字，有退無進。付去「稽堂〔古〕堂法楷」一紙，可時時取觀，庶結體能不鬆散，嗣後作字不可忽略。每早書大徑寸字數十字，又臨「稽古堂法楷」一百或二百字，不用多，過一月便有進境。至臨格眼紙時，便不受格窘束。其餘諸兒姪亦當同用此法寫字。每日讀何書，温習能熟；每月作何文，理法能悟；寫何字，結體能成，可逐月於家書中達之可也。又每月可寄走信者一封，即將諸兒所作詩文寄來。并付二弟、三弟，同爻兒芉諸兒姪仝知。

兄念庭手書　正月卅日

八廿三日家[illegible]封，知所兑興記鄂四百元已經收

到。[illegible]偉客隊復利永亨老佛番三百元，當亦收到。來允

回信。本擬[illegible]起身，因上海諸司所缺[illegible]，未能遽行。前兑

滙票三百廿元一紙，到時仍寄回兑。據復款到，攤中與陳二老爺分攤

存至興記鄂陳培翁處，款為支取不誤。寶兒定婚，酌在二月。至用

度只以一百元為準。吾家素以勤儉傳世，不可誤因世俗浮奓之尚。付

去蒲編四訓蒙草一本，此本用典最有生活，可細觀之。大凡用典最（於四六大書熟玩）

宜活用，用便無呆板。活用方能出生不窮，至於無中生有尤乃

心思靈[illegible]。外齋次風於傳者之以悟入。又作文最宜空中

樓閣，所謂從中凌空起步也。在中二小比最宜。故布局以後二大比（前後四中二比）

最為合，格尤合時尚。看多少墨卷，便知揣摩。香山又約選文琳初二集

墨卷，質言之，此占此共用典用筆，神韻氣味，總以天崇國初為幹（根），以墨卷

為时趋。近三科風氣，亦宜揣摩。看近來風氣，總歸典贍有

籍之兑方可制勝，不可蹈空。而尤在能活用典為妙，此不可不知

其竅也。須日取名文及墨卷之活用典者熟玩悟入，亦於造句時

寄文三篇并诗来。或寄儿、良儿、思儿有作诗文，俱可同寄来。文
每月每日须用潜研堂答问之法，先写一二故事题目作问，而答
二条作答。此法最便于记忆。如困学纪闻、王氏集证及秦
新录诸书，可摘出用此法记之。将来自能精博，如易堂问
目一书亦是一法。能一日记一条，十日可得十条，百日可得百条。二弟、文儿及
诸儿姪知之，即商行之。或经或史，皆用此法记录。每
不能精熟也。作字须每早临阁帖，写大字（往往大字不用多）数十
字，便易进境。此法郭兰石先生所传，余曾学而
试之果然。文儿近来写字，有退无进。付去稽古堂帖楷一纸，
可时时取观。唐结体能不懈散，以后作字不可忽略。每早书大
径寸字数十字，中文临稽古堂帖楷一百或二百字，不用多。过一
月便有进境。至临帖眼纸时时便不变样。寓东女幼诸儿姪亦
当同用此法写字。每日读何书，温习能熟，每日作何文，理法
能精，写何字，结体能成，可逐月于家书中禀达之可也。又每
月可寄书信者二次，即将诸儿所作诗文寄来，并付
二、三弟阅，文儿并诸儿姪全知
兄念庭手书
正月廿日

陳金城致陳仲同、陳季繹書札

sz202—善221.64

一頁，22.8×12.6cm，有墨筆圈點，有破損、蟲蛀損壞

廿七日纔到京師（同莊誠兄、郭溪兄齊到），一□…□。兵哥一路，亦俱平安。現在住在□□□□條胡同杜親家宅中。爻兒讀書，須字字講解，令其字字明白。至讀時文有高低節奏，須令其讀合音節，不可草率，如讀經書一樣。詩亦須令每日讀一首，不可放鬆。《四書注》及《左傳》，尤宜開講有着落。此達，二弟、三弟仝照。

實甫先生均此致意。

兄金城手字　二月廿七日平安家報

陳金城致陳仲同、陳季繹書札　sz203–善221.65

一頁，22.6×12.3cm，鈐印「念庭」，有墨筆圈點，有蟲蛀損壞

前日寄一信交鰲翁貴紀去，當已收到。杉單亦有發至霞老處，可與對明。但此處船尚未行，必須一二日方能開棹。福州督撫藩臬及鄉紳所議，現在要招神炮手十余人，在五虎江鄉里金牌等處教習。不悉每人安家要若干，先付去安家，餘每日伙食三百文，想在二三十元左右。字到可專人到徑口問麗水司諸人（徑口有齊司、浩司），便知着落。鰲翁大人如欲回省來，吾弟可仝實甫用鼓吹接送，即買糕餅冰糖八色八包奉送可也。此達，二弟、三弟仝照。

兄念庭手頓首　七月卄日辰刻

外有南坑一信可即專致。

陳金城致陳仲同、陳季繹書札

sz204–善221.66

一頁，22.5×13cm，有蟲蛀損壞

正月十二日到寧波，十四日自寧波買棹，十八日至杭州，廿二日紆至上海，廿七日到蘇州，一路飲食起居皆甚安適。寧波、上海所送賮儀有一百五十之數，路上可以敷用，諒二月應可以到京。爻兒讀書作文須令純熟，不可間斷。蹇兒亦可於一月之間教他學作起服或湊成篇，不可放鬆。餘俟再布。此達，二弟、三弟知之。

兄念庭手字　正月廿七日在蘇州泐

石頭街一信可遣人送去。霞若、實甫兩封家書到，即爲專人分致。

陳金城致陳仲同、陳季繹書札　sz206—善221.68

一頁，23.2×12.4cm，有墨筆圈點，有蟲蛀損壞

頃奉學院送重訂《一隅集》一部，《詩韻辨字略》一[部]。茲謹付兵兄帶去，到可查收。其敬臣兄呆銀兩大元，并信一封，可即差人送到鋪上交卸，隨即換來。學院本擬初五日起程，因夫脚不備，遲至明□，□□起身。此達，二弟、三弟知之。

兄金城字　初五日沖

陳金城致陳仲同、陳季繹書札　sz207-善221.69

二頁，22.9×12.1cm，鈐印「臣金城」、「念庭」，有蟲蛀損壞

仲同二弟、季繹三弟知照：兄自十月十六日由京起程，至十一月二十日到蘇州，始知爻兒入泮第一。此皆祖宗積慶之報，吾子孫固宜善爲培養，以求子弟成就大器。兄因天津閩粵兩幫代捐六部主政加一級從五品，封典貤封祖父母爲奉直大夫并太宜人，誥贈父母爲奉直大夫、太宜人。兄以未邀一第，碌碌風塵，今承兩幫厚惠，榮及祖先，實爲意想所不及。但以此身許人，明年仍須就道往天津董會館事，方能不負同鄉雅誼耳。兄本擬由衢州紆道往連成回任，因關河修阻，日期難定，看到衢州是何日期。如過蠟月初始到衢州，兄即由清湖直馳至家，爲小兒完婚後再作商量。爻兒完婚訂於正月十六日。兄到蘇州，接王君銘親家有信來知，兄已馳信與君銘親家，囑其一切從儉。望即俯俞，當必聽從。吾輩守儒素家風，凡嫁娶之事俱宜從儉，總不得過一百金即佛番壹萬元爲度，方爲持久治家之計。吾弟當亦同此關情也。會試後所寄孫子拱、王汝弼二賢友代買綢緞，當已收到。吾家布衣隨分，至於綢緞不過爲禮服以備禮，非可以綢緞爲日用常服也。茲先寄字達知。

兄念庭手字

家中大人小兒均好，并付爻兒并諸兒姪知之。

此平安家書一封係由杭州寄至寧波，托王親家轉致，到可查收。

十一月廿四日在嘉興舟中書

廿六日在杭州發

道往連城回任因闗河修阻日期難定香到衢州是何日期如過臨

月初可到衢州兄即由清湖直駛至家舊小兒完婚後再作商量

文兒完婚訂於正月十六日兄到蘇州接王君銘親家有信來知兄

已馳信与君銘親家囑其一切從儉兄即俯允當必照從吾

輩守儒素家風凡嫁娶之事俱宜從儉總不得過一百金為即備奩事亦兄

度方爲持久治家之計吾弟當亦同此關情也會試後

所寄孫子拱王泐卿二貫友代買綢緞當已收到吾家布

衣隨分亦可綢緞不過為禮服以備禮非可以綢緞為日用

常服也祈先寄字達知　兄金庭手字

家中大人小兒均好并付文兒并諸兒姪知之

此平安家書一封係由蔡升寄子寄收訖

王親家轉致到了查收

十一月廿四日在京

廿六日在杭州發

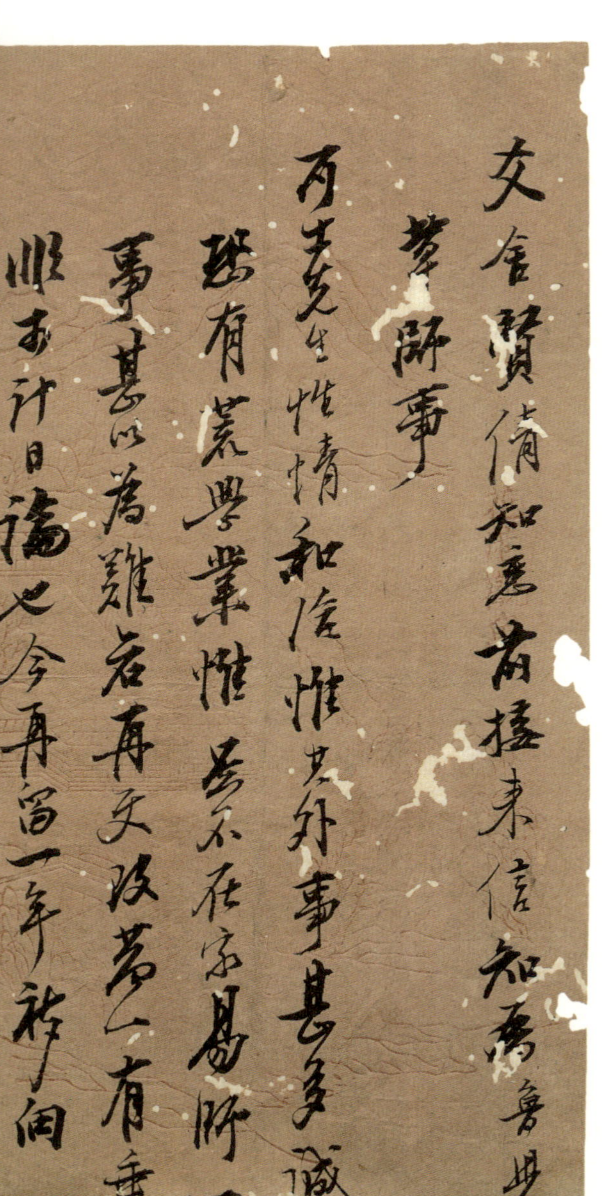
爻舍賢倩知悉前接來信知爲魯兒
輩師事
可士先生性情和洽惟其外事甚多誠
恐有荒學業惟愚不在家易師一
事甚以爲難若再更改萬一有乖
非可計日論也今再留一年祈向

陳金城致某公[爻]書札　sz169–善221.31

三頁，23×12.1cm，鈐印「?·?·人」，有蟲蛀損壞

爻舍賢倩知悉。前接來信，知爲魯兒輩師事。可士先生性情和洽，惟其外事甚多，誠恐有荒學業。惟愚不在家，易師一事，甚以爲難。若再更改，萬一有乖，非可計日論也。今再留一年，祈向可士先生言明，求其勤力在館訓誨，束金之事，春夏間回里，自即再行加送。務祈親向一言爲要。如其不肯，祈爲擇請要人是托是要。賢倩英年在望，不可以一衿爲喜色，不可以尊大人得一官爲寵異。當再屈志老成，安守儒素家風爲後日計。少年習氣，須自覺除爲是。餘不□□白。耑此復聞，即請二位令叔大人安，潭府均吉爲托。順問近好，諸希理照。不一一。

十二月初三日　甬上頓首

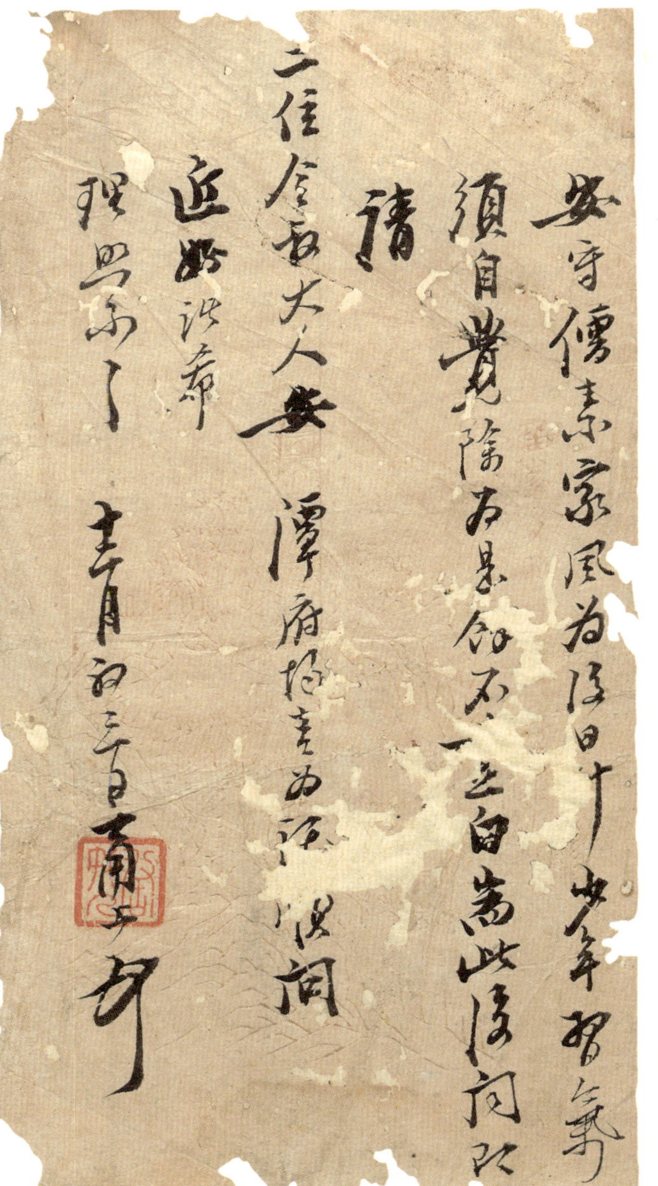

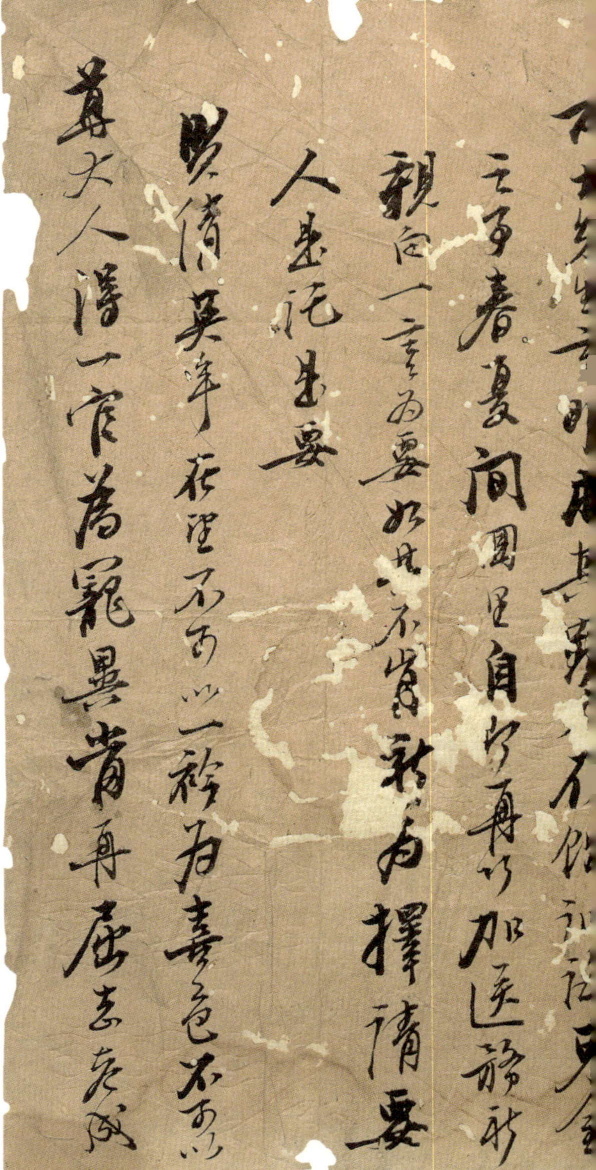

陳金城致某公[拙峰]書札　sz180—善221.42

三頁，23×11.7cm，有蟲蛀損壞

拙峰仁兄大人閣下：去臘自温州寄一蕪函，當登記室。辰惟履候勝常爲頌。金城至歲暮廿七日抵家，翌日即將閤府各位及物件，并便娘乳母六元交和叔分致。今春新正十二日造貴府問候，得悉尊幼各各安好，深爲慰忭。見且魯誼兒堅實穎秀，氣厚而清，可卜後來大器。第二世兄亦嶷然秀發，允爲德門吉慶。廿五日貴宅上梁，金城同繁露先生先於廿四晚到夢草軒，至卯刻登拜。是日，印浮太史亦至。吉日祥雲，高朋滿座，道賀稱喜，真可繼張老之頌。竹生老伯處希叱名道安。金城撰一聯云：「霽月光風有道氣象，泰山北斗學者仰宗」，欲以奉贈。因此處覓不得好紙，乞代購一副付下，即繕寫。謹寄，貴行諸君子，均此致意。

金城又啓

愚山兄處不及另囑，爲道好。

揖峯仁兄大人閣下：去臘自溫州寄一函，當已

記室。辰維

頤祺勝常，為頌。金城玉歲暮廿七日抵家，署內

閣府各信及物件亦便，粮、新母二元交和件分致。

令妻初正十二日達。

貴府闔家均安，尊幼各各安好，深為慰抃矣。

且魯姪兒堅實穎秀氣厚而清可卜後來大器
弟二女兒亦嶷然秀發先爲
潘門吉慶廿五日
貴宅上梁吉成同鮮露先生先於廿四晚到蘇
州軒玉即刻督催某日即偕太史亦至吉日
祥雲萬周倘歷道賀恭喜真可從張老之頌

竹生老伯履席：此名道安。季臧接一聯之需，自老風有道氣象，泰山北斗，學者仰宗，將以奉贈。因此處竟不得好帋，乞代購一副，付下即繕寫，謹寄。貴行諸君子均此致意。黄山兄處不及另函，為道好。

季臧上啟

陳金城致某公[遠齋]書札 sz189–善221.51

一頁，23.1×12.8cm，有蟲蛀損壞

遠齋先生大人閣下：昨承命與敝同年議與葉家會賬，適葉君來，渠道會來，亦不能全交。惟是會來，可以完一局事，彼此均可了事。昨又聞敝同年有不能全會之説，以閣下言重九鼎、字值千金，斷未必有此二三反復之説。天下事設身處地，恕字可行，惟閣下裁之。現項不能會，陸家不能會，葉家又不能，希即示知爲禱。弟本日有游山之約，俟午後即當趨領清誨也。此請早安。不一一。

愚弟陳金城手上頓首

遠齋先生大人閣下昨承
命與教同年議與葉家會賬遹葉君來渠道會來亦不
能全了惟是會來可以完一局耳彼時拘了事昨又聞
教同年有不能全會之說此
閣下言重九鼎字值千金欲來必有得二三友覆之說
天下事設身處地恕字可行惟
閣下裁之瑣瑣不能會陸家不特會葉家又不能希回
示皆爲禱來 本日有游山之約後午即回當趨欽
清誨也 肅請
早安不一
愚弟陳士城頓首

東園載酒
西園醉摘
盡枇杷一
樹金
幼農爲
清祕閣製箋
聲伯題

十三　倭仁書札

【倭仁（一八〇四—一八七一），蒙古正紅旗人。姓烏齊格里氏，字艮齊，一字艮峰。清道光九年（一八二九）進士，累官工部尚書、文華殿大學士，謚文端。精義理之學，好宋儒之説。有《倭文端公遺書》。】

倭仁致某公［竹翁］書札　sz208-碑帖015.01

二頁，23.9×12.1cm

竹翁大兄大人座右：昨讀惠書，以出處大節相期，金石之言，敬銘肺腑。弟於進退之際，籌之熟矣。富鄭公之德之才，豈後學敢望！且前時情事，與鄭公亦自不同。計從言聽，誠難格夫天心。伐異黨同，情復侔於水火，即後之復令侍學，亦怵於衆口紛紜，以掩其排擠之迹。非視聖學爲重，而必需區區以輔導之也。惟念三朝恩遇，天子沖齡，不忍決然舍去。思欲勉竭駑力，仰酬萬一。若積日累時，仍於聖德無補，亦惟有引身而退耳。安能隱忍苟安，靦顔於伴食之列，而不思變計哉！

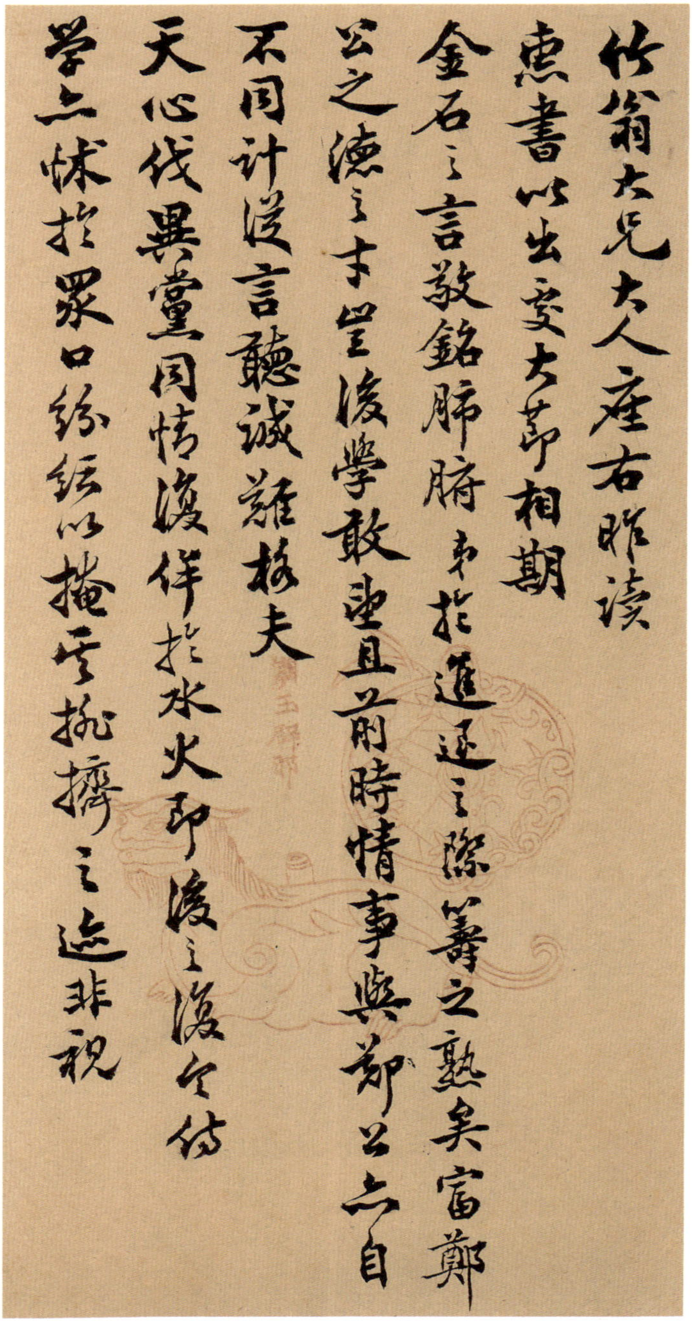

聖學爲重而必需匡之以輔導之也惟念
三朝恩遇
天子沖齡不忍決然舍去思猶勉竭駑力仰希萬一第
積日累時仍於
聖德無補亦惟已引身而退耳安能隱忍苟安靦顏於
伴食之列而不思變計哉

倭仁書札

一頁，23.6×12.2cm　sz209-碑帖015.02

再啓者，張少銘水部篤志好學，品行端嚴，今讀禮家居，如蒙鼎力推薦書院一席，必能講明正學，啓迪後進，亦作育人才之一助也。弟向不作曹邱生，因重少銘爲人，故及之。幸垂詧焉。

弟又頓

少銘，名振新，忻州東鄉遊邀村人。

倭仁致某公[葉帆]書札　sz210—碑帖015.03

一頁，22.8×12.6cm

葉帆二兄年大人：昨承枉顧，尚未走謝爲歉。晤小汀同年，已將尊意轉達。渠以致錫觀察書稿送閱，極爲懇切，惟事之濟否，不可知耳。鐵梅信奉繳。此請禮安。不具。

年愚弟倭仁頓首

倭仁致某公[久翁]書札　sz211-碑帖015.04

三頁，23.6×13cm

久翁二兄年大人座右：讀五月十二致椒生大農書，欣諗按試宣勤，教思篤至爲頌。大吏分畛域，總緣己私爲累，不能廓然大公。諸君皆賢者，不應如此。甚矣，克己之難也。滌翁疑弟謂其專利，殊不可解。可共信，顧不自信。何耶？得爵人謂必辭，觀其奏疏，似露矜張之意，以是知功名大不易居。金陵克復，九重已生侈心。竹翁喜懼一疏，爲功不小。然勉强遏抑，終覺可憂耳。新疆失數城，籌餉調兵頗難措手。昔以天下全力而始得之，今非昔比矣，得豈易言耶！甘省尚無捷音，若關內外勾結一片，其憂更大，奈何！奈何！都門壹是照常，惟夷人傳教、造房，居心實爲叵測。蘭泉聞在河南，十月可以到京。鏡溪之子能讀父書，可喜之至。弟排日侍直，公私平順。昨蒙派管榷務，此差歷年虧短，任滿不知如何也？兒子福綸挈眷赴粤，不日即可出都。此舉爲貧起見，然能濟貧與否，尚不可知。

此信尚未寫就，小春三日世兄來，送到手書，領悉種切。介查與我輩同年至契，身後一切，義當竭力扶持。蘭泉到京矣，精力甚健，如復原官，必有建白，特恐難行耳。順天闈墨不厭人意，見之否？試牘無美不備，幾經變亂，竟能如此，實出意外，亦賢宗師提唱之功也。此復，順請韜安。諸惟珍攝。　弟倭仁頓首　小春五日

父翁二兄年大人座右讀五月十二致耕生大農書

欣諗

擢試宣勤

教懇篤至爲頌大使分畛域總緣己私若墨不能廓

然大公諸君皆賢者不應如此甚矣克己之難也

滌翁疑弟記云專利殊不可解而世共信顧不自信何邪

以爵人記必辭觀其奏疏似露矜張之意以是知功名

太不易居金陵克復

九重之生修心 竹翁喜懼 已顯為功不小雖勉強過拙終

覺可憂耳 新疆兵數城籌餉調兵難難措手昔以天

下全力而始得之今非昔比矣得豈可言耶 廿省當捷

音美國內外勾結一片其可憂更大者即之都門書至如

常惟夫人侍教遠房居心寔為叵測 蘭泉聞在河南

十月可以到京 鏡濱之子能讀父書可喜之至本擬日付宜

公私平順 昨蒙

派管権務此差歷年虧短任滿不知如何也 兄子福綸

五鳳樓

挈眷赴粵不日即可出都此舉若負起見然終滯
負與吾尚不可忘
此行尚未定實狀 小春三日 芸未送到
手書領悉種切所查與我等同年至契身後一切義當
竭力扶持 蘭泉至系矣精力甚健如復原官必可建白
特恐難行可惟天閽墨不厭人意見之否 試讀足亦美
不備幾經發說竟惟如是實出意料亦
賢宗師提唱之功也此復順請軺安謝悱 琢拜弟倭仁頓首 小春五日

五鳳樓

碩庭四兄大人閣下屢承

枉顧尚未走謝爲歉授商一節緣

日午前學內事繁諸司事不去

身可否改爲是日中刻祈

酌示是禱此請

升安不一

愚弟名另具

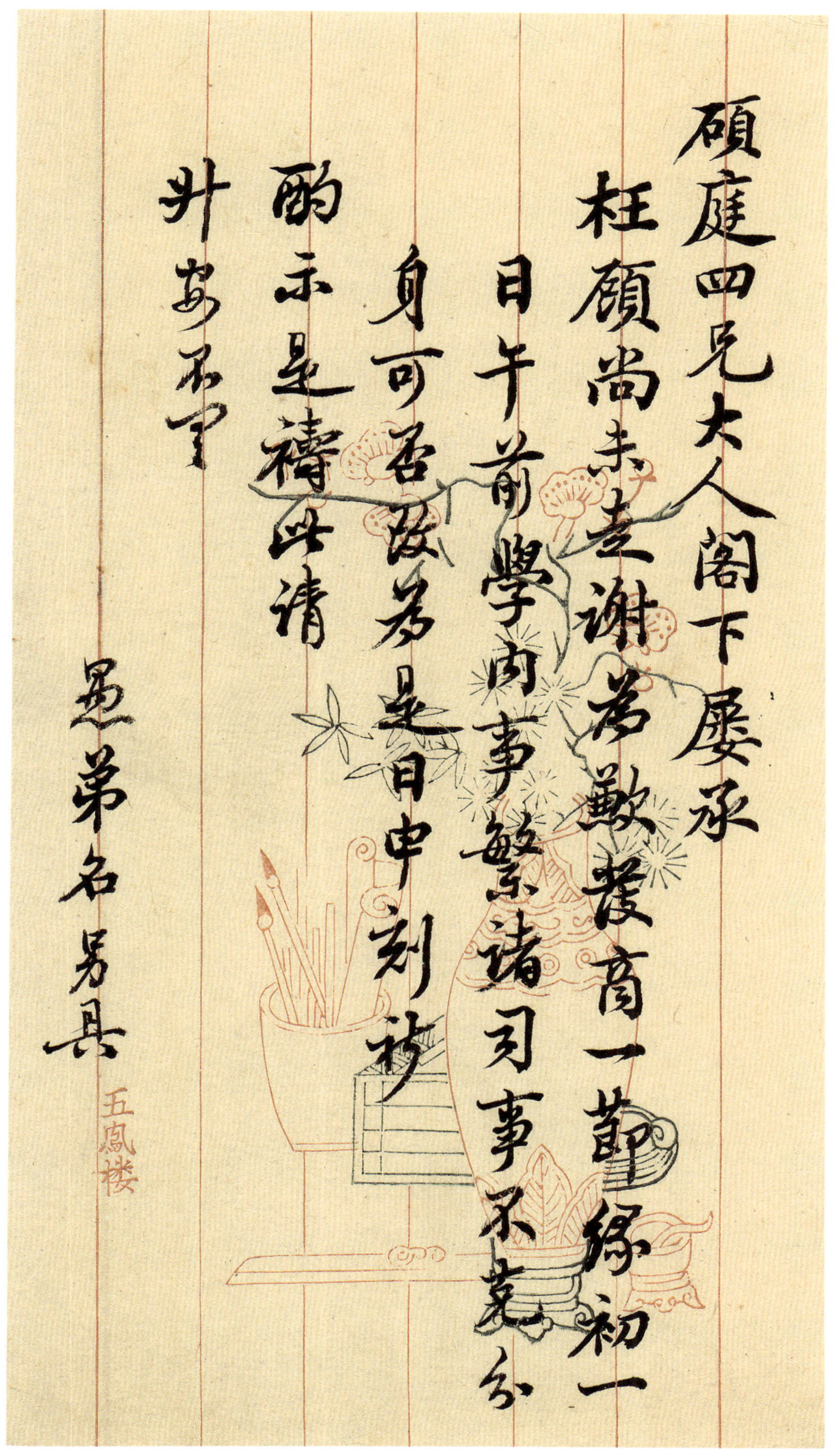

倭仁致某公[碩庭]書札　sz212–碑帖015.05

一頁，23.6×13cm

碩庭四兄大人閣下：屢承枉顧，尚未走謝爲歉。發商一節，緣初一日午前學内事繁，諸司事不克分身，可否改爲是日申刻？祈酌示是禱。此請升安。不具。

愚弟名另具

倭仁書札

二頁，22.7×12.3cm　sz213–碑帖015.06

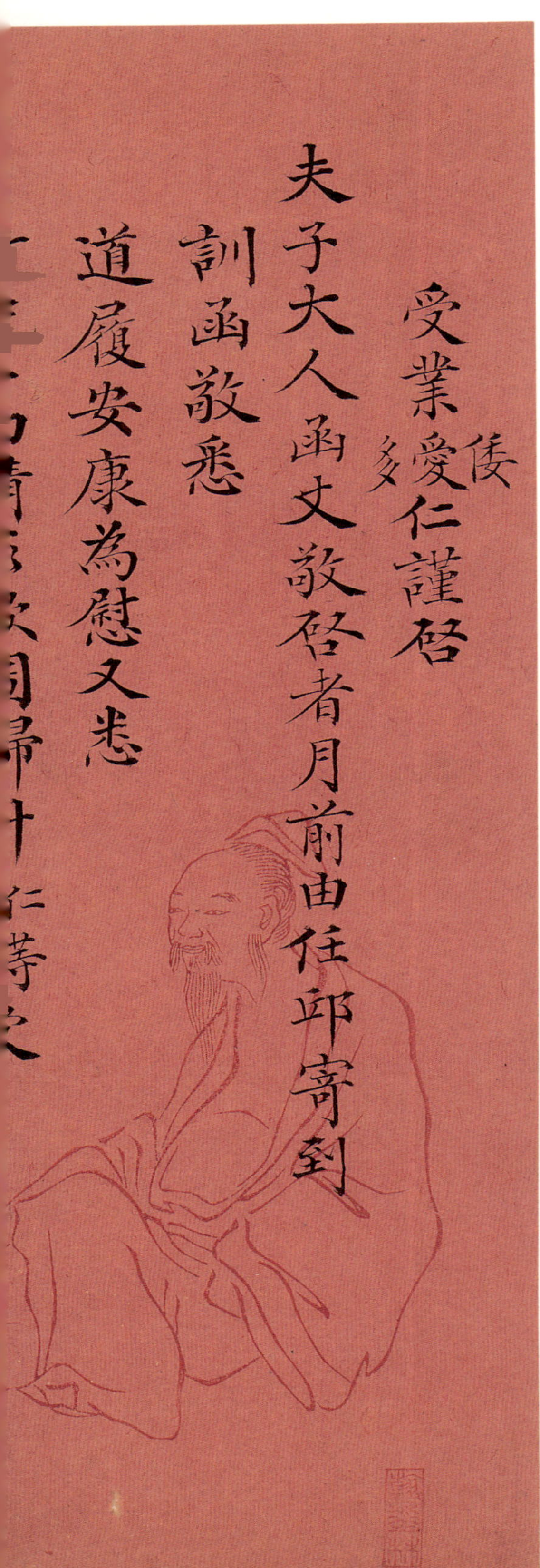

受業倭仁、愛仁、多仁謹啓

夫子大人函丈：敬啓者，月前由任邱寄到訓函，敬悉道履安康爲慰。又悉近況一切情形，欲圖歸計。仁等受師厚恩，得有成立，不能竭盡心力爲夫子大人解一分之憂，尚煩賜書示意，負慚五夜，罪何容辭。現在極力籌畫，未能報命。俟來春多仁旋豫，必有一番打算，以慰慈懷。聞河工今歲不能合龍，地方派料頗爲騷擾，殊可憂也。愛仁、倭仁供職如恒，無善可告。惟家母、家叔以次叨賴順平，足報慰耳。肅此，敬請鈞安。伏乞垂鑒。　仁等謹啓

夫子大人解一分之憂尚煩

賜書示意負慚五夜罪何容辭現在極力籌畫未能報

命俟來春多仁旋豫必有一番打算以慰

慈懷聞河工今歲不能合龍地方派料頗為騷擾殊可

憂也 愛仁 倭仁 供職如恒無善可告惟 家母 家叔以

次叨賴順平足報慰耳肅此敬請

鈞安伏乞

垂鑒仁等謹啓

倭仁致曾國藩書札　sz214-碑帖015.07

二頁，24×11.8cm

【曾國藩（一八一一—一八七二），初名子城，字伯涵，號滌生，一作滌笙，湖南湘鄉人。清道光十八年（一八三八）進士，累官禮部侍郎，在籍督辦團練，以大學士任兩江總督，謚文正。有《曾文正公全集》。】

滌翁中堂老夫子座右：前肅謝函，想蒙鑒及。道體聞已痊愈，目恙近日如何？念念。津門之案，傳聞不一，而起釁未必無因。審時度勢，兵端固不可開；義憤公仇，民情亦不可拂。順民心，即使事機決裂，可以對民，尚可以用民。若伸彼抑此，以幸一時之無事，則夷氣益驕，民心益憤，恐患在夷者小，而患在民者大也。閣下權衡在心，必有定見。局外妄言，極知無當，惟望慎之又慎焉。手此布臆，不盡欲言。高明鑒督焉。

通家愚弟倭仁頓首

以同心民若仲彼抑此以幸一时之無事則其氣

益驕，民心益憤。必患在其者小，而患在民者

大也。擇材度勢，權衡在心，

閣下必有定見，而懷之又懷，向所云云，想已知其要領，爲手此布臆，不盡

縷言。高明鑒察。通家愚弟倭仁頓首

夕陽秋影海棠紅

凝薇山館擬陸包山法

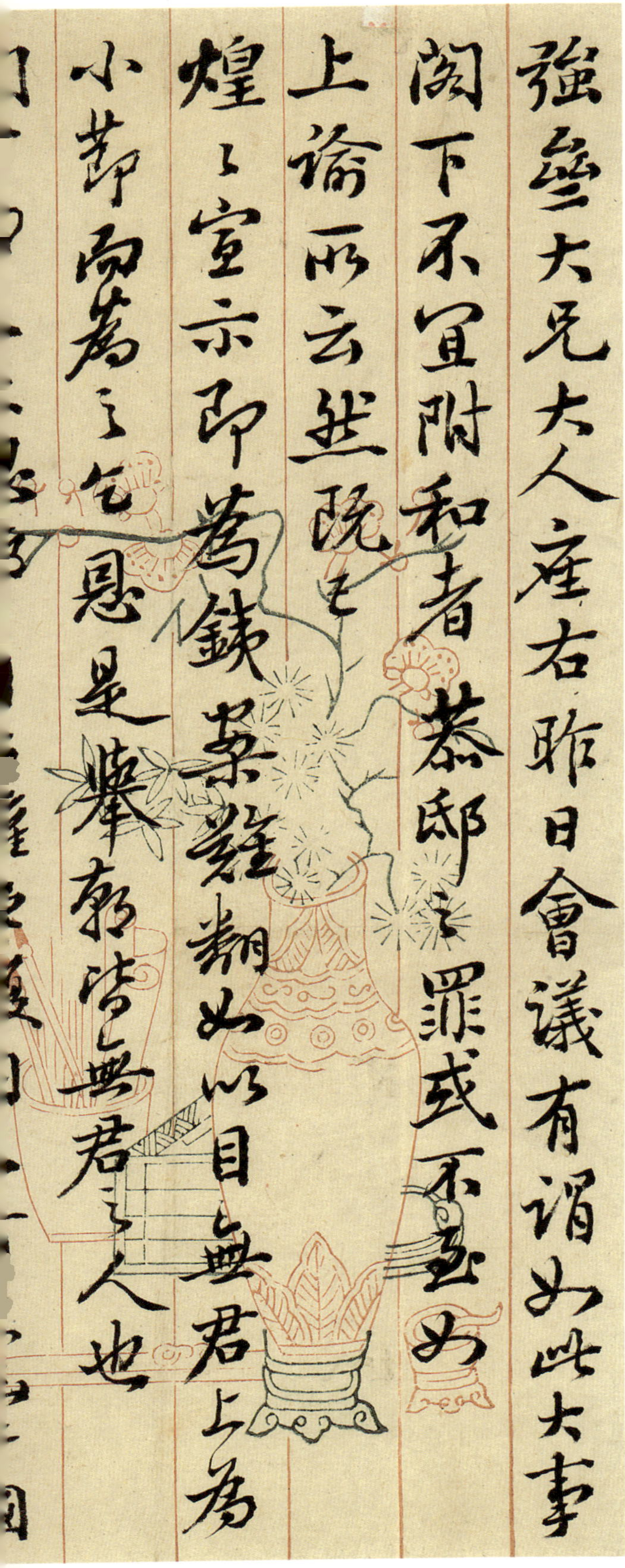

倭仁致李棠階書札　sz215-碑帖015.08

二頁，23.6×13cm

【李棠階（一七九八—一八六五），字樹南，號文園，又號强齋，河南河内（今沁陽）人。清道光二年(1822)進士，官至禮部尚書、軍機大臣，謚文清。潛心理學，晚歲融貫諸儒。】

强齋大兄大人座右：昨日會議，有謂如此大事，閣下不宜附和者。恭邸之罪，或不至如上諭所云。然既已煌煌宣示，即爲鐵案難翻。如以目無君上爲小節，而爲之乞恩，是舉朝皆無君之人也。閣下何未之思耶！自古權臣復用，未有不凶於國者。今積嫌已起，歷久豈能相安。既非所以爲國，又豈所以全恭邸耶！主少國疑之時，群情本多不靖，若朝令夕改，詔旨視同兒戲，朝廷無此政體，且何以服中外之人心？此事安危所繫，不容默默，閣下其審圖之。手此布候，惟希垂督。不宣。

名心叩　初十日燈下

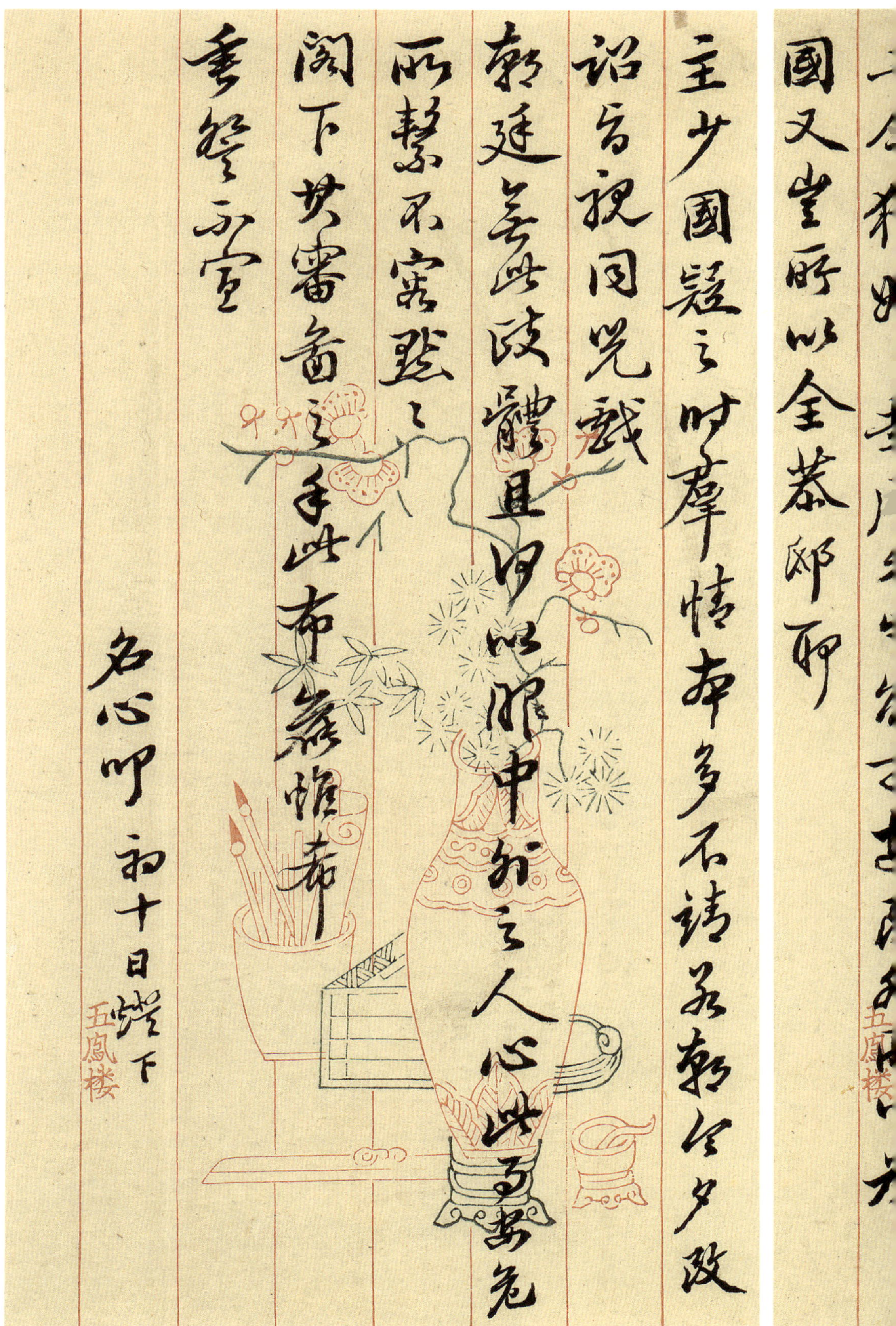

國又豈所以全恭邸耶

主少國疑之時羣情本多不靖若朝令夕改

詔旨視同兒戲

朝廷無政體且何以服中外之人心此可慮

所繫不寡鑒之

閣下其審當之手此布懇惟希

垂鑒不宣

名心叩 初十日燈下

五鳳樓

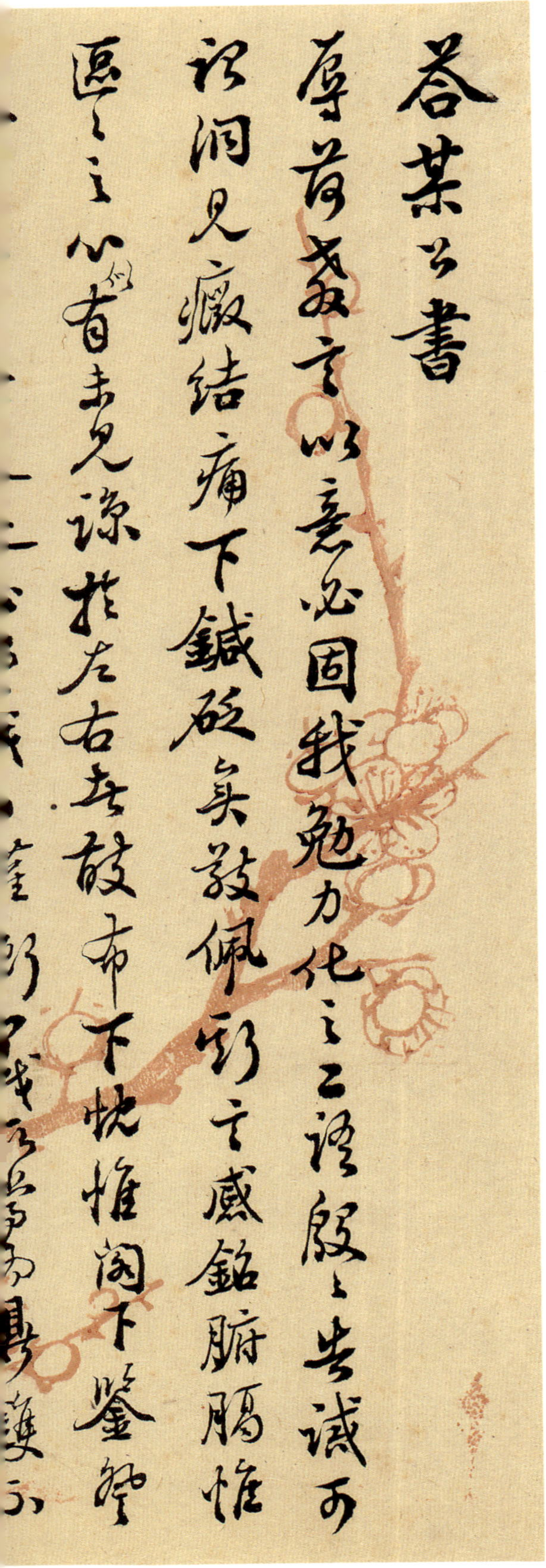

倭仁書札 sz216-碑帖015.09

二頁，23.6×12.8cm

答某公書：辱荷教言，以「意必固我，勉力化之」二語，殷殷告誡，可謂洞見症結，痛下鍼砭矣。敬佩斯言，感銘腑膈。惟區區之心，似有未見諒於左右者，敢布下忱，惟閣下鑒詧焉。竊意出處進退，必以義爲權衡。義所當爲，鼎鑊不辭；義不當爲，萬鍾弗顧。孔子言：無適無莫，義之與比。若不問義之可否，而第曰無適無莫也，其不至依違兩可，如胡廣之中庸者幾希矣。豈「毋意必固我」之謂哉！弟以同文館一事，與當道齟齬，致有總理衙門行走之命。夫總理衙門之辦夷務，國計也。弟若無同文館之奏，而或出於當道爲國之公心，雖知其難，亦當黽勉從事，豈有人爲而我不可爲者！今排擠之勢已成，冰炭之情各異，閣下以此舉，公乎？私乎？出於上意乎？抑非上意乎？假朝命以逞私心，排異己以鉗衆口，此其意途人共見之。所不知者，惟兩宮太后與我沖齡之皇上耳。一事如此，他事可知。觀近時之天象，豈不垂示昭昭哉！禮義廉恥，立身大防，義所不可。而委曲求全，既無補於國計，徒自敗於生平。首尾横決，名節掃地，當亦閣下所不取也。手此布復，不盡欲言。

猶可如狃廣之中庸者幾希矣望毋言必固我之情哉事以

同文館一事爲學道難難致百掐理衙門之命者掐理衙門

之嚴專務國計也事若無同文館之來而或出於常是爲國之志

誰知其難亦當是勉從爲望有人而我不可無令挽轉之勢已成冰炭

之情更異閣下以此畢心乎新乎出於　上意乎抑亦　上意乎假[illegible]命以

遏新心抑異己以鉗衆口此尼意達人共見之所不知者惟

兩宮太后與我沖聖之

皇上耳一處此地而可者觀近時之天象豈不垂示昭之乾元義廉恥之月

大防之義所不可而委曲求全況無補於國計徒自敗於生平首尾横決名

節掃地當亦閣下所不取也手此布復不盡欲言

若亦可等之可否而第曰無違無益也臣亦至依違

李宮保之帶兵來頭防不測此次情事與

委安示弱太甚致彼益肆猖狂他人要足者

歸之人其理與力足以震懾於夷者民作主

他不願人意如此是氣運使然耶

閣下閱之亦必為之深惜而痛恨矣　手此奉

候不盡縷言　思東名心叩

倭仁致武汝清書札　sz217-碑帖015.10

二頁，23.4×11.9cm

【武汝清（一八〇四－一八八七），字酌堂，號蘭畹，河北永年人。清道光二十年（一八四〇）進士，官刑部奉天司主事、四川司員外郎，歸田後主清暉、滏陽書院。】

酌堂二兄大人座右：昨讀手書，備聆大教。津門之事爲反弱爲强一大機會，奈當事者鑒於庚申之亂，恐啓兵端，一味遷就。滌翁措施種種，乖謬尤不可解。聞其答人書有「曲徇同事之請，内愧此心，外慚清議」等語，雖知自悔，而人心已失，夷志益驕，大局敗壞，不可挽回矣。聚九州鐵，不能鑄此錯也。刻下夷首復旋京師，肆情要挾，斷不可行。李宫保已帶兵來，預防不測。此次情事與庚申不同，無如示弱太甚，致彼益肆猖狂。他人不足責，以衆望所歸之人，其望與力足以震懾外夷，爲民作主，乃倒行逆施，不厭人意如此。豈氣運使然耶？閣下聞之，亦必爲之深惜而痛恨矣。手此奉候，不盡欲言。

愚弟名心叩

酌堂二兄大人左右：昨讀

手書，備聆

大教。津門之事，吾友能為挽大機會，奈當事者

鑒於庚申之說，恐致兵端，一味遷就，滌翁措施

種種乖謬，尤不可解。閱其答人書，有曲徇同事之語，

內愧此心，外懼清議等語，雖知自悔，而人心之共憤，

志益驕，大局敗壞，不可收拾回矣。竊恐九州鐵不能鑄

此錯也。刻下竟晉復旋京師，轉情要挾，勢不可行

李宫保之帶兵來豫防不測此次情事與庚申不同
奏安亦弱太甚致彼益肆猖狂他人而豈責以眾望所
歸之人其望與力足以震懾外夷者長作主乃能行遂
施不厭人意如此豈氣運使然耶
閣下聞之亦必為之深惜而痛恨矣手此奉
候不盡欲言　愚弟名心叩

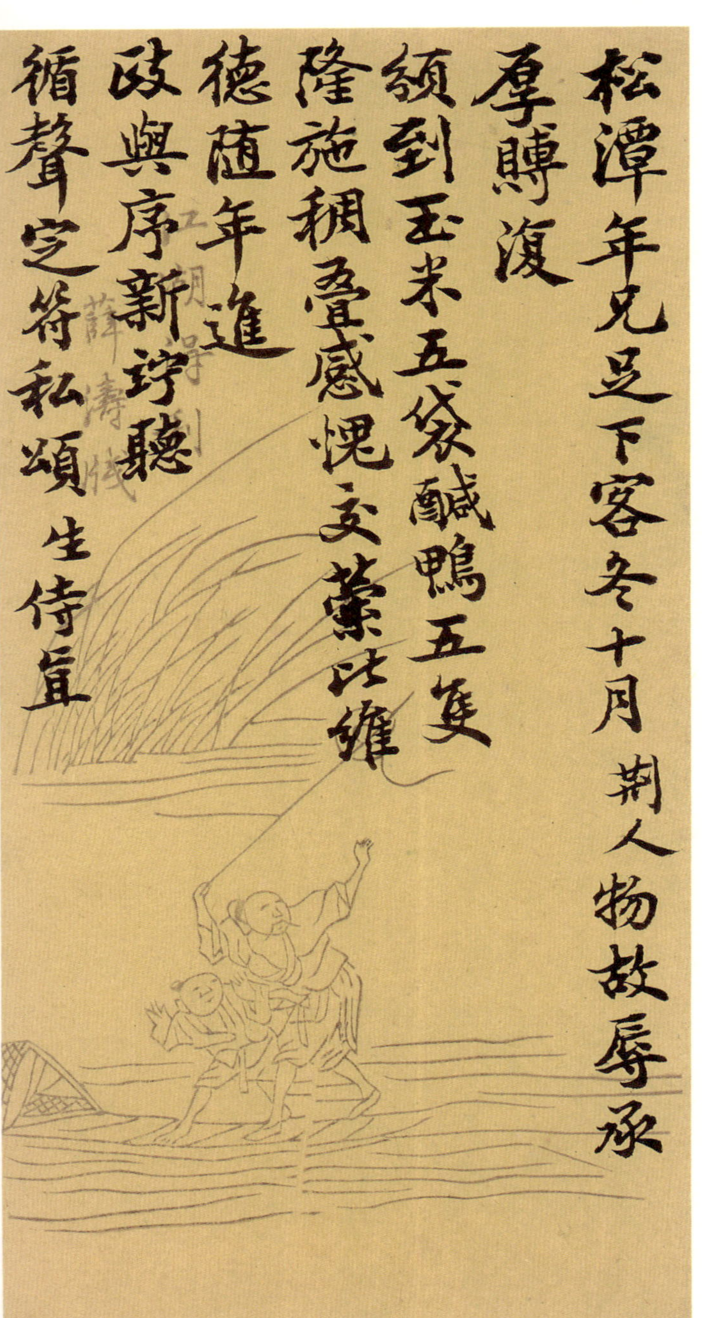

倭仁致袁萬里書札

sz218-碑帖015.11

二頁，24×12.1cm

【袁萬里（一八〇一—一八四八），字松潭，號勃南，山東丘縣人。清道光十七年（一八三七）拔貢，朝考一等，授福建侯官知縣，二十六年（一八四六）升臺灣府同知。】

松潭年兄足下：客冬十月，荆人物故，辱承厚賻，復頒到玉米五袋、鹹鴨五隻，隆施稠疊，感愧交縈。比維德隨年進，政與序新，竚聽循聲，定符私頌。生侍直經筵，迭更歲籥，愧居諸之虛負，效襄贊而未能。惟孱軀叨芘無恙，足以報紓廑注。此申謝悃，順賀年喜。附完芳版。不備。

友生期倭仁頓首

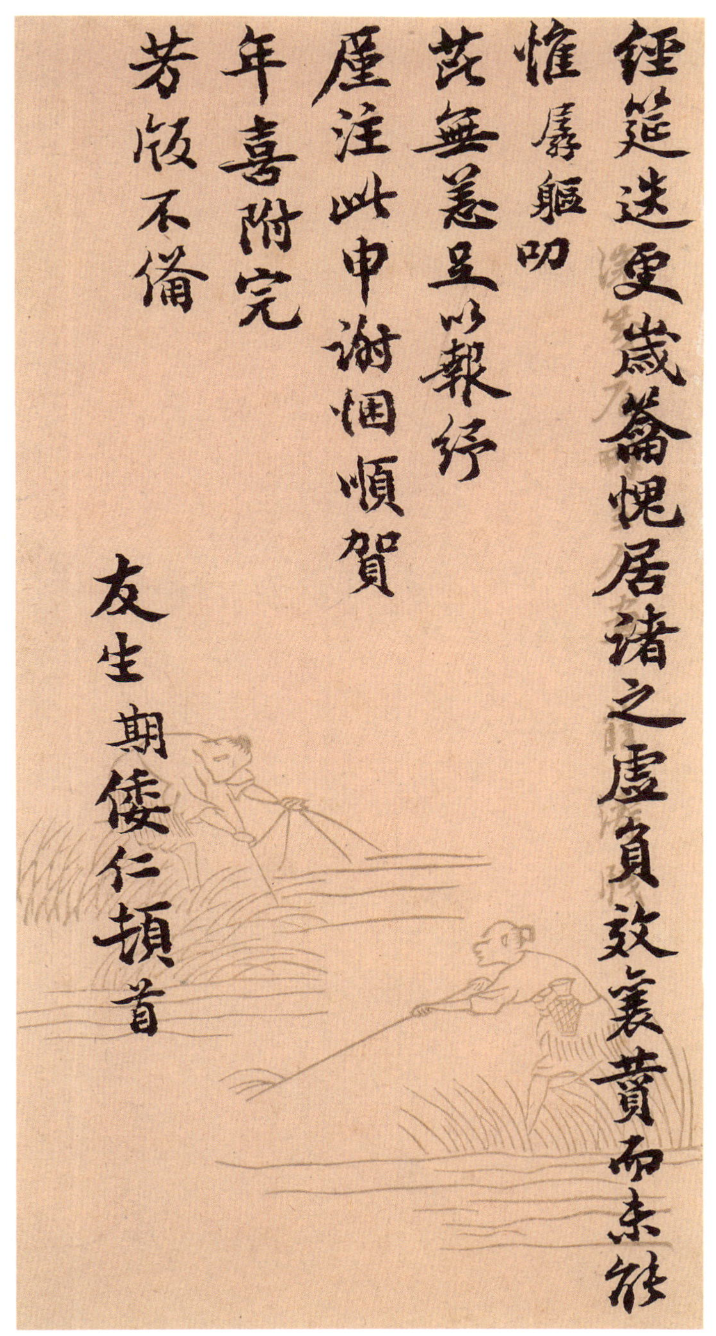

經筵迭更歲籥愧居諸之虚負致襄費而未能

惟屬軀叨

茈無恙足以報紓

屢注此申謝悃順賀

年喜附完

芳候不備

友生期倭仁頓首

倭仁書札 sz219–碑帖015.12

二頁，24.5×13.2cm

頃展訃函，驚悉二兄大人慘遭椿庭之變，不勝駭悼。前聞年伯大人偶抱微恙，方謂頤養從容，當可化險爲平，何遽至是耶？閣下遭此大故，哀痛迫切，自不待言。惟是經營窀穸，諸費心神。慈親在堂，正資色養，尚望節哀自玉，勿過憂傷是禱。弟匏繫都門，不克躬叩靈幃，親申奠醊。玆謹撰輓聯一副，祈鑒存爲幸。耑此，布唁孝思。諸惟心照。不備。

年愚弟倭仁頓首

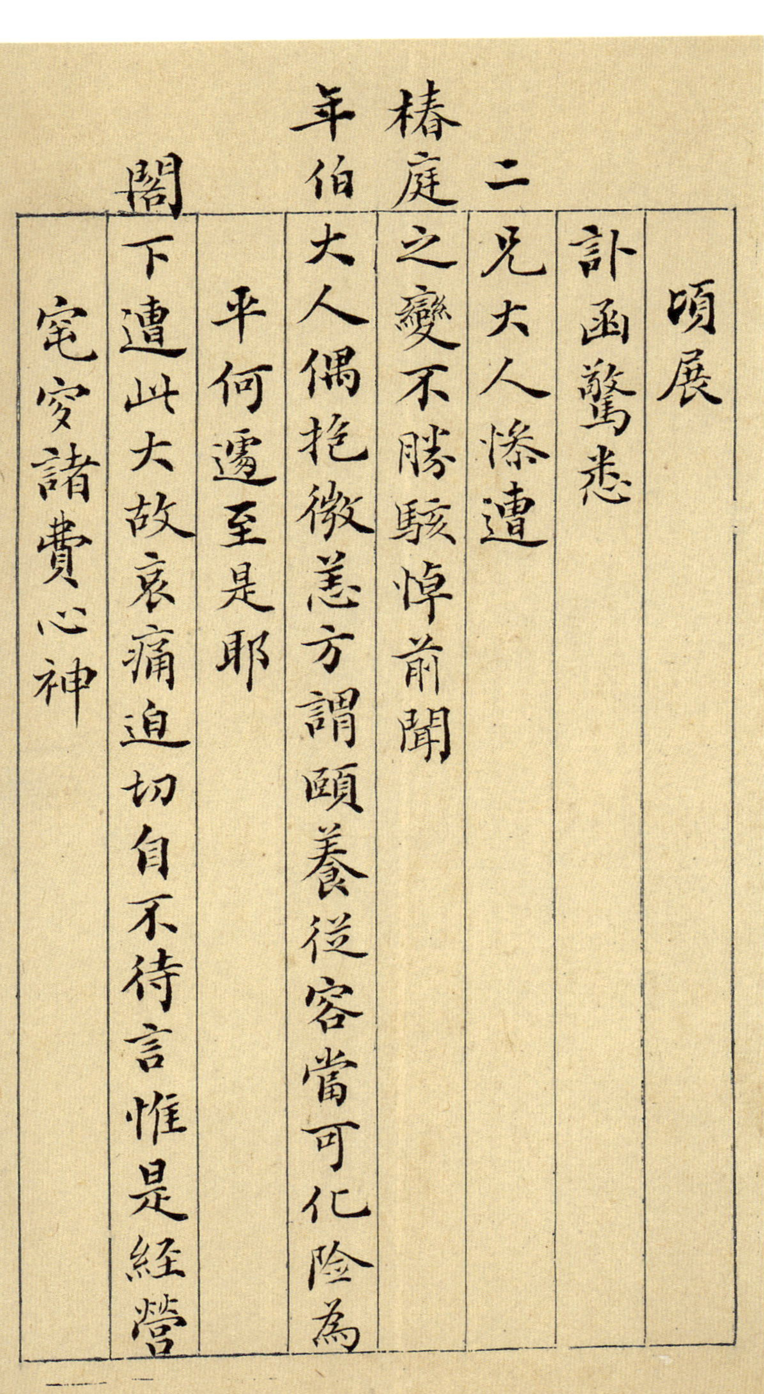

慈親在堂正資色養尚望

節哀自玉勿過憂傷是禱弟範繫都門不

克躬叩

靈幃親申奠醊兹謹撰輓聯一副祈

鑒存爲幸嵩此布唁

孝思諸惟

心照不備

年愚弟倭仁頓首

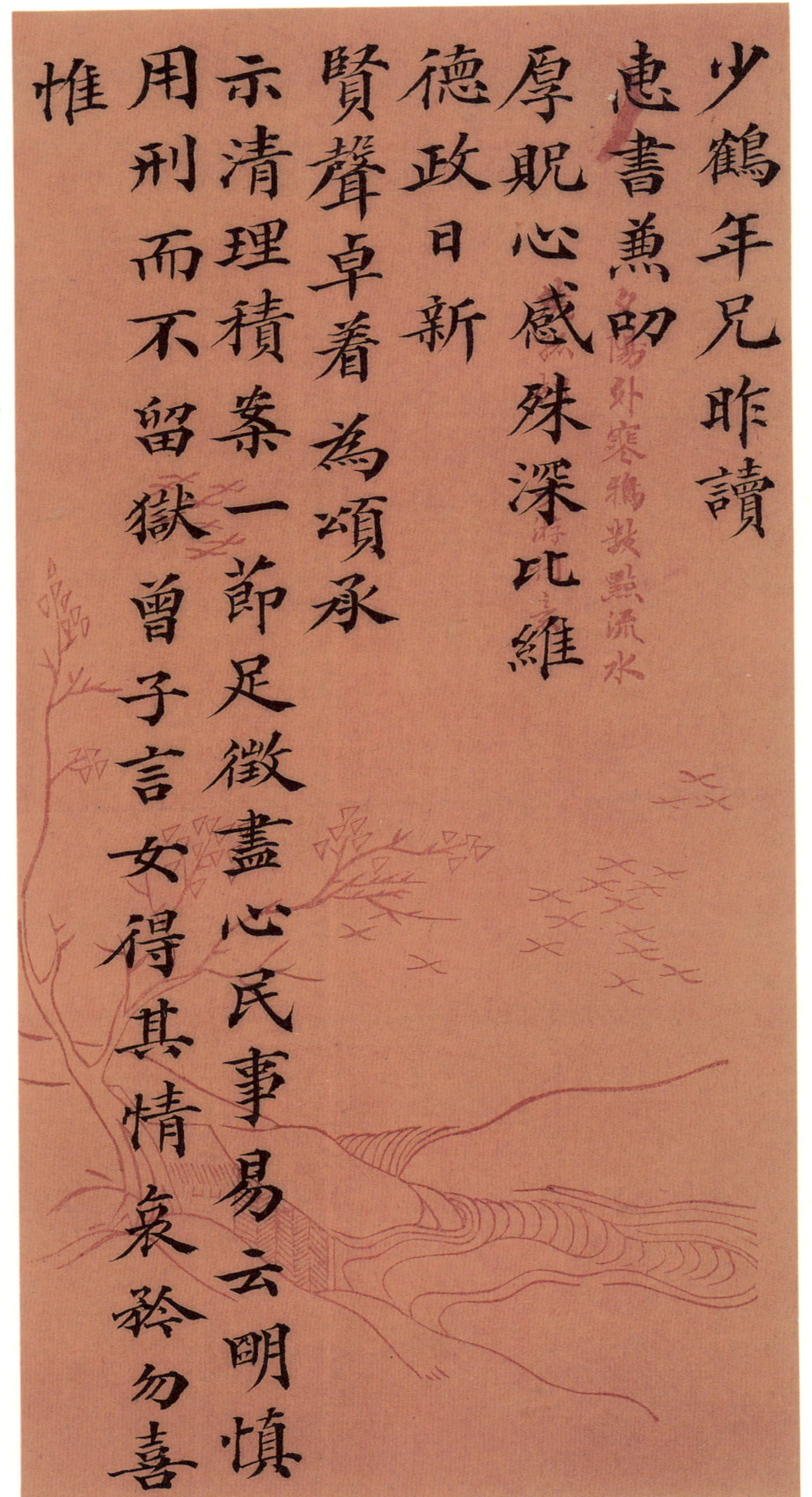

少鶴年兄昨讀
惠書兼叨
厚貺心感殊深比維
德政日新
賢聲卓着為頌承
示清理積案一節足徵盡心民事易云明慎
用刑而不留獄曾子言女得其情哀矜勿喜
惟

倭仁致某公[少鶴]書札　sz220-碑帖015.13

二頁，23.9×12cm

少鶴年兄：昨讀惠書，兼叨厚貺，心感殊深。比維德政日新，賢聲卓著爲頌。承示清理積案一節，足徵盡心民事。《易》云：「明慎用刑，而不留獄。」曾子言：「女得其情，哀矜勿喜」。惟足下體此語而持之以恒，誠意感孚，民心丕變，以幾於無訟無難矣。手此復謝。不盡欲言。

通家生倭仁頓首

足下體此語而持之以恒誠意感孚民心丕
變以幾於無訟無難矣手此復
謝不盡欲言

通家生倭仁頓首

夜深小語促秋歸
紫薇山館擬徐
熙筆法

倭仁書札　sz221-碑帖015.14

二頁，24.4×10cm，

圖版已拼接

頃展惠書，備叨關注，就諗惺查年兄刺史升華駿楙，履祉駢蕃，遠聽循聲，式符忭頌。貴老師稼生侍講昨有書來，前寄之件均已收到，尊處想有復函矣。生排日侍直，如恒粟六，惟孱軀耐勞，公私平順，堪紓雅懷。專此，復頌升祺。承賜大著，并謝。

通家侍生倭仁頓首

倭仁書札　sz222-碑帖015.15

二頁，21.4×9.4cm，圖版已拼接

敬再啓者，敝友前任皖撫李鐵梅中丞，本係北方學者，主講關中書院垂十年矣。現因久客思歸，意欲在近畿一帶另謀皋比之席，爲菟裘之計，浼弟一言。弟與鐵梅同譜而兼至好，諗知其品醇學粹，足爲鄉邦矜式，以之主持講席，尤擅所長。鄙意貴治下蓮池一席，亦非耆彦宿學不足以執牛耳，不揣冒昧，敢代一言。如蒙金諾玉成，感荷雲情，不獨身受者已也。來歲之局，朱海門給諫如尚蟬聯，則無庸議矣。手此布懇，載頌台安。不戩。

弟再頓

倭仁致某公[瀛仙]書札

sz223-碑帖015.16

二頁，24.3×9.5cm*

圖版已拼接

瀛仙大弟大人：客冬芝庭旋都，奉讀惠書。欣悉上游器重，榮調平泉，際玉律之調元，卜琴堂之集慶，引詹吉采，良愜頌私。兄忝領農曹，迭更歲序，駒光虚負，馬齒徒增。幸公私壹是順平，堪紓錦系。芝庭在敝處過年，擬於仲春初旬旋汴。王世弟來京三次，約贈數百金，衹以資其浪費，現仍無以爲生也。此頌新禧。惟照不宣。

愚兄倭仁頓首

倭仁致某公[靜山]書札

sz224-碑帖015.17

三頁，24.2×9.6cm。圖版已拼接

靜山姻世長兄足下：送別以來，晌將一載，正深馳系，頃奉雲章，就諗政祺迪吉，循譽日隆，良符心頌。足下以清正之守兼練達之才，萬里鵬程，指日可竢。惟望益加淬厲，仕優則學，以勉其所未至，異日封圻管領，宏此遠謨耳。弟排日侍直，如恒碌碌。幸公私壹是，叨賴順平，堪紓錦注。稅務已滿，較上屆多萬餘金。外口甚屬不濟，賴有粵海一項，尚可抵補所虧。承念附陳，順候升祺。惟照不宣。

姻弟倭仁頓首　秋分後一日

益加淬厲仕優則學以勉其所未至異日封

折簡領宏此遠謨耳弟排存宜如恒碌碌之舉

公私事足叨賴祉平堪紓

錦注稅務已滿較上屆多萬餘金外口甚屬不

濟賴有粵海一項尚可抵補所虧承

念附陳忱悰

升祺惟

照不宣

姻弟傑仁頓首

秋分後一日

倭仁書札　sz225-碑帖015.18

二頁，22.1×9.5cm，圖版已拼接

遷善改過爲先一日十二時中，於氣質偏處、私欲萌處，時切省察。用力克治，而復以聖賢切要之言，涵濡沃潤。久之，義理勝，而善根日固；氣質自變，物欲自輕。賢昆玉，力學有年，於此道當有得也。僕排日侍直，於聖學毫無裨益，總緣中無所得，誠意不足以格心，深自愧恨。昨又添派徐蔭軒太史，其人涵養純粹，相處頗爲有益。兒子綸客冬赴粤，年前約可到省。舍下壹是順平，堪紓廑念。手此布候，并請堂安。不備。

世弟倭仁頓首　二月望燈下

遥異路遥矣先一日十二日中於寓度信宜

私欲萌發時切省察用力克治而復以聖賢切

要之言涵濡沃潤久之義理勝而善根日固氣

質自變物欲自輕

賢昆玉力學多年於此道當已得也 僕拙且惰

皇於

聖學毫無裨益拙緣中無所以誠意不真撫

心深自愧恨昨又添派徐蔭太軒太史其人涵

養純粹和受漸甚多益 光子綸家兄赴粵年前

約可到省 舍下壹是皆平堪紓

廑念手此布候並請

堂安不備

世弟倭仁頓首 二月望後

下

倭仁致韓恩合書札

sz226-碑帖015.19

二頁，第一頁24.1×9.1cm、第二頁23.7×9.2cm，圖版已拼接

【韓恩合（一八三七—一八九四），字海嵐，遼寧熊岳人，隸蒙古正黃旗。歷官錦縣副都統、盛京將軍。好詩書，精鑒賞，能詩畫。有《牧笛聯吟》、《塞月吟》、《溪山秋晚》等詩稿。】

海嵐將軍座右：客臘曾布一椷，申謝隆情，亮邀鑒及。前閱邸抄，知以地方多故，致蒙嚴譴，不勝扼腕。奉省已壞之局，本難措手，然聞諸輿論及欽使所陳，有不得盡歸咎於時勢者。經一番挫折，長一番學識，從此奮勉啚功，以求其所未逮。安見失之東隅，不可收之桑榆耶！學貴自新，惟足下益勉之。手此布泐，即候勛祺。諸希心照。不宣。

倭仁頓首　春仲十七日

沿崖性質亦未寫明，若帶一稿本治
隆情亮逖
鑒及，前閱鄉抄知以地方多故，致蒙
嚴譴，不勝悚惶，奉省之墒局本難措手，述閱諸
與論，及
欽使所陳，有不得要歸咎於時勢，無經一番推求
長一番學識，從此
奮勉益功，以求其所未逮，要見失之東隅，不可收
之桑榆耶。學貴自新，惟
足下益勉之，手此布臆，即候
勛祺，諸希
心照，不宣。倭仁志之
春仲十七日

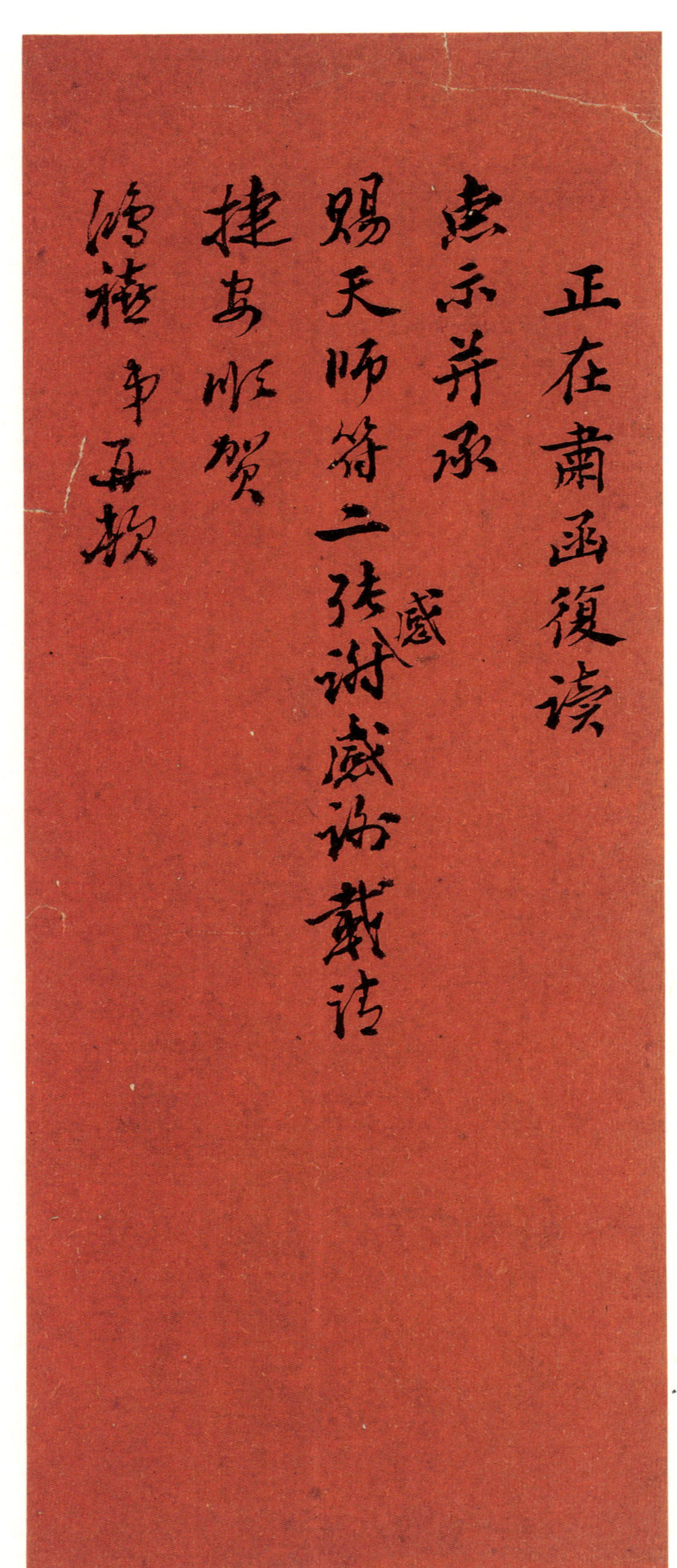

倭仁書札

sz227-碑帖015.20

一頁，23.6×9.3cm

正在肅函，復讀惠示，并承賜天師符二張，感謝！感謝！載請捷安，順賀鴻禧。

弟再頓

倭仁致徐用儀書札

sz228–碑帖015.21

一頁，23.8×9.8cm

【徐用儀（一八二六—一九〇〇），字吉甫，一字筱雲，浙江海鹽人。清咸豐九年（一八五九）舉人，累官兵部尚書，光緒間極言民團不可恃，與當國者相悖而遇難，後追謚忠愍。】

筱雲六兄同年大人座右：承委之件，刻刻在心。月前晤卞大京兆，云通州、昌平均已有人，容緩圖之。昨往拜，未晤。竢有復音，當布達也。此請時安。

名另具

倭仁致徐用儀書札　sz229-碑帖015.22

一頁，23.6×10.1cm

筱雲六兄年大人：承屬之件，月前晤頌臣京兆，云通州、昌平均已有人，容緩圖之。昨往拜，未見。竢有復音，當布達也。此請時安。　名另具

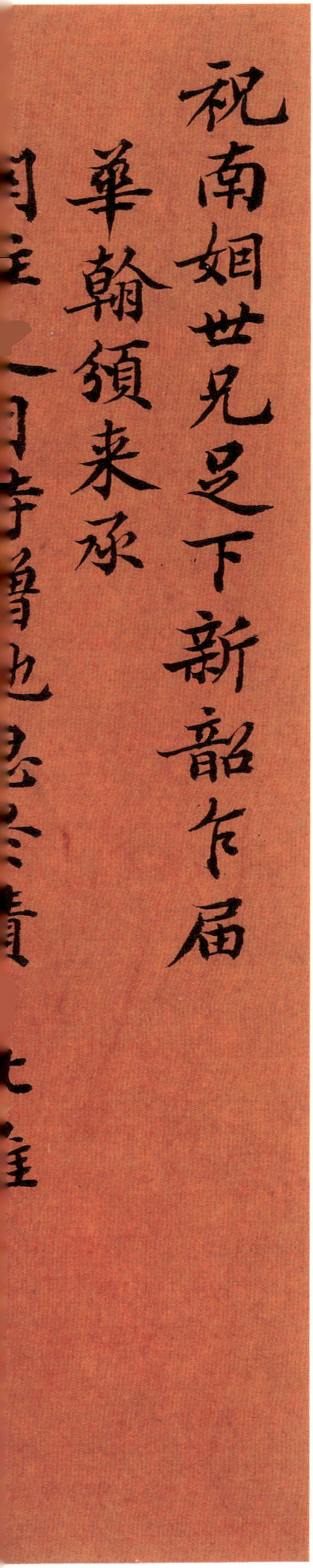

倭仁致某公[祝南]書札

sz230-碑帖015.23

二頁，23.2×11cm；圖版已拼接

祝南姻世兄足下：新韶乍届，華翰頒來。承關注之因時，增馳思於積日。比維禔躬式燕，潭祉延鴻；值鳳紀之書元，卜豸章之集慶；引詹吉采，定愜頌私。生侍直講筵，迭更歲序，駒光虛負，馬齒徒增。幸公私叨芘順平，堪紓錦系。此賀春祺，順候升安暨閤府新喜。不一。

姻侍生倭仁頓首

潭祉延鴻值鳳紀之書元卜
豸章之集慶引詹
吉采定梱頌私 生侍直蒲筵迭更歲序駒
光虛負馬齒徒增幸公私叨
芘順平堪紓
錦系此賀
春祺順候
并安曁
閤府新喜不一

姻侍生倭仁頓首

石榴结子怨
西风老萍

十四　程恭壽等致杜庭璆書札

【程恭壽，字容伯，晚號人海，浙江錢塘（今屬杭州）人。清道光十九年（一八三九）舉人，官至光禄寺少卿。工書。有《坐春風館筆記》。】

【杜庭璆（一八四八—？），字梅舫，清咸豐二年（一八五二）其祖父杜受田去世，與其兄杜庭琛、杜庭珏同被賜爲舉人，曾任刑部山西司主事，廣東羅定直隸州知州。】

某公致杜庭璆書札 sz231-碑帖050.01

三頁，23×12cm，騎縫印「臣本布衣」，裱邊鈐印「杜氏玉叔」、「太師之孫」，裱邊收藏印「蒓衷曾觀」、「蒓衷珍藏」

頃自署回，承手示，不勝慚恧之至。惜昔年謬承雲翁前輩摯愛，是以有通挪之事。此項是煩雲翁作保，向西順興號借得五百金。後順興歇業，將此項歸入尊府名下。雲翁在時，未嘗問及也。然弟刻刻在心，亟思歸楚，惟以手窘，不能如願。嗣雲翁仙去，繼翁曾經函討，仍以力不從心而止。兹承柬翰提及，但覺汗顔。緣弟現在尚負累四千餘金，所恃者非親即友，藉得從容彌補。奈年來慘遭大故，賦閑二載餘，不免累上添累。兹甫得補一缺，一切捉襟肘見，委係免强支持，諺所謂止有招架之功，並無還槍之力也。用是縷述苦衷，敢求原諒格外，俟至明年夏秋間定行照數歸還，此時實無從措辦。在不知者方將以弟爲謬言，幸閣下深察之耳。專此奉復，順頌近祺。不宣。

梅舫世三兄如晤

弟草草頓首　十二月初三日燈下

頃自署回承
手示不勝𢡮愧之至悵昔年謬承
雲翁著筆揮手委是以有畫柳之事此頃呈煩
雲翁作保向西收與歸諸游之百金復收與發業
物此頃歸入　尊府足下
雲翁存時未嘗同及也雖弟剩之在心無思歸
楚之懷以手　書不能如願爲
雲翁仙丈　繼翁兄從圖計何以力不從心而止

君承
東翰捉及，但覺汗顏。緣弟現在尚負累四千
餘金，所恃者此款，可否轉詳從寬彌補。本
年來悰遭去協賊鬧二載，餘不免累上添
累，若籌以補一缺，一切捏禱，時見無係免
強支持，諒所詞已有挪架之印，並三三累遞撥
之力也。用是縷述，若衷敬求
原諒。極外候並明年夏秋間定可□數

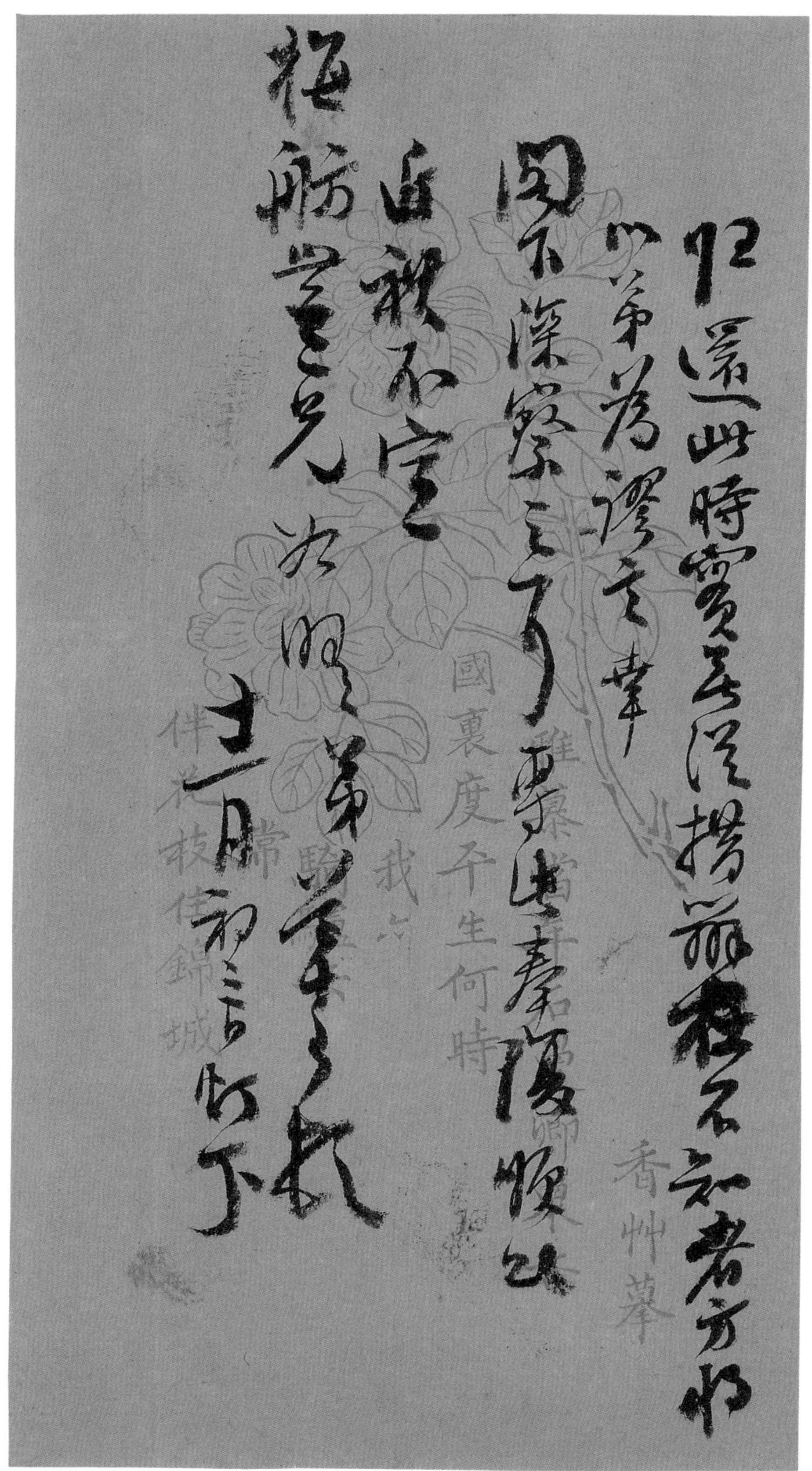

程恭壽致杜庭璆書札

sz232-碑帖050.02

二頁，23.7×9.3cm

昨日札來，以他出，未及奉答爲歉。弟因久瀉未愈，不能遠出，致尊處多日未來，實屬於心悚仄。囑書楷册，則已數十年不能握管矣，小行書或可勉力爲之。文端師八十壽屏，係弟楷書之至精者，可裱作册頁，以備鑒賞也。承示并以鼻烟兩瓶見惠，可謂雅人投贈，與尋常不同。烟非近日可倖獲者，有「尖透可用」四字者較勝，其一瓶稍次，亦非新烟，而味皆不長，似已出氣耳。酸味絶少，然亦足以解渴矣。拜領，謝謝。册頁不可作畫，並布。即頌三世講兄台安。

世弟程恭壽頓首

册頁千萬不可來催，他人所囑則不書，閣下所囑必當書就送上，但須稍遲數日耳。

昨日
枉來，從先生未及奉答為歉。弟因久得未愈，不能書去，請
尊處多日未來，實愧於心。陳石
遺書楷冊，別已數十年，不能拈筆，無以一書，或可勉力為之。
文端師八十壽屏，係弟楷書之，無輯此可請作冊頁，以備
鑒賞也。承
示并以鼻煙兩瓶見
惠，可謂雅人投贈，5吾壽不同，煙非近日可得，獲者有去遠（似已出氣耳）。
弟用罕無較勝甚一瓶，積久亦非新煙，所味皆不長，酸味絕
少，於心豈以解渴美，接領謝謝。冊頁不可作畫，並弟即頌
三世講兄大安
冊頁十葉已可來，但他人所寫，別不書。世弟姪恭壽去
閱之所寫字書去，就正，但須稍遲數日耳。

手札具悉。弟於賞鑒書畫本不在行，況見多者

於刻之毋間，器不能辨，但端摹其根行契寫

不值哂

足下見諭之意，且恐貽笑大方，紙好將原冊之本奉

前所書卷佳者筆太多，真而不佳，李生畫本

成道紀精采，實之卿之底鄉，仍之意之作不鏡

六間有東坡不解何物，大約名家作畫，能對古哉

司處不解也，而弟之以有陳其私也，此復即頌

辦碩之　世講兄文祉

世弟　某某頓首

程恭壽致杜庭璆書札

sz233-碑帖050.03

一頁，23.2×12.3cm

手札具悉。弟於賞鑒書畫本不在行，況日夕爲謀食計，幾於刻無閑晷，不能静心揣摹。若混行贅寫數行塞責，不但非足下見諉之意，且恐貽笑大方，祇好將原册三本奉繳。惟詒晉齋所書孝經，率筆太多，真而不佳；李、朱畫本不足觀也；成道記精采奕奕，的是成邸得意之作，可寶藏之。然亦間有率處，不解何故。大約名家作書，雖數本，或一本數十開，到底不懈，必不予人，以有隙可乘也。此復，即頌穉筠三世講兄文祉。

世弟恭壽頓首　十一日

某公[銘]致杜庭璆書札

sz234–碑帖050.04

二頁，18×12.5cm、18×11.7cm，圖版已拼接

王雅宜詩卷當是門下所録，而公正之者也，如「高會」原本作「無小」，「大」原本作「不」，非手録可知。又況筆迹與它卷不類也（詩甚佳，要是可存，或録一通亦可）。谷園册雖非絶誼，要是真跡，前後俱完，故是可賞。英相國册至精，當敬護藏，勿輕示人也（緣有關係，未便著筆，鑒之）。聲山册恐係臨本，中多弱俗之筆，潘跋亦不類真迹，似可不收。宋文憲册是明人僞作，汰之爲宜。穀原畫頗具筆氣，當是真蹟。查山、顧海兩幅僞。承示，敬讀一過，質貢所疑，仍求審定。

庚漁仁世兄大人道席

弟銘頓首

美術圖冊至精當敬護藏勿輕示人也　緣有同仁來談著筆　望之

髡山冊巧作陰中為弱做之筆　濃設色

不類真迹然可不收

宋文憲冊是明人偽迹汰之為宜

穀原畫頗具章氣當是真蹟　查山所

海所俱偽

祈

示教請一過頃意所疑仍祈

審定

庚濤仁世兄大人並席　弟　許　頓

某公[銘]致杜庭璆書札

一頁，19.8×12.5cm　sz235-碑帖050.05

承示三册，賢兄不敢定爲真者是也。凡名賢手迹，皆有一種真性情流露於其間。數事無之，故知其僞矣。此復，即頌穉筠世三兄早安。　弟銘頓首

某公[銘]致杜庭璆書札

sz236-碑帖050.06

一頁，19.8×12.5cm

日前承示兩册，披讀後當有數行題記矮箋，以待呈教。次日一早入内，尊管來，家人未能持以奉繳，殊屬草率，已申飭之矣。一昨承示各種，弟於永定門外歸來，尚未披覽，今晨值日入内，擬朝回拜讀。聞尊价業經取回，暨讀手書，並無取回之説，蓋誤。望仍擲付一觀，即行奉上也。此請文安。

弟銘頓首

毛昶熙致杜庭璆書札　sz237－碑帖050.07

一頁，16.9×6.5cm

【毛昶熙（一八一七－一八八二），字煦初，河南武陟人。清道光二十五年（一八四五）進士，官至兵部尚書，謚文達。】

承示蔡、趙字册，希世之珍，足增眼福。擬留觀十日，再下跋語，不敢草草著筆也。手覆，順頌時祉。不具。

年世愚弟毛昶熙頓首　初五日

毛昶熙致杜庭璆書札

sz238–碑帖050.08

一頁，16.9×6.6cm

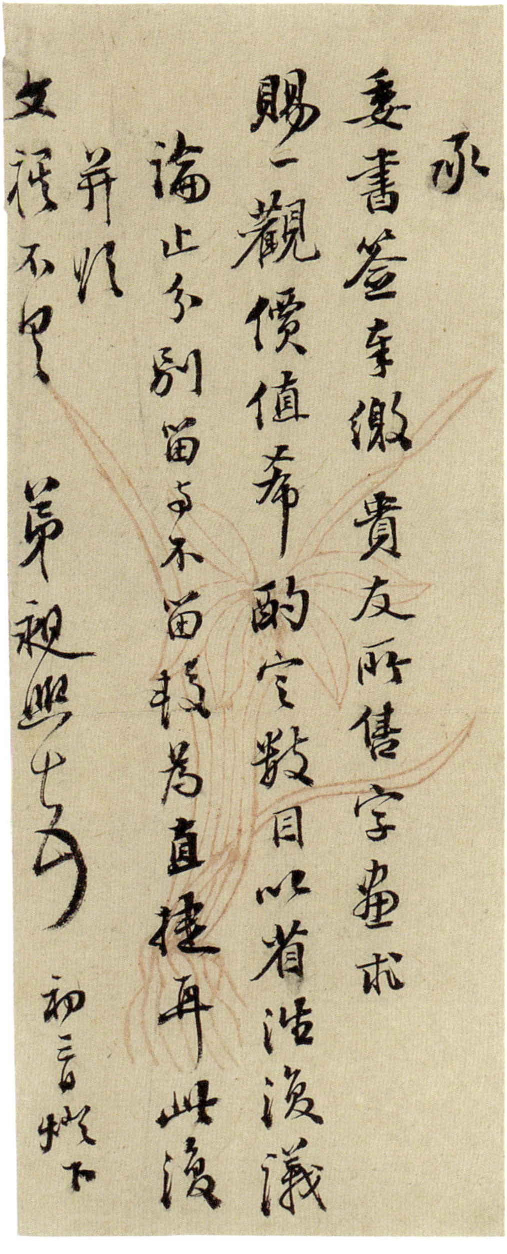

承委書簽奉繳。貴友所售字畫，求賜一觀。價值希酌定數目，以省往復議論，止分別留與不留，較爲直捷耳。此復，并頌文祺。不具。

弟昶熙頓首　初三日燈下

毛昶熙致杜庭璆書札

一頁，23.4×8.4cm　sz239-碑帖050.09

各簽如囑題就奉繳。承示出售各件，弟均不甚領略，均交來人帶回。囑題跋之件，刻下公事匆冗，實不暇爲此，想承鑑原也。手此，順頌時祉。不具。

弟昶熙頓首　廿五日

某公[維珍]致杜庭璆書札

sz240–碑帖050.10

一頁，19×7cm

來示具悉，遵即塗就奉上。惟陋劣不雅，勿哂爲幸。册頁甫寫一片，容書訖，另日奉去也。此復，俟趨談。不盡。即頌侍安。外件附呈。

穉筠仁兄年世大人閣下　　弟維珍頓首

謙稱敬璧，幸勿再施。

某公[埏]致杜庭璆書札

sz241－碑帖050.11

二頁，22.6×11.9cm

梅舫世仁弟大人如晤：適纔趨送，並道歉忱，偏值公出，未能叙别爲悵。正在百計設法之際，頃奉手示，仰承體恤苦衷，感慚交并（實屬心有餘而力不足，千乞恕之）。既荷雅愛，衹得從實，容稍得機遇，再圖報稱可耳。手肅奉復，敬請行安，並送台旌。不一。

如兄埏頓首　十七日

李筱荃中丞處，梅小岩、凌小南兩君均已有信爲吾弟説項。吾弟似應留一函，即托梅小翁附寄爲要。

平安室主人启事

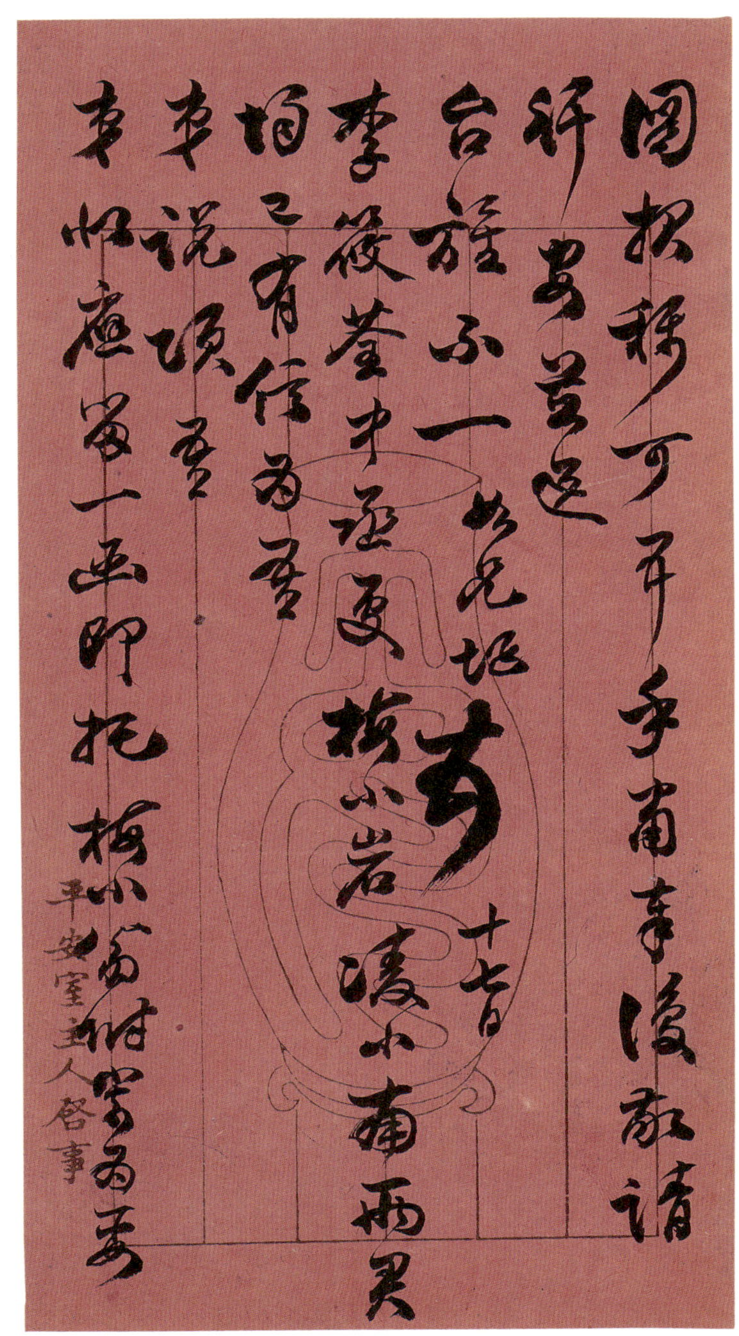

畢道遠致杜庭璆書札

sz242-碑帖050.12

一頁，23.2×12.4cm

【畢道遠（一八一〇—一八八九），字東河，山東淄川（今淄博）人。清道光二十一年（一八四一）進士，歷官至禮部尚書。書法米芾，名重一時。】

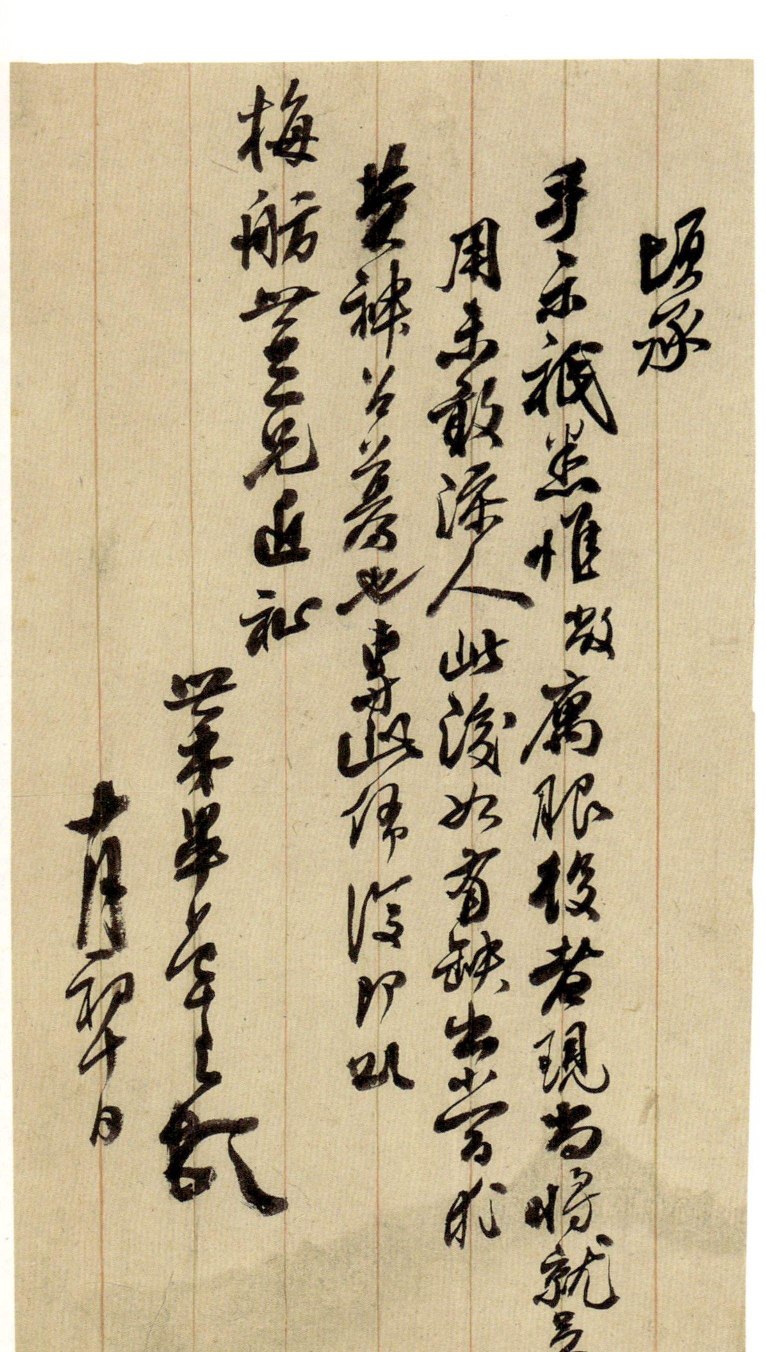

頃承手示，祇悉。惟敝寓服役者現尚將就足用，未敢添人。此後如有缺出，當求費神召募也。專此布復，即頌梅舫世三兄近祉。

世弟畢道遠頓首　十月初十日

龐鍾璐致杜庭璆書札

sz243-碑帖050.13

一頁，23×7.5cm

【龐鍾璐（一八二二－一八七六），字寶生，號華玉，江蘇常熟人。清道光二十七年（一八四七）進士，由編修累遷內閣學士、刑部尚書，謚文恪。善詞賦。有《孔廟祀典考》等。】

前接手示，碌碌未及即復。郭玉麓並不在京，其令郎爲之稱慶，隨意送一分可也，此頌刻安。

世愚弟龐鍾璐頓首

某公致杜庭璆書札

sz244-碑帖050.14

一頁，22.8×9.3cm

趙文敏册率題數語，陸卷似係贋本。茲并送還，希察入。近苦牙痛，多方未痊。從容再奉擾耳。此復，即候

梅訪年世講刻佳。

[?]頓首

屬書各籤，須見原册方能書定。如係贋本，似竟可無庸標題也。

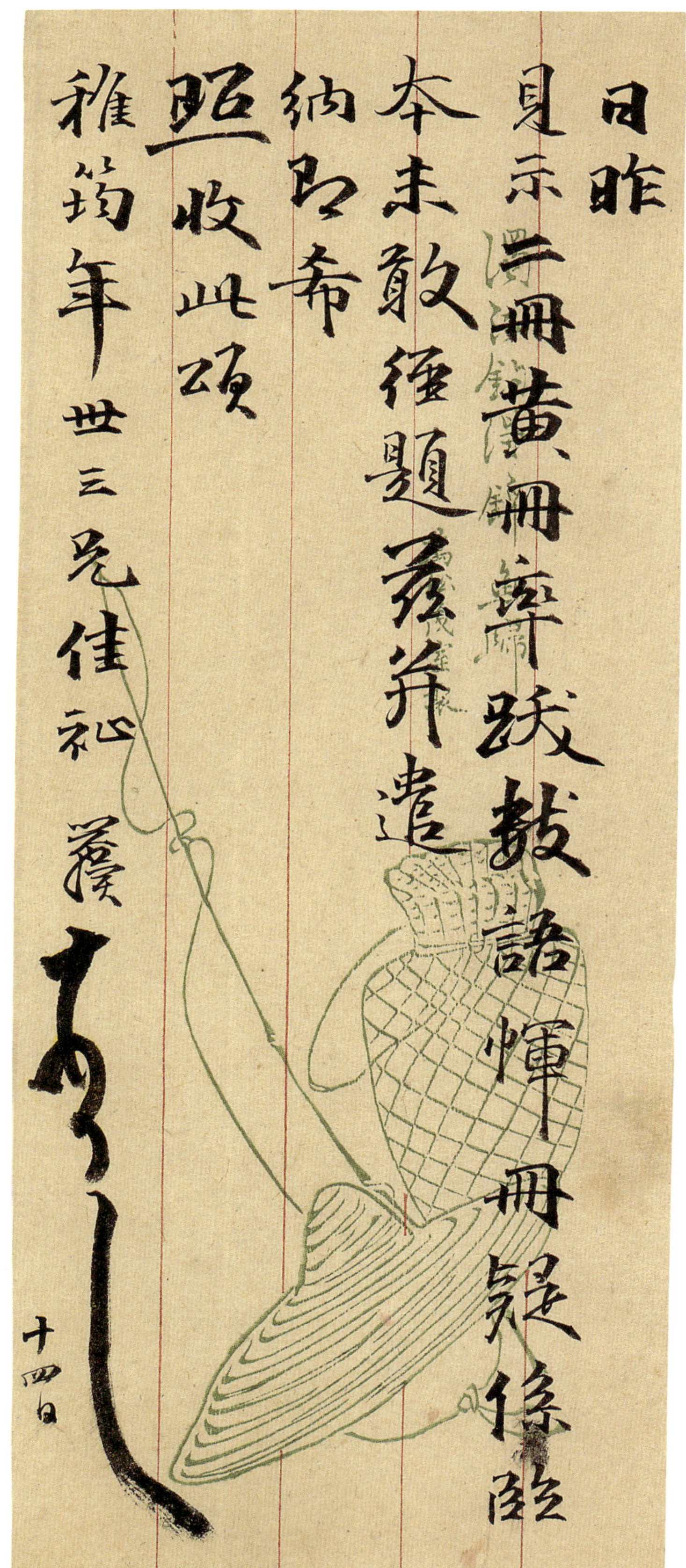

某公致杜庭璆書札　sz245–碑帖050.15

一頁，22.8×9.3cm

日昨見示二册。黄册率跋數語，惲册疑係臨本，未敢徑題。兹并遣納，即希照收。此頌

稚筠年世三兄佳祉。

［？］頓首　十四日

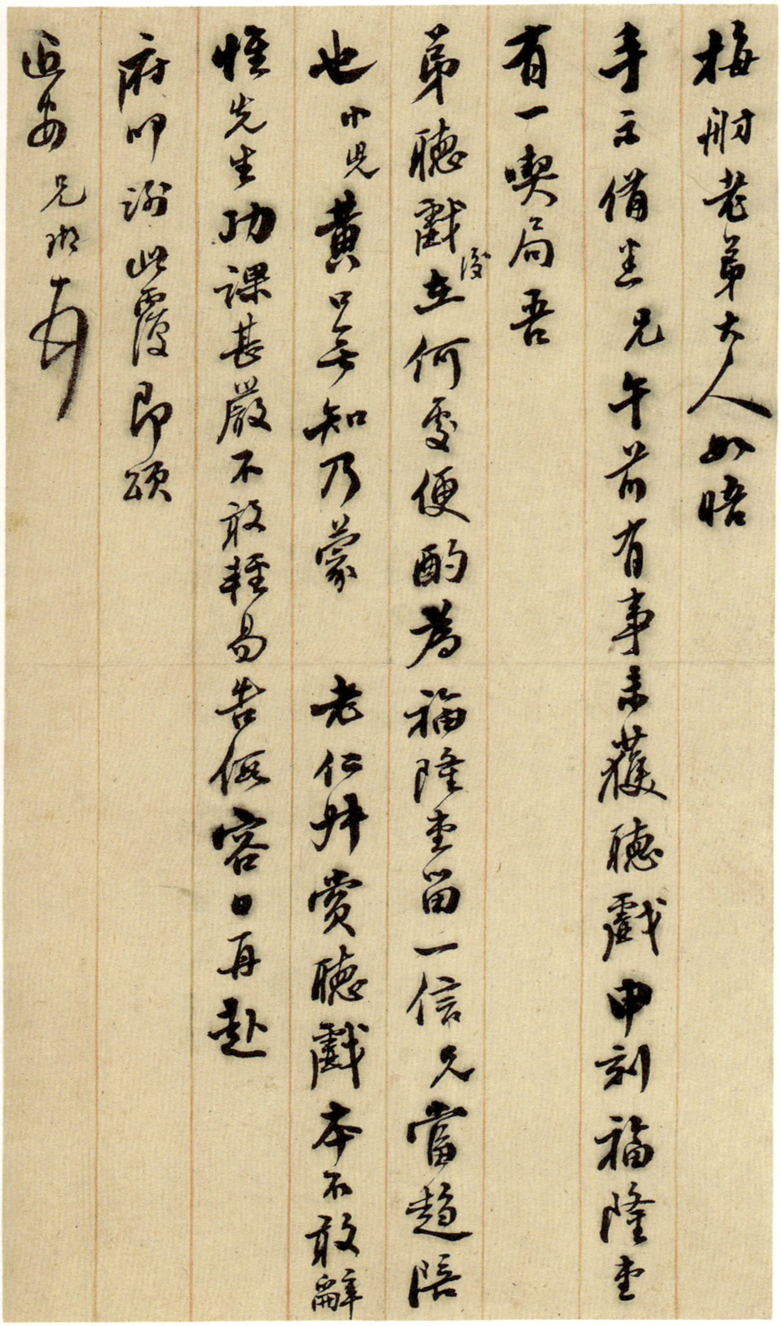

某公[瑚]致杜庭璆書札

sz246－碑帖050.16

一頁，22.8×12.9cm

梅舫老弟大人如晤：手示備悉。兄午前有事，未獲聽戲。申刻福隆堂有一吃局。吾弟聽戲後在何處便酌，爲福隆堂留一信，兄當趨陪也。小兒黄口無知，乃蒙老仁叔賞聽戲，本不敢辭，惟先生功課甚嚴，不敢輕易告假，容日再赴府叩謝。此覆，即頌近安。

兄瑚頓首

范梁致杜庭璆書札

一頁，22.9×12.7cm　sz247–碑帖050.17

【范梁（一八〇八－一八八三），字昂生，號楣孫。清道光二十年（一八四〇）進士，歷官直隸威縣知縣、廣西布政使等。】

梅舫仁兄世大人閣下：頃枉高軒，未能躬趨奉答，一慰傾慕之忱，歉愧奚似。蒙頒總幛，榮及九京，銘感何可言喻。聞台從即將入都，特遣奴子代躬祇送，附呈程敬十六兩，聊佐芻秣，即乞哂存。又食物四種，並希笑納爲幸。手此鳴謝，敬請台安。不一。

世愚弟期范梁頓首

某公[文壽]致杜庭璆書札

sz248–碑帖050.18

一頁，22.8×9.4cm

來示敬悉。弟近日署中差事冗碌，兼以賤體尚未復元，承屬條件未能畫出，容稍遲再行報命，不勝悚歉之至。手此泐復，即請升安。

世小弟文壽頓首　廿九日

貴少大老爺

某公[瑩]致杜庭璆書札

一頁，22.7×12.1cm　sz249-碑帖050.19

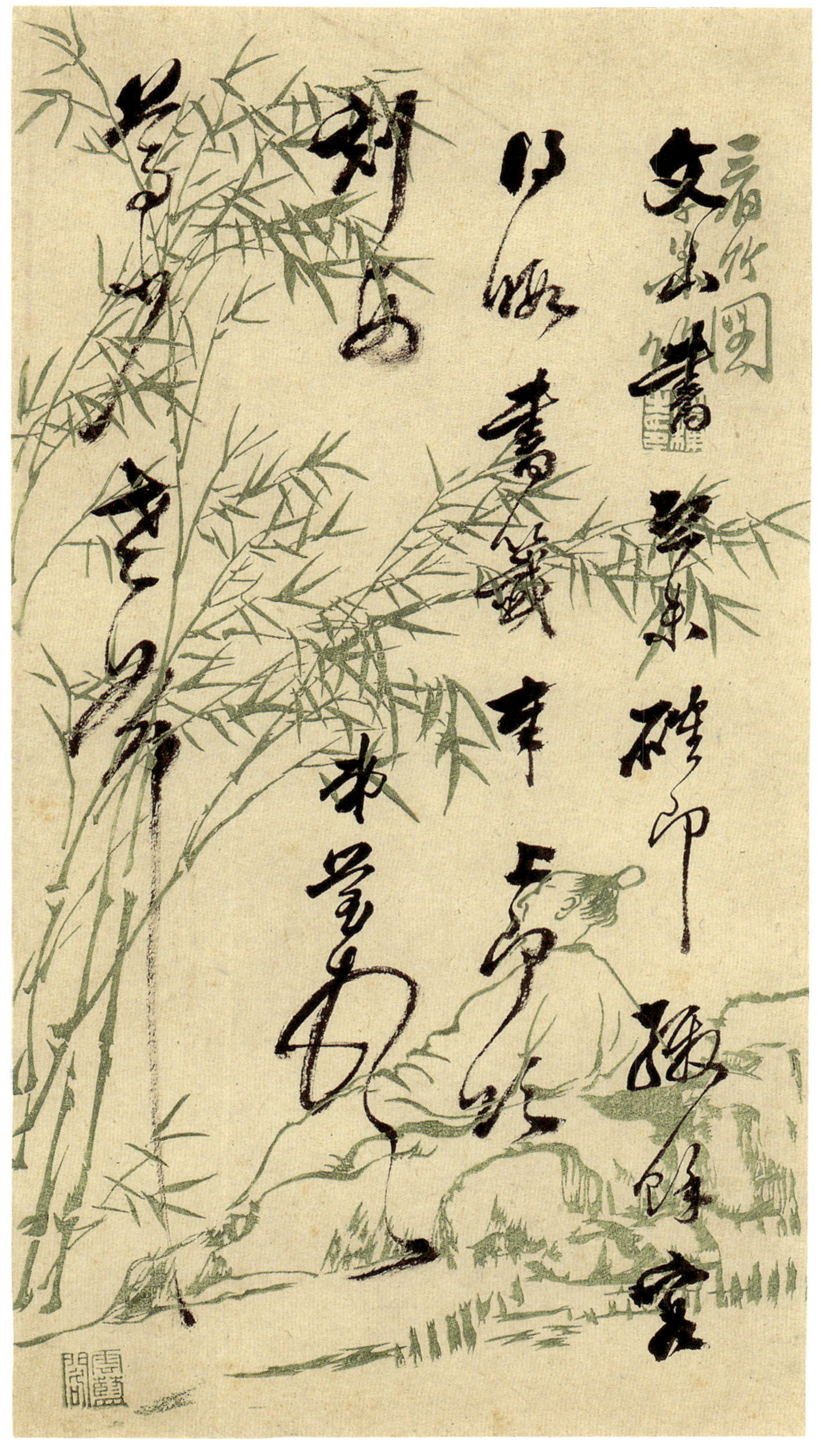

文山書恐未確。即繳。餘容得暇書箋奉上。即頌刻安。

弟瑩頓首

尊少老爺

某公[鈞]致杜庭璆書札 sz250–碑帖050.20

一頁，23.6×11.7cm

手諭讀悉。汪錫雨朱卷附呈。聞初五日至綬珊處，恨不得一談爲悵。懇借《會典》全部，請暇時撿出，擬明後日早間專車走乞也。此頌梅舫弟台世大人撰安。

汪卷尚未撿出。

世小兄期鈞叩首　初九日

某公[鈞]致杜庭璆書札 sz252–碑帖050.22

一頁，22.8×11.8cm

昨日未見出城，想是爲風所阻。宋雪翁處祭幛，是否吾弟與仲哥三人同送，即祈示悉，以便趕辦，於初四前送去也。此頌梅舫弟台世大人早安。

小兄期鈞叩首　廿九辰刻

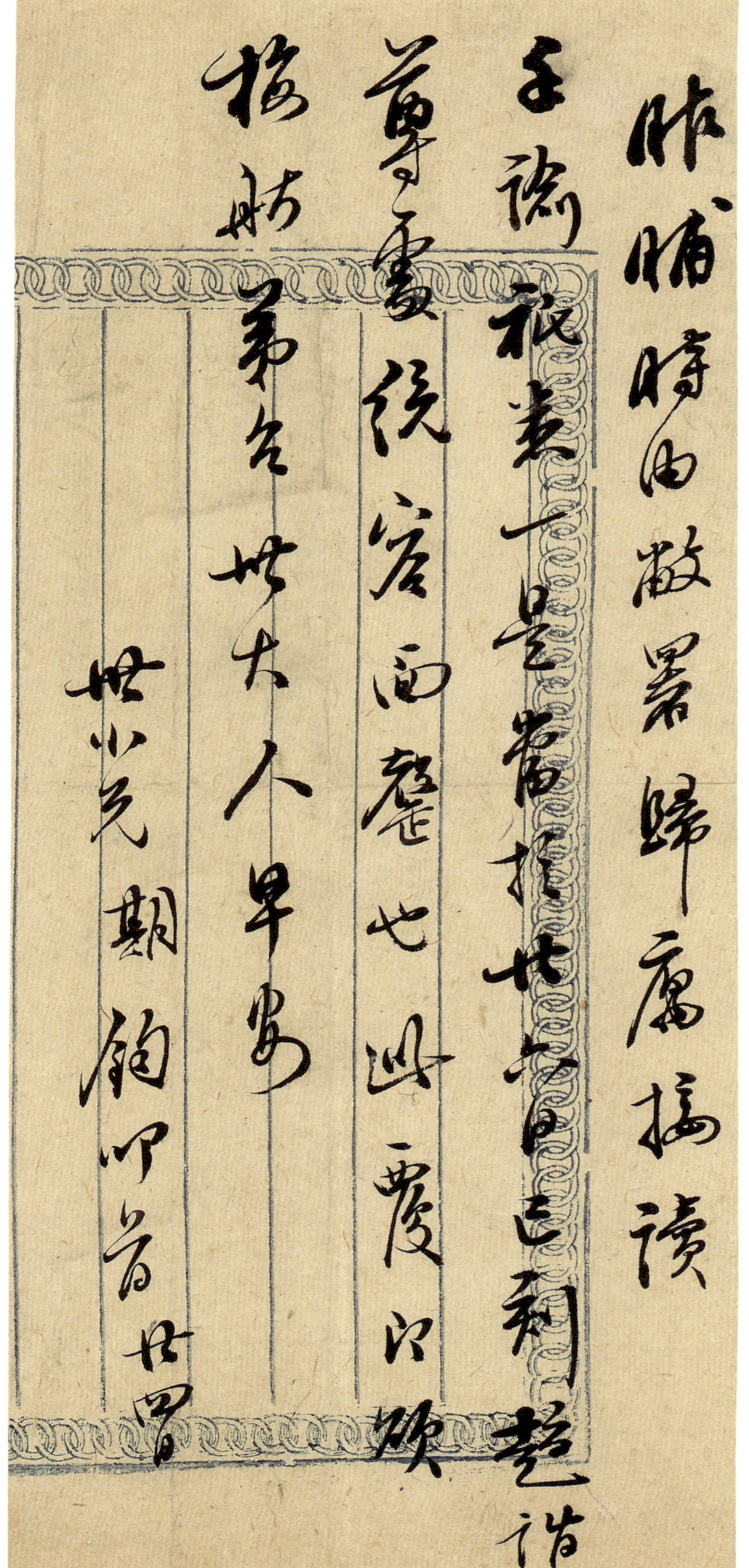

某公[鈞]致杜庭璆書札 sz254–碑帖050.24

一頁，24.6×10.8cm

昨晡時由敝署歸寓，接讀手諭，祇悉一是。當於廿六日巳刻趨詣尊處，統容面罄也。此覆，即頌梅舫弟台世

大人早安。

世小兄期鈞叩首　廿四日

某公[鈞]致杜庭璆書札 sz255—碑帖050.25

一頁，23×12.8cm

屢承厚貺，銘感無暨。兹復頒賜多珍，領之寔覺有愧。然手足至好，却之又反不恭，謹此拜登，容當趨謝。季和半月未晤，小樵前日過我，談移時。彼此昆季，向來均不賀節。明日請勿枉駕，萬萬不敢當也。此覆，即頌

梅舫弟台世大人節禧。

小兄鈞頓首謹謝

某公[藻]致杜庭璆書札 sz251–碑帖050.21

一頁，22.7×12.5cm

冗忙未及趨詣爲歉。兄今日蒙恩，著在紫禁城騎馬，望將尊騎暫借一乘，即令去人牽回，是所至感。餘俟趨謝。不盡。此頌梅舫世仁弟刻安。

兄藻頓首 十九日

蕉坪弟均此。

某公[鄗]致杜庭璆書札

sz253–碑帖050.23

一頁，23.8×10.9cm

連日感冒，尚未趍謝爲歉。委書畫件因臂痛尚未能動筆，遲日當塗就奉政也。題簽亦緩日繳上。字畫各件，藉廣眼福則可，未敢言收藏也。此覆，即請梅訪仁兄世大人即安。

弟鄗頓首

姪謙謹璧。主臣！主臣！

示教悉所囑必當設法如有機會再當奉
至弟受福建差旋當有八人勢難再添祈
之即請
册世兄大人晨安 弟豫頓

某公[豫]致杜庭璆書札

一頁，22.6×12cm，鈐印「庭璆私印」、「穉筠」、「臣本布衣」　sz256-碑帖050.26

手示敬悉。所囑必當設法，如有機會，再當奉聞。至弟處，福建差旋，尚有八人，勢難再添。祈諒之。即請

梅舫世兄大人晨安。

弟豫頓首

手示敬悉所囑必當設法如有機會再當奉

聞至弟處福建差旋尚有八人勢難再添祈

諒之即請

梅舫世兄大人晨安　弟豫頓首

晚烟孤屿外啼鸟夕阳中

十五　李鴻章等致李承霖書札

【李承霖（一八〇八—一八九一），字雨人，號果亭，江蘇丹徒人。清道光二十年（一八四〇）進士，曾任廣西學政、翰林院侍講學士。有《劫餘僅存》。】

【李鴻章（一八二三—一九〇一），字少荃，晚號儀叟，安徽合肥人。清道光二十七年（一八四七）進士，累官太子太傅、文華殿大學士，謚文忠。有《李文忠公全集》。】

李鴻章致李承霖書札　sz257–0726.1

二頁，22.8×12.4cm，圖版已拼接

雨人老前輩年大人閣下：頃誦惠緘，敬審著述益宏，起居曼福，襟期清曠，企頌曷任。通州皋比一席允宜，仍屬高賢，容便中緘詢梁牧。晚徐方督剿，碌碌征塵，昨甫解裝，適賊蹤近在豐沛，已檄各軍分道堵擊矣。耑此，復頌台祺，惟希雅督。不莊。

年晚生李鴻章頓首

高賢容從中綴語寄牧時徐方督剿碌碌征塵

昨甫鮮裝適賊蹤近在豐沛已檄各軍分道堵

擊矣耑此復頌

台祺惟希

雅詧不莊

年晚生李鴻章頓首

李鴻章致李承霖書札 sz258-0726.2

三頁，24.7×11.8cm，圖版已拼接

雨人年老前輩大人閣下：前領清譚，頓紓饑渴。頃披惠翰，益慰翹懃，正杓斗之陽回，荷藻詞之奬借。臨風雒誦，慚感交并。敬維慶協履端、宜春集福爲頌。無量喆嗣，英年發軔，礜滿鳳池，紅杏春風，定傳衣缽。德門佳話，可勝預賀。鎮城善後事宜數載以來幾同築舍，今得台端贊助，俾官紳不致束手，企賴良殷。惟旌節還朝，或需時日，稍緩當爲附奏也。率復，敬賀大喜，並頌春祺。諸希澄照。不具。

館年侍生李鴻章頓首

雨人年老前輩大人閣下前領
清譚頓紓饑渴頃披
惠翰益慰翹懃正杓斗之陽回荷
藻詞之奬借臨風雒誦慙感交并敬維
慶協履端
宜春集福為頌無量
喆嗣英年發軔礜滿鳳池紅杏春風定傳

築舍今得
台端贊助俾官紳不致束手僉賴良殷惟
旌節還
朝或需時日稍緩當爲附奏也率復敬賀
大喜並頌
春祺諸希
澄照不具

館年侍生李鴻章頓首

李鴻章致李承霖書札　sz259-0726.3

三頁，22.7×12.4cm，圖版已拼接

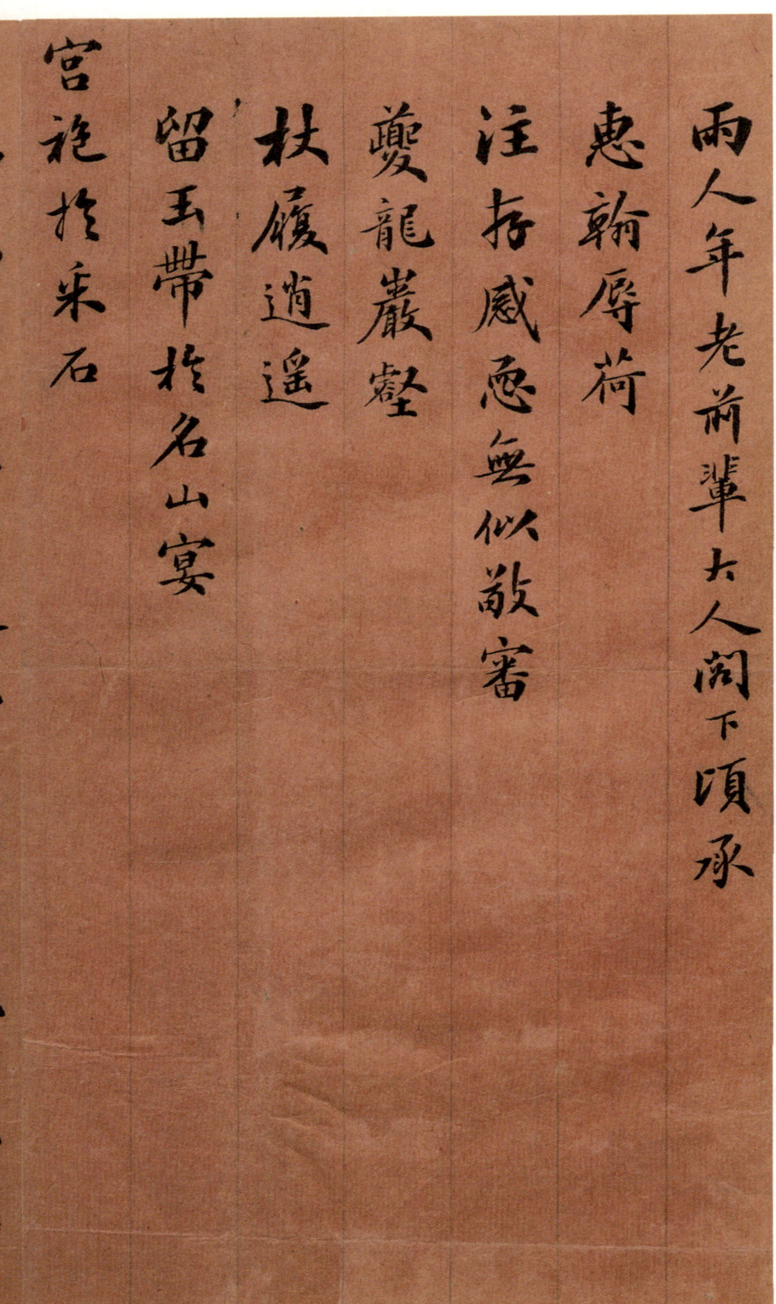
雨人年老前輩大人閣下：頃承惠翰，辱荷注存，感恧無似。敬審夔龍巖壑，杖履逍遥，留玉帶於名山，宴宫袍於采石。神仙第一，如在蓬萊，塵鞅勞人，曷勝健羨！侍自東捻肅清後，甫歌破斧，又拂征衣。張逆流竄直境深安、饒獻之交，敝部郭、楊兩軍門會合豫陝各軍，自前月十六至廿四晝夜兼馳，連戰獲捷。該逆狼狽而奔，廿七日偷渡滹沱而南。現飭諸將步步緊躡，可冀廓清之效。惟風塵僕僕，殊無定方。唐貳尹遠道開關，人地生疏，恐難位置，奈何！肅此，奉復。敬頌道履。諸希垂亮。不宣。

年侍生李鴻章頓首

逆流竄直境深安饒獻之交敝部郭楊
兩軍門會合豫陝各軍自前月十六至廿
四晝夜迎馳連戰獲捷該逆狼狽而犇
廿七日偷渡滹沱而南現飭諸將步步緊躡
可冀廓清之效惟風塵僕僕殊無定方
唐貳尹遠道間關人地生疏已難位置奈
何爾此奉復敬頌
道履諸希
垂亮不宣
年侍生李鴻章頓首

張之萬致李承霖書札 sz260-0726.4

十一頁，23.4×13.2cm，鈐印「子青」、「張之萬印」

【張之萬（一八一一—一八九七），字子青，直隸南皮（今屬河北）人。清道光二十七年（一八四七）進士，歷官侍講學士、禮部侍郎、河南及江蘇巡撫、兵部尚書、體仁閣大學士，謚文達。善畫。有《張文達公遺集》。】

敬再啓者，昨奉惠書，祇悉一切。月前寄去一函，知已早邀青照矣。前奉道憲面諭以金陵善後經費，其鎮江寄藉，他處殷富已先後捐過萬餘金，另外標明待撥，尚有未捐各户，擬請閣下轉諭各户，俾得及早蕆事。今讀來書云之，已據面覆道憲，夾至縣學爲合邑鉅典，屢奉大憲催促，勘估通詳。今年徒邑必須開征，唐令面稟宫保，擬改爲田捐。此開征略減，縣亦不至賠累，似屬可行，不知撫憲允否，宫保則以爲然。如果允行，或稟請酌留作爲修建之費，一俟奉到批示再定。至萬歲樓、武廟各工均關要緊，亦須設法籌辦，惟經費一無所藉，已請道憲從金陵善後捐款提撥作此間要工之用，已承許允，俟稟准後即須敬謹遵行，似未可再緩耳。育嬰董事現祇諭顔董一手經理，前已飭令清理洲租，可期整頓得力。恤嫠則專倚陳董一人，柳實不能振作，亦無須另添新董。惟救生局最關緊要，去冬已請吴董專司其事，所有從鹽包中抽取一文之議，業已轉稟運憲，奉批飭鹽棧核議。近聞丁都轉辦理廣東夷務，新署任係程觀察桓生。若一更换，此舉又不知能否允准。現在鹽務中提助二千串經費尚覺不敷，仍須從好施者樂助方可有濟。昨有大港趙董呈請於圖山關設立漁船二隻，其經費求於京口總局撥給，且江面遼闊，須於險要處均應添設。若處處皆來總局領費，亦日不暇給，將來尚須寬爲籌備，方期周密也。謀董事者紛紛而來，此間既無經費，不能徧爲邀請，刻下祇顔、陳、羅、趙四人尚稱勤慎。前奉宫保諭飭，將沿河新城拆去以復居民舊業，其沿河一帶仍留作爲保障。現須清理地基，俟舊業執契赴局换領新照，援蘇州章程量爲酌減，以示體恤。新城沿河一帶日久坍塌甚多，又七濠口商民紛紛遷徙來鎮，該處既礙河道，且無上落馬頭，街道逼窄，不能蓋造房屋，故拆去以便商民。前經奏明暫緩毁拆，俟宫保奏明後便可動工矣。至七濠口洋華各商，前者皆懷觀望，未盡遷移，宫保檄委弟押令勒限搬遷，現移來大行棧、洋行等計五六十家，其在七濠口尚有七八十家，日來嚴催更緊，大約月内可以全行移徙。鎮城得此，人烟漸已稠密，年内可冀日有起色。惟機坊曾具限二三月内一律回鎮，今雖有陸續來此租房者，然尚屬寥寥，誠恐該機户再懷觀望。昨吴董來説限以四月内全行回鎮，其緞疋抽厘以及由江北過來經過各卡均給護照，厘捐只收一處，餘俱照票放行。業已面稟宫保，准照金陵機捐章程以示體

恤。牙厘局亦已知照矣，誠恐該機户尚有猶疑，仍祈閣下飭紀諭知各户，免至再有遷延也。寶晉洲租去年報闕懇
請鐲緩，弟委員詣勘，已准免四成。惟該洲租疲玩已甚，所收未及一半。今年又有山長脩金等款，其租息殊難敷
衍耳。又縣已定三月初七開考，府考即可接辦，決不至遲緩。況尚須至金壇考試，聞彼處考棚尚未全行工竣，城
内房屋又少，考費尚須預籌。去年在郡城尚且諸多不備，若必要在壇邑，其事之棘手更多矣。現在西門外生意似
較熱鬧，惟恐匪徒溷迹，已移請周參府撥兵防護，各鋪户自相聯絡，江面又奉宫保派撥巡船往來跴緝，地方尚稱
安謐，足以仰慰廑念。再者，七八年時鎮江辦理善後，各殷户捐輸至十餘二十萬，至今尚未請奬，殊爲缺典。前
奉撫憲面諭以丁濂翁學士有信來，欲將此事補辦，惟從前原案府縣皆無可查，即從平引之通守處抄出一底子，不
甚全備。至修理衙署、廟宇各大工所有工料大數，亦無從查考。現已由道署調卷詳查。據引之説，一切捐生姓名
有數，以及工程大數均存尊處，務祈檢齊，專人寄至郡城。昨撫憲又復函催，因聞今年舉行鄉試，如果早辦或可
加廣中額，想閣下定亦以爲當迅速舉辦也。又昨奉喬中丞手書，以吉忠毅（不知是此二字否）公前在鎮城外九華
山殉難，奉旨建立專祠，嗣以軍務未清，不遑及此。今全省肅清，理宜速辦。惟經費無出，喬中丞先爲提倡議捐
貲若干，囑弟於從前與中丞同友現在居住者量力湊集，再有不敷，從地方上設法籌款，業已據情禀請。此二事亦
目前要務，未便再延。一俟駕臨，謹當面聆清誨，商辦一切。何時來鎮，望便示及，不勝延佇之至。率泐奉復，
藉次台祺，并請福安。統惟亮詧。不宣。

名另肅　二月清明日早刻泐

敬再啓者昨奉
惠書祗悉一切月前寄去一函知已早邀
青照矣前奉 道憲面諭以金陵善後經費其
鎮江寄籍他處殷富已先後捐過萬餘金另外
標明待撥爲有未捐各户擬請
閣下轉諭各户俾得及早蕆事今讀
來書云云已接面覆 道憲矣至縣學爲合邑鉅典

屡奉 大函，催促勘估通详。今年徒苞必须开征，久
虑今岁（淌征累积，颇亦不至短，果似属可行，不知接函）宫保拟改为田捐，亦果久行，或容请
朐询作为借建之费一条，奉到批示，再定。（允否宫保则以为驳）
万岁楼、武庙各工，均阅要紧，亦须设法筹办，惟经费一萬
所藉或已请 道宪从全该兼落後指款，提拨作此间
要工之用，已承许允，候奉准后，即须发谨遵行，似未可
再缓。至於董事，现谕饬董一手经理，前已饬令

清理洲租可期，恳赖伊力。郑鑒则专倚陈董一人，
柳宾不能振作，亦应须另添新董。惟救生局最関
紧要，去冬已请吴董专司其事，所有从堤包中抽
取一文之议，业已禀呈 运宪章批饬堤栈核议，应阅
下那辖办理广东秀务新署任你，程观察桓生前
一更换，此举又不知能否允准。现在堤务中提助二千
串，经费尚觉不敷，何须从好施者，世勋方在，有济

大港趙荃呈請於圌山關設立渡船二隻，其經費求于
貴局撥給，且江面遼闊，須於險要處均應添設
若需之，皆來諭局領費，亦日不敷，俟來年寬爲籌
備，方期周密也。謀善事者綿綿而來，此間既無經費，不
能編爲邀請，刺下祇親陳羅趙四人尚稱勤慎。前年
宮保諭飭將沿河新城拆去，以復居民舊業，其沿河常
似留作爲保障，現須清理地基，俾田業執契赴局換領。

新照援蘇州章程，業爲酌減，以示體恤。新城沿河一
帶只因坍塌甚多，又七濠口商民紛紛遷徙來鎮，該處既
礙河道，且至上岸馬頭街道通衢，不能蓋造房屋，故拆去以便商民。前經
奏明暫緩毀拆，俟
宮保奏明後方可動工矣。至七濠
口洋華各商，前者皆懷觀望，未肯遷移。
宮保撥委即
押令勒限搬遷，現移來大小棧洋行等計五六千家，其在
七濠口者有七八十家，日來嚴催，更限大約月內可以全行

將徒鎮城停止人烟漸已稠密年內不難日有起色
惟機坊須具總之三月內一律回鎮全賴當陸續來此
租房者姑爲庇寒之藏照諭機戶再懷觀望吳華來
說限以四月內全行回鎮其滋延抽厘以及由江北過來經過
各米均給護照厘捐亦收要好俱照舊放行業已函告
宮保准照奏請機捐章程以示體恤本厘局亦已知照矣
誠恐該機戶尚有猶豫仍祈

閣下飭紀諭知各戶免其再有遲延也寶晉洲租去年
報災懇請豁緩即委員諭勸已准免四成惟該洲租
虧短已甚所收未及一半今年又有山長脩金等款其租
息殊難敷衍本文縣已定三月初七開考府考即可接
辦該名亞邇緩況考及至全場考試開覆要考棚尚未全
行之後城內房屋又少考費尚須預籌去年在郡城考
足諸多不備最好要在場邑其事之標準矣現在察

外生忝任校勘，閣作恐亟待潤飾，已移請周奈府撥兵
防護。至鋪戶自相聯絡江南文章，容係派撥延法來話
得地方當稱察，謹具以仰慰
廑念。再者七八年時鎮江辦理善後，各鋪戶捐輸至十餘之
十萬，至今尚未請獎，殊為缺典耳。接奉面諭以丁
漕前學士有信來，欲將此事補辦，惟從前原案府縣皆
臺可查，即從平列之通守處抄出一底，何不甚全，備至情

理衙署廟宇為大工所有之料大數，容從查考，現已
由道署調卷，詳查捐輸之說，而捐生姓名與數以及工程
大數均存
尊處，務祈檢出寄人，寄至郡城，以接奉文後函催，因
閣下今年舉行鄉試，如果早辦，或可加廣中額，相
閣下定亦以為當速舉辦也。又昨奉 喬中丞手書，以
不知是此二字否
吉忠毅公前在鎮城外九華山殉節，奉

旨建立專祠，嗣以軍務未清，不遑及此。今全省肅清，理
宜速辦。昨經賀年兄、喬中丞先爲提倡，議捐貲若
干，囑爲推行。前與中丞同友現在居任者量爲湊集，
再有不敷，須從地方上設法籌款，業已按情咨請。此事
亦同前案，務未便再延，庶
[illegible]照諒爲面聆
清誨。爲辦之印行附來，鎮理後
示復，不勝延佇之至。手此奉復，藉頌
台祺，并請
福安。統惟
亮詧，不宣。名另肅
弟清頓首 □日申刻泐

周輯瑞致李承霖書札

九頁，23.1×12.2cm　sz261-0726.5

【周輯瑞，湖南善化人。清道光二十五年（一八四五）進士，官吏部主事，同治年間署理鎮江府知府。】

忝叨蘭誼，深切葭思，忽奉還雲，歡欣竟日。敬維雨人仁兄同年大人，履祉延釐，潭祺集祜，至以爲慰。來函示諭各條，詳審精密，賅括靡遺。捧誦之餘，兼示同志，均言可爲矜式，衆口一詞。惟建造考棚一款，弟與戴梅翁昆仲暨貴縣現在鎮城各紳熟商，似續奉諭旨及李宮保中丞來札，均以仍歸舊址建立，與地勢人情相宜。而壇、溧、陽三縣官紳會議稟覆之件，亦皆議主仍舊，而壇、溧言及士子之困苦與兩次來郡赴試之不便，較王侍御原摺尤爲委屈詳盡。弟等悉心籌議，揆之事理，不能不仍建金壇，非故與閣下意見相左也。且尊函到時，詳稿已定，不及改議矣。聞李湘波孝廉已將王侍御原摺並欽奉諭旨抄寄一分，其中端委想已詳悉。寄示章程首條，剖辦善後名目極爲扼要，弟履任之始籌及此事，亦以鎮屬捐事，頻年舉辦，迄無休日。軍興以來籌餉，多次舉行善後。善後未畢，又歸籌防。如籌防甫撤，又復捐善後。不特其事不能共喻於人，即其名先已見疑於衆，以故弟呈各憲，地方情形稟内有云，前此倡言善後人皆有欣欣望治之深心。今如再議善後，群視爲陳陳相因之習套，頗與閣下意見相同。來示以善後爲補遺，可謂名正而言順，事或庶幾其有成矣。但名目雖正，可以息衆人之猜疑；實惠未孚，恐終難愜衆人之願望。來函條款内請奬一節，尤目前切要之務也。查鎮郡自賊陷金陵以來十數年間，捐項無慮數十萬，並未一邀奬叙。弟前在京時會晤貴鄉諸京宦，已習聞其説，履任後即考究此事，飭該吏等檢查歷年捐輸案據，而房書等僉以庚申大營潰退、兵勇占居府署、科房册卷悉被焚燬、無案可稽爲詞。詢諸縣署，亦云有報銷册而無捐數册。弟思當年辦捐各局，捐户繳銀後必填發印收與捐生收執爲據。如能代爲請奬，即府縣案卷無存，而各捐生收執印收自在，亦不難按名而稽。況前捐挑河經費曾經前憲奏准給奬，正可據以申請。甚望閣下台駕來郡籌商此事。今奉手札，亦諄諄以此爲念，未審當時各局收捐尚存有底册否？如能有底册，俟閣下光臨議定章程爲之補請奬叙，亦鼓舞衆志之一道也。其餘清釐各善堂款項及高公書院地價、寶晉洲租諸務，總祈文旆早臨，一遵台諭辦理。抑弟更有請者，大凡作事圖功理財，固在所必先而得人，實萬事之樞紐。鎮郡風俗醇厚，人文蔚起，如閣下清才重望，譽滿京華，弟素所欽仰。此外，老成英彦、正士端人，諒更不乏其選。無如鎮城自遭兵燹以後，世家舊族多徙居江北，而城中廬舍自咸豐十年以後，一燬於賊，再燬於兵，破瓦頹垣，遍生荆棘。士大夫之來歸者，徙倚故廬，幾無半椽可以避風雨。以後旋來復去，雖云梓里轉類、萍蹤計至，五月至今除籌防局董李、趙二公外，紳衿之接見者不滿十人，是得見一士類已覺空谷足音，又安望朝夕取拔其尤而論公正之選乎？務乞閣下惠然肯來大爲提唱，庶蛟騰鳳起，復見人物儀容之美，則地方幸甚，弟亦幸甚！否則鎮郡爲古今形勝之區，天下江山號稱第一，忍使雀角鼠牙穿我墉屋，致冠蓋相望之鄉淪没於荒烟蔓草，亦良可哀。已蒙示錢君批稟一節，未知係何年月日來函，未蒙詳及。如弟任内錢君所稟捐事僅止二次，原稟批詞仍存錢君處，可令其呈覽，並無此語德，別駕所言，恐係傳訛也。至李宫保前次備具公牘奉邀，係丹徒徐令因曾任如皋，久慰瞻韓之願，遂於陳到任情形稟内夾單稟請。如弟分居譜末，即以私意浼求，知閣下亦不忍過拒，斷不敢藉此官様文字瀆請。惟閣下以清華品第，養望林泉，何敢以此塵俗之事相擾！奈時際艱難，無從措手，不得不借重長才主持大局，部署既定，仍可衡門静息。粲澗嘯歌如奔走驅策之勞，弟當督率官紳分任之，不致頻勞杖履也。令親吴六符兄，人極老成諳練，亟欲延請入局，籌畫諸務。然窺其意見，亦欲待閣下商定後方肯擔任也。肅泐縷布，敬頌台安。諸惟朗照。不備。

年愚弟周輯瑞頓首

奉叨

蘭誼深切葭思忽奉

還雲歡欣竟日敬維

雨人仁兄同年大人履祉延釐

潭祺集祜至以為慰

來函示諭各條詳審精密賅括靡遺捧誦之餘兼示同志均

言可為矜式衆口一詞惟建造考棚一款弟與戴梅翁昆

仲暨貴縣現在鎮城各紳熟商似續奉

諭旨及李宫保中丞來札均以仍歸舊址建立與地勢人情

相宜而擅溧陽三縣官紳會議禀覆之件亦皆議主
仍舊而擅溧言及士子之困苦與兩次來郡赴試之不便
較王侍御原摺尤為委曲詳盡弟等悉心籌議揆之事
理不能不仍建金壇非故與
閣下意見相左也且
尊函到時詳稿已定不及改議矣聞李湘波孝廉已將王侍御
原摺並欽奉
諭旨抄寄一分其中端委想已
詳悉寄示章程首條剖辦善後名目極為扼要弟
履任

之始籌及此事亦以鎮屬捐事頻年舉辦迄無休日軍興
以來籌餉多次舉行善後善後未畢又歸籌防而如籌防
甫撤又復捐善後不特其事不能共喻於人即其名先已見
疑於衆以故弟呈 各憲地方情形禀內有云前此倡言善
後人皆有欣欣望治之深心今如再議善後群視為陳陳相
因之習套頗與
閣下意見相同
來示以善後為補遺可謂名正而言順事或庶幾其有成矣
但名目雖正可以息衆人之猜疑實惠未孚恐終難愜

衆人之願望
來函條款内請獎之節尤目前切要之務查鎮郡自賊陷金
陵以來十數年間捐項無慮數十萬並未一邀獎叙弟前
在京時會晤貴鄉諸京官已習聞其説履任後即考究
此事飭該吏等檢查歷年捐輸案據而房書等僉以庚
申臘底營潰退兵勇佔居府署科房册卷悉被焚燬無
案可稽為詞詢諸縣署亦云有報銷册而無捐數册弟
思當年辦捐各局捐户繳銀後必填發印收與捐生收
執為據如能代為請獎即府縣案卷無存而各捐生收

執印收自在亦不難按名而稽況前捐挑河經費曾經
前憲奏准給獎正可據以申請甚望
閣下台駕來郡籌商此事今奉
手札亦諄諄以此為念未審當時各局收捐尚存有底册否
如能有底册俟
閣下先臨議定章程為之補請獎叙亦鼓舞衆志之一道也
其餘清釐各善堂款項及高公書院地價寶晋洲祖諸
務總祈
文旆早臨一導

台諭辦理抑弟更有請者大凡作事圖功理財固在所必先
而得人實萬事之樞紐鎮郡風俗醇厚人文蔚起如
閣下清才重望譽滿京華弟素所欽仰此外老成英彥正
士端人諒吏不乏其選無如鎮城自遭兵燹以後世家舊
族多徙居江北而城中廬舍自咸豐十年以後一燬於賊再
燬于兵破瓦頹垣遍生荊棘士大夫之來歸者徙倚故廬
幾無片椽可以避風雨以後旋來復去雖云梓里轉類萍
踪計自五月至今除籌防局董李趙二公外紳衿之接見
者不滿十人是得見一士類已覺空谷足音又安望朝夕

取拔其尤而論公正之選乎務乞
閣下惠然肯來大為提唱庶蛟騰鳳起復睹人物儀容之美
則地方幸甚弟亦幸甚否則鎮郡為古今形勝之區天下
江山號稱第一忍使雀角鼠牙穿我墉屋致冠蓋相望之
鄉論淪没于荒烟蔓草亦良可哀已蒙
示錢[illegible]批稟一節未知係何年月日
來函[illegible]蒙詳及如弟任内錢君所稟捐事僅止二次原稟批
[illegible]存錢君處可令其呈
覽並無此語德刖駕所言恐係傳訛也至李宮保前次

信具公牘奉邀移丹徒徐令因曾任如皋久慰瞻
韓之願遂于陳到任情形稟內夾单稟請如弟分居譜末即
以私意浼求知
閣下亦不忍過拒斷不敢藉此官樣文字瀆請惟
閣下以清華品第養重望林泉何敢以此塵俗之事相擾
奈時際艱難無從措手不得不借重
長才主持大局部署既定仍可
衡門靜息槃澗嘯歌如奔走驅策之勞弟當督率官紳
分任之不致頻勞

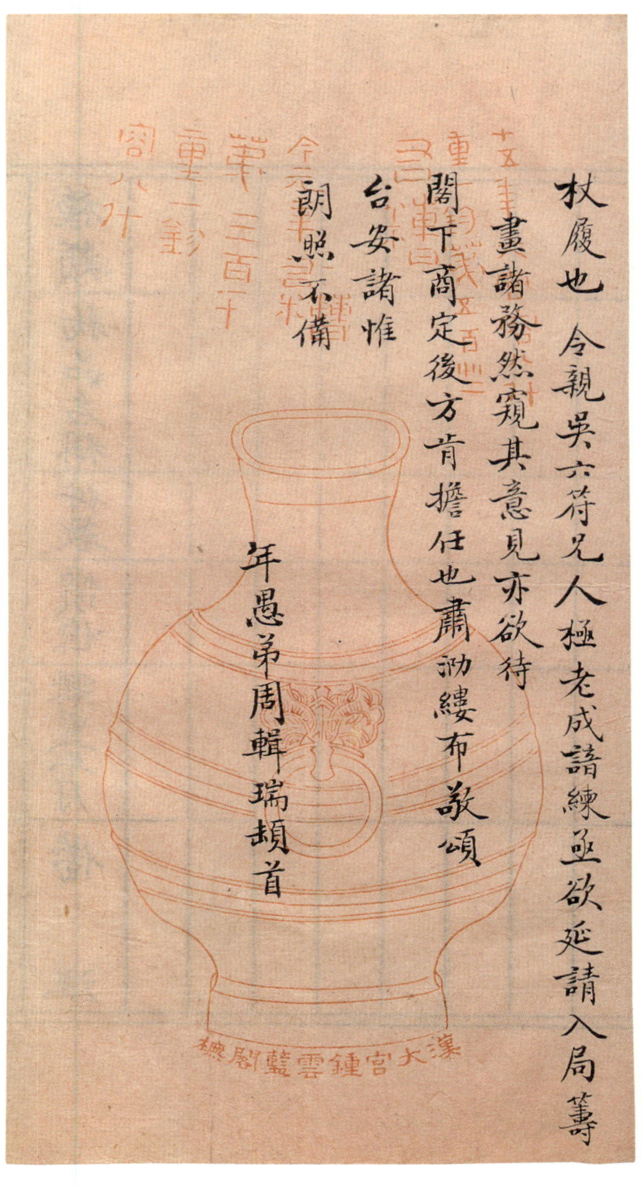
杖履也　令親吳六符兄人極老成諳練亟欲延請入局籌
畫諸務然窺其意見亦欲待
閣下商定後方肯擔任也肅泐縷布敬頌
台安諸惟
朗照不備
年愚弟周輯瑞頓首

喬松年致李承霖書札

sz262-0726.6

三頁，23.1×12.2cm

【喬松年（一八一五—一八七五），字健侯，號鶴儕，山西徐溝（今清徐）人。清道光十五年（一八三五）進士，歷官安徽巡撫、陝西巡撫、河東河道總督，謚勤恪。有《蘿摩亭札記》、《緯捃》等。】

雨翁尊兄大人閣下：月前奉寄兩函，均邀青鑒。瓜鎮於十二日先後殲匪迨盡，實足大快人心。弟聞信後即星馳抵鎮，籌辦善後一切事宜。在在均須款項，至前派委員李別駕，暨添派劉明府隨同閣下捐備善後經費，現在是否捐有成數？務望即日儘數賜解來鎮，以濟急需。再珂里尚有趙竹坪、李翰卿、李文明、包國琪諸君，均皆遷住泰州、海安等處。聞此四君向於地方公事最肯出力，未識此項捐輸已書若干否？懇即轉囑四君束裝來鎮，弟與面商一切善後事宜，幸勿任其遲迴爲禱。此外，尚有大户弟未悉其名姓者，仍希閣下慨爲諄勸，多多益善。亦希催令來鎮辦理善後爲要。臨書不勝神往之至。專肅，敬請禮安。伏惟荃照。不一。

愚弟喬松年頓首

兩翁尊兄大人閣下月前奉寄兩函均邀
青鑒瓜鎮於十二日先後殲匪迨盡實足大快人
心弟聞信後即星馳抵鎮籌辦善後一切事
宜在在均須款項至前派委員李別駕暨添派
劉明府隨同
閣下捐備善後經費現在是否捐有成數務望即日
儘數

皆還任泰州海安等處聞此四君向于地方公
事最肯出力未識此項捐輸已書若干否懇即
轉囑四君束裝来鎮弟與面商一切善後事宜幸
勿任其遲迴為禱此外尚有大户弟未悉其名姓
者仍希　並希催令来鎮報明無誤為要
閣下慨為譸勸多多益善臨書不勝神往之至專
肅敬請
禮安伏惟
荃照不一
愚弟喬松年頓首

丁日昌致李承霖書札　sz263-0726.7

二頁，23×12.7cm

【丁日昌（一八二三—一八八二），字禹生，一作雨生，號持静，廣東豐順人。官至江蘇、福建巡撫。】

雨人仁兄先生閣下：頃承手翰，備荷肫垂。惟蒙獎借過深，轉覺抱慚滋甚。台旆來揚見訪，適弟先期解纜，失之交臂，良用悵然。敬維道履延綏，講帷介祉。執事公才公望，直接京江；人師經師，表揚海國，熏陶所至，必有如吴幾道、翟敬夫其人者繼起，而爲鄉邦表率。正不獨循循雅飭，共知爲胡先生弟子而已。江天在望，延企何如？弟返棹匆匆，倏經歲莫，勞形案牘，無間旰宵，回思讀書談道之樂，此境如在天上矣。風便肅復寸緘，祇請道安。惟希雅照。不一。

愚弟丁日昌頓首

雨人仁兄先生閣下頃承
手翰備荷
肫垂惟蒙

敬維
道履延綏
講帷介祉

執事公才公望直接京江人師經師表揚海國薰陶所
至必有如吳幾道翟敬夫其人者繼起而為鄉邦表率
正不獨循〻雅飭共知為胡先生弟子而已江天在望
延企何如弟返棹匆〻倏經歲莫勞形案牘無閒昕宵
迴思讀書談道之樂此境如在天上矣風便肅復寸
緘祗請
道安惟希
雅照不一　愚弟丁日昌頓首

十六、鹿傳霖致張曾敭書札

【鹿傳霖（一八三六—一九一〇），字芝軒，一作滋軒，直隸（今河北）定興人。清同治元年（一八六二）進士，歷官廣西桂林知府、四川總督、江蘇巡撫、兩江總督、體仁閣大學士，謚文端。】

【張曾敭（一八四二—一九二〇），字小帆，一作筱帆，又字淵静，直隸南皮人。清同治七年（一八六八）進士，歷官湖南永順知府、廣東肇慶知府、福建鹽法道、福建按察使、福建布政使、廣西布政使、山西巡撫、浙江巡撫等，民國後以遺老寓居天津，抑鬱而終。】

鹿傳霖致張曾敭書札

二頁，23.9×14.3cm，圖版已拼接　sz294-0915.01

淵静先生左右：頃奉手示，藉悉履祉勝常爲慰。法勢大張，聞之扼腕，如此舉動必僨大事。滬上之議，究竟如何？南洋聞病甚，未易了此。彼窺透中餒情形，敢於肆意欺侮。設一隅不支，將全局震動，如何？如何？新樞一味將順，不敢發一言，禍不遠矣！可痛哭也。介敢自任，而竟不允新赴之提兼撫銜者，猶能一當否？壺到羊城後有無書來？其難可想。撤防明降，大寒志士之心。此後又復秘密，外臣亦無從進言，亦無憑備豫，設有緩急，使皆不及措手，不識是何妙策。近日言者亦多顧忌，而不敢盡其辭。薦剡紛紛，亦不聞有傑出應變之才，以後大局伊於胡底，可危也。豫中雨澤應時，秋成可望。鄙人奉職如常，無善可告。刻又規畫營務，秋中尚須出省一巡，勉竭駑庸，或免隕越。惟莫補時艱，思之時深慚惕耳。口天久無位置，何也？手泐，敬請台安。仍望教言時錫，以開茅塞爲幸。

菘研頓首　十六日

有無書來其難可想撤防明降大寒志士之心此後又復祕
密外臣亦無從進言亦無憑備豫設有緩急使皆不及措手
不識是何妙策近日言者亦多顧忌而不敢盡其辭薦對
紛紛亦不聞有傑出應變之才以後大局伊於胡底可危也
豫中雨澤應時秋成可望　鄙人奉職如常無善可告刻又
規畫營務秋中尚須出省一巡勉竭駑庸或免隕越惟莫
補時艱思之時深慚惕耳口天久無位置何也手泐敬請
台安仍望
教言時錫以開茅塞為幸　莊研頓首　十六日

鹿傳霖致張曾敭書札　sz295–0915.02

二頁，23.9×14.3cm，圖版已拼接

淵静先生閣下：久病未能致書，歉甚。頃奉手示，備悉種切，遥想台候勝常如頌。法事大壞，聞之憂甚，日來續報如何？介赴津，與合肥作何計議？竊意北甯未必即爲所乘，即山西之不守，亦或有故。計此時都中當得確音。城北素知兵，或不至誤事，亦顧天意何如耳。海疆若有事，内地且將有乘機閧起者，大可慮也。賤恙入冬加劇，幾不能支。日來小愈，而瀉仍未止，以致應辦之事，諸形遲鈍。此間極疲之區，豈病軀所能任？倘入春不愈，將據實乞退矣。承示任人者逸，良所深願，但非急切所能致。刻已上誠書言之，願得外於内王爲助。今已劾去其僞者，欲真者之早出也。特慮痼疾糾纏，力不從心耳。法越消息，仍望隨時示知爲幸。病中不及多述。轉瞬歲除，敬賀新喜。順請開安，諸維心照。

菘研頓首　十二月十八日

日來小愈而瀉仍未止以致應辦之事諸形遲鈍此間極瘠之區豈病軀所能任倘入春不愈將據實乞退矣承示任人者遠良深願但非急切所能致刻已上城書言之頗得外于內之篤助今已劾去其僞者欲真者之早出也特慮痼疾糾纏力不從心耳法越消息仍望隨時示知為幸病中不及多述餘瞬歲除敬賀

新喜順請

開安諸維

心照

莊研頓首 十二月十六日

鹿傳霖致張曾敭書札

二頁，23.9×14.3cm，sz296–0915.03　圖版已拼接

淵静先生執事：使旋，奉讀手示，敬悉種切，藉諗台候勝常如頌。諸承關愛指示，感甚！感甚！惟幕中之賢頗不易得，至能參謀議者尤難。何曾不訪之諸君，實苦於無才耳。容再加意物色。台端意中有妥人否？亦祈代爲訪覓爲禱。王文行者，一到豫即訪之，聞其困於烟而多病。詢之鞠子聯，言亦相同。故置之，當再招而用之。惟添營須增餉，諸多爲難。刻議抽調兩營練軍來省訓練，而底營又不敷分布，再四籌商，始得節餉添營而不礙事。盜賊誠須嚴辦，亦視年歲之豐歉爲盛衰。然總在緝捕得人耳。近來河北較甚，已責成崔矣。南陽則郭廣泰尚得力。懲貪禁暴之論，誠然當竭力圖之，幸爲上復，誠公道感佩。意下次再上書也。法竟敗盟，大可憂。勝法之信、越相起義均確否？赴津者當早回，如何定約？念甚。壺、介至粵、閩，計亦將有書來矣。不佞惟憑此心做去，利鈍所不計也。鞠真能切實做事，大是幫手。草此，敬請台安。不盡欲言。

菘研頓首　閏月十六日

招而用之惟添營須增餉諸多爲難刻議抽調兩營練軍來
省訓練而底營又不敷分布再四籌商始將節餉添營而不得
事盜賊識須嚴辦亦恃視年歲之豐歉爲盛衰然總在緝捕
得人耳近來河北較甚已責成崔矣南陽則郭光庚泰尚得力
懲貪禁暴之論識然當竭力圖之章爲上復 誠公道感佩意
下次再上書也法竟敗盟大可憂勝法之信越相起義均難吾赴津
者當早回不知何定總念甚之壺介至粵閩計亦將有書來矣不能惟
憑此心做去利鈍所不計也鞠真能切實做事大是幫手草此敬請
台安不盡欲言 莊師頓首 閏月十六日

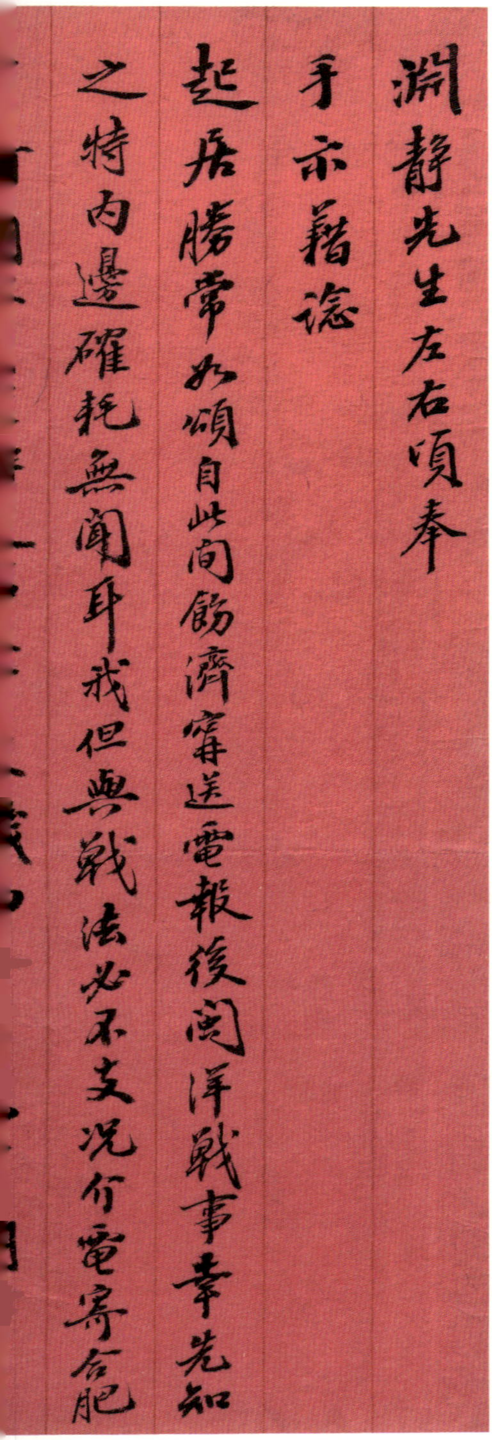

鹿傳霖致張曾敭書札　sz297-0915.04

二頁，23.9×14.3cm，圖版已拼接

淵静先生左右：頃奉手示，藉諗起居勝常如頌。自此間飭濟寧送電報後，閩洋戰事幸先知之，特内邊確耗無聞耳。我但與戰，法必不支。況介電寄合肥，有荷蘭與法搆衅之信，更可乘機爲之。不日，果有明降諭旨否？宜撤其通商，逐其教士，以杜内應，然後滇粤合劉團進規越南。各海口嚴備，但見法船便炮擊之，勿仍待其先發制人。内意不知見及此否？介誠堅忍忠勇，可佩！昨據電報，福州開仗獲勝，壞其兵船四艘，我亦失兩艘。竊意此必介與之戰，船必非大船。大約彼大船不能進口，以小船來擾。我軍勝之，所失亦必小船。都中得此信否？亦電云，聞其尚約期再戰也。再捷，則必遁矣。朝閩所陳被彈固宜盛，不知何語？再更動，非召舊樞便不成事，能召舊樞或轉機也。壺專意海防，有把握否？不佞早慮海疆有事入援，已預備三千人，得報即行，竊料尚不至此。蓋法實無能，津沽或不至見船即潰，彼亦未敢遽窺津。否則此次戰事不在閩而在津矣。鄙見是否？此請台安。

菘研頓首　初九日

規越南各海口嚴備，但見法船便轟擊之，勿仍待其先發制人

內意不知見及此否。今誠堅忍忠勇（可佩），昨據電報福州閩役獲勝

壞其兵船四艘，我亦失兩艘。竊意此必有與之戰，船必非大船，大約彼

大船不能進口，以小船來擾，我軍勝之，所失亦必小船。都中得此信否？

（亦電云）聞其尚約期再戰也，再捷則必進矣。朝聞所陳被彈固宜，盛不知何語

再更動非台舊樞便不成事，能台舊樞或猶機也。豈有意海

防有把握否？（不佞）早慮海疆有事，入援已預備三千人，得報即行

竊料尚不至此，蓋法實無能，津沽或不至見船即潰，彼亦未敢遽窺

津，否則此次戰事不在閩而在津矣。部見是否？此請

台安 莊研 頓首 初九日

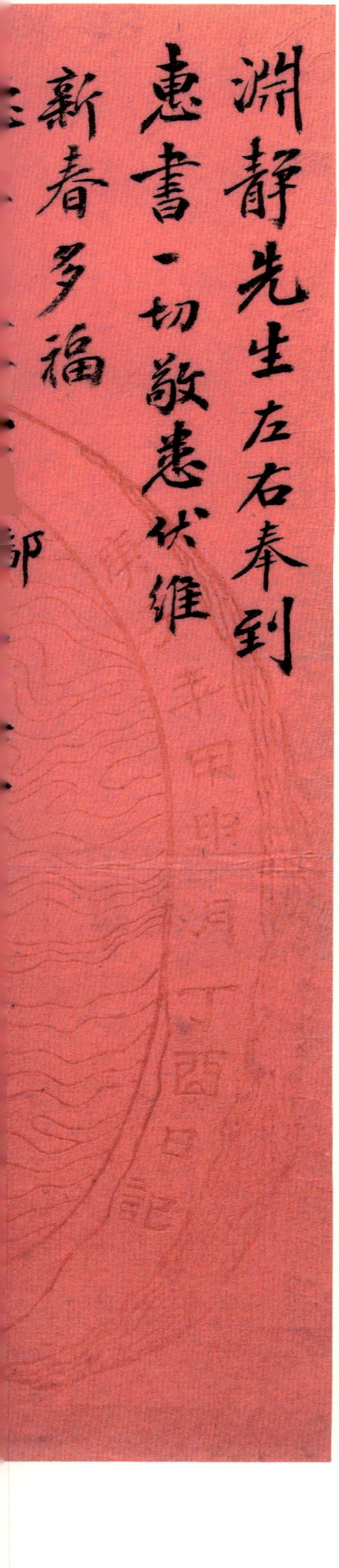

鹿傳霖致張曾敭書札　sz298-0915.05

二頁，23.5×11.8cm

淵静先生左右：奉到惠書，一切敬悉。伏維新春多福，德望日隆如頌。鄙事極荷愛注，感甚！感甚！誠以時局日非，病軀難支，即遷地亦恐弗良，非敢云見幾。惟冀免咎以藏拙，兼可養痾耳。未諳察典，故事遂爾急遽。今已見邸抄，可上請矣。承示花朝之期，亦不遠矣。一日不退，即有一日應盡之職，尤不敢稍有遲誤，用是惴惴耳。能一請便准爲妙，設賞假遲留，則於公無補。能費心代向池北略申下忱，俾成全速退，尤感。若論豫事，已大致就緒，尚可勉爲其難。私心所慮者，在内政與舊疾，非僅欲避去也。若引疾以前已有更調，則只可暫爲努力，以待後圖也。介尚未到，恐海道梗阻，改行内地，是否？壺誠務廣而荒，時勢至此，不早改圖，終不堪設想。和議如何？竊料難諧。即諧，亦不可問。妄言勿罪是幸。洛已回任，此番不至牴牾矣。手此奉復，敬請台安。不盡百一。

菘研頓首　二月三日

良非敢云見幾惟冀免咎以藏拙兼可養痾耳未諳
察典故事遂爾急遽今已見邸抄可上請矣承
亦花朝之期亦不遠矣一日不退即有一日應盡之職尤不敢

稍有遲誤用是惴惴耳能一請便准為妙設賞假遲留則於
公無補能
貴心代向池北畧申下忱俾成全速退尤感若論豫事已大致就
緒尚可勉為其難私心所慮者在內政與舊疾非僅欲避去
也若引疾以前已有更調則只可暫為努力以待後圖也行尚未
到恐海道梗阻改行內地是否壺誠務廣而荒時勢至此不早改
圖誠不堪設想和議如何竊料難諧即諧亦不可向妄言勿泄是幸
治已回任此書不至狀悟矣手此奉復敬請
台安不盡百一 廿松研 [illegible] 二月二日

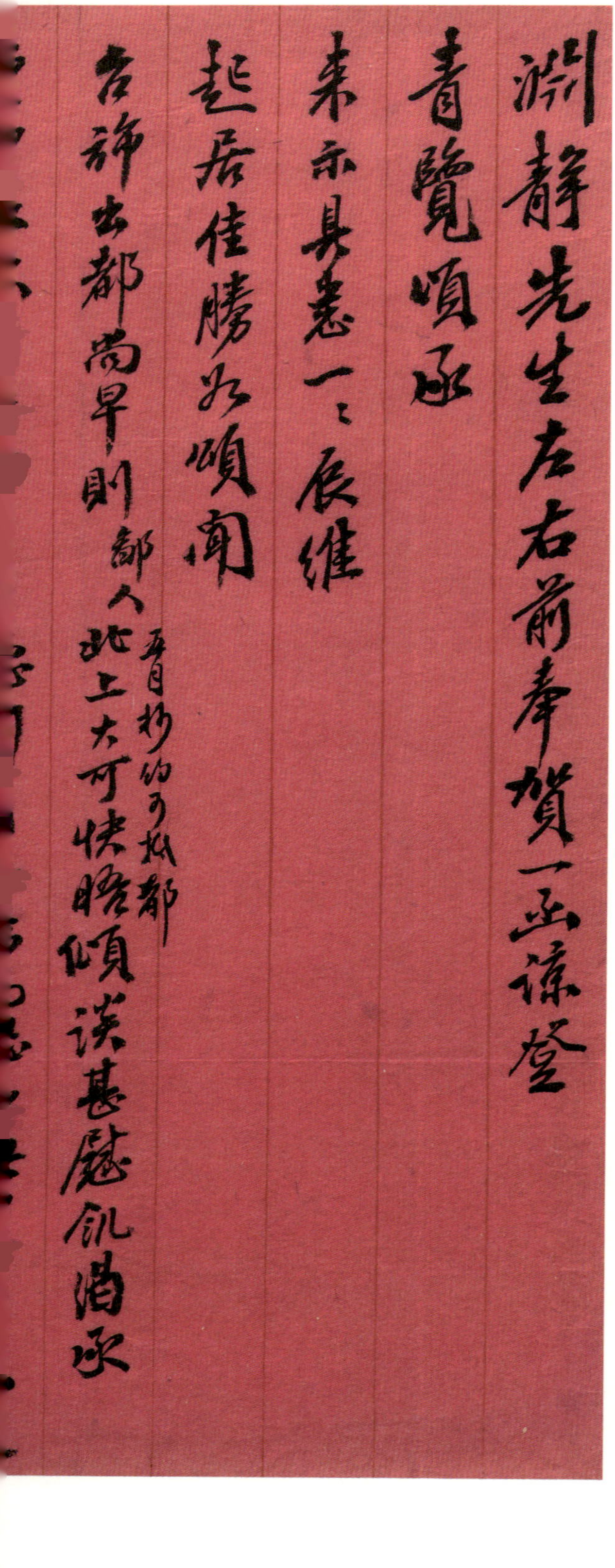

鹿傳霖致張曾敭書札 sz299-0915.06

二頁，24×14.2cm，圖版已拼接

淵静先生左右：前奉賀一函，諒登青覽。頃承來示，具悉一一，辰維起居佳勝如頌。聞台旆出都尚早，則鄙人北上，五月杪約可抵都，大可快晤傾談，甚慰飢渴。承厚望以陳時弊，回天聽則有志焉，而恐無此力量，言不足動聽耳。然時局如此，真可爲痛哭。和局中敗，恐在所不免。否則必將棄地破財、損威辱國，尚可言哉！豫中潤公不能即來，中有代人，事必大反，所爲亦切隱憂。某公未必果退，退亦未必有補。鄙人之進退，則到京再決耳。不盡之言，統容面罄。手此奉復，敬請台安。諸維心照，不盡百一。

菘研頓首

則必將棄地破財損威辱 國尚可言哉豫中 閣公不
能即來中有代人事必大反所為亦切隱憂某公未必果
退退亦未必有補鄙人之進退則到京再決耳不盡之
言統容面罄手此奉復敬請
台安諸維
心照不盡百一 荻研頓首

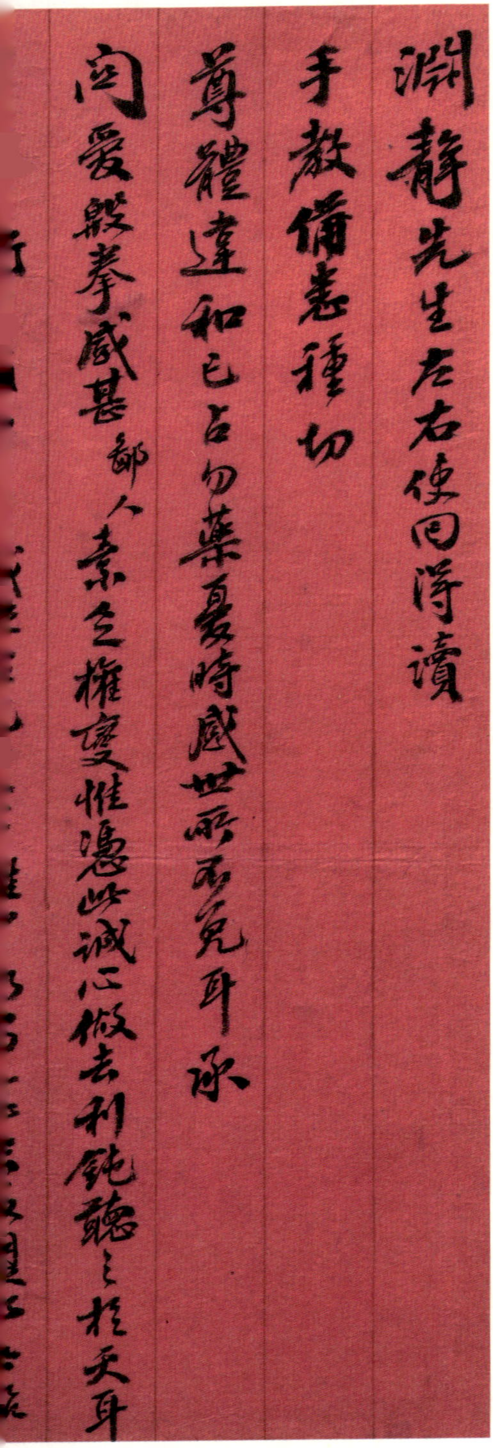

鹿傳霖致張曾敭書札　sz300-0915.07

二頁，23.9×14.3cm，圖版已拼接

淵静先生左右：使回，得讀手教，備悉種切。尊體違和，已占勿藥，憂時感世，所不免耳。承關愛殷拳，感甚。鄙人素乏權變，惟憑此誠心做去，利鈍聽之於天耳。牢籠之術，當稍稍習之，不識能否？記室甚難，望仍留意。法敗盟，以兵船要挾，而迄無定見，必歸於割地償費矣，可歎可憂。且近畿一帶貧民甚多，盜風亦熾。海疆有事，內地必蜂起爲患，尤切近也。豫省幸可望有秋，惟南召、葉縣等處起蛟，微有偏灾，盜賊尚不能甚斂迹，案則時有破獲。邇來諸務漸就範圍，年終當可大定。洛陽事已了，官話不能不然，黄華深資臂助，惜紅薇遲鈍（新病未全愈），仍須爲之助力，幸頑軀近尚可支持耳。誠公兹上一書，略陳梗概。壺、介兩君均無報書，初到匆忙可知。若津防不支，內弱外又焉能强哉！舊樞之黜，亂之機也，奈何！奈何！近見薦舉人才紛紛，半多庸劣，不饜人望，亦何貴有此一薦哉！兹解款兩萬，助京局平糶，聊盡心焉耳。調練兩營，備不虞之用。苦餉絀，不能多練，容徐圖之。手肅，敬請台安。不盡欲言。

菘研頓首　六月朔

賓氏甚多盜風亦熾海疊有事而地必烽起爲患尤切近也據
省幸可望有秋惟南召葉縣等處匪蹤徵有偏突盜賊尚不能甚斂
跡當則時有破獲通來諸務漸就範圍年終當可大定沁陽
事已了官話不能不然黃華深資贊助惜紅薇遲鈍仍須爲之助力（新病未全愈）
幸頑軀近尚可支持耳誠以前上一書略陳梗概虛分兩君均無
報書相到爲忙可知若津防不支而弱外又焉能強哉舊撫之
戡亂之機也奈何奈何近見蒞署人才紛紛率多庸劣不饜人
望亦何貴有此一蒞哉前解款兩萬助京尚可難聊盡心焉耳
調練兩營備不虞之用若餉絀不能多練容徐圖之手肅敬請
台安不盡欲言　莊蔚頓首　六月朔

鹿傳霖致張曾敭書札

sz301–0915.08

一頁，第一頁23.9×14.3cm

淵静先生執事：昨奉手示，當即裁復，計已達到。日來得電，閩畺戰耗甚噩（初八報，十五日接）。介有「沿海炮臺盡毁，三日内閩必不守，綸必不歸，英暗助法」之報，令人扼腕痛憤。近又不知如何。都門聞之，必將震恐。閩海五虎口天險，不解何以不先封塞，致其兵船駛入，險要盡失，何以禦之？竊揣彼必盡規閩地，後始行北犯，真不堪設想。顧天意何如耳！豫省兵單餉絀，亦鮮利器，刻已備三千人爲緩急需耳。手此奉布，敬請台安。不盡所言。

菘研頓首　七月十七日

淵靜先生執事：昨奉

手示，當即裁復，計已達到。日來得電，閩疆戰耗甚惡，今有（初六報）

（十五日據）沿海礮台盡毀，三日內閩必不守，綸必不歸之（英暗助法）報，令人扼腕痛憤。

近又不知如何，都門聞之，必將震恐。閩海五虎口天險，不解何以不

先封塞，致其兵船駛入險要，盡失何以禦之竅。揣彼必盡規閩

地後，始行北犯，真不堪設想。顧天意何如耳。豫省兵單餉絀，亦

鮮利器，刻已備三千人，爲濠急需耳。手此奉布，敬請

台安，不盡所言。莊研頓首　七月十七日

鹿傳霖致張曾敭書札

二頁，23.5×13.5cm　sz302-0915.09

淵静先生左右：京使旋，奉讀復示，藉悉履祉勝常如頌。法船已遁，我雖被沈船毁台，彼亦船没酋斃，頗受懲創，始終未敢登岸，即駛出口，聲言調兵再犯，直指津沽。雖恫喝之辭，然復來（計在今冬明春）可必，我宜嚴防各海口以待。而陸軍進規越南，彼必不支。津門兵力，不爲不厚，任之合肥，殊不可恃。承示豫省宜請添營，鄙人久蓄此意，一以大農阻格，一以餉帑難籌，是以拈待，故以節餉添營，小試其端。今如公言，當具疏陳請，不識能不爲部議所格否。前購洋械，粤用者已解往。自備者，炮爲北洋截留，槍則日内可到，尚須設法添購，方能得力。現練者仍多内地槍炮。精者亦未始不可用也。天威震怒，人心一奮，法教必宜盡驅之。壺公在粤，已下令驅逐，所見固相同。獨怪南洋不聞舉動，京中尤宜妥辦，勿留後患爲要。聖母明决如此，而佐治無人，奈之何哉！孫已行，唐仍權藩，陳兼臬。不佞出月將北渡閲伍。一行匆冗，不及多述。手此，敬請台安。不盡百一。

菘研頓首　廿七日午

示豫有宜請添營鄙人久蓄此意一以大農阻格一以餉糈難籌

是以擱待故以節餉添營小試其端今為

公言當具疏陳請不識能否爲鄙議所格否前購洋械粵用者

已解往自備者砲爲北洋截留餘則日內可到尚須設法添購方能

得力現練者仍多內地鎗砲精者亦未始不可用也

天威震懾人心一奮法教必宜盡驅之豈公在粵已下令驅逐所見固

相同獨怪南洋不聞舉動京中尤宜發亦勿留後患爲要

聖母明決如此而佐治無人奈之何哉孫已行唐仍權藩陳兼臬不能出

月將北渡閱伍一行匆冗不及多述手此敬請

台安不盡百一　廿松研頓首　廿七日午

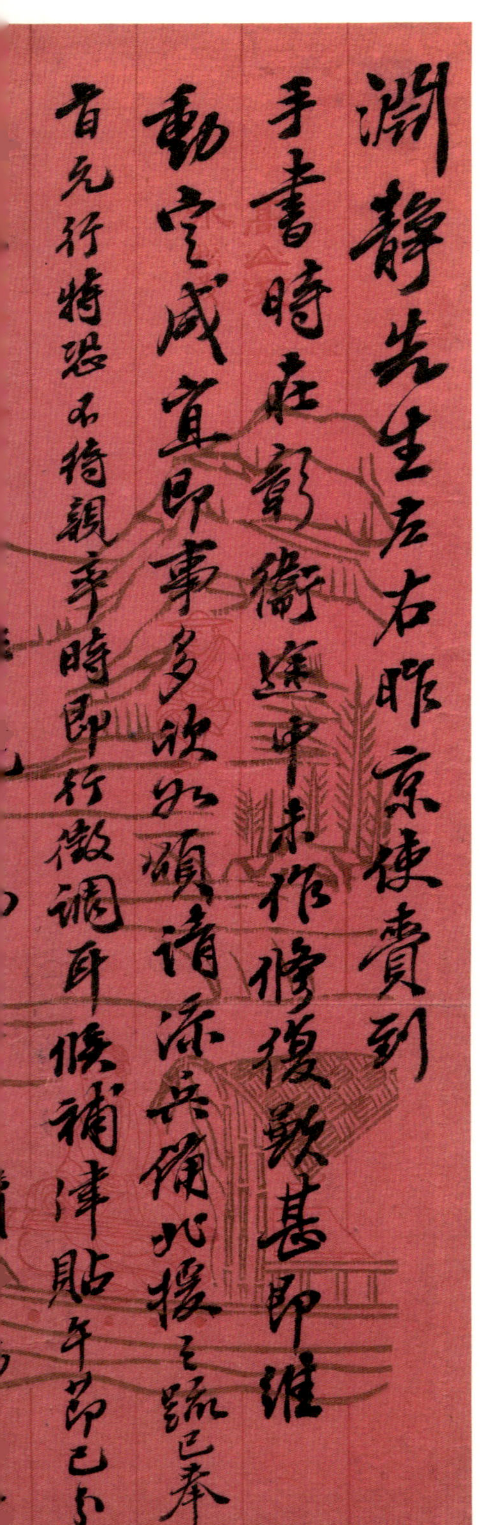

鹿傳霖致張曾敭書札

sz303-0915.10

二頁，22.7×12.6cm

淵静先生左右：昨京使賫到手書，時在彰衛途中，未作修復，歉甚！即維動定咸宜，即事多欣如頌。請添兵備北援之疏，已奉旨允行，特恐不待親率時即行徵調耳。候補津貼，午節已分過一次，即差事亦並非一概不委，特從前鑚營號爲能者不能得，終難免謡謗，聽之可也。承注感感。法事據粤電，在香港造小船廿五隻，軍衣六千件，中秋取齊。意欲何往，尚不可知。若滇桂合攻越南，則彼不暇内犯。以鄙見度之，彼如再犯，必撲津沽，決不再攻閩。若臺灣、基隆窺伺，則所不免。介之患，不在法，而在惡之者之攻訐也。不佞此番出閲，力杜需索，一切皆自備，似可少挽積習。前種麥盼雨，今則連陰旬日，又苦雨多，行程亦因之遲滯。沿途查看，官民均相安平妥。溝渠雖未能一律認真，實無擾累之事，亦盡心力爲之，利鈍所不計也。壺公在粤，聞驅法及募購毁法船者，頗爲得要。誠公何疾？愈否？甚念。途次草復，敬請開安。不盡百一。

菘研頓首　八月十八日懷慶行次

注感之法事據粵電在香港造小船廿五隻軍衣六千件中
秋取齊意欲何往尚不可知若滇桂合攻越南則彼不暇

內犯以鄙見度之彼如再犯必撲津沽決不再攻閩若臺
灣基隆窺伺則所不免亦之患不在法而在惡之者之攻訐也
不佞此番出閩力杜需索一切皆自備似可少挽積習前種麥
盼雨今則連陰旬日又苦雨多行程亦因之遲滯沿途查看官
民均相安平安溝渠雖未能一律認真實無擾累之事亦盡
心力爲之利鈍所不計也壺公在粵聞驅法及募購毀法船者
頗爲得要 誠公何疾急甚念 遂次草復敬請
闲安不盡百一 蓀研頓首 八月十六日懷慶行次

鹿傳霖致張曾敭書札　sz304-0915.11

二頁，22.8×12.6cm

淵静先生左右：洛陽道中，奉到手書，備承心注，感感！即維起居多福如頌。法又犯基隆，台北頗危。據電報，自初十至十七皆有戰事，先被奪踞基隆炮臺，並用機器取煤。十七夜乘大風，劉省軍襲之，大捷，並戕其兵頭云。不知京門得信同否？此兩日又無信，盼甚。大兵萃於津沽，不下百數十營，餉何能支？何須如此之多？足見主持無人，一味膽怯。設彼真北犯，畿南一帶必受潰勇之害，反使內地騷然，大可憂也。至鄙人被彈，固在意中。所可怪者，一派胡説，膽敢上陳，直欺朝廷無人。不佞被誣事小，宵小肆行，大局可慮。雙星已到，已向兩司宣露，將行文飭其登復，内有數案或須提訊。若就原文確查，即欲吹求，亦無可乘之隙。況星意尚空洞乎？鄙意時有退志，特以時局艱難，不能不勉力支持，亦不敢自即安逸。然公事實不易措手也。此次北閲，悉杜供給。將返，舊疾忽作，幸不甚劇耳。手此復謝，敬請台安。不盡縷縷。

名心叩　九月五日

知京门得信同否此两日又無信盼甚大兵萃於津沽不下
百数十營餉何能支何須如此之多足見主持無人一味胆怯

設欲真北犯蔵南一帶必受潰勇之害反使内地騷然大爲憂
也至鄙人被彈固在意中所可怪者一派胡説胆敢上陳直欺
朝廷無人不信被誣事小宵小肆行大局可慮双星已到已向兩
司宣露將行文飭其登復内有數案或須提訊若就原文確
查即欲吹求亦無可乘之隙況星意高空洞乎鄙意時有退志
特以將局艱難不能不勉力支持亦不敢自即安逸然公事實
不易措手也此次北闈恙壯供給將返蕉痰忽作幸不甚劇耳
手此復謝敬請
台安不盡縷縷　若心叩　九月晉

潤静居先生惠覽：僕旋得
手示，具悉種種，即諗
起居勝常為頌。鄙人到此，晌已月餘，查看尚無
寬大下工彌縫，遂積之疲不振，耳尤難在人才少
圖治所談數人，優劣大致不遠，尚待徐察。惟差員
少，糧臺供支張宋兩軍營餉，歲計六七十萬，按月
短欠。宋軍之數較少，且在東北邊，勇尚核實。張
舊勇十不存一，實兵尚無三成，而以數十萬艱苦之

鹿傳霖致張曾歇書札

四頁，23.5×12.2cm　sz305-0915.12

淵静居先生惠覽：使旋，得手示，具悉種種，即諗起居勝常爲頌。鄙人到此眴已月餘，查看尚無大弊。惟上博寛大，下工彌縫，遂積疲不振耳。尤難在人才少、餉項絀，不易圖治。所談數人，優劣大致不遠，尚待徐察。惟差員冗濫，耗費不少。糧臺供支張、宋兩軍營餉，歲計六七十萬，按月預解，毫無短欠。宋軍支數較少，且在東北，邊勇尚核實。張則久駐西北，舊勇十不存一，實兵尚無三成，而以數十萬艱苦之帑項供統帥一人之揮霍，令人憤懣。若據實言之，將啓口舌之争，且謂邊地遠征，不應裁抑其餉。而此間利有糧臺，諸可分潤，且養無數閑員，並可得保舉，斷無有議其非者。擬請趁此戒備海防之際，將張軍調回聽用，尚可化虚爲實，已於上誠公書言之，未知以爲然否？畿甸水灾，此間亦捐助萬二千金。天津購米，復解去萬金。緣本境亦有水灾，須籌賑貸，且備山左灾民逃來資遣賑恤之用。分則力絀，不似晉省之力專。此間庫藏，一切遠不及晉，耗費之病早中於數十年前矣。徐圖補救，大非易易。越事中敗，實越之輕和。可恨！保北護劉，似須變通。保北則可，護劉則法必力争（法仇劉太深，必欲甘心），而我詞不直。不若對面著筆，直責越南輕知之罪，因令於其國中曰：有能拒法復越者，中國即授爲越王，我始終是保藩服之説。此令一出，人人争奮，不言護劉，而劉即可護。且鼓舞者將不止一劉，又爲法多樹其敵，較爲得計。不揣冒昧，條陳上聞，未知有當高明及當道諸公意指否？大局攸關，杞憂時切。城北來書，桂撫已有忌意，振帥尤不相洽，不早爲之，所事將不可問矣。兹抄録原函，上書誠公言之，寄由尊處轉達。尚未封口，祈查閲後代呈。能借重鼎言，從旁力賛之尤妙。爲公起見，此心可白天日也。介庵出使，已受人愚。竊恐且有後命，機兆不佳。宜勸誠公隨時防之，小人之用心可畏也。鎮平官犯已屢催，定於本月必起解矣。法事如决裂，舊將多不可恃。鮑、劉皆驕氣，彭、吴或尚可一當。竊以爲戰洋人宜用粤勇，又以東莞、潮州爲最，將亦宜選之粤東，如鄧安邦其尤著者也。通商各國多所牽制，必不至坐視戰争，特我之戰備不可不修耳。瑣瑣奉布，敬頌道安。望賜回音。不盡百一。

菘研齋主人頓啓　重陽後四日

潤靜居先生惠覽使旋得
手示具悉種種即諗
起居勝常爲頌鄙人到此晌已月餘查看尚無大弊惟上博
寬大下工彌縫遂積積疲不振耳尤難在人才少餉項絀不易
圖治所談僕數人優劣大致不遠尚待徐察惟差員冗濫耗費不
少糧臺供支張宗兩軍營餉歲計六七十萬按月頒解毫無
短欠宗軍支數較少且在東北邊勇尚核實張則久駐西北
舊勇十不存一實兵尚無三成而以數十萬艱苦之餉項供統帥

一人之揮霍令人憤懣若據實書之將啓口舌之爭且謂邊地遠征不應裁抑其餉而此間利有糧臺諸可分潤且養無數閑員并可得保舉此無有議其非者擬請藉此戒備海防之際將張軍調回聽用尚可化虛爲實已於上誠公書言之未知以爲然晉歲旬水災此間亦捐助萬二千金天津購來後解去萬金緣本境亦有水災須籌賑貸且備山左災民進來資遣賑卹之用分則力絀不似晋省之力專此間庫藏一切遠不及晋耗費之病早中於數十年前矣徐圖補救大非易易越事中敗實越

之輕和可悵保北護劉似須變通保北則可護劉則法必力爭而我法仇劉太深必欲甘心
詞不直不若對面着筆直責越南輕和之罪因令於其國中曰有
能拒法復越者中國即援爲越王我据總是保藩服之說此令
一出人之爭奮不言護劉而劉即可護且鼓舞者將不止一劉矣爲
法多樹其敵較爲得計不揣冒昧條陳上聞未知有當
高明及當道諸公意指否大局攸關把憂時切城北來書桂撫
已有惡意振帥尤不相洽不早爲之所事將不可問矣茲抄錄原
函上書識公言之寄由
尊處轉達尚未封口祈

查閱以代呈能借重
鼎言從旁力贊之尤妙為公起見此心可白天日也介庵出使已受
人愚弄恐且有後命機兆不佳宜勸誡公隨時防之小人之用心
可畏也鎮軍苦犯已屬催定於本月必起解矣法事必決裂
舊將多不可恃鮑劉皆驕氣彰吳武尚可一當竊以為戰洋人宜
用粵勇大以東莞潮州為最將亦宜選之粵東如鄧安邦其尤著
者也適商各國多所牽制必不坐視戰爭特我之戰備不可不修耳
瑣瑣奉布敬頌
道安望 賜回音不盡百一 菘研齋主人頓啓 重陽後四日

鹿傳霖致張曾敭書札

sz306-0915.13

二頁，22.8×12.6cm

淵静先生執事：月初寄一函（内有致安圃書並吴祠項），計復示當在途矣。辰維起居勝常如頌。法越事刻繫鄙懷，久不得城北書，不知脅和後若何情形？決意保越用劉之議，已照會各國否？各國如何登復？念甚。如有所聞，幸爲詳示。秦中星使已差竣言旋，計月内必到京，必又有更動。聞秦撫黔藩皆不妥，替人又爲誰耶？人才真不易也。繩翁到京必有一番贊畫，其議云何？竊願聞之。壺治海軍一説，果行否？並念。此間事粗得端倪，如荒地差徭水利、保甲營伍均須逐漸整飭。而動需經費，無從籌措，諸難應手。惟有裁節冗費，略可化無用爲有用。然鉅款苦不能節，終不濟事。晝夜籌思，殊乏良策。邇來腹瀉又作，以病軀膺重任，更虞貽誤。奈何？只可做一件算一件，或者日計不足、月計有餘也。若海疆有事，則中原更須屯駐重兵，方可鎮懾援應。張軍終以調回爲宜，不獨兵餉兩歸，實際於大局頗有益也。望便中再爲鼎言，能行爲妙。早晚天赤，似非佳兆，都中占者云何？草此，敬請籌安。不盡欲言。

菘研拜上　十月十六日

詳示秦中星使已差竣言旋計月内必到京必又有更動聞
秦撫暨藩皆不安替人又爲誰耶人才真不易也須苟到京
必有一番贊畫其議云何竊願聞之遼沿海軍一説果行否

并念此間事粗得端倪如荒地差徭水利保甲營伍均須逐漸
整飭而動需經費無從籌措諸難應手惟有裁節冗費
略可化無用爲有用然能款若不能節終不濟事晝夜籌思
近來隱習不作以病軀膺重任更虞妨誤奈何
殊乏良策只可做一件算一件或者日計不足月計有餘也若海
疆有事則中原更須屯駐重兵方可鎮攝援應張軍終以
調回爲宜不獨兵餉兩歸實際於大局頗有益也望便中再爲
鼎言能行爲妙早晚天赤似非佳兆都中占者云何怵此敬請
籌安不盡欲言　莊斯拜上　十二月十六日

鹿傳霖致張曾敭書札　sz307-0915.14

四頁，23.5×12.3cm

淵静先生執事：京便〔使〕旋，奉到手示，藉悉動定百宜，贊畫時艱，良深佩慰。越爲法脅，詳細未能盡悉。因聞法使入都，恐其有議争之舉，故鄙論如此，今能直説。保越用劉，更屬正大斬截。布告各國，聲法罪狀，尤爲要著，特須抱住。既爲越事起衅，用兵宜在越地，爲各國保全商務，免其借口我開兵端，有礙伊等通商爲要。想誠與諸公當已籌及矣。城北已擢桂撫，又定保越用劉之議，則伊可放膽做去，必於邊務有益。振帥語雖壯而心實怯，未可深恃。城北特慮其掣肘，決不至因小嫌誤大局，當切告之，可毋慮也。惟照會各國後必有一番議論，務祈便中詳示爲望。壺統海軍，繩入澤署，果能如此，誠大幸也。欽使當不日可旋京。聞奏事已查有端倪，二馬恐須更動。張營久居於外，實耗帑而無益。其勇不過三成，則言者甚多，特難得其實據。即屬人言之，亦無濟於事，不如調回之爲愈。伊犁事直不堪問，有一爲俄所憚之。棍噶扎拉參而不能用，反驅之，使入藏，以遂俄意，而於沙漠不毛之地侈言添設行省，殊可怪也。不佞智識短淺，到此已兩月，一無施措，實深慚恧。惟廉静自持，徐察其弊，而轉移之能否有效，殊不敢必。傳聞誥誡僚屬，不知何語致動尊聽？刻正通飭各牧令，實陳地方利弊及出入款目，以驗其令誠僞，平日之勤惰。惟經費支絀，動形拮据，尤難措手。章奏誠不佳，幕中亦無人，仍是前任一班文案在此敷衍，急思物色，未得其人。近得一河工同知管晏者，筆墨尚有根柢，惟品詣不知其深。此人曾服官山東，丹老曾用之。兹正函咨其可用否。如蒙賞識，擬即延之爲助也。兩官犯已起解，約計初十可到京。此間候補道甚多，一經握篆，多有墨行。前則與逸少同名者，署開歸河道，刻扣巨資入己。今則桂翁令阮權糧鹽，請發幫丁月糧，部復未到，卸事，遂與新任争利相角，幸銀尚未發。刻已奏請停支查辦，將來或可諉之書吏。此件部費亦甚巨，恐都中亦必有所聞也。外致安圃一函，内有吴祠項匯券，祈代交收是荷。草此，敬請開安。不盡百一。

菘研拜上　十月初二日

淵靜先生執事：京使旋，奉到

手示，藉悉

動定百宜，

贊畫時艱，良深佩慰。越南法督詳細未能盡悉，因聞法使

入都，恐其有議爭之舉，故鄙論以此。今能直說保越用劉，

更屬正大斬截。布告各國，聲法罪狀，尤為要著，特須挖任。

既為越事起釁，用兵宜在越地，為各國保全商務，免其借

口戎開兵端，有得伊等通商為要。想識與

諸公當已籌及矣城北已擢桂撫又定保越用劉之議則伊可社膳
做去必於邊務有益振帥語雖壯而心實怯未可深恃城北特
處其掣肘決不至因小嫌誤大局當切告之可毋慮也惟照會各
國後必有一番議論務於使中
詳示爲望壹浣海軍僅入譯署果能爲此誠大幸也
欽使當不日可旋京聞秦事已查有端倪二高恐須更動張
營久廢於外實耗帑而無益其勇不過三成則言者甚多特難
得其實據即屬人言之亦無濟於事不如調回之爲愈伊犁事

直不堪問有一為俄所悍之挹噶札拉各而不能用反驅之使入藏
以遂俄意而於沙漠不毛之地侈言添設行省殊可怪也不佞智
識短淺到此已兩月一無施措實深慚悤惟康靜自持徐察其
弊而將移之耳至有發殊不敢必傳聞詰誡僚屬不知何語致動
尊聽刻已通飭各牧令實陳地方利弊及出入款目以驗其人之誠
偽平日之勤惰惟經費支絀動形拮据尤難措手章奏誠不佳
幕中亦無人仍是前任一班丈衆在此敷衍急思物色未得其人
近得一河之同知崔晏者筆墨尚有根柢惟品詣不知其深此人曾

賑官山東丹老曾用之茲正函諮其可用否如蒙賞識擬即遞之

為助也兩宮蹕已赴辭約計初十可到京此間候補道甚多一經握

篆多有墨行前則與瑞少同名者署開歸河道刻扣臣資入已

今則桂翁今阮權糧道請蒙帑下月糧部復未到部事遂與

新任爭利相角幸銀尚未撥刻已奏請停支查明將來或可議之

書吏此件部費亦甚巨然部中亦必有所聞此外致安圃一函

內有吳祠須滙券祈代交悔是荷草此敬請

開安不盡百一菘研拜上十月初二日

[附] 鹿傳霖札封兩件

十七、許國琮等致黃誥書札

【黃誥，生卒年不詳，字宣廷，漢軍正黃旗人。清光緒二十四年（一八九八）進士，授翰林院庶吉士，官至陝西陝安道，光緒三十一年（一九〇五）授清廷駐意大利大使。】

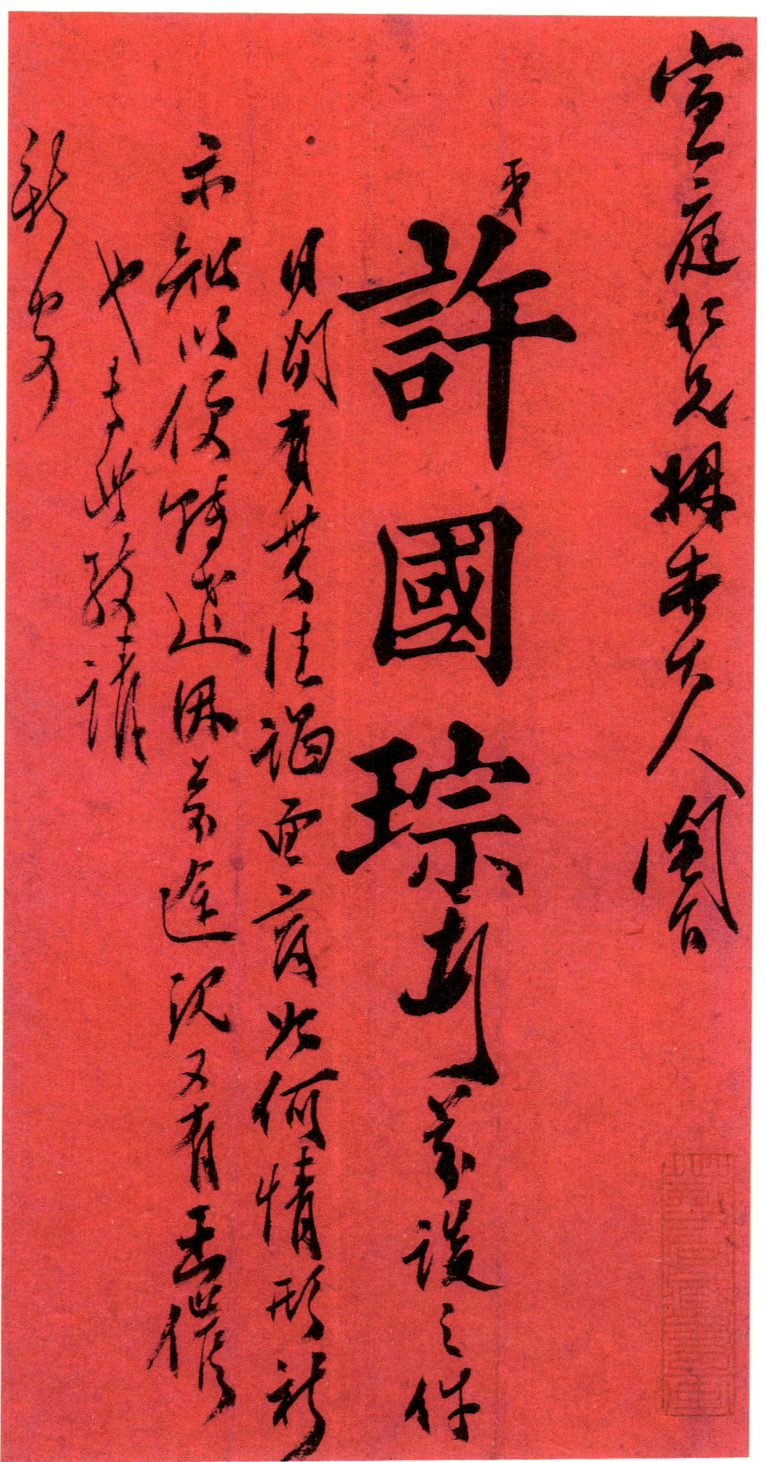

許國琮致黃誥書札　sz308-0510.01

一頁，19.4×9.8cm，本幅收藏印「鄧又同藏書畫」，裱邊收藏印「鄧又同藏書畫」、「鄧氏珍藏」、「景山館藏」

宣庭仁兄姻世大人閣下：前談之件日間有無往謁，面商如何情形祈示知，以便轉達。因前途現又有函催也。專此，敬請新安。

弟許國琮頓首

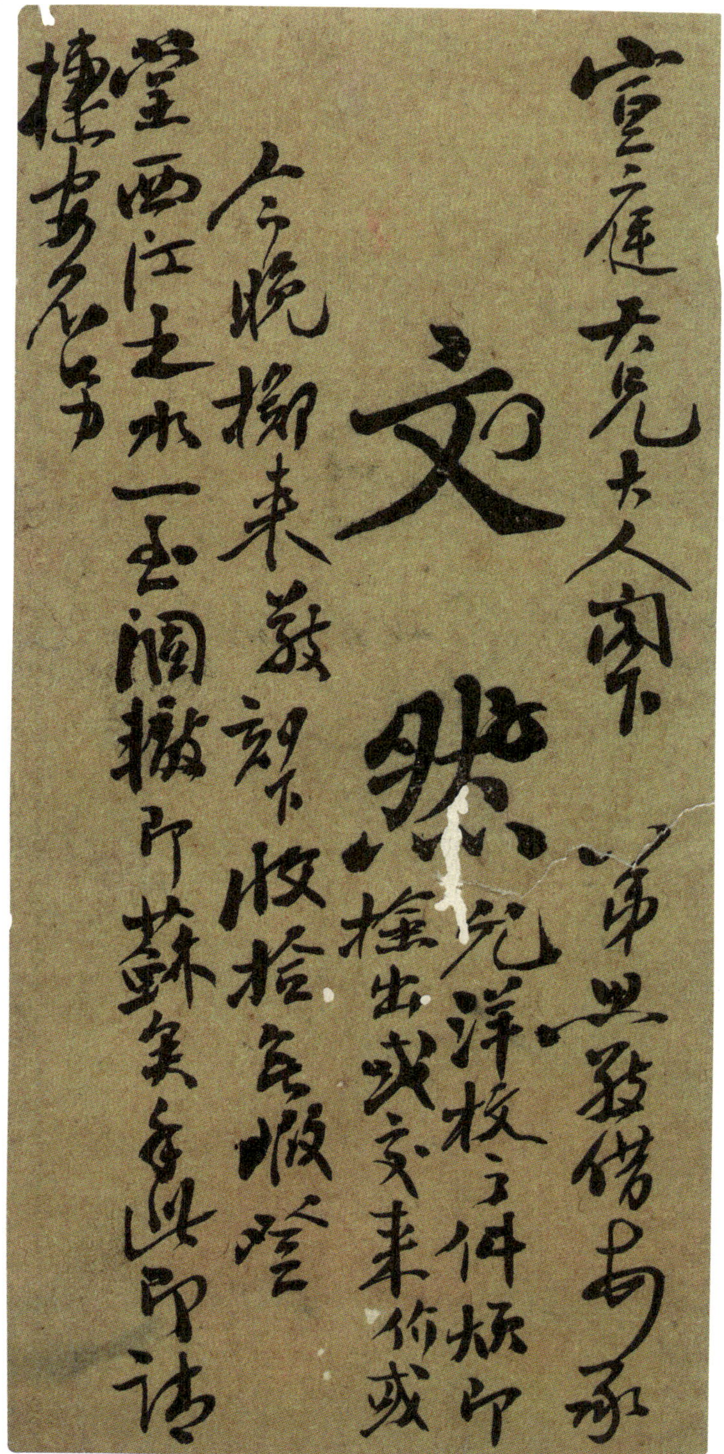

某公[思敬]致黄詔書札

一頁，19.4×9.2cm　sz309-0510.02

宣庭大兄大人閣下：承允洋校之件煩即撿出，或交來价，或今晚擲來。敬刻下收拾，無暇登堂。西江之水一至涸轍即蘇矣。手此，即請捷安。不另。

弟思敬借頓首

某公[民]致黄誥書札

sz310-0510.03

一頁，23×9.3cm

宣廷仁兄大人如晤：日前蒙知會公請志仲魯之事，弟現由家兄力侯處入份，祈將弟名撤去，不勝感荷之至。早此通知。順請文安。

弟民頓

劉學洙致黃誥書札　sz311-0510.04

三頁，24.9×12.5cm

宣廷仁兄大人閣下：粤雲燕樹，兩地暌違，別久思深，匪言可喻。前臘虔脩蕪禀，附呈邵君一函，諒登記室矣。恭維侍祺安燕，履祉吉羊，爲頌爲慰。弟孑身萬里，侍筆詞垣，年俸無多，債臺百級。自念羅雀掘鼠，既拼於一來，斷不能解組掛冠，竟舍之而去。所幸家書頻接，二老康强，遊子一心差堪自慰耳。惟是硯田無入，菽水難供，惟此旅費之資權作晨昏之奉，務祈轉禀老伯大人於具領。弟春季旅費，時准由弟上年九月念二日回部銷假之日起支，則感激爲無既矣。京華冷度，與同鄉諸友互相往來，射覆分曹，拈題索句，閒曹佳況如是而已。去歲同文大考，前列俱屬廣幫，負屈者惟齊、董二君。然已九得其七，究不爲少。品三選山東堂邑縣，於新歲人日出都。聞此缺歲有萬金，不圖打雀解網者有此佳遇，竊欲爲我輩八股代抱不平。現奉諭旨，調派同文館學生出洋學習，丁、馬、王三君業經入選，聞月支膏火五十金云。閣下近日揣摩何書？想長吉錦囊中又不知添却多少料矣。佩服！佩服！粤省有何新聞？復初、如川處常晤面否？祈便中惠我數行爲幸。耑此，敬請雙安。老伯、伯母大人尊前，祈叱名禀安。令弟統此請安。

愚弟劉學洙頓首

復初、硯貽、如川、少石、德甫、芸亭諸位好友，諸乞代爲致意。

宣廷仁兄大人閣下粵雲燕樹兩地睽違別久思深匪言
可喻前臘虔脩蕪稟附呈邵君一函諒登
記室矣恭維
侍祺安燕
履祉吉羊為頌為慰弟孑身萬里侍筆詞垣年俸無多
債臺百級自念羅雀掘鼠既拼於一来斷不能解組
挂冠竟舍之而去所幸家書頻接 二老康强遊子
一心差堪自慰耳惟是硯田無入薪水難供惟此旅

費之資權作晨昏之奉務祈轉稟

老伯大人於具領弟春季旅費時准由弟上年九月念二日回部銷

假之日起支則感激為無既矣京華冷度與同鄉諸友互

相往来射覆分曹拈題索句閒曹佳況如是而已去歲同

文大考前列俱屬廣帮負屈者惟齊董二君然已九得其

七究不為少品三選山東堂邑縣於新歲人日出都聞此

缺歲有萬金不圖打雀解網者有此佳遇竊欲為我輩八

股代抱不平現奉 諭旨調派同文館學生出洋學習丁

馬王三君業經入選閏月支膏火五十金云

閣下近日揣摩何書想長吉錦囊中又不知添却多少料矣佩服佩服粤省有何新聞 復初 如川處常晤面否祈便中惠我數行爲幸耑此敬請

雙安

老伯
伯母大人尊前祈 叱名稟安

令弟統此請 安

復初 硯貽
如川 少石
德甫 芸亭 諸位好友諸乞代爲致意

愚弟劉學洙頓首

劉學洙致黃誥書札

三頁，24.4×9.1cm　sz312–0510.05

宣庭仁兄大人閣下：暮春中瀚得接惠書，盥誦再三，莫名欽佩。敬維侍祺安燕，履祉增羊，定符鄙頌。弟詞垣侍筆，乏善堪陳。現館於東四牌樓三條恩俊叔家，不復與柳溪同寓矣。前摺差于君交下紋艮二兩，並尊履樣式乙紙囑弟代辦云云。奈是日酒醉進城，竟將尊樣遺失，遲至數日到春華齋始行知覺，時摺差業已出都，祇得貿貿而返。見信祈速將尊式續行寄來，以便趕行定作。可托王皖南帶回也。荒謬之愆，希爲原諒。頃晤邵榮軒，云文書業已出門，不須向佐領處請圖片，日間想必奉到部文矣。知注奉陳。此上，即請升安。晉頌堂祺萬福暨闔潭清吉。如川兄處弟尚未接來函，祈晤時代爲致意。

愚弟劉學洙頓首　清和浴佛節

應元甄別，想必高高在上。今年財神爺又在君處矣。各大書院甄別正外課所取何人？祈示及爲禱。又及。

尊處様式乙紙囑中代辦云云　奈酒醉進城竟將

尊様遺失遲至數日到春華齋始行知覺時相差業已出

都祗得貿貿而返見信祈速將

尊式速續行寄來以便趕行定作可託王皖南帶回也荒謬之

懇希為

原諒頃晤鄒榮軒云文書業已出門不須向佑領處請圖

生日間想必奉到部文矣知

注奉陳此上即請

升安晉頌

堂祺萬福暨

闔潭清吉

洲川兄處弟尚未接來函祈晤時代為致意

弟中判學洙頓首

清和浴佛節

應元甄別想必高高在上今年財神果又在

君處矣否大書院甄別正外課所取何人祈

示及為禱又及

某公[珍]致黃詔書札　sz313-0510.06

二頁，24.6×12.4cm

敬啓者，久違大教，時切馳思。祇以瑣務紛紜致疏牋候，殊抱歉懷。敬維履祉延祥，升祺懋介爲頌。弟自八月委辦維新厘務，近復兼有查案會審情事，是以日間更無暇晷。宦場苦況均已備嘗，頻年奔馳，毫無善狀。惟幸頑軀惝適，尚可藉慰遠懷耳。中外和議近日何如？堂堂中國敗壞至此，益信人無遠慮，必有近憂。弟前每言，居今日宜時時作兵臨城下觀。不料刻下人心尚復如故，將來更何堪設想！陶方帥現到省否？此老廉介有爲，遇事核實，吾鄉吏治或有轉機。但時局日艱，補救良不易易，所望支撐一日自有一日之安耳。八旗風氣近復何如？吾兄主講同文，人才必蒸蒸日上。但祈將設館本意爲諸生言之，庶足生其忠君報國之忱也。耑此，再啟。又請升安。時賜德音，是所切盼。

弟珍又頓首　臘月十八日

查藥会審債事且以日間更無暇晷宦塲苦況均已備
嘗頻年奔馳毫無善狀惟幸頑軀猶適尚可藉慰
遠懷耳中外和議近日頗如是々中國敗壞已此益信
人無遠慮必有近憂弟前每言居今日直時々作兵臨城

下觀不料刻下人心尚復如故將來更何堪設想
陶方帥現調省臣此老廉介有爲遇事核實吾鄉吏治
或有轉機但時局日艱補救良不易々所望支撐一日自
有一日之安耳八旗風氣近復何如吾
兄主講同文人才必蒸々日上但聞將設館奉章而許生
言之庶足生其忠君振國之忱也耑此再啟又請
升安時賜
德音是所切盼

弟 珍文 頓

腊月十八日

楊琨致黄誥書札 sz314-0510.07

三頁，23.8×12.7cm

宣庭仁兄世大人如面：鴛江盤桓數日，叨教良多，從此分襟不知何年聚首，悵悵。敬維侍祺篤祜，潭祉增綏，至以爲慰。弟拜辭後揚帆西上，臘月望日始抵桂林，因沿途水淺灘多，又爲幫船拖累，故此多行半月。十六日稟到，謁見各大憲，隨將信件照報。因蒙閣下先容，道憲十分優待，藩臬兩憲亦垂青眼，不以俗吏見嫌。撫台則自弟到省之後，傳見六次，但見時別無他語，惟囑弟暫時耐之，不知耐到幾時。自去臘廿四日奉到書局幫辦（道台委）札，至今並未多派差事，亦未支有薪水。爲官場私議，猶謂弟與撫台有淵源，又爲司道所器重，將來似不可量。殊不知此中之苦況，真有不堪爲外人道者。素承過愛，果何以教我耶？聘師前月始進撫院當文案，月薪共三十六兩，蓉裳領釐局，薪水二十兩；弟等在此，兵分三路，道各不同。聘師則一於介，蓉裳則一於和，爲弟則在於不介不和之間。故德則不如聘師之足以動人，才則不如蓉裳之足以服衆。庸庸如此，奈何！奈何！尚幸家慈以下托庇均安，差堪告慰耳。專此，敬鳴謝悃，并請升安。尊大人祈叱名請安。接眷公事若已辦妥，便祈示知。益兄恕不另柬。

愚弟楊琨頓首　三月十四日

宣庭仁兄世大人左右：鷺江盤桓，暫叨

教良多。維此分襟，不知何年聚首，悵悵。敬維

侍祺萬祜，

潭祉增綏，至以為慰。弟拜辭後揚帆西上，臘月望後

抵桂林。因沿途水淺，唯多為幫船拖累，故此多行半

月，十六日稟到，謁見各大憲，隨將信件照投，因蒙

閣下先容，道憲十分優待，藩臬兩憲亦要青眼，不以倨

來見撫台則自弟到省之後傳見六次見時則無他語但惟囑弟替時耐之不知耐到幾時自去臘廿四日奉到書局幫辦札道台委至今並未多派差事六案支有薪水為官場私議然謂弟與撫台有淵源之為司道所器重將來似不可量殊不知此中之苦況真有不堪為外人道者素承過愛果何以教我耶聘師前月始進撫院書文案月薪共三十六兩黄裳領讌局薪水二十兩弟簿在此矣

分三路道各不同，聘師則一於介，蒙裒則一於和，為弟則在於不介不和之間，故德則不如聘師之足以動人，才則不如蒙裒之足以服衆，庸庸如此，奈何奈何。告辜 家慈以下託庇均安，差堪告慰耳。專此敬鳴謝悃，並請

升安

愚弟楊琨頓首 三月十四

尊大人祉比名請安。楞春四弟若已出，要便致示知。益兄恕不另柬。

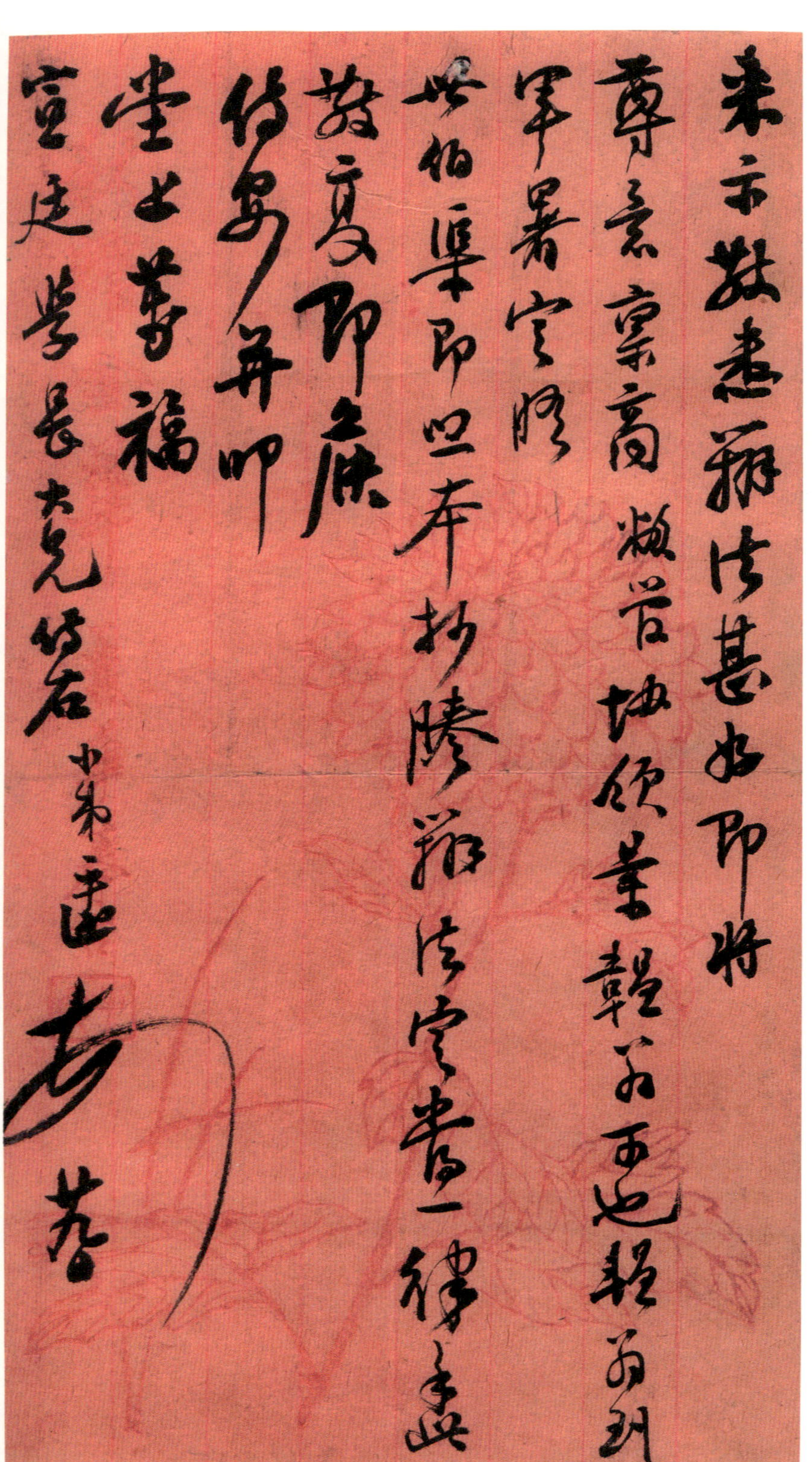

某公[遽]致黃誥書札

一頁，23.6×12.5cm　sz315-0510.08

來示敬悉，辦法甚好。即將尊意稟商敝管協領葉韞翁可也。韞翁到軍署定晤世伯，渠即照本抄謄，辦法定當一律。手此，敬復。即候侍安，并叩堂上萬福。

宣廷學長大兄侍右

小弟遽頓首　廿九日

某公[遽]致黄誥書札　sz316-0510.09

一頁，23.6×12.8cm

久不晤，懷想甚摯。值此館政清暇，宜暢譚也。明日辰刻，請枉駕到舍一晤，勿吝玉步爲荷。此上宣廷硯兄大人，即請升安。

小弟遽頓首　十一日

乏价催請，恕及。

彭懋謙致黄誥書札　sz317-0510.10

一頁，24.4×11.8cm，有蟲蛀損壞

【彭懋謙（約一八三六—約一九〇五），字小皋，陝西石泉人。清同治十年（一八七一）進士，授工部主事，歷官惠州、潮州等督糧道及廣東督糧道道臺。】

黄表少老爺：日來心緒拉雜，目力不佳，未能作小楷，故轉托幼鹿録近作，非懶也。容時稍暢快，另鈔十三跋，何如？此致宣廷賢甥青及。

鬚翁白　十七

彭懋謙致黄誥書札 sz319–0510.12

二頁，28.7×14.5cm，圖版已拼接

宣庭賢甥大喜：新年即維鰲頭獨占，以慰遠懷。屢見竹報中寄回大小卷，字日臻佳妙，可謂水到渠成，當無往不利矣。預賀！預賀！僕日事簿書，心力交瘁。前原有裁撤之議，近歸方軍門總統。聞仍留數員，公與我爲妥寔，並有約赴大營襄理之請，僕已婉辭，兼求另調它差，第未知能如願否。六舅仍賦閒居，等稍緩即走謁筱帥。若得布置一席，暫顧目前再作區處，亦是良法，亦無可奈何法。頃聞摺弁明日解纜，匆匆草此。即問近佳。不一一。

髯翁白 立春後一日

磐姪老少，望代我均問好。希、程諸君二月中起行之説屆時再爲布臆。

之議迫歸方軍以綏統問仍留敷負以東私

炘妥塞并有約赴大營襄理之語儀之婉辭

兼求另調以善弟未能如願原否亦當仍紙閒

居小稍緩即走謁從帥若行部置一席

暫願目前再作遠處亦是良法亦無只索何

治須閒指并昨日報說賜函始此附問

近惟不一

弟頓首 三月廿一日

鬘姑安吉也

代我問好

尊程諒君本二月中起行之說屆時再為弟記

某公[昆生]致黄誥書札

一頁，25.2×13cm，有蟲蛀損壞　sz318–0510.11

宣廷賢甥如面：十一日曾寄數行，計先收閲。轉瞬明春定當得意，留京用功最是上策。邇來祖老太太以次皆康吉，登兒三兄弟亦極健壯，自可毋庸遠念。聞令尊亦屬其不必回粵，以免跋涉之勞也。我現托吏部辦核准起服一事，如須費用，望我甥代付之，再歸還令尊可也。此問近佳。不一一。

昆生手草　廿二日

盤石處望代問好。

某公[昆生]致黄誥書札　sz320–0510.13

一頁，25×15.7cm

宣庭賢甥如晤：月之三日曾沏數行，正封椷間又接手書，並承寄忠孝帶一副。此椷計早已收閲矣。昨夜忽聞静皆、子莊之捷，殊出意外。然科分有定，轉瞬明春必可操券奪魁也，宜暢懷爲要。今晨與令尊熟商，似宜在京宿科，以免跋涉之勞，且都中爲天下英才會萃之區，揣摩風氣尤易。在磐姪處借住固妙，如同年好友中有宿科而約同住城外會館及廟中，得以聯文字會、朝夕討論，所費無多，亦相宜也。可與六舅商之。祖老太太以次老少均吉，可毋庸遠念。草此，即問近好。不一一。

四月十一午　崑生手書

磐姪抵都後酬應必繁，我不作書，望代問好，以免其作復也。又及。

某公[琴舫]致黃誥書札　sz321-0510.14

二頁，23.5×12.8cm，圖版已拼接

宣庭賢甥青覽：昨午得接初五日手書，欣悉升祺暢遂爲頌。日前聞往厦門審交涉案，以爲事隔多年一時斷難了結。後接益三信，知事以辦了二十餘年之積案，數日内即能具結銷案，殊出意外。然非大費唇舌調停不可了此一交涉重大案，銷差後定有酬勞。可喜！可喜！少石病故，聞之終夜不眠。香石來厦，接靈柩尤爲傷心。署事未及一年，虧空二千餘金，上憲當可以設法彌補，且聞官聲甚好耳。八嫂聞前月杪動身，日内即可抵滬，媳婦同來否？書至此即想及六登，不覺泪下。予在此毫無趣味，小有擔擱即回粤矣。子興總無信來，又未見引見，且聞有奏留天津之説，未知確否？便望寄悉。手此，即頌升祺，並問八嫂各人均好。

琴舫泐於撫道署　初八

尚係仁署年來及一年有空二千餘金 上憲當可以
設法弥補且聞官聲甚好耳 八嫂聞前月初動身
日内可抵滬媳婦回來否書至此即忆及六侄不覺
淚下 予在此毫無趣味小有摇撼即回粤矣 子與總無
信來又未見到
兄且聞有奏留天津之說未知確否便望
寄惠手此即頌
升祺並問
八嫂各人均好　琴軒弟於杭道署　初八

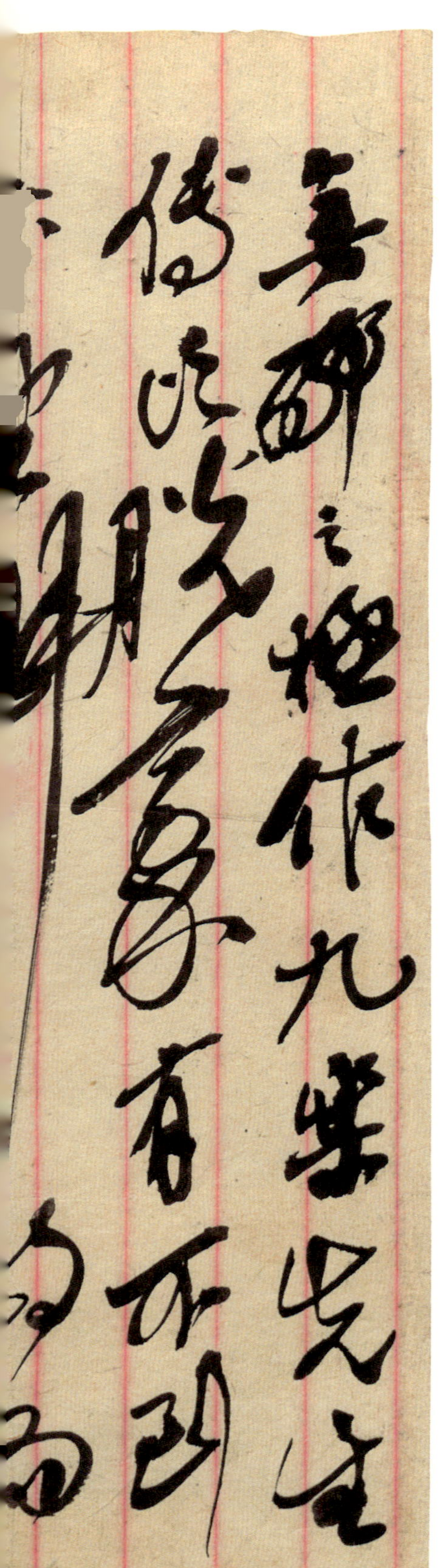

某公致黄誥書札

sz322-0510.15

二頁，22.2×11.2cm，圖版已拼接

無聊之極作《九樂先生傳》，頃脱豪，有不到處望斟酌而損益之，弗客氣。政正後請楷書，不作省筆，將付照石，以便兒女輩臨摹也。手上，敬頌侍安。[?]氏言

宣甥笑覽。

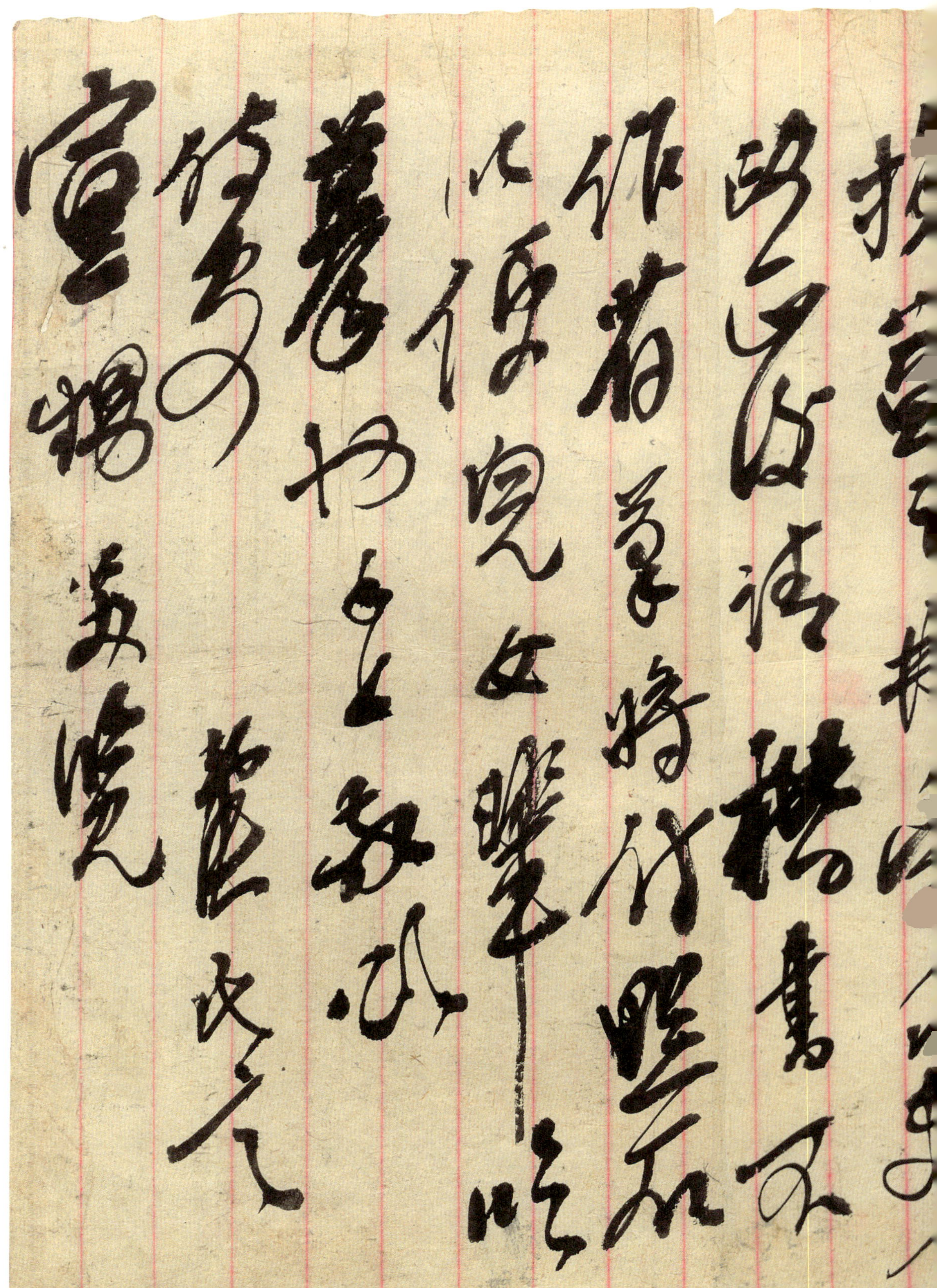

盛鼎彝致黄諾書札

一頁，19.5×9.8cm　sz323-0510.16

宣甥如晤：頃陳君來有事奉托，倘能撥冗幸舍一談更妙，或僕前來亦可。尚望覆知應到何處爲荷。

盛鼎彝

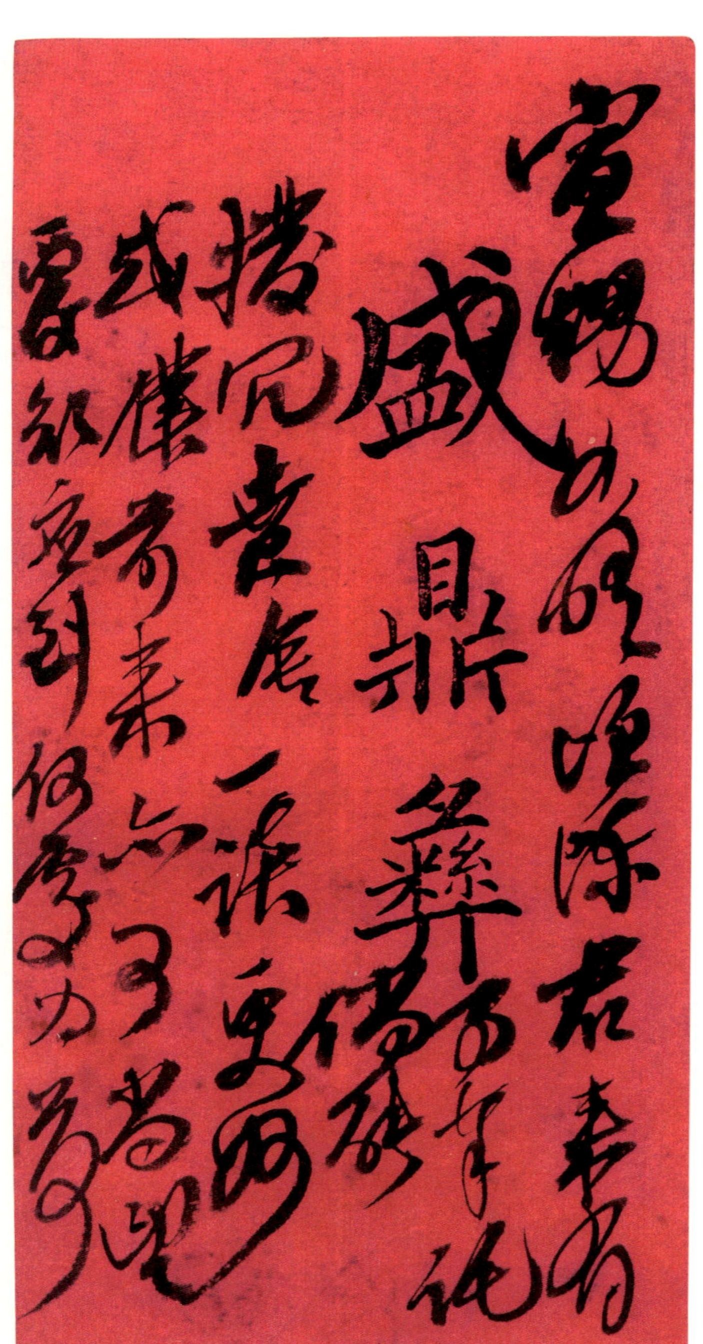

裴景福致黄誥書札　sz324-0510.17

一頁，19.5×9.8cm

【裴景福（一八五四—一九二六），字伯謙，號睫闇，安徽霍邱人。清光緒十二年（一八八六）進士，授户部主事，歷任廣東陸豐、番禺、潮陽、南海縣令，光緒三十一年（一九〇五）被謫戍新疆，宣統元年（一九〇九）赦歸居無錫，富藏金石書畫。有《睫闇詩鈔》、《壯陶閣書畫録》。】

黄大人：翰林院今晚之約，自當奉陪。順頌侍安。鎮借頓

裴景福

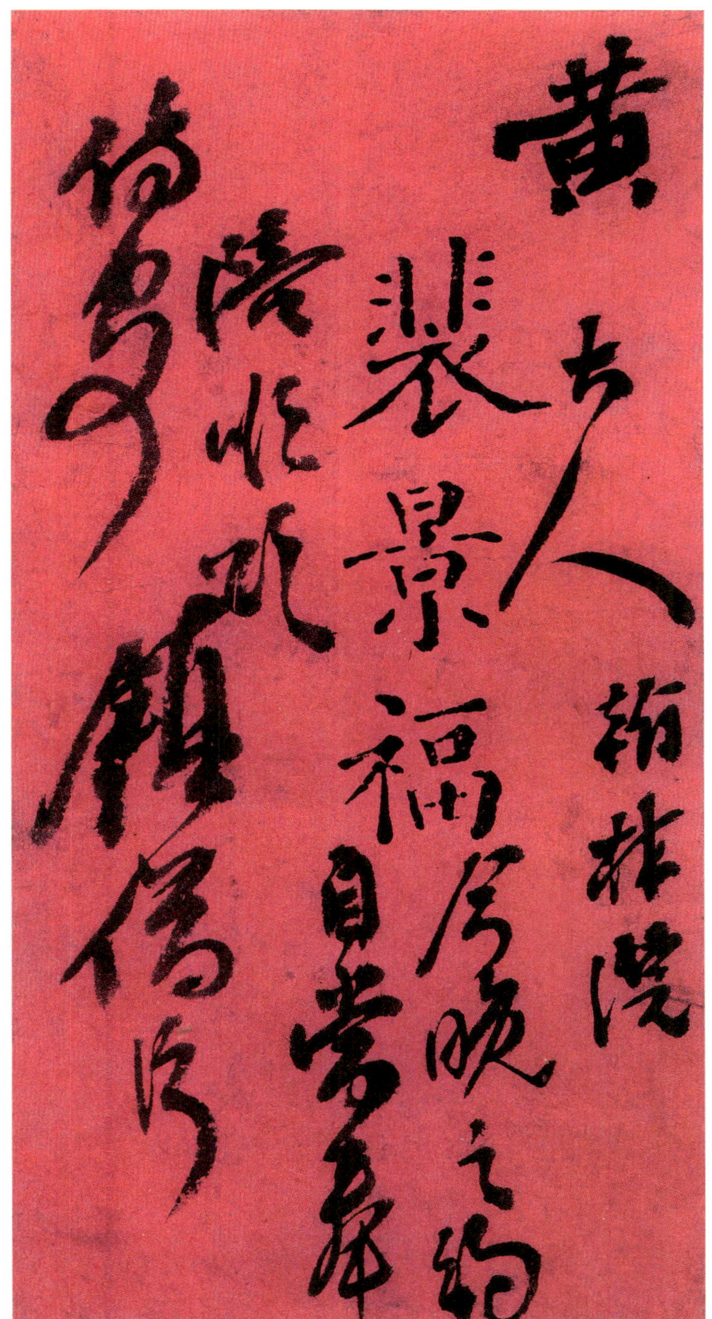
黄大人：翰林院今晚之約，自當奉陪。順頌侍安。鎮借頓
裴景福

某公致黃誥書札

三頁，24.7×12.9cm　sz325-0510.18

宣甥如晤：別來不覺兩易蟾圓，比想百爲迪吉。八旗水師操場爲楊蔭庭阻撓，經已摘其二十謬。呈蒙將軍於五月十八日咨請兩院，先將八旗會館面前之四十丈、崔德安堂面前之十餘丈、原納右司地租者，仍歸旗營收回外，其餘開平煤厰直至三水馬頭面前水地應否撥還？抑另擇别地撥充？旗學經費如何辦法？撥地若干？聽候見覆矣。兹將紳士公呈一件、手摺一件及咨撫一件、覆督一件又兩司禀復一件寄上。僕於五月十三、廿二兩次面謁將軍，並將密雲副都統于公珊奏請、將密雲原設牧場坐落在承德府屬豐甯縣界海留臺地方約二百餘頃，除歷年牧場之外，其餘地畝招民墾種所獲科租即作密雲駐防小學堂常年經費。倘或不敷，抑或荒歉之處，再咨商直隸總督設法籌辦。奉硃批：「知道了。欽此。」原摺呈蒙將軍查閱。奉帥諭出奏一節，本自不難，我爲開平煤厰用心細查數日，擬日間再與督撫面定等因，足見將軍嘉惠士林，至意將來如何，再當寄聞。順頌近祺。

［？］君手啓　六月初三

甥如致函雲帥，可否將楊蔭庭反對之遠近二因盡情告至。現聞雲帥定於六月初四西征。

宣甥如晤别来不覺两易蟾圓比想
百為廸吉八旗水師操場為楊蔭庭阻撓经已摘其二十
謬呈蒙
將軍於五月十八日咨請兩院先將八旗會館面前之
四十丈崔德安堂面前之十餘丈原納右司地租者仍
歸旗營收回外其餘開平煤廠直至三水馬頭面前水
地應否撥還抑另擇别地撥充旗学经費如何辦法撥
地若干聽候見覆矣兹將紳士公呈一件手摺一件及
又兩司等稟一件

咨撫一件覆旨一件寄上僕於五月十三廿二兩次面謁
將軍并將密雲副都統于公珊奏請將密雲原設牧場
坐落在承德府屬豐寧縣界海留臺地方約二百餘頃
除歷年牧場之外其餘地畝招民墾種所獲科租即作
密雲駐防小學堂常年經費倘或不敷抑或荒歉之處
再咨商直隸總督設法籌辦奉
硃批知道了欽此原摺呈蒙
將軍查閱奉

帥諭出奏一節本自不難我為開平煤廠用心細查数
目擬日間再與督撫面定等因足見將軍嘉惠士林至
意將來如何再當寄聞順頌
近祺 [illegible]君手啓 八月初三
惕如孜函雲帥可否將楊藩庭召對之
遠近二因恐情告安現閩雲帥定於六
月初四西征

某公致黃誥書札

sz308-0510.19

三頁，23.4×12.4cm，圖版已拼接

宣甥無照：前得覆書，備悉壹是。邇聞奉委閩省查辦事件，出手得電，無可知也。隄事奉帥咨覆，縣院先收回八旗會館門前之四十丈及崔德安堂門前之十餘丈，其餘自開平煤局至三水馬頭之數十丈能否一併撥還，尚未據縣稟覆，未審我甥函致岑帥否？念念。玆因瀛眷明日榮程匆匆，順頌喜祺。　[?]君手啓

再風岡炮臺之地，李心原建議一併呈請收閱。伊出頭名，八月臨行送呈稿來，至九月在滬可有信來，以此爲言。俟伊交代清楚，回旗舉行，此老熱心大局，令人深佩。益甥奉委江浦，行營審案，想竹報已及。十月初十

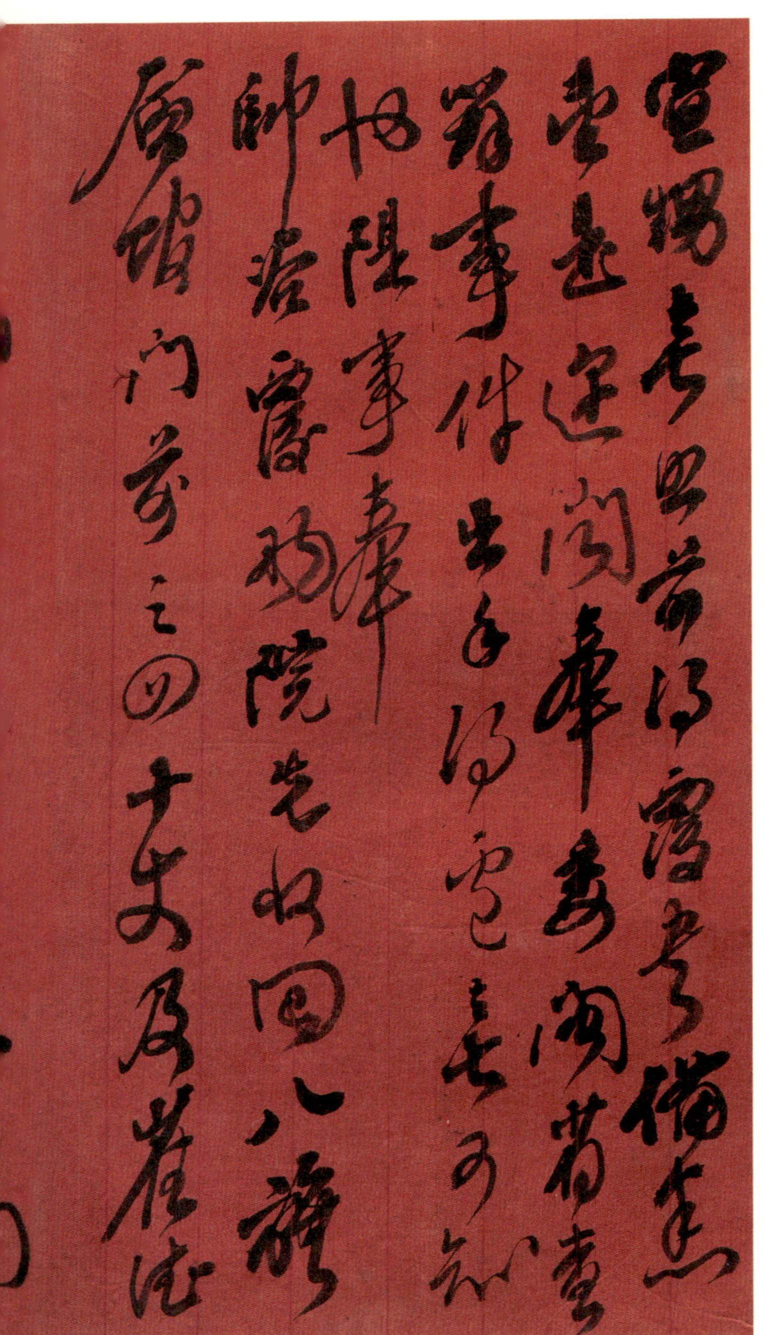

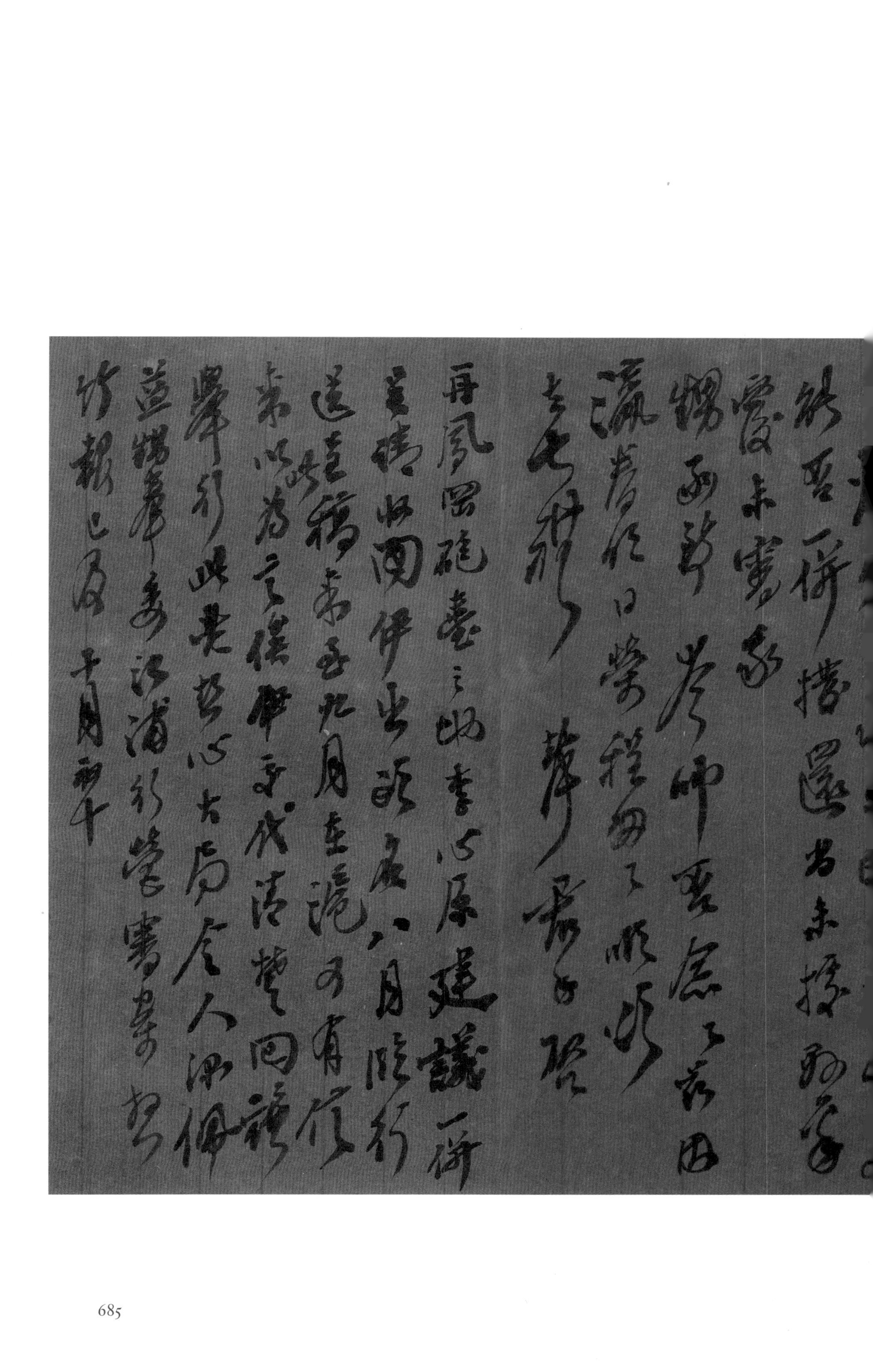

王汝梅致黃誥書札　sz327-0510.20

三頁，24.6×12.8cm，圖版已拼接

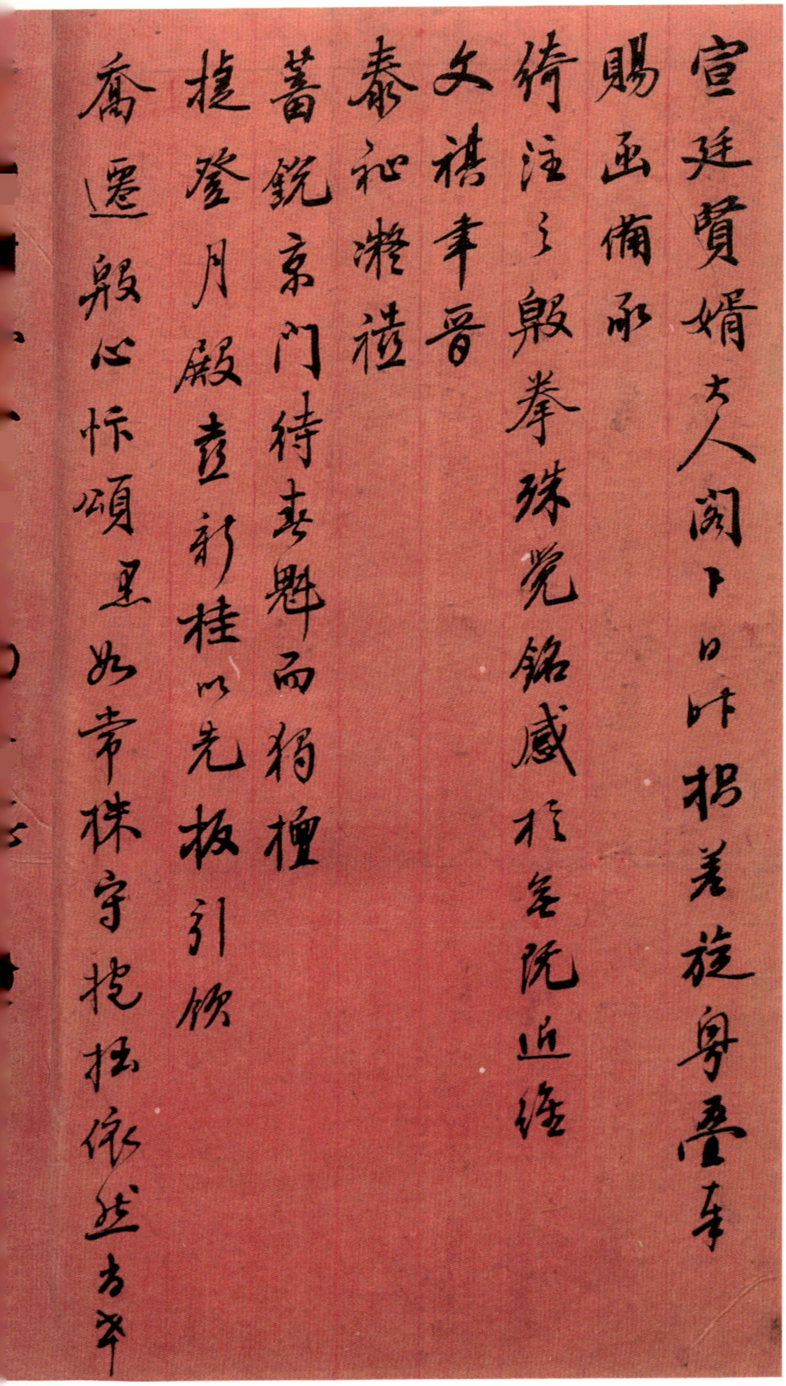

宣廷賢婿大人閣下：日昨報差旋粵，疊奉賜函，備承綺注之殷拳，殊覺銘感於無既。近維文祺聿晉，泰祉凝禧，蓄鋭京門，待春魁而獨擅，捷登月殿，喜新桂以先板，引領喬遷，殷心忭頌。愚如常株守，抱拙依然。尚幸身體耐勞，家小平安，藉堪告慰耳。府中老少俱各安康，大登小登又登母子們均各安好，請勿遠念。惟望吾婿飲食起居諸凡珍重。至於課程不必用工過苦，六七日間務須一放襟懷，或閑逛，或看戲，方爲養身之道。如此從容發憤，自必身健名成，是則私心之所厚盼耳。兹因指便，專泐寸函，敬候升安，諸惟保重。不戩。

愚岳王汝梅頓首　八月念四

文安好，諸勿遠念。惟望吾

婿飲食起居諸凡

珍重，並於課程不必用工過苦，亦於閒暇須一

放襟懷，或閑遊，或看戲，方為養身之道。如此

從容展懷，自必身健名成，是則私心之所厚望

耳。茲因特便寄此寸函，敬頌

升安，諸惟

保重，不戩

愚岳王汝梅頓首

八月念四

丁永焜致黃詒書札

二頁，23.4×11.6cm　sz328–0510.21

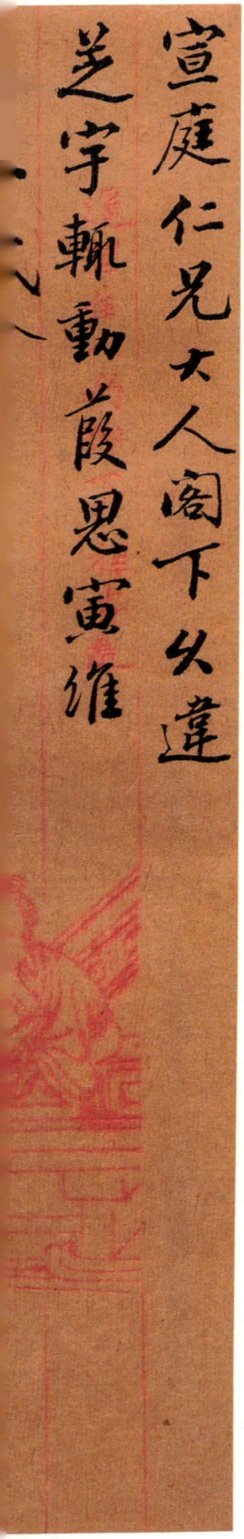

宣庭仁兄大人閣下：久違芝宇，輒動葭思。寅維文祺茂介，侍履綏和，至以爲頌。弟負笈異域，無善足陳。去冬聞訃丁憂，蒙欽憲留英學習，俟三年後再補穿孝。惟游子在外，不能奔喪，殊爲終身恨事耳。此間風俗、政治無一不佳。路不拾遺，夜不閉户，頗有三代之隆。尤可稱贊者，爲文教一事。無論文武、男女、大小、精粗，無有不學，宜其富强天下也。馬拱宸以翻譯隨張樵憲來英，目下慶賀事畢，俟樵憲游歷俄、德、法等國回英，即復由舊道回華。聞閣下已與毛錫九接爲秦晉之好，不勝欣慶。此次錫九調往梧州，不知舉家而往否？耑此，敬請文安，並祈於尊大人前叱名請安。

弟制丁永焜頓首

益三、少石、燕詒商氏昆仲及諸相識，希致意。恕不另。

去冬聞訃丁憂　欽憲留英學習後三年
沒每補穿孝懷游子在外不能奔喪殊爲終
身恨事耳此間風俗政治無一不佳路不拾
遺夜不閉户頗有三代之隆尤可稱讚者爲文
義一事無論文武男女大小精粗無有不學宜
其富強天下也馬洪宸以儲譯隨張樵憲來英
目下慶賀事畢候樵憲游歷俄德法等國回英
即復由舊道回華間
閣下已與毛錫九接爲秦晉之好不勝欣慶此次
錫九調往梧州不知亦挈家而往否尚此敬請
台安並祈
尊大人前叱名請安　益三少石藍詒商氏昆仲及諸相識者爲致意焉不另
弟制丁永焜叩

某公[淙]致黄誥書札

一頁，19.6×9.8cm　sz329-0510.22

送寶富巷

黄少老爺：手示敬悉。莫府公份，每位聚搭回茶杯乙筒，前已送上，諒經收到矣。此覆，敬請

宣庭仁兄大人台安。

弟淙頓首　十七日

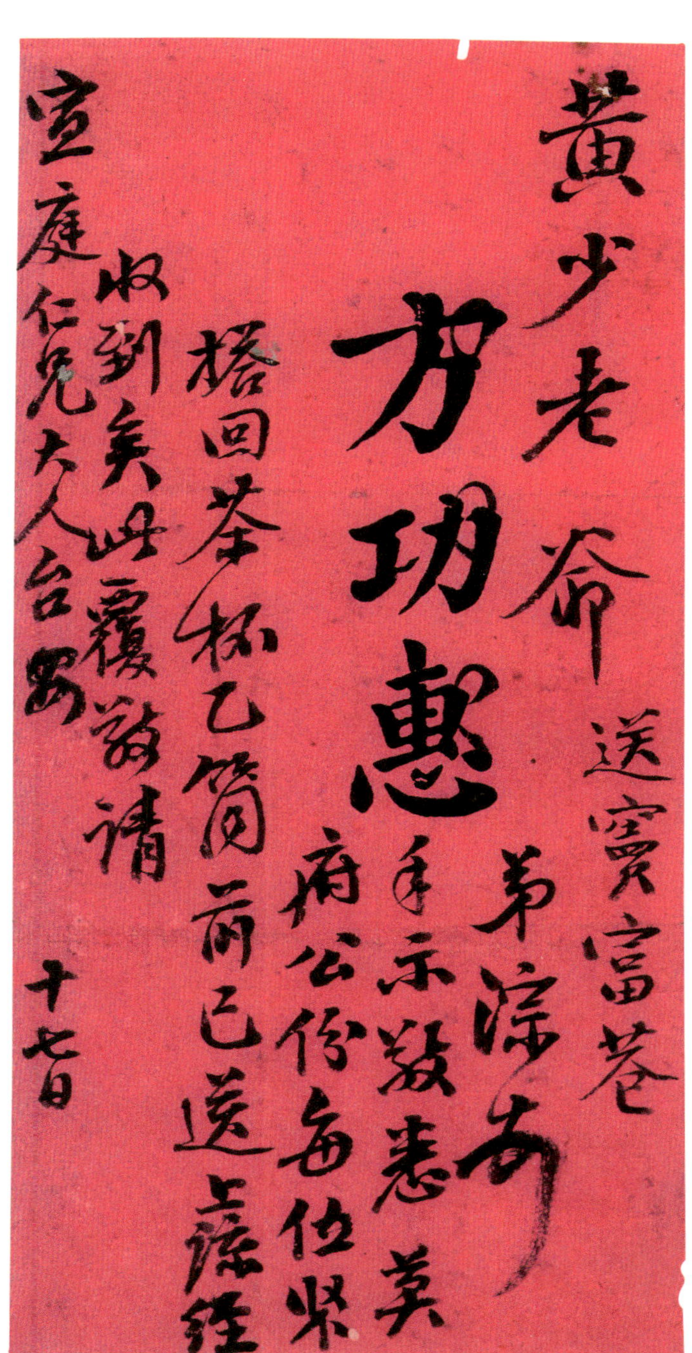

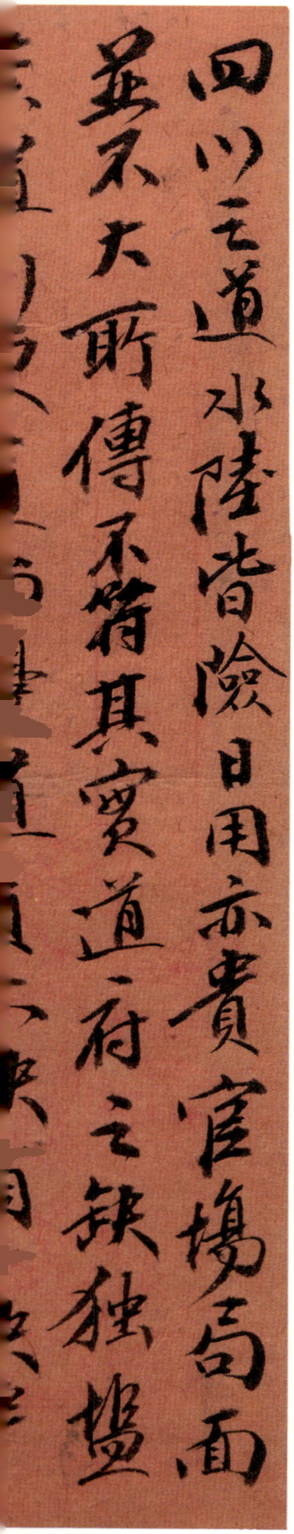

某公致黃諧書札

二頁，23.5×11.8cm　sz330-0510.23

四川之道，水陸皆險，日用亦貴，官場局面並不大，所傳不符。其實道府之缺獨鹽茶道，川東道尚優，道員亦缺，有一缺半歸外補。惟知縣中尚有好缺，知府賠墊者多。望勿作改指四川之念。弟現雖奉派官書局翻譯委員兼收支委員，然仍定於明春南旋矣。此足見蜀省之局面，餘勿庸詳贅矣。廣西之事平靜否？念念。俄事未曉如何？正所謂一波未平他波又起，我輩實可慮也。專此，即請煊廷觀察姻大人升安。姻伯大人尊前叱名請安。

名正具

益三兄致意。

多生　勿作政指四川之念弟現呈

奉派官書局編譯委員兼收支委

員然何定於明春南旋矣此呈見

蜀省之局面餘勿庸詳贊矣廣西之事

平靜居念之俄ㄋ未曉如何忘所謂一波

未平他波又起我輩實可慮也專此即請

煊廷大觀察姻大人升安

名正具

姻伯大人尊前叱名請安

益三兄致意

王汝淮致黃誥書札　sz331-0510.24

三頁，22.8×12.4cm

萱庭仁表大人如見：不談之日久矣，念念。即維履祺叶吉，潭祉增崇爲頌。啟者，現奉周郁帥電催趕赴江南，又經將軍憲壽備文咨送，業於日昨行抵上海，定期十六日由滬附輪到甯。但到時必先尋一好館舍，以便目前居住。聞該處客棧極其卑陋，本擬直投尊寓，叨擾一切，奈因奉調到來，尚未謁見郁帥，似當另居一處，俟見後如何再行定奪。擬請費神預尋一好客棧，要可住上客兩位者，可住家人一二名者爲盼。再，此次匆匆啟程，尚未携帶家人聽用，現已在滬托長發棧友人梁君友生代催，未知能否雇妥。俟淮到南京火船步頭之日，請由尊處派家人一二名到船相接，俾可照料行李，一切實爲感泐。所有行李均有工部王長條爲表號，如貴管家到船，則以尊名片爲憑，庶免兩誤。此行尚有由省寄來府報一函、糖果食物一箱，到時即行妥送。覿面不遠，餘容後叙。專此預托，敬請升安。諸唯亮照。不既。

王汝淮頓　十二月十四日

萱庭仁表大人如見不談之日久矣念〻即維
履祺叶吉
潭祉增崇為頌啟者現奉
周郁帥電催赶赴江南又經
將軍憲壽備文咨送業於日昨行抵上海定期十六日
由滬附輪到甯但到時必先尋一好館舍以便目前居
住聞該處客棧極其卑陋本擬直投

貴神預尋一好客棧要可住上客兩位者可住家人一二
名者為盼再此次匆匆啟程尚未攜帶家人聽用現
已在滬託長發棧友人　梁君友生代僱未知能否
僱妥俟淮到南京火船步頭之日請由
尊處派家人一二名到船相接俾可照料行李一切實為
感泐所有行李均有工部王長条為表號如
貴管家到船則以
尊名片為憑庶免兩悞此行尚有由省寄來
府報一函糖菓食物一箱到時即行妥送覿面不遠餘
容後敘專此預託敬請
廿安諸唯
亮照不既
王汝淮頓　十二月十四日

高冠蘭致黃誥書札 sz332-0510.25

三頁，23.5×13cm

宣廷襟兄觀察大人閣下：拜送驄車，倏經月琯。前聞掣指江西，鄰封密邇，正深企盼。昨得手書，欣悉六月十一日安抵南昌，十六日即奉榮差會辦學堂，更兼師席，非夙昔聲望動人，曷克有此隆遇。賀甚！羡甚！現值秋闈大典，監試提調亦意中事，坐虎皮、乘明轎，與吾鄉柳溪太史掄才於棘院中，洵一時佳話，亦足徵吾粵防之得人也。今郎冠書考取譯學，高高在上，今復回粵鄉科，秋香桂子，繼起有人，何快如之。弟碌碌如常，燊兒到閩年餘，衹得學堂農桑助差，優差缺，何敎奢望？但恐火燭尚難敷用也。今科仍奉調簾以代理，農桑局提調辭去。雖稱恐誤要，公然躲懶之計，殊難辭矣，尚祈高明長者賜之訓誨爲望。兹有懇者，至交章惠生司馬定基由吏部指分來粵，未奉一札。現擬改省江西，藉依仁宇，務希鼎力煦拂，俾借一枝。在惠生精明穩練，定足仰副裁成耳。章尊翁實缺兩廣鹽經需粵，多年來與張文齋喬梓至好，並承文齋囑托同懇推愛。即祈關照一切爲幸。匆匆草此，敬賀大喜，並請勛安。不盡欲言。

襟弟高冠蘭頓首 七月廿八

宣廷襟兄觀察大人閣下拜送

驂車倏經月琯前閱掣指江西鄰封密邇

正深企盼昨得

手書欣悉六月十一日安抵南昌十六日即奉

紫幕會辦學堂更兼師席非夙昔聲望

動人昌黎有此隆遇欣甚羨甚現值秋

闈大典監試提調忽忽簾中事竣屆度乘明

轉瞬吾鄉 柳溪太史掄才於棘院中詢一

时佳話亦足徵吾粤隐之得人也令郎魁書考取
譯學高高在上今復回粵鄉科秋桂子繼
起有人何快如之弟碌碌如常幸見到閩年餘
祇得學堂農桑兩差差缺何校耆歷任從以
為尚難數用也今科仍奉調簾以代理農桑局提調辭去
雖稱理煤要亦遊懸懸之計然雖辭矣尚祈
為明長者賜之訓誨為盼茲有熟者五子
章惠生司馬定基由吏部指分來粵未奉一札

現擬改省江西，藉依
仁宇，務希
鼎力賜一拂，俾借一枝。仕惠生精明穩練，定是何
劇裁成耳。三年以弟有實錢助之，廣堃經需費
多年來與張文高壽祥至好，並承文齋囑託
用望推愛，即祈 閣照一切為幸。匆匆草此，敬頌
大喜，並請
勛安。不盡欲言。 樓弟 高 晃兼 □ 十一月廿

高冠蘭致黄誥書札　sz333-0510.26

三頁，23.7×12.4cm

宣廷襟兄大人閣下：别來數月，正切馳思。頃奉手書，彌殷忭慰。欣悉榮莅金陵，上游倚重，健羡何如。前聞寵納專房，嬌藏金屋，樂可知也。恭維因時着績，順序凝庥，月前令尊姻伯大人喜换頭銜，耀隆鶴頂，足見德門慶集，頌禱曷勝。弟一官窘守，寸進無能，百務匆忙，毫無穀狀，有不堪爲知己道耳。子興七月中起程（琴舫、倬定同行），八月初抵京。簡放消息，月間當可期盼也。小屏屢次奉差梧潯。子登七月亦請假回省，旬日即行返旆。西甯苦況切近西省，刻下未知有無戒嚴否？知交聚散，感慨深之。頃聞騶駕奉差赴厦，刻當安抵鷺江。燊兒趨返，尚乞諸所關照。倘能於各當道前極力煦拂，尤爲心禱者耳。手此奉覆，敬請大安，兼賀榮喜，并頌秋釐。諸惟朗照。不備。

襟愚弟高冠蘭頓首

益之令弟赴差恩平，大約月内方可旋省，竹報當詳言矣。

宣廷襟兄大人閣下别来数月正切馳思頃奉
手書彌殷懷慰欣悉
榮蒞金陵 上游倚重健羨何如前聞
寵綸專席嬌藏金屋樂可知也恭維
因時著績
順序凝庥月前
令尊姻伯大人喜換頭銜蟒隆鶴頂足見
德門慶集跂禱曷勝弟一官寒守寸進無能百務

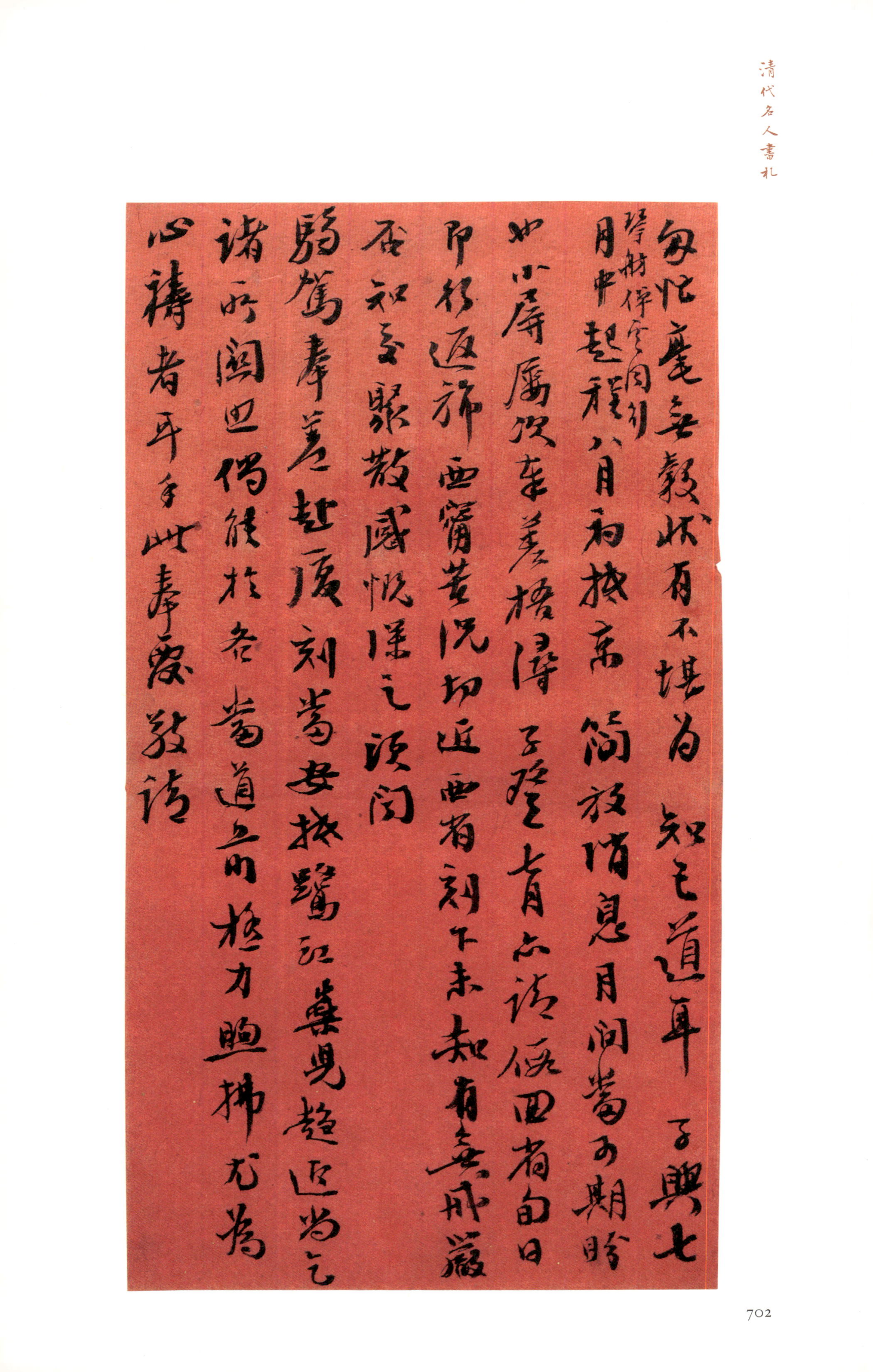

大安並候

業喜并頌

秋禔諸惟

朗照不備

襟兄弟高鳳翰頓首

益三令弟甚善恩平大約月內方可旋省

以報嵩祥言矣

高冠蘭致黄誥書札　sz334-0510.27

一頁，24.4×12.7cm

宣廷襟兄大人閣下：鷺江揖别，情絮依依。海平風順，諒已安抵上洋矣。滬館尚需流連數日也。厦事極承關切，感激不盡。原缺省已掛牌，實缺到任，施鳳如不過暫局所談，諒皆口惠，全無實濟，將來交代不知能否接收。我哥如致函玉觀察時，尚須極力諄托虧短保甲款項（此項祇報道憲，並不報省，爲本地私款）約一千左右，而喪用盤費，亦非五六百金不能到家。務祈將此實情切實拜懇玉觀察大施援力，庶不流落遺累耳。此次專仗大力，不知何以爲報也。忝在至戚，又兼世好，不作套語，惟有銘心而已。此間致定廿八領帖，大約初間萬不能不動身。然盤費能否應手，能不益加焦灼耳。今早接上海全安棧門桂珊轉來竹報二封，因大駕旋滬，仍轉由門桂山寄交，即祈查收。日來心緒仍屬紛煩，幸小孫媳婦身體尚好，稍可藉慰。手此叩謝。敬請行安。旋省銷差，當邀上游特委也。盼甚！禱甚！

九月廿四　姻小弟高冠蘭頓首

宜廷襟兄大人閣下：鷺江揖別，情緒依依，海平風順，諒已安抵上洋矣。
處館尚需流連數日也。屢奉格示，閱切感激不盡。原款省已掛號，
寶款到任後，風波不過暫局，所設諒皆口惠，全無實濟，將來定代不
知錢否接得耶？哥以瑣函 玉觀處時尚須極力請託，斷難保
甲款項（此項請輔道寬，再不敷者當為本地私款）得一二千左右，而衣用盈虧亦非五六百金不能到家。務祈
將此窘情切實轉懇 玉觀處大施援力，庶不誤及遠累耳。此後書
仗 大力，不知何以為報也。恭在 玉藏又兼世好，不作套語，惟有銘心而已。
此間定廿八領帖，大約初間弟不能不動身，然盈虧能否應手，能不益加焦灼。
耳。今早接上海全安棧門桂珊轉來 竹翁報二封，因 大駕猶慮，仍轉由
門桂山寄交，即於前日來。心緒仍屬紛煩，幸小孫將擇身體尚好，稍予
藉慰。手此叩請 旅祺，
行安。旅省錯差，當函述。上游特委也，即甚禱甚。
眷世姻小弟高冕頓首 十一

徐受麋致黄誥書札

二頁，第一頁23×12.2、第二頁23×8.9cm，圖版已拼接　sz335-0510.28

宣廷仁兄世大人閣下：前奉手書，祗悉一切。就諗侍祺潭祉，凡百綏佳，式慰遠想。承代作官課，仰仗盤才，獲列榜首，已荷光施。其獎銀又承慨畀舍弟，以應眉急。叨在知愛，感荷曷極。兹托劉芋翁奉還洋蚨拾肆元（弟灝行挪款），祈查收是荷。筠兄丁承重憂，亦托芋哥送去奠儀。千里寸心，耿耿如見也。硯詒晤時希致歉懷，稍裕當作答耳。家四兄初到江省，尚未得有差委。如有好音，當函達以慰遐想。特泐略布，敬請升安，並頌年壽。

弟麋頓首　十一月七日

龔才獲列榜首，已荷光施，其奬銀又承
賜畀舍弟，以應眉急，叨在
知愛，感荷罔極。茲託 劉芋香奉還洋蚨拾肆元（弟灏行挪款），祈
查收是荷。籌光丁承 垂㥯，亦託 芋香送去奠儀
千里寸心，耿耿如見也。硯詒時常致歉，憹稍祝當作答
家兄初到江右，尚未得有差委，殊爲好
耳
言。謹泐達，以慰
遐想。封此，略佈，敬請
升安，並敂
年喜。 弟廣頓首 十一月七日

徐受慶致黃誥書札　sz336-0510.29

二頁，第一頁23.2×11.3、第二頁23.2×6.9cm，鈐印「談風月軒吟草」；圖版已拼接

宣廷大兄大人：頃奉賜箋，如親英宇。藉諗侍祺潭祉，一切吉羊，至慰下悃。承示羅浮之遊，令人夢想，覺曩昔白雲之寺，近來黃嶽之居，舉不足當葛洪一噱矣。羡極！妒極！執事假旋粵嶠，不覩北地兇氛，即觴咏優游，亦足云福。而況群季桃李之園，英才薈萃之館，情懷容與，何啻神仙中人。迴憶以鹽官持手版、謁當道之日，霄壤判隔。人生行志，不當如是耶！又於益兄函中欣悉，雲亭亦與飲社，良朋雅集，爲人生最樂事，而皆爲賢昆玉兼而有之，何一門之多慶也。聞執事同文一席綽裕多暇，明春能航海一遊，快覩於電鐙華影中否？臨穎神往，不罄所云。敬請留安。不具。

弟徐受慶頓首　臘八後一日

八年粵秀留吟屐，兩度湘橋認酒旗（潮州有湘子橋）；到處坐花俱月醉，當時舊雨似風吹。江南歲暮狂游勧，海角書來作答遲。今日雪窗欣走筆，數函封罷又添詩。録字大吟壇。諸君子斧削。受慶未定稿。

侍
賜牋如觀
美宇藉諗
祇頌沁一切吉羊玉函下悃承
示羅浮之游令人夢想覺曩昔白雲之寺近來黄嶽之居举不足當葛洪一啸
矣羡极妬极
執事假旅粤嶠不覩非地先氣即觴咏優游亦足云福而况最季桃園李之園英
才薈萃之館情致密與何處神仙中人回憶以臨宦者持手版謁當道之日實壤判
隔人生行樂不當如是耶又於
益友函中欣悉雲亭亞雄飲社良朋雅集為人生最樂事而皆為
賢昆玉並而有之何一門之多慶也聞
執事因文一二席綽綽多暇明春擬航海一游快覩於電鐙響影中否則颖補
往不知所云敬請
著安不一
弟徐麦慶頓首 臘八後一日

八年粤秀留吟屐兩度湘橋認酒旗（湘橋為湘子橋）到處坐花俱月醉
當时舊雨似風吹江南歲暮狂游劇海角書來作答遲
今日雲箋欣之草兹函封發又添诗 録寄
大吟壇
諸君子斧削 麦慶未定稿

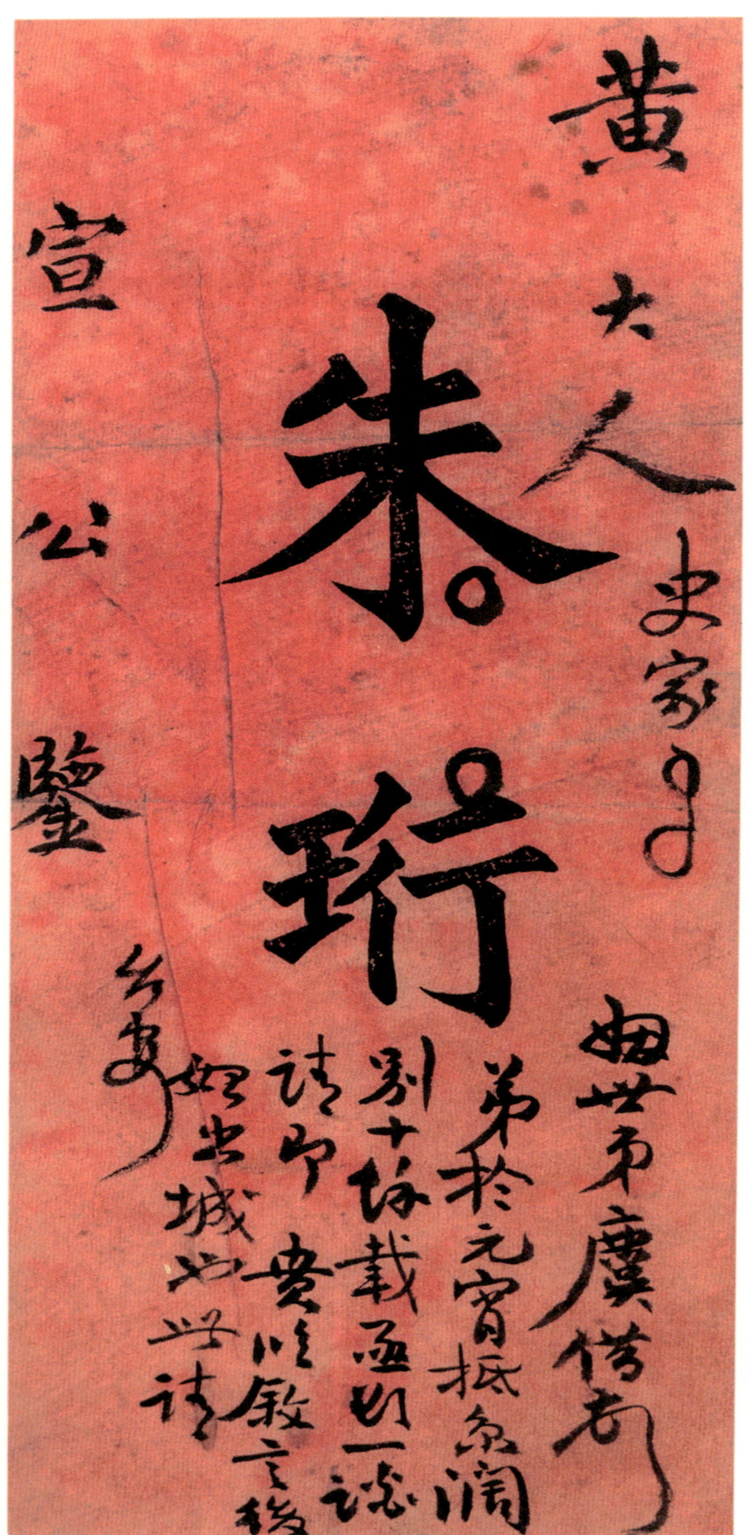

徐受麐致黄誥書札

一頁，21×9.8cm　sz337-0510.30

黄大人史家：弟於元宵抵京，闊别十餘載，亟欲一談，請即賁臨以叙言，後始出城也。此請台安。

姻世弟麐借頓首

宣公鑒

徐受麇致黄誥書札

一頁，22.6×13.1cm　sz338-0510.31

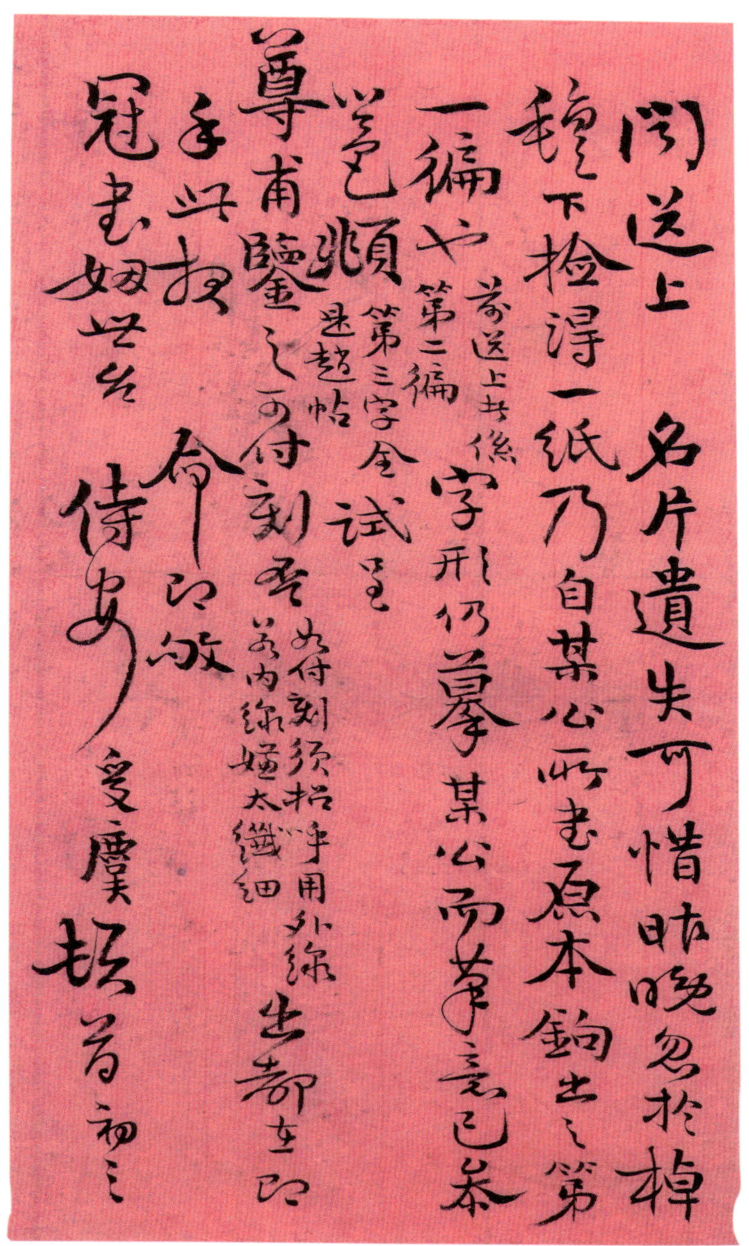

聞送上名片遺失，可惜。昨晚忽於棹氈下撿得一紙，乃自某公所書原本鉤出之第一徧也（前送上者係第二徧）。字形仍摹某公，而筆意已參邕、頫（第三字全是趙帖）。試呈尊甫鑒之，可付刻否（如付刻，須招呼用外綫，若内綫嫌太纖細）。出都在即，手此報命，即敂冠書姻世台侍安。

受麇頓首　初三

某公[祺威]致黄誥書札　sz339–0510.32

一頁，22.6×12.5cm

夫子大人函丈：敬禀者，承薦紀綱。孫福遵命收納以資襄助，如此人不嫌清苦，懇即飭伊前來赴茂，謹呈川資肆元，請飭交該僕，於本月十七日搭渡前往爲禱。專肅，丹禀。祇請鈞安。伏乞慈鑒。

門生祺威謹禀

某公[經年]致黄誥書札

sz340-0510.33

一頁，23.8×12.8cm

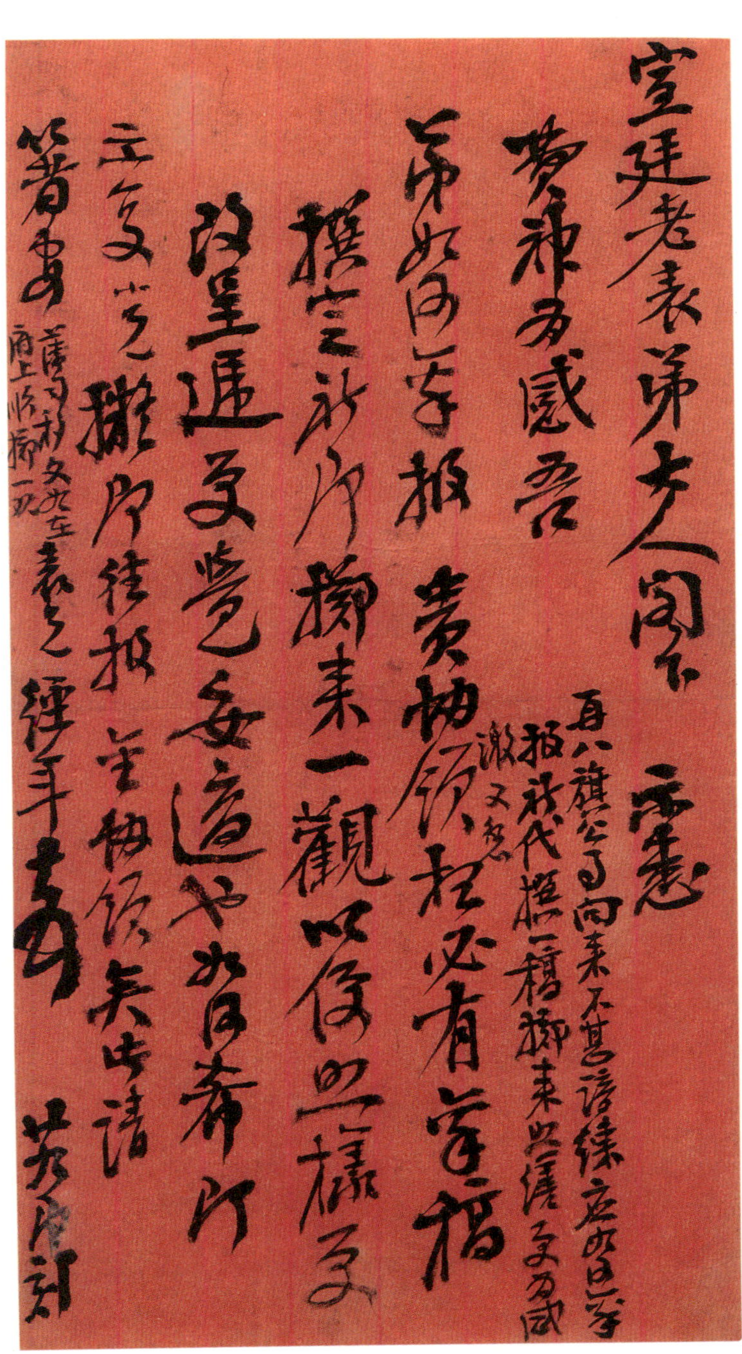

宣廷老表弟大人閣下：：示悉。費神爲感。吾弟如何稟報，貴協領想必有稟稿撰定，祈即擲來一觀，以便照樣更改呈遞，更覺妥適也。如何？希即示復。小兄擬即往報金協領矣。此請著安。（藩司移文如在府上，順擲一觀。）

表兄經年頓首　廿九戌刻

再，八旗公事向來不甚諳練，應如何稟報，祈代撰一稿，擲來照繕，更爲感激。又懇。

某公[經年]致黄誥書札

一頁，24.2×12.8cm　sz342-0510.35

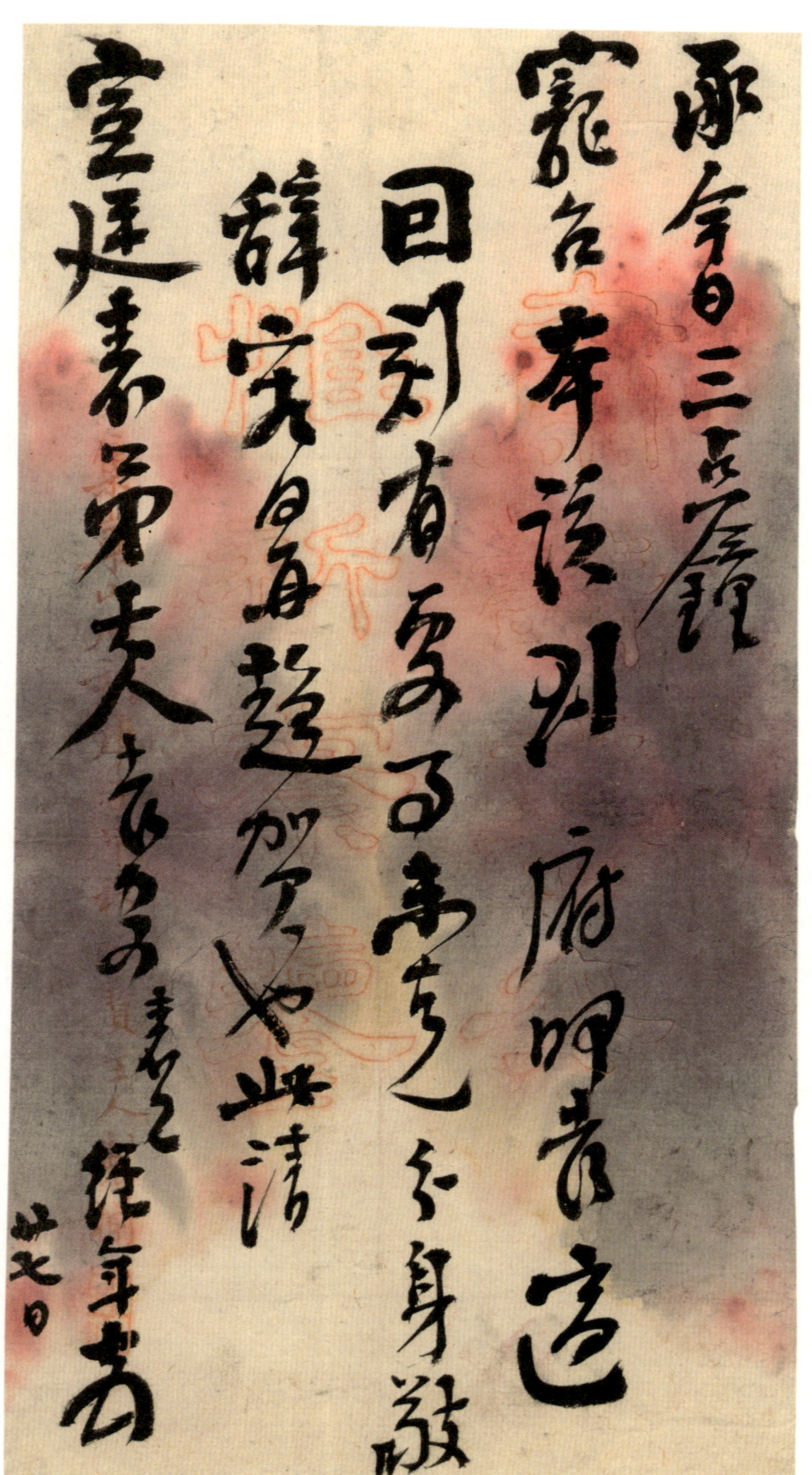

承今日三點鐘，寵台本該到府叩喜，適因刻有要事，未克分身敬辭。容日再趨賀也。此請宣廷表弟大人喜安。

表兄經年頓首　廿七日

某公[經年]致黃誥書札

sz343-0510.36

一頁，25.5×12.7cm

宣廷表弟大人如晤：送回《經世文編》一卷，祈爲查收。昨閲我弟所藏松雪《大教碑》，較新本似足。前兄在都購得四部，現全失去。近日又思一臨，可否借觀月餘？刻已托人入京覯搜舊本，但未悉何時方能寄到也。倘我弟必須日日臨摹，或分借兩本，交來人帶回爲荷。此請文安，敬頌上侍萬福。

愚表兄經年頓首

某公[經年]致黃誥書札

二頁，25.5×12.7cm sz344-0510.37

宣廷表弟太史青覽：前夕之飲，爲君獨醒。聞君以善言相規，反致口舌連類，乃尤謙衷自抑，具見恢宏雅量，敬佩奚如！即此一端推之，異日監司之膺，封疆之寄，萬千林總，無不涵納大度内也。預祝！預祝！兄昨日晨興本擬過訪，聞同文館堂課，知君未暇。然一夕鹹酸之味自首及身，飯後洗髮，竟日未有出門。小兒問及，無言可答，不禁抱愧。勿飲過量之酒，兄此後當垂爲戒。益弟爲我致候。然伊天資高明，其以兄垂戒爲然耶？否耶？其互相共勖耶？聞子封兄初十日前後有南詔之行，擬約同人公餞，請由尊處飭同文館役，一請定期何日，祈爲示知爲荷。或如何之處，亦希示及爲盼。專此，并請著安。

姨丈、姨母大人台前祈叱名請安。

愚表兄經年頓首　十一月初六日早

君未暇體一夕鹹酸之味自首及身飯後洗髮竟日未
有出門　小兒同及舍親可答不禁抱愧勿飲過量之
酒兄此後當垂爲戒　益弟爲我說爲我伊天資

高明其以兄垂戒爲體耶居耶其亦互相共勗耶聞
子玉兄禮拜日前談有南設之行擬約同人公餞請由
尊處備函文館一請定期何日禮爲
示知爲荷或於月之處示希
示及爲盼專此并請
箸安
姊丈母大人前祈叱名請安
表兄　鍾年拜
十月初六日早

安慰。前遣送信太晚，機宜乎
了了。可否今晚請
駕到伊寓中，親見伊父面譚
為存
至乎裁。原信祈擲一觀之，猶速
即頌刻祺
駕安 因文頓首 廿想 為存

某公[雨澤]致黄誥書札

一頁，24.8×12.7cm　sz341-0510.34

示悉。前途復信太略，想其子未能了了，可否今晚請駕到伊家中，親見伊父面譚更妥。尚希卓裁。原信祈擲一觀。兄稍遲半點鐘即到。祈駕在同文館少憩爲荷。

雨澤　初三即刻

再，吾弟在同文館候，兄至否，希示復，以免空跑。

劉彥陞致黃語書札　sz345–0510.38

二頁，23.5×12.5cm

宣庭仁兄世大人閣下：方親麈訓，又唱驪歌。每企芝光，實無日不神馳左右也。比維政祉綏和，潭祺懋介，爲頌爲慰。弟昨承函致貴本家，懇其妥爲照料一切，諸多費神，良深感激。自別後搭西南輪船於初十巳刻抵都城，即到和生店，適偉卿方回羅旁，見其令郎在此，款洽殷勤，即代雇小艇同到羅旁和興店，得晤偉卿。又蒙即代雇挑夫肩輿，馳赴西甯縣城，俱蒙照應，感謝曷勝。是晚暫寓甘棠書院，至十二早起旱，十三晚到夜護，十四日赴羅定，住時和泰客寓，十五日稟見韓堂翁。因黃伯儒生牙瘡，故未會面。得晤黃五城呂仙，暢談久之，便許假借黃宅倉作署，每月僅送回租（前印租開）銀貳元而已。此倉甚大，頗足敷用，門前山村田舍甚堪遣懷也。日間喜占抱孫，四代同堂，大慶薑酌，曷勝欣羡。想於二月初旬方能榮程赴西省也。弟隨於十六日接印，至今毫無所事。耑此，敬請喜安。諸祈朗鑒。不備。

愚弟劉彥陞頓首　元月念四日泐

神良深感激自别後搭西南輪船於初十巳刻抵都城即到
和生店適偉卿方回羅旁見其令郎在此款洽殷勤即代僱小艇
同到羅旁和興店得晤偉卿又蒙即代僱挑夫肩輿與愚赴西寧縣
城俱蒙照應感謝曷勝是晚暫寓甘棠書院至十二早起旱
十三晚到碧護十四日赴羅定住時和泰客寓（十五日拿見釋臺前）因黃伯儒生牙瘡故
未會面得晤黃五城（昆仙）暢談久之便許假借黃宅倉作寓每月僅送
回租銀弍元而已（蕭印租開）然倉甚大頗足敷用門前山村田舍甚堪遣懷也
日間喜占抱孫四代同堂大慶薑酌曷勝欣羨想於二月初旬方能
華程赴西省也（弟）隨於十六日接印至今毫無所事尚堪安逸請
喜安諸祈
朗鑒不備　愚弟劉彥陞頓首　元月念四日

某公致黄誥書札

sz346–0510.39

二頁，23.4×12.3cm

宣哥觀察大人閣下：捧讀寶函，寸心千里，欽感之至。今聞尊駕公出閩海，聲威所至，虞芮質成。既大展夫鴻猷，定極峰之器重。逖聽之下，距踴三百。弟依舊賦閒，毫無善狀。前承特薦鹾務之席，依然守候，知關廑念。乘楊德翁來甯之便，順此達知。敬叩升安，伏乞荃照。不備。

弟名正肅　九月廿五日

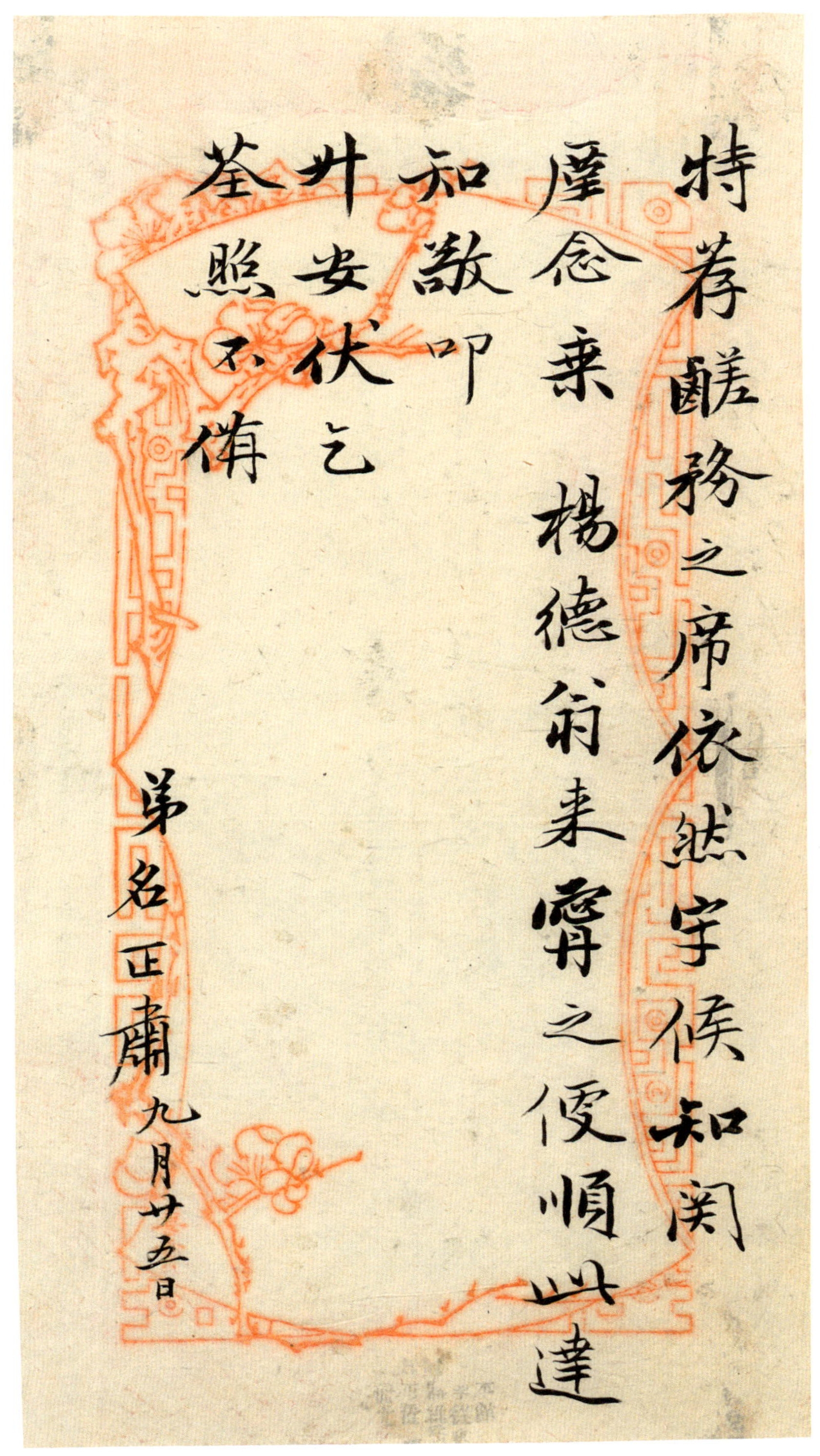

特荐鹾務之席依然守候知關
廑念來 楊德翁來胥之便順此達
知敬叩
升安伏乞
荃照不備

弟名正肅 九月廿五日

某公[伴福]致黄誥書札

sz347—0510.40

一頁，23.4×9.6cm

宣庭仁兄世大人台鑒：多日未晤，即維起居佳勝爲頌。舍弟致尊函，前送上，想已查收。惟因舍親求補錢糧一節，請稟明尊大人關照。何如之處，務望示知，以便函覆，不才以免加以懸念也。再外，《勸學歌》一本係子弟由都寄來，兹送上一本，祈哂存爲幸。專此，即請大安。

弟伴福頓首

某公[阿駿]致黄誥書札　sz348-0510.41

一頁，23.4×12.6cm

宣廷詞長大人：啓者，久疏展覲，溪問茅塞，迺以道履凝祥，侍祺多福爲頌。兹有懇者，八旗新增洋操鍊兵額數，日間當可挑取。敢求閣下鼎力將家叔名次挑附入選，行見糊口有資，皆閣下俯賜之餘也，則感激奚翅身受耶。此請留安。尊堂企益，事均叱敏。

世小弟阿駿頓言　七月初三早

外，名條乙紙呈電。

某公[葆勳]致黃誥書札

一頁，21.8×10.3cm　sz349–0510.42

前數日遇有采薪之憂，兹將團扇畫就，劣甚，遲甚。然扇子經塵，亦不大入墨也。此請宣廷學長大人升安。

制弟葆勳頓首

另付團扇一持，送呈太史第黃大人查收。

某公[永熙]致黄誥書札 sz350-0510.43

四頁，24.5×9.5cm

宣庭八哥大人足下：珠江一別，相思相憶，諒有同情。即維安抵京師，凡百綏和，以欣以慰。弟原擬謀夏季京餉，於五月初間赴解，則可以與諸君相聚，作平原十日之飲。因運憲國都轉自呈告病後，即委周糧道署理，而固臣屢不合意，故從中無人可説，祇可罷論。況新舊憲向有轇轕，接任幾天遂欲將各大差更换，而小差如旗人當者亦恐不妥。湖南佬大得法，因亦是顧同鄉也。滿鹽場連天又是一番新世界。不料昨日忽奉上諭，岑宫保調署兩廣，而老周於是大爲灰心，凡百公事又仍交毓辦理。日間有呈請開缺之説，想此事亦非子虚之談，在意中事也。官場傳説岑宫保於來月中可到粤。素仰我哥向有交情，應如何設法栽培，俟於未到任以前先行吹嘘，想高明自有權衡。據鄙意，先發信到滬，信内題明崔磐石之堂，弟俟宫保到時則請投遞，則到粤時未嘗不捷足先登。大差不敢望，常差東關總巡則萬幸也。東關總巡董伯紀於宫保向爲莫逆之交，現伊已到滬接伊，大有白沙督辦之意，故總巡可出也。此事是伯紀在關所談，伊亦知我哥並磐石與宫保向有交情，伊亦允代弟爲力據。鄙意不敢奢望，祇可如是妄想，未審我哥以爲然否？如另有別法，則感激莫銘矣。省中依然，京師有何新聞便鴻告知爲望。費神之處容當面叩。耑此，敬請留安。

弟永熙上言　三月廿八燈下　内子隨叩

再，應如何栽培，務乞早回示爲慰。

宣庭八哥大人足下珠江一别相思相憶諒有同情即維
安抵京師凡百綏和以欣以慰弟原擬謀夏季京餉
於月初間赴鮮則可以與諸君相聚作平原十日
之飲因連宴困都轉自呈長病假即委周糧道署
理而周臣屢不合意故道中無人可說祇可嚴論況
秋舊囊內有膠轕極任幾天遂欲將各大差更換
而小差難棋八當者亦恐不妥湖南候大籌法因亦是顧
同鄉大滿鹽場連天又是一番謀無異不料昨日忽奉
上諭管宮保調署兩廣而老周於是大爲欣心凡百
公事又仍交藩亦理自閣有呈請閱缺之說其此事亦
非子靈之意中事也故場傳說管宮保於來月
中可到粵素仰我

吾向有交情，應如何設法，俾（裁接於）來到任以前先行吹噓

惠

高明自有權衡。據鄂意先嘗信到滬，俾宮保到時（信內題及雅堂石之事弟）

以請投遞，琳舅時未嘗不提及先慈大義，不敢望

常差（東湖總巡）的缺也（正東湖總巡到滬接巡）（董伯紀於宮保向為莫逆之交，祝伊）（伊大有白河糧為之意，故總巡可出也）

此事是伯紀在湖所說，伊亦知我

吾弟能否與宮保向有交情，伊亦先代弟為力，據

鄂意不敢奢望，祇乃求差事，亦未嘗或

吾以為然否，此等有鄂法，則感激莫銘矣，若本

依然亦師有何就湖，便請出知，而謀禪之處

容當面叩，尚此敬請

升安。弟永熙上言 三月廿八燈下

內子隨叩 務乞早回示為慰 再庚兆何裁接

某公[永熙]致黃誥書札　sz351-0510.44

三頁，24.2×11cm

宣哥、益哥大人足下：前日捧讀手示，得悉種種，敬稔起居迪吉爲頌。益哥此次受屈，出乎意料之外，而中出左雨泉，可謂功名得失自有定分，命也。虞亭不要千餘金之州縣，而充大學堂之學生，此法尚爲高著，藻亭有牢騷否？弟本擬致函昆仲，因一賀一慰，頗難措辭，如晤面時祈代致意。前托宣哥致函到滬與老岑，不過作捷足先登之想。現我哥於閏月可出京面謀，更强於手求也。益哥出京到省，想亦同時。運司是委周桂午糧道署理，此君之不管事更甚於前之國老，因接上諭，岑調粵督而故如是，現擬求開缺回籍，尚未邀允於督撫，無事則傳六公所及六商，辱罵一氣，謂其欠餉巨萬（此款久已存爲虛名，毋庸呈繳），毫不著力介意，渺視已極，固臣此次大減，迨見人亦覺垂頭喪氣。新放之實缺，運司信勤，現年纔三十三歲，至渠與京城誰要好，無從訪問費神。容謝。耑此，敬請升安。

弟永熙上言頓首　内人隨叩

再，蟒袍之件，弟遵囑辦理。

一賀一慰，殷難措辭，如晤面時，祈代致意。前託
宣弟致函到滬，與老公不過作捷足先登之想，現
我 哥於閏月可出京，函謀更強於夙未也。益
弟出京到省，想京亦同時運司必委周桂午糧道
署理，此君之不曉事，更甚於前之國老，因接
上諭，公調粵督，而故鄉是現擬求開缺回籍，為未

邀允於督撫無事。所傳六公所及六商，厚罵一氣，
謂其不飭巨萬（此款久已存為虛名，毋庸上繳），毫不著力，令意謝視已極。因屆
此次大減，追思見人亦覺重難走氣，於放之實缺
運司，信勤，現年纔六十三歲，更屬與京城誰要好，
無從訪問，費神容謝，為此敬請
升安 弟永煜上言 敬名 內人隨叩

再，請祀之件，弟並遵囑辦理。

某公[永熙]致黃詰書札

二頁，第一頁24.5×11.8，第二頁24.5×12.9cm，圖版已拼接　sz352-0510.45

宣廷八哥大人足下：捧讀來示，敬悉。厦門之案，可欽可佩，港省各報賣上萬分恭維，則將來大差可爲，預賀也。清查局現在停議，毫無頭緒，不日亦有關門之説。益哥江浦之差，雖責任重而勞績恐不小也。承囑所辦之件業已買就，喜金不如石竹。兹由郵政寄上（數目單亦在内）。弟因家祖母於八月跌傷，連日又兼氣喘，醫者雖多而無一説合。近日又聞臬憲欲委弟事（此係閩局中同事言，未審確否），不知何事，想其所委者，萬無簡易。公私交迫，疏書致候，務祈見原爲望。此上，敬請升安。八嫂請安。

弟永熙頓首　廿七

也闻居五位……

有闻门门说　莫寻江浦之善策责任

重而劳债恐不小也承

嘱我办之件业已买就寿卖不如石竹（替单每尘内）

并由邮政寄上弟因家祖世极一月殊

偕连又董气嘱笃蟹并望多而年一说会

晋又闻臬台欲娶（此处闻局中同事言未蹇醉）家事不知何事相一

其所娶者年简易公私文姐蘇重致任

诸执是所不为望些好谈

谈叙

弟承四之　廿七

世弟

嫂请安

某公[斯均]致黄誥書札　sz353-0510.46

二頁，23.9×9.2cm

宣公表兄夫子大人賜覽：叩送珠江或旬日矣。緬懷道範，不禁神馳。敬維宴飲瓊林、班聯玉筍、鼇頭獨占當在指顧之間。預賀！預賀！弟家庭侍奉，進益毫無。館地雖薦引有人，惟目下尚無確耗。硯田豐歉，亦有命耶。現同李仲彭租雲海暫居，不過藉此栖身，非敢言用功也。兹擬請兄於路經上洋，懇代購松烟墨半元、頂烟半元（曹素功、毛春塘均可），俟有妥便即希先行寄下，恐兄元錦榮旋，歸期較晚也。緣兄榮程時行色匆匆，故未敢及此。兹聞商藻亭昆仲明日榮程北上，專此奉懇，祇請元安。惟惟不恭，尚希原諒爲幸。

受業表弟斯均頓首

兄於路經上洋，照代購松煙曹素功毛春塘墨半元、頂煙半元，倘有
安便，即希先行寄下，恐
兄元錦榮旋，與彭晚山緣
兄榮程時行色匆匆，故未能及此，蘇閶蘭藻亭是件
明日榮程北上，專此奉懇，祇請
元安。惟々不恭，尚希原諒為幸。
愛棠老兄如弟彭煥堂頓首

徐富生致黄誥書札　sz354-0510.47

一頁，24.9×10.7cm

别後思深，浮言弗贅，敬維起居萬福以頌。弟拜辭登車，午抵塘沽，住佛照樓棧，一切托庇，幸獲平安。惟先叔靈柩，弟往到廣長船（名柱湯者）詢問，據云不論何船若有靈柩決不許過香港之口，客人往來亦須再三查驗等語。弟遍問情形，衆口一辭，祇得扶柩（停徽州會館，問怡大便知）到滬，再做道理。將來駕到滬時，務祈費神爲叩。先此拜懇，敬請宣庭太史表兄大人福安。

愚表弟功徐富生頓首

頭條

黄大人升

徐富生致黃誥書札　sz355-0510.48

三頁，第一頁22.7×14.3，第二頁22.4×15.5，第三頁22.4×12.2cm，裱邊收藏印「景山館藏」

宣庭太史表兄大人閣下：敬啓者，京華拜別，日月頻更。緬芝采之增輝，結蕪私而益溯。敬維起居萬福，履祉千祥，如頌斯慰。弟於五月初三日登車後，初七日塔〔搭〕景星輪船於十一日抵上海。適四家叔在滬四處托情，始得奉柩登船。萬幸！萬幸！沿途均托福庇，一切幸獲平安。於五月十九日抵省寓，面見家五叔祖母悲痛情形，難宣於墨。弟祗得再三勸慰，稍能放開。弟將在京如何情形，吾兄如何幫忙，一一禀知。張樵老信柳溪已應允代取，祈吾兄問之爲荷。承繼丁姓之子已作罷論。四家叔抵寓後大發雷霆之威，十家嬸與之相持數日，云：若然過繼外姓，定必禀將軍辦理。五家叔祖母揆度情形，隨請丁府携帶回去，免傷和氣也。弟前在京聞承繼一款，已飛函告知十家嬸勿忙，必須四家叔到省定奪爲正理。弟抵家後探聽前情，據家兄云，差事則與順兒暫補口糧，交家嬸爲月中養贍，過繼則等四家叔回來料理。詎料家嬸堅執不允，務須承繼丁府之子，爲是勉强找畫押等語。弟聞之，頗不深信。隨即到府請安，將所囑帶之，均已面呈七舅大人矣。府中各位甚屬平安，談及舍間之事，據七舅大人云，你大哥所言的確不錯，畫押之日，益三在内，你大哥甚是吃虧，此二十日事也。公幫款在弟手收，應交劉静皆七百五十兩。適間静皆去世，弟無如何禀知四家叔。四家叔欲將此款交劉玉堂，家叔又恐玉堂老伯難過，祇得往承鼎銘處商量。蒙伊給信與晏公街天順祥銀莊内，家叔命弟送往號中，銀單則呈與家五叔祖收據矣。銀在家，恐不放心也。家嬸見此款不能到手，心裏憤憤不平，説弟任意，徑做怨言怨語，處處相傳。弟遭何苦而爲他人作嫁，擔此不是耶！吕新吾先生著小兒語有云，「事不干己，分毫休理。」一語不誣也。弟進而思之，惟有可對祖宗、可質鬼神而已。丁姓子去了，家嬸更覺不平，家叔忽然定弟名承繼將來，是是非非不知何時洗去。弟已再三哀求家叔更改，伊仍不允。然外人定説弟好貪財，而弟則一生無了期日矣。言之不勝痛哭之至，有何言哉！有何言哉！沿途用費除用外，尚餘五十餘兩，已呈家五叔祖母收用，弟云以後不可私給别人，從此十叔無款項寄回你老用矣。千言萬語，不堪盡述，言之不勝彈泪。私存一百兩留與小家嬸生息，此款交與十二舅，經理生息。弟亦未告於令叔係何人之款，恐免是非也。亦祈吾兄自知爲叩。先叔身故，諸事均沾料理，感激曷勝。弟惟有銘帶書紳，隨事隨時不忘高厚，黽勉圖報耳。靈柩到省，家兄禀知協佐，轉禀三堂大人，遵例進城治喪，刻已暫寄大北外雙山寺，俟將來得地再求安葬。貽老伯處代弟圖館一席，前蒙應允，務求吾兄善爲説辭。諸費心神，感極謝極，尚望不遺在遠時賜教言以作規模。是叩府中自七舅、七舅母大人以次均平安。毋庸掛念，餘容續陳。敬請金安。諸維愛照。不備。

愚表弟功徐富生頓首

宣庭太史鄉先大人閣下敬啓者京華拜別日月頻更缅
芝采之增輝结蘂私而益溯敬維
起居萬福
履祉千祥如頌斯慰弟於五月初三日登車後初七日搭
景星輪船於十一日抵上海適乃家叔至滬乃寓托恃姥
得奉抱登船萬幸萬幸沿途均托
福庇一切幸獲平安於五月十九日抵省寓面見家五叔祖
母悲痛情形難宣楮墨弟於日每三勸慰稍使放開弟
將至京如何情形五哥
兄於何歸帖一一稟知但准老信柳溪已應允代取我吾
兄聞之為荷所繼丁姓之子已作罷論乃家叔抵寓後大表
雷霆之威十家嬸与之相持數日云若然適繼外姓定必稟
將軍辦理五家叔祖母揆度情形隨請丁府攜帶回

尒兒偏私氣也弟前去家內所從一款已飛函告知十家嬸切悉必須の家叔到
省定奪為妥理弟抵家後探悉之刚傳據家云差可对与順兒暫補口糧之
家嬸为目中養飯贍送料（這條米等の家叔所吏科辦）家嬸堅執不允務須承從十府之子为是勉強找查
押等語弟閱之頗不深信随即回
府請安將所嘱帶之物已面呈
七舅大人矣　府中各位甚為平安談及舍間之事據
七舅大人云你大哥所言的確不錯畫押之日並三去內你大哥甚是吃虧此
二十兩也上節款去弟手收存交劉静岸七百五十兩適问静皆去世弟無叔
何宗叔の家叔の家叔款將此款交劉玉堂家叔又恐玉堂老伯年邁即往
承鼎銘處商量此家伊係信与吕安公係大順祥銀莊內家叔命弟送往號中
銀算則並与家五叔祖收據矣銀去家恐不救急也家嬸見此款不能到手
心裡憤憤不平說姪弟住宣湮做怨言怨語處處相傳弟當遇何苦而為
他人作嫁擔此是非吾新吾先生著小兒語有云事不干己分毫休理語
不誣也弟進而思之惟有可对祖宗可質鬼神而已丁姓之去了家嬸變觉
不平家叔忽然定弟名承從將來是非是非不知何時洗去弟已再三懇求家叔
更改伊們不允並外人定說弟好貪財而弟則一生無了期日矣言之不勝
痛哭之至有何言哉有何言哉說途用費除用外尚餘五十餘兩已呈家五叔祖
世收用弟云以後不可於給別人從此十叔無款項寄回係老用矣千言萬語
不堪尽述言之不勝憚淚和存一百兩當与小家嬸生息此款交与十二舅任

理。生自上第二未告於

令叔係何人？款望先生示也。三祈吾

先自知為中。先叔身故，諸可酌活料理，感激無勝。弟恨有錯常書

伸，隨可隨時不忘

高厚，惡勉圖報耳。寔柩由省家先禀知，協佐轉禀三吏大人，遣例返

城始截，刻已暫寄大北外樊山寺候，將來得地再行安葬。照老伯寄

代弟圖催。年前蒙應允，務祈吾

兄善為說辭，諸

費心，殊感極，謝極。尚望

不遺在遠，時錫教言，以作楷模是叩。府中自

七叔嬸母大人以次均平安，毋庸掛念。維容僕陳，敬請

金安。諸維

垂照不備。

愚表弟功孫富生頓首

附録　各册著録信息説明

一、《曹溶書札》：一册（九開），摺裝，書衣爲木板護封，册頁裝訂開裂；登録號1151／索書號8020－019－005－005；書名代擬；册内書札十二通，首頁附王貽牟題跋一則；各札按現裝訂順序暫給定的唯一書札編號分别爲sz001－1151.01、sz002－1151.02，依次至sz012－1151.12。

二、《王澍書札》：一册（九開半），摺裝，整册多處有蟲蛀損壞；登録號碑帖063／索書號7018－sh1－152；書名代擬；册内書札七通，各通按裝訂順序暫給定書札編號分别爲sz013－碑帖063.1、sz014－碑帖063.2，依次至sz019－碑帖.7。

三、《孔繼涑書札》：一册（二十三開），摺裝，書札原紙被前人割裱；書衣木板護封斷裂，册頁裝訂開裂，有水漬；登録號0925／索書號8020－015－002－004；書名代擬；册内書札十九通，書契一頁；各札按裝訂順序給定的書札編號分别爲sz020－0925.01、sz021－0925.02，依次至sz038－0925.20，而書契編號爲0925.18。

四、《盧文弨、姚鼐等書札》：一册（十開），摺裝；登録號碑帖312／索書號7018－sh1－174；書衣木板護封，並有題簽「名人尺牘」，簽條破損；書名及各札題名代擬；册内書札八通，附佚名題記盧文弨、姚鼐等小傳一紙；各札按裝訂順序暫給定的書札編號分别爲sz039－碑帖312.1、sz040－碑帖312.2，依次至sz046－碑帖312.8。

五、《翁方綱致桂馥書札》：一通，摺裝，四開八頁，與姚鼐等詩頁合裝成一册；登録號碑帖008／索書號

7018–sh1–130，書衣木板護封，並有題簽「名家詩册信札　甲戌□陽日　雲龍山樵題簽」；該書札題名代擬；其編號爲sz047–碑帖008.8。册内另有姚鼐、張問陶、吴鼒、孫星衍、熊方受、唐陶山、錢栻題畫詩八頁，册末附一鶴山人題記。

六、《伊秉綬致吴修書札》：三通，摺裝，與伊秉綬詩頁等合裝成一册；登録號碑帖074/索書號7018–sh1–155；書名代擬；書衣木板護封，册末有林長民朱筆寫於詩頁本幅的題記；三通書札編號分别爲sz048–碑帖074.2、sz049–碑帖074.4、sz050–碑帖074.5，二詩頁編號爲碑帖074.3、碑帖074.6。

七、《王引之書札》：一册（二十開），摺裝；登録號碑帖092/索書號7018–sh1–1599；書名代擬；書名頁唐肎題簽「王伯生先生與陳恭甫書札　滄諳署」，並鈐印「武進唐肎」；册内書札十通，其裱邊有題記；各書札編號分别爲sz085–碑帖092.01、sz086–碑帖092.02，依次至sz094–碑帖092.10。

八、《陳用光、陳壽祺等書札》：一册（三十四開），摺裝，裝訂開裂；登録號碑帖053/索書號7018–sh1–149；書名代擬；書衣題簽「清人書札」；書名頁題簽「先代師友手札　鮑康珍藏」，並另紙記「文遠鼻先生　姚先生廷訓　陳恭甫先生　姚亮甫先生　吴春麓先生　姚文僖公　曹玉水先生　董先生國華（應是琴南）　吴玉松先生　陳石士先生　吴荷屋先生　白小山外王父　張温和公　那文毅公　程鶴樵先生　方湛崖先生　某先生」；册内書札三十四通，其書札編號分别爲sz051–碑帖053.01、sz052–碑帖053.02，依次至sz084–碑帖053.34。

九、《陳用光致祁寯藻書札》：一册（八頁），經摺裝；登録該碑帖094/索書號7018–sh1–160；書名代擬；書衣題簽「陳石士先生致祁文端函并詩稿　附祁宲藻先生家書」，並鈐印「小莽蒼齋」；册内書札七通，其書札編號分别爲sz095–碑帖094.1、sz096–碑帖094.2，依次至sz101–碑帖094.7。

十、《程恩澤書札》：一册（十七開），經摺裝；登録號碑帖071/索書號7018–sh1–154；書名代擬；書衣木板護封，並有朱檉之題簽「程春海侍郎手札　壬寅秋仲　玖聃署」；册内書札二十四通，其編號按裝訂順序分别爲sz102–碑帖071.01、sz103–碑帖071.02，依次至sz125–碑帖071.24。

十一、《何紹基等書札》：一册（十四開半），摺裝；登録號善127／索書號7018－sh1－177；書名代擬；書衣題簽「清代名人手札」；册内書札十三通，其編號按裝訂順序分别爲sz126－善127.01、sz127－善127.02，依次至sz138－善127.13，其中末通蘇廷玉書札（sz138－善127.13）殘缺，此不録。

十二、《陳金城往來書札》：一册（一百三十一頁），綫裝；登録號善221／索書號7018－sh1－180；書名代擬；書衣題簽「陳念庭先生往來書札」；册内書札六十九通，其編號按裝訂順序分别爲sz139－善221.01、sz140－善221.02，依次至sz207－善221.69。

十三、《倭仁書札》：二册（二十一開），摺裝；登録號碑帖015／索書號7018－sh1－134；書名代擬；第一册書衣題簽「先文端公書牘集册　保如裝池收藏」，並鈐印「蓮尉」、「蒙古保如」；第二册書衣題簽「先文端公書牘集册　宣統元年春二月寄京裝池　保如敬存」，並鈐印「虎瀫郎官」；册内書札共二十三通，其編號按裝訂順序分别爲sz208－碑帖015.01、sz209－碑帖015.02，依次至sz230－碑帖015.23。

十四、《程恭壽等致杜庭璆書札》：一册（十五開半），摺裝，書衣破損；登録號碑帖050／索書號7018－sh1－148；書名代擬；書衣題簽「法書尺牘合裝　庚漁珍玩」，並鈐印「臣」、「璆」；册内書札二十六通，其編號按裝訂順序分别爲sz231－碑帖050.01、sz232－碑帖050.02，依次至sz256－碑帖050.26。

十五、《李鴻章等致李承霖書札》：一册（三十三頁），綫裝；登録號0726／索書號8020－011－004－005；書名代擬；書衣題簽「李雨人書牘」；册内書札七通，其編號按裝訂順序分别爲sz257－0726.1、sz258－0726.2，依次至sz263－0726.7。

十六、《鹿傳霖致張曾敭書札》：一册（十六開半），經摺裝，書衣木板護封；登録號0915／索書號8020－015－001－003；書名代擬；册内書札十四通，其編號按裝訂順序分别爲sz294－0915.01、sz295－0915.02，依次至sz307－0915.14。

十七、《許國琮等致黄誥書札》：一册（八十六頁），綫裝，書衣有蟲蛀損壞；登録號0510／索書號

8020–009–002–014，書名代擬，書衣題簽「黃諳家存書札選藏」，册内書札四十八通，其編號按裝訂順序分別爲sz308–0510.01、sz309–0510.02，依次至sz355–0510.48。

後記

《中國文化遺産研究院藏清代名人書札》的編纂出版，是我們古籍整理研究的又一專題性成果。

近年來國内各公藏機構逐漸加强對書札類藏品的整理，我們對院藏書札手迹的整理隨着古籍編目整理工作的持續而不斷推進。二〇〇九年，有一百多通書札納入視野，到二〇一三年已排查整理出三百五十多通，均爲清代文士名宦之手迹。這些具書者或受書者多爲進士、舉人，曾供奉清廷或歷官地方，有的在詩文、書法等方面亦頗有造詣。作爲一種文獻類型，他們通過私密性的信札所傳遞出的親歷見聞和感悟，更貼近歷史的真實、生動和細節化。而信箋介質的選用、筆墨在指尖的流動、行文格式的恭謙，均體現出我們傳統文化的儒雅和精致。爲了使這些散落的明珠能更好地光大和傳承，遂有了這部專集的問世。

關於院藏書札的來源，大致有兩個渠道：一是二十世紀五六十年代文物局組織並派員從舊書肆收購而得，當時的購簽有的尚黏存書册内；二是二〇〇五年十二月國家文物局的購撥。

這些書札在進入院藏時已被此前藏家匯集裝幀成册。可以看出多數册子是按某具書者或某受書者來輯存，間有集多位具書者和受書者的合册，亦偶有書札與詩文頁混裝成册的。故在以往登入財産賬的登録號是以册、而非以每通書札爲單位進行入賬登記和入庫排架。此次整理中在不變動原登録號和索書號的前提下，給定每通書札一個分類編號，暫稱之爲「書札編號」。該編號由兩部分組成：前部分是始於sz001的流水號；後部分是各書札所在册子的原登録號，再加該札在原裝訂册中的次序號，其間用「.」隔開；前後部分中間用「–」連接，例如書札編號sz002–1151.02。在編輯本圖録時，各書札編號附於每通書札題名之後，以便區别、查檢和日後的利用。

關於書札題名的擬定，主要從具書者和受書者這兩個核心要素來考慮。因書札中多以字號相稱，若能確證其實名的，則題名中采用實名。若目前無法考證出來的，在題名中暫保留其字號，置於[]中。而書札集册題名即書名，亦是據其主要具書者和受書者來擬定。

本書在目次編排上着眼的兩個方面，一是儘可能體現出書札集册在流傳遞藏中形成的整體信息，故首先采取以原書册爲單位，再依册中主要具書者的生卒年來排序；二是集册内同一具書者或同一受書者的各札相對集中，以便觀覽。册内各札的編次，若理想的狀態是能據其寫作年代的先後來安排，但因各札一般僅寫明某月某日，對其年份的考辨則非短時之功可就，故册内各札的編排暫求其眉目盡量清晰。

書札的釋文和標點是我們整理的重點和難點。大多數信札爲行草書寫，行草的書寫雖有一定之規，但因每人行筆之特點而會出現不同的寫法變異，對已遠離毛筆書寫的今人而言，辨識起來確有一定難度。再加之所寫内容多爲當事者之間的片段記述，在文意的揣測、句讀標點的判定上也有一定難度。但這兩方面都是基礎性的整理研究，否則便無從判斷每通書札爲何物。因此，我們逐字逐句謹慎辨識，認真推敲，虛心請教，力求准確。

此外，本書力求以文物檔案式的記録方式來著録每册每札的客觀保存及流藏信息，每札的著録信息對應於各書札的圖版，而每册的著録信息見於本書末的「附録」。

值得欣慰的是，前後斷續歷時三年的這部《院藏清代名人書札》終得以面世。在此，先要感謝參與整理的林鋭先生，二〇〇九年他作爲「中國文化遺産研究院藏珍貴古籍及文物資料搶救保護」項目的外聘專家，對二〇〇五年入藏的一百多封書札進行了初步釋讀。作爲項目負責人，我當時因院藏善本古籍、古書畫和碑帖等不同門類藏品整理工作的全面鋪開而無暇顧及，直到今年年初纔得以把書札集中整理的事宜提到日程。經過近一年的集中整理釋讀、幾經校核，方成初稿。期間每遇字、印、句意等疑難不解處，各有所善的專家劉紹剛、邵晨、邱才楨、林鋭等同仁師友都會熱情相助，令吾心感念感動，備受鼓舞。中央美術學院資深教授、恩師薛永年先生更是對初稿各札逐字逐句地仔細審閲、糾錯把關，對後學之輩的幫扶和提携凝於書稿。中華書局的賈元蘇女士對校樣又進行了認真細致的審訂。

此書作爲二〇一三年「中國文化遺産研究院藏珍貴古籍及文物資料搶救保護」項目的成果之一，離不開財政部、國家文物局的大力支持，離不開院領導及圖書館同仁們的關心。同時，還要感謝傅熹年先生的指點、謝辰生和丹青先生的鼓勵。當然，本書能够順利出版亦離不開中華書局責編朱振華先生、許旭虹女士及美編許麗娟女士的精誠合作。作爲項目負責人，我在此衷心地向上述單位、部門及個人表示最誠摯的感謝！

限於編著者的專業知識水平，書中的不足與謬誤之處誠請大家予以指正！

赫俊紅

二〇一三年十月二日

二〇一五年六月十三日　再改

於中國文化遺産研究院